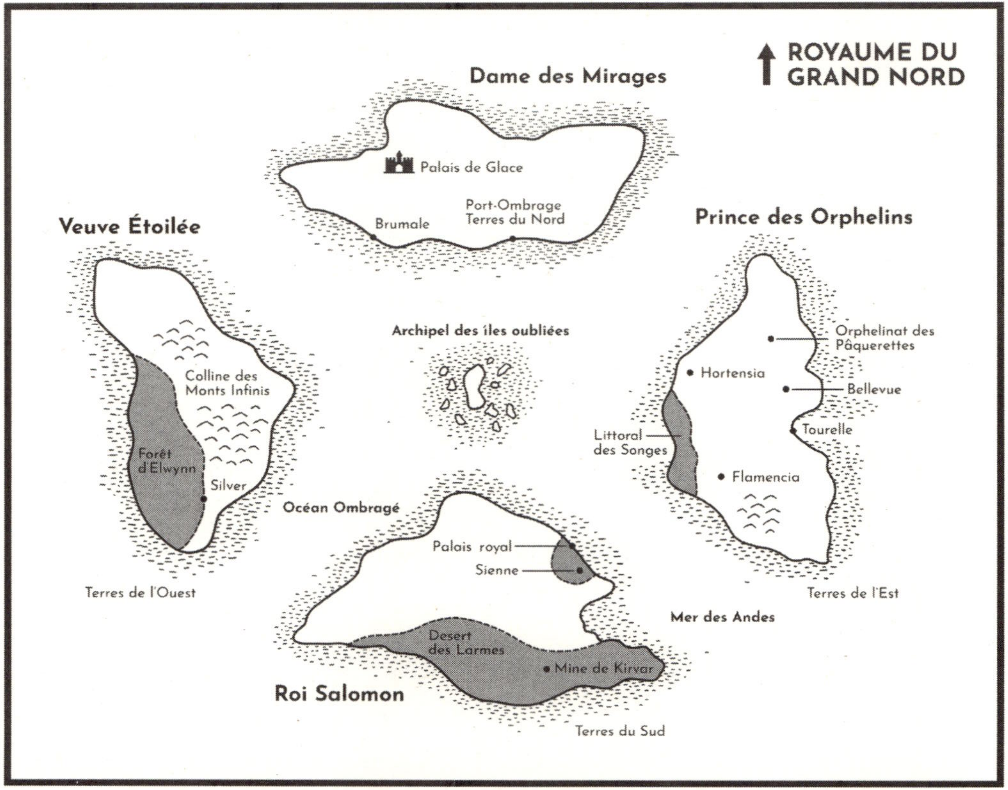
ROYAUME DU
GRAND NORD
Dame des Mirages
Palais de Glace
Brumale
Port-Ombrage
Terres du Nord
Veuve Étoilée
Colline des
Monts Infinis
Forêt
d'Elwynn
Silver
Terres de l'Ouest
Archipel des îles oubliées
Océan Ombragé
Prince des Orphelins
Orphelinat des
Pâquerettes
Hortensia
Bellevue
Tourelle
Littoral
des Songes
Flamencia
Terres de l'Est
Mer des Andes
Palais royal
Sienne
Desert
des Larmes
Mine de Kirvar
Roi Salomon
Terres du Sud

W0331102

1

Obligations princières

Princesse Whisper Organa
Tour est, Palais royal.

Une porte s'ouvrit avec fracas. J'enfouis mon visage plus profondément dans mon oreiller. Je savais pertinemment ce que ce bruit signifiait : une vague de lumière à vous brûler les rétines allait bientôt s'abattre sur la chambre. Pour faire bonne mesure et apporter une protection supplémentaire, je tirai la couverture jusqu'à la racine de mes cheveux. Comme prévu, la vive et éblouissante lumière du soleil matinal inonda la pièce. Mon drap ne suffisant pas à faire barrage, je fermai les paupières aussi fort que possible, tout en tentant de refréner le flot d'injures qui me passait par la tête.

— Il est l'heure, princesse !

Je reconnaîtrais cette voix entre mille. Il s'agissait de mon insupportable gouvernante, chargée de m'élever, de m'inculquer les bonnes manières et, accessoirement, de faire office de mère de substitution et d'amie. Comment une seule et même personne pouvait-elle endosser autant de rôles à la fois sans jamais faillir ? C'était tout simplement impossible. En dix-sept ans, Hermance devrait l'avoir compris. Néanmoins, elle persistait dans cette tâche invraisemblable comme si elle allait parvenir à me transformer en parfaite petite princesse.

— Avez-vous perdu l'usage de votre langue, mademoiselle ? questionna Hermance d'une voix suraiguë. Ou bien votre ouïe serait-elle partie en vacances pendant votre sommeil ? À moins qu'il ne s'agisse de votre sens des convenances ?

Tapie sous les couvertures, je n'avais aucun mal à l'imaginer. Elle portait probablement une de ses horribles robes sombres dont le col roulé remontait jusqu'à la mâchoire, vêtement qui donnerait un air morose et déprimant même à la plus enjouée des fillettes. Ses cheveux ternes et grisonnants étaient sans nul doute noués en chignon bas, pour apporter un peu plus de sévérité à un visage déjà crispé de nature.

Pour faire bonne figure, je grommelai. Je savais qu'elle détestait ça. C'était un petit jeu que j'aimais expérimenter jour après jour : rendre ma gouvernante folle de rage, par tous les moyens. C'était très libérateur de pousser à bout une personne enfermée dans un contrôle excessif permanent. Pour l'instant, je n'y étais jamais parvenue, mais je gardais espoir.

— Une princesse ne grogne pas, Whisper. Une princesse sait se tenir en toutes circonstances. Et par-dessus tout, une princesse est…

— … Ponctuelle ? répondis-je, faisant écho à ses pensées.

Un petit soupir étouffé me parvint.

— C'est exact. Ces longues années consacrées à votre éducation n'ont pas été vaines… Vous aurez au moins retenu quelque chose.

À contrecœur, je repoussai le drap et me redressai sur les coudes. Les paupières plissées, aveuglée par la trop forte luminosité, je bâillai sans retenue.

Hermance détourna le visage, comme si elle venait d'apercevoir un monstre.

— Doux Jésus ! Une femme de votre rang ne se comporte pas aussi vulgairement, même au lit ! Et pourquoi diable vos cheveux sont-ils si emmêlés ?

— Je viens tout juste de me réveiller, Hermance. Votre chignon reste-t-il immobile lorsque vous dormez ? Si oui, je serais ravie que vous m'appreniez à dompter ma chevelure, même si j'ai le regret de vous annoncer que cela se soldera très probablement par un échec.

— Et insolente, en plus ! gémit ma gouvernante.

Je portai une main sur ma tempe et entrepris un massage crânien matinal. Rien de tel qu'écouter les doléances d'Hermance pour attraper une migraine sévère.

— Je vous en prie, se radoucit-elle en croisant les bras derrière son dos comme elle aimait tant le faire. Vous avez une journée très chargée.

Tel un spectacle dont le dénouement serait planifié, à peine eut-elle prononcé ces mots qu'une nuée de caméristes pénétrèrent dans la pièce. Armées de linges propres et de carafes d'eau fraîche, gesticulant et traversant frénétiquement la chambre de droite à gauche, la ressemblance avec une ruche d'abeilles butineuses était frappante.

Avait-elle demandé aux servantes de n'entrer qu'une fois sa tirade déclamée ? Elle en était capable, cela va sans dire.

Les dames de chambre, toutes vêtues de la même façon, s'affairaient déjà à faire mon lit, tapoter mes oreillers, embaumer la pièce avec un doux parfum de jasmin, mon préféré, et préparer la coiffeuse pour ma toilette.

— Auriez-vous l'extrême obligeance de me faire part de mon programme journalier, je vous prie ? m'enquis-je d'un air théâtral et hautement exagéré.

Cependant, elle ne sembla pas saisir l'ironie de mon ton. L'humour n'avait jamais été son fort et elle avait toujours été très mauvaise pour déceler le second degré.

— Ce matin, vous devez assister aux doléances du petit peuple avec Sa Majesté. N'oubliez pas d'emporter de quoi écrire, c'est essentiel.

Je traduisis en mon for intérieur : demeurer une matinée entière dissimulée derrière le trône de père à l'abri des regards indiscrets, griffonnant quelques phrases sur un carnet. La plupart du temps, ces soporifiques prises de notes dérapaient en dessins : j'imaginais les individus en fonction de leurs voix et m'amusais à reproduire leurs faciès et leurs physionomies sur le parchemin. Malheureusement, je ne pouvais risquer un coup d'œil vers mes modèles pour vérifier si mes supputations correspondaient à la réalité.

Je hochai la tête, sans pour autant prendre la peine de mémoriser. Je n'avais pas vraiment à me préoccuper de ça. S'il m'arrivait d'oublier ma plume et mon encrier par mégarde, quelqu'un se chargerait pour moi de me le rappeler.

– Votre tante vient vous rendre visite ce midi, aussi faut-il que vous soyez présentable. Après les doléances, nous rafraîchirons votre tenue pour le déjeuner. Dès la fin du repas, rendez-vous en salle d'apprentissage où nous approfondirons votre prononciation du mandarin, il me semble que vous avez quelques lacunes dans ce domaine. Puis votre maître à danser vous accaparera pendant deux heures. Ensuite, ce sera au tour des essayages pour le bal du solstice d'été, puis votre cours de piano et enfin le souper.

L'épuisement s'abattit sur moi comme une enclume à l'écoute de ce programme. Pas de temps libre pour les princesses ! La journée risquait de s'éterniser.

2

Amour, politesse et rigueur

Eden Grismo
Orphelinat des Pâquerettes, terres de l'Est.

J'abattis brutalement le vieux plateau souillé sur la table en prenant soin de faire le plus de grabuge possible.

Aussitôt, trois gardiennes fondirent sur moi, vêtues d'une longue robe noire et d'un voile grisâtre, signe d'austérité et de rigueur très prisé dans les orphelinats. Bien que nous ne fussions pas au sens strict du terme dans une maison de redressement, l'orphelinat des Pâquerettes était de loin le plus exigeant de tout le royaume. Aucun écart n'y était toléré. Chaque entorse aux règles, aussi minime soit-elle, était sévèrement réprimandée. Et c'était exactement pour cette raison que je me bornais à agir avec condescendance, oisiveté et irrespect.

La plus grande des gardiennes, Marianne, était connue de tous. Réputée pour son penchant maternel et ses mains douces comme de la porcelaine, elle était celle qui s'apparentait le plus à une mère de substitution pour nous. Beaucoup de filles, sans doute tombées dans le désespoir dû au manque d'affection, poussaient la démence encore plus loin et assimilaient Marianne à une déesse miniature, une reine ou un ange descendu des cieux qui veillait sur elles quand plus personne n'était là pour le faire. Certaines pensionnaires étaient prêtes à s'entre-tuer pour obtenir ne serait-ce qu'une miette de son attention.

– Eden, mon enfant, claironna-t-elle d'une voix aussi douce qu'une brise matinale. Peux-tu répéter avec moi quelles sont les trois règles fondamentales de notre orphelinat ?

— « Amour, politesse et rigueur ». Combinez les trois et vous pourrez caresser l'illusion de trouver un jour quelqu'un qui veuille bien de vous, récitai-je d'une voix pimpante.

La dernière phrase était de moi. Marianne fronça légèrement les sourcils. Ses grands yeux aussi bleus qu'un ciel d'été déserté par les nuages se plissèrent et ses lèvres charnues esquissèrent un mouvement imperceptible. Elle s'apprêtait à battre en retraite. C'était toujours comme ça. Face à tant d'insolence, elle ne pouvait lutter.

Elle fit un pas en arrière et, comme si elle leur avait donné son assentiment, les deux autres gardiennes, nettement moins cordiales et dont le visage était nettement moins harmonieux – que voulez-vous, nous ne pouvons pas toutes être aussi parfaites que la grande Marianne –, débutèrent leurs sermons.

— Jeune fille. Votre comportement est une honte pour cet établissement. Vous êtes bruyante, désinvolte et par-dessus tout négligée.

Les commissures de mes lèvres s'étirèrent malgré moi. Elles appuyaient très lourdement sur le mot « négligée », comme si mon apparence physique constituait le plus gros délit. À l'orphelinat des Pâquerettes, oublier de donner un coup de brosse dans votre chevelure constituait l'effronterie ultime. En plus d'être hideuse, vous faisiez tache dans le paysage et détruisiez les efforts acharnés de toutes ces demoiselles pour exhiber une tribu de joyeuses écervelées aux yeux du monde.

— Le plateau m'a glissé des mains, dis-je sans grande conviction.

Plaider ma cause était inutile, mais je m'y employai tout de même, pour la forme. Les apparences étaient très importantes ici. Afficher une mine repentie était déjà un grand pas vers le long et tumultueux chemin du pardon, peu importe que vous soyez sincère ou non.

Dans le cas contraire, il existait une alternative : les coups de ceinture étaient monnaie courante. Nous y étions toutes passées au moins une fois, mais j'avoue que mon dos avait été légèrement plus exposé.

Les deux sorcières semblèrent se détendre un peu.

— Très bien. Je suppose qu'il est de notre devoir d'accepter vos excuses, lâcha la plus grande en détachant minutieusement chaque syllabe comme si cela risquait de lui brûler la langue.

— Quelqu'un a parlé d'excuses ?

Le visage bouffi de la gardienne vira au violâtre, ses lèvres pincées blanchirent et ses yeux exorbités devinrent effrayants. Je n'aurais pas été surprise de voir de la fumée lui sortir des oreilles.

Marianne, qui décidément possédait une patience infinie et un sang-froid à toute épreuve, posa une main apaisante sur l'épaule de sa camarade.

— Laissez, Alphonsia, je vais m'entretenir avec Eden.

Les deux sbires, visiblement déçus que l'honneur de me corriger ne leur revienne pas, s'enfuirent aussi loin de moi que possible.

Marianne s'approcha à pas feutrés, aussi gracieuse qu'une hirondelle. Elle m'invita, d'un léger signe de tête, à prendre place à une des tables. J'obéis docilement. Marianne était la seule personne dans ce maudit orphelinat que je tolérais, ou du moins j'essayais.

Nul besoin de me retourner pour deviner ce qui se tramait dans mon dos : un groupe de filles devait déjà s'être rassemblé pour profiter du spectacle. Toutes me fuyaient comme une pestiférée, j'y avais d'ailleurs veillé très soigneusement, mais lorsqu'il fallait assister à une remontrance en public, elles répondaient toujours présentes.

Le petit manège derrière nous n'avait pas échappé aux doux yeux de Marianne ; aussi s'efforça-t-elle de parler le plus bas possible, sans doute pour m'éviter une énième humiliation.

— Eden… murmura-t-elle, partagée entre la lassitude et le regret.

Je détestais lorsqu'elle s'adressait à moi sur ce ton. Je me sentais comme une petite fille qui venait de décevoir sa mère. Or, Marianne ne représentait rien pour moi.

— Tu dois faire un effort. Malgré tous nos avertissements, tu persistes dans ta folie. Quand cela va-t-il prendre fin ?

Je gardai obstinément la tête baissée. Cela m'évitait de croiser son regard lourd de reproches. Me murer dans le silence était le mieux que je puisse faire. Généralement, elle finissait par abdiquer et repartait veiller sur une autre de ses protégées.

— Je sais que tu ne partages pas les valeurs de cet institut, ajouta-t-elle. Mais il est temps de te faire une place au sein de notre groupe. Tu es ici depuis bientôt un an ; j'ai conscience que ton intégration a été rude. Les autres filles te fuient comme la peste.

— C'est ce qu'elles ont de mieux à faire ! ripostai-je.

J'avais haussé la voix volontairement. S'il y avait bien une chose que Marianne avait en horreur, c'étaient les hurlements. Néanmoins, elle ne se laissa pas démonter. Elle semblait vouloir obtenir le dernier mot dans cette bataille.

— Tu penses que personne ne pourra jamais t'apprécier, mais tu as tort. Tu peux encore te faire des amies. Je peux t'aider. Participe aux activités. Je pourrais demander aux pensionnaires de te donner une seconde chance, elles m'écouteraient, tempéra Marianne.

— Et si je n'ai pas envie d'avoir des amies ? Si je préfère rester seule ? Je dois déjà partager un dortoir avec deux filles, fis-je remarquer.

Marianne fronça les sourcils. Elle semblait réellement soucieuse.

– À ce propos, Doroté et Noélia ont demandé à changer de chambre.

Je haussai les épaules avec désinvolture. Doroté ronflait comme un tracteur toutes les nuits et la petite Noélia, âgée de huit ans à peine, chapardait tout ce qui lui tombait sous la main. Je la soupçonnais de m'avoir volé à plusieurs reprises, même si elle démentait avec ferveur. Me débarrasser de ces deux filles serait une bénédiction.

– Tu sais que toutes les chambres sont occupées et que je devrai désigner d'autres pensionnaires à leur place. Malheureusement, je ne pourrai pas donner suite à leur demande. Je doute que les volontaires se bousculent pour cohabiter avec toi et je ne veux pas imposer cette décision. Ce ne serait pas juste.

– C'est bon, j'ai saisi. Je n'ai plus qu'à déménager à la bibliothèque ou à l'infirmerie. Là, je ne risquerai pas de gêner quelqu'un.

– Ce n'est pas ainsi que tu t'adapteras, Eden. Tu dois te plier aux règles. Je ne peux pas te protéger indéfiniment. Le conseil s'est réuni pour discuter de ta petite prestation en cours de langues. Les votants ont été unanimes : c'est ta dernière chance. Encore une erreur, et tu seras renvoyée de cet orphelinat. Tu retourneras alors à la rue, comme avant que l'on vienne te secourir.

Mes joues s'échauffèrent.

– C'est gentil de vous inquiéter pour moi, mais je n'ai pas besoin de vos conseils. Vous pensez être une sainte, mais vous vous trompez lourdement. Vous ne m'avez pas sauvée ; vous m'avez privée de ma liberté. Vous savez aussi bien que moi qu'une fois douze ans révolus, personne n'a la moindre chance de se faire adopter. Et pourtant vous avez insisté pour me ramener ici !

Les pommettes de Marianne blêmirent. Elle accusa le coup et tenta tant bien que mal de se justifier :

– Tu étais seule ! Abandonnée... Tu allais mourir de faim, Eden. Tu as sans doute oublié à quel point tu étais maigre et démunie...

Sa voix se brisa en fin de phrase. C'en était trop. Je ne pouvais pas écouter une seconde de plus ses lamentations.

Je me redressai avec une telle violence que la chaise bascula en arrière et je m'enfuis à toutes jambes.

3

Une sombre histoire de famille

Jadis Lucinosa
Village d'Elwynn, terres de l'Ouest.

Les rayons éblouissants du soleil cognaient contre mes bras nus et venaient me brûler les rétines. Ma gorge, asséchée par une journée ininterrompue de dur labeur, s'incendiait à chaque déglutition. Ma gourde était vide depuis une bonne heure déjà, mais je n'avais ni le temps ni le courage de me rendre au puits le plus proche pour la remplir. J'avais presque fini d'arracher toutes les mauvaises herbes du champ et je ne pouvais pas m'arrêter en si bon chemin. Chacun de mes muscles était sous tension, protestant ardemment et réclamant du repos. J'ignorais les appels au secours que me lançait mon corps et continuais inlassablement à ratisser la moindre parcelle de terre.

Bien que le soleil amorçât sa descente à l'horizon, la chaleur ne faiblissait pas, à mon plus grand regret. À l'ouest du pays, il faisait encore plus chaud qu'au sud. Les températures pouvaient atteindre les quarante degrés à l'ombre et la pluie se faisait extrêmement rare.

Je baissai les yeux sur mon vieux chandail qui avait cédé aux ravages du temps, maculé de terre et deux fois trop grand pour moi. Il appartenait à mon oncle. C'était un homme fort ; pas vraiment reconnu pour ses qualités intellectuelles, mais davantage pour son physique de colosse et sa hargne légendaire. Dans le village, on l'appelait le Géant ; surnom qu'il affectionnait tout particulièrement et qu'il entretenait avec beaucoup de vigueur. Il faisait la fierté des paysans et était considéré comme l'homme le plus productif que la Terre n'a jamais porté depuis sa création.

Alors, quand le Géant périt d'une maladie des poumons six ans plus tôt et laissa pour héritage un gamin maigrelet et maladroit de douze ans, les moqueries commencèrent à fuser. On se demandait comment un titan comme l'oncle Day avait pu se porter volontaire pour élever, nourrir, choyer et protéger un pareil fardeau.

Je m'étais également posé la question à de nombreuses reprises. Les années passèrent. J'avais pris des muscles et je m'étais endurci avec le travail des champs, mais dans les petits villages perdus au fin fond d'Elwynn, les vieilles traditions ont la vie dure. Les mœurs restent ancrées dans les mentalités aussi sévèrement qu'une huître s'accroche à son rocher. J'étais resté pour tous le petit garçon empoté qui brisait les vases par mégarde et détruisait tout sur son passage, incapable de tenir correctement une fauche pour subvenir aux besoins de sa famille.

– Jadis ! m'interpella une petite voix fluette.

Je fis volte-face, le dos de la main collé au front pour limiter l'éblouissement.

La plus jolie et la plus adorable fillette du village se dirigeait vers moi, un panier rempli de victuailles à la main. Sa chevelure rousse volait derrière ses épaules tandis qu'elle sautait au-dessus des plantations.

– Mia ! m'exclamai-je. Qu'est-ce que tu m'apportes de bon, aujourd'hui ?

Le sourire enfantin de la gamine s'étira d'une oreille à l'autre. Elle plongea la main dans son panier démesuré et en sortit une part de tarte.

– C'est mamie Martha qui a cuisiné cette tarte à la poire. Elle m'a demandé d'en apporter aux travailleurs pour les encourager.

Son sourire édenté et son enthousiasme naturel m'arrachèrent un rire.

– C'est très gentil, mais je doute que Martha pensait à moi quand elle a dit ça. Va plutôt offrir cette tarte à un de ces vieux qui souffrent de leur dos, suggérai-je.

Sans chercher à insister, elle reposa le précieux mets dans sa besace.

– J'ai lu le journal aujourd'hui, déclara-t-elle fièrement.

– Tu as lu ou tu as demandé à Martha de te faire la lecture ? questionnai-je avec un clin d'œil.

– Elle m'expliquait ce que je ne comprenais pas, c'est tout, affirma-t-elle vigoureusement. Il paraît que la reine ne va pas bien.

« Pas bien » était un bel euphémisme. Aussi loin que je me souvienne, la reine Aubrey avait toujours été souffrante, rongée par un mystérieux mal. Certains disaient que ses maux étaient dus à des complications liées à la grossesse, mais aucune preuve plausible n'avait été divulguée. Le roi Salomon, fou amoureux et dévoré par la tristesse, gardait sa bien-aimée confinée au palais sous haute surveillance. Il était rare que la presse nous tienne informés de son état de santé. D'ordinaire, tout était gardé secret et les seules personnes averties de l'évolution du mal de la reine étaient un cercle très restreint de proches et l'armée de médecins chercheurs qui tentaient par tous les moyens de dénicher un remède miracle. Sa dernière apparition en public datait de plus de quatre ans. Depuis, elle restait clouée au lit, enfermée dans ses appartements. Certains disaient qu'elle était maintenue en vie par des machines et nourrie par des tuyaux, mais ce n'étaient là encore que des rumeurs sans aucun fondement.

Au fond, cela n'avait aucune importance. Je ne m'occupais pas des affaires royales, j'avais déjà bien assez de problèmes. Mais pour une raison que j'ignorais, la plupart des villageois raffolaient des potins de la royauté et une vague rumeur à propos de la reine Aubrey suffisait à déclencher un chambardement. Je crois surtout que c'était une manière d'oublier le travail et de se changer les idées.

De plus, la reine Aubrey était très appréciée, contrairement à son époux, et tous auraient aimé la voir guérir de son inexplicable mal.

— La fille de la reine doit être très triste, murmura Mia, soudain très maussade.

— Si elle en a vraiment une, ce qui m'étonnerait fortement, ripostai-je. Personne ne l'a jamais aperçue ! Pourquoi une princesse resterait-elle enfermée au palais volontairement ? Et pourquoi le roi refuse-t-il de répondre aux questions concernant sa prétendue fille ?

— Mamie Martha dit qu'elle existe vraiment, contesta Mia. Elle l'a déjà vue en personne. Après l'accouchement de la reine, elle est partie au château pour fêter la naissance. Et quand le couple royal a présenté la princesse, elle était là ! affirma-t-elle avec vigueur.

Elle brandit la une du journal comme s'il s'agissait d'une preuve irréfutable. Un gros titre en lettres majuscules déclarait : « LA REINE AUBREY AUX PORTES DE LA MORT ! » En dessous figurait une photo de la reine, datant de sa dernière apparition en public, soutenue par son mari. Mes yeux glissèrent vers le bas de la page où, dans un petit encadré, on nous informait d'une énième attaque d'un convoi de marchands par les clans des plaines.

— Des centaines de personnes disent l'avoir vue, mais la princesse est vraisemblablement morte quelques jours après sa naissance. Le roi ne désire pas en parler, car se remémorer sa défunte fille l'attriste trop, expliquai-je.

— J'ai une autre idée : je pense que la princesse est si jolie qu'elle doit rester enfermée pour ne pas être embêtée par les gros méchants. Elle attend son prince charmant qui viendra la délivrer et se marier avec elle. Tiens ! Elle doit avoir le même âge que toi, pas vrai ? Tu pourrais être son prince charmant !

– Je ne suis pas prince, renchéris-je.

– Oui, mais tu es charmant.

Elle ponctua ses paroles d'un battement de cils. Mia était fascinée par ces histoires à l'eau de rose, comme toutes les filles de son âge.

– J'allais oublier ! s'exclama-t-elle. J'ai quelque chose pour toi. C'est un cadeau très spécial, et je ne le donne qu'aux personnes qui comptent vraiment pour moi.

Intrigué, je plantai ma faucille dans la terre. Mia tira une minuscule fleur rouge de sa besace et me la tendit.

– Voilà ! C'est un cadeau.

– C'est vraiment adorable. Je te prendrais bien dans mes bras, mais j'ai peur de salir ta belle robe du dimanche.

– Oh, dommage ! Mais c'est vrai que mamie Martha ne va pas être contente si je reviens toute sale, admit la petite fille.

– Qu'est-ce que je peux faire pour te remercier, alors ? demandai-je innocemment, bien que je connaisse déjà la réponse.

– Ramène-moi dans la forêt ! pépia Mia en tapant des mains. Et cette fois, je veux parler avec d'autres.

Je m'esclaffai.

– Arrête, tu sais bien qu'ils ne parlent pas.

– Oui, mais c'est tout comme. Tu as de la chance d'être leur ami. Si seulement je pouvais être copine avec eux, moi aussi ! Mais chaque fois que je vais en balade dans la forêt avec mamie Martha, ils ne sont pas là...

– Ils se cachent, tu le sais bien. Ils sont timides, voilà tout. Et n'oublie pas : c'est notre secret à tous les deux. Mais c'est promis, je t'y emmènerai à nouveau. À la prochaine lune, qu'en penses-tu ?

Surexcitée, Mia se mit à sautiller sur place, crassant au passage ses souliers roses.

— C'est génial ! Merci beaucoup, Jadis.

Oubliant toute restriction, elle bondit dans mes bras. J'éclatai de rire puis m'empressai de la reposer sur le sol. Elle tourna les talons et s'enfuit aussi vite qu'elle était arrivée.

— Et surtout, ne va pas dans la forêt toute seule, compris ?

— C'est promis !

Je la regardai s'éloigner, tourbillon de légèreté et d'innocence dans une robe à froufrous rose bonbon, puis soupirai et me remis au travail.

4

Une atmosphère glaciale

Princesse Whisper Organa
Tour est, Palais royal, terres du Sud.

Je portai une main à la bouche et entrepris de me ronger un ongle. Presque aussitôt, je reçus une violente tape sur la paume.

– Princesse, je vous en prie ! s'indigna ma gouvernante.

Je reposai docilement mon bras le long du corps.

– Excusez-moi, Hermance. Vous savez comme je suis nerveuse à l'idée de rencontrer des inconnus...

Ma préceptrice s'adoucit instantanément. Elle savait que je m'adressais à elle par son prénom uniquement quand j'étais désemparée. Elle se glissa à mes côtés et croisa mon regard dans l'immense miroir qui s'étendait sur un pan entier du mur.

La panique s'empara de moi. Engoncée dans une robe sophistiquée, bien trop serrée, chaque respiration était une épreuve. Hermance me dépassait d'une bonne tête, voire plus, et je ressemblais plus que jamais à une enfant à côté d'elle. Lorsque je me comparais à autrui, je prenais conscience à quel point mon corps était frêle. Avec mes cheveux noirs et ma peau aussi blanche que celle d'un cadavre, je faisais peur à voir. Seuls mes yeux verts parvenaient à adoucir le tableau, mais ils ne suffisaient malheureusement pas à me donner bonne mine.

– Vous allez très bien vous en sortir. Un simple dîner avec votre père, le roi du royaume du Nord et quelques proches. Il n'y a aucune raison de paniquer.

— Si par « quelques proches », vous entendez tous les oncles, tantes, grands-parents, frères et sœurs, cousins et petits-cousins, je conçois qu'il n'y ait aucune raison de s'affoler.

Je souris légèrement pour détendre l'atmosphère, mais mon reflet me renvoya une grimace effroyable.

— Je ne me sens pas prête à paraître à ce repas, madame, lâchai-je. Je suis sincèrement désolée. Je ferais peut-être mieux de rester dans ma chambre.

Ma gouvernante pressa mon épaule affectueusement, la petite querelle de ce matin définitivement enterrée. Son chignon semblait encore plus serré que d'habitude, à tel point que ses yeux s'étiraient en arrière. Néanmoins, sa moue sévère s'était quelque peu détendue.

— Ne dites pas de bêtise. Cela fait longtemps que vous n'avez pas vu votre père. Échanger des amabilités avec des invités ne peut être que bénéfique. Vous devez apprendre à parler à autrui avec autant de fluidité que si vous parliez à un ami de longue date. C'est la dernière leçon que je dois vous enseigner. Votre formation est presque achevée.

Les larmes me montèrent aux yeux malgré moi et manquèrent de me submerger. Pourquoi étais-je aussi sensible ? Et par tous les esprits, pourquoi avais-je aussi peur ?

— Si seulement père me laissait avoir des amis comme tout le monde. Je pourrais aller à l'école… Peut-être que si je sortais en ville ne serait-ce qu'une journée je pourrais rencontrer des perso…

— N'y pensez pas, trancha sévèrement Hermance. Vous savez que votre père a horreur du petit peuple. Personne ne doit vous approcher ni avoir connaissance de votre existence, excepté certains privilégiés triés sur le volet comme ce soir. Et pour ce qui est de fréquenter d'autres nobles… Vous êtes une princesse, pas une simple bourgeoise. Vous devez recevoir un enseignement particulier.

J'avais déjà entendu ces paroles à maintes reprises. Auparavant, cela suffisait à faire taire mes interrogations. À présent, je ne puisais aucun réconfort dans cette réponse répétée mécaniquement, comme un poème appris par cœur. Même Hermance ne semblait pas convaincue par ce qu'elle avançait.

– Et votre santé, mademoiselle... Vous savez que votre père a très peur de ce qu'il pourrait vous arriver. Avec la terrible maladie de votre mère... Nous ignorons encore la cause de ses maux. Vous portez peut-être le même mal en vous. Vous savez que vous êtes très fragile.

Ce serait mentir que d'affirmer que les choses avaient été différentes auparavant. Aussi loin que mes souvenirs remontaient, j'avais toujours été vulnérable. Le moindre courant d'air suffisait à me clouer au lit pendant des semaines. Sans parler du mal fou que j'avais à digérer les aliments. Tous mes repas m'étaient servis sous forme de purée ou de soupe pour limiter les dégâts, mais cela n'aidait pas à me maintenir en forme. Toutes les semaines, je recevais la visite d'un guérisseur hautement qualifié qui m'examinait de la tête aux pieds. Il s'occupait également de ma mère et s'assurait que je ne présente pas les mêmes symptômes.

Bien sûr, tout cela s'effectuait dans le plus grand des secrets. Père s'était entièrement chargé de ma protection. Personne ne devait savoir que j'étais vivante. Depuis la dégradation de la santé de mère, il était dans un état second. La paranoïa s'était emparée de lui. Il craignait que quelqu'un me fasse du mal, qu'un de ses opposants n'envisage de m'enlever pour lui nuire ou que je tombe malade, tout simplement. Plus le temps passait, plus j'avais la sensation que la prison dorée dans laquelle j'étais cloîtrée depuis ma naissance ne me protégeait pas, mais m'isolait, m'affaiblissait. Quant à mes problèmes de santé, ils venaient sans doute du manque d'exercice...

Je n'eus pas le temps de m'attarder sur ces réflexions. Un valet frappa à la porte et annonça l'heure du dîner.

Je jetai un dernier coup d'œil à ma gouvernante. Elle n'était pas autorisée à m'accompagner. Autrefois, lorsque j'étais plus jeune, sa présence à table était tolérée, mais à présent, s'encombrer d'une nounou lors d'un dîner royal était considéré comme inconvenant.

Lorsque je pénétrai dans la salle de réception, je fus éblouie par la beauté des lieux et la complexité des décorations. L'immense pièce, d'ordinaire très sobre et dépourvue de toute fantaisie, ordre du roi, avait été entièrement revisitée à cette occasion. Gigantesques bouquets de fleurs, assiettes en porcelaine, verres à pied sertis de diamants, chandeliers étincelants, rien n'avait été laissé au hasard. J'ignorais qui étaient ces étrangers du Nord, mais si père déployait autant d'efforts, ils devaient être d'une importance capitale pour ses affaires.

Comme je m'y attendais, le roi des contrées du Nord n'était pas venu seul : la table s'étendait sur plusieurs mètres et toutes les places étaient occupées.

Quand je pénétrai dans la pièce, tous les regards convergèrent vers moi. Les rires et les bavardages s'estompèrent quelque peu tandis qu'un orchestre tapi au fond de la salle interprétait des morceaux celtiques.

Je déglutis et effectuai une rapide révérence en rassemblant le plus de dignité et de gracieuseté possible, me remémorant intérieurement les conseils d'Hermance pour m'adresser à des invités.

Sans plus de cérémonie, je me glissai à toute vitesse dans l'unique siège libre, à la gauche de père. La place de droite était réservée à l'invité d'honneur, en l'occurrence le roi du Nord. Mon père m'accueillit avec un sourire chaleureux et je me décrispai immédiatement. Il était si rare de le voir d'humeur joviale.

Je sondai alors les invités du regard. Les conversations reprirent dès que je fus assise et un concert de joyeux bavardages futiles s'éleva à nouveau. Enfermée comme je l'étais depuis toujours au château, les occasions de rencontrer des étrangers étaient incroyablement minces. Aussi, je m'attelai à interpréter les mouvements, analyser les mimiques et observer les attitudes de chacun afin de collecter le plus d'informations possible.

Les gens du Nord semblaient décontractés et bons vivants. S'adressant les uns aux autres d'une voix beaucoup plus forte que nécessaire, ils se moquaient des règles de bienséance. Je remarquai néanmoins que la grande majorité des invités étaient des hommes, et que les rares femmes présentes n'étaient pas vêtues de robes et de corsets, mais d'un simple pantalon d'une matière inconnue et d'un haut à épaulettes qui les faisait paraître beaucoup plus fortes qu'elles ne l'étaient réellement. Quant aux coiffures, elles arboraient des coupes étranges composées de tresses et de nœuds entremêlés qui formaient des structures pour le moins surprenantes. Tous avaient une taille phénoménale et une carrure impressionnante. À côté, je ressemblais à une Lilliputienne égarée. Les hommes portaient de longues barbes soigneusement taillées et colorées en rouge ou en bleu et semblaient bénéficier d'une pilosité extrême. Leurs sourcils broussailleux se confondaient pour n'en former qu'un et leurs cheveux étaient encore plus longs que les miens, dépassant généralement le mètre.

Je décidai instantanément que je les appréciais.

– Vous voir me met le cœur en fête, mon enfant, déclara père d'un ton solennel.

Pourtant, ses yeux ne se posèrent sur moi qu'une demi-seconde. Il n'avait probablement pas remarqué tous mes efforts pour apparaître élégante et raffinée. Avec l'aide d'Hermance et quelques domestiques, nous avions pris plus de deux heures pour sélectionner la robe adaptée, les chaussures, la coiffure et le maquillage assortis. Je pris conscience avec amertume que j'aurais pu me présenter vêtue de haillons qu'il n'aurait pas fait la distinction.

— Moi de même, père.

Comme à son habitude, père avait revêtu son traditionnel costume rouge dont les épaulettes étaient cousues avec du fil d'or. Son imposante couronne était posée fièrement sur son crâne. Bien que sa courte barbe brune fût taillée à la perfection et que ses cheveux légèrement grisonnants à la racine fussent soigneusement ramenés en arrière, je remarquai les cernes qui ornaient ses yeux gris. De nouvelles rides étaient apparues dans le creux de ses yeux et au coin de ses lèvres, mais je n'aurais su dire si elles étaient dues à l'âge où à l'épuisement.

Sa présence seule réussissait à m'éclipser : à côté de lui, je pouvais aisément passer pour une servante ou une invitée quelconque, diadème ou non. Il avait la capacité incroyable de captiver une pièce entière.

— Laissez-moi vous présenter notre invité : Le roi Vayrien, du royaume des terres Froides, déclara-t-il avec gravité en tendant un bras vers l'intéressé.

Affublé d'une couronne presque aussi grosse que ma tête et qui devait peser incroyablement lourd au vu des innombrables pierres serties, le roi du Nord hocha poliment la tête. Sa longue barbe rousse et ses sourcils en bataille me rappelèrent les combattants vikings dans les histoires archaïques que mère me racontait autrefois, quand sa maladie n'avait pas atteint son paroxysme. Le roi dégageait une forte odeur corporelle, un mélange de sueur, de métal et une senteur âcre de terre humide.

Je me contentai d'un timide salut. J'avais développé au fil du temps une peur bleue des étrangers. Père avait veillé à ce que je sois trop terrifiée pour réclamer plus de liberté de circulation, notamment au-delà des murs du château.

– Je tiens à m'excuser pour mon indisponibilité, ajouta père en louchant sur son assiette vide. Les temps sont durs et j'ai de nombreuses affaires à régler en ce moment.

Je déglutis. La présence de père me rendait constamment nerveuse.

– Cela fait trois mois que je ne vous ai vu, père.

Il croisa les mains sur la table, affichant un air profondément ennuyé.

– Le temps passe tellement vite. Je ne dors presque plus.

– Vous devriez vous reposer un peu plus, suggérai-je. Que diriez-vous de prendre une pause demain matin et de vous rendre à la bibliothèque royale avec moi ? On m'a rapporté que de nouveaux ouvrages y étaient entreposés.

– Un roi ne se repose pas, trancha-t-il. Votre gouvernante ne vous apprend donc pas les rudiments des bonnes conduites ?

– Oh, si ! D'ailleurs elle est très douce avec moi et...

– Son rôle n'est pas d'être douce, coupa père avec une moue de dédain. Si j'apprends à nouveau des inepties de ce genre, je la remplacerai pour une autre plus compétente.

Mes lèvres bougèrent, mais aucun son ne s'en échappa. Abasourdie par la brusquerie de ses paroles, je ne trouvai rien à répliquer. Je plongeai les yeux sur mes couverts en argent.

– Je profite de ce dîner pour vous annoncer mon départ prochain. Je vais séjourner dans le palais du royaume du Nord.

– Pendant combien de temps ? m'informai-je avec appréhension.

Je prononçai une prière silencieuse. Je redoutais qu'il ait une fois de plus oublié mon anniversaire.

– Un temps indéterminé, assena-t-il avec un agacement non dissimulé. Assez bavassé. Place au dîner !

Des valets émergèrent aussitôt de toutes parts les bras chargés de plats fumants, prêts à accomplir le moindre de nos désirs.

– Voilà bien la première chose sensée que vous dites depuis le début de notre entrevue, lâcha soudainement le roi du Nord avec un étrange accent.

Père partit alors dans un bruyant éclat de rire qui ne lui ressemblait pas et les autres invités se joignirent à lui. Même les visiteurs à l'autre bout de la tablée, qui ne pouvaient en aucun cas avoir saisi la nature de l'échange, se mirent à glousser sans retenue.

Alors que j'observais, hagarde, les valets s'affairer pour déposer les assiettes débordantes et remplir les verres de vin qui ne cessaient de se vider, victimes de la soif intarissable des invités nordiques, père semblait déjà avoir oublié mon existence. Il entama une conversation avec le roi du Nord à propos des spécialités culinaires nordistes. Il ne lui avait fallu que deux minutes pour se lasser de ma présence.

5

Une poupée de chiffon

Princesse Whisper Organa
Tour est, Palais royal.

À mon plus grand regret, le dîner s'éternisa. Je tentai de suivre la conversation de père avec le roi du Nord et de m'intéresser à ses futurs contrats, mais je perdis vite le fil. Encore un défaut à l'héritière du trône : fragile physiquement, j'étais également dans l'incapacité totale de me concentrer plus de quelques minutes. Ce qui expliquait notamment mes résultats exécrables en arithmétique, ainsi que dans la plupart des matières que m'enseignait Hermance.

Écœurée par l'attitude de père, je ne touchai pas à mon assiette. Du reste, aucun invité ne m'adressa la parole. Ils discutaient entre eux dans un langage qui m'était inconnu et me dévisageaient comme si je venais d'une autre planète.

Je suppose qu'ils devaient être intrigués par la princesse dont tout le monde parlait, mais que personne n'avait jamais vue. Père prenait toujours ses précautions avant de me dévoiler au grand jour. Il avait sûrement dû faire promettre aux convives de n'évoquer mon existence sous aucun prétexte.

Je me sentais plus seule que jamais. Le reste du repas se déroula comme dans un rêve. L'esprit embrumé par le flot des conversations, l'estomac retourné à la vue de la montagne de nourriture, j'observais silencieusement les invités afin de tout retranscrire plus tard sur papier, en dessin ou dans l'une des innombrables histoires que j'écrivais pour passer le temps.

Lorsque je me retirai dans mes appartements de longues heures plus tard, ma gouvernante s'empressa de m'accueillir.

– Princesse Whisper ! Comment s'est passé votre dîner ? s'enquit-elle.

Je me débarrassai de mes talons et les envoyai valdinguer à l'autre bout de la pièce. Une servante se rua dessus pour les ranger immédiatement à leur place, dans la penderie. Même mes éclats de colère étaient contrôlés.

– Je n'ai pas envie d'en parler. Je vous en conjure, la prochaine fois que vous voyez mon père, rappelez-lui que mon anniversaire est dans moins d'un mois et que je souhaiterais l'avoir auprès de moi pour mes dix-huit ans.

Hermance hocha gravement la tête.

– Entendu, mademoiselle. Autre chose ?

– Aidez-moi à retirer cette affreuse tenue et laissez-moi seule, soupirai-je.

Bien que des domestiques soient plus à même d'effectuer cette tâche, je préférais que ma gouvernante s'en charge. En silence, Hermance dénoua mon corset et m'apporta une robe de chambre. Alors que je me glissais dans les draps à l'odeur de jasmin, une femme de chambre vint m'apporter une tisane encore fumante et une bouillotte. Elle entreprit de lisser des plis imaginaires sur les draps tout en me jetant des regards de compassion.

– Je suis vraiment désolée pour votre mère, princesse, murmura-t-elle.

Mon cœur fit un bond dans ma poitrine, comme à chaque fois que ma mère était évoquée dans une conversation. Père ne parlait jamais d'elle et lorsque j'entendais son nom murmuré craintivement dans la bouche des domestiques, c'était rarement pour recevoir une bonne nouvelle.

Mon visage devait laisser transparaître la surprise puisque la femme de chambre, qui ne devait pas avoir plus de quinze ans, afficha une mine gênée.

— Vous n'êtes pas au courant ? Vous n'avez pas lu le journal d'aujourd'hui, princesse ?

Je secouai vivement la tête. La servante s'empressa de m'apporter un exemplaire du journal. C'était *Le Volontaire.*

— « La reine aux portes de la mort, le roi toujours muré dans le silence », lus-je à voix haute. Qu'est-ce que cela signifiait ? Et pourquoi mettre en couverture cette photo vieille de quatre ans ? questionnai-je.

Ma voix grimpa *illico* dans les aigus comme à chaque fois que j'étais désemparée.

La petite femme de chambre semblait tout à coup très mal à l'aise. Elle se mit à frictionner frénétiquement ses doigts en évitant de croiser mon regard.

— Je ne saurais vous dire, mademoiselle. Mais cette information fait la une de tous les journaux. Il paraît que son état s'aggrave et qu'il ne lui reste plus que quelques jours à vivre... Je pensais que vous étiez au courant, acheva-t-elle d'une toute petite voix.

Emportée par un mauvais pressentiment, je rejetai le drap et enfilai mes chaussons à toute vitesse.

— Mon peignoir, je vous prie. Je vais rendre visite à ma mère.

La servante poussa un petit cri désapprobateur.

— Mais... balbutia-t-elle. Vous ne pouvez pas... C'est peut-être contagieux... Personne ne peut l'approcher !

— C'est un ordre, lâchai-je en tentant de rassembler le plus d'autorité possible.

La jeune fille baissa la tête, vaincue, et me tendit une robe de chambre que j'enfilai à la hâte.

— Et je vous serais reconnaissante de garder ma petite excursion sous silence. Le roi ne doit jamais en être informé et il en va de même pour ma gouvernante, c'est clair ?

— Très clair, princesse Whisper.

Sans plus attendre, je me ruai en direction des appartements de mère, habitée par un frisson d'excitation et de peur.

Depuis la déclaration de la maladie de mère, sa suite avait été aménagée comme un véritable hôpital. Des dizaines de guérisseurs hautement qualifiés débarquant des quatre coins du royaume veillaient sur elle nuit et jour tandis que d'autres tentaient d'élaborer un antidote contre sa maladie, encore inconnue à ce jour.

Tout en trottinant dans les couloirs, je cherchais un moyen de parvenir jusqu'à ma mère sans me faire remarquer. Je conclus très vite qu'il me serait impossible de franchir la barrière de médecins qui allaient me faire face et m'intercepter. Du reste, quatre valets m'avaient aperçue en train d'errer dans les couloirs et il ne faisait nul doute que l'événement était déjà en train de se répandre comme une traînée de poudre. Tant pis pour la discrétion. J'irais rendre visite à mère en faisant appel à l'autorité, comme devait le faire une future reine.

Au bout de quelques minutes de course effrénée, je fus contrainte de ralentir. Ma respiration, non habituée à subir un tel traitement, me faisait défaut et mon cœur semblait au bord de l'implosion.

— Princesse Whisper, avez-vous besoin d'aide ? m'interpella un valet, un pli soucieux entre les sourcils.

Je l'ignorai avec superbe et continuai ma route sans m'arrêter. Je marchai avec énergie et, après avoir traversé intégralement le palais, j'arrivai enfin aux appartements de mère.

Alors que je m'apprêtais à tomber sur une nuée de scientifiques bourdonnant en blouse blanche, gesticulant dans tous les sens, hurlant des ordres et avertissements à tout-va, un calme assourdissant m'accueillit.

Autour d'une immense table en verre, des hommes et des femmes discutaient à voix basse, comme s'ils craignaient de réveiller un enfant dormant non loin de là. Les piles de documents devant eux et l'odeur âcre du café mêlée à celle du désinfectant retinrent immédiatement mon attention.

Intrigués par cette interruption, les chercheurs levèrent les yeux sur moi. Les années de pratique avaient appris aux plus expérimentés à masquer leurs émotions, aussi affichaient-ils une neutralité impénétrable. D'autres, en revanche, furent ébranlés par ma présence. Je pouvais lire en eux comme dans un livre ouvert, et m'empressai de sonder leurs visages à la recherche du moindre indice. Surprise, nervosité et compassion étaient des émotions aisément identifiables. J'étais devenue très forte à ce petit jeu au fil des années.

– Je souhaite que quelqu'un me conduise à ma mère immédiatement, dis-je d'une voix que j'espérais forte.

Les érudits se levèrent et firent une brève révérence. La première personne à réagir fut une femme d'une quarantaine d'années, blonde platine, habillée de blanc des pieds à la tête.

– Bonsoir, princesse, répondit-elle simplement.

Elle jeta un coup d'œil à ses confrères, qui ne bronchèrent pas. Elle semblait diriger la petite équipe d'une main de fer.

Sans demander le consentement des autres membres, elle se leva et fit un léger signe de la tête.

– Je m'appelle Janna. Suivez-moi, je vous prie. Je vais vous conduire à votre mère.

Mi-étonnée mi-soulagée, je lui emboîtai le pas. Je m'attendais à un refus ; j'avais même imaginé une argumentation destinée à les faire céder. Mais mon étonnement fut de courte durée. Toutes mes pensées étaient tournées vers ma mère. Cela faisait tellement longtemps que je ne l'avais pas vue !

Derrière nous, la conversation entre les médecins reprit avec un peu plus de vigueur.

— Est-ce que *Le Volontaire* dit vrai ? m'enquis-je immédiatement. Est-elle vraiment en phase terminale ?

Janna ne s'arrêta pas pour répondre. Elle avait calé sous son aisselle une petite mallette qui semblait contenir de nombreux documents. Je dus me faire violence pour ne pas m'en emparer.

— Depuis quand n'avez-vous pas vu votre mère, princesse ? éluda-t-elle.

Je pris moins d'une seconde pour donner ma réponse. Je comptais chaque jour qui me séparait d'elle, et ce depuis plusieurs années.

— Trois ans.

Janna prit le masque qui était autour de son cou pour le placer sur sa bouche. Elle avançait rapidement et je fus contrainte de trottiner pour suivre le rythme.

— Bien des choses ont changé depuis, lança-t-elle avec un soupçon d'amertume dans la voix.

Alors qu'elle me guidait à travers un nouveau dédale de couloirs et de pièces, je m'interrogeai. Comment l'état de ma mère avait-il pu se dégrader davantage ? La dernière fois, elle m'avait déjà semblé au bord du gouffre.

— Est-ce que vos recherches avancent ? interrogeai-je, pleine d'espoir.

La scientifique m'observa du coin de l'œil avec attention. Je ne pouvais détacher mes yeux de ses cheveux platine coupés très court, une nouveauté pour moi.

— Je ne suis pas censée vous tenir informée de nos recherches, ordre du roi, m'informa-t-elle. Tout ce qui touche à la reine est strictement confidentiel.

— Mais je suis sa fille ! m'indignai-je.

Janna soupira, en proie à un dilemme intérieur.

– Je suppose que vous êtes en droit de connaître la vérité, en effet. Vous êtes encore jeune, mais vous n'êtes plus une enfant, reprit-elle comme pour se convaincre elle-même. Puis-je vous parler franchement sans craindre de vous choquer ?

– Bien entendu. Parlez, je vous en conjure.

Elle ralentit le pas et je me calai sur son rythme.

– Nos recherches sont au point mort depuis des années, me confia-t-elle. Je ne dirais pas que nous avons renoncé, mais l'idée d'un élixir miracle semble s'éloigner de jour en jour. Malgré tous nos efforts déployés, nous n'avons aucun résultat concret.

– Vous n'avez donc aucune idée des facteurs aggravants de sa maladie ?

– Je vous l'ai déjà dit, toute cette histoire est un mystère pour la science. Nous ne comprenons pas comment cela est arrivé. Votre mère semble être la première personne affectée et répertoriée à ce jour. Vous savez, la reine est maintenue en vie par machine depuis bien trop longtemps. À présent son corps rejette les traitements et les machines ne suffisent plus.

– Comment cela est-il possible ?

– Quand un patient ne veut plus vivre, nous ne pouvons rien faire pour le sauver.

Ses paroles me firent l'effet d'une gifle. Pourquoi mère ne voudrait-elle plus lutter ? Je ne représentais donc rien à ses yeux pour qu'elle veuille se laisser mourir ?

Janna devina mes pensées et tenta de me rassurer.

– Ce n'est pas votre faute, vous savez. Cela fait dix-huit ans qu'elle est dans cet état. Depuis votre naissance… Personne ne peut subir un tel traitement aussi longtemps sans perdre goût à la vie. Mais qui sait, peut-être que votre visite lui apportera du réconfort et l'aidera à reprendre des forces.

Soudain, elle s'arrêta devant une porte. Deux baies vitrées laissaient vaguement apercevoir l'intérieur.

— Vous devez continuer seule, princesse. Je vous attends ici.

Je déglutis. Les murs étaient insonorisés. Tout me semblait trop calme, trop silencieux. J'aurais préféré me retrouver au cœur d'une panique générale. Cette absence d'affolement résonnait à mes oreilles comme une défaite. Le destin de mère était déjà scellé.

Je hochai la tête et tournai la poignée d'une main tremblante.

À l'intérieur, je découvris trois soignants au chevet de ma mère. L'un prenait sa tension tandis que les deux autres griffonnaient quelques notes sur leurs cahiers. Les bips réguliers du moniteur à côté de la couchette étaient le seul bruit qui venait briser l'insupportable silence. Les hommes ne parlaient pas et semblaient se transmettre les directives d'un simple regard.

D'imposantes machines étaient installées aux quatre coins de la pièce. Des radios étaient placardées contre un mur lumineux. Les plus vieilles dataient de plusieurs années et les plus récentes remontaient à quelques jours à peine. Je remarquai que son cerveau était particulièrement représenté : celui-ci avait été dupliqué en de nombreux exemplaires qui recouvraient un pan de mur entier. Des indications et des questions étaient griffonnées en rouge sur certains scanners et regorgeaient de mots savants.

Je fus soudainement prise de nausée : le Palais royal était le seul endroit du royaume où subsistait la technologie issue de l'Ancien Monde. Si tous ces appareils étaient insuffisants pour sauver mère, qui d'autre serait capable d'une telle prouesse ?

Même si les chercheurs furent surpris de me voir ici, ils n'en laissèrent rien paraître. Je reconnus Damis, le médecin attitré de mère. Il était le scientifique le plus prisé du royaume, le plus qualifié pour mettre au point un antidote, mais il était avant tout le plus proche ami de mes parents. Endossant à la fois le rôle de confident auprès de père et de Grand Conseiller, il avait renoncé à ce dernier statut pour s'impliquer corps et âme dans la recherche d'un traitement. Beaucoup le considéraient comme un vieux sage et un guérisseur hors pair, à la fois pour le discernement dont il faisait preuve en conseillant père lors de nombreuses crises, mais également pour sa bonté et sa générosité sans borne.

— Bienvenue, princesse. Approchez.

Il tendit son bras fripé dans ma direction, comme pour m'inviter à avancer. Ses épaisses bésicles étaient posées sur le bout de son nez aquilin et ses gestes se voulaient réconfortants. Je soufflai et fis un pas en avant. Intimidée par cet environnement si déstabilisant, je n'avais plus l'impression d'être une princesse, mais une petite fille apeurée.

Mère était allongée et ses longs cheveux noir ébène dispersés sur l'oreiller formaient une cascade de boucles. Ses yeux étaient clos et sa peau était si blanche que les veines qui ornaient ses bras et ses tempes ressortaient, formant des petits serpentins bleutés sur sa peau. Elle était vêtue d'une blouse informe, deux fois trop grande pour elle, à l'opposé de ce qu'elle avait l'habitude de porter. J'avais toujours connu mère fragile et malade, pourtant, elle avait toujours veillé à rester impeccable physiquement en toutes circonstances. Elle prenait soin de choisir sa tenue et sa coiffure lors de ses rares apparitions en public. Je ne la reconnaissais pas. La peau diaphane, des cernes violacés sous les yeux et une maigreur terrifiante. Voilà ce qu'il restait de la reine Aubrey. On aurait dit une poupée en porcelaine malmenée.

Je mordis ma lèvre inférieure pour retenir les larmes. Deux petits tubes étaient scotchés à son poignet et reliés à un sachet rempli d'un liquide transparent. Un autre tube nettement plus imposant était connecté à une autre machine au bourdonnement régulier.

— Est-ce… est-ce qu'elle m'entend ? balbutiai-je.

— Elle est dans un état second, m'informa Damis. Cela fait une semaine qu'elle n'a pas émergé de sa léthargie, mais vous pouvez lui parler : elle entend.

Avec une prudence infinie, je m'assis tout au bord du lit et posai ma main sur son bras. Sa peau était aussi froide que la peau d'un cadavre. Pourtant, ce simple contact sembla provoquer un léger frisson.

— Mère ? appelai-je. C'est moi. Whisper.

Dans un premier temps, rien ne se passa. Damis émit un toussotement forcé, peut-être pour marquer sa compassion. Puis les paupières de mère eurent un mouvement imperceptible et ses yeux s'ouvrirent avec une lenteur extrême.

— Ma fille… Ma petite fille… murmura-t-elle faiblement.

Même sa voix était métamorphosée. Autrefois douce et mélodieuse, elle m'évoquait à présent un râlement difficile. Je me penchai un peu plus vers elle pour mieux saisir le sens de ses paroles.

— Bonjour, mère. Je suis contente de vous voir, dis-je simplement.

Je redoutais de fondre en larmes devant elle, aussi me contentais-je du minimum. Damis s'approcha et glissa une paille entre ses lèvres entrouvertes. Mère avala quelques gorgées du liquide puis secoua la tête, signe qu'elle n'en voulait plus.

— Comme tu es belle, Whisper. Et comme tu as grandi.

Ses yeux s'embuèrent de larmes et je lui souris.

— Maman, je t'aime. Je t'aime tellement. Tu me manques beaucoup, tu sais.

Elle esquissa un sourire et leva un bras tremblant vers mon visage. Avec le dos de la main, elle m'effleura la joue, geste de tendresse qui brisa mes barrières et me fit immédiatement pleurer.

— Quel âge… demanda-t-elle.

— J'ai dix-huit ans dans deux semaines. J'espère que nous serons réunis pour fêter ça. Tous les trois. Vous, père et moi.

En entendant le mot « père », elle s'agita soudainement dans ses draps. Son bras retomba sur le matelas, et ses yeux semblèrent déjà ailleurs, toute tendresse envolée.

— C'est lui. C'est lui. Tout est de sa faute.

Elle sembla prise de convulsions. Aussitôt, les deux médecins bondirent de leur siège, les sens en alerte. Damis posa une main sur mon épaule et m'éloigna.

— Que se passe-t-il ? demandai-je, prise de panique.

Je ne pouvais détacher mes yeux de ceux de ma mère qui fixaient un point invisible au plafond. Je me sentais impuissante, inutile. Je me haïssais de ne pas pouvoir l'aider.

Le second savant enfila des gants en plastique et se mit à palper ses bras en fronçant les sourcils.

— La folie, un des nombreux effets secondaires de sa maladie. N'y prenez pas garde, princesse.

Voyant que les convulsions de ma mère s'intensifiaient, Damis désigna d'un geste de tête la porte de sortie, non sans un dernier regard plein de remords.

— Vous devriez partir, suggéra-t-il.

Mère poussa un râle effroyable et ses yeux se révulsèrent. Je poussai un cri d'effroi et, incapable d'en supporter davantage, je quittai la pièce.

6

Un petit creux

Eden Grismo
Orphelinat des Pâquerettes, terres de l'Est.

Mon ventre poussa un énième gargouillement qui résonna dans la salle de classe. Des rires étouffés se firent entendre et plusieurs têtes tressées se tournèrent vers moi.

J'avais l'impression d'être toujours au centre de l'attention, un phénomène de foire distrayant dans la monotonie étouffante des innombrables heures d'études. Je fis un effort surhumain pour ne pas rougir et afficher un air aussi détaché que possible. Contre toute attendre, ça avait l'air de plutôt bien fonctionner. S'il y avait un domaine dans lequel j'excellais, c'était le camouflage de mes émotions.

– Mesdemoiselles, je vous en prie ! clama la gardienne responsable de la permanence. Poursuivez votre travail.

Dociles, les filles s'exécutèrent. Aucune ne prendrait le risque de contrarier une gardienne.

Après mon coup d'éclat de ce midi, je m'étais enfuie sans prendre la peine d'avaler l'horrible bouillasse qui nous servait de repas. Résultat, mon estomac vide m'en voulait et il me le faisait bien comprendre.

Je poussai un long soupir et replongeai dans mes devoirs. Mon écart de conduite m'avait valu une punition des plus archaïques : recopier mille fois la phrase « Je n'élèverai plus la voix en public et je ferai preuve de respect envers les gardiennes. » Cela faisait bientôt quatre heures que je m'attelais à cette tâche soporifique et je n'étais pas près de finir. Pire encore, le dîner était prévu à dix-neuf heures et la gardienne refuserait de me laisser partir si je ne lui rendais pas ces mille lignes. Je risquais très fortement de jeûner encore ce soir. Ma maigre consolation de la journée : j'avais évité les coups de ceinture.

— Eden, murmura la fillette devant moi, dont le visage était dévoré par des taches de rousseur.

— Hum ? demandai-je, suspicieuse.

Je conservai les yeux rivés sur mes copies. Pas question de subir une remontrance deux fois dans la même journée.

— Est-ce qu'il te reste un peu d'encre ?

Je hochai la tête et poussai mon encrier au bord du pupitre afin qu'elle puisse le prendre plus aisément. Celle-ci se retourna vivement et renversa le contenu du flacon avec son coude, détruisant au passage mon travail dans son intégralité et mes quatre cent vingt-sept lignes déjà rédigées.

— Oups ! chuchota-t-elle en se pinçant les lèvres avec une moue boudeuse, digne des plus grandes comédiennes. Je crois que tu vas devoir tout recommencer.

Hébétée, je fixais le déluge d'encre noire qui se dispersait rapidement sur la table sans réagir. Des gouttelettes sombres vinrent s'écraser sur ma jupe blanche.

— Oh ! minauda-t-elle en rejetant une mèche rousse derrière son oreille. Je me suis trompée, je crois qu'il me reste une recharge, en fin de compte. Mais merci quand même.

Mon sang ne fit qu'un tour. Je me levai si vite que ma chaise bascula en arrière, reproduisant à l'identique la scène cauchemardesque de ce midi, et un tonnerre de rires retentit dans la classe.

— Regardez ses vêtements ! lança une fille à l'autre bout de la classe.

— Quelle horreur ! s'exclama une autre.

Je ne les entendais pas. Mon regard restait figé sur la fille assise sagement devant moi, qui s'était déjà replongée dans son travail comme si de rien n'était.

Je me demandai si son petit sourire satisfait disparaîtrait avec une bonne gifle bien placée, tout en lorgnant les ciseaux innocemment posés sur mon pupitre. Avant que je puisse commettre l'irréparable, comme si elle avait pressenti un danger imminent, la gardienne s'élança dans ma direction.

— Mademoiselle Eden, quelle maladresse ! s'indigna-t-elle en portant une main à ses lèvres. Allez vite vous nettoyer. Par les grands esprits, je crains que ces affreuses taches ne partent pas au lavage…

Comme un automate, je me dirigeai vers la sortie. Les moqueries dans mon dos se multipliaient tandis que la gardienne tentait, en vain, de contenir les rires de ces demoiselles.

Je me fis violence pour ne pas me retourner et laisser éclater ma colère. À peine fus-je hors de leur portée que je m'élançai à travers les couloirs déserts, en quête d'un endroit où je pourrais me terrer sans être importunée jusqu'au soir.

Je dévalai les escaliers, mes pas résonnant à travers les immenses halls arc-boutés. Quelques filles me dévisageaient ouvertement avec un mélange de mépris et d'étonnement.

Toutes se ressemblaient, avec leurs petites nattes bien serrées et leurs bouches en cœur. Leurs mimiques étudiées et leurs attitudes de gentille fille bien élevée m'exaspéraient au plus haut point. J'avais plus que jamais l'impression d'être le mouton noir de l'institut.

Je pris mes jambes à mon cou et entamai une course folle à travers l'orphelinat. Dans ma précipitation je bousculai une fille, faisant valser au passage la montagne de livres qu'elle tenait dans ses bras.

— Hé ! protesta-t-elle.

Je ne pris même pas la peine de m'excuser ni de jeter un regard dans sa direction. Mes pieds se rendirent d'eux-mêmes au rez-de-chaussée de l'orphelinat, laissé à l'abandon et partiellement ravagé après une terrible inondation survenue l'an passé. Je vagabondai un moment dans les couloirs déserts, dépassant des dizaines de salles de classe inoccupées, et finis par atterrir dans les toilettes. Celles-ci étaient en piteux état et il y régnait une forte humidité accentuée par une odeur de moisissure. Ce que tout le monde savait sur l'orphelinat des Pâquerettes en plus de sa sévérité hors du commun, c'était qu'il manquait de moyens financiers. Pas étonnant qu'on ne nous serve qu'une purée composée de restes divers moulinés entre eux matin et soir, sept jours sur sept.

J'aurais aimé fermer le verrou, mais celui-ci était cassé, aussi me contentai-je de m'adosser contre la porte.

Mes tempes se mirent à brûler et mon crâne me fit un mal de chien. C'était généralement ce qui se passait quand j'étais à bout de nerfs.

En revanche, je ne versai aucune larme. Je n'avais pas pleuré depuis la mort de ma mère deux ans auparavant, et je ne risquais pas de recommencer de sitôt. Il fallait bien plus que quelques gamines écervelées pour me pousser dans mes retranchements.

J'avais traversé tellement d'épreuves que mon corps entier n'était plus qu'un immense mur impénétrable, incapable de ressentir la moindre émotion, sinon de la colère et de la rage.

Je frappai du poing contre la porte. Si seulement Marianne n'était pas tombée sur moi par hasard, cette nuit-là… Bien des choses auraient été différentes.

Je serais peut-être parvenue à accomplir l'objectif que je m'étais fixé il y a deux ans, la quête ultime. Le but de ma vie, celui qui m'animait assez pour me permettre de me lever chaque matin, de continuer à avancer.

D'un autre côté, si Marianne ne m'avait pas recueillie, je serais morte à l'heure qu'il est. Tout le monde savait que les vagabonds ne faisaient pas long feu dans la contrée de Tourelle. Entre les voleurs, les pilleurs et les bandits qui rôdaient dans les forêts, toujours à l'affût d'une proie alléchante, c'était un miracle que j'eusse réussi à survivre dans ce chaos pendant six mois.

Le temps passa. Je perdis très vite le fil des heures. Mon ventre avait atteint un tel stade de famine qu'il cessa provisoirement ses supplications. Quant à moi, je me mis à ressasser le passé dans ma tête encore et encore, me maudissant pour ma faiblesse et mes erreurs.

Si seulement j'avais été plus courageuse. Si seulement mon père n'avait pas accepté cette mission. Si seulement j'avais réussi à le venger.

Je finis par émerger de ces maudites toilettes, couverte de crasse et le visage en feu. Lorsque je montai l'escalier central, je remarquai que la nuit était tombée, le beau ciel dégagé de cet après-midi avait laissé place à une multitude de constellations lumineuses.

Le dîner était passé depuis belle lurette, j'avais même raté la promenade du soir, mon moment préféré de la journée.

Les corridors du dortoir de l'Obligeance, où l'on m'avait assignée dès mon arrivée ici, étaient pleins à craquer. C'était l'heure du bain et les filles faisaient des allers-retours entre leur chambre et les douches communes, les bras chargés de ces petits savons qu'on nous distribuait une fois par mois, enroulés dans des serviettes.

Les yeux de certaines s'attardèrent un peu plus longtemps que nécessaire sur mes vêtements, mais la plupart m'ignorèrent royalement. Le moment de liberté avant l'extinction des feux était sacré et personne n'avait le temps de se moquer de la fille étrange.

Je me dirigeai vers ma chambre, la dernière à droite au fond du couloir, intitulée *Patience*. Exigence de la maison, toutes les pièces avaient leur surnom qui rappelait peu subtilement le règlement. Ainsi, la pièce adjacente se nommait *Ponctualité* et celle qui nous faisait face, *L'Altruiste*.

Quand je pénétrai dans la pièce, je trouvai Noélia allongée sur sa minuscule couchette. Les yeux scrutateurs de la petite fille se posèrent sur moi dès mon arrivée.

– Doroté est à la douche, m'informa-t-elle avec un accent très prononcé.

Débarquant tout droit du royaume d'Asie après avoir été abandonnée par sa famille lorsqu'elle avait cinq ans, Noélia avait été rebaptisée ainsi. Néanmoins, après trois longues années enfermée à l'orphelinat des Pâquerettes, la petite fille avait toujours un mal fou à mémoriser notre langue et s'exprimait encore avec difficulté, butait sur chaque syllabe et commettait de nombreuses fautes de syntaxe.

Puis, après m'avoir détaillée de la tête aux pieds :

– Tu devrais y aller aussi.

Je soupirai et m'écroulai sur le ridicule matelas qui me servait de lit. La pièce était si exiguë que ma couchette touchait presque le lit superposé de Doroté et Noélia. Une petite table de nuit en bois nous séparait et une minuscule commode était imbriquée dans le mur opposé.

Même si l'espace était limité, il nous suffisait amplement. À l'orphelinat des Pâquerettes, les biens précieux étaient interdits et les objets personnels retirés jusqu'à notre départ définitif. Les plus chanceuses, les plus jeunes et surtout les plus mignonnes pouvaient caresser l'illusion de se faire adopter par un couple aimant qui ne pouvait concevoir. Les autres filles étaient condamnées à attendre leurs dix-huit ans pour se voir expulsées une bonne fois pour toutes.

Théoriquement, l'orphelinat était supposé nous laisser partir avec une bourse de 1 000 yents et des adresses de potentiels employeurs. Cependant, les filles qui avaient eu la chance de recevoir un tel traitement se comptaient sur les doigts d'une main. Généralement, les gardiennes se contentaient d'accompagner les pensionnaires au village le plus proche, avec pour seul cadeau d'adieu un baluchon contenant un peu d'eau et du pain ainsi que leur vieil uniforme usé par le temps.

— Qu'est-ce que tu es en train de lire ? demandai-je en me redressant vivement.

Aussitôt, Noélia enfouit sa lecture dans les draps et se recroquevilla sur elle-même.

— Rien du tout !

Elle savait d'avance que la lutte était vaine. Je ne m'intéressais jamais à ses activités, et j'avais reconnu avec certitude la couverture marron de mon carnet.

— Rends-moi ça tout de suite, espèce de petite voleuse ! rugis-je en bondissant sur mes pieds.

J'escaladai les barreaux du lit à toute vitesse. D'une main, je poussai le poids plume qu'était Noélia sur le côté et de l'autre je m'emparai du carnet qu'elle serrait dans ses petites paumes.

— Ton penchant cleptomane est insupportable, soupirai-je. Combien de fois t'ai-je répété de ne pas fourrer ton nez dans mes affaires ?

Ses yeux noirs se firent suppliants.

— Tu sais que je pourrais tout rapporter aux gardiennes, menaçai-je. Tu connais la sentence. Aucune pitié pour les voleuses.

Elle secoua la tête, faisant virevolter ses deux petites nattes.

— Non ! S'il te plaît, fais pas ça. Je t'en prie. Je veux plus jamais recevoir de coups de ceinture.

Ce n'était pas la première fois que Noélia se faisait attraper pour vol. Cette fois, la punition serait double.

— Tu as de la chance d'être tombée sur moi. Je connais un paquet de filles qui seraient prêtes à te balancer juste pour entrer dans les bonnes grâces des gardiennes.

Elle croisa les bras et afficha une mine boudeuse. Je décidai de prendre cette réaction enfantine comme un remerciement.

— Tu sais, tu pourrais facilement te faire adopter, continuai-je. Tu es jeune et la majorité des parents aiment les visages atypiques comme le tien.

Elle me tira la langue. Puis ses yeux bridés glissèrent sur le carnet que je tenais fermement entre mes mains.

— C'est très grave ce que tu as écrit là, tu sais. C'est mal.

Ses yeux me fusillaient à présent comme deux revolvers. Je lâchai un rire nerveux.

— Tu n'es qu'une gamine. Qu'est-ce que tu connais du bien et du mal ?

— En tout cas, je sais que si les gardiennes lisaient ça, tu risquerais bien plus que des coups de ceinture. On pourrait te tuer.

J'affichai un air désinvolte. Intérieurement, je fulminais. Qu'une étrangère eût connaissance de mes plans me rendait folle. Mon cœur tambourinait dans ma poitrine car je redoutais plus que tout que mes secrets s'ébruitent.

— Tu dis n'importe quoi. Tu ne sais même pas ce que tu as lu. D'ailleurs, je me demande si tu sais lire.

Sa réaction offusquée me redonna une bouffée d'espoir. Elle ne semblait effectivement pas très douée pour déchiffrer des textes.

— J'ai compris l'essentiel, se justifia-t-elle. Tu es méchante. Je te déteste.

Elle tira une nouvelle fois la langue, mais la haine et le dégoût que je lisais à présent dans ses pupilles étaient bien réels.

— Tiens ta langue, c'est compris ? Sinon tu ne reverras jamais la lumière du jour. Je vais te pourrir l'existence et saboter tous tes précieux rendez-vous avec tes potentiels parents.

Maintenant, elle paraissait horrifiée. Tant mieux. Aussi atroces que fussent mes paroles, je savais qu'elles l'aideraient à se tenir tranquille.

— Qu'est-ce que tu as dans ta poche ? lançai-je, de plus en plus suspicieuse.

La petite bosse sur le côté de son jupon n'avait rien de naturelle et ne ressemblait pas à un mauvais pli. Démasquée, Noélia n'essaya même pas de nier.

— Ce sont des gâteaux que j'ai chipés dans les cuisines quand personne ne me regardait, confia-t-elle en sortant le petit sachet des plis de sa robe.

— As-tu perdu l'esprit ? Quand ils s'apercevront qu'il manque des friandises, ils vont fouiller les dortoirs. Les gardiennes finiront par les retrouver.

— Pas si je les mange avant, répliqua-t-elle avec malice en ouvrant le sachet.

Je bloquai ses mains avant qu'elle ne déchire totalement l'emballage.

— Et à ton avis, qui iront-elles accuser du vol des gâteaux ? Qui a déjà été prise la main dans le sac à plusieurs reprises ?

Noélia baissa honteusement les yeux sur ses genoux.

— Mais j'ai faim... Je déteste la purée du réfectoire.

— Il va leur falloir un bouc émissaire pour montrer l'exemple, insistai-je, elles ne peuvent pas se permettre de laisser passer ça. Tu vas être punie, tu entends ? Lâche ça tout de suite.

Elle s'obstina et serra le sachet dans ses mains. Je lâchai un juron et tentai de les lui arracher de force. Elle se mit alors à geindre et à pleurer.

– Tu es méchante ! Méchante, méchante, méchante ! beugla-t-elle en versant des larmes de crocodile.

– La ferme, grondai-je, tu vas finir par alerter les gardiennes !

Mais ses larmes ne tarirent pas. Paniquée par l'arrivée imminente des gardiennes, je sautai sur mon lit et cachai les gâteaux sous mon oreiller. J'allais devoir la jouer fine et faire appel à mes talents de comédienne pour sortir du pétrin dans lequel je m'étais fourrée.

Je m'allongeai avec nonchalance sur les draps, attrapai un stylo vacant sur la table de chevet et fis mine d'être en pleine réflexion.

Bientôt, les pleurs de Noélia se transformèrent en hurlements saccadés et deux minutes plus tard, une armée de gardiennes en furie débarqua dans notre chambre.

– Que se passe-t-il, ici ? aboya Alphonsia, la gardienne du midi.

Derrière elle, quelques curieuses, alertées par les lamentations de Noélia, se dévissaient le cou pour tenter d'apercevoir l'intérieur.

– Je viens de lui annoncer que sa demande de changement de chambre a été refusée par les directrices et Marianne, déclarai-je en haussant les épaules comme si sa réaction m'exaspérait.

Puis je baissai la tête et gribouillai vaguement quelques mots incohérents dans mon carnet pour faire bonne mesure.

En plus de son instinct de chapardeuse, Noélia était réputée pour ses caprices et ses crises de larmes. Avec un peu de chance, les gardiennes allaient passer outre.

– Mademoiselle Fansu, cessez immédiatement ce vacarme, ordonna la gardienne d'une voix sèche.

Les hurlements s'estompèrent alors, remplacés par des reniflements pitoyables et des sanglots étouffés.

— C'est mieux. Et tâchez de contrôler vos émotions à l'avenir, jeune fille. Vous n'êtes plus un bébé et vos hurlements perturbent vos camarades.

Noélia me dévisagea et se mordit la lèvre inférieure. D'un regard noir, je l'intimai de se taire. À mon plus grand soulagement, elle s'abstint et murmura des excuses :

— Pardon... Je suis désolée, chuchota-t-elle entre deux sanglots.

La gardienne soupira longuement et ses yeux alternèrent entre Noélia et moi, comme si elle essayait de résoudre une équation complexe. Finalement, elle abdiqua et tourna les talons.

— Si je vous entends encore une fois, vous allez le regretter, menaça-t-elle avant de quitter les lieux.

Une fois dans le couloir, elle plaça ses mains en porte-voix et lança à la cantonade :

— Extinction des feux ! Vous pouvez remercier vos camarades de la *Patience* pour ce coucher prématuré. Vous avez deux minutes pour rejoindre vos dortoirs respectifs. Une vérification sera effectuée dans trois minutes.

Une fois certaine que les gardiennes étaient hors de portée de voix, je lâchai :

— Tu me remercieras un jour.

Pour toute réponse elle brandit son majeur et s'enroula dans ses draps, dos à moi.

Doroté débarqua alors comme un cyclone, les cheveux trempés et les vêtements froissés.

— Qu'est-ce que vous avez encore fait ? râla-t-elle en nous fusillant du regard tour à tour. Vous êtes complètement folles, ma parole !

Je ne pris même pas la peine de lui répondre. J'enfouis mon précieux carnet bien en sécurité sous mon oreiller, juste à côté du paquet de gâteaux, et fermai les yeux.

*

Trois heures plus tard, lorsque Doroté se mit à ronfler bruyamment et que l'insupportable Noélia eut cessé de s'agiter dans ses draps, je m'extirpai de mon lit sans un bruit.

À pas de loup, je m'échappai de la *Patience* et commençai ma longue et inconsciente traversée de l'orphelinat. Ce n'était pas la première fois que je faussais compagnie à mes colocataires pendant la nuit pour me dégourdir les jambes, aussi avais-je appris à m'orienter dans le dédale des couloirs malgré l'obscurité.

Les gardiennes n'opposèrent aucun obstacle à ma petite escapade nocturne. Celles-ci nous surveillaient en général une heure ou deux, postées devant nos portes ou faisant les cent pas, avant d'aller dormir à leur tour.

Aucune des pensionnaires n'était au courant, évidemment. Elles pensaient que les gardiennes se relayaient chaque heure pour monter la garde et vérifier le moindre bruit suspect. Comment pouvaient-elles savoir que ce n'était qu'une rumeur de plus, sans aucun fondement ? Pour en avoir le cœur net, il fallait inévitablement prendre le risque de sortir en pleine nuit. Or, aucune n'était assez téméraire pour s'exposer à pareil danger.

Sur la pointe des pieds, je m'élançai dans l'allée. Plusieurs respirations étouffées me parvinrent lorsque je passai devant une porte close. Guidée par mon instinct, je m'orientais dans l'orphelinat avec une facilité déconcertante. Mes pas me guidèrent tout naturellement jusque dans les cuisines.

Là, des veilleuses fatiguées éclairaient les foyers et les fours gris, postés les uns à côté des autres.

Je sortis le précieux paquet de gâteaux de ma cachette.

— Noélia, qu'es-tu en train de me faire faire... murmurai-je pour moi-même.

Je marmonnai dans ma barbe, folle de rage. J'aurais dû laisser cette gamine écervelée subir la punition qu'elle méritait. Après tout, les coups de ceinture n'avaient jamais tué personne. Je grimpai sur une chaise pour inspecter les étagères.

Bingo ! Trois cartons étaient empilés les uns sur les autres, et le dernier comportait une ouverture suspecte : une déchirure grossière sur le flanc du carton, dont une partie déchiquetée pendouillait lamentablement.

Ma fureur s'intensifia. Elle n'avait même pas pris la peine de camoufler son passage. Elle aurait pu utiliser un couteau des cuisines et inciser une ouverture fine et propre, au lieu de déchirer le carton à mains nues.

Je soupirai et ouvris le carton en détachant soigneusement les deux languettes opposées, pour éviter de faire plus de dégâts que nécessaire.

Une centaine de gâteaux chocolatés emballés dans des petits sachets me firent face. Sur la première rangée, un espace vide indiquait qu'il manquait un paquet.

Alors que je m'apprêtais à replacer le mets à la place qui lui était destinée, mon ventre se mit à gronder si fort que je dus me plier en deux pour le faire taire.

Je n'avais rien avalé depuis vingt-quatre heures.

Mes papilles gustatives me supplièrent de céder à la tentation. Mon estomac chantait de concert avec elles et la salive manquait de me dégouliner du menton.

Après tout, peut-être que les gardiennes n'allaient pas s'apercevoir qu'il manquait un sachet. Peut-être allaient-elles accuser les rats d'avoir creusé ce vulgaire trou à la recherche de nourriture, ou bien allaient-elles passer outre sans se poser la moindre question.

L'appel du ventre étant le plus fort, j'abandonnai toute réflexion logique et déchirai l'emballage avec hargne, puis enfournai les quatre biscuits d'un coup. Leur goût n'était pas à la hauteur de leur apparence : ils étaient aussi secs que du sable et leur consistance s'apparentait à celle du carton mouillé.

Néanmoins, je m'en délectai. Loin de faire taire ma faim, ce petit en-cas réveilla mon appétit gargantuesque. Mes yeux parcoururent frénétiquement les cuisines à la recherche de nourriture plus consistante.

Je sautai de la chaise sur laquelle j'étais perchée, oubliant momentanément de demeurer silencieuse, et me mis à ouvrir les garde-manger un à un, comme possédée.

Je me jetai sur la salade inconsistante, les olives sèches et les petites gaufrettes immangeables qu'on nous servait à longueur de journée.

Après dix longues minutes à me goinfrer, lorsque mon estomac sembla repu, je pris conscience de l'énorme erreur que je venais de commettre. Je parcourus des yeux les emballages éventrés, les miettes qui jonchaient le sol, les traces de chocolat sur mes doigts, et une appréhension grandissante forma un nœud dans ma gorge.

Avant que je puisse dissimuler les indices de mon passage, une porte s'ouvrit brutalement.

Je sursautai et me redressai, crispée. La lumière triste et terne des veilleuses fut remplacée par la lueur des chandeliers, et Marianne, suivie par deux gardiennes en robe de chambre, bonnet de nuit à pompon sur la tête et chaussons aux pieds, fit irruption dans la pièce.

7

L'ami des animaux

Jadis Lucinosa
Forêt d'Elwynn, terres de l'Ouest.

Je plaquai mes mains sur ses yeux. Mia gesticula dans tous les sens, incapable de tenir en place.

J'observai la forêt, dense et imposante. Les immenses épicéas se mêlaient aux sapins et formaient un ensemble harmonieux.

Malgré la chaleur désertique qui avait envahi le continent tout entier, il existait encore de rares lieux où l'humidité était assez forte pour permettre à la verdure de prospérer. La forêt d'Elwynn en faisait partie.

Sa localisation en marge du village expliquait que seuls quelques chasseurs téméraires et une poignée de bûcherons osaient s'aventurer dans son épais feuillage. De nombreuses légendes populaires racontaient que des crimes atroces avaient eu lieu ici et qu'un tueur malfaisant rôdait toujours dans les parages, tapi derrière un arbre, guettant sa prochaine victime.

Comme tous les habitants de Silver, le village pittoresque qui longeait cette célèbre forêt, je connaissais bien ces rumeurs. Néanmoins, j'avais appris au fil des années à faire abstraction de ces mythes, grâce à mon oncle défunt.

En effet, oncle Day faisait partie de ces braves pour qui la notion de peur n'existait pas. Avec le recul, j'avais compris qu'il s'aventurait dans les bois principalement pour impressionner tante Nelly et faire parler de lui au village.

Un jour, oncle Day m'avait pris par le bras et avait décrété qu'il était temps que je l'accompagne dans ses expéditions pour apprendre les rudiments de la chasse. Je me souviens avoir pleuré comme une Madeleine pendant des heures et l'avoir supplié de renoncer à cette folie.

Quand mon oncle décéda, bien des années plus tard, je n'avais plus peur de la forêt d'Elwynn. Au contraire, elle représentait pour moi une seconde maison, un sanctuaire où je pouvais me réfugier dans les moments difficiles sans craindre d'être importuné.

C'est lors de ces nombreuses excursions solitaires que je découvris mon don. Jusqu'alors, je ne l'avais partagé avec personne, sinon avec la petite fille qui tapait impatiemment du pied devant moi.

– C'est bon, je peux ouvrir les yeux ? demanda Mia, la voix percée d'excitation.

J'observai les environs. Un sourire se dessina sur mon visage.

Répondant à mon appel silencieux, les habitants de la forêt avaient fait leur apparition. Trois petits lapins sautillaient gaiement dans notre direction, les oreilles dressées et la tête penchée, comme s'ils nous souhaitaient la bienvenue.

Une dizaine d'oiseaux étaient perchés sur les branches basses qui nous entouraient et piaillaient joyeusement. Je reconnus, entre autres, deux geais des chênes et quatre cassenoix mouchetés, dont les ailes colorées se distinguaient nettement parmi les nuances de vert de la végétation environnante.

Un peu plus loin, deux biches s'approchaient à pas feutrés. Les plus gros animaux étaient généralement les plus craintifs et il m'était difficile de les attirer et d'obtenir leur confiance, surtout en présence d'inconnus.

Je retirai mes mains qui barraient la vue de Mia. Celle-ci poussa un petit cri de surprise en découvrant les bêtes qui lui faisaient face.

– C'est merveilleux, murmura-t-elle, craignant de faire fuir les lapins qui s'approchaient.

Mia s'accroupit et commença à câliner les petites boules de poils qui s'agitaient docilement autour de nous.

Je m'avançai et sentis l'herbe haute me chatouiller les mollets. Je fis signe aux biches d'approcher, et celles-ci s'exécutèrent non sans une certaine retenue.

Mia ne parlait pas. Les yeux ronds comme des soucoupes, la bouche entrouverte formant un cercle parfait, on aurait pu croire qu'elle venait de tomber nez à nez avec un grand esprit.

– Jadis, c'est incroyable ! pépia-t-elle soudainement, sa surprise laissant place à une admiration sans borne. Tu es l'ami des animaux.

Son enthousiasme était contagieux et je laissai échapper un rire. C'était ce qui me plaisait tant chez Mia. Elle ne me questionna pas sur ces aptitudes extraordinaires et ne me demanda pas non plus comment je parvenais à obtenir un tel lien, une telle connexion avec les animaux – d'ailleurs, j'aurais été bien incapable de lui répondre –, mais s'émerveillait simplement de cet instant magique.

La fillette se mit alors à sautiller sur place, imitant les petits bonds que faisaient les rongeurs, et entreprit d'offrir à chacun un nom et un prénom.

Je m'accroupis et tendis la main vers un écureuil qui se tenait non loin de là. Celui-ci vint se blottir au creux de ma main, frottant son minuscule museau contre mes doigts.

Aussitôt, je ressentis une affinité profonde se nouer avec l'animal. Je pouvais percevoir son énergie, ressentir sa faim et sa soif, discerner chacune de ses émotions.

La petite bête leva les yeux sur moi. Mon regard croisa le sien et j'eus aussitôt l'impression de retrouver un vieil ami, une connaissance de longue date avec qui j'aurais partagé des milliers de souvenirs. Il n'était ni un simple gibier ni un vulgaire casse-croûte sur pattes comme me le répétait sans cesse oncle Day, mais bien un être vivant, capable de communiquer avec moi et de me transmettre ses envies, ses joies, sa douleur.

Plus l'intelligence de l'animal était importante, plus la connexion entre nous était forte. Il m'était déjà arrivé de m'attacher à un renard plus qu'aux garçons que je côtoyais à l'école.

Comme à chaque fois que je venais ici, le temps sembla s'accélérer et le soleil descendit dans le ciel à une vitesse vertigineuse, plongeant la forêt dans les ténèbres.

— Nous devons y aller, Mia. La nuit est en train de tomber.

Mia sembla déçue de quitter ses nouveaux amis, mais se ressaisit vite, sa joie de vivre prenant toujours le dessus sur ses déceptions.

— Dis, Jadis, tu m'amèneras encore là-bas ? demanda la petite fille sur le chemin du village.

J'enjambais les branches, contournais les buissons aux feuillages épais et veillais à ce que Mia ne se prenne pas les pieds dans une racine.

— C'est d'accord, promis-je en baissant la tête vers elle.

Mia m'observait, tenant toujours fermement ma main dans la sienne, et la joie incommensurable que je pus lire dans ses prunelles m'emplit d'un bonheur infini.

Je me fis la réflexion qu'en fin de compte, j'avais peut-être trouvé une véritable amie qui n'était pas intégralement recouverte de poils.

*

Les étoiles commençaient timidement à émerger des nuages et la lune brillait intensément lorsque nous arrivâmes au village.

Une agitation inhabituelle régnait sur la Grande Place, et je compris aussitôt que quelque chose venait de se produire.

Les maisonnettes en brique étroitement collées étaient toutes allumées, les portes grandes ouvertes, comme si on venait de sortir précipitamment sans prendre garde d'éteindre les chandeliers. La Grande Place était encore très animée malgré l'heure avancée et il y régnait une excitation insolite. Les marchands n'avaient toujours pas fermé leurs échoppes et discutaient par petits groupes, tandis que d'autres s'agitaient dans tous les sens.

Soudain, une voix de stentor se démarqua du brouhaha et attira mon attention. Je levai la tête et distinguai un homme, debout sur une estrade qui surplombait une petite assemblée. Celle-ci croissait de seconde en seconde, les badauds émergeant de toute part pour assister au discours de l'inconnu.

Mia, qui avait elle aussi repéré l'extravagant personnage, me tira par le bras et se mit à galoper entre les passants, n'hésitant pas à pincer les bras de certains bonhommes peu désireux de laisser leur place. Nous nous frayâmes ainsi un passage dans la foule pour finalement atterrir sur le devant de l'estrade, qui n'était en réalité constituée que de quelques poubelles renversées sur lesquelles était perché le braillard.

— ... Une chance inouïe pour chacun d'entre nous ! L'appel désespéré du roi a été lancé depuis le Palais royal et se propage déjà dans tout le pays. Il ne fait nul doute que la nouvelle continuera de s'étendre au continent tout entier !

À côté de l'estrade, deux femmes tenaient un imposant panier tressé rempli d'affiches qu'elles balançaient dans la foule, maintenant composée de presque tout le village.

Intrigué par ces mystérieuses brochures, je m'accroupis et murmurai à l'oreille de Mia d'aller en récupérer une. La petite fille crapahuta aussitôt entre les badauds et revint quelques minutes plus tard, la fameuse affiche froissée entre ses doigts.

— Mesdames et messieurs, enfants et vieillards, voilà pour nous tous la promesse d'une nouvelle vie ! Armez-vous de vos pieux et de vos fourches et allons déterrer les plantes pour confectionner ce remède miracle ! poursuivit le badaud, visiblement fier de l'attroupement qui s'était formé autour de lui.

Je m'emparai du prospectus et le lus rapidement.

Citoyens du royaume d'Ergon, cet appel au secours vous est destiné. Notre bienveillante et adorée reine Aubrey Orphélia Cara, deuxième du nom, Bienfaitrice et Sauveuse de tout peuple, est gravement souffrante. Malgré les efforts acharnés de nos prestigieuses équipes de recherche, nous ne sommes pas parvenus à trouver un antidote. C'est en vous, peuple, que je place mes derniers espoirs. J'annonce que tout individu possédant des dons de guérison doit immédiatement se présenter au Palais royal muni d'une préparation capable de sauver ma bien-aimée. Toute proposition d'élixir sera au préalable testée par nos goûteurs pour garantir la sécurité de la reine Aubrey. Sauvez votre reine et vous serez gracieusement récompensé, avec plus d'argent que vous ne pourrez jamais en dépenser. Je m'engagerai personnellement à exaucer vos rêves les plus fous.

Votre roi.

S'ensuivaient la liste des symptômes de la reine et une brève description de l'évolution de la maladie. Abasourdi, je parcourus des yeux le descriptif qui s'étalait sur une dizaine de lignes. Vomissements, hallucinations, saignements, convulsions, douleurs à la poitrine, pertes de mémoire… Rien n'était épargné à notre pauvre reine.

— Alors, Jadis ? s'impatienta Mia en se hissant sur la pointe des pieds pour tenter de décrypter quelques mots.

Je lui fis un rapide résumé en omettant les affreux symptômes dont était victime la reine Aubrey.

– Donc c'était vrai ? geignit Mia, les yeux larmoyants. Elle va vraiment mourir ?

Je ne répondis pas et reportai mon attention sur la foule grandissante. Les spéculations allaient bon train et chacun prétendait connaître un guérisseur hors pair, lointain cousin germain au troisième degré, tous enclins à concocter la parfaite mixture. Je reconnus un de mes voisins dans l'attroupement qui vantait ses talents à qui voulait bien l'entendre et se voyait déjà adoubé par Sa Majesté, s'imaginant sans doute recevoir son poids en or. Curieux, venant d'un maçon qui n'avait ni les connaissances médicinales ni le matériel pour confectionner un tel prodige.

– Vous ne rêvez pas, mes amis ! s'époumona encore l'homme qui tenait difficilement en équilibre sur les poubelles. J'ai ouï dire de source sûre que la récompense s'élevait à plus de cinquante millions de yents ! S'ajoute à cela une place d'honneur dans le Conseil scientifique de Sa Majesté et la garantie de bénéficier de la meilleure éducation pour votre descendance pendant des générations !

Sa tirade fut accueillie par des exclamations de joie qui fusaient de toute part.

– C'est génial ! pépia Mia, gagnée par l'excitation commune. Je suis sûre que mamie Martha va trouver un remède pour la reine. Elle sera bientôt guérie et viendra nous rendre visite à la maison !

Je n'essayai même pas de refréner ses ardeurs. Quand Mia était dans un tel état, il était impossible de l'arrêter.

– Je rêve de rencontrer la reine depuis toujours, soupira la petite fille pour elle-même. Comme je suis heureuse que le roi nous parle enfin d'elle !

Mia n'était pas la seule qui se réjouissait de la nouvelle. La reine était adulée par le peuple pour ses nombreuses interventions philanthropiques : subventions versées aux orphelinats, lutte contre l'analphabétisme, distributions de vivres aux personnes défavorisées... Depuis son alitement, ces actions avaient largement diminué, jusqu'à disparaître. Des bribes de conversations parvinrent jusqu'à moi.

– Vous imaginez, la reine de nouveau en bonne santé ? gazouilla une grosse dame en tapant dans ses mains. Les fêtes saisonnières pourront enfin reprendre !

– Cela faisait si longtemps que nous n'avions eu des nouvelles de Sa Majesté ! fit remarquer une autre qui semblait au bord de l'évanouissement.

– Le roi doit vraiment être désespéré pour s'adresser au peuple, lança un homme d'âge mûr, plus sceptique. M'enfin : si le rétablissement de son épouse le pousse à enfin sortir le nez hors de ses murs pour s'intéresser à nous...

L'équilibriste qui peinait de plus en plus à rester à la verticale sans vaciller siffla pour ramener l'attention sur lui.

– Allons donc fêter le rétablissement prochain de la reine à la taverne des Oliviers ! clama-t-il avec un sourire béat qui dévoila plusieurs dents manquantes. Tournée générale !

Une nouvelle explosion de joie retentit, plus enthousiaste encore que la précédente du côté des hommes, me semblait-il, et des tonneaux de bière commencèrent à rouler dans notre direction. Des badauds déjà bien éméchés entonnèrent une mélodie provinciale populaire, rapidement suivie par d'autres adeptes de la bouteille.

– Il est l'heure d'y aller, Mia. Je vais te raccompagner chez toi.

La petite rouquine n'insista pas pour rester et se laissa sagement emporter loin de la foule déchaînée.

8

Afin que justice soit rendue

Jadis Lucinosa
Village de Silver, terres de l'Ouest.

— Mais où diable étais-tu passé ? s'exclama tante Nelly, dont le visage avait viré au rouge sous le coup de la colère.

Elle m'attendait de pied ferme, assise à la petite table bancale de notre cuisine, une tasse de café fumante entre les mains pour se tenir éveillée. Ses longs cheveux grisonnants, d'ordinaire tressés, tombaient en cascades de boucles dans son dos. Ses yeux cernés me lançaient des éclairs.

— Je raccompagnais Mia chez elle, me justifiai-je. Je suis désolé pour le retard.

Les traits de tante Nelly se décrispèrent instantanément. Elle se leva difficilement, prenant appui sur le lavabo à sa droite, et se dirigea vers moi en clopinant.

Son invalidité était due à une mauvaise chute lors de la réparation de notre toit, complètement ravagé par une terrible tempête qui était survenue quelques années auparavant. La guérison avait été longue et la rééducation encore plus, mais elle s'en était sortie sans trop de dégâts. Malgré tout, son âge avancé et son handicap l'empêchaient de travailler dans les champs, aussi restait-elle à la maison et rafistolait les vêtements des voisins afin de ramener quelques yents supplémentaires en fin de mois.

— Tu es un gentil garçon, articula-t-elle en me pinçant affectueusement la joue.

Je la dépassais d'une tête et demie et ce simple geste lui demanda un effort énorme. Je me baissai et lui pris la main avec précaution avant de l'aider à se rasseoir, soucieux de son bien-être. Elle soupira longuement.

– Tu as appris la nouvelle, déclara-t-elle, et ses yeux glissèrent sur l'affiche endommagée que je tenais encore dans la main.

Je posai l'annonce sur la table avec une telle ardeur qu'on aurait pu croire que celle-ci venait de me brûler les doigts. Je ne voulais pas que tante Nelly me confonde avec un de ces opportunistes prêts à tout pour rafler la moindre pièce.

– La nouvelle a fait beaucoup de grabuge sur la Grande Place, l'informai-je. J'ignorais que nous avions un régiment de guérisseurs en guise de voisins.

Tante Nelly m'offrit un de ses sourires mystérieux qui lui avaient valu le surnom de folle du village. Elle s'empara de l'annonce et la déchiffra méticuleusement.

Au fil de sa lecture, ses traits se décomposèrent et ses épaules voûtées semblèrent soudain porter le poids du monde. Je crus même apercevoir des larmes perler au coin de ses yeux.

– Que se passe-t-il, tante Nelly ? demandai-je en m'asseyant en face d'elle pour mieux l'observer.

Sa réaction m'alarma immédiatement. Tante Nelly n'avait jamais fait partie de ces fanatiques qui idolâtraient la reine et qui raffolaient du moindre ragot à son sujet. Elle avait toujours gardé une certaine distance avec tout ce qui la concernait, et j'avais fini par en conclure qu'elle se désintéressait totalement de la vie tumultueuse de l'aristocratie.

– Êtes-vous affligée par l'annonce de la mort prochaine de la reine ? demandai-je prudemment.

Tante Nelly semblait sincèrement affligée. Elle prit la tasse posée devant elle et la porta à ses lèvres d'une main tremblante.

– Je savais que ce jour arriverait, éluda-t-elle.

Je fronçai les sourcils. Je n'avais jamais prêté attention à tous ces paysans qui affirmaient que la vieille Nelly avait perdu la tête à la mort de son mari. Cependant, pour la première fois de ma vie, j'envisageai cette possibilité.

Elle effleura sa nuque d'une main hésitante et tira d'un coup sec sur la chaîne qu'elle portait, qui se brisa sans opposer de résistance. Intrigué, je la regardai faire sans réagir.

Elle posa son collier sur la table. Au bout de celui-ci était accrochée une petite clef en argent. Aussi loin que je me souvienne, je ne l'avais jamais vue ôter ce bijou, cadeau de mariage de l'oncle Day.

Elle fit glisser le collier sur la table et il vint heurter mon avant-bras.

– Prends-la, Jadis, dit-elle simplement.

Je m'exécutai sans rechigner. Tante Nelly pouvait se montrer très autoritaire quand elle le jugeait nécessaire, et je nourrissais pour elle une admiration sans borne, aussi ne voulais-je pas la contrarier.

– Le tiroir, poursuivit-elle en faisant un geste de tête en direction de la petite commode qui trônait non loin de là.

Je me dirigeai vers ledit meuble et ouvris le premier tiroir, sans comprendre réellement ce que je cherchais.

Un curieux coffret y était entreposé. Je fus certain de ne l'avoir jamais vu auparavant, persuadé que son apparence aurait retenu mon attention. Celui-ci comportait d'étranges motifs, et une inscription gravée en lettres majestueuses dorées déclarait : *Avec tout mon amour, afin que justice soit rendue.*

Sentant le regard de tante Nelly peser sur moi, je plaçai la clef dans sa serrure et déverrouillai le coffret. Celui-ci émit un petit *clic* et le couvercle se redressa de lui-même, comme poussé par une force invisible. Une étrange fiole contenant un liquide violâtre fut dévoilée.

Désemparé par la tournure des événements, je ne fis aucun geste. Je lançai un coup d'œil interrogateur à tante Nelly, qui semblait fixer un point invisible derrière moi.

– C'est un très beau coffre, lâchai-je après un long moment de silence.

L'attention de tante Nelly se reposa sur moi. Elle semblait émerger d'une longue réflexion.

– Je suis presque sûr que la gravure est faite en or, affirmai-je en effleurant les contours délicats des lettres. Je pourrai le vendre sur le marché pour une petite fortune, si tel est ton désir.

Tante Nelly me fusilla du regard et ses lèvres se pincèrent.

– Tu n'en feras rien.

Je déglutis. Des dizaines de questions se bousculèrent dans mon esprit, embrouillant mes pensées et m'empêchant de formuler la moindre hypothèse rationnelle. Comment tante Nelly s'était-elle retrouvée en possession d'un tel objet ? Que signifiait cette étrange gravure et à qui était-elle destinée ? Et qu'est-ce que pouvait bien contenir cette fiole en verre ?

Néanmoins, je ne formulai aucune de ces interrogations à haute voix. S'il y avait quelque chose que Nelly détestait plus que tout, c'était bien les conclusions hâtives et les questions irréfléchies.

Tante Nelly sembla percevoir mon agitation. Elle tendit le bras et me fit signe de déposer le boîtier devant elle.

– Ce coffre contient le remède contre les maux de la reine, lâcha-t-elle.

Le silence qui s'ensuivit sembla s'étirer pendant une éternité. De nouvelles questions venaient bousculer les précédentes. J'avais l'impression que mes jambes se faisaient happer par des sables mouvants et que le reste de mon corps n'allait pas tarder à être englouti.

– Je ne suis pas folle, dit-elle avec ferveur, faisant écho à mes pensées.

Je fus immédiatement pris de remords pour avoir envisagé le contraire, ne serait-ce que l'espace d'une seconde.

— Mais comment avez-vous...

— Ce coffret contient un antidote contre les maux de la reine, répéta-t-elle en haussant la voix. Le « comment » n'a aucune importance.

Je ne pus néanmoins m'empêcher de me demander par quel heureux hasard un tel trésor avait pu atterrir entre les mains de ma tante. L'avait-elle élaboré elle-même ? Certes, tante Nelly avait acquis au cours des années une certaine connaissance en botanique et pouvait deviner le nom d'une fleur rien qu'à l'odeur qu'elle dégageait, mais cela semblait tout de même improbable.

— Tu dois partir, Jadis.

Je relevai vivement la tête. Son expression n'avait jamais été aussi grave. Il n'y avait dans ses yeux aucune trace de folie ou d'amusement, ce qui me terrifia encore plus.

— Partir ? répétai-je, abasourdi. Je ne peux pas vous laisser seule ici ! Qui va s'occuper du champ et gérer la maison ? Vous ne parviendrez pas à subvenir à vos besoins toute seule. Votre jambe...

Tante Nelly se leva et boita jusqu'au salon. Là, elle se pencha et planta ses ongles dans le parquet, avant de tirer de toutes ses forces. Les lattes du plancher cédèrent, dévoilant une petite cachette.

Elle plongea son bras droit dans la brèche et en sortit une bourse marron qui émit un cliquetis joyeux quand elle le secoua, signe qu'il contenait plusieurs pièces.

— Ton oncle m'a laissé quelques économies avant de mourir. Nous avions anticipé ce moment il y a longtemps déjà. Je me désole qu'il ne soit plus là pour voir le bel homme que tu es devenu.

Une vague d'émotions s'empara soudain de moi, formant un nœud dans ma gorge. Me remémorer oncle Day n'était pas quelque chose que j'aimais particulièrement faire. À chaque fois, l'immense douleur de sa disparition se réveillait, comme une blessure qui ne réussirait jamais à cicatriser. Je le considérais comme une figure paternelle, au même titre que je considérais tante Nelly comme ma mère, bien que ceux-ci n'aient jamais accepté que je les appelle ainsi.

— Je ne peux pas vous abandonner… insistai-je. Des millions de personnes seraient ravies d'apporter cette fiole à la reine à ma place. Je n'ai qu'à trouver un homme de confiance qui serait prêt à faire le voyage pour la moitié de la somme.

Tante Nelly boitilla jusqu'à moi et prit mes mains dans les siennes.

— Il faut que ce soit toi, déclara-t-elle comme si c'était une évidence. Tu es le seul capable de mener cette mission à bien.

Je lisais une telle détermination dans ses yeux que je sus que la lutte était vaine. Nelly ne changerait pas d'avis, quoi que je dise ou fasse.

— Tu trouveras bien plus que de l'argent au bout du chemin, assura-t-elle en souriant faiblement. Ne veux-tu pas connaître le secret de cette tache de naissance ?

Elle effleura mes épaules du bout des doigts. Je me crispai malgré moi. Rares étaient les occasions où tante Nelly avait évoqué l'immense tache sombre qui recouvrait entièrement mon bras gauche, ma poitrine, mes épaules et une partie de mon dos. Cette anomalie avait été le sujet de nombreuses moqueries lors de mon enfance. Lorsque j'avais tenté d'aborder le sujet avec oncle Day, il avait éludé l'affaire d'un geste évasif. « Tu es né comme ça, on n'y peut rien », disait-il.

Tante Nelly serait-elle en train de sous-entendre que cette singularité cachait autre chose ? Si c'était le cas, pourquoi ne pas m'en avoir parlé plus tôt ?

— Ton dix-huitième anniversaire approche, mon petit. Il est temps pour toi de te faire une place dans le monde.

Mes yeux se firent suppliants.

– Mais j'ai déjà trouvé ma place. Elle est ici, auprès de toi, dans cette maison.

Tante Nelly secoua vivement la tête.

– Ce n'est que le début de ton aventure, mon garçon. Tu trouveras les réponses à tes questions sur la route. Ne perds pas une seconde : fais tes bagages et prends la direction du Palais royal dès l'aube. Reste sur tes gardes, ne t'arrête pas, emprunte les chemins les moins fréquentés. Et surtout, ne dévoile à personne que tu détiens l'élixir de la reine.

Je perdis vite le fil de ces recommandations hâtives.

– Protège ce coffre comme s'il en allait de ta vie. Et par tous les dieux, sois prudent. Ne t'égare pas.

Je hochai la tête, prenant lentement conscience de ce que ce coffre signifiait et des lourdes responsabilités qui pesaient à présent sur mes épaules.

– Je reviendrai, promis-je. Je te retrouverai et je t'offrirai une nouvelle maison. Nous ne connaîtrons plus jamais la faim.

Nelly eut un sourire triste et une larme glissa sur sa joue. Elle tapota mon épaule avant de tourner les talons, sans plus de cérémonie. Je restai debout, figé, tandis qu'elle montait l'escalier d'un pas lent. Les marches grincèrent sous son poids un moment, mais les bruits finirent par s'estomper quand elle parvint à l'étage.

Je ne saurais dire combien de temps je restai là, hagard, les bras ballants, parfaitement immobile.

Lorsque je repris mes esprits ainsi qu'une certaine lucidité, je fis volte-face vers le maudit coffret.

Je ne pus m'empêcher de me demander comment cette simple boîte, d'apparence insignifiante et inoffensive, avait réussi à faire basculer ma vie du tout au tout en quelques secondes. Et je m'inquiétai des éventuels méfaits qu'elle pourrait provoquer à l'avenir.

9

Une nouvelle des plus réjouissantes

Whisper Organa
Palais royal, terres du Sud.

J'observais avec fascination l'eau qui jaillissait des yeux du splendide ange sculpté puis venait ruisseler contre les roches et les gargouilles de pierre grimaçantes, pour enfin rejoindre le bassin principal.

Les jardins royaux avaient toujours été mon endroit préféré du palais, bien qu'ils n'en fassent pas réellement partie puisqu'ils se situaient à l'extérieur, entre l'entrée principale piétonnière et l'accès réservé aux calèches et aux marchandises.

Petite, quand mes journées comportaient encore quelques heures de répit consacrées à l'amusement et à la détente, je venais souvent ici avec Hermance. Elle me faisait la lecture, adossée près de cette fontaine, tandis que je m'allongeais sur l'herbe tendre, bercée par la caresse du vent et le clapotis chantant de l'eau.

En collant mon oreille contre l'infranchissable mur en pierre, j'arrivais même à percevoir des bribes de discussions provenant du marché et les rires lointains de quelques bambins.

Quand j'avais fait part à Hermance de mes fabuleuses découvertes et que j'avais commencé à l'interroger sur la nature de ces étranges échos, elle s'était dérobée. Le soir même, père m'avait fait un sermon effroyable, prétextant que j'étais d'une curiosité maladive et que les femmes n'avaient pas à être curieuses. Il avait même menacé de m'interdire définitivement l'accès aux jardins si je frôlais de trop près le mur qui me séparait du reste du monde. Et comme cette mince liberté était ce à quoi je tenais le plus sur cette Terre, je ne m'en étais jamais rapprochée.

— À quoi pensez-vous, princesse ? questionna Hermance, me tirant brusquement de mes pensées.

Nous marchions bras dessus bras dessous depuis un moment déjà. La promenade était une des seules activités dites « sportives » que j'étais autorisée à pratiquer, afin de préserver au mieux ma santé fragile. Bien sûr, elle devait toujours s'effectuer en présence d'un chaperon au cas où il me viendrait l'idée saugrenue de faire un malaise ou de me briser un genou en trébuchant maladroitement.

— Whisper ? m'interpella-t-elle une nouvelle fois. Avez-vous des tracas ?

Je secouai la tête. Après tout, quelles raisons aurais-je de me faire du souci ? Voilà une semaine que des visions atroces de mère, suffocant et hurlant, venaient me hanter la nuit. Ma petite fugue nocturne avait fini par remonter aux oreilles de père, qui n'avait pas attendu pour imposer une sanction. Il était entré dans une colère noire et m'avait répété que je ne devais approcher mère sous aucun prétexte, afin de préserver sa santé précaire et d'éviter une contamination.

Résultat : interdiction formelle de me présenter lors des trois prochains bals privés. Quelle torture et quelle cruauté de m'infliger un tel supplice lorsqu'on sait que les festivités sont mes seules sources de distraction.

— Si c'est pour votre punition que vous vous faites du chagrin, cessez de vous torturer. Vous aurez tout le temps de vous rendre à des bals à l'avenir.

La réaction d'Hermance m'exaspéra. Elle savait que mère se trouvait aux portes de la mort : le monde entier était au courant ! Pourtant, elle mettait un point d'honneur à ne jamais aborder le sujet avec moi. Elle préférait papoter de toilettes, de danses et de météo plutôt que de me demander simplement comment avait été ma visite. J'avais pourtant cruellement besoin d'une confidente. Je ne demandais rien de plus : une oreille attentive, une véritable amie qui sache m'écouter, me conseiller, me soutenir.

Je fis la moue.

— Père déteste les bals, ripostai-je. Il n'en organise jamais, sinon les traditionnels ou les obligatoires, et je n'y suis que rarement conviée.

Je n'étais pas vraiment en colère, juste lasse. Père et son obsession morbide de me cacher aux yeux du monde. Si seulement mère n'était pas tombée malade après son accouchement. Si seulement père ne craignait pas qu'il m'arrive la même chose. *Ma vie aurait été bien différente*, songeai-je.

— Vous êtes-vous rendue en ville, ce matin ? lançai-je d'un air faussement guilleret.

Mais Hermance n'était pas dupe. La ville et le monde extérieur en général, au même titre que mère, étaient classés dans la catégorie « sujets à éviter ».

— En effet... commença-t-elle prudemment.

— Auriez-vous entendu par hasard quelques réactions à propos de l'annonce de père ? Savez-vous si quelqu'un envisage de se présenter sous peu avec...

— Oh, que vois-je ? coupa-t-elle avec un enthousiasme théâtral. De nouvelles productions ?

Elle baissa la tête sur le carnet de croquis que je tenais dans ma main gauche et s'en empara avant que je puisse émettre la moindre objection. Ma gouvernante se mit à feuilleter l'album en poussant de temps à autre des petits « Ah ! » et « Oh ! » démesurés.

— Les gens du Nord vous intriguent, n'est-ce pas ?

Elle ralentit la cadence pour observer plus en détail les pages où des dizaines de visages stoïques et froids étaient griffonnés sous des angles différents.

– Je dois avouer que leurs tenues vestimentaires sont pour le moins... exotiques, de même que leur comportement, dis-je non sans une pointe de sarcasme.

Le repas de la veille me revint en tête. Les invités, complètement soûls après avoir ingurgité quatre barils de vin, étaient montés sur les chaises et avaient improvisé une danse grotesque. Cela avait beaucoup fait rire père, qui, à mon grand étonnement, s'était mis à taper des mains en rythme.

– Le roi semble les apprécier, remarqua Hermance avec un ton neutre.

Je jetai un coup d'œil furtif derrière mon épaule. Le prince du Nord était posté devant un buisson, chaudement vêtu malgré la chaleur étouffante, et soulageait sa vessie devant les yeux exorbités des jardiniers.

– C'est très inhabituel. Père s'arrange toujours pour chasser ses convives après une soirée. Or, cela fait une semaine qu'ils séjournent ici. Ils m'intriguent, mais leurs manières grossières et leur brusquerie m'épuisent... J'espère qu'ils quitteront bientôt le palais.

À peine eus-je prononcé ces mots que quelque chose d'extraordinaire se produisit. Père fit irruption dans les jardins, vêtu de son plus beau costume. Entouré de ses trois fidèles chiens de garde aux dents acérées et aux langues pendantes, il sonda les environs avec une impatience non dissimulée.

– Prenez garde, princesse, murmura Hermance à mon oreille. On m'a rapporté qu'il n'était pas d'humeur joyeuse, aujourd'hui.

Je me redressai légèrement et haussai le menton. Je vérifiai promptement qu'aucune mèche ne s'était échappée de ma coiffure, que mes jupons n'avaient pas de plis disgracieux et que mes souliers n'étaient pas crassés. Père avait horreur de la négligence.

Quand il m'aperçut enfin, ses traits se tendirent et il se dirigea à grandes foulées dans notre direction.

Nous fîmes une rapide révérence et je plaquai sur mes lèvres mon plus beau sourire.

– Père ! m'exclamai-je gaiement. Que me vaut l'honneur de cette visite ?

Mon air enjoué ne fit que l'irriter davantage. Sa bouche se crispa en un rictus méprisant, et je regrettai aussitôt mon attitude frivole.

– Heureux de constater que l'état de votre mère ne vous empêche pas de garder le sourire, cracha-t-il avec dégoût.

Les commissures de mes lèvres se relâchèrent aussitôt.

– Ce n'est pas...

– Je viens vous annoncer une nouvelle des plus réjouissantes, trancha-t-il d'une voix grave.

Il semblait sur le point de fracasser la tête du premier valet qui oserait nous interrompre. Pas sûr que le terme « réjouissant » soit approprié pour décrire son état d'humeur présent.

J'attendis patiemment, une appréhension grandissante nichée au creux de mon ventre. Il fit une courte pause avant d'ouvrir la bouche à nouveau :

– J'ai trouvé le gendre idéal et le parfait époux dont vous avez besoin.

Je me serais sans doute écroulée si Hermance n'avait pas eu le réflexe de glisser son bras sous mes lombaires pour me soutenir.

– Vous... Le parfait époux ? répétai-je comme un perroquet.

– C'est cela, articula père avec une froideur inhumaine, comme si mon étonnement faisait de moi la plus stupide créature que la Terre ait jamais portée.

Mon cœur battait à tout rompre.

— Il ne me semble pas que nous ayons abordé le sujet ensemble, fis-je remarquer avec un sang-froid hors du commun.

Je sentis un goût de bile envahir ma bouche. Mes jambes tremblaient si fort que je craignais qu'elles ne se brisent.

Je dus me faire violence pour maintenir une certaine contenance.

— C'est exact. Je voulais vous faire la surprise pour votre anniversaire.

Père avait la faculté incroyable de transformer chaque mot, même les plus doux et les plus innocents, de façon à ce que l'on puisse croire qu'il nous insultait.

— Je vous suis très reconnaissante pour ce généreux projet, mais je vais décliner l'offre. Néanmoins, je vous sais gré d'avoir pensé aussi grand pour mes dix-huit ans.

Hermance me jeta des avertissements, avec des clignements d'œil à répétition et des pincements de bras qui manquaient sérieusement de discrétion. Je l'ignorai avec superbe.

Le visage de père se métamorphosa : d'ennuyé, il passa à furieux. Je pouvais presque lire la brutalité dans ses pupilles dilatées et je devinais sans mal les sombres pensées qui lui traversaient l'esprit à ce moment.

— Vous avez dû mal comprendre, tonna-t-il. Ce n'était pas une proposition. Vous allez avoir dix-huit ans et comme vous l'aurez remarqué, je n'ai pas d'héritier. Il est donc de votre devoir de m'en procurer un le plus rapidement possible avant que vos caprices n'aient eu raison de moi.

Je plantai les ongles dans ma paume pour refréner les larmes qui me montaient aux yeux. Jamais encore il ne m'avait traitée aussi injustement et témoigné aussi peu de respect.

— Puis-je avoir l'honneur de connaître le nom de l'heureux élu ? bredouillai-je alors.

Je répertoriai intérieurement l'ensemble de mes connaissances masculines. Celles-ci se limitaient au vieux Damis, le médecin attitré de mère, à mon valet de chambre Félix et à quelques gardes assurément trop insignifiants pour que père leur accorde une miette de son héritage.

Je conclus donc très rapidement que je ne le connaissais pas.

À présent, je ne cherchai même plus à retenir mes larmes : j'éclatai lâchement en sanglots et laissai exploser toute mon horreur.

Mais ma petite prestation fut loin de faire vaciller la détermination farouche de père. Sans la moindre émotion, il déclara :

– Le prince du Nord, Hilmar IIIe. Premier fils des Premières Terres, descendant de Dragons et héritier direct de Sa Majesté impériale, le roi du Nord. Cessez donc de vous ridiculiser ainsi. Une telle attitude n'est pas digne d'une princesse.

Hermance poussa une petite exclamation de surprise. Nous nous retournâmes comme un seul homme vers l'intéressé, qui avait fini de saccager le buisson et qui plongeait à présent l'avant-bras entier dans la fontaine pour tenter d'attraper un poisson.

– Lui !? hurlai-je à pleins poumons. Vous voulez que j'épouse ce rustre, cet empoté mal élevé, ce grossier personnage ?

Je n'avais jamais haussé la voix aussi fortement. Les jardiniers s'arrêtèrent brusquement dans leurs tâches, Hermance s'immobilisa et le prince du Nord cessa de gesticuler. Les oiseaux eux-mêmes en oublièrent de chanter.

– Peu importe ce que vous en pensez, reprit sèchement père, nullement ébranlé par ma tirade. Je respecte sa famille. Vous en ferez de même. Il est fort, bien portant et c'est un homme loyal. Vous devrez vous en contenter !

Je dévisageai ouvertement le prince du Nord. Il avait les yeux rivés sur nous. Ses avant-bras étaient trempés, de même que son veston et ses guêtres couvertes de boue. Il semblait stupéfait. Ses épais sourcils étaient dressés et je remarquai pour la première fois ses joues gonflées et ses petits yeux inexpressifs.

— Un homme ? m'insurgeai-je. Cet individu n'a pas plus de quatorze ans !

Il continua à nous fixer avec une mine ahurie. Je remerciai le ciel qu'il ne puisse pas saisir la nature de notre échange.

Je le regardai à présent avec un œil nouveau. Comment avais-je pu passer à côté de sa démarche presque enfantine, de ses cheveux constamment en pagaille comme s'il refusait de se coiffer et de son sourire niais ? Des détails flagrants me vinrent en tête. Son physique rondouillard. Ses grosses mains potelées. La façon qu'il avait de rire aux bêtises de son oncle pendant le dîner.

Je m'étais méprise à son sujet et sa grande taille, si commune chez les gens du Nord, m'avait induite en erreur.

— Il est jeune, concéda père, péremptoire, mais je ne voulais pas vous imposer un vieillard en fin de vie.

Je manquai de m'étouffer. Quelle générosité !

Je mourais d'envie de me jeter sur lui, de hurler jusqu'à ce que mes cordes vocales cèdent. Je me sentais humiliée, prisonnière. J'avais l'impression d'être passée du rang de princesse à celui de vulgaire monnaie d'échange, en quelques secondes à peine.

Le prince du Nord s'était finalement désintéressé du conflit et avait repris sa petite partie de pêche improvisée. Était-il au courant de nos futures fiançailles ? J'en doutais fort. Le roi du Nord le forcerait sûrement à accepter cet engagement à coups de menaces et de chantage affectif.

Lui qui m'inspirait du dégoût quelques instants plus tôt m'apparut différemment.

N'était-il pas lui aussi une victime ? Un enfant qui ne correspondait pas à l'image parfaite que tout roi serait en droit d'exiger ? Exactement comme moi.

– Mère n'aurait jamais accepté cette union ! m'exclamai-je avec ferveur.

Père attrapa mon poignet avec une violence inouïe et Hermance poussa un hurlement qui déchira l'air.

– Je t'interdis de parler d'elle. Tu es l'auteure de ses maux, ne l'oublie jamais. Tout ça est uniquement ta faute. Si seulement tu n'avais pas vu le jour, la femme que j'aime serait encore vivante !

Je ne sais pas ce qui me choqua le plus. Le fait qu'il parle de mère au passé ou qu'il m'accuse d'être la source de ses interminables années de souffrance.

Je puisai dans toutes mes forces et parvins à dégager mon bras de son emprise.

– Vous êtes un monstre ! aboyai-je, avant de m'enfuir à toutes jambes.

10

La princesse Oubliée

Whisper Organa
Palais royal, terres du Sud.

J'enfonçai mon visage dans l'oreiller pour étouffer mes pleurs. J'avais l'impression de nager en plein cauchemar. Tout cela ne pouvait pas être réel. Père ne pouvait pas être si cruel avec moi, sa propre fille.

Toute l'absurdité de mon existence s'abattit sur moi comme la foudre. La terrible solitude que j'avais tant de fois ressentie et qui, au fil du temps, avait fini par fondre en moi jusqu'à faire partie intégrante de mon être, ressurgit du plus profond de mes entrailles.

— Princesse ? murmura une faible voix accablée. Qu'est-ce que…

— Sortez ! hurlai-je, hystérique.

— Mais… insista la femme de chambre.

Je me redressai avec fureur et balançai mon traversin au visage de la pauvre fille. Je la reconnus sans peine : c'était celle-là même qui m'avait prévenue pour mère.

Elle se baissa pour éviter le projectile et s'enfuit à toutes jambes. Mes larmes redoublèrent et je retombai mollement sur le lit, vidée et lessivée.

Je restai ainsi prostrée pendant ce qui me sembla être une éternité.

Puis je fis les cent pas de long en large et en travers. Je fus rapidement essoufflée, mais mon esprit, lui, était loin d'être calmé. Je croisai par mégarde mon reflet dans le miroir de la coiffeuse et je sursautai.

Dans un premier temps, je ne me reconnus pas avec mes cheveux noirs broussailleux et mes yeux rouges et enflés. Je me mis à haïr ce reflet : mes prunelles me rappelaient trop celles de père et ma chevelure semblait être une copie conforme de celle de mère.

La porte s'ouvrit brusquement. Une seule personne était capable de pénétrer dans mon intimité sans prendre la peine de frapper.

Hermance se tenait là, devant l'embrasure de la porte. Son visage sévère était tendu et des plis soucieux lui barraient le front.

En l'apercevant, mes dernières résistances cédèrent. Abandonnant toute fierté, je m'écroulai à genoux devant elle.

Elle tapota affectueusement le sommet de mon crâne.

– Aidez-moi, Hermance, par pitié, implorai-je.

Elle incarnait mon dernier espoir, l'unique présence amicale et bienveillante de ce maudit palais. Je la regardai comme si elle avait été envoyée du ciel pour me venir en aide. Il fallait bien qu'elle trouve une solution.

– Je ne peux plus vivre ici, sanglotai-je. L'omniprésence de mère qui se meurt emplit chaque parcelle de ce château. Je ne veux plus être prisonnière.

Je lus la confusion sur son visage et la bataille qui faisait rage en elle. Jamais je ne l'avais vue d'aussi près : elle me sembla vieille et fatiguée. Je regrettai amèrement mes innombrables répliques sarcastiques et le plaisir que j'avais pu éprouver quelquefois en lui désobéissant ouvertement.

J'étais littéralement pendue à ses lèvres. Quelles que fussent ses directives, je les suivrais. J'avais éperdument besoin d'un guide qui m'apporte des ébauches de solutions dans cet abîme sans fond qu'était ma vie.

— Vous devez épouser le prince du Nord, capitula Hermance en me prenant dans ses bras.

Toutes mes articulations me faisaient souffrir. J'avais l'impression qu'on avait englouti toute mon énergie, ne laissant qu'une coquille vide et anesthésiée.

— ... Ou vous devrez partir, acheva-t-elle durement.

Le silence qui s'ensuivit fit planer la gravité de ses paroles dans l'air. Partir ? Pour aller où ? Je levai la tête.

J'étais si fragile, si petite, si facilement brisable. Du moins, c'était ce dont père s'efforçait de me convaincre.

Ses avertissements démesurés et ses interminables discours dissuasifs me revinrent en mémoire. Dehors, c'était le mal et le chaos. Les hommes représentaient une menace. Ils étaient vils, cruels et insensibles, animés par le pouvoir, l'argent et la destruction, guidés par des instincts primitifs et bestiaux.

Néanmoins, ce sombre tableau m'apparut comme une alternative envisageable, ou du moins une issue de secours inespérée.

Cette fuite pourrait bien m'apporter tout ce que je recherchais ardemment depuis si longtemps : la liberté, des rencontres et surtout la découverte du monde !

Loin de père, loin des tourments sans fin de mère qui me hantaient sans relâche, je pourrais vivre une autre vie.

— Vous avez raison, Hermance. Je dois partir.

À peine les mots eurent-ils franchi mes lèvres qu'une détermination nouvelle prit possession de mon être. Je n'étais plus une coquille, une larve inanimée. L'espoir gonfla ma poitrine.

Je n'avais aucune idée de la marche à suivre pour m'évader de ce palais. Fort heureusement, Hermance semblait avoir établi un plan rigoureux et très précis. Tandis que je la regardais se hâter de rassembler des affaires, il me vint à l'esprit que cette démarche insensée avait mûri chez Hermance depuis longtemps déjà, et qu'elle s'était minutieusement préparée à cette éventualité.

– Que faites-vous ? demandai-je en suivant des yeux la tornade qui s'agitait dans la chambre. Que dois-je faire ?

Ce fut une Hermance métamorphosée qui me fit face :

– Déshabillez-vous. Cet accoutrement ne manquera pas d'attirer l'attention.

Je m'exécutai, fébrile. Hermance quitta la pièce et revint quelques secondes plus tard, une robe sur les bras. Simple, taillée dans un tissu peu onéreux, elle avait été conçue pour une servante. Ainsi, je pourrais passer inaperçue et me fondre dans la masse.

– Mettez ceci, ordonna-t-elle en frappant le cintre contre ma poitrine, ce qui me fit vaciller un instant.

Je découvris avec plaisir que la robe était aussi légère qu'une plume et qu'elle me laissait maître de mes mouvements, contrairement aux toilettes extravagantes et encombrantes que je portais tous les jours.

Hermance prit une paire de ciseaux qui trônait sur la coiffeuse.

– C'est inutile. Je suis la princesse Oubliée, rappelai-je.

– Il faut vous attendre à ce que cela change sous peu. Le roi sera sans doute prêt à révéler votre existence au grand jour si cela pouvait permettre de vous ramener près de lui.

J'acquiesçai et fermai les yeux. Le bruissement sourd de mes cheveux sous la lame intraitable des ciseaux sonna comme le glas d'une vie tout entière.

Devenir quelqu'un d'autre. Voilà ce dont j'avais tant besoin.

Je ne pris pas la peine de contempler le résultat. Hermance me poussait déjà à l'extérieur.

– Nous n'avons pas beaucoup de temps, murmura-t-elle en lançant des regards soupçonneux aux alentours. Les valets vont bientôt annoncer le dîner.

Où était passée ma gouvernante, si stricte et si respectueuse du règlement ?

Hermance s'accroupit et prit mes mains dans les siennes dans un geste de tendresse spontané.

— Vous allez sortir par l'arrière des cuisines, annonça-t-elle avec précipitation. Vous vous ferez passer pour une domestique, c'est compris ? Courez jusqu'au fort. Là-bas, traversez le pont-levis sans vous retourner. Si quelqu'un vous aborde, prétextez être muette. Fuyez aussi loin que possible. Je vous en prie, Whisper, soyez prudente.

Elle enfonça un papier froissé au creux de ma paume et referma mes doigts dessus.

— Voici l'adresse de mon fils. Il habite à l'ouest du fleuve, près de Quintefeuille. Allez le trouver, il vous aidera.

Une porte claqua non loin de nous et des bruits de pas étouffés se firent entendre. Hermance me plaqua sans ménagement contre le mur.

— Vous avez compris, princesse ? À partir de ce jour, vous n'êtes plus personne. Ne révélez votre véritable identité sous aucun prétexte. Vous pourriez y laisser la vie.

Je hochai la tête, tentant d'assimiler tous ces conseils avisés.

— Comment survivre sans argent ?

Hermance poussa un juron et glissa dans ma poche quelques pièces de monnaie.

— C'est tout ce que j'ai sur moi. Vous devrez faire avec. Nous n'avons plus le temps !

Hermance soupira longuement et lorsqu'elle rouvrit les yeux, ceux-ci étaient brillants de larmes. Regrets ? Compassion ? Tristesse ?

À présent que le moment des adieux sonnait, les mots refusaient de franchir mes lèvres. Hermance avait toujours conservé une certaine distance vis-à-vis de moi, faisant ce qui était convenu. Ses sentiments n'avaient jamais dépassé le conventionnel, du moins était-ce ce que je pensais. Aujourd'hui, je devinais que ma gouvernante avait développé un profond attachement à mon égard durant toutes ces années. Et cette affection était réciproque, même si je ne parvenais pas à l'exprimer.

– Merci infiniment, dis-je simplement.

Hermance acquiesça, et je compris par ce simple geste qu'elle avait pleinement conscience de ma gratitude et de mon amour.

– Ne me remerciez pas. Je risque de le regretter toute ma vie… et vous aussi.

Elle se racla la gorge et renifla. Puis elle me tapota tendrement l'épaule.

Une femme de ménage fit irruption dans le hall et je me transformai momentanément en statue.

Hermance m'accorda un dernier sourire avant de foncer droit sur la petite dame en uniforme, occupée à astiquer avec énergie les pieds d'une table en marbre.

– Ombeline, ma chère ! Comment allez-vous ? s'enquit-elle, plus fort que nécessaire.

Sans plus attendre, je me ruai en direction des cuisines. Progresser dans le palais pourrait sembler complexe pour un nouvel arrivant, mais je connaissais chaque bifurcation et chaque carrefour comme ma poche.

Je voltigeai entre les valets, femmes de chambre et invités nordiques qui vagabondaient sans but précis à travers le palais.

À mon plus grand étonnement, personne ne fit attention à moi. Je m'évertuai à garder la tête baissée. J'empruntai un des nombreux passages réservés au personnel, dissimulé entre deux étagères d'un boudoir, et dévalai un étroit escalier plongé dans la pénombre. Incroyablement exigu, on ne pouvait se croiser qu'en longeant le mur, aussi adressai-je une prière muette pour ne rencontrer aucun importun.

Mes vœux furent exaucés et j'émergeai dans les cuisines du rez-de-chaussée, en nage et haletante, mais habitée par une excitation nouvelle.

Les cuisines, à cette heure-ci, étaient pleines à craquer. Les maîtres coqs aboyaient leurs ordres sans relâche tandis que les pauvres marmitons tentaient de suivre le rythme. Des effluves délicieux de rôti vinrent me chatouiller les narines. Un petit garçon qui ne devait pas avoir plus de dix ans récurait le sol avec hardiesse, sous le regard attentif d'une opulente femme en blouse blanche.

J'esquivai de justesse un plateau à roulettes qui zigzaguait entre les domestiques, puis enjambai le petit garçon avant de tomber nez à nez avec la grosse dame.

Je mis une seconde de trop à réagir.

– Qu'est-ce que tu regardes, petite ? héla-t-elle en m'assénant une petite claque sur la hanche avec son chiffon crasseux.

Je secouai la tête.

– Tu es nouvelle ici ? Encore une qui a perdu sa langue ? M'enfin, aucune importance. Va donc éplucher quelques patates, et plus vite que ça !

Mes joues gonflèrent sous le coup de l'indignation. Jamais encore on ne m'avait parlé sur ce ton. Mais j'éprouvai également une certaine satisfaction à être traitée en domestique : une simple robe changeait du tout au tout le regard qu'on me portait !

La grosse femme se détourna pour héler un marmiton qui, semblait-il, ne remuait pas le contenu de la soupière avec assez de vigueur, et je profitai de cet instant de répit pour m'éclipser.

Parvenir jusqu'à la sortie me prit un temps phénoménal. On m'interpellait tous les mètres pour me donner une nouvelle directive ou me glisser un panier rempli de victuailles dans les mains.

Je finis néanmoins par m'extirper de cette chaleur étouffante et de ce brouhaha pour atterrir dans la cour extérieure. Plusieurs charrettes étaient entreposées les unes à côté des autres et des hommes chargeaient les coffres de gros cartons.

Le calme des lieux contrastait nettement avec l'atmosphère chaotique des cuisines. Des employés transportaient des sacs qui semblaient peser des tonnes. De lointains hennissements rappelaient la proximité avec les écuries.

Un moment d'inattention de la part du cocher, accaparé par les travailleurs qui réclamaient leur dû, et je me glissai discrètement à l'arrière d'un véhicule.

Recroquevillée entre deux barils de vin, camouflée derrière une montagne de sacs sur lesquels on pouvait discerner une étiquette qui déclarait fièrement *Les meilleurs haricots des terres du Sud*, je me fis aussi petite que possible.

J'entendis le claquement d'un fouet, le hennissement réprobateur d'une monture, puis les roues s'ébranlèrent.

Je fus propulsée d'un côté à un autre sans ménagement.

L'espace empestait le crottin de cheval et la nourriture avariée.

Malgré la douleur qui montait déjà dans mes mollets ankylosés, je n'avais jamais été aussi heureuse de toute ma vie.

Je n'étais plus une princesse, et j'adorais ça.

11

Une nouvelle vie

Eden Grismo
Village de Bellevue, terres de l'Est.

Mon expulsion de l'orphelinat des Pâquerettes se fit sans fanfare ni trompettes.

Après m'avoir surprise en plein délit dans les cuisines en train de m'empiffrer jusqu'à plus faim, les gardiennes avaient convoqué le Grand Conseil sur-le-champ. Je m'étais retrouvée assise au bout d'une immense table au beau milieu de la nuit, cernée par mes juges et leur bonnet de nuit ridicule. Toutes me dévisageaient comme si j'étais une abomination démoniaque.

La discussion fut brève et explosive : je n'avais aucun avocat prêt à plaider ma cause et ce n'étaient pas les bienfaiteurs qui se bousculaient au portillon pour tenter d'apaiser la situation.

On ne me donna la parole qu'à une seule reprise, et ce fut pour que je puisse avouer mes crimes et plaider coupable en toute connaissance de cause.

L'exclusion d'une pensionnaire ne pouvait se faire sans un vote à l'unanimité et ce fut les yeux pleins de larmes que Marianne vota pour mon renvoi définitif.

On m'escorta jusqu'à ma chambre où je pus récupérer mon précieux carnet et mes chaussures. Le soulagement de Doroté était palpable ; quant à Noélia, elle me dévisageait avec un mépris évident. Elle m'en voulait encore pour notre dispute, à moins que ce ne fût à cause des découvertes qu'elle avait faites en volant mon carnet. Elle ne m'adressa pas la parole, pas même pour me dire au revoir.

J'aurais aimé ressentir quelque chose, un brin de tristesse à l'idée de quitter ce qui avait été mon foyer pendant un an, ou une once de culpabilité pour les dégâts que j'avais causés.

Mais ce ne fut pas le cas. Contre toute attente, je ressentis du soulagement à l'idée de quitter ce maudit orphelinat. Je pris conscience que j'attendais ce moment depuis longtemps déjà.

Marianne m'accompagna durant toute la durée du processus : en tant que directrice de l'institut, c'était son rôle de veiller aux derniers préparatifs et de remplir la paperasse.

Là encore, l'affaire fut expédiée en un rien de temps : je n'avais ni biens ni proche parent prêt à m'accueillir, et ça, Marianne le savait mieux que personne.

La vieille calèche grinçante qui m'emmena finit par s'arrêter au beau milieu du charmant village de Quintefeuille. La place principale était déserte. Les volets de chaque maison étaient clos et même les tavernes aux alentours se faisaient silencieuses. C'était l'heure où les derniers fêtards rentraient se coucher et où les travailleurs matinaux s'éveillaient.

Je pris mon baluchon qui ne pesait presque rien et le plaçai sur mon épaule gauche. Ma tenue d'écolière ne manquerait pas d'attirer l'attention au petit jour, mais je ne tarderais pas à la troquer contre des vêtements plus confortables.

Alors que je m'apprêtais à descendre, Marianne me retint par le bras. Je l'observai passivement. Elle fouilla dans ses poches et en sortit quelques pièces dorées.

— Prends-les. Tu en auras besoin pour commencer une nouvelle vie.

Je n'hésitai pas avant de m'emparer de la petite monnaie. Marianne continuait à me dévisager avec ses grands yeux bleus accablés par le doute et le regret. Elle semblait au bord des larmes.

Comment se faisait-il que je ne ressentais rien, alors que de toute évidence, Marianne s'était attachée à moi ?

Je ne perdis pas mon temps dans des spéculations.

— Je suis désolée que cela se finisse ainsi pour toi, murmura Marianne en plongeant ses yeux à travers le battant de la minuscule fenêtre.

— Ce n'est pas la fin, affirmai-je avec détermination. Ce n'est que le début.

Je sautai de la calèche sans lui laisser le temps de riposter. Le cocher donna l'ordre aux chevaux de se remettre en mouvement et le véhicule s'éloigna lentement.

Contrairement à ce que Marianne pensait, j'avais un plan. Un plan incroyablement méticuleux et d'une précision infaillible, que j'avais élaboré il y a deux ans exactement. Avant que Marianne ne tombe par hasard sur moi à moitié morte sur le bitume et qu'elle décide, par pur acte de charité, de m'amener à l'orphelinat.

Et ce plan était noté point par point dans le petit cahier délabré que je ne quittais jamais.

Il était temps pour moi d'accomplir ma destinée et de concrétiser enfin cet objectif que je m'étais fixé.

J'attendis patiemment l'aurore, assise sur une caisse abandonnée qui devait autrefois contenir des épices, puisqu'elle dégageait une forte odeur de poivre.

Les premiers travailleurs sortirent timidement, les uns après les autres. Quelques coqs se mirent à brailler en chœur tandis que j'écoutais attentivement le village qui s'éveillait autour de moi.

Je me dirigeai vers le premier boulanger qui ouvrait ses portes. Une vieille mégère un peu trop forte en gueule qui s'époumonait sur son mari de bon matin sortait les poubelles. Elle semblait colérique et bougonne, mais cela me convint à merveille.

Je lui demandai sans détour si elle désirait un employé. La boulangère éclata de rire, pensant sûrement que je plaisantais.

Puis elle me dévisagea de la tête aux pieds. Je pouvais presque lire dans ses pensées : il était trop tôt pour qu'une jeune fille soit déjà levée, je devais être dans le besoin et donc elle pourrait peut-être en tirer profit…

– J'tai jamais vue dans l'coin, toi, renifla-t-elle avec dédain. V'la qu'les damoiselles veulent travailler avec leurs mains.

Je ne répondis rien. La vieille dame palpa mes bras en affichant une mine circonspecte.

– Des mains aussi douces que d'la porcelaine, maugréa-t-elle avec un accent si prononcé que je ne compris qu'un mot sur deux. En v'la une qui n'a pas eu à se salir souvent ! Dans quelle misère tu t'es fourrée, la gamine ?

Je ne répondis rien. Je pensais que son apparence exécrable et sa mauvaise humeur feraient d'elle une taciturne, mais elle se révéla avoir la langue bien pendue.

– Et une muette, bon Dieu ! En tenue d'écolière, en plus ! J'parirais mon échoppe que vous z'êtes une p'tite criminelle. J'sais les reconnaître, moi, les malfrats.

– Acceptez-vous mon offre ? repris-je avec impatience.

La petite vieille grogna en posant ses poings sur ses larges hanches.

– Ben, j'ne dis pas non à une paire de bras supplémentaire. Allez, viens gamine. J'vais te faire visiter le palace.

La vieille se prénommait Isatis. Si son mari fut surpris de me voir débarquer chez lui, il n'en fit rien paraître. C'était sa femme qui tenait les rênes de la boutique et je compris vite qu'il ne fallait jamais s'interposer entre elle et ses directives, aussi saugrenues et dénuées de sens fussent-elles.

La boulangerie était spacieuse et la décoration soignée. À cette heure, il n'y avait aucun client, mais ils ne tarderaient pas à débouler au compte-gouttes. Isatis veillait à ce que tout soit sous contrôle. Elle me fit faire un rapide tour de l'arrière-boutique, où son mari pétrissait la pâte, secondé par des jumeaux, les yeux auréolés de cernes violacés et les avant-bras couverts de farine. Ils devaient être les rejetons du couple. Finalement, elle me conduisit dans la réserve et me jeta un vieux balai aux poils crasseux entre les mains.

— Trois règles de la maison, récita Isatis sans prendre la peine d'articuler. On travaille en silence. On vient pas m'déranger dans mes affaires. Et on vole pas. Pas d'pitié pour les voleuses, la potence n'attend qu'elles.

Je hochai la tête et me mis au travail. Je récurai les étagères poussiéreuses, déplaçai des sacs de blé, triai des conserves, balayai le sol recouvert de farine et frottai les murs sans relâche. Elle me proposa 30 yents la semaine, ce qui pouvait passer pour de l'esclavage, mais cela ne semblait pas déranger Isatis outre mesure. Cela dit, ses deux bambins travaillaient autant que moi et devaient en prime supporter les jactances de leur mère, puisqu'ils se trouvaient dans la même pièce qu'elle. Rien que par respect pour ses deux gosses, je m'abstins de toute remarque. Et puis, j'avais désespérément besoin d'argent.

J'étais nourrie de gâteaux ratés et de pain trop cuit, mais en comparaison de ce qu'ils nous servaient à l'orphelinat, tout me semblait savoureux. Je dormais dehors, derrière les poubelles. Les chats sauvages qui vagabondaient à la recherche de restes me tenaient compagnie, ainsi que les vieux badauds titubants qui ne parvenaient pas à retrouver le chemin de leurs taudis. Les nuits étaient chaudes et les étoiles douces et accueillantes. Avant d'être recueillie par Marianne, j'avais survécu une année entière dans ces mêmes conditions. Et j'étais plus jeune.

Après une semaine, j'avais récolté assez d'argent pour troquer mes ballerines souillées contre des brodequins. Au bout de deux, un pantalon trop grand remplaça ma jupe froissée. Au bout d'un mois, je pus prendre un ticket pour une locomotive en direction du sud.

12

Vestiges du passé

Eden Grismo
Tourelle, terres de l'Est.

Je descendis au terminus. La gare délabrée était déserte. Personne ne s'arrêtait jamais à Tourelle. C'était un petit village de pêcheurs sans histoire en marge du pays, niché au fond d'une clairière isolée. Mais c'était pourtant là que j'habitais. Autrefois.

Je reconnus sans difficulté les petites maisonnées bien rangées et la vieille enseigne délavée qui indiquait *Bienvenue à Tourelle*, et à laquelle il manquait deux lettres. Certains visages me parurent familiers, mais aucun de mes voisins ne me prêta attention. Deux ans avaient suffi à me métamorphoser. Des effluves de poissons plus très frais me parvinrent par vagues indistinctes et je retrouvai instantanément cette ambiance si particulière, qui pourrait paraître désagréable à quiconque n'avait jamais vécu ici.

Ma maison était située un peu à l'écart du centre, juste à côté d'un charmant petit lac dans lequel nous avions l'habitude de nous baigner les journées d'été caniculaires.

Comme je m'y attendais, la demeure, délaissée par ses propriétaires, était délabrée. Le temps avait fait son œuvre. Les fenêtres étaient brisées, probablement à cause d'une mauvaise tempête ou de quelques gamins qui s'étaient amusés à lancer des cailloux.

L'extérieur ne ressemblait en rien à ce que j'avais connu : les plantes que maman entretenait avec une délicatesse quasi religieuse étaient fanées, piétinées.

C'était la première fois que je revenais depuis la tragédie. Un nœud se forma dans ma cage thoracique et je respirai avec difficulté.

Je poussai la porte qui s'ouvrit dans un grincement. L'intérieur était dans un état plus catastrophique encore que le jardin. Table renversée, vases brisés, tiroirs saccagés et livres déchiquetés, la scène était digne d'un cataclysme. Des squatteurs et des pilleurs étaient passés par là. Tous les objets pouvant être utiles avaient été emportés : il ne restait même plus les chaises.

Quand je pénétrai dans le salon, mon cœur se serra. Le canapé sur lequel je m'asseyais tous les soirs entre mes parents était renversé sur le flanc et quelqu'un l'avait éventré de haut en bas. Des amas de plumes étaient dispersés sur le sol. Des petits malins s'étaient manifestement amusés à briser des bouteilles d'alcool contre le mur, comme en témoignaient les débris de verre amassés sous la fenêtre.

Je levai les yeux au plafond. L'anneau était toujours là, mais quelqu'un avait eu la présence d'esprit de retirer la corde. Je n'avais pas eu la force de dénouer les nœuds solides que ma mère avait faits avant d'engager sa gorge dans l'un d'eux et de se laisser tomber dans le vide.

Deux années seulement s'étaient écoulées ! Même si j'avais l'impression qu'il s'était passé une éternité depuis, la douleur était toujours aussi intense.

Mon année d'errance solitaire qui avait suivi ne m'avait laissé que peu de souvenirs. Néanmoins, je revoyais le visage de mes parents avec un réalisme presque effrayant.

Mon père était un ingénieur renommé. Il fut un temps où il était très réputé dans la région et il ne se passait pas un seul jour sans qu'un admirateur vienne sonner à notre porte. À cette époque, Tourelle était beaucoup plus populaire et touristique, et cela était dû à la présence de papa. Passionné par l'Ancien Monde et ses vestiges, il partait en exploration pendant des jours entiers et revenait les yeux brillants de curiosité et les bras chargés de trésors qu'il avait dénichés dans la forêt. Il construisait des machines étranges et incroyables qui fascinaient tout le voisinage. Parfois, ce n'était presque rien : une chaise avec des petites roues au bout des pieds, des boîtes à musique qui réagissaient au son de la voix, un système d'arrosoir automatique pour les plantes. Mais, il y avait d'autres créations qui dépassaient l'entendement de la plupart des gens. Il s'était spécialisé dans la création de robots à partir de débris de ferraille qu'il déterrait on ne sait où. Il était très doué dans ce domaine. Et vraiment passionné. Je me souvenais encore de ce petit robot baptisé Dalemburg par maman qui aspirait les miettes et la poussière tout seul. C'était chose extraordinaire de voir des objets inanimés prendre vie et nombreux étaient les admirateurs à faire le voyage depuis l'autre bout du pays pour contempler le magicien à l'œuvre. Petit à petit, sa réputation s'accrut, et l'existence d'un inventeur capable de donner vie à des objets qui transformaient le quotidien finit par parvenir à l'oreille du roi.

Père fut convoqué à de nombreuses reprises. La première fois, il ne partit qu'un mois. Mère se rongeait les ongles jusqu'au sang pendant son absence et tournait en rond comme un chien fou. Elle astiquait les robots de père avec hystérie et chassait les visiteurs intempestifs, craignant que ses créations ne fussent l'objet de convoitises malveillantes.

Lorsque père revint de son premier séjour au Palais royal, il était surexcité : il nous parla pendant des heures de ce qu'il appelait « l'électricité », lumière de l'Ancien Monde à laquelle la famille royale avait accès. Nous lui posâmes des questions sur la reine : mère se doutait que son mari avait été recruté pour élaborer un élixir.

Néanmoins, il refusa de répondre à nos questions. Il avait fait serment d'honneur auprès du roi quant à sa totale discrétion. Il considérait que servir notre roi était le plus grand honneur qui soit et était survolté à l'idée de retourner là-bas.

Et c'est ce qui se passa. La deuxième convocation dura deux mois. Pendant ce laps de temps, nous n'eûmes aucune nouvelle.

À son retour, nous découvrîmes un homme nouveau. L'éclat créatif qui pétillait dans ses yeux avait disparu. Sa mine était grave, dure. Son visage était creusé par la fatigue et son corps cruellement aminci.

– Il n'y a pas de nourriture, au Palais royal ? s'était insurgée mère en découvrant qu'il flottait dans ses vêtements.

– On me donne plus de mets que je ne peux en avaler, avait-il répliqué. C'est juste que mon projet m'accapare beaucoup. La faim n'est pas au rendez-vous lorsque je travaille sur une invention qui me donne du fil à retordre.

Nous l'avions déjà vu sauter des repas lorsque l'une de ses inventions était sur le point d'aboutir et qu'il demeurait enfermé dans son atelier pour ne sortir qu'une fois son projet achevé. Mais jamais il n'avait perdu sa joie de vivre.

Nous reçûmes des dizaines de lettres en provenance du palais, marquées par le sceau impérial et strictement confidentielles.

L'attitude de père changeait du tout au tout lorsque le facteur sonnait à la porte. Il devenait nerveux, froid et parfois même agressif. Il repoussa les voisins qui faisaient la queue pour admirer ses nouvelles œuvres ou papoter avec lui, ceux-là mêmes qu'il aimait inviter à dîner quelques mois auparavant.

La relation entre mes parents devint conflictuelle à partir de ce moment-là. Mère refusa catégoriquement qu'il reparte. Père se braquait sans cesse et se refermait comme une huître à la moindre suggestion. Lui qui prônait la conversation et l'échange plutôt que les conflits ne nous parlait plus. Néanmoins, il finit par se confier à mère un jour d'hiver glacial.

Persuadé que je somnolais sagement dans mon lit, il avait profité de ce moment pour dévoiler ses sombres secrets. Tapie dans le couloir, l'oreille écrasée contre le mur, je tentais en réalité de suivre la conversation.

– ... c'est d'une importance capitale pour le roi. Il en est complètement obsédé...

Je pouvais déceler l'anxiété qui perçait très nettement dans sa voix.

– Tu n'es pas obligé d'y retourner, implora mère.

– Il m'a menacé, Ondine. Il m'a clairement fait comprendre qu'il n'hésitera pas à s'en prendre à vous pour obtenir ce qu'il souhaite.

– Dans ce cas, nous devons partir. Fuir pendant qu'il est encore temps.

Je me souviens avoir plaqué mes paumes contre ma bouche pour contenir un cri de surprise.

– Tu veux fuir pendant le restant de nos jours ? Et Eden, tu y as pensé ? Nous ne pouvons pas lui imposer cette vie. Notre fille ne mérite pas ça, et tu le sais.

Des sanglots étouffés. Mère était en train de pleurer.

– C'est la seule solution, Julian. Tu ne peux pas faire ce qu'il demande. Tu y laisserais ton âme. Tu serais responsable de plusieurs centaines de morts, et tu le sais.

S'ensuivit un long moment de silence. Quand père reprit la parole, ce fut pour accepter la proposition de mère. Notre seule échappatoire était la fuite.

Malheureusement, tout ne se passa pas comme prévu. Des soldats de la garde impériale débarquèrent chez nous à l'aurore. Ils enlevèrent père de force, l'arrachant aux bras de mère qui hurlait et déversait toutes les larmes de son corps. Je me souviens encore de la violence avec laquelle les gardes l'avaient attrapé. Il n'avait même pas eu le temps de me dire au revoir. Il s'était contenté de hurler nos prénoms tandis qu'on l'arrachait à nous.

Le surlendemain, père fit la une des journaux. Il fut reconnu coupable de trahison à la Couronne et d'insubordination.. La raison officielle fut que le tristement célèbre Julian Grismo refusait de partager l'antidote qu'il possédait jalousement et qui était la seule chose capable de sauver la reine Aubrey.

La reine était aimée de tous et un tel comportement offusqua la population entière. On lança des pierres aux fenêtres et mère était huée chaque fois qu'elle se rendait en ville. Elle fut contrainte de me retirer de l'école où les autres élèves, de même que les enseignants, me persécutaient continuellement.

Nous restâmes cloîtrées chez nous, les volets clos, pendant des semaines entières sans jamais sortir. Père fut exécuté ; nous le découvrîmes, horrifiées, dans le journal quelques jours plus tard. Mais nos détracteurs ne s'arrêtèrent pas là. Ils continuèrent leur harcèlement. Mère, qui était couturière dans une modeste boutique de prêt-à-porter, fut expulsée. Nous nous retrouvâmes sans le sou, seules et détestées du monde entier.

Mère déclinait à petit feu. Elle ne se remit jamais de la mort de père. J'avais quinze ans et je m'occupais de la maison et d'elle du mieux que je le pouvais. Jour après jour, elle se laissait dépérir. Elle ne mangeait plus. Ne souriait plus. Affaiblie, elle attrapa une forte fièvre.

Un jour, alors que je revenais de la rivière où je lavais notre linge, je découvris son corps, pendu au milieu du salon.

Le traumatisme fut tel que je restai prostrée pendant deux jours sans bouger, en pleurant toutes les larmes de mon corps. J'avais pris un temps fou pour trouver le courage de la détacher. Je l'avais enterrée derrière la maison, entre deux rosiers qu'elle affectionnait tout particulièrement.

Je n'avais donc plus de famille. Pas d'argent, aucune connaissance. Tout le monde me haïssait et ce n'était qu'une question de temps avant que quelques fanatiques s'introduisent chez moi et me fassent brûler sur le bûcher en tant que fille de sorcier.

Pendant un long moment, j'envisageai très sérieusement de rejoindre mes parents, puis je me ravisai.

Je voulais mourir, mais pas avant d'avoir vengé père pour tout ce que le roi lui avait infligé. Je devais rétablir la justice. Alors je m'emparai du carnet de croquis de père et commençai à élaborer un plan. L'idée ne prit pas longtemps à mûrir dans ma tête. Je voulais frapper le roi en plein cœur, lui infliger une douleur aussi immense que celle qu'il m'avait fait endurer.

J'avais réfléchi longuement sur la manière la plus cruelle de le faire souffrir. J'en avais conclu qu'il n'existait pas manière plus atroce d'attaquer quelqu'un que de cibler ses êtres chers.

Je savais que la reine Aubrey était mourante depuis des années et que cette maladie l'avait rendue folle, aussi n'obtiendrais-je pas grande satisfaction à abréger ses souffrances. Néanmoins, des rumeurs affirmaient que le roi et la reine avaient une fille.

Certes, la reine avait bien été enceinte dix-huit ans plus tôt. Le ventre rond et énorme qu'elle arborait fièrement au bras de son mari en avait été la preuve. La naissance avait eu lieu, et l'enfant prodige avait même fait une apparition en public quelques jours après sa naissance. Mère m'avait confié un jour s'être rendue là-bas, accompagnée de père, pour fêter la naissance de la princesse.

Mais pour le reste, tout n'était qu'un épais mystère. Excepté cette apparition en public, nous n'avions plus jamais revu la petite Whisper. La reine Aubrey contracta sa maladie quelques mois plus tard et nous ne la revîmes elle aussi qu'à de rares occasions.

Les spéculations allaient bon train concernant la princesse Whisper. Certains affirmaient qu'elle était décédée il y a des années, terrassée par les mêmes maux que la reine. D'autres étaient intimement convaincus que la princesse était bien vivante, confinée au palais pour sa sécurité, attendant ses dix-huit ans pour monter sur le trône.

Si je faisais le calcul, la princesse ne tarderait pas à souffler sa dix-huitième bougie. Je devais donc lui ôter la vie avant qu'elle ne soit révélée au grand jour. Je devais en finir avec la royauté.

Après la tragédie que je venais de vivre, je passai cependant plus de temps à chercher de quoi me nourrir qu'à trouver le moyen de me rendre à la capitale. Mon projet insensé s'était progressivement éloigné, se transformant lentement en obsession irréaliste. Je devais survivre, trouver des armes, apprendre à m'en servir. Et cela s'était révélé beaucoup plus difficile que je ne le soupçonnais.

Rapidement, j'étais tout simplement devenue une mendiante : ma mine lugubre et mes joues émaciées faisaient fuir tout le monde. Personne ne voulait embaucher une fille d'aspect aussi misérable ; j'étais trop jeune et trop frêle pour les employeurs, même les moins exigeants.

Le reste de mes déambulations se perd dans un méandre de brouillard cotonneux. Je me souvenais surtout de la morsure du froid et de la faim, la terrible faim qui me poussait à fouiller dans les poubelles.

Après un an de cette vie, mes dernières forces m'abandonnaient. Par hasard, Marianne tomba sur moi. La suite, vous la connaissez.

Je n'étais pas croyante. J'avais arrêté de croire à un dieu quelconque à l'instant où l'on avait arraché l'âme si bonne et généreuse de père pour l'envoyer au brasier de l'enfer. Néanmoins, je ne pus m'empêcher de penser que c'était bien le destin qui avait conduit Marianne sur mon chemin, ce jour-là. La vie n'en avait pas fini avec moi. Elle m'avait donné une seconde chance pour achever la tâche que je m'étais fixée. Et cette fois-ci, je n'échouerai pas. Je pénétrerai dans le palais. Je vengerai mes parents, par n'importe quel moyen. Peu importe si je perdais mon âme en chemin : j'étais déjà à moitié morte.

Je fixai toujours l'anneau enfoncé au plafond. Mère avait dû prendre un temps fou pour parvenir à l'enfoncer si profondément.

Je me penchai en avant. Sous un tas de débris et de plumes se trouvait un cadre photo. Les pilleurs avaient tout emporté, mais n'avaient que faire de souvenirs familiaux.

C'était une photo de nous trois. Je devais avoir cinq ans et j'étais nichée au creux de l'épaule de père, qui enlaçait tendrement mère de son bras gauche. Mon sourire enfantin et innocent s'étirait d'une oreille à l'autre. Mes cheveux blonds bouclés étaient une parfaite réplique de ceux de père et j'avais le même nez que mère.

J'ouvris le cadre et m'emparai de la photographie. Je décidai de la conserver sur moi, afin de ne jamais oublier ce pour quoi je me battais.

Quand je retournai au village de Quintefeuille pour annoncer ma démission à Isatis, je découvris une effervescence sans précédent. Les villageois s'agitaient dans tous les sens. Un petit garçon qui ne devait pas avoir plus de treize ans distribuait des journaux à la pelle en répétant les mêmes phrases :

— Mesdames et messieurs, la reine est au bord du gouffre, le roi quémande l'aide du peuple ! Achetez *Le Volontaire* pour 3 yents seulement !

La foule jouait des coudes pour lire la nouvelle. J'observai les alentours et repérai un exemplaire piétiné derrière un marchand de fleurs ambulant. Je m'en emparai vivement. À la première page se trouvait une lettre du roi, adressée à ses loyaux sujets, dans laquelle il autorisait l'accès au château pour quiconque prétendait posséder un élixir pour sa chère épouse.

Autour de moi, le monde entier se réjouissait de la nouvelle, espérant la rédemption de la reine bien-aimée et la fin de ses années de calvaire. Quant à moi, je voyais là un nouvel appel du destin. Le Palais royal ouvert aux inconnus pendant plusieurs semaines, dites-vous ? Avec un peu de chance, d'ici là, il ne resterait plus personne à sauver…

13

Rencontre fortuite

Jadis Lucinosa
Collines des Monts Infinis, terres de l'Ouest.

C'était la première fois que je m'aventurais hors du village aussi longtemps et aussi loin. Auparavant, il m'était arrivé de rester une journée et une nuit entière dans la forêt d'Elwynn à jouer avec mes compagnons. À mon retour, tante Nelly, folle de rage et d'inquiétude, m'avait passé un savon phénoménal et je ne m'étais plus jamais absenté au-delà d'une journée.

Cette fois-ci, tout était différent. C'était Nelly elle-même qui m'avait exhorté à accomplir cette lourde mission.

Je marchais depuis deux jours. Tante Nelly m'avait laissé assez d'argent pour emprunter une locomotive ou une calèche, mais je réservais cette monnaie pour la fin de mon voyage, lorsque mes pieds abîmés en auraient assez de me porter.

Jamais on ne m'avait confié une tâche aussi importante. Avant cela, ma plus lourde responsabilité avait été de ranger les faucilles par ordre de grandeur dans le vieux local de l'oncle Day sans déclencher une catastrophe.

Cette confiance soudainement accordée et cette mission titanesque étaient pour moi une lourde charge : je soupçonnais le moindre badaud de convoiter mon précieux sac à dos. Je ne parvenais pas à regarder quelqu'un dans les yeux sans le suspecter ; j'avais l'impression que tous savaient ce que contenait ma besace et cela me rendait méfiant.

Sans parler des regards méprisants et des mots chuchotés sur mon passage, qui n'arrangeaient rien à la situation.

Dans le petit village de Silver, tout le monde se connaissait de près ou de loin. Ainsi les villageois, aussi étroits d'esprit fussent-ils, s'étaient familiarisés avec mon étrange anomalie qui me dévorait la moitié du corps. Partout ailleurs, en revanche, j'avais le sentiment d'être, au mieux, un phénomène de foire, au pire, une monstruosité, un pestiféré contagieux, hautement dangereux, qu'il fallait éviter à tout prix.

La plupart du temps, les gens étaient surpris lorsque j'osais ouvrir la bouche pour demander un renseignement. Les femmes faisaient un bond en arrière et cachaient les yeux de leurs enfants en les emportant au loin. Les hommes me lançaient des regards soupçonneux et se détournaient à la hâte.

Au moins, personne ne s'intéressait à mon sac.

Autrefois, je ne m'étais jamais senti victime de ma différence. Certes, j'avais subi quelques moqueries à l'école, qui avaient conduit tante Nelly à me retirer de l'établissement et à assurer elle-même mon éducation, puis, lorsque je travaillais dans les champs ; mais elles avaient fini par s'estomper avec le temps.

Mon objectif était donc de me rendre à la capitale. Ergon, notre belle patrie, était divisée en quatre sections de tailles à peu près similaires, séparées par la mer des Andes, l'océan Ombragé et le golf Sulfureux.

Je vivais dans les terres de l'Ouest, considérées comme les plus fertiles, car c'était la seule région qui n'avait pas totalement été asséchée par l'effusion solaire, celle-là même qui avait rayé de la carte l'Ancien Monde et ses habitants. De fait, elle grouillait de fermiers et de paysans prêts à bêcher la terre pour conserver nos minces récoltes. On disait que l'Est était encore plus pauvre que l'Ouest, mais j'avais beaucoup de mal à le croire, car l'Ouest était peu praticable et partiellement dévoré par des chaînes montagneuses de très haute altitude. Sa population se limitait à quelques milliers d'individus. Le

Nord constituait un antre pour les pêcheurs qui vivaient en autarcie, loin de la Cour et des festivités. Comme s'il fallait rétablir un quota de prospérité sur le territoire, toutes les richesses et la bonne société étaient concentrées au Sud, gravitant autour du Palais royal et, par extension, la capitale Sienne. Les ancêtres de la reine Aubrey avaient décrété il y a fort longtemps qu'en raison de l'importante distance qui séparait les quatre terres, le souverain en fonction devait désigner des suppléants. Ceux-ci avaient pour mission de s'occuper des problématiques internes et de verser à leur souverain denrées et richesses. Ainsi, le prince des Orphelins régnait sur les terres de l'Est, tandis que la dame des Mirages séjournait dans son palais de glace au nord. Enfin, la veuve Étoilée gérait d'une main de fer les territoires de l'Ouest.

Chaque terre étant rigoureusement délimitée, il fallait une autorisation écrite et signée par l'un des gouverneurs pour changer de zone. Étant donné les délais d'attente interminables imposés par l'administration et la somme astronomique qu'il fallait débourser pour se procurer les documents officiels, je n'avais d'autre choix que d'enfreindre le règlement.

Profitant de l'instabilité et de la misère ambiante, un véritable réseau illégal s'était formé, avec à sa tête des commerçants ambitieux qui n'avaient pas que de bonnes intentions à l'égard des plus modestes.

Je me mis donc en quête d'un passeur mouillant dans des affaires illicites, mais auquel il resterait tout de même un semblant d'honneur et de respect, chose plus complexe qu'il n'y paraissait.

Je longeai la mer agitée pendant des kilomètres. Je croisais régulièrement des cortèges d'embarcations marquées du sceau royal. D'honnêtes marins chargeaient les bagages des passagers à bord tandis que le capitaine s'occupait de vérifier si tous les documents étaient en règle.

On me jeta des coups d'œil soupçonneux, mais personne ne vint m'importuner. Des bourgeois rentraient à la capitale et s'octroyaient de luxueuses et spacieuses embarcations privées dans lesquelles on pouvait ajouter sans peine trente à quarante passagers.

Les heures passaient. Le soleil brûlait ma peau, crevassait mes lèvres, asséchait ma gorge et meurtrissait mes pieds. Si près de la mer, il n'y avait ni commerces ni auberges et je commençais à perdre espoir. Je tentai à de nombreuses reprises de sonder l'horizon. Si seulement j'apercevais la terre ferme de l'autre côté, je pourrais traverser en nageant, aidé d'un flotteur ou même d'un radeau de fortune fabriqué avec quelques troncs d'arbre.

Mais je ne voyais rien, sinon une vaste étendue d'eau agitée qui s'étirait à l'infini. Tante Nelly ne m'avait donné aucune indication quant à la marche à suivre. « C'est ta quête, ta destinée », répétait-elle avec ce même regard mystérieux. Si seulement elle avait été là ! Fichue quête ! Je n'avais jamais cru au destin : rien que des histoires et des contes de fées qu'on baratine aux enfants pour les endormir…

– Excusez-moi, interpellai-je d'une voix pâteuse, privée d'eau et de parole depuis trop longtemps. Est-ce que vous savez où je peux trouver un bateau ?

J'avais orienté ma question vers un homme d'une cinquantaine d'années, avachi et à moitié immergé dans l'eau. Il empestait l'alcool et je songeai que s'il côtoyait la misère, il devait avoir acquis quelques astuces pour échapper à la vigilance des autorités.

– V'la une demande bien peu commune pour un petit jeune bien peu commun… marmonna le vieil homme.

Un bonnet effiloché et troué était enfoncé jusqu'à ses sourcils et une épaisse barbe lui mangeait le menton et le haut des joues.

– C'est pas contagieux, ton truc ? grogna le mendiant en se redressant tout à coup, plongeant ses mollets dans le fleuve. T'as pas la lèpre, j'espère ? Oh, je reconnais ces taches. C'est la petite variole, sans l'ombre d'un doute. Ou la peste !

Je m'empressai de le rassurer.

– Rien de tel ! C'est de naissance.

– Encore pire ! bondit le vieux en crachant par terre avant de tourner sur lui-même.

C'était un rituel populaire afin d'éloigner le mauvais sort.

– Enfer et damnation ! C'est le grand esprit lui-même qui n'a pas voulu de toi. Les dieux de l'enfer t'ont recraché pour venir répandre le chaos et la misère !

Je soupirai. Il semblait au bord de la crise cardiaque.

– Détendez-vous, dis-je calmement. Je ne suis pas contagieux, c'est le principal. Vous ne risquez rien. Je cherche juste un moyen de me rendre à la capitale, mais je n'ai pas le temps de m'encombrer de formalités. Vous comprenez ?

J'avais parlé avec tant d'insistance qu'un enfant de six ans aurait décelé le sous-entendu. L'ivrogne se détendit un peu, mais ses yeux brillaient et il semblait prêt à prendre ses jambes à son cou.

Il se racla la gorge pendant un long moment tout en grattant frénétiquement sa longue barbe. Je l'observai en silence, moitié apeuré, moitié agacé.

– Il s'pourrait que j'connaisse quelques combines, lâcha-t-il non sans amertume. J'ai quelques copains qui seraient prêts à embarquer un petit gars comme toi… Mais faudra payer le prix.

– J'ai de l'argent, assurai-je.

– Il faudra payer le double. Faire un pacte avec le diable incarné est un pari risqué, petit.

Je baissai les yeux sur mon torse. J'envisageai très sérieusement de porter une chemise à manches longues malgré la chaleur étouffante pour faire cesser ces ridicules superstitions. Malgré tout, mes mains et mon cou seraient toujours exposés et je n'avais pas le temps ni les moyens de me procurer de quoi les dissimuler.

– Je paierai, cédai-je dans un soupir. Conduisez-moi à eux.

Le vieux sortit de l'eau en sautillant et je m'aperçus qu'il ne portait pas de chaussures. Il me fit signe de le suivre en direction de la forêt et je lui emboîtai le pas, non sans un dernier regard à l'horizon teinté de bleu.

14

Le prix de la liberté

Jadis Lucinosa
Collines des Monts Infinis, terres de l'Ouest.

Le mendiant m'avait entraîné dans la végétation dense et progressait parmi les plantes avec une facilité déconcertante. Après quelques minutes de marche, nous tombâmes sur une clairière isolée, barricadée par de longs grillages en barbelés. Deux bâtiments à l'équilibre précaire étaient tapis derrière deux immenses séquoias et une dizaine de petits voiliers de fortune étaient alignés les uns à côté des autres. On avait tenté de les fondre dans la masse en les recouvrant de grandes feuilles de palmier, mais le résultat n'était pas optimal.

C'est ainsi que je me retrouvai cerné par dix colosses armés jusqu'aux dents et l'air menaçant.

— Alors comme ça, on veut passer dans les terres du Sud, petit ? ricana un grand gaillard bien bâti qui devait être le chef de la bande. Et puis-je savoir pourquoi tu es contraint de faire appel à nos... services ?

« Allez, crache le morceau, gamin, rugit-il en me donnant une tape sur l'épaule. Qu'est-ce que tu as fait ? Un voleur en fuite, peut-être ? Est-ce que les miliciens sont à ta recherche ?

Le flot d'interrogations incessant me donnait le tournis.

— Non, pas un criminel, lança un homme au sourire narquois. Il n'est pas taillé pour ça.

Sa remarque déclencha un concert de graves éclats de rire. Je déglutis.

— Je n'ai rien fait de mal, assurai-je en tentant de conserver un maximum de sang-froid. Je cherche juste à passer la frontière et je n'ai pas eu le temps de formuler une demande à la veuve Étoilée.

Le Grand s'esclaffa de plus belle. Une cicatrice lui barrait le front et une partie du nez, ce qui le rendait immédiatement intimidant.

— Cette vieille peau ne t'aurait rien accordé de toute manière, affirma-t-il. Elle ne laisse passer que les bourgeois et les privilégiés.

— Est-ce que vous allez m'aider ? questionnai-je sans détour.

Le Grand me tendit le bras.

— Moi, c'est Roan. Je dirige cette petite entreprise depuis plus de dix ans. Tous ces hommes sont à mon service. Il n'y a pas un navire qui quitte le port sans mon consentement direct.

— Vous avez donc plus de points communs avec la veuve Étoilée que ce que je pensais.

Un type lâcha un hoquet de surprise derrière moi et je regrettai aussitôt mes paroles. Même le mendiant qui m'avait accompagné se ratatina sur lui-même.

Roan laissa retomber sa main tendue contre son flanc et se pinça les lèvres… puis éclata d'un rire sonore.

— Je l'aime bien, ce petit gars ! Sache que je n'ai rien d'un tyran. Je paie mes gars grassement et personne ne manque de rien. Nous sommes une véritable famille.

C'était là le parfait discours d'un chef de gang. Tante Nelly m'avait maintes fois prévenu de me méfier d'eux.

— Très bien. Dans ce cas, je cherche une embarcation pour le Sud, le plus tôt possible. Je paierai double s'il le faut, ajoutai-je en me remémorant les paroles du vieux mendiant.

Roan fit claquer sa langue d'un air dédaigneux.

— Tu m'insultes, petit. Qui serais-je si je me fiais à l'apparence d'un homme ? Plus d'un estropié a rejoint mes rangs. Crois-tu qu'une marque de naissance un peu voyante suffit à m'impressionner ? Je ne suis pas un simple d'esprit, grogna-t-il en se tournant vers ses camarades.

Tous hochèrent la tête comme un seul homme. Ils semblaient soudainement enclins à m'accepter.

– Votre prix sera le mien, assurai-je.

– 320 yents pour le passage. Mais c'est 50 de plus pour les bagages, dit-il, ses yeux glissant sur mon sac à dos.

Je grimaçai. C'était une somme astronomique et exagérée. Je doutais même que la veuve Étoilée soit aussi intraitable.

– Et pas de délai d'attente ! s'exclama Roan avec enthousiasme, comme s'il lisait dans mes pensées et percevait mon hésitation.

Il se pencha vers moi, si près que je sentis son haleine contre ma peau. Ses dents irrégulières et noircies se dévoilèrent lorsqu'il sourit.

– Je peux te faire un prix d'ami, murmura-t-il d'une voix mielleuse. Tu pourrais travailler pour moi quelques semaines, le temps d'accumuler la somme nécessaire. On a besoin de gars comme toi, ici. Tu pourrais nous être utile.

Je m'éloignai prudemment.

– J'ai ce qu'il faut, affirmai-je avec vigueur.

Le sourire de Roan retomba très rapidement. Ses épais sourcils se froncèrent et ses yeux s'obscurcirent.

– Pense à tout ce que tu pourrais obtenir à nos côtés. Tu aurais une famille. Allez, je connais bien les jeunes dans ton genre. Obnubilés par la capitale et toutes ses promesses enchanteresses. Tu ne trouveras rien là-bas, si ce n'est la mort ou la servitude.

– Je vous remercie pour votre généreuse proposition, mais je suis contraint de la décliner. J'ai des affaires à régler à la capitale et je ne peux pas m'attarder ici.

Quelque chose dans mon ton dut déplaire fortement à Roan puisqu'il s'anima brusquement.

— Quel est ton nom, petit ?

— Jadis. Jadis Lucinosa.

J'avais la nette impression qu'il continuerait cependant à m'appeler « gamin » ou « petit », surnoms qu'il affectionnait particulièrement.

— Je vois, je vois... marmonna Roan dans sa barbe en se grattant le menton. Un patronyme particulier. Une chose est sûre, ce n'est pas un nom hérité de l'aristocratie. Tu prétends posséder assez d'argent pour payer la traversée. Je veux en avoir le cœur net.

Il claqua des doigts et ses gars fondirent sur moi, m'arrachant mon sac à dos sans ménagement.

— Arrêtez ! criai-je en me débattant violemment.

Mon cœur ne fit qu'un bond dans ma poitrine et je frappai le type qui me maintenait par le bras. Celui-ci s'étala de tout son long. Un craquement sonore se fit entendre, mais, porté par l'adrénaline, je ne saurais dire s'il s'agissait de mes phalanges ou du nez de mon adversaire.

Galvanisés par l'instinct de camaraderie, d'autres se jetèrent sur moi et me rouèrent de coups jusqu'à ce que je cesse de me débattre.

Impassible, Roan ouvrit la fermeture Éclair du sac, les yeux brillants de convoitise. Il tira mes vêtements de rechange qu'il laissa tomber par terre d'un geste ennuyé. Puis il s'attaqua à mes provisions déjà amoindries par mes journées de marche. Il tira alors ma bourse et la secoua près de son oreille.

— Vous entendez ? héla Roan avec un sourire mauvais. C'est la douce mélodie de l'or...

Il balança négligemment la bourse à un homme qui s'empressa de l'ouvrir pour compter les pièces.

— Vous n'êtes qu'un voleur ! explosai-je, rouge de rage.

— Qui a parlé de vol ? s'insurgea Roan en balançant le sac dans ma direction.

Le soulagement fut si grand que je me serais probablement écroulé si deux colosses ne me maintenaient pas fermement.

— 600 yents tout ronds, chef ! déclama celui qui devait être le bras droit.

Roan me dévisagea avec un intérêt nouveau.

— Tu n'as pas menti. Pardonne ma méfiance, mais je devais en avoir le cœur net. Les bandits sont nombreux par ici...

— Je n'en doute pas une seconde, répliquai-je, bouillonnant de colère.

Roan fit un signe de tête aux hommes qui me maintenaient et ceux-ci relâchèrent leur pression.

— Nous embarquons demain matin à l'aube. Tâche de ne pas rater le départ. Les miliciens surveillent les côtes en permanence et il est de plus en plus difficile de leur échapper, ce qui explique en partie l'augmentation du prix du ticket, expliqua-t-il.

— Je suppose que la règle « une moitié au départ et l'autre lorsque le pied touche terre » n'est pas à l'ordre du jour ?

— Tu supposes bien. La somme doit être payée à l'avance. Et je te préviens : nous partons à l'aube, et nous n'attendons pas les retardataires.

15

La déesse Mydona

Jadis Lucinosa
Collines des Monts Infinis, terres de l'Ouest.

Le jour pointait le bout de son nez, diffusant une vive lumière orangée sur les arbres et faisant miroiter les eaux tumultueuses. Bercées par la marée nocturne, celles-ci semblaient encore plus agitées que d'ordinaire. Des vagues déchaînées venaient s'écraser sur la plage, rejetant une forte écume. Nous étions à l'embouchure de l'immense fleuve Liao, face à l'océan Ombragé, ce qui expliquait le courant survolté et les marées irrégulières.

La veille, Roan m'avait lâché en pleine forêt sans plus d'explication. Il s'était emparé de plus de la moitié de mes pièces sans m'accorder une miette de son attention. Je n'avais pas eu d'indications précises quant au lieu et l'heure du départ, aussi m'étais-je placé près de leur repaire en espérant ne pas les rater.

Je contemplais l'étendue d'eau qui semblait s'étirer à l'infini et mon village natal me revint en mémoire ainsi que le visage insouciant et enfantin de Mia.

Je m'en voulais de ne pas être passé chez elle pour lui faire mes adieux. Je l'imaginais se rendre devant ma porte en sautillant joyeusement, puis tomber sur tante Nelly. « Il n'est pas là. Ne l'attends pas. Il ne reviendra pas avant un petit moment. » Elle avait sans doute éclaté en sanglots. Il n'y aurait pas de nouvelle promenade dans la forêt.

Tu le feras, songeai-je. Je reviendrais bientôt chez moi après avoir soigné la reine Aubrey. Et tout redeviendrait comme avant.

J'ouvris mon sac, réveillant par mégarde un écureuil qui s'était blotti près de moi.

— Désolé de t'avoir réveillé, murmurai-je.

L'écureuil me fixa un instant avec des yeux ronds puis décampa dans la forêt. Même endormi, mon magnétisme inexpliqué attirait les animaux près de moi. Au moins, je ne me sentais jamais seul.

Je tirai le coffret que j'avais au préalable enroulé dans une serviette. Stratagème vieux comme le monde, mais qui avait fonctionné avec Roan.

Je glissai mes doigts sur les lettres dorées qui scintillaient comme des diamants. *Avec tout mon amour, afin que justice soit rendue.*

Un oiseau un peu trop curieux vint se poser sur ma chaussure.

— Est-ce que tu comprends un traître mot à tout ça? demandai-je en m'adressant autant à l'animal qu'à moi-même.

Tante Nelly m'avait assuré que je découvrirais qui j'étais réellement pendant ce voyage. Pourtant, je savais déjà quelle était ma place, et ce depuis longtemps.

L'oiseau, un roitelet huppé à la tête jaune vif, sautillait joyeusement. Il semblait rire de la situation, ou se moquer ouvertement de moi.

— Ne te moque pas, dis-je doucement. Je me suis empêtré dans une sacrée impasse et ça n'a rien de drôle.

Autrefois, je me refusais à converser avec les compagnons de la nature qui venaient à moi. Je préférais les observer en silence, trop honteux à l'idée que quelqu'un me surprenne. À présent, je m'adressais à eux avec autant d'aisance qu'aux humains, parfois plus.

Le volatile ouvrit le bec et entama une mélodie suraiguë qui ressemblait fortement à un éclat de rire.

Au moment où je m'apprêtais à répliquer, des bruits de pas lointains attirèrent mon attention. Roan et ses gars émergèrent de la forêt. Deux hommes tiraient des grandes barques à l'aide de cordages solidement attachés. Quelques femmes tenaient dans leurs bras des enfants et restaient légèrement à l'écart. De vieux hommes observaient la scène en retrait ainsi que quelques garçons de mon âge, et j'en déduisis qu'il s'agissait des autres passagers.

L'oiseau s'envola à la hâte et je m'empressai de cacher le précieux coffret dans mon sac.

Je fronçai les sourcils à la vue de nos embarcations de fortune. J'avais pourtant découvert plusieurs voiliers en bon état la veille et voilà que Roan choisissait des barques usées qui semblaient avoir vécu des siècles entiers.

— Les canots sont moins confortables, mais passent plus facilement inaperçus, expliqua Roan à l'intention des passagers qui affichaient leur mécontentement.

Tandis que les hommes traînaient les flotteurs jusqu'à la plage, Roan interrogeait les clients puis désignait une barque en fonction des réponses de chacun.

Lorsque vint mon tour, Roan m'adressa un sourire empreint de douceur, presque paternel, sourire que j'avais vu à de nombreuses reprises sur le visage d'oncle Day.

— Jadis. Mon petit. On dit que la nuit porte conseil. As-tu réfléchi à ma proposition ?

— Oui, mentis-je. Mais ma décision est prise. Je dois partir.

Roan soupira et sa déception était flagrante. Il posa une main sur mon épaule.

— Dommage. Je suis certain que nous aurions pu nous entendre. Mais chacun est libre de tracer son propre chemin. Je te laisse à ton paquebot.

Il désigna d'un signe de tête le canot de droite, sur lequel quelques passagers étaient en train de prendre place.

Il me lança un dernier regard indéchiffrable et je me dirigeai vers le batelier qui était déjà installé, tenant fermement deux grandes rames dans ses mains.

Je m'assis à côté d'une femme voilée de la tête aux pieds qui tenait dans ses bras un enfant en bas âge, lui-même entortillé étroitement dans un foulard sombre. Deux types entrèrent dans l'eau glaciale et poussèrent l'embarcation pour lui faire prendre la mer. Cette entreprise fut plus périlleuse que prévu : l'océan agité secouait violemment la barque et nous devions nous tenir fermement pour ne pas tomber à la renverse. De l'eau s'infiltra rapidement, projetée par les vagues incessantes et déchaînées. Puis nous prîmes enfin la mer et les secousses s'amenuisèrent quelque peu, laissant place à un tangage régulier et monotone.

Les heures passèrent dans un profond silence. Bientôt, les côtes des terres de l'Ouest s'éloignèrent et il n'y eut plus rien d'autre à perte de vue que l'océan.

Des râles d'enfant venaient parfois interrompre le lourd mutisme de l'embarcation. Un type d'âge mûr, visiblement peu habitué à prendre la mer, recracha son dîner par-dessus bord.

Le passeur ricana et lança à la cantonade :

— En voilà un qui n'a pas le pied marin !

Puis le silence retomba, lourd et impénétrable. Le soleil était au zénith quand les secousses reprirent avec une intensité redoublée.

— Bon Dieu ! rugit celui qui avait rendu son repas avec fureur. La mer va nous faire chavirer.

— Ne dites pas de bêtise, renchérit le passeur, visiblement agacé de voir ses talents de marin mis en doute. Je manœuvre parfaitement bien cet engin.

— Ça porte malheur d'emmener une femme à bord, grogna un vieux qui n'avait pas ouvert la bouche depuis le départ.

Les têtes pivotèrent vers la seule femme du navire, assise à côté de moi, son enfant serré contre sa poitrine.

La femme baissa les yeux sur ses pieds. Bien que son visage fût dissimulé par un drap sombre, ses yeux et ses sourcils étaient encore apparents et je pouvais lire en eux comme dans un livre ouvert. Elle se sentait humiliée et mal à l'aise. Alors que je m'apprêtais à prendre sa défense, le vieux enchaîna :

– Sans parler du rejeton de Satan. Celui-ci est porteur du mauvais sort.

À mon plus grand regret, quelques-uns hochèrent la tête, l'air approbateur. Quoi qu'il se passe, les gens semblaient toujours avoir besoin d'un bouc émissaire.

Je soupirai longuement. Les minutes s'étiraient et semblaient durer une éternité. Je décidai de rompre le silence et je m'adressai à ma voisine.

– Comment vous appelez-vous ?

J'avais parlé assez bas pour que ma voix se perde dans le grondement des vagues.

– Kaya, répondit-elle sur le même ton. Et là, c'est Lysandre.

– Mon nom est Jadis. Puis-je savoir pourquoi vous vous rendez dans les terres du Sud ?

La femme tourna le visage vers moi. Ses yeux, si sombres qu'ils ne semblaient pas avoir de pupilles, laissaient entrevoir une certaine méfiance. Mais ses sourcils plissés me disaient qu'elle était bien plus jeune qu'elle ne le paraissait.

Quelque chose dans mon attitude ou dans l'inflexion de ma voix dut la convaincre que mes questions étaient anodines et sans prétention, puisqu'elle répondit à voix basse :

– Enfant illégitime. Je ne suis pas mariée.

Devant mon expression interrogatrice, elle enchaîna :

– Mon père voulait le tuer. J'ai cherché sans relâche une famille qui soit prête à l'accueillir pour lui épargner ce funeste destin. Des amis proches résidant à la capitale ont trouvé des demandeurs. Un vieux couple qui ne parvient pas à procréer. Je suis en route pour leur remettre l'enfant.

Malgré sa terrible confession, la fille ne versa pas une larme. Elle avait le regard de ceux qui ont déjà traversé trop de malheurs pour éprouver encore quelque chose. Je me tus, ne sachant pas quoi répondre. Aucun mot n'était assez fort pour exprimer ma compassion, et je savais que cela ne lui apporterait aucun réconfort.

— Et vous ? demanda-t-elle soudainement.

Je fus tenté pendant une seconde de lui dévoiler ma quête. Mais les paroles de tante Nelly me revinrent en mémoire, comme un flash : *Et surtout, ne dévoile à personne que tu détiens l'élixir de la reine.*

— J'ai été chassé de ma famille, mentis-je avec une pointe de culpabilité. Je suis à la recherche de travail. J'ai entendu dire qu'il existait un homme à la capitale prêt à embaucher les gens... comme moi.

Les yeux de la femme glissèrent sur mon cou et mes épaules. Les taches brunâtres étaient totalement exposées.

— Je n'ai pas reçu une grande éducation, souffla-t-elle, mais mon père est apothicaire. J'ai quelques connaissances en matière de maladie, et cela ne ressemble en rien à ce que j'ai vu auparavant. Ça n'a pas l'air contagieux et, si vous voulez mon avis, je ne pense pas qu'il s'agisse là d'une punition divine.

C'était la première fois que quelqu'un évoquait mon anomalie aussi ouvertement, sans détour et sans jugement. La gratitude me compressa la poitrine.

— Comment pouvez-vous en être sûre ? demandai-je malgré moi.

À force d'entendre les gens répéter les mêmes superstitions, j'avais commencé à y croire également.

— Les dieux ne châtient jamais un nouveau-né, expliqua-t-elle. Ils sont tous purs et innocents. C'est la vie qui les corrompt.

Elle serra un peu plus fort son enfant contre sa poitrine. Un remous d'une grande violence s'abattit sur notre bateau et manqua de nous renverser.

— La déesse Mydona nous garde ! pria le vieux en observant le ciel comme si un ange allait tomber du ciel pour nous secourir.

— Mydona ? murmurai-je à Kaya, qui se cramponnait du mieux qu'elle pouvait.

Le canot tanguait tellement que l'eau me fouetta le visage et s'infiltra à l'intérieur, recouvrant nos affaires d'une fine pellicule humide.

— La déesse des Immigrés, m'apprit Kaya. Elle veille sur les passagers clandestins et nous aide à atteindre la Terre promise.

— Pour la première fois de ma vie, j'espère qu'une légende dit vrai, dis-je en m'agrippant fermement au bord de la barque qui menaçait de se retourner à chaque instant.

Le passeur semblait soudain moins sûr de son talent en matière de navigation. Il luttait avec les rames, qui manquèrent de lui échapper à plusieurs reprises, entraînées par le courant intraitable.

— Vous maniez parfaitement la barque, pas vrai ? reprit un homme, pince-sans-rire.

— Accrochez-vous ! hurla le passeur lorsqu'une vague titanesque fit son apparition non loin de nous.

Je me ruai sur mon précieux sac à dos que je glissai précipitamment sur mes épaules. Les autres firent de même, préoccupés à l'idée de voir leurs biens couler dans les abysses de l'océan.

Seule Kaya décida de laisser sa maigre besace à ses pieds, privilégiant la protection de son enfant avant les possessions matérielles. Je me penchai pour ramasser son petit sac de toile qui ne pesait presque rien.

— Je m'occupe de ça, assurai-je.

Elle me remercia d'un hochement de tête. Puis la vague s'abattit sur nous, furieuse, dévastatrice. Le canot se retourna partiellement. Un homme bouscula Kaya dans sa précipitation et celle-ci passa par-dessus bord. Elle eut la présence d'esprit de lâcher son garçon avant de plonger dans les eaux glacées.

– Attendez ! hurlai-je pour couvrir le bruit des vagues. Une femme à la mer !

Le ciel grondait et semblait sur le point d'imploser. Des nuages noirs, présents depuis des heures, laissèrent éclater leur colère et déversèrent un torrent de pluie sur nous.

Je me retournai vivement et j'aperçus la silhouette de la jeune femme qui se débattait pour se maintenir à la surface. Gênée par son imposant vêtement qui la recouvrait tout entière, elle semblait attirée inexorablement vers le fond.

– Vous ne comprenez pas ? Il faut faire demi-tour ! explosai-je, abasourdi par le manque de réaction des passagers.

Un vent terrible se leva, accompagnant la pluie torrentielle.

– Il a raison ! lâcha un homme, assis face au vieux bougon. Nous devons l'aider !

Le vieux était recroquevillé sur lui-même pour se protéger des mouvements brutaux du bateau, mais cela ne l'empêcha pas de contester :

– Non ! Maintenant que la femme a rejoint les dieux de l'océan, il doit en être de même pour le garçon maudit ! Ne voyez-vous pas que le ciel nous lance un appel ?

Un éclair foudroyant déchira les cieux tandis qu'un grondement effroyable se fit entendre, comme pour étayer sa déclaration.

– Voilà une corde, dit l'homme en attachant ma taille fermement. Je vous remonterai à bord, tous les deux.

– Ne faites pas ça ! rugit le vieux en se jetant sur moi avec une force incroyable pour son âge avancé.

La puissance de l'impact me projeta en arrière. Je manquai de peu d'écraser Lysandre qui, secoué par les va-et-vient de l'embarcation, s'était mis à sangloter.

– Ça suffit ! trancha le passeur en se redressant.

Il avait laissé les rames à côté de lui, renonçant à lutter contre le courant enragé.

Il sortit un revolver, dissimulé dans l'ourlet de son pantalon, et nous mit en joue.

– Vous allez tous descendre, nous menaça le passeur froidement.

Les bourrasques faisaient virevolter ses cheveux et des gouttes d'eau dégringolaient sur son visage crispé par la concentration. Derrière moi, j'entendais les hurlements désespérés de Kaya, noyés dans les déflagrations du ciel et la tempête qui faisait rage.

Le passeur sortit une grande bourse de son propre sac et la balança sur le sol.

– Vous allez tous sortir votre argent maintenant et le déposer dans ce sac.

Nous nous observâmes en silence. Les appels au secours de Kaya se faisaient de plus en plus rares. Le petit hurlait et gesticulait sur la banquette, rouge de colère.

– Qu'est-ce que cela signifie ? cria le vieux pour couvrir le bruit des trombes d'eau.

– Vous êtes bouchés ou quoi ? aboya le passeur avec véhémence. Vous vous êtes fait berner comme des bleus. Vous êtes les plus riches des passagers et Roan m'a donné l'ordre de vous dépouiller au milieu de l'océan. Nous ne sommes pas vraiment à la moitié de la traversée, mais étant donné les circonstances, je suis contraint de précipiter les choses. Jetez votre or dans le sac immédiatement ou vous rejoindrez cette femme.

Le passeur avait toujours son arme pointée sur moi et je n'osai pas me retourner pour apercevoir Kaya. Toutefois, ses hurlements avaient définitivement cessé et cela n'augurait rien de bon.

— Vous êtes fou ! brailla un type qui ne devait pas être plus vieux que moi. Nous sommes dix contre vous, que comptez-vous faire ?

Pour toute réponse, le passeur fit pivoter son arme sur l'importun et tira. Le garçon tomba à la renverse et fut happé par le tumulte de la mer en quelques secondes. Pas de cris. Pas de supplications. Plus personne n'osa ouvrir la bouche.

— Exécution ! aboya le passeur sans une once d'humanité dans la voix. Et que quelqu'un fasse taire le mioche ou je le balance à la mer !

Je me penchai pour ramasser le petit qui braillait comme si sa vie en dépendait. Je tentai de le bercer doucement, mais les secousses de l'embarcation s'en chargèrent pour moi. Je fus projeté d'avant en arrière et je manquai de m'étaler de tout mon long.

Puis ce fut la catastrophe. Une nouvelle vague gigantesque d'une force sans précédent vint s'écraser. Un craquement se fit entendre, signe que l'embarcation venait de se briser. Je tombai à la renverse et mon crâne heurta une surface dure. Un homme vint s'écraser contre moi, m'étouffant complètement. Je fermai les yeux en tentant désespérément de me dégager. Les fracas de la tempête se déchaînaient sur nous, insatiables, et je sombrai dans le néant.

16

Le Goéland sacré

Whisper Organa
Sur une route des terres du Sud.

La charrette roula pendant des heures. Privée de lumière et d'air frais, je suffoquais. Chaque secousse se transformait en véritable torture. Un sac de patates douces me tomba dessus et je sombrai dans un état semi-comateux. Je me réveillai en sursaut, toujours enfermée dans l'obscurité, une affreuse migraine en prime.

Je songeai un instant à manifester ma présence auprès du cocher. Après tout, peut-être me permettrait-il de m'asseoir à côté de lui si je me montrais assez convaincante. Mais les sermons de père sur la cruauté sans borne des hommes me revinrent en mémoire et je m'abstins.

Pendant tout ce temps, mon cœur ne cessa de battre à une vitesse folle. Des doutes de mauvais augure s'infiltraient par milliers dans mon esprit déjà tourmenté. Qu'allais-je devenir ? Parviendrais-je à survivre seule, sans allié ni toit au-dessus de ma tête ? Dix-sept années d'existence dans l'opulence, le confort et l'isolement n'avaient-elles pas effacé toute trace d'autonomie et d'ingéniosité en moi ?

Quand, au bout d'une éternité, les roues de la charrette ralentirent et que les chevaux poussèrent des hennissements fatigués, je sus que nous étions arrivés à destination. Autour de moi, j'entendais les rires des colporteurs qui conversaient entre eux.

– Vous avez vu cette nouvelle potence, installée sur la Grande Place ? s'extasia une voix féminine caverneuse, probablement abîmée par des années de cigarettes.

– Chose exceptionnelle, approuva un autre. On dit que l'inauguration de cet échafaud s'effectuera sous peu.

Je déglutis et entourai mes genoux de mes bras.

– Qui est le malheureux ? reprit la voix corsée, d'où l'on pouvait déceler une pointe de compassion.

– Un voleur de pommes, à ce qu'on m'a dit. Ne vous faites pas de mouron, ma gente dame, les chapardeurs représentent un vrai fléau. Il faut en punir un pour montrer l'exemple.

Je plaquai une main contre ma bouche pour ne pas trahir ma présence. Une exécution pour une pomme volée ? Quel était le prix à payer pour une excursion en charrette clandestine ?

Je me redressai vivement et me précipitai sur les barils. Ceux-ci étaient étroitement liés à l'aide d'un assemblage complexe de nœuds et de cordage. Je dévissai à la hâte un des couvercles. Le caisson était rempli à ras bord d'un liquide violâtre qui ressemblait fort à du vin. L'odeur qu'il dégageait était, elle, très aisément identifiable. Il s'agissait là d'alcool.

Les individus à l'extérieur bavassaient gaiement, mais leur conversation s'essoufflait progressivement. Je secouai le baril ouvert dans tous les sens. Mes efforts furent voués à un cuisant échec : le tonneau ne cilla pas d'un millimètre.

Dépitée, je plongeai mes avant-bras à l'intérieur et entrepris de retirer un maximum de liquide à l'aide d'un bol trouvé sur le sol. Lorsque j'eus vidé la moitié du récipient, les voix se turent.

– Bon, on doit y aller, nous sommes déjà en retard. Que le temps passe vite en si charmante compagnie !

Un rire disgracieux se fit entendre.

Je n'avais plus le temps. Bien que le tonneau ne fût pas totalement vide, je me glissai à l'intérieur. La robe d'Hermance s'imbiba d'alcool et tripla de volume. L'odeur était insoutenable, mais je m'obstruai les narines avec la paume et revissai le couvercle à contrecœur.

Au même moment, la charrette vacilla et j'entendis très distinctement les portes s'ouvrir.

– Merde, jura quelqu'un. Un des barils est troué ! Le vin s'est répandu partout.

Silence.

– Nous devons absolument les ouvrir pour les inspecter. Pas question de refiler de la mauvaise marchandise au prince des Orphelins. Il nous ferait exécuter !

L'autre, plus détendu, tempéra :

– Il va surtout entrer dans une colère noire si sa commande est retardée. Nous n'avons qu'à les transporter jusqu'au navire et nous verrons bien pendant le trajet lequel est percé.

Un rire. Je me ratatinai dans mon étroit compartiment. Venait-il d'évoquer un navire ?

– Depuis quand es-tu aussi ingénieux, Marcel ? ricana le premier, visiblement très fier de cette petite tactique improvisée.

– Depuis toujours, idiot. Allez, assez bavassé. Au boulot !

Tétanisée par la peur, je demeurai parfaitement immobile. Mes muscles étaient déjà bien endoloris, mais ce n'était rien en comparaison des crampes aiguës qui survenaient par intermittence sans crier gare.

Je tentai néanmoins de me concentrer pour deviner ce qui se déroulait autour de moi. Les cordes qui retenaient les barils entre eux furent coupées à l'aide d'un canif ou d'une épée. Les deux hommes effectuaient des allers-retours entre la charrette et l'extérieur. Ils ne parlaient que très peu et n'ouvraient la bouche que pour échanger un flot d'injures.

Puis vint le tour des barils. On me souleva sans ménagement.

Une fois déposée dehors, la mélodie de la ville en effervescence parvint jusqu'à moi. Elle était telle que je l'avais écoutée depuis toutes ces années, collée contre l'immense mur en béton qui séparait le Palais royal de la population. Je brûlais d'envie de m'extirper de cette caisse pour enfin poser des visages sur ces voix, admirer les clochers de l'église et non plus seulement l'écouter tinter. Admirer la foule qui dansait et qui bourdonnait, contempler la mer telle qu'elle était réellement et non comme elle est décrite dans mes livres.

Mes pensées furent interrompues lorsqu'on bascula brusquement mon baril sur le flanc. Le vin restant gicla sur mon visage et, de surprise, je laissai échapper un petit cri.

Fort heureusement, mon transporteur ne se rendit compte de rien. On me roula sur plusieurs mètres. Malgré mes efforts, je bus la tasse à plusieurs reprises. La boisson avait un goût âcre et bien trop acide et ne ressemblait en rien à celui que j'avais l'habitude de boire occasionnellement lors des bals de père.

L'arôme semblait s'accentuer de plus en plus et je fis un effort surhumain pour retenir la nausée qui me montait à la bouche.

Je fus ballottée dans tous les sens. Mon crâne déjà endolori se cogna à plusieurs reprises et mes membres ankylosés criaient à l'aide.

— C'est étrange, lâcha un des deux hommes après une éternité. Je n'ai repéré aucune fuite.

— Moi de même, renchérit le deuxième. Et ils pesaient tous aussi lourd, cela ne fait aucun doute. Les bonshommes du palais ne sont pas aussi professionnels que nous, voilà tout. Ils ont dû en renverser un par mégarde.

La conversation s'arrêta là. Un autre individu à la voix nasillarde les interrompit :

— Veuillez signer ce registre, s'il vous plaît.

Un officier de la marine, songeai-je. J'en déduisis très rapidement que les commerçants avaient dit vrai. J'entendis des ordres hachés, aboyés à tout-va. Les conversations entremêlées parlaient toutes de traversée et de navire.

– L'*Intrépide* est le plus beau navire de la flotte impériale, cela ne fait aucun doute, déclama une voix féminine.

– Quoique le *Victoria* et le *Faucon argenté* n'aient rien à lui envier, répliqua un autre, qui semblait être un connaisseur avisé.

Le vacarme du port s'estompa progressivement, laissant place à un silence lourd et profond. On m'avait déposée en fond de cale.

Lorsque je fus certaine que plus personne ne chargeait de marchandises à bord, je m'extirpai enfin de mon compartiment avec un soupir de soulagement.

Je ne m'étais jamais sentie aussi faible de toute ma vie. Mes jambes étaient prises de tremblements incontrôlables et chaque parcelle de mon corps était en ébullition. À mon plus grand désespoir, je me retrouvai à nouveau plongée dans une épaisse noirceur. Aucune fenêtre ne venait filtrer la lumière du jour.

Je progressai lentement parmi les innombrables caisses remplies de denrées alimentaires, empilées les unes sur les autres. Mes jupons imbibés d'alcool produisaient un bruit spongieux à chaque pas. Ce fut en marchant sur les lattes en bois fraîches que je m'aperçus que je ne portais pas de chaussures.

Je me mis à tousser. Ma tête brûlait et tournait à toute allure, des étoiles dansaient devant mes yeux. Le doute m'assaillit soudainement.

Père avait raison. J'avais besoin de protection pour survivre dans ce monde. J'avais toujours pensé qu'il me refusait toute activité physique pour conserver l'ascendant sur moi. À présent, je commençais à croire que ma santé précaire et mes muscles fébriles étaient bien réels et qu'il ne s'agissait pas d'un stratagème tordu de sa part.

Mes doigts parvinrent à rencontrer une poignée à force de tâtonnements. La soute aux vivres débouchait sur un corridor étroit relié à d'autres portes closes d'où aucun son ne s'échappait. Soudain, la pièce se mit à tanguer. L'esprit embrumé par les effluves d'alcool, je mis un moment à comprendre qu'il s'agissait du léger balancement de la coque sur l'eau. Décontenancée, je posai mes mains contre le mur pour reprendre mon souffle. C'est là que quelqu'un m'interpella :

– Mademoiselle ? appela une petite voix hésitante.

Je fis volte-face, au bord de la crise de panique. Un petit garçon blond me faisait face. Il portait un béret bleu marine, costume officiel des moussaillons en herbe, et tenait dans ses bras à peine plus épais que les miens deux grands balais à brosse et un seau rempli d'eau.

– Vous allez bien, m'dame ? s'inquiéta le gamin en se débarrassant de ses balais.

– Je n'ai pas l'habitude des voyages en bateau, expliquai-je tandis qu'une irrépressible nausée m'envahit tout à coup.

– Ah, c'est votre première traversée. J'étais pareil, la première fois. Ne vous inquiétez pas, tout va bien se passer. Nous n'en avons que pour quelques heures. Je ne savais pas qu'on embarquait aussi des passagères...

– Il n'y a que moi, répliquai-je vivement. Je suis... une invitée.

Le petit garçon plissa le nez et fit une grimace qui dévoila un grand espace vide où auraient dû se trouver deux incisives.

– Vous empestez, m'dame. Vous n'avez vraiment pas l'air bien. Je vais vous conduire au capitaine, il va vous raccompagner à votre cabine.

J'ouvris la bouche pour protester, mais il m'empoignait déjà par le bras avec vigueur.

– Je m'appelle Tommy. Je suis nouveau ici. Je travaille pour le capitaine Hook depuis tout juste deux semaines. Il dit que je suis un très bon mousse, vous savez. Elle vient d'où, cette odeur ? Et pourquoi vos cheveux sont-ils mouillés ?

Je ne trouvai pas la force de répondre. Loin d'être contrarié par mon mutisme, il enchaîna :

– Bah ! M. Hook va vous remettre sur pied. Vous vous êtes perdue ? Il est vrai que ces couloirs se ressemblent tous.

Il me fit grimper un petit escalier grinçant et nous émergeâmes sur le pont supérieur. Je battis des cils un instant, m'apprêtant à recevoir un fort éblouissement dû à la lumière du jour, mais il faisait nuit noire. Les constellations lumineuses et le demi-croissant de lune qui baignaient le pont d'un doux halo étaient les seules sources de lumière.

Alors que j'étais convaincue d'avoir été embarquée sur un immense navire marchand, je me trouvai sur un bateau dont la longueur ne devait pas dépasser les vingt mètres.

– Tommy, où sommes-nous ? m'enquis-je.

Il me tenait fermement la main, plus pour m'empêcher de tomber que dans un geste affectueux.

– Sur le *Goéland sacré*, mademoiselle. Un des meilleurs caboteurs de la région, si vous voulez mon avis.

Le peu d'hommes présents sur le pont fut surpris de me voir débarquer et manifesta un grand intérêt à mon égard, interrompant aussitôt leurs activités pour mieux me dévisager.

Tommy me lâcha la main quelques instants pour s'approcher de l'homme qui tenait le gouvernail, sondant l'horizon avec le même regard fier qu'arborent tous ceux qui exercent une fonction importante dans la hiérarchie sociale.

Il portait une redingote en drap bleu, doublée d'étoffe du même coloris dont le collet était rabattu. Sa poitrine était garnie de chaque côté de cinq gros boutons uniformes. Sur sa casquette d'un blanc immaculé étaient brodés les insignes de la compagnie, et je reconnus entre autres le sceau du prince des Orphelins.

Tommy murmura quelques mots au capitaine Hook et celui-ci me jeta un regard mauvais. Il s'approcha et effectua la plus rapide et la plus raide révérence qu'on m'ait jamais adressée : un hochement de tête furtif et un regard courroucé. Jamais de toute mon existence on ne m'avait témoigné aussi peu d'intérêt.

– Pourrais-je savoir comment vous êtes parvenue à embarquer sur mon bâtiment ? mademoiselle…

– Bracken, complétai-je en me remémorant le nom de famille d'Hermance.

– C'est cela, compléta-t-il avec sécheresse.

Il me fixa avec des yeux plissés, comme s'il attendait quelque chose de ma part. Alors je me souvins que je ne l'avais pas salué, et je fis la plus pitoyable des révérences qui s'acheva par un vacillement douteux et un rattrapage *in extremis* sur le petit Tommy.

– Vous n'avez pas répondu à ma question, reprit le capitaine. Et cette odeur… On pourrait croire que vous vous êtes baignée dans du vin !

– Vous ne pensez pas si bien dire, dis-je piteusement.

Le capitaine se pencha vers Tommy qui observait la scène avec amusement.

– C'est toi qui l'as amenée ici, pas vrai ? Tu as croisé cette ivrogne en ville en train de faire la manche derrière une taverne et tu t'es pris de pitié pour elle, moussaillon ? gronda le capitaine.

– Je l'ai trouvée dans la cale, se justifia-t-il. Elle était toute seule.

Le capitaine Hook gifla le garçon, si fort que celui-ci fit deux pas en arrière.

– Comment osez-vous ! m'emportai-je, rouge de colère.

Le capitaine pivota vers moi, légèrement surpris par mon intervention. Il n'en perdit pas pour autant sa mauvaise humeur :

– Vous êtes sur *ma* propriété, mademoiselle Braken, et il serait bon de ne pas l'ou...

– Une femme à la mer ! hurla un marin à l'intention du capitaine.

Celui-ci se détacha de moi et se précipita sur le bastingage. Tommy bondit à ses côtés, oubliant momentanément toute retenue.

– Là ! s'égosilla Tommy en pointant son doigt vers l'immensité de l'océan. Sur une planche en bois !

Je me rapprochai avec méfiance. La faible clarté de la lune se reflétait sur l'étendue de la mer mouvementée, éclairant partiellement un vieux débris flottant et, allongée dessus, les yeux clos, une jeune femme inconsciente.

Le capitaine Hook grommela.

– Une femme de plus sur mon bâtiment, soupira-t-il. Que pourrait-il arriver de pire ?

Puis, plus fort :

– Remontez-la à bord !

Les marins s'exécutèrent rapidement. Un homme descendit à l'aide d'une échelle de cordages et récupéra la femme qui gisait à moitié immergée.

On l'allongea sur le sol tandis que le capitaine s'approchait pour examiner la nouvelle arrivante. Au moins, je n'étais plus au centre de l'attention.

– Elle est morte, capitaine ? interrogea de but en blanc le barbu qui l'avait hissée à bord.

Hook s'agenouilla au côté de la blessée et palpa la naissance de sa nuque à la recherche d'un pouls. Puis, à la stupéfaction générale, celle-ci reprit connaissance. L'inconnue inspira une grande bouffée d'air frais puis se mit à tousser intensément, évacuant le surplus d'eau de mer ingurgité.

Elle était vêtue d'une robe marron singulière, qui ne ressemblait en rien à ce que j'avais vu auparavant. Des voiles sombres la couvraient intégralement. Sa peau et ses cheveux foncés se confondaient avec l'obscurité environnante.

– Qui êtes-vous ? interrogea le capitaine sur le même ton dédaigneux qu'il avait utilisé avec moi.

– Lysandre ? appela la jeune femme en secouant la tête sans raison apparente.

– Répondez à ma question ! aboya Hook, visiblement au bord de la crise de nerfs.

Les yeux de l'inconnue se posèrent enfin sur lui.

– Je me nomme Kaya Curskori, répondit-elle faiblement. Mon embarcation a coulé lors d'une tempête. Je me rendais dans les terres du Sud…

Elle s'arrêta soudainement, puis ses yeux s'écarquillèrent.

– Avez-vous vu un enfant ? s'enquit-elle, la peur accentuant un accent qui ne pouvait venir que des contrées les plus reculées du Sud. Deux ans à peine, les cheveux bruns ?

– Nous venons de vous repêcher, l'informa le capitaine. Vous étiez seule.

Kaya leva des yeux implorants vers lui.

– Ce n'est pas possible, gémit-elle dans un souffle.

– Vous avez parlé d'une embarcation, reprit Hook, imperturbable. Un navire de la flotte royale a été détruit ?

– Pas un navire royal, dit Kaya en baissant les yeux.

Le capitaine croisa les bras contre sa poitrine, le visage durci par la colère.

– Je vois. Traversée illégale, énonça-t-il avec un certain mépris. Vous savez qui est l'orchestrateur de cette organisation clandestine, je suppose ?

Kaya ne répondit pas tout de suite.

– Inutile d'essayer de le couvrir, insista Hook.

À côté de moi, Tommy contemplait la scène comme s'il assistait à un spectacle de théâtre divertissant.

– Un certain Roan, murmura la rescapée, les yeux immergés dans le néant.

Hook se gratta le menton.

– Roan Prank, surnommé par la populace l'Insaisissable. Pourchassé pour acheminement de marchandises illégales, trafic humain, effractions, trouble à l'ordre public ainsi que coups et violence sur un officier royal et condamné à mort par lapidation il y a plus de trois ans. La récompense s'élève à plus de 10 000 yents.

Kaya ne réagit pas. Quant à moi, la stupéfaction et l'incompréhension se mêlaient dans mon esprit. Comment est-ce que quelqu'un pouvait désirer s'allier avec un si terrible personnage ?

– Très bien, soupira le capitaine Hook en se redressant de toute sa hauteur. Enfermez-moi cette femme dans une cellule. Nous la remettrons au prince des Orphelins une fois arrivés à destination où elle sera jugée pour clandestinité et devra assumer les conséquences de ses actions criminelles.

Kaya ne protesta même pas. Elle semblait vidée de toute son énergie, complètement désorientée.

Je me glissai derrière Tommy bien que je mesurasse une tête de plus, tentant désespérément de passer inaperçue.

Des hommes s'emparèrent de la jeune femme flasque comme un mollusque et la conduisirent à l'arrière du bateau avec une brutalité aussi excessive qu'inutile.

Hook poussa un long soupir puis pivota vers Tommy. Ses yeux se posèrent sur moi.

– Vous êtes encore là ?

– Eh bien… je… balbutiai-je.

– Qu'on la mette aux fers avec l'autre, lâcha le capitaine, visiblement agacé.

Tommy me fixa avec amusement tandis qu'on me traînait comme une vulgaire criminelle à l'arrière du pont. Là, on me fit descendre des marches humides et boueuses avant de me jeter dans une cellule adjacente à celle de Kaya. Il n'y avait à l'intérieur ni couchette ni nourriture et une fine couche de paille nauséabonde tapissait le sol en bois. Effrayée par cet environnement, je me recroquevillai dans le fond et me mis à murmurer de ferventes prières.

17

La promesse du couvre-chef

Whisper Organa
Goéland Sacré, mer des Andes.

— Les dieux ne vous sauveront pas, dit Kaya d'une voix éteinte.

Elle était adossée contre le mur, les cheveux emmêlés et le visage dénué d'expression.

— Je ne suis pas résignée à la potence, me justifiai-je. Ces hommes sont des monstres sans cœur. Jamais on ne m'avait traitée avec aussi peu d'égard.

Kaya pivota vers moi.

— Pourquoi cela ? Ils font leur devoir. Nous sommes des criminelles, après tout. Ils n'ont pas tort.

— Vous, peut-être, mais pour ma part il n'en est rien.

— Êtes-vous une honnête commerçante, une invitée du capitaine Hook ? Possédez-vous une quelconque richesse qui puisse expliquer votre présence à bord ?

Je grimaçai. J'étais habituée au titre de « princesse » à chaque fin de phrase.

— Non, concédai-je.

— Dans ce cas, vous n'avez rien à faire ici.

Je me redressai. Des monceaux de paille restèrent collés sur mes jupons imbibés d'alcool.

— Certes. Néanmoins, ces hommes ne pouvaient-ils pas faire preuve de clémence envers une jeune naufragée ayant frôlé la mort et qui vient de perdre son enfant ?

Je regrettai aussitôt mon manque de délicatesse. Néanmoins, la jeune femme ne sembla pas m'en tenir rigueur et s'esclaffa tristement.

– D'où venez-vous ? De toute évidence, vous n'êtes pas d'ici. Votre accent présomptueux me rappelle celui des aristocrates.

Je ne répondis pas.

– Peu importe. Oubliez votre pays natal : Ici, dans la patrie d'Ergon, nulle pitié pour les traîtres et les parjures. Je vous suggère d'en repartir le plus rapidement possible, tant que vous le pouvez encore.

L'image du Palais royal luxueux, imposant et fier, s'imprima sur mes rétines. La vie s'y écoulait tel un long fleuve tranquille et je ne manquais de rien.

– Le prince des Orphelins… débutai-je avec appréhension. Que va-t-il nous faire ?

– Lui ? Rien du tout. Il est bien trop occupé dans sa tour d'ivoire pour s'intéresser aux dépravées que nous sommes. En revanche, ses bourreaux seront plus que satisfaits d'ôter votre jolie petite tête de vos épaules.

Je poussai un cri d'effroi.

– Qui autoriserait une sentence aussi inhumaine ? m'offusquai-je.

Kaya haussa les épaules.

– Le roi. Qui d'autre ?

– Jamais il n'accepterait que de telles barbaries se produisent sur ses terres !

La peau basanée de la jeune fille s'assombrit davantage.

– Que connaissez-vous du roi, petite fille ?

Je demeurai muette. Mes paroles avaient dépassé ma pensée et je risquais de me trahir sous peu.

– Restez donc cloîtrée dans votre silence, poursuivit Kaya avec sécheresse. Vos lamentations m'ennuient.

Elle se détourna et s'allongea sur le sol, à l'opposé de ma cage.

Le reste du trajet s'effectua dans un silence de mort. Des rats vinrent s'infiltrer dans mon compartiment ; mes hurlements dégoûtés les firent fuir. Une nausée soudaine s'empara de moi et je vidai mon estomac pourtant sous-alimenté dans la paille, qui n'absorba pas l'odeur écœurante.

– Père avait raison, murmurai-je en rejetant la tête en arrière. Je suis malade.

Après un très long silence, Kaya répondit :

– Vous êtes atteinte de cinétose.

– Qu'est-ce ? demandai-je, empreinte d'un désarroi extrême.

– Le mal de mer.

Elle s'esclaffa, mais ses traits étaient dénués de toute forme d'amusement.

– Êtes-vous apothicaire ? Vous parlez bien et semblez avoir des connaissances approfondies en médecine.

– Non.

Je déglutis.

– Votre père était-il…

– Je ne souhaite pas partager des souvenirs familiaux avec une étrangère, coupa-t-elle avec plus de lassitude que d'amertume. Dans moins de deux heures, nous serons pendues.

– J'invoquerai le droit de pourparlers, répliquai-je simplement. J'exige un procès équitable et le droit de plaider ma cause.

La jeune femme à la peau sombre me dévisagea avec un mélange de surprise et de dégoût.

– Un conseil : n'invoquez aucun des droits que vous prétendez posséder. Cela ne fera qu'aggraver votre cas.

Bien que je fusse touchée par ses paroles, je n'en montrai rien. Libre à elle de mourir en martyre : ma vie à moi ne faisait que débuter.

Plus tard, deux marins vinrent ouvrir notre cellule. Ils passèrent des menottes à nos poignets et nous poussèrent à l'extérieur.

Sur le pont, l'aurore diffusait une douce lumière sur la surface claire et limpide de la mer. Au loin, j'aperçus les contours floutés d'une ville. Les sons étouffés d'un clocher tintèrent jusqu'à nous. Je découvris pour la toute première fois une bourgade qui n'était pas entourée de murs et cernée par des gardes royaux. Néanmoins, cet incroyable spectacle, porteur d'une grande signification à mes yeux, me laissa un goût amer dans la bouche. Ce n'était pas en femme libre que j'admirais cette cité rêvée, mais entravée par des menottes de fer. Le capitaine Hook observait la côte à l'aide d'une longue-vue tandis que les marins s'affairaient autour de nous pour préparer l'arrivée au port de la gabare à trois mâts.

— Larguez les amarres ! aboya le capitaine.

Tous s'activèrent tandis que le petit Tommy récurait le sol avec ardeur, comme s'il désirait ainsi prouver sa valeur au sein de l'équipage.

— Où sommes-nous ? m'enquis-je auprès de la deuxième prisonnière qui semblait captivée par l'horizon.

Elle ne bougea pas d'un cil pour répondre :

— Hortensia, une des plus grandes villes commerçantes des terres de l'Est.

— C'est magnifique, murmurai-je en plongeant mes yeux dans le paysage mouvementé qui dansait au loin.

Le capitaine vint se poster devant nous.

— Nous allons bientôt toucher terre, déclara-t-il avec suffisance. Mesdemoiselles Bracken et Curskori, je vous conseille de rester tranquilles lors de votre transfert vers le poste de milice le plus proche. Toute tentative de rébellion sera sévèrement réprimée.

– J'invoque le droit de pourparlers. Selon le code de la confrérie établie par les corsaires Morgan Smith et…

– Vous êtes accusée de clandestinité. Vous n'avez pas le droit à la parole ; votre seul espoir est de prier que le lieutenant général soit d'humeur joviale et qu'il vous accorde sa clémence.

Je manquai d'étouffer sous l'indignation.

– Seriez-vous en train de sous-entendre que ma vie dépend de ce que le lieutenant général d'Hortensia a dégusté au petit déjeuner ?

– C'est exactement ce que je viens de dire. Avancez !

Les voiles furent enroulées puis attachées et on nous poussa sans ménagement, encadrées par deux robustes gaillards.

Malgré l'heure matinale, les marchands s'activaient à ouvrir leurs échoppes avec énergie. Le capitaine Hook semblait être un habitué des lieux : des têtes se courbèrent et de nombreuses salutations enjouées furent prononcées dans son sillage.

Kaya avançait parmi les passants avec une fière allure. Le dos droit, le menton dressé, elle aurait pu passer pour un personnage important si ses poignets n'avaient pas été liés. À côté d'elle, je ne faisais que trébucher maladroitement sur les pans de mes jupons en tentant d'esquiver les graviers qui lacéraient mes pieds nus.

Je ne sus lequel des passants avait pointé son doigt en premier dans notre direction, mais d'autres suivirent aussitôt et nous fûmes très vite huées par la population en colère.

– Encore des voleuses ! ragea une madone aux courbes généreuses. Qu'on les enferme !

– Assez des pilleurs ! Assez des brigands ! pesta un autre en crachant sur le sol.

La panique m'envahit. Tommy se tenait à mes côtés et bien qu'il ne soutienne pas les discours de nos détracteurs, son visage était teinté d'hilarité.

– Tommy… murmurai-je en lui faisait signe d'approcher.

Le petit garçon se glissa à côté de moi. Il calquait ses gestes sur les mimiques du capitaine Hook qui saluait la foule en délire.

– Voulez-vous bien m'écouter… Et cessez donc ces mouvements de bras ridicules !

J'avais adopté le ton que j'employais avec mes servantes dans mes mauvais jours. Contre toute attente, cela fonctionna et Tommy suspendit son geste dans les airs.

– Vous devez m'aider à m'enfuir, murmurai-je en me penchant très légèrement.

– Pourquoi ? questionna le petit garçon en enfonçant son béret bleu dans ses cheveux.

Je devais trouver une solution, et vite.

– Mon père est riche, improvisai-je. Il vous donnera une récompense si vous m'aidez à m'échapper.

Les grands yeux innocents de Tommy s'écarquillèrent un peu plus.

– Le capitaine me paye déjà, fit remarquer le gamin en couvant des yeux son protecteur, qui se pavanait fièrement tel un coq dans un poulailler.

J'enjambai de justesse un étal renversé et écrasai malencontreusement un cageot de tomates qui gisait là. Le propriétaire du présentoir me fusilla du regard.

– Votre prix sera le mien, marchandai-je en sachant pertinemment que je ne pourrais jamais le rembourser.

Tommy prit son temps pour élaborer son offre :

– Je veux 30 yents. Et un nouveau couvre-chef, le même que celui du capitaine ! Le mien me gratte affreusement.

Je m'abstins de lui faire remarquer que les poux étaient probablement la cause de son malheur et non le tissu du béret.

— Très bien, très bien.

Après tout, 30 yents étaient une somme raisonnable. Peut-être parviendrais-je même à payer ma dette, finalement.

— Alors, quel est votre plan ?

Je tentai de faire bonne figure. Intérieurement, je bouillais.

— Je chiperai la clef de votre cellule au geôlier, affirma Tommy, un éclair de fierté brillant dans ses prunelles.

Le reste du trajet se fit sans encombre. Le capitaine Hook sut calmer les ardeurs des plus déchaînés et personne ne nous importuna.

On nous conduisit vers une immense tour en brique rougeâtre. La prison, bâtie sur plusieurs étages, possédait une façade entière à l'air libre de façon à ce que l'on puisse distinguer les prisonniers de l'extérieur. Certains étaient collés aux barreaux de leurs cages et laissaient leurs jambes pendre dans le vide. D'autres, qui refusaient vraisemblablement de subir les regards insistants de la population tels des phénomènes de foire, s'asseyaient du côté opposé afin que l'on ne puisse pas les apercevoir.

— Des cellules à la vue de tous ? Cela ne risque-t-il pas de compliquer mon évasion ?

Tommy opina du chef.

— Sans doute.

Il arborait un petit sourire satisfait, comme si tout cela n'était qu'un jeu grandeur nature. Je poussai un long soupir.

Un milicien vint à notre rencontre. Le capitaine Hook lui tendit un document officiel, signé de sa main. Puis il se tourna vers ses hommes.

— La corvée est terminée, moussaillons ! Déchargez les denrées et apportez-les au baron de Lancre. Après cela, vous avez quartier libre.

Le capitaine ne nous adressa même pas un signe de tête avant de nous quitter. Je le vis s'éloigner, entouré d'une nuée d'admiratrices qui commençaient à former un cercle autour de lui.

Tommy me fit un clin d'œil complice et détala dans la direction opposée.

— Attendez ! hurlai-je en tendant le bras en avant, comme pour le retenir.

Il se noya dans la foule indomptable et me laissa plantée là. Le milicien à l'air sévère s'empressa de nous escorter jusqu'à l'atrium principal. Ornées d'artifices scintillants, des colonnes dorées s'élevaient dans le hall spacieux que nous longeâmes. Cela s'apparentait plus à une entrée de château qu'à une prison.

Le milicien nous fit signe d'attendre et s'éloigna un instant pour discuter avec un autre officier.

— Quel bel endroit, soufflai-je.

— Le prince des Orphelins a des goûts raffinés. Je doute que nos cellules se révèlent aussi luxueuses, fit remarquer Kaya d'un ton égal.

Je l'observai à la dérobée. Ses yeux sombres étaient rivés sur un point invisible qu'elle seule semblait voir.

— Ne perdez pas espoir. Tommy va venir nous sauver de ce mauvais pas. Tout rentrera bientôt dans l'ordre.

Kaya fit volte-face et vint se poster si près de moi que je pus apercevoir chacune de ses taches de rousseur.

— Mon bébé est mort, lâcha-t-elle, un trémolo dans la gorge. Rien n'ira jamais plus. Je ne désire pas m'enfuir : je veux en finir, et vite.

Je secouai la tête obstinément. Elle ne pouvait pas abandonner ainsi.

— Mais...

— Vous êtes de noble naissance, coupa-t-elle. Je le vois à votre façon de parler et de donner des ordres comme si tout vous était dû. Mais sachez que d'espoir, il n'y en a point pour une femme comme moi.

Les paroles de Kaya résonnèrent longtemps dans l'atrium somptueux et je fus incapable de trouver les mots justes pour la convaincre.

Alors que je pivotais pour admirer les grandes portes en verre closes qui nous séparaient de l'extérieur, je remarquai que les deux miliciens avaient mystérieusement disparu.

— Kaya, appelai-je en posant une main sur son poignet. Les gardes ne sont plus là.

La jeune femme leva des yeux intrigués vers l'escalier en colimaçon qui menait à l'étage, puis aux cellules.

Une petite ombre surgit de derrière une colonne en marbre et Tommy vint à notre rencontre d'un pas précipité.

— Tommy ! m'écriai-je avec un soulagement indéfinissable.

Le petit garçon prit ma main dans la sienne et me tira en avant.

— Venez, mademoiselle ! Les miliciens vont bientôt revenir.

— Que leur avez-vous fait ?

— Plus tard, plus tard ! s'impatienta le gamin qui courait déjà à toute allure, me traînant à sa suite.

Je dégageai mon poignet d'un geste sec. Derrière moi, Kaya n'avait pas bougé d'un cil.

— Venez, je vous en prie, suppliai-je.

Pour une raison inconnue, je me refusais à la laisser ici.

— Bonne chance, mademoiselle Bracken, dit-elle simplement.

Et elle m'offrit un sourire véritable, un de ceux qu'elle avait certainement perdus bien avant notre rencontre et qui était le plus inestimable de tous.

Tommy poussait déjà les massives portes qui donnaient sur l'extérieur. Je m'élançai à sa poursuite à contrecœur.

À peine avions-nous franchi les battants que deux gardes postés devant l'entrée nous intimèrent de mettre les mains en évidence.

– Courez, vite ! s'exclama Tommy en dévalant les marches quatre par quatre.

Je pris mes jambes à mon cou et empoignai les traînes de mes jupons avant de me jeter tête baissée dans la cohue indisciplinée des passants.

J'entendis les bottes claquer sur le dallage et les hurlements autoritaires des gardiens qui nous ordonnaient de nous arrêter. D'autres voix s'élevèrent, provenant des prisonniers enfermés dans la tour et qui assistaient en direct à mon évasion. Ils se mirent à pousser des cris d'encouragement, collés contre les barreaux de leurs cellules.

– Cours, petite fille, cours ! s'époumona un détenu qui passa ses bras entre les barreaux pour me faire signe d'avancer.

Mes jambes n'étaient pas habituées à la course. Je n'avais jamais pratiqué la moindre activité physique. Mes gestes étaient lents, non coordonnés, et je peinais à suivre Tommy parmi la foule qui se pressait autour des échoppes. Le petit garçon s'infiltrait partout et semblait posséder des ressorts à la place des pieds. Il esquivait le moindre obstacle qui barrait son chemin, passant même entre les jambes d'un promeneur indigné de temps à autre. Mes pieds nus rencontrèrent des débris non identifiables et mes mollets brûlaient comme deux torches enflammées, mais, poussée par une force qui ne m'avait jamais habitée jusqu'alors, je zigzaguai entre les commerçants intrigués sans ralentir une seule fois.

La foule dense et l'accoutrement trop lourd des soldats jouèrent en leur défaveur. Bientôt je n'entendis plus que le souffle haché de ma respiration et les contestations offusquées des habitants que je bousculais.

Enfin, dans une ruelle à l'écart de l'effervescence du marché, nous eûmes l'occasion de reprendre notre souffle.

— Je… Je crois que nous les avons semés, balbutiai-je, la poitrine compressée.

Tommy, quant à lui, ne semblait pas si épuisé par notre course folle. C'est à peine s'il transpirait.

— Ils vont continuer à vous traquer, mademoiselle. Vous devez partir loin.

Je m'adossai contre le mur de pierre ébréché, la tête aussi bourdonnante qu'une colonie d'abeilles butineuses.

— Je vous apporterai l'argent dès que possible, promis-je. Je n'oublierai pas.

Le petit garçon ne sembla pas déçu de ne pas recevoir sa récompense immédiatement.

— Et le couvre-chef ?

— Avec le couvre-chef, bien sûr, assurai-je.

Tommy m'adressa un sourire espiègle qui creusa deux adorables fossettes sur ses joues rebondies.

— J'ai hâte de vous revoir, mademoiselle.

Je m'accroupis et posai un baiser sur sa joue.

— Moi de même. À bientôt, Tommy.

Le gamin devint rouge comme une pivoine et laissa échapper un petit rire avant de tourner les talons et de disparaître dans la ruelle adjacente, non sans un ultime signe de la main.

Je décidai de ne pas m'attarder et repris ma course d'une allure plus modérée. Je n'avais pas de destination en tête : à vrai dire, je ne me rappelais rien des terres de l'Est. J'avais bien étudié en détail chaque cité qui constituait notre pays, mais ma mémoire était comme anesthésiée. Désigner des villages sur un bout de papier était beaucoup plus simple que de les situer dans la réalité.

Je ne savais qu'une chose : je devais quitter la ville, et ce le plus rapidement possible. On ferait probablement chercher une fuyarde aux alentours d'Hortensia, mais l'avis de recherche n'excéderait pas cette zone. Les miliciens avaient d'autres chats à fouetter, du moins c'est ce que j'espérais.

Alors que je commençais tout juste à me convaincre que je m'étais sortie de ce mauvais pas, deux mains puissantes me saisirent par les épaules tandis qu'une autre vint obstruer ma bouche. Je tentai de pousser un hurlement, mais aucun son ne s'échappa de ma gorge et je me retrouvai à nouveau impuissante.

18

Un heureux hasard

Eden Grismo
Citée commerçante d'Hortensia, terres de l'Est.

Je marchais à vive allure dans les ruelles bondées de la célèbre citée d'Hortensia. Parfois, il m'arrivait de reconnaître les insignes qui surplombaient les entrées des boutiques ou quelques mendiants qui n'avaient pas bougé depuis tout ce temps. Hortensia avait été, comme les villes avoisinantes, un refuge pendant mon année d'errance. Je me souvins que je m'asseyais juste à la sortie du port, passage très fréquenté par les travailleurs et les marchands, de jour comme de nuit. Toute une tribu d'enfants orphelins avait elle aussi repéré l'endroit et s'était installée non loin de moi. Je faisais la manche du lever au coucher du soleil. Parfois, on s'était indigné devant moi : j'avais seize ans à l'époque et beaucoup besognaient déjà à cet âge. On me hélait sans ménagement : « Va donc travailler comme tout le monde ! Ce n'est pas en restant assise là que tu gagneras ta croûte. » Ils avaient raison. Ce que je récoltais était juste suffisant pour subvenir à mes besoins immédiats. Et les petits commerces n'étaient jamais avares de travail et recherchaient constamment des paires de bras pour décharger quelque livraison à l'autre bout de la cité. Mais j'étais alors trop désespérée. J'avais l'impression que je ne pourrais jamais panser mes blessures, oublier mes parents, obtenir vengeance. J'attendais que quelqu'un me vienne en aide, mais la vérité, la voilà : jamais personne ne vient en aide à autrui. Il me suffisait de croiser le regard plaintif de ce petit garçon au visage émacié, avachi dans la ruelle, la paume ouverte tendue vers moi, pour m'en convaincre.

Tandis que je progressais, mon sac battait légèrement dans mon dos. Isatis s'était montrée plus attentionnée le jour de mon départ qu'elle ne l'avait jamais été durant tous les autres jours de labeur réunis. Elle avait longuement insisté pour que je prenne un vieux sac usé jusqu'à la corde. Elle m'avait même offert deux baguettes de pain et un croissant trop cuit qui ne se serait pas vendu. Enfin, pour faire bonne mesure, elle me donna ce qu'elle appela une « prime de départ », et augmenta mon salaire journalier de 5 yents. Cela ne semblait presque rien, mais jamais encore on ne m'avait témoigné une si grande gentillesse. J'avais adressé mes adieux aux petits jumeaux qui pétrissaient la pâte et ils m'avaient observée avec envie, regrettant sans doute de ne pas jouir de la même liberté que moi.

Je bifurquai à droite, puis à gauche, empruntant un raccourci qui menait directement au port. Les allées rétrécissaient à vue d'œil et se faisaient de moins en moins peuplées.

Je serrais le manche de mon couteau à m'en faire blanchir les phalanges. Celui-là, je l'avais volé : la culpabilité me rongeait depuis mon premier pas hors de la boulangerie d'Isatis. Manger, c'était bien. Pouvoir se défendre était vital. C'était la maxime que je me répétais en boucle pour refréner le doute qui m'assaillait.

Alors que je m'apprêtais à virer à gauche une nouvelle fois, des murmures étouffés et des bruits de lutte attirèrent mon attention. Tapie à l'intersection de deux ruelles, je découvris la scène.

Deux hommes retenaient fermement une fille terrorisée. Le premier lui faisait une clef de bras qui devait être très douloureuse au vu de l'intensité qu'il y mettait, tandis que l'autre scellait la bouche de la fille avec sa paume. La fille, le visage rouge et les yeux exorbités, tentait de hurler de toutes ses forces et le badaud peinait à étouffer ses appels au secours.

— Fais-la taire ! intima le plus grand. Si on l'entend, d'autres voudront l'avoir pour eux. On dit que la prime pour une détenue en fuite est de 10 000 yents.

L'autre ricana bruyamment.

— Cette demi-portion, 10 000 yents ? Tu rêves !

La fille se débattait comme une diablesse et donnait des coups de pied à tout-va, bien que gênée par les pans de sa robe.

— Merde ! rugit le petit en retirant vivement sa main. Elle m'a mordu !

Le colosse, qui était occupé à maintenir les bras de la fille, ne fut nullement impressionné :

— Ne me dis pas que cette gamine a réussi à te faire mal ! Elle doit peser quarante kilos !

— La ferme, Brand ! pesta le petit qui secouait sa main, une grimace de douleur déformant son visage.

Le premier type dépassait la fille de deux bonnes têtes. Sa musculature et sa carrure imposantes ne semblaient pas aller de pair avec son intelligence.

— Je ne suis pas celle que vous croyez ! souffla la fille, enfin débarrassée de la prise du second. Je n'ai rien fait !

Le premier type secoua la tête avec insistance.

— On a vu les miliciens te courir après dans la foule, répliqua-t-il. Tu t'es enfuie de la prison de Richelieu, même si j'ignore comment une gamine dans ton genre a réussi un tel exploit. Cesse donc de gesticuler où tu auras plus mal encore.

La fille ne prit nullement en compte les conseils du colosse et s'agita dans tous les sens comme un pantin désarticulé.

Je relâchai la pression sur mon arme. Je n'avais rien à voir avec tout ça : je n'allais certainement pas m'en mêler. Si je voulais parvenir jusqu'au Palais royal sans encombre, je devais éviter ce genre d'ennuis.

Je m'apprêtais à faire demi-tour lorsque la fille hurla :

– Mon père est riche ! Il peut vous donner tout ce que vous voulez. Il séjourne dans le Palais royal !

Je m'immobilisai. Cela ressemblait fortement à une ultime tentative désespérée pour sauver sa peau.

– Voyez ça ! ironisa le colosse en laissant échapper un rire rauque. Mademoiselle la fugitive s'en remet à son papounet chéri !

Le deuxième semblait considérer plus sérieusement cette découverte.

– Et il fait quoi au Palais royal, ton père ? s'enquit le petit d'un air suspicieux.

La fille déglutit. Étrangement, elle ne se débattait plus.

– Il est... hum... forgeron, balbutia-t-elle.

Les deux autres explosèrent de rire. Je me surpris à esquisser un sourire également. Cette fille était une bien piètre menteuse.

– Le forgeron officiel du roi ! reprit-elle avec vigueur. Il tient ses ordres directement de Sa Majesté. Il est dans ses bonnes grâces depuis très longtemps.

Ses minces justifications furent noyées dans les railleries des deux bonshommes.

– Eh, Brand ! s'exclama le colosse en se tordant de rire. Mon papa à moi est le videur officiel du pot de chambre de Sa Majesté, tu le savais ?

Il avait appuyé fortement sur le mot « officiel ». La fille blêmit un peu plus.

– Le mien est Grand Conseiller ! Et même qu'il lui est déjà arrivé de se perdre dans sa propre suite, ricana le second.

Je plissai les yeux, tentant d'apercevoir la scène avec netteté. Non, vraiment, cette fille n'avait rien d'une bourgeoise privilégiée. Les filles de bonne naissance ne se baladaient jamais seules.

— Je peux le prouver ! rugit-elle avec ferveur. Je peux prouver que je me suis déjà rendue au Palais royal.

Les gloussements des deux types s'estompèrent quelque peu.

— Il y a... un mur, commença-t-elle.

— Tout le monde connaît ce mur ! coupa Brand avec impatience.

— Je sais ! renchérit la fille, mi-agacée mi-terrifiée. Mais derrière ce mur... il y a un jardin. Un magnifique jardin, plus beau que tout ce que vous n'avez jamais vu. Il y a d'immenses cerisiers à floraison rose, dont les branches les plus hautes surplombent les écuries. Le matin, très tôt, lorsque le soleil se lève au-dessus de la palissade, toute la verdure baigne dans une lueur orangée. On pourrait croire que quelqu'un vient de renverser une palette de peinture sur le paysage. Même l'immense mur semble tout à coup moins menaçant.

La fille semblait perdue dans ses pensées. Les deux types avaient définitivement cessé de rire, et un silence de plomb régnait dans la ruelle.

— Et la somptueuse cascade aux gargouilles... il y a un ange. Une impressionnante sculpture taillée dans une des roches les plus précieuses de tout le continent. Elle est si belle qu'on pourrait la croire sortie d'un rêve.

La fille ferma la bouche. Les hommes la fixèrent, les yeux ronds comme des soucoupes. Quant à moi, je manquai de me trahir dans un moment d'inattention.

Tout était vrai. Du moins, à propos de la statue en forme d'ange. Je me souvenais parfaitement du jour où père était revenu de son premier séjour au Palais royal. Il avait eu l'occasion de se rendre dans les jardins et n'avait pas tari d'éloges à leur propos. Il avait vanté la qualité d'une certaine fontaine aux détails impressionnants dont l'eau était si claire qu'elle semblait venir d'un autre monde.

Je reconsidérai la jeune fille. Elle faisait une piètre menteuse : sa couverture du père forgeron n'était pas crédible pour un sou. Mais lorsqu'elle avait parlé du palais... Il ne faisait nul doute que cette inconnue connaissait les lieux. Peu importe qui elle était réellement. Mon plan pour m'introduire au palais était déjà orchestré dans les moindres détails, mais il me manquait une chose essentielle : une personne faisant office de partenaire pour me guider et m'indiquer les appartements de la reine ou de la princesse – dans l'hypothèse où celle-ci existe réellement – une fois introduite à l'intérieur. Je venais de trouver la complice idéale.

Le grand costaud se racla la gorge.

— Tu as de l'imagination, petite.

Il ne semblait soudain plus aussi convaincu. Le deuxième, plus terre à terre, prit la décision :

— Même si ce qu'elle dit est vrai, le Palais royal se situe dans les terres du Sud. Trouver une embarcation digne de ce nom pour la traversée prendrait des mois. Et moi, je veux mon argent tout de suite, conclut-il, l'air revêche.

Il extirpa enfin une corde de son sac et entreprit de lier les poignets de la fugitive. La pauvre fille se remit alors à hurler, mais les deux autres étaient plus forts.

Mon cerveau fonctionnait à toute allure. J'avais besoin de cette fille. Elle était seule, égarée. Et le point le plus important : elle semblait d'une naïveté affligeante. Je n'aurais aucun mal à la convaincre de m'accompagner.

Je dissimulai le poignard derrière mon dos et émergeai enfin de ma cachette. Je m'approchai des deux balourds à pas feutrés. Lorsque le plus grand m'aperçut, il me fit signe de m'arrêter.

— Je crois que je me suis égarée, expliquai-je en empruntant une voix de petite fille innocente. Pourriez-vous m'indiquer le chemin du marché ?

— Nous n'avons pas le temps pour ça, me rabroua le colosse.

Je pouvais voir les muscles de ses bras se tendre comme deux élastiques sur le point d'éclater.

— Cela ne prendra pas plus de deux minutes, insistai-je. J'ai vraiment besoin de me rendre là-bas au plus vite.

Je m'approchai encore. Un pas. Deux. La main qui tenait l'arme tremblait et mon cœur palpitait. Une goutte de sueur dégringola le long de ma nuque. Je devais prendre le grand par surprise et l'attaquer en premier : sans ça, je n'avais aucune chance.

— T'es sourde ou quoi ? brailla le grand en fronçant les sourcils. Je t'ai dit que je…

Je me jetai sur lui à ce moment-là. Je visai en premier la jambe, et mon couteau vint transpercer son pantalon au niveau du genou. Une giclée de sang éclaboussa le visage de la fille qui poussa un hurlement strident.

Le grand tomba à genoux dans un grognement animal. Je le poussai de toutes mes forces contre le mur. Sa tête vint s'écraser sur la paroi dans un craquement sourd, et l'homme tomba à la renverse, inerte.

Je fis volte-face vers le deuxième, le couteau ensanglanté brandi droit devant moi. Le petit n'avait même pas eu le temps de réagir. Ses yeux paniqués alternèrent entre mon arme et le corps inconscient de son camarade, et il prit sa décision. Il fuit à toutes jambes sans m'opposer la moindre résistance. Je le laissai filer. Le temps qu'il revienne avec d'autres, je serais déjà loin.

19

Une personne de confiance

Eden Grismo
Citée commerçante d'Hortensia, terres de l'Est.

Ma respiration reprit un rythme normal et je m'accroupis pour essuyer la lame contre le veston du grand gaillard affalé par terre.

– Il est... il est... balbutia la fille, au bord des larmes.

– Évanoui, complétai-je. Du moins, pour l'instant.

Je me redressai pour lui faire face. Je la dépassais d'une bonne tête et ma présence semblait l'intimider. Elle avait d'épais cheveux ébène coupés court qui rebiquaient dans tous les sens. Ses yeux verts trahissaient sa peur et sa peau diaphane lui donnait l'apparence d'un cadavre. De plus, elle empestait l'alcool, la paille mouillée et une autre odeur désagréable que je ne parvins pas à identifier.

Elle me dévisageait comme si j'étais un monstre sanguinaire, ou un ange tombé du ciel. Je pouvais lire sur son visage affolé qu'elle n'avait toujours pas tranché entre les deux.

– Je passais par là et je t'ai entendue crier, dis-je simplement. J'ai pensé que ces types te faisaient du mal. Mais peut-être me suis-je fourvoyée ?

Comme je l'espérais, sa terreur se changea en gratitude et elle me fixa avec un œil nouveau.

– Merci... Vous m'avez sauvé la vie.

Je haussai les épaules et replaçai le poignard dans ma ceinture.

– Quel est ton nom ? demandai-je.

— Whisper… Bracken.

Elle hésita si longtemps avant de me répondre que je me demandai si elle n'était pas en train de me mentir. Ou peut-être était-elle simplement sous le choc. Néanmoins, je ne pus m'empêcher de la voir sous un nouveau jour. Après la naissance de la princesse, Whisper avait été le prénom le plus plébiscité par les familles d'Ergon. Je tentai de ravaler la rage qui me submergeait. Mais il était évident que cette fille n'était pas la princesse. Son père n'avait pas assassiné mon père et indirectement, ma mère. Elle n'était pas mon ennemie, bien qu'elle porte ce prénom que je haïssais.

— Tes parents sont des adorateurs de la reine, je suppose ? crachai-je en ne parvenant pas à refouler entièrement mon mépris.

Whisper hocha timidement la tête.

— C'est exact.

Là encore, tout sonnait faux. Cette fille avait-elle une manière naturelle de communiquer laissant penser que tout n'était qu'un gigantesque mensonge ?

— Moi, c'est Eden. Eden Grismo.

Whisper semblait gênée par ma présence. Je m'attendais à ce qu'elle tombe dans mes bras, suffoquant de gratitude et d'admiration envers sa sauveuse, mais il n'en fut rien. J'allais devoir user de fins stratagèmes pour réussir à la convaincre de me suivre. Je devais lui faire croire que l'idée venait d'elle.

— Je dois retourner vaquer à mes occupations, lâchai-je avec désinvolture. Tu devrais faire très attention sur le chemin du retour : les voyous sont monnaie courante, par ici.

— Vous plaisantez ? gémit-elle, les yeux écarquillés.

— Hélas, non. Les avis de recherche se multiplient ces derniers temps. On m'a rapporté pas plus tard qu'hier qu'un impitoyable meurtrier en série venait de s'échapper de la prison de Richelieu en tuant tous les gardes à la seule force de ses poings.

Le visage de Whisper passa du blanc au vert : elle semblait sur le point de défaillir.

— Je le répète : fais très attention. Quant à moi, je dois partir. J'espère que nos routes se recroiseront un jour, Whisper Bracken.

Je tournai les talons et longeai la ruelle d'un pas lent. Je tendis l'oreille.

— Eden, attendez ! m'interpella Whisper en accourant jusqu'à moi.

J'esquissai un sourire triomphant. En revanche, lorsque je me retournai pour lui faire face, je composai le visage le plus neutre possible.

— Oui ? demandai-je innocemment.

— Ne partez pas, je vous en prie. Je ne connais personne ici. Je n'ai pas d'argent et je n'ai rien à manger.

Ses grands yeux se firent suppliants.

— J'aimerais rester avec toi, mais je dois partir au plus vite pour la capitale. J'ai une affaire urgente à régler là-bas. Je me rendais en ville à la recherche d'un guide qui puisse me conduire jusqu'au Palais royal.

Son visage s'illumina.

— Mais... Je connais le Palais royal ! s'exclama-t-elle vivement.

— Vraiment ? m'étonnai-je faussement.

— Oui ! Je peux vous y emmener. Si vous voulez bien de moi...

Je fis mine de réfléchir à la proposition.

— Je ne sais pas... J'ai besoin d'une personne de confiance.

Whisper se mordillait la lèvre inférieure.

— S'il vous plaît. Je ne veux pas rester seule dans cette ville une seconde de plus. Depuis que j'ai quitté la maison, il m'est arrivé des choses horribles. Je suis restée cloîtrée dans une charrette de marchandises, puis j'ai été enfermée dans un baril à vin des heures durant...

— C'est donc de là que vient l'odeur... remarquai-je avec une pointe de sarcasme.

— On m'a accusée de clandestinité et on m'a jetée dans une cellule froide et humide avant de me transférer dans une prison sans aucun procès ni jugement, enchaîna-t-elle. Je peux vous être utile. Je peux vous guider jusqu'au palais.

Je maintins un long silence. Puis, avec un soupir théâtral :

— C'est d'accord. J'accepte. Tu peux m'accompagner.

Son visage s'illumina.

— Merci infiniment !

Et elle m'offrit son plus beau sourire.

*

Tandis que nous marchions dans la cité d'Hortensia, je fis très rapidement la connaissance de Whisper. Elle avait la mauvaise habitude de vouvoyer tout le monde à tort et à travers. Elle ne cessait de s'extasier devant des vendeurs ambulants. Le plus anodin des pigeons qui venait picorer des miettes sur les dalles brûlantes des allées suffisait à retenir son attention.

— C'est étrange, dit-elle après un long moment. Plus personne ne me cherche.

— Le meilleur moyen d'attirer l'attention sur toi, c'est de fuir, expliquai-je. Rester naturelle et décontractée est la clef pour passer inaperçue.

Whisper semblait boire mes paroles. Ses yeux étaient toujours trop écarquillés, dans une sorte d'étonnement permanent.

— Quel âge as-tu, rappelle-moi ?

Elle m'avait paru plutôt âgée dans l'obscurité de la ruelle, mais en plein jour, avec le comportement enfantin qui l'habitait, je redoutais la réponse. Je n'avais pas envie d'embarquer une gamine dans mes aventures.

– Dix-huit ans dans une semaine, répondit-elle, le nez levé vers le ciel, en pleine contemplation.

Je la dévisageai en détail. Avec sa petite taille et sa maigreur affolante, elle se fondrait parfaitement parmi les gamins des rues.

– Il te faut de nouveaux vêtements, dis-je avec véhémence.

Je baissai les yeux sur ses pieds nus.

– Et des chaussures.

Whisper percuta un homme de plein fouet et lui adressa en guise d'excuse un sourire qui remontait jusqu'à ses oreilles. L'homme interpréta son expression comme une moquerie et se détourna en grognant.

– Les gens sont si méchants, par ici, soupira-t-elle tristement.

Whisper pencha la tête de mon côté et agrippa mon bras.

– Heureusement que je vous ai rencontrée !

Je me dégageai avec brusquerie. Son insupportable sourire niais ne s'évapora pas pour autant.

Nous pénétrâmes dans une modeste boutique au parquet grinçant et à l'air lugubre. La vendeuse, une jeune adolescente fatiguée, s'amusait à lancer des olives en l'air pour les gober. Je fus soulagée par l'absence de clients : le comportement étrange de Whisper ne manquait pas d'attirer l'attention sur nous.

– Bien le bonjour, charmantes demoiselles ! salua la jeune mercière. Si vous désirez quelque chose, adressez-vous directement à la patronne.

Elle leva un doigt en direction du plafond, où le bruit mécanique d'une machine à coudre en plein travail se faisait entendre. Je hochai poliment la tête et poussai Whisper vers le fond de la mercerie. Des petits compartiments en bois serrés les uns contre les autres étaient remplis d'aiguilles, de fil et de passementerie diverse comme des cordons, de la dentelle, des rubans, des boutons, mais aussi des bustes enfoncés sur des marchepieds en guise de présentoirs. Les vêtements simples et peu coûteux étaient disposés sur des cintres, suspendus un peu partout dans la boutique. Les robes et accessoires plus onéreux étaient regroupés au fond de la pièce, placés en évidence devant la caisse et les yeux scrutateurs de la vendeuse.

Whisper se dirigea tout naturellement vers ceux-ci et commença à palper le tissu d'une toge avec une mine dégoûtée.

— Comme ce tissu est rêche ! lança-t-elle. Et comme les coutures sont grossières !

La jeune adolescente nous adressa un regard réprobateur tout en picorant ses olives.

J'entraînai Whisper loin des pièces luxueuses et me penchai à son oreille.

— Qu'est-ce qui te prend ? Cesse donc de parler ainsi ! chuchotai-je en fronçant les sourcils.

— Je ne dis que la vérité, se justifia-t-elle. Cette jeune fille est une piètre couturière.

Je renonçai à la convaincre du contraire.

— Peu importe. Je n'ai que 50 yents en poche et je ne compte pas tout débourser pour toi. Choisis le pantalon et la chemise les moins chers et sortons d'ici.

— Un pantalon ? répéta-t-elle, abasourdie.

— C'est exact. Tu as un problème avec les pantalons ?

— Je n'en ai jamais porté.

Je soupirai. Parmi toutes les personnes qui connaissaient le Palais royal, il avait fallu que je tombe sur celle-ci.

— Il y a une première fois à tout !

Après de longues minutes à l'observer longer les murs et tâter, manier et manipuler chaque pièce, je décidai de choisir pour elle et attrapai le premier bas en coton qui me tomba sous la main. La fille, soulagée, m'annonça le prix – maudite somme de 24 yents –, puis Whisper se changea et offrit sa robe à la mercière.

— Que voulez-vous que j'en fasse ? ricana l'adolescente avec un air blasé. Elle sent le chacal.

— C'est de la très bonne qualité, s'insurgea Whisper qui rougissait sous la remarque désobligeante. Vous pourriez peut-être reprendre le tissu pour en confectionner une nouvelle.

La fille soupira.

— Bah, pourquoi pas ? Posez-la ici.

Elle désigna d'un geste le sol et Whisper prit de longues secondes avant de s'en séparer.

Puis nous sortîmes de la mercerie. Dehors, l'après-midi touchait à sa fin et la foule se faisait moins dense. Un groupe se formait non loin des quais où quelques amis s'étaient rassemblés pour jouer de la guitare et entonner une ballade très célèbre.

— Et mes chaussures ? interrogea Whisper alors que nous longions les navires amarrés aux pontons.

Je décroisai les bras noués dans mon dos et agitai sous son nez une paire d'estiviaux, petits brodequins en velours.

— J'espère qu'elles sont à ta taille. Celles-ci, je les ai volées.

Elle ouvrit la bouche à s'en décrocher la mâchoire, mais ne fit aucun commentaire. Elle enfila docilement ses nouveaux souliers et afficha un air satisfait.

Je la pris par les épaules et plantai mes yeux dans les siens.

— Avant qu'on aille plus loin, toi et moi : es-tu sûre de vouloir m'accompagner ? C'est un long voyage, et je ne veux pas de déserteuse de dernière minute. Tu comprends ?

Elle me fixa avec gravité. Un dilemme semblait faire rage en elle. Elle attendit d'interminables secondes avant d'ouvrir la bouche :

– C'est d'accord. Je dois rentrer chez moi. Mon père est sûrement fou d'inquiétude.

Je me détendis un peu.

– Une dernière chose : quel métier exercent tes parents, exactement ?

Je commençai à m'interroger sérieusement sur cette étrange fille qui n'avait jamais porté de pantalon, pour qui les dangers de la vie étaient inconnus et qui semblait découvrir le monde pour la toute première fois.

– Il est forgeron. Un humble forgeron installé à deux pas du Palais royal. Ma mère est... elle est malade.

Je retrouvai encore cette fausse note, ce ton un peu trop assuré pour être vrai et trop hésitant pour être sincère.

– Dans ce cas, comment connais-tu si bien le Palais royal ? m'enquis-je.

– J'y ai été engagée comme domestique à l'âge de douze ans. Je travaillais tant que je ne sortais que très rarement. On m'a enseigné les bonnes manières, la politesse et l'art de se rendre invisible en toutes circonstances, se fondre dans le décor comme un vulgaire tableau démodé ou un vase très ancien.

– Il te reste des progrès à faire sur ce dernier point, dis-je doucement.

Elle sourit timidement.

– Je me suis enfuie, car mon père voulait me marier avec quelqu'un que je n'aimais pas, avoua-t-elle en baissant les yeux.

Je détournai le regard. C'était plus que je n'en avais demandé. Ses yeux brillaient intensément, comme si elle s'apprêtait à fondre en larmes. Je n'avais jamais été très douée pour réconforter les gens, encore moins pour témoigner des gestes d'affection, aussi restai-je les bras ballants à côté d'elle, immobile.

– Mais je crois que j'ai fait une erreur, dit-elle simplement. Il avait raison sur beaucoup de choses... Il disait que l'extérieur était très dangereux. C'est pour cela que je n'ai jamais quitté la maison et que je n'ai jamais eu d'amis.

Elle leva les yeux sur moi.

– Avant toi.

Je ne cillai pas d'un poil. Whisper était une fille bien. Dotée d'une naïveté affligeante, empotée et émotive. Mais c'était tout de même une fille bien. Je doutais fortement qu'elle m'apprécie encore lorsqu'elle découvrirait mes véritables intentions à propos de la reine et de sa fille. Pour éviter cela, il n'y avait qu'un moyen : elle devrait demeurer dans l'ignorance aussi longtemps que possible.

Je ne fis aucun geste. Je ne souris pas non plus : j'avais arrêté de le faire bien avant de la rencontrer. Je me remis tout simplement en marche, comme si de rien n'était, alors qu'au fond tout avait changé.

Je n'étais plus seule.

20

Le naufragé

Eden Grismo
Littoral des Songes, terres de l'Est.

Nous longions la côte depuis un long moment. Hortensia s'éloignait à l'horizon, ainsi que ses effluves d'épices et de poisson, sa foule indisciplinée et bruyante, ses petits commerces et son immense port.

Les pieds dans le sable brûlant, le soleil martelant nos épaules, nous observions les vagues qui venaient s'écraser sur la plage, entraînant au passage coquillages, détritus et algues diverses.

— Allons-nous emprunter un navire pour nous rendre dans les terres du Sud ? s'enquit Whisper, dont la peau délicate commençait déjà à rougir.

— Ma dernière expérience à bord d'un navire a été plutôt catastrophique, poursuivit-elle en plissant les yeux.

Elle essayait de m'extirper des informations depuis que nous avions quitté Hortensia. Je préférais garder mon plan pour moi afin que notre moyen de transport ne nous soit pas dérobé à notre insu si les choses venaient à mal tourner.

Pendant que nous progressions, une ombre apparut à l'horizon. Plus nous nous rapprochions, plus les contours de l'objet s'affinèrent : il s'agissait d'un corps échoué sur la plage. L'individu était allongé sur le dos, le visage tendu vers le ciel, les yeux clos.

J'en déduisis très rapidement que l'homme n'était plus qu'un cadavre : les vautours et les oiseaux voltigeaient dans les airs à proximité, impatients de commencer le festin.

Je fis signe à Whisper de s'éloigner, d'un mouvement de tête rapide. Mais celle-ci en avait décidé autrement : elle s'approcha pour observer l'étranger avec intérêt et curiosité.

– Il est mort, dis-je sévèrement. Ne nous arrêtons pas.

Mes paroles glissèrent sur elle sans l'atteindre. Elle entreprit de chasser les indésirables à grands gestes de bras et coups de pied dans le vide. Les volatiles s'envolèrent quelques mètres en amont, mais demeuraient proches du corps, les yeux rivés sur leur proie.

– Qu'est-ce que tu fais ? m'agaçai-je.

Mon visage, mes aisselles et mon dos suaient à grosses gouttes et je n'avais qu'un désir : dénicher un endroit dans cette province pour m'abriter de la chaleur étouffante.

– Il n'a pas l'air mort, déclara-t-elle en posant deux doigts sur le cou de l'homme.

Je me rapprochai à contrecœur. De près, l'individu ne paraissait pas très âgé. Il avait les cheveux d'un blond reconnaissable entre mille : la blondeur qu'affichaient tous ceux qui travaillaient dans les champs, car des années d'exposition aux rayons lumineux finissaient par décolorer leur chevelure. Sa peau hâlée confirma mon hypothèse.

Je me penchai plus en avant et découvris la monstruosité : une immense tache café au lait, granuleuse et épaisse. Le fléau avait touché une partie de sa nuque ainsi que l'intégralité de ses épaules et son bras gauche. Je devinais une partie masquée par sa chemise en haillons qui devait être également dévorée par la mystérieuse anomalie.

– Éloigne-toi ! m'écriai-je en bondissant en arrière. Ce garçon a la lèpre !

Mais Whisper ne bougeait toujours pas.

– Vous ne pensez pas plutôt que c'est un naufragé ? demanda-t-elle calmement.

Je la tirai par le bras.

— Naufragé ou malade, ce n'est pas notre problème. Nous devons partir, as-tu oublié ? m'impatientai-je.

Whisper me fusilla du regard. C'était la première fois qu'elle se mettait en colère ; j'ignorais qu'elle était capable d'une telle chose. Je m'attendais presque à la voir éclater en sanglots d'une seconde à l'autre.

— Nous devons l'aider, déclara-t-elle avec une autorité déconcertante.

Elle avait donné l'ordre avec solennité, sans hésitation aucune. Étrangement, elle semblait habituée à dicter aux autres comment se comporter.

— Nous n'avons pas le temps, la rabrouai-je. Hortensia est à deux heures de marche : nous ne pouvons pas rebrousser chemin.

— Il faut essayer de le ramener à lui et lui donner de l'eau. Il doit juste être déshydraté.

Je sentis la colère monter en moi à une vitesse fulgurante. Je détestais sa façon de jouer les petites chefs et d'utiliser des mots complexes.

— Je ne le touche pas, insistai-je. Ce ne sont pas nos affaires : je n'ai pas envie de me traîner un boulet de…

Je suspendis la fin de ma phrase. Le « plus » aurait sans doute été de trop. Comme Whisper se bornait à demeurer près du naufragé, je fis mine de m'en aller. Non, mieux que ça : je m'en allai réellement. Elle avait besoin de moi beaucoup plus que je n'avais besoin d'elle, et elle finirait tôt ou tard par le découvrir à ses dépens.

— Vous m'avez bien sauvée, moi ! s'écria-t-elle.

Je me tournai vers elle. La brise rabattait ses cheveux sombres sur son visage. Elle semblait totalement désemparée.

— Vous m'avez sauvée, répéta-t-elle. N'essayez pas de me faire croire que le sort de cet homme vous est indifférent.

— Pourtant, c'est le cas.

– Alors pourquoi m'avez-vous tirée des griffes de ces hommes ?

Elle me fixa longuement. Elle attendait une réponse, de la sincérité. Je ne pouvais néanmoins pas lui dire ce qu'elle voulait entendre. Non, je ne l'avais pas sauvée par pur acte de charité. Je voulais me servir d'elle, voilà tout.

– Simple solidarité féminine, lâchai-je piteusement.

Ma boutade eut l'effet escompté : Whisper se décrispa et se pencha à nouveau sur le garçon, toujours inconscient. Non loin de là, les oiseaux se rapprochaient inexorablement, attirés comme des aimants par le corps inerte.

Je compris rapidement que Whisper ne bougerait pas, et qu'elle était bien trop empotée pour s'occuper d'un homme mal en point.

Vaincue, je me rapprochai du garçon. L'eau salée avait formé des sillons blancs sur son visage et ses bras.

– J'ai lu quelque part des indications pour réveiller quelqu'un d'inconscient, marmonna Whisper dans son coin.

Elle se mit à donner des petites claques au garçon, qui ne bougeait pas d'un millimètre. Puis elle prit notre unique gourde et déversa l'intégralité de son contenu sur les lèvres entrouvertes de l'étranger.

Je m'abstins de préciser que ce geste nous condamnait toutes les deux dans le cas d'une éventuelle maladie contagieuse. Mais Whisper semblait savoir ce qu'elle faisait, aussi la laissai-je s'activer tandis que je décortiquais l'individu du regard, tentant par la même occasion de déceler ses intentions.

Je ne désirais pas réveiller un meurtrier psychopathe. À ses pieds, une petite besace qui m'avait jusqu'alors échappé retint mon attention. La sangle enroulée à la cheville du garçon l'avait empêchée de se séparer de son propriétaire.

– Le meilleur moyen de percer à jour les secrets d'un homme est d'inspecter le contenu de son sac, déclarai-je.

Je m'accroupis dans le sable. L'écume des vagues vint me chatouiller les orteils. J'ouvris prestement la petite besace trempée et, avec une précaution infinie, en tirai le contenu.

Je ne trouvai que des choses banales : des morceaux de bœuf séché, immangeables après leur immersion dans l'eau salée, quelques boîtes de conserve, des fruits écrasés, une petite bourse – quoique généreusement remplie – et un étrange coffret en bois vernis.

Si Whisper n'avait pas été là, je me serais emparée de l'argent et me serais évaporée sans laisser de trace. Je soupirai et reposai la bourse où je l'avais trouvée. Puis je reportai mon attention sur le coffre. Il était beau et délicatement ouvragé. Des motifs mystérieux étaient gravés sur ses flancs dorés, avec une inscription. J'adressai un remerciement silencieux à mes parents qui m'avaient enseigné la lecture et à l'orphelinat des Pâquerettes pour avoir complété cet apprentissage. Je pus lire le message suivant : *Avec tout mon amour. Afin que justice soit rendue.*

Je laissai courir mes doigts sur les lettres gracieuses, hypnotisée par leurs formes majestueuses. Alors que je m'apprêtais à ouvrir le coffret, des mains puissantes dérobèrent l'objet de mes convoitises et mes paumes se refermèrent sur du vide.

21

Une excellente idée

Jadis Lucinosa
Plage de la Concorde, terres de l'Est.

La première chose que je vis en me réveillant, ce fut le visage d'une fille aux yeux verts. Ses petites mains étaient scellées entre elles, comme si elle avait peur de me toucher. Ses cheveux désordonnés voletaient au gré du vent. Elle fut très surprise de me voir ouvrir les yeux et fit un bond en arrière.

Je me redressai sur les coudes sans dire un mot. Ma bouche n'était pas sèche, bien que ma gorge rugueuse me fasse atrocement souffrir. Une gourde gisait à ses pieds. Je compris alors que je lui devais mon retour au monde réel.

Tandis que j'ouvrais la bouche pour la remercier, une deuxième silhouette se profila dans mon champ de vision. Une autre fille.

Mes yeux glissèrent sur elle, puis sur ses mains, et enfin sur ce qu'elle tenait fermement. La fille semblait totalement hypnotisée par la boîte, ce qui expliquait qu'elle n'avait pas encore tourné la tête dans ma direction. Ses paumes en effleuraient les gravures avec curiosité, et son esprit tentait de déchiffrer la signification cachée derrière les lettres dorées, comme je l'avais fait des dizaines de fois avant elle.

Mon sang ne fit qu'un tour et tout me revint en mémoire. Roan. L'embarcation. Kaya. Le revolver du passeur, pointé entre mes deux yeux. Le grondement terrifiant du tonnerre, les éclairs qui déchiraient le ciel. Ma chute. Et surtout, ma mission, confiée par Nelly, m'apparut aussi clairement que la fille aux cheveux ébène devant moi.

L'autre s'apprêtait à découvrir mon secret. Il ne le fallait pas. Personne ne devait savoir. Alors, sans réfléchir, je me jetai sur la fille et arrachai de ses mains l'objet de ses convoitises. Prise au dépourvu, elle lâcha le coffret. Ses yeux bruns me fusillèrent. Ses cheveux avaient la même couleur que les blés que je fauchais avec mon oncle, autrefois.

Je remarquai avec stupéfaction que mes mains comprimaient ses poignets : trop fort pour n'être qu'une mise en garde, trop brusquement pour être amical.

Je voulus relâcher la pression, mais la fille fut plus rapide.

Elle me balança un coup de genou dans le ventre qui me plia en deux, puis elle libéra ses mains d'un geste vif et précis avant de me faire basculer en arrière avec une facilité presque insultante. Sans que j'eusse le temps de comprendre ce qui m'arrivait, je me retrouvai cloué au sol, une lame dégainée d'on ne sait où pressée contre ma gorge. La fille me maintenait à terre avec son genou sur ma cage thoracique tandis que sa main libre appuyait fermement sur mes avant-bras qui s'enfonçaient dans le sable humide. À côté, la plus petite hurlait :

— Lâchez-le ! Arrêtez tout de suite de vous battre ! Stop !

La lame était si proche de ma gorge que le moindre geste aurait suffi à m'égorger.

La blonde me jeta un regard hargneux. Je pouvais sentir sa respiration calme et assurée : elle n'était même pas essoufflée par son impressionnante prestation.

— Voilà ce qu'on gagne à vouloir aider les gens, Whisper, cracha la blonde avec un dégoût palpable.

La petite dénommée Whisper me scruta longuement, se demandant à coup sûr si je valais la peine d'être épargné ou non.

— Je suis déso...

Ma phrase fut interrompue par la lame qui vint s'enfoncer dans ma chair. Je sentis une goutte chaude dévaler ma nuque.

— Laissez-le parler, reprit Whisper.

La blonde soupira et écarta légèrement l'arme, sans pour autant relâcher sa prise sur mes bras. Je me sentais trop faible pour me débattre, et cela n'aurait probablement fait qu'empirer la situation.

— Vous étiez en train de fouiller dans mes affaires, me justifiai-je. J'ai cru que vous étiez des voleuses et j'ai paniqué. Je m'en excuse.

Un silence de mort accueillit ma déclaration. Ce fut Whisper qui le rompit.

— Vous avez fouillé dans ses affaires ? s'indigna-t-elle.

— Je voulais m'assurer qu'il n'était pas dangereux, voilà tout, expliqua la blonde.

Elle rapprocha son visage du mien et se fit plus menaçante.

— Es-tu dangereux, garçon ?

La fille glissa son canif sous mon menton, m'obligeant à redresser la tête.

— N… Non. Je m'appelle Jadis Lucinosa. J'ai embarqué sur le bateau d'un dénommé Roan Prank, à la tête d'une organisation clandestine. Il y a eu une terrible tempête.

Je dévissai mon cou à droite puis à gauche pour tenter d'apercevoir la plage.

— Avez-vous trouvé d'autres naufragés ? m'enquis-je. Une jeune femme à la peau sombre qui se nomme Kaya ?

— C'est moi qui pose les questions ici, menaça la blonde en jouant avec sa lame, la faisant tournoyer dans ses doigts experts.

Whisper s'agita.

— Kaya ? N'est-ce pas la femme qui a perdu son enfant en mer ? Il s'appelait Lysandre, si ma mémoire est bonne.

— C'est cela ! m'écriai-je.

La tête de la blonde alternait entre Whisper et moi, une expression d'intense réflexion sur le visage, comme si elle essayait de résoudre une équation.

— Que se passe-t-il, à la fin ? s'emporta la blonde.

— Je ne crois pas qu'il soit dangereux, Eden, tempéra Whisper.

Je hochai vigoureusement la tête pour confirmer ses dires. La blonde, Eden, me jaugea avec acuité. Ses longs cils blonds frôlaient presque ma tempe. Je ne m'étais jamais retrouvé aussi près d'une fille. Je n'imaginais pas l'expérience ainsi. Puis, avec une lenteur infinie, elle se détacha de moi et m'offrit une main, paume tendue.

Je la saisis avec gratitude, bien que surpris par ce revirement de situation. Mais à peine relevé, je sentis la pointe du poignard contre ma poitrine.

— Si tu tentes de nous trahir de quelque manière que ce soit, je te le ferai payer, susurra-t-elle en serrant les dents. C'est compris ?

J'acquiesçai avec lenteur. Enfin, Eden rangea l'arme dans sa ceinture. Cela ne la rendit pas moins menaçante. Je me précipitai sur la besace et pris soin de dissimuler le coffret tout au fond.

— Votre amie... commença doucement Whisper. Elle est enfermée dans la prison de Richelieu. Elle est probablement...

Elle ne put achever sa phrase. Eden s'en chargea à sa place.

— Probablement déjà morte, soupira-t-elle, sans la moindre once de compassion.

Je déglutis difficilement. Elle qui avait été si aimable avec moi.

— Je ne peux pas partir maintenant, pas avant de savoir s'il n'y a réellement plus aucun espoir, déclarai-je. Je vais me rendre à Hortensia et plaider sa cause auprès du prince des Orphelins, s'il n'est pas trop tard.

Eden se racla la gorge et frictionna ses paumes pleines de sable sur ses jambes.

— Très bien. À la revoyure !

Elle tourna les talons, mais Whisper la retint.

— Jadis, vous ne comprenez pas. Elle ne souhaitait pas être sauvée. Pas sans son enfant.

Lysandre. La dernière fois que je l'avais vu, il hurlait à la mort au fond du radeau bousculé par les vagues.

— Où allez-vous ? s'enquit Whisper.

— Je dois me rendre au Palais royal de toute urgence.

Eden fit volte-face et je décelai chez elle un intérêt certain. Elle ne me regardait plus comme un insecte indésirable qu'il fallait écraser au plus vite.

— Je connais un homme haut placé au palais, confia Whisper avec douceur. Je pourrais l'informer de la position délicate de notre amie. Il pourra la tirer de ce mauvais pas, j'en suis certaine, si tel est son désir et s'il n'est pas trop tard.

— Pourquoi feriez-vous cela ?

J'avais beau ne jamais avoir quitté mon petit village isolé avant ce jour, je n'étais pas stupide pour autant. Personne ne donnait gratuitement, sans rien attendre en retour. C'était une des premières leçons que m'avait enseignées l'oncle Day. Whisper semblait tomber des nues.

— Je… Je veux vous aider, voilà tout. Pourquoi ne le ferais-je pas ?

À côté, Eden roula des yeux avec exaspération.

— C'est très généreux, dis-je d'une voix étranglée.

Un ange passa.

— Bon ! s'exclama Eden, faisant sursauter Whisper. Nous avons tous la même destination. Marchons ensemble : les routes ne sont plus aussi sûres qu'avant.

Chaque syllabe semblait lui demander un effort surhumain. Elle ne m'appréciait guère et le faisait sentir ostensiblement.

– Quelle excellente idée ! approuva Whisper avec un enthousiasme démesuré. Accompagnez-nous !

Je jetai un coup d'œil vers la ville d'Hortensia, nichée au bord de la plage, où Kaya était enfermée en ce moment même, voire pire. L'idée de m'enfuir lâchement me révulsait, mais Whisper disait vouloir l'aider. De plus, elle semblait la connaître et une force invisible me poussait à croire qu'elle disait la vérité. Cette fille aux cheveux de jais avait l'air trop naïve pour être une manipulatrice.

– C'est d'accord, acceptai-je.

Whisper tapa dans ses mains comme un enfant venant de recevoir une surprise. Eden était nettement moins enjouée.

– Avant que nous t'acceptions dans notre petit groupe, je dois te poser deux questions.

Elle avait lâché le mot « groupe » avec un dédain mal dissimulé. Et je me doutais bien que j'allais être confronté tôt ou tard à un interrogatoire.

– Très bien.

– D'abord, je veux connaître la raison de ton voyage. Je veux m'assurer que je… Que *nous* ne courons aucun risque avec toi.

Eden offrit à Whisper un sourire si forcé qu'il semblait faire souffrir sa mâchoire, mais l'intéressée ne se rendit compte de rien. Je me demandais bien quelle relation complexe unissait ces deux-là : elles ne s'appréciaient guère, et il suffisait d'observer l'attitude brutale et désintéressée d'Eden pour s'en convaincre.

– Une affaire de famille, éludai-je.

– Ce n'est pas suffisant, trancha Eden.

Je plantai mon regard droit dans le sien. Fuir tout contact visuel avec une personne avant de mentir était le meilleur moyen de se trahir. Finalement, les conseils de ma vieille tante cinglée pouvaient se révéler utiles.

— Je dois apporter ce coffret à ma tante. Un héritage de mon grand-père, décédé il y a peu. Elle travaille comme femme de chambre au Palais royal.

— Quel est le nom de cette tante ? s'enquit Eden.

— Nelly Polanski.

Eden afficha un air satisfait. Ses yeux sombres parcoururent mes épaules.

— Voici ma deuxième question, et pas des moindres : qu'est-ce que c'est ?

Elle pointa un doigt en direction de mon torse et je me figeai. Parfois, il m'arrivait d'oublier mon anomalie, en particulier lorsque je rêvassais en compagnie de Mia, qui s'adressait à moi sans la moindre gêne. Mais la question fatidique surgissait à chaque fois que je rencontrais quelqu'un, et je me sentais à nouveau comme une aberration de la nature.

— Je l'ai depuis ma naissance. Quand j'étais petit, mon oncle et ma tante ont consulté d'innombrables guérisseurs. Tous ont été formels : ce n'est pas contagieux.

Elle hésita un instant, puis finit par hocher la tête.

— Je te crois. Bienvenue parmi nous, Jadis Lucinosa.

22

Une bonne équipe

Jadis Lucinosa
Littoral des Songes, terres de l'Est.

Nous marchâmes pendant des heures sous un soleil de plomb. Eden menait l'expédition d'une main de fer et les pauses se faisaient aussi rares que les averses dans les terres de l'Ouest. Les souliers neufs de Whisper ne tardèrent pas à la faire souffrir.

— Je ne peux plus marcher, gémit-elle.

Elle se laissa tomber comme une ancre sur le sable brûlant, les yeux à moitié clos. Son visage avait viré couleur pivoine et ses bras commençaient à peler. Eden soupira, mais ne fit aucun commentaire. Je me demandais vraiment comment deux filles aussi diamétralement opposées avaient réussi à faire équipe.

— Très bien, céda Eden. Deux minutes.

Elle posa la main sur son front en guise de visière et observa les environs. Il n'y avait rien, sinon une infinité d'eau et de sable.

— Nous devrions quitter la plage, proposai-je. Chercher un coin à l'ombre.

Eden me lança un regard si méprisant que je me ratatinai sur moi-même. Bien que j'eusse l'habitude de dominer par la taille la grande majorité des personnes, elle avait un don inégalable pour scruter ses semblables de haut.

— Nous ne faisons pas de détour. Je le répète : notre moyen de transport se trouve dans un hangar à Flamencia.

Après de longues minutes de négociation et de caprices larmoyants de Whisper, Eden avait fini par nous confier l'endroit où se cachait notre fameux mode d'évasion, bien qu'elle refusât toujours de nous donner plus de détails.

Je croisai les bras contre mon torse. Bien que je fusse à présent totalement éveillé, je sentais mes forces me quitter. Je me demandais toujours par quel miracle j'avais réussi à échouer sur cette plage sans y laisser la vie.

– Ces vautours m'effraient, dit Whisper en se recroquevillant sur elle-même.

Une petite colonie de volatiles nous poursuivait inlassablement à distance respectable depuis plusieurs heures. Tantôt sur le sable, tantôt dans les airs, ils nous guettaient avec avidité.

– C'est à cause de moi, avouai-je.

Eden s'éventait avec ses mains.

– Bien sûr que c'est à cause de toi. Ils t'ont cru mort et maintenant ils réclament leur dû.

– Non, je veux dire que j'attire les animaux. Depuis toujours.

Deux paires d'yeux se braquèrent sur moi et malgré la plage immense, j'avais l'impression de manquer d'air.

– Tu veux dire que... tu les appelles ? questionna Whisper avec un intérêt renouvelé.

Elle était si étonnée qu'elle semblait en oublier la douleur. Sa naïveté touchante me rappela celle de Mia, et je décidai alors que je l'appréciais.

– Pas vraiment. Disons que je communique avec eux d'une certaine manière.

Nous étions à présent à l'arrêt, entourés par des croassements gutturaux.

– Profite donc de ton incroyable connexion surnaturelle pour leur demander de déguerpir, fit Eden avec cynisme.

— Je n'ai jamais vu un tel prodige, murmura Whisper en penchant la tête sur le côté pour mieux les observer. Cela a-t-il un rapport avec votre étrange tache ?

Bizarrement, je n'avais jamais fait le rapprochement. Excepté Mia et tante Nelly, je n'avais dévoilé cette faculté à quiconque car je craignais que tous ne soient pas aussi ouverts que Whisper et considèrent ce don comme une anomalie supplémentaire.

— Nous devrions reprendre la route, déclara Eden en se détournant des vautours. Je ne tiens pas à finir dévorée sur une plage abandonnée.

— Ils ne nous feront rien ! affirmai-je.

— Nous n'avons plus une goutte d'eau, fit remarquer Whisper qui agitait la gourde vide sous son nez.

Eden posa ses poings sur les hanches et nous dévisagea comme si elle avait affaire à deux gamins imbéciles bercés trop près du mur.

— Nous en aurions encore si tu n'avais pas tout dilapidé pour lui. Plus vite nous arriverons à Flamencia, plus vite nous trouverons de l'eau.

Nous reprîmes notre chemin, la mort dans l'âme. Mes articulations étaient rouillées et chaque pas me demandait un effort colossal. De plus, le sable ralentissait considérablement notre progression.

— Et toi, d'où viens-tu ? demandai-je à Eden tandis que le soleil amorçait sa descente à l'horizon.

Cela faisait si longtemps qu'aucun de nous n'avait ouvert la bouche que ma question se perdit dans le murmure rassurant de l'océan. Après un très long moment, alors que je n'attendais plus de réponse, elle déclara :

— Des terres de l'Est. Un petit village de pêcheurs en marge des grandes cités nommé Tourelle.

Du coin de l'œil, je vis que Whisper ne perdait pas une miette de la conversation. Ma curiosité redoubla d'autant plus que je compris qu'elle n'avait jamais osé l'interroger sur son passé.

– Tu as de la famille là-bas ?

J'avais conscience de m'aventurer sur un terrain sensible. Une jeune fille voyageant seule si loin de chez elle sans un sou en poche n'avait pas de joyeuses histoires à relater.

– Ils sont morts, dit-elle simplement.

J'essayai de déceler une trace de confusion, mais ni sa voix ni son visage ne montraient d'émotion, j'en conclus donc que l'incident qui avait provoqué le décès de ses parents devait être lointain.

J'eus l'impression que je me devais d'ajouter quelque chose. D'abord, je fus tenté de compatir, juste parce que c'était la coutume, puis j'eus la conviction qu'Eden n'apprécierait guère. Alors, je me contentai de me confier également.

– Les miens aussi.

Eden ne tourna même pas la tête vers moi. Pourtant ce fut comme si le voile tendu entre nous venait de se lever.

– J'étais très jeune. Je ne les ai pas connus. Tante Nelly m'a raconté que ma mère est morte en couche et que mon père s'est fait assassiner pour des dettes de jeu peu de temps après.

Whisper se pinçait les lèvres, comme si elle retenait des mots qui tentaient de s'échapper.

– Et le père de Whisper est un salaud qui désirait la servir sur un plateau d'argent au plus offrant, répliqua Eden avec neutralité. Voilà qui nous sommes : trois adolescents paumés, délaissés par leur famille à qui la vie n'a fait aucun cadeau.

Elle daigna enfin tourner la tête dans notre direction. Des gouttes de sueur dévalaient mes tempes et une douleur aiguë martelait mon crâne sans relâche. Quant à Whisper, elle était sur le point de défaillir.

– Finalement, je trouve que nous faisons une bonne équipe, lâcha-t-elle.

Elle se retourna avant que je puisse décrypter le sens de ses paroles. Néanmoins, j'apercevais très clairement le large sourire qu'arborait Whisper comme si tous ses problèmes venaient d'être miraculeusement résolus.

Nous rencontrâmes enfin un semblant de végétation une fois la nuit tombée. Whisper et moi nous affalâmes comme des souches sur le sol et ce fut Eden qui se chargea de veiller sur nous, non sans grognements et regards courroucés à répétition. Elle brisa des branches sèches et alluma un feu à l'aide de deux petits cailloux pêchés au bord de l'eau.

– On devrait tuer un de ces maudits rapaces pour en faire notre dîner, dit Eden.

Je ne sais qui de Whisper ou de moi eut l'expression la plus horrifiée.

– Vous voulez dire… avaler un animal vivant ? s'offusqua Whisper, au bord de la nausée.

J'avais vu oncle Day partir chasser à de nombreuses reprises, mais j'avais toujours refusé de l'accompagner. Peut-être était-ce à cause du lien qui nous unissait, en tout cas il m'apparaissait aussi impensable d'abattre un des volatiles perchés près de nous que d'assassiner le premier venu.

– Pas vivant, petite idiote, la rabroua Eden sans ménagement. Il faut le dépecer et le faire cuire.

– C'est dégoûtant ! gémit Whisper en tirant la langue.

Eden chercha un soutien auprès de moi. Au moment où je m'apprêtais à donner mon opinion, mon ventre émit le plus horrible et le plus sonore grondement jamais proféré par un estomac.

– Jadis meurt de faim, releva Eden. Et il faut que tu prennes des forces pour guérir.

En fait, je remarquai qu'Eden était principalement tournée vers moi. L'avis de Whisper lui était indifférent, mais ma connexion fusionnelle avec les êtres vivants semblait la faire hésiter.

– J'ai une idée, dis-je simplement.

Je me levai avec difficulté et m'approchai de l'océan. Les vagues avaient redoublé, poussées par la brise de la fin de soirée. Je fermai les yeux et adressai une requête muette à mes amis de l'océan.

Approchez.

Venez à ma rencontre.

Répondant à mon appel silencieux, des dizaines de poissons bondirent hors de l'eau et sautillèrent jusqu'à moi. Bien que leurs petits corps convulsaient avec frénésie et que leurs bronches réclamaient avidement le contact avec les fonds marins, ils semblaient heureux de se donner à moi sans retenue.

– Ben ça alors… ! siffla Eden.

Mon souhait fut exaucé et plus encore : poissons, mais aussi crabes et autres animaux marins se précipitaient jusqu'à moi. Bientôt, la berge fut le théâtre d'une étrange réunion et la culpabilité m'envahit.

– C'est incroyable, murmura Eden.

Elle avait l'air si impressionnée que je trouvai la force de plaisanter :

– Aurais-je réussi à bluffer Eden l'insensible ?

Si le surnom la surprit, elle n'en montra rien. Les commissures de ses lèvres se levèrent très furtivement dans un semblant de sourire. Ce fut plus que je n'avais jamais eu venant d'elle.

– Tu rêves !

Et elle partit ramasser notre dîner sans un mot de plus.

Le soir même, nous mangeâmes jusqu'à plus faim. La panse proche de l'explosion, nous nous laissâmes aller à quelques confessions. Ce fut Whisper qui engagea la conversation et son indéfectible jovialité nous contamina rapidement.

— Alors je me suis enfuie à toutes jambes, raconta-t-elle dans un murmure qui se voulait terrifiant. Adieu le mariage ! Ce fut la chose la plus téméraire et irréfléchie que j'ai faite de toute mon existence.

— Et à présent tu le regrettes, complétai-je.

— Pas vraiment. J'ai vu des choses horribles et cruelles, des choses que je n'aurais jamais cru possibles. Mais j'ai rencontré des gens bien, qui m'ont donné la force et le courage de croire en l'humanité. Père pensait que je n'avais pas les épaules pour assumer le... mes responsabilités. Que j'étais trop fragile, trop vaniteuse ! Si je parviens à lui prouver le contraire, je suis persuadée que notre relation s'améliorera.

Des flammes d'espoir dansaient dans ses yeux clairs.

— C'est une vision optimiste de l'avenir, railla Eden en ajoutant une bûche dans le brasier.

Loin de déceler la pointe d'ironie, le visage de Whisper se fendit d'un large sourire.

— Et vous, Eden ? Si vous nous expliquiez d'où viennent ces incroyables capacités au combat ?

Si un regard pouvait tuer, Whisper se serait éteinte instantanément.

— Il est tard, éluda-t-elle. Nous devrions nous reposer.

Ses paroles avaient pris des inflexions autoritaires, et Whisper préféra se recroqueviller sur elle-même. Bientôt, sa respiration lente trahit un profond sommeil. Ne restèrent alors que le crépitement du bois sous la brûlure des flammes, les battements d'ailes des volatiles tapis dans l'obscurité et la caresse des vagues sur le sable.

Juste avant que je m'assoupisse à mon tour, je vis Eden assise en tailleur, le regard perdu dans le vague.

Lorsque je rouvris les yeux à l'aube, elle était toujours là.

Immobile. Imperturbable.

Elle n'avait pas bougé d'un cil.

23

La cité des Merveilles

Whisper Organa
Littoral des Songes, terres de l'Est.

Lorsque je fus réveillée par les chants mélodieux des verdiers et des mésanges, je découvris qu'Eden n'avait pas fermé l'œil de la nuit. Postée entre Jadis et moi, en fidèle sentinelle, elle avait veillé sur nous sans relâche.

– Nous protégez-vous des bandits et des créatures de la nuit ? questionnai-je à mi-voix afin de ne pas déranger Jadis qui sommeillait encore.

Eden observait l'océan. Tout dans son attitude inspirait le respect. Elle paraissait si sûre d'elle. Forte et déterminée. Je savais au fond de moi que je ne parviendrais jamais à acquérir une telle confiance, et je ne pouvais m'empêcher de l'admirer.

Malgré tout, je n'étais pas dupe. Je savais décrypter et analyser les expressions de chacun : j'excellais à cet exercice depuis toute petite, lorsque j'avais entrepris de dupliquer les portraits des domestiques dans mon carnet à dessin. Eden n'était pas qu'une fille d'apparence froide et insensible, elle était surtout très seule.

– Sais-tu pourquoi on appelle cette plage le littoral des Songes ?

Hermance, ma gouvernante, avait elle aussi une tendance agaçante à répondre à mes questions par d'autres. Celle-ci me laissa songeuse et je me surpris à chercher un élément de réponse. Mais je n'eus pas le temps de me perdre dans des hypothèses fantasques.

– Cette étendue de sable est assimilable à un désert, dit-elle. Ceux qui s'aventurent trop longtemps dans cette zone développent des hallucinations terribles qui leur font perdre la raison et parfois même la vie.

Je demeurais muette.

– La réputation de cette plage qui sépare la cité marchande d'Hortensia et celle de Flamencia est connue de tous, poursuivit-elle.

Devant mon manque de réaction, elle enchaîna :

– Personne ne traverse cette plage. Nous l'avons empruntée uniquement pour nous cacher puisque tu es traquée par les miliciens. Ce que j'essaie de dire, c'est que je ne nous protège de rien. Car personne ne vient jamais ici et aucune bête ne peut survivre sans eau. Cesse donc de m'idéaliser et aide-moi à rassembler nos affaires.

Toujours cet air glacial. Je ne cédai pas pour autant :

– Pourquoi ne dormiez-vous pas, dans ce cas ?

– Je ne dors plus depuis longtemps.

Cette réponse éveilla ma curiosité et de nouvelles questions se formèrent dans mon esprit. La tirade d'Eden avait perturbé le sommeil de Jadis qui grogna en se frottant les paupières.

– Combien de temps ai-je dormi ?

– Trop longtemps, siffla Eden entre ses dents.

Nous reprîmes notre route à l'aurore. Malgré l'heure matinale, la chaleur se faisait écrasante. La douleur infligée par mes souliers ne tarda pas à refaire surface.

– Es-tu vraiment sûre que cette ville existe ? interrogea Jadis d'une voix percée d'épuisement.

– Nous approchons du but, s'entêta Eden, sans chercher à rassurer son interlocuteur.

– Tu disais la même chose hier, grogna-t-il, sceptique.

– Et hier nous approchions également du but, renchérit Eden avec une telle sécheresse que le sable sous nos pieds m'apparut frais en comparaison.

Jadis n'insista pas. Plongés à nouveau dans le silence, nous marchâmes. Les secondes s'étiraient et semblaient durer des heures.

Puis le paysage se transforma autour de nous. Le sable laissa peu à peu la place à des galets, moins brûlants mais tout aussi douloureux pour mes chevilles. Les dunes devinrent des collines desséchées. Les collines firent place à des montagnes abruptes dix fois plus grandes que la plus haute tour du palais. Je ne pus m'empêcher d'être éblouie par l'immensité du monde qui se déployait devant moi. À côté de sommets semblables à des stalagmites géantes, nous n'avions pas plus de poids que trois misérables fourmis. Si j'avais su que le monde recelait de pareilles merveilles, je me serais enfuie de chez moi bien plus tôt.

Soudain, surgissant derrière une énième falaise vertigineuse, Flamencia apparut, vision improbable en plein cœur de ce paysage désolé. Une exclamation de surprise m'échappa. Jadis, lui aussi, semblait impressionné par l'incroyable emplacement de cette cité, ce qui me conforta dans l'idée que le spectacle se déroulant devant moi était loin de l'ordinaire, et pas seulement pour une personne n'ayant jamais franchi les portes de sa demeure.

– Comment allons-nous en haut ? m'enquis-je.

La situation me semblait si irréelle que je m'attendais presque à devoir faire le trajet sur le dos d'un oiseau voyageur.

Sans un mot, Eden leva le bras et désigna un minuscule carré sombre qui montait avec lenteur le long de la falaise. Puis je remarquai d'autres constructions de couleur noire, se fondant parfaitement dans le paysage désertique jusqu'à devenir quasiment invisibles. Des câbles reliant le sommet aux bas-fonds se dessinaient tout autour de l'imposante éminence rocheuse.

— Qu'est-ce ?...

— Des ascenseurs, informa Eden.

Je fis volte-face. Les cheveux plaqués sur la nuque par la transpiration, les rétines rougies par le manque de sommeil et l'exposition au soleil, elle semblait presque aussi mal en point que Jadis et moi. Sa voix éraillée en était la preuve.

— Comment une telle chose est-elle possible ? demanda Jadis.

Eden demeura muette.

Nous marchâmes pendant quelques minutes, poussant nos corps meurtris dans leurs derniers retranchements. Parvenus au pied du monstre rocheux, nous fûmes arrêtés par un homme à la stature imposante qui portait un haut-de-forme mauve et une jaquette serrée, bien trop distinguée en ce lieu étrange. Sa barbe brune, taillée à la perfection, dissimulait à peine son sourire énigmatique.

— Qui est-ce ? murmurai-je à l'intention d'Eden.

— Un des gardes de Flamencia.

— Un milicien ? m'inquiétai-je.

À côté de nous, Jadis s'était rapproché et observait l'individu avec un mélange d'incompréhension et d'amusement.

— Flamencia est une cité indépendante, qui s'est bâtie et développée dans l'autarcie la plus totale, sans lien avec aucun des quatre dirigeants d'Ergon, et possédant sa propre armée. De plus, les miliciens n'iraient pas te chercher aussi loin d'Hortensia. Tu n'as aucun souci à te faire.

Bien que ses paroles se veuillent rassurantes, je ne cessai de m'inquiéter pour autant.

Derrière le garde, un attroupement s'était formé. Je distinguai alors plusieurs routes étroites qui serpentaient autour des chaînes montagneuses pour déboucher au pied de la mystérieuse cité.

Certains voyageurs transportaient des charrettes si imposantes qu'il paraissait invraisemblable qu'ils aient réussi à emprunter les chemins rocailleux aperçus en contrebas, tandis que d'autres semblaient écrasés sous le poids de leur énorme sac. Quel que fût leur moyen de transport, tous étaient exténués.

– Vingt yents par personne pour un aller simple à Flamencia, clama l'étrange soldat au couvre-chef violet. Dix de plus pour une monture. Dix encore si vous voulez monter une charrette là-haut.

Les bourses des voyageurs émirent un tintement joyeux. Tous s'enquirent de leur dette auprès du garde. Eden scruta Jadis. Il était le seul à posséder une bourse, bien épaisse qui plus est. Il comprit que notre billet dépendait de lui et tendit la somme demandée.

– J'espère que ça en vaut la peine, glissa-t-il en se séparant de ses pièces.

L'ascenseur qui descendait en grinçant n'avait pas fière allure : les rails rouillés tremblaient sous le poids des planches et plusieurs gonds mal vissés étaient prêts à faire le grand saut. Pas de filet de protection ni de poids maximal autorisé : tous s'engouffraient dans le petit espace sans se soucier de l'apparence précaire de l'appareil.

Les pionniers exténués se serraient les uns contre les autres. Eden monta sur la plate-forme sans la moindre appréhension, suivie de près par Jadis qui serrait sa besace contre son torse comme si elle contenait le plus inestimable trésor. Il devait craindre pour ses précieux yents. Je fus tentée de le qualifier de cupide, mais me ravisai : pour un garçon pauvre, chaque sou compte.

Je me glissai sur le plancher qui, à mon grand étonnement, parvint à accueillir une vingtaine de personnes, deux petits chariots et une jument affolée qui tentait par tous les moyens de se dégager de la poigne de son maître.

— N'est-il pas risqué de laisser une bête encerclée par cette foule ? m'inquiétai-je.

Comme à chaque fois qu'une question l'ennuyait, Eden ne prit pas la peine de répondre. Les hennissements paniqués du cheval me firent frissonner. Puis, mystérieusement, sa respiration devint calme et régulière et il cessa de se cabrer. À côté de moi, Jadis me fit un clin d'œil complice, et je compris avec un temps de retard qu'il était l'instigateur de ce petit miracle.

L'ascenseur s'ébranla. Le garde ferma les deux petites barrières en métal, seul rempart entre le sol et nous, puis nous nous élevâmes. La pression infligée à mes jambes fut vive et inattendue. Je m'écroulai à moitié, me rattrapant *in extremis* au garde-fou qui céda partiellement sous mon poids. Un craquement sonore, signe que le loquet venait de se rompre, se fit entendre.

Alors que je me voyais déjà en train de m'écraser au sol, une main ferme agrippa mon avant-bras.

— Cela fait deux fois que je te sauve la vie, grogna Eden. Tâche de t'en souvenir.

Elle me poussa sans ménagement de l'autre côté du garde-fou, dans les bras médusés de Jadis. Les autres passagers qui avaient assisté à la scène n'eurent même pas le temps de réagir, ou, compressés les uns contre les autres, n'avaient tout simplement pas vu la scène.

Je risquai un coup d'œil vers le bas. Même à cette hauteur peu élevée, la glissade sur les rochers aiguisés aurait été fatale. Je cherchai un contact visuel afin de témoigner ma reconnaissance à Eden, mais elle s'était déjà détournée.

— Que s'est-il passé ? s'enquit Jadis, un pli soucieux entre les sourcils.

Je secouai la tête. Que ce soit dû à ma constitution fragile, au manque d'hydratation ou à la fatigue, je ne tenais plus sur mes jambes.

Fait incroyable, je découvris par la même occasion qu'observer la distance s'accroître entre le sol et l'ascenseur me donnait le tournis.

— Le vertige, expliqua Jadis, faisant écho à mes pensées.

Comme s'il s'en voulait d'avoir été impuissant, il prit soin de se placer du côté du vide et de conserver une main sur mon épaule pour m'empêcher de vaciller. Tassée que j'étais contre des voyageurs odorants et sous les yeux scrutateurs de Jadis, l'air devint irrespirable.

— Qu'est-ce ? fis-je en désignant du menton un étrange oiseau perché sur l'épaule d'un homme, tout aussi étrange.

En observant de plus près la foule, je vis que les pionniers n'avaient rien de voyageurs ordinaires : beaucoup possédaient des animaux de compagnie improbables et tous avaient les bras chargés de babioles surprenantes, quand ce n'était pas un chariot entier.

— Je n'en ai aucune idée. Je n'ai jamais rien vu de tel.

Le faucon majestueux possédait des ailes écarlates qui se réfléchissaient sous les rayons du soleil.

Je sentais que l'installation montait, montait toujours plus haut, et je fus contrainte de fermer les yeux pour réprimer une forte nausée. Après ce qui me sembla une éternité, nous nous immobilisâmes. Le monde cessa enfin de tourner pour se plier aux lois gravitationnelles et mes poumons se remplirent d'air frais.

— Tu peux ouvrir les yeux, annonça Jadis, un brin moqueur.

Le spectacle était à couper le souffle. Jamais je n'avais été aussi haut de toute ma vie, j'avais l'impression de côtoyer les étoiles. La ville semblait sortir d'un livre de contes pour enfants. Les maisonnées ne ressemblaient en rien à des demeures traditionnelles : en plus de leurs couleurs chatoyantes et lumineuses, elles étaient entassées les unes contre les autres et s'élevaient très haut dans un enchevêtrement de balustrades, balcons et escaliers circulaires. Passerelles et petits pontons en liane reliaient les constructions entre elles et formaient une incroyable masse de pierres, de briques et de métal.

L'air éberlué de Jadis me conforta dans mes pensées : cette ville n'avait rien d'ordinaire.

Je crus déceler un soupçon d'amusement chez Eden, qui ouvrit les bras face à la ville et déclara d'un ton presque enjoué :

— Bienvenue à Flamencia, la cité des Merveilles !

24

Un mystère élucidé

Whisper Organa
Flamencia, terres de l'Est.

Partout où mes yeux se posaient, ce n'était qu'explosion de couleurs, camaïeu de mille paillettes lumineuses. Exactement comme à Hortensia, des centaines et des centaines d'étals se succédaient dans les ruelles bondées. Sauf qu'ici, les objets vendus étaient tout autres. On ne marchandait pas le prix de quelques oranges, de toilettes basiques ou d'une quelconque épice orientale. Non. À Flamencia, on vendait des inventions surréalistes. Des créations qui dépassaient l'entendement. Je vis un animal fendre la foule en aboyant comme un chien : sauf que ce n'en était pas un. La bête était constituée de la queue jusqu'aux oreilles de métal et de fils grisâtres. Mon attention fut attirée par un homme non loin de là, encerclé par quelques badauds, qui tenait une étrange boîte rectangulaire dans la main et je sus alors que, par un tour de passe-passe invraisemblable, l'homme contrôlait l'animal à distance.

Des étrangetés planaient au-dessus des échoppes, accrochées à de minces ficelles pour éviter qu'elles ne s'échappent ; plus loin, des engins bourdonnants filaient au-dessus de la tête des acheteurs qui, apeurés, se jetaient à terre comme un seul homme.

— La ville des scientifiques, fit Eden en contemplant les bâtiments mal entassés. Le paradis pour les inventeurs ! On y vend les plus belles créations de tous les temps. Croyez-moi sur parole, tout ce que vous voyez là est bel et bien réel.

À ma gauche, je vis un édifice si penché qu'il semblait sur le point de s'écrouler. Quelqu'un avait tenté de maintenir la structure avec des colonnes de marbre blanc, mais celles-ci ne se révélaient d'aucune utilité. À travers une baie vitrée, j'aperçus une femme sirotant une tasse de thé, nullement dérangée par l'inclinaison pourtant alarmante qu'avait prise la pièce. Les tables, ainsi que le comptoir et les chaises, avaient dû être soudés au sol pour empêcher leur glissade contre le mur.

— C'est dingue, souffla Jadis à côté de moi.

Eden leva le menton, visiblement fière de son petit effet. Elle avait veillé à garder sous silence la renversante particularité de Flamencia qui, de toute évidence, lui était familière.

Mais au moment où je me faisais la réflexion que le monde est décidément plein de surprises, un petit groupe de badauds agglutinés devant un panneau d'affichage attira mon attention. Un homme désignait du doigt une affiche qui éveilla immédiatement la terreur au creux de mon estomac.

Je partis comme une fusée vers l'attroupement grandissant. Eden, déjà occupée à discuter avec un négociant à propos de je ne sais quelle bizarrerie, avait fait fi de ma présence. Mais ce ne fut pas le cas de Jadis qui s'élança après moi.

Plus je me rapprochais, plus le sentiment d'angoisse pétrissait ma poitrine.

— Pour une révélation, c'en est une ! glapit le moustachu en baissant son bras.

— Après tout ce temps sans nouvelles... dit un autre.

Des jumelles, âgées de neuf ans tout au plus, se tapaient dans les mains, folles de joie. Une femme rondelette, qui devait être leur mère, leur intimait de contrôler leurs éclats de voix, mais ne put s'empêcher de sourire également.

Enfin, j'arrivai à portée de vue de l'affiche. Qui n'était pas une affiche. C'était un portrait-robot. Une photographie, pour être exacte.

Une photographie de moi.

Âgée d'à peine treize ans. Vêtue d'une splendide toilette bleu corail, parée de mille bijoux étincelants, un diadème scintillant posé sur ma longue chevelure. C'était moi. Plus jeune, mieux vêtue, parfaitement reconnaissable toutefois.

— La princesse est vivante ! hua le moustachu à la cantonade.

D'autres répondirent à son exclamation euphorique par des sifflements approbateurs. Moi, je me sentais couler. Je voyais déjà la scène défiler sous mes yeux : des soldats allaient me reconnaître, m'appréhender, me ramener enchaînée à la maison. Là, père déverserait toute sa fureur : il m'obligerait à épouser ce prince du Nord et m'interdirait de mettre un pied en dehors du château pour le reste de ma vie.

Certes, j'avais envisagé de retourner chez mon père. Ou du moins, je l'avais vaguement mentionné autour d'un feu de camp, tard dans la nuit. Je savais que je devrais tôt ou tard revenir à la maison, mais je voulais le faire de mon plein gré, la tête haute ; prouver à mon père que j'étais capable de me débrouiller seule. Je voulais revenir en jeune femme fière, autonome, ingénieuse, prête à assumer le trône et ses responsabilités. Je n'imaginais certainement pas mon retour traînée de force par des gardes en uniforme rouge.

J'avais la sensation d'avoir fait une gigantesque bourde. Père avait toujours dissimulé mon existence aux yeux de tous. C'était son obsession numéro un, sa priorité indétrônable à laquelle il s'attelait jour et nuit. Il s'était donné un mal fou à acheter le silence des convives lors des réceptions privées, à trier les domestiques sur le volet. Il payait la discrétion de tous ceux qui croisaient mon chemin et, malgré quelques vagues rumeurs à propos de la princesse héritière, son plan avait parfaitement fonctionné. Aux yeux du monde entier, j'étais morte. Ou clouée au lit par la fièvre, comme ma mère.

Père devait m'en vouloir intensément. Oui, c'était là la seule explication plausible. Il était si fou de rage qu'il avait décidé de dévoiler publiquement mon existence.

Au-dessus de ma photographie, un titre : *Avis de recherche*. En bas, l'écriteau indiquait *Récompense : 1 million de yents*.

Je fus à la fois horrifiée et indignée. Comment avait-il pu fixer un prix ? Je l'imaginais, assis avec ses conseillers autour d'une table circulaire, le visage fermé. « Dix millions de yents ? Ma fille ne vaut pas tant, voyons. Ne vidons pas les caisses du royaume pour ses fantaisies, je vous prie. Disons un million et considérons l'affaire comme close. »

Encore une fois, il me traitait comme de la marchandise. Il voulait m'offrir à un inconnu et à présent, il m'achetait à qui aurait l'amabilité de me reconduire au palais. Je bouillonnais de fureur et de peur. Jadis, qui n'avait pas prononcé un mot jusque-là, siffla d'admiration.

— La princesse ? murmura-t-il, songeur.

Je tournai aussitôt la tête dans la direction opposée. Il ne fallait pas qu'il m'observe. Il finirait par faire le rapprochement... il allait indubitablement faire le rapprochement.

À côté de l'avis de recherche se trouvait l'appel à l'aide du roi lancé quelques jours plus tôt pour un élixir miracle. Mais cette information avait déjà fait le tour de toutes les conversations, et les yeux étaient braqués sur la photographie.

J'attendis. J'attendis encore. Je redoutais le moment où Jadis comprendrait, où un éclair de lucidité passerait dans son regard...

— Tout va bien, Whisper ?

J'étais au bord des larmes. Ou de l'évanouissement. Je haletais si fort qu'on aurait pu croire que je venais de traverser un fleuve à la nage.

— Très bien. Je suis... sous le choc, voilà tout.

Jadis observait le portrait avec fascination. Était-il inattentif au point de ne pas déceler la moindre ressemblance entre la petite fille de la photo et moi ? Il y avait même mon nom noté juste en dessous ! *Whisper Organa*. Quel indice plus flagrant pourrait enfin l'éclairer ?

Mais contre toute attente, Jadis ne tiqua pas. Il semblait perdu dans ses pensées et parcourait le deuxième avis. C'était à ne plus rien comprendre. Je ravalai les sanglots qui s'étaient bloqués dans ma gorge. Par un incroyable miracle, je n'étais pas encore condamnée.

Hermance avait pris la précaution de raccourcir mes cheveux avant de me laisser partir. Ils étaient maintenant secs comme de la paille et tellement emmêlés que je n'osais plus les toucher. J'étais crasseuse, avec un pantalon en haillons trop grand et des souliers élimés. Mon corps était rouge écarlate et des pelures avaient fait leur apparition à certains endroits. Nous étions bien loin de la petite princesse à la peau diaphane, au regard inexpressif et aux longs cheveux soyeux de la photographie.

– Je comprends que tu sois bouleversée, dit Jadis avec compassion. La princesse est vivante et aimée de tous !

Il désigna du menton les deux fillettes qui sautillaient sur place en poussant des petits cris suraigus. Je fronçai les sourcils. Plusieurs servantes m'avaient rapporté toutes les histoires et légendes farfelues qui circulaient dans le pays sur la princesse mystérieuse. Autrefois, je m'en délectais et je m'endormais en ayant la sensation d'avoir des milliers d'amis derrière ces murs qui n'attendaient que moi.

À présent, ces effusions de joie me perturbaient. Qu'avais-je fait pour être à ce point idolâtrée ? Personne n'avait la certitude absolue que j'étais vivante ! Et pourtant, depuis le jour de ma naissance, j'étais une source d'émerveillement. Je me doutais que mère avait joué un grand rôle dans la propagation de ces légendes. Elle était forte et douce à la fois, compréhensive, bienveillante et attentionnée. C'était tout ce que l'on attendait d'une reine. Le peuple voyait en moi une reproduction miniature de la reine, un clone tout aussi adorable prêt à prendre le relais et à délivrer le royaume de la tyrannie de père. Parce que c'était bien cela qu'était père : un tyran. Il l'était avec moi, et je n'avais pas compris qu'il l'était également avec ses sujets.

Comme mère était souffrante, les espoirs reposaient sur moi. Qu'avais-je accompli qui puisse justifier un tel engouement ? La réponse, douloureuse, me frappa : *rien*. Je n'avais absolument rien fait.

— Nous devrions annoncer cette bonne nouvelle à Eden, tu ne crois pas ? annonça Jadis, me tirant de mes réflexions.

Je le retins par le bras. Bien que Jadis n'ait pas noté les similitudes entre la photographie et moi, il n'en serait probablement pas de même pour Eden.

— Eden ne porte pas la famille royale dans son cœur, alors une princesse qui s'ajoute... glissai-je en me remémorant son visage dégoûté lorsque j'avais omis de me présenter sous un faux nom.

Jadis eut l'air surpris.

— Je ne connais pas un seul quidam qui haïsse la princesse.

— « Haïr » est un grand mot, renchéris-je avec un rire forcé. Disons qu'elle ne l'idolâtre pas avec autant de ferveur que les autres... Et si nous allions voir les échoppes ?

Jadis hocha la tête en serrant son sac à dos contre sa poitrine, craignant toujours qu'on lui vole ses biens personnels.

Je glissai mon bras sous le sien et m'empressai de mettre le plus de distance possible entre l'affiche et nous... lorsque je tombai sur une seconde pancarte. Mon visage était placardé sur chaque réverbère, chaque mur, chaque vitrine !

Si Eden n'avait pas encore pris connaissance de l'avis de recherche, ce n'était plus qu'une question de temps.

25

L'invention du siècle

Eden Grismo
Flamencia, terres de l'Est.

J'avais l'impression d'être retournée trois ans dans le passé. Flamencia était la cité favorite de père. Ici, il vendait certaines de ses inventions pour empocher quelques yents et il avait fini par développer des amitiés profondes avec d'autres inventeurs. Nous ne sortions presque jamais de notre petit village de Tourelle, et le rendez-vous annuel à Flamencia m'emplissait d'une joie immense. Autrefois, je m'y sentais comme chez moi. À présent, le souvenir de père imprégnait chaque parcelle de ce lieu et je ne ressentais que de la tristesse et de l'amertume.

Une échoppe attira mon attention. Un petit homme aux cheveux grisonnants, qui avait malencontreusement enfilé son pantalon à l'envers, s'agitait en marmonnant des paroles inintelligibles. Quelque part, il me rappela père : il avait la même mine fatiguée. Des cernes géants indiquaient qu'il avait sauté plusieurs nuits de sommeil. Mais malgré le teint cireux, les cheveux désordonnés et les traits tirés, une étincelle d'excitation brillait dans ses prunelles : c'était celle-là même qui le tenait en éveil, dans un état second proche de la transe. Je la connaissais bien, pour l'avoir admirée à de nombreuses reprises dans les yeux de père.

Ce regard, à la fois anxieux et enflammé, pouvait être assimilé à de la folie pure par les étrangers. Mère avait coutume de l'appeler la « graine de génie ». Elle disait aussi que tout homme qui ne portait pas cette particularité en lui ne serait jamais un artiste pleinement accompli.

Le petit homme faisait les cent pas dans l'espace restreint de son échoppe et manquait de s'arracher les cheveux.

– Je ne comprends pas, je ne comprends pas ! scandait-il, les yeux exorbités. Il doit forcément y avoir une solution…

Je remarquai que ses voisins se délectaient de la misère du pauvre homme, ravis d'écarter un concurrent de la course.

– Un problème, monsieur ? ne pus-je m'empêcher de questionner.

Sur son étal étaient disposées des répliques identiques de la même invention : une petite bête métallique de la taille de mon poing dont les pattes rétractées s'apparentaient à celles d'une grosse araignée. Des milliers de petits yeux semblables à ceux d'une mouche étaient inégalement répartis sur une couche de métal faisant office de crâne.

Comme je m'y attendais, l'homme ne répondit pas : il était si obnubilé par son affaire qu'il ne m'avait même pas entendue. Il était fréquent que père s'enferme dans une bulle impénétrable dont lui seul connaissait l'issue. Souvent, je tournais le loquet de son atelier en prenant soin de faire le minimum de bruit – précaution inutile : père n'aurait rien entendu quand bien même une meute de loups aurait hurlé à la mort – pour lui annoncer que le dîner était prêt, et il hochait distraitement la tête. Quand je m'asseyais à table et que les plats fumants concoctés par mère attendaient d'être dégustés, père n'était pas là. Il avait tout simplement oublié mon appel. Tout comme il oubliait quel jour nous étions et confondait le jour et la nuit. Fort heureusement, mère ne considérait pas ses absences comme un manque d'affection. Jamais elle n'interpréta mal les longues absences de père, ses silences boudeurs lorsqu'il était bloqué dans l'avancement d'un nouveau projet. Elle aimait son caractère passionné, volontaire et engagé et elle n'oubliait jamais de lui apporter son assiette froide à l'atelier après l'heure du dîner, s'il n'était pas apparu. De toute ma vie, je n'avais vu amour plus profond et sincère que le lien unissant Ondine Thatim et Julian Grismo.

Jadis et Whisper réapparurent au bout de quelques minutes. Les joues de Whisper avaient pris une teinte verdâtre et elle semblait sur le point de rendre son déjeuner. Mais il était si fréquent de la voir dans un tel état que je ne pris pas la peine de la questionner sur l'origine de ses malheurs.

– Qu'est-ce ? demanda Jadis, perplexe face à toutes ces bizarreries.

Le monde des inventeurs et des scientifiques était complexe : peu parvenaient à le comprendre et à en saisir toutes les nuances. L'objectif principal des Ergonnais, qui les poussait à sortir du lit le matin, se résumait à rapporter de l'argent pour subvenir aux besoins de leur famille. Il n'y avait pas de place pour la perte de temps que constituaient la recherche de mécanismes innovants et les bricolages en tout genre. Les passionnés comme père, nés avec un esprit inventif et des doigts de fée, étaient rares.

La question de Jadis avait dû sonner comme le mot de passe pour extirper le vendeur de sa torpeur, car il sursauta et se matérialisa devant nous. Ses cheveux gras témoignaient de son absence d'hygiène, confirmée par une forte odeur corporelle, un mélange de transpiration et de *spryne* : une substance similaire à la caféine, mais dix fois plus puissante. Consommée en infusion ou injectée directement dans le sang à l'aide de seringue pour les plus dépendants, elle s'avérait très efficace pour chasser le sommeil. Néanmoins, les ravages causés sur les terminaisons nerveuses du cerveau lors d'une prise prolongée dissuadaient la plupart des personnes saines d'esprit. *Pas ce type-là*, songeai-je.

– Tu veux savoir à quoi la spectaculaire, l'inégalable, la majestueuse Arachnéa sert, petit ?

Jadis avait machinalement reculé d'un pas.

– Heu... Oui.

Whisper s'était glissée derrière moi pour parer à toute menace extérieure. Je ne savais pas si je devais me sentir flattée ou outrée d'être utilisée comme un bouclier humain.

– C'est une création unique, murmura le commerçant, comme s'il s'apprêtait à nous confier la recette de l'antidote de la reine. Du jamais-vu, une incroyable découverte sans précédent, une extraordinaire révélation, un...

Notre trio ne devait pas briller d'enthousiasme, car il cessa brusquement son énumération. Son haleine empestait le *spryne* et je dus me faire violence pour ne pas recouvrir mon nez de ma manche.

– Mon Arachnéa est une innovation qui va révolutionner le monde agricole, reprit-il. Car, voyez-vous, mesdames et messieurs, cette petite merveille est capable d'apporter l'hydratation nécessaire à vos plantations sans trêve pendant deux lunes ! Elle peut en effet recycler les molécules de dioxygène présentes dans l'atmosphère de façon autonome afin de les transformer en eau. De plus, ses sept pattes rétractables peuvent expulser l'eau à plus de vingt mètres de distance. Et son énergie est illimitée, puisqu'elle puise sa force dans les rayons du soleil. Finies les journées de dur labeur ! Laissez faire Arachnéa, elle s'occupe de tout !

Son discours était rodé et chaque geste était parfaitement coordonné à ses paroles. Et le slogan final était judicieusement choisi ! Il avait clos son laïus avec un immense sourire béat plaqué sur les lèvres.

Je jetai un coup d'œil derrière mon épaule. Whisper avait l'air d'une gamine étant tombée nez à nez avec le Grand Esprit en personne et Jadis contemplait les robots comme s'il s'agissait de diamants à l'état brut.

— C'est vraiment fantastique ! s'exclama Whisper, au grand bonheur du vendeur. Il me semble avoir vu le même spécimen lors d'une de mes visites au palais…

Le commerçant manqua de s'étouffer d'indignation. Son visage gonfla comme un ballon et il se mit à bégayer des bribes de phrases :

— Mais… Vous ne pouvez pas avoir vu… C'est un modèle *unique* ! Par la barbe de mes aïeux…

— Combien ? coupa Jadis avec un intérêt non dissimulé.

Je fis volte-face. Il n'envisageait tout de même pas de dilapider nos précieuses ressources dans des frivolités ?

— Combien ? balbutia le marchand, qui semblait encore plus surpris que moi. Eh bien…

Il sembla voir Jadis pour la toute première fois ; bien sûr, sa chemise en haillons, ses bottes maculées de terre, son visage crasseux et ses cheveux sales ne passèrent pas inaperçus, même pour l'esprit dérangé du vendeur. Nous avions oublié momentanément notre faim et notre soif, éblouis par les distractions qu'offrait la cité, mais notre apparence physique et nos mines piteuses parlaient pour nous.

— Ce n'est pas à votre portée, je le crains, acheva-t-il avec une moue méprisante.

Jadis eut l'air si déçu que je ne pus m'empêcher de lui glisser :

— Ne t'en fais pas, elles ne sont pas fonctionnelles. Ce n'est qu'un charlatan.

Ma réplique acide n'échappa pas au commerçant qui s'empressa de me contredire.

— Charlatan ? Vous vous fourvoyez ! Il y a juste une petite défaillance dans le système… que je vais réparer en moins de temps qu'il ne faut pour le dire !

Il se rua aussitôt sur un de ses prototypes éventrés qui gisaient sur une caisse en bois.

– Le problème est dans les câbles du processeur interne… marmonna-t-il.

Il se mit à griffonner furieusement dans un petit carnet, oubliant jusqu'à notre existence.

Je ne pus m'empêcher de m'approcher. J'avais passé tellement d'heures à observer père au travail que j'avais acquis au fil des années quelques connaissances en la matière. J'avais même été pendant un temps son assistante personnelle et dès que l'école était finie, je rentrais aussi vite que me le permettaient mes petites jambes pour aider père du mieux que je pouvais. Il disait que j'avais ça dans le sang, ce qui l'enchantait et ce qui déclenchait l'hilarité de mère.

– Vous vous y prenez mal, fis-je en détaillant les nœuds de fils désordonnés.

– Comment ? sursauta le vendeur, scandalisé par mon interruption.

– Puis-je ?

Après un temps d'hésitation, il hocha la tête et je vins me glisser à ses côtés. Je n'avais pas touché à des composants électroniques depuis deux ans, malgré tout les souvenirs de cette époque jaillirent avec une fluidité déconcertante. Terminée, mon année d'errance dans la forêt à tuer des lapins pour me nourrir ou à mendier dans les villes. Fini, mon interminable séjour à l'orphelinat des Pâquerettes à orchestrer ma vengeance. J'étais de retour à la maison.

Je tentai de reconnecter la batterie externe au reste de la structure. Je fixai plusieurs câbles entre eux, utilisai une pince pour sectionner les fils inopérants… Je pouvais presque sentir la présence de père autour de moi, qui me surveillait avec un air approbateur. Dans ses bons jours, il me laissait bricoler sans me quitter des yeux une seconde, sans jamais intervenir. Ce n'était qu'à la toute fin, quand je tentais de faire décoller mon tas de ferraille qui s'obstinait à raser la terre, qu'il daignait enfin m'expliquer les erreurs accumulées durant le processus.

Une fois ma tâche achevée, je refermai la trappe de la machine et revissai les petits gonds.

J'avais fini par m'améliorer au fil du temps et à dix ans, j'étais parvenue à faire s'envoler mon premier oiseau de fer. Il fut suivi par des dizaines d'autres et des inventions bien plus complexes.

— Ça devrait marcher, déclarai-je en posant mes poings sur les hanches.

Le vendeur me dévisagea sans scrupule.

— Je serais très surpris qu'une gamine réussisse un tel tour de force, dit-il avec un sourire narquois.

Il appuya néanmoins sur l'interrupteur et la machine se mit en marche. Les pattes s'étirèrent en craquant comme si les articulations de la bête émergeaient d'un long engourdissement. Elles se mirent alors à tourner à une vitesse fulgurante tandis que des gouttelettes nous éclaboussaient. Whisper tapa dans ses mains.

— Vous êtes la meilleure ! pépia-t-elle.

Puis elle se tourna vers Jadis et lui empoigna le bras en le secouant comme un prunier.

— Vous avez vu ça ?

Jadis semblait si subjugué par la machine que j'envisageai sérieusement d'en voler une pour la lui offrir.

D'un simple claquement de doigts du vieil homme, l'araignée de métal finit par s'immobiliser. Un silence de plomb s'abattit sur le groupe. Le vendeur me scrutait avec une telle intensité que je fus contrainte de détourner les yeux. Une certaine animosité flottait dans l'air comme si les particules étaient chargées d'électricité, et je sus qu'il était temps de partir. Néanmoins, je ne cillai pas. J'attendais quelque chose ;

un remerciement, un compliment, une remarque, n'importe quoi. Jamais je n'aurais pu prévoir ce qui allait se passer.

— Une... une sorcière ! glapit le vendeur en bondissant en arrière, sa précieuse invention serrée contre le torse.

Son hurlement désespéré fit tourner quelques têtes dans notre direction, et les réactions furent pour le moins hostiles. Les inventeurs étaient réputés pour leur ouverture d'esprit, privilégiant la science et le rationnel sur les superstitions et les enchantements divins. Mais bon nombre de voyageurs y croyaient dur comme fer.

Je restai là, bouche bée, abasourdie par ce qui venait de se dérouler. J'avais essayé de l'aider, et voilà comment il me remerciait ? Des flashs de mon passé refirent surface ; et cette fois, ce n'étaient pas de bons souvenirs familiaux. Des enfants à l'école qui me montraient du doigt en murmurant sur mon passage. Les mères qui prenaient leurs bambins dans les bras dès qu'elles apercevaient notre famille. Plus tard, les attaques permanentes des détracteurs de père, qui avaient avalé l'odieux mensonge du roi à son sujet.

À Tourelle, les avis sur ma famille étaient passionnés et extrêmes. D'un côté les superstitieux qui nous haïssaient profondément et qui ne manquaient pas une occasion pour nous rappeler à quel point ce que faisait père était immoral et contre nature. Et de l'autre, ceux, plus rares, qui considéraient mon père comme un dieu vivant et qui l'admiraient presque autant qu'ils le jalousaient.

Dans les villages reculés d'Ergon, l'étroitesse d'esprit des habitants se traduisait par leur incapacité à communiquer avec autrui et à appréhender le monde avec tolérance et respect. Tout ce qui leur était étranger était source de malheur et tout ce qu'ils ne connaissaient pas leur inspirait une peur panique.

Mais je n'avais jamais retrouvé ce trait de caractère chez un inventeur. Au contraire, tous se regroupaient à Flamencia pour échanger, partager leurs nouvelles créations. Il était clair que mon jeune âge et mon sexe y étaient pour quelque chose.

— Vous n'avez jamais rencontré une inventrice ? répliquai-je, rouge de colère. Vous ne supportez pas qu'une femme soit plus douée que vous, n'est-ce pas ?

Jadis me prit par le bras et m'entraîna loin de cet affreux personnage.

— Quel homme grossier ! grogna Whisper en fronçant les sourcils.

Je refrénai avec difficulté un flot d'injures. La fatigue accentuait mon énervement, il fallait que je reprenne des forces.

— Que diriez-vous de nous arrêter une nuit dans une auberge avant de reprendre la route ? proposai-je pour calmer le feu ardent qui brûlait en moi.

Ma déclaration fut accueillie par des soupirs de soulagement. Nous consacrâmes donc le reste de la journée à vagabonder dans les boutiques, officines et autres commerces. La cité des Merveilles était réputée pour être particulièrement festive : il suffisait de quitter l'Antre rocheux, quartier des inventeurs, pour sombrer dans le doux parfum des réjouissances qu'offraient salons dansants et salles de jeux. Les bâtiments étaient éblouissants d'originalité et leur histoire valait le détour. En effet, il se murmurait qu'un géant avait piétiné la cité, il y a de cela des millénaires, contraignant ainsi les habitants à reconstruire sur des terrains parsemés de cratères et de fossés. Cela expliquait l'aspect vacillant des édifices.

Les touristes étaient nombreux à avoir fait le chemin depuis les villes alentour. En empruntant les routes marchandes qui sillonnaient les montagnes, le trajet pouvait durer plus d'une semaine, mais cela restait indéniablement plus sécurisé que le littoral des Songes que nous avions traversé pour parvenir jusqu'ici.

Je tentai vainement d'oublier l'accrochage avec le marchand, jusqu'au moment où je tombai sur une curieuse annonce placardée contre la vitre crasseuse d'une taverne. Un petit groupe était agglutiné devant et je dus jouer des coudes pour me frayer un passage.

Ma respiration s'accéléra quand je compris qu'il s'agissait de la princesse.

Le couple royal avait une fille ! C'était donc vrai. Et bien vivante, de surcroît, contrairement aux rumeurs qui circulaient.

– La princesse... murmurai-je dans un souffle.

Après avoir lu la mention de la récompense, suivie du nom complet de la princesse, mon attention se reporta naturellement vers la jeune fille qui se tenait à mes côtés. *Whisper Organa...*

– Est-ce que tout va bien ? demanda timidement Whisper.

Je secouai la tête. Whisper Bracken, tel était son nom. Elle n'avait rien à voir avec la princesse disparue ; il suffisait d'observer le portrait pour s'en assurer.

Avoir la confirmation de l'existence de la princesse était chose inespérée. Et cela tombait au moment opportun, puisque je me rapprochais de jour en jour de ma destination : la capitale, Sienne, et le Palais royal. Mais cet avis de recherche... la princesse était en fuite. Cela compliquait mes plans. Ma mission ne serait plus aussi aisée si j'étais contrainte de partir à la recherche d'une fugitive qui ne désirait pas être retrouvée.

Des centaines de questions tourbillonnaient dans mon crâne, jusqu'à me donner le tournis. Pourquoi avait-elle quitté son foyer ? La reine avait-elle fini par succomber à ses maux ? Quelqu'un avait-il apporté l'antidote tant convoité au palais ? N'était-ce pas là un mensonge, un subterfuge supplémentaire du roi ?

– Eden ? appela Jadis, légèrement soucieux.

Une princesse fugitive… Elle ne pouvait pas aller bien loin. Ce n'était qu'une question de jours avant qu'elle ne soit interceptée et raccompagnée dans sa demeure. Et lorsque le moment viendrait… je serais là pour l'attendre.

Pendant ce temps, les gardes mobilisés dans la traque de la princesse n'étaient pas en train de rôder autour du palais, rendant l'accès aux appartements beaucoup plus aisé.

Je caressai du bout des doigts le poignard glissé entre ma ceinture et mon ventre. J'avais hâte d'en découdre avec le roi et tout son entourage.

— Eden ? répéta Jadis, plus fort.

Je me tournai vers mes compagnons de route et laissai échapper un petit rire. Toute cette histoire pourrait finalement tourner à mon avantage.

26

Un petit paradis sur terre

Eden Grismo
Flamencia, terres de l'Est.

— La capitale est-elle aussi belle qu'on le dit ? s'enquit Jadis, un brin rêveur.

— Elle l'est, répliqua Whisper avec ce ton qui sonnait perpétuellement faux.

Le soleil s'était caché derrière les montagnes, plongeant la ville de Flamencia dans une obscurité doublée d'une humidité bienvenue. Quelques stands avaient fermé, mais la grande majorité demeurait au même endroit et poursuivait un travail acharné.

Je sondais les environs à la recherche d'une auberge qui accepterait trois vagabonds tels que nous. Contrairement à Hortensia qui évitait les débauches nocturnes de crainte de subir une remontrance musclée de la part des miliciens en patrouille, l'ambiance à Flamencia une fois la nuit tombée évoquait un essaim d'abeilles. Les pionniers éreintés par la route profitaient de quelques chopes d'alcool fort pour détendre leurs articulations raidies. Les inventeurs, eux aussi, s'autorisaient une petite pause. Je remarquai les gardiens, tous vêtus de pourpre et de paillettes, qui se joignaient sans retenue aux réjouissances. Les serveuses dansaient au rythme effréné des accordéonistes, les touristes fortunés dépensaient sans compter à la roulette, les enfants criaient et se pourchassaient malgré l'heure avancée. Whisper contemplait le spectacle avec effarement.

– J'avais raison, murmura-t-elle si bas qu'il fut impossible que quelqu'un d'autre que moi ait entendu. Un petit paradis sur terre.

Quant à Jadis, il semblait plus à l'aise avec les rats d'égout qui venaient récolter des miettes sous les chaises qu'avec ces sauteries. Il m'avait peu parlé de son village natal, mais je compris qu'il n'était pas très friand de fêtes. Je me demandai même si ce mot signifiait quelque chose pour lui.

L'Eden d'autrefois aurait été tentée. Elle aurait aimé danser toute la nuit, valser avec père, tournoyer bras dessus bras dessous avec mère et aurait même pu embrasser un joli garçon. Mais ce temps-là était révolu : je n'étais plus la petite fille innocente de naguère et même si je prenais plaisir à assister au spectacle, je n'avais aucune envie d'y participer. Cette pensée morose fit retomber mon exaltation. Parviendrais-je à continuer de vivre avec cette cruelle absence ? Connaître à nouveau le bonheur ? Jusqu'à maintenant, la soif de vengeance était la seule chose qui m'avait maintenue en vie. Mais à présent, mon monde illusoire bâti sur des cendres chancelait dangereusement. J'avais fait des rencontres, et bien que je m'obstine à demeurer froide et distante, je ne pouvais pas refréner la complicité naissante qui nous liait.

Certes, je ne connaissais presque rien de Jadis. Il se comportait de manière étrange, toujours sur le qui-vive, un peu trop maladroit. Il se tenait voûté comme s'il avait grandi trop vite et ne s'était pas habitué à sa nouvelle apparence de jeune homme. Sans parler de son don extraordinaire. Quant à Whisper, elle était sans conteste la personne la plus décalée qu'il m'avait été donné de voir. Mais même si je ne les connaissais que depuis deux jours, ils avaient fait preuve de plus de bienveillance envers moi que toutes les autres rencontres de ces deux dernières années.

Je secouai la tête. D'où provenait ce sentimentalisme écœurant ? Le souvenir des jours heureux m'éloignait de ma mission : rendre justice à ma famille, la venger !

Je m'apprêtais à demander conseil à une quincaillière pour l'auberge, quand un jeune homme se matérialisa devant moi et me fit une révérence distinguée. Jadis, qui était occupé à étudier le comportement des pigeons sur le trottoir, se redressa promptement.

— Voilà un trio bien singulier, dit l'homme d'une voix de stentor en nous dévisageant. Avez-vous trouvé une calèche à votre goût ainsi qu'un flotteur pour vous rendre jusque dans les terres du Sud ?

J'adressai un regard courroucé à Jadis. Quelle idée de parler ouvertement de traversée alors que la ville grouillait de gardes ! Mais l'individu peu commun ne ressemblait guère à un soldat et ne portait pas l'intrigant uniforme tape-à-l'œil des gardiens de Flamencia. Il était couvert d'un haut-de-forme couleur encre. Son veston noir corbeau coupé à la perfection semblait avoir été fabriqué sur mesure, et le tissu de ses gants reflétait des éclats d'argent au gré de ses mouvements. Il ne semblait pas dépasser la vingtaine, mais s'appuyait avec nonchalance sur une longue canne. J'en déduisis que cet accoutrement faisait partie de son jeu d'acteur.

Je n'étais pas assez inconsciente pour faire part de mes projets à un inconnu.

— À qui ai-je l'honneur de parler ? éludai-je.

La bouche de mon interlocuteur se fendit d'un sourire magistral, beaucoup trop grand pour être innocent. Jadis dut déceler son jeu, car il se raidit imperceptiblement.

— Je suis sincèrement navré, j'ai tendance à faire fi des convenances quand je rencontre aussi charmante personne. Je me nomme Alistair Atkinson, et je suis à la tête d'un important commerce de baies de paal.

Il fit une seconde révérence, encore plus chevaleresque que la première. Whisper s'était reculée, comme si cet Alistair était porteur d'un mauvais sort.

– Vos affaires doivent être infructueuses, dans ce cas. Les baies de paal ne poussent pas dans les terres de l'Est, répliquai-je avec un sourire narquois.

Ces fruits, très convoités par les apothicaires et les guérisseurs pour leurs vertus cicatrisantes et apaisantes, se faisaient extrêmement rares. Les plantations se comptaient sur les doigts d'une main et elles se situaient exclusivement dans les terres de l'Ouest où la végétation restait abondante. Ici, dans la zone aride et montagneuse de Flamencia, il ne poussait que des racines sèches et des cactus grisâtres.

Alistair Atkinson me fit un clin d'œil amusé avant d'enchaîner sans se démonter :

– Oh, je suis tombé sur une connaisseuse ! Vous avez tout à fait raison, *milady*. Il s'avère que je suis en voyage d'affaires.

Il avait accentué le titre d'un regard appuyé sur mes vêtements, ce qui eut pour effet de me faire rougir de colère.

– Je vous souhaite donc un bon voyage, monsieur Atkinson.

Je pris Whisper par le bras tandis que Jadis détaillait le costume d'Alistair avec méfiance. Il ne devait pas beaucoup apprécier les bourgeois arrogants, lui non plus.

– Attendez ! appela-t-il.

Il plaça sa canne contre ma poitrine, de façon à me barrer le passage. Jadis était prêt à intervenir, mais je ne lui en laissai pas l'occasion. Je dégainai ma lame plus vite que la lumière et frappai le pommeau de la canne avec force. Alistair, pris par surprise, laissa échapper le bâton. L'accessoire chuta dans un bruit sourd, effrayant le petit attroupement de rongeurs qui s'était formé autour de Jadis.

Je conservai le poignard dans mon poing serré et ma posture se fit aussi menaçante que possible. L'amusement remplaça rapidement l'étonnement et Alistair Atkinson éclata d'un rire cristallin. Néanmoins, il ne daigna pas se pencher pour récupérer son accessoire.

— Quel caractère ! Je n'en attendais pas moins. Trois jeunes gens qui vadrouillent seuls doivent savoir se défendre.

Il adressa à Jadis un haussement de sourcils dédaigneux, comme s'il lui reprochait de me laisser prendre les devants. Puis, voyant les taches sombres qui constellaient sa nuque et ses épaules, il prit un air dégoûté. Sa réaction, aussi désagréable qu'inappropriée, hérissa les poils de mes avant-bras. Pour qui se prenait-il, ce bonhomme ?

J'avais moi-même été prête à abandonner Jadis sur la plage, m'étant fourvoyée sur l'origine de cette anomalie. Mais voir quelqu'un d'autre agir de cette manière me révulsait.

— Quelques taches suffiraient-elles à vous effaroucher, Atkinson ? railla Jadis, à qui la réaction d'Alistair n'avait pas échappé.

Ce dernier reprit très vite une contenance et redressa le menton.

— Vous devriez vous couvrir pour éviter ce genre de désagrément. Conseil d'ami, ajouta-t-il sur un ton qui n'avait rien d'amical.

Jadis se rembrunit tandis que Whisper fixait ses pieds. Elle n'avait pas pipé un mot et se tenait en retrait derrière moi, comme si elle redoutait qu'Alistair bondisse sur elle pour la découper en morceaux.

— Nous vous remercions pour vos conseils avisés, mais nous sommes très éprouvés, repris-je. Nous allions justement nous rendre à...

Mes yeux glissèrent sur les pancartes qui surplombaient l'entrée de chaque bâtiment, jusqu'à rencontrer...

— ... l'Auberge de l'ours farceur.

Un simple coup d'œil vers les battants ouverts me permit de faire un état des lieux : toutes les tables semblaient occupées, des rires gras s'échappaient et quelques badauds éméchés dansaient sur une mélodie entraînante. Autrement dit, ce n'était pas l'endroit de prédilection pour une nuit de repos.

– Excellent choix ! s'exclama Alistair en tirant son chapeau. Je connais tout le monde là-bas. Je vais vous présenter au gérant.

– C'est inutile, répliquai-je.

– J'insiste !

Je poussai un long soupir.

– Qu'est-ce que vous voulez ? lançai-je du tac au tac.

Aucun service n'est gratuit à Ergon et je l'avais appris à mes dépens.

– Je cherche un moyen de transport pour me rendre dans les terres du Sud, confia-t-il, soudain sérieux. Mes collaborateurs et associés ont organisé une réunion de la plus grande importance et il serait fâcheux que je manque cette rencontre.

– Un commerçant si réputé que vous semblez l'être n'aura aucun mal à se voir accorder un sauf-conduit par le prince des Orphelins dans les plus brefs délais, fis-je remarquer avec une pointe d'ironie.

– Détrompez-vous. Avec l'appel à l'aide lancé par le roi, des milliers de personnes prétendant être en possession de l'élixir de la reine souhaitent se rendre à la capitale. Et le roi Salomon, naturellement, privilégie ces derniers au détriment des honnêtes marchands tels que moi. Toute la flotte royale est mobilisée, et ce pour plusieurs mois. Je suis à la recherche d'un transport de substitution.

– Vous devriez pourtant savoir qu'une traversée sans décret signé de la main du roi est illégale, fit remarquer Jadis.

– C'est exact. Mais j'ai ouï dire qu'il existait des alternatives…

— Rendez-vous à Hortensia. Adressez-vous au premier type louche que vous croiserez sur la route et il vous dégotera un navire si votre bourse est assez remplie, ce dont je ne doute pas, dis-je avec véhémence.

— La sécurité des navires clandestins laisse à désirer, ces derniers temps. Je sais de source sûre que moins de la moitié des embarcations arrive à bon port. Un investissement risqué… même pour moi.

Je ne pus m'empêcher de reporter mon attention sur Jadis, lui-même ayant été victime de ces combines douteuses.

— Dans ce cas, je ne vois aucune solution, tranchai-je avec fermeté. Je suis navrée.

Alistair Atkinson gloussa et fit un geste avec sa canne dans ma direction.

— Voyons, ma chère, nous savons tous les deux que vous n'êtes pas ici pour admirer les inventions de ces cinglés. Lorsqu'on m'a refusé le sauf-conduit, j'ai fait le voyage jusqu'à cette maudite ville perchée sur un caillou pour trouver un homme capable de construire un moyen de transport adapté. Cela fait une semaine que je questionne chaque ingénieur et aucun n'a su me renseigner. Ce sont des incapables qui ne veulent pas prendre le risque de se mettre les autorités à dos, s'emporta-t-il. J'étais sur le point de renoncer et de rentrer bredouille quand j'ai surpris votre conversation… Vous vous rendez dans les terres du Sud, et vous voilà justement dans la seule cité du royaume à abriter tous les génies de notre génération.

Il m'adressa un sourire glacial.

— Vous avez un moyen de transport, je le sais. Et, quel qu'il soit, je désire en profiter.

Je lançai un coup d'œil à Whisper et Jadis. J'avais pris soin de leur dissimuler l'emplacement exact ainsi que la nature de notre moyen de locomotion, et je m'en félicitais. Mon secret était bien gardé, à l'abri des malfrats comme cet Alistair Atkinson.

– On est complet, dis-je malgré moi. Mais je vous souhaite de réussir dans votre recherche.

Je tentai de me retirer, mais il se plaça devant moi.

– J'ai beaucoup d'argent, annonça-t-il d'une voix suave. Cette réunion est très importante pour moi et je tiens *vraiment* à me joindre à votre petite... équipe.

– Tout l'or du monde n'y suffira pas, tonnai-je avec condescendance.

Je fis un pas en avant. Jadis se rapprocha imperceptiblement, tandis que Whisper semblait chercher une échappatoire.

Les prunelles bleu glace d'Alistair allèrent de Jadis à moi, soupesèrent ses chances de réussite. Il recula d'un pas, vaincu.

Nous étions trois – ou plutôt deux et demi puisque Whisper ne nous serait pas d'une grande utilité en cas d'affrontement – contre lui.

– Je vous souhaite une agréable soirée, conclut-il dans une ultime révérence.

Sa voix se fit grave et, alors qu'il disparaissait dans l'obscurité tel un spectre, un frisson d'appréhension picota ma colonne vertébrale.

– Cet homme me terrifie, murmura Whisper.

Je posai une main rassurante sur son épaule, et Jadis lui adressa un sourire réconfortant.

– Ne traînons pas, lançai-je.

Nous nous dirigeâmes vers l'Auberge de l'ours farceur et je me fondis dans la masse criarde et enivrée avec soulagement.

27

L'Auberge de l'ours farceur

Jadis Lucinosa
Auberge de l'ours farceur, Flamencia, terres de L'Est.

Trop de bruit, trop de monde. Ce fut ma première pensée en franchissant les deux battants de l'auberge.

Notre apparition aurait pu passer inaperçue : les fêtards éméchés ne firent pas plus attention à notre trio qu'à la morne plante verte qui trônait devant le bar ; néanmoins, la vigilante aubergiste veillait au grain.

– Holà, les jeunes ! nous interpella-t-elle tandis que je cherchais désespérément un endroit où nous pourrions être tranquilles.

Elle virevolta habilement entre les danseurs, rattrapa d'une main experte un verre qui allait s'écraser sur le sol, enjamba un bambin en pleurs et esquiva un félin qui s'enfuyait, un morceau de viande entre les crocs. Puis, aussi vive qu'une antilope, elle se plaça devant nous et nous barra le passage.

– Désolée, on ne fait pas la charité, lança-t-elle d'une voix rauque. Repassez plus tard dans la soirée, j'aurai peut-être du travail pour vous.

Elle cala son plateau vide contre sa hanche et nous détailla de la tête aux pieds.

– Nous voulons une chambre et un repas chaud, rétorqua Eden avec un panache inattendu. Et nous avons de quoi payer.

L'aubergiste – *Olena*, pouvais-je lire sur la petite étiquette agrafée à la poche de son veston – haussa un sourcil en tapotant nerveusement du pied. Eden se tourna vers moi et je sacrifiai à contrecœur mes derniers yents. Je ne pensais pas que toutes les économies de tante Nelly se dilapideraient aussi rapidement. Olena soupesa la besace dans sa paume et examina les pièces d'un œil expert avant d'acquiescer.

— D'accord, mes mignons. Je vais vous trouver une table. Mais, par pitié, retirez vos crottins et laissez-les dehors !

Nous nous séparâmes donc de nos souliers avec soulagement. Les pieds de Whisper n'étaient pas en meilleur état que ses chaussures, mais la restauratrice ne fit aucun commentaire.

L'Auberge de l'ours farceur était, à l'image de la ville, d'une originalité déconcertante. Un immense tronc d'arbre se dressait au centre de la pièce et dévorait la moitié de l'espace. Le plafond avait été comme transpercé par le tronc et l'orifice n'avait rien de rassurant. De longues fissures s'étendaient sur le mur délabré et même les planches sous nos pieds n'étaient pas vraiment stables. D'épaisses racines avaient perforé le sol et s'enroulaient sur les pieds des tables et des chaises. Ainsi, s'extirper de l'auberge sans trébucher relevait du défi pour les badauds ivres. Les branches étaient taillées à certains endroits et converties en portemanteaux.

Olena nous guida parmi la foule tout en relevant des commandes. Elle finit par expulser un vieillard qui somnolait sur un banc, libérant ainsi une minuscule table qui avait pour seul avantage d'être reléguée au fond de la taverne.

— Je vous apporte ce qu'il vous faut ! cria-t-elle pour couvrir le vacarme des clients.

Visiblement, passer une commande était un luxe dont seuls les habitués jouissaient. Olena s'évapora sans nous laisser le temps de formuler le moindre mot. Elle n'avait pas non plus pris la peine de passer un coup de torchon sur la table : le dormeur qui nous précédait avait laissé une jolie flaque de bave.

— C'est... particulier, dis-je, ne sachant pas quel mot serait le plus approprié dans cette situation. Es-tu déjà venue ici auparavant, Eden ?

Elle secoua la tête.

— Père n'aurait jamais accepté que je fréquente ce genre d'endroit. Nous plantions notre tente juste derrière son échoppe et nous dormions là, mère et moi.

Elle prononça chaque mot avec difficulté et rudesse, comme à chaque fois qu'elle évoquait une bribe de son passé. Maintenant plus que jamais, je brûlais d'envie de la questionner au sujet de ses parents. Comment étaient-ils morts ? Quel lien entretenait-elle avec cette étrange cité ? Au lieu de ça, je sortis la première banalité qui me vint en tête.

— Pourquoi appelle-t-on cet endroit l'« Ours farceur » ?

Pour toute réponse, Eden tendit son bras vers l'imposante cheminée située en face du comptoir. Une tête d'ours empaillée avait été clouée juste au-dessus, exposée à la vue de tous comme un trophée. Les deux extrémités des lèvres de la bête avaient été épinglées sur une plaque dorée, dévoilant une rangée de dents acérées.

Mon dégoût ajouté à la mine horrifiée de Whisper arracha à Eden un sourire las. Aussi étrange que cela puisse paraître, chaque signe d'affection en provenance d'Eden résonnait en moi comme une victoire. Olena revint avec trois verres remplis d'un liquide non identifiable ; quant au repas, bien qu'il fût chaud, il n'était pas plus goûteux que du papier.

— Spécialité de la maison, soupira Eden en piochant un fruit dans son assiette. C'est la seule chose comestible qui pousse dans les environs de Flamencia.

L'agrume avait la taille de mon pouce et une couleur pourpre peu engageante. Le goût en bouche était à l'image de son apparence : fade et caoutchouteux. Mais il avait l'avantage d'amener un écœurement rapide, si bien qu'après trois ou quatre baies, mon estomac semblait plein à craquer et la faim envolée.

Whisper picora une ou deux bouchées sans grande conviction. Elle semblait exténuée et chaque geste lui demandait un effort surhumain. Avec Eden, elles renvoyaient un tableau si misérable que je me triturai les méninges pour détendre l'atmosphère.

— Nous devrions partir à la recherche de la princesse, suggérai-je, pince-sans-rire. Nous deviendrions les vagabonds les plus riches d'Ergon !

Ma remarque provoqua l'effet inverse : Eden se raidit et Whisper me dévisagea comme si j'étais un halluciné ou un assassin sans cœur. Je notai pour moi-même : *Éviter d'aborder le sujet de la princesse à vive voix.* Bien que le Palais royal soit notre destination à tous, converser à son propos n'était pas une bonne idée.

— Peut-être qu'elle n'a pas envie d'être retrouvée, murmura Whisper dans un souffle.

— C'est incroyable le nombre de choses insensées que peuvent faire les bourgeoises quand elles s'ennuient, railla Eden. Son palais de diamants ne devait plus suffire à combler ses besoins.

Une petite voix angélique résonna dans mon esprit. *Elle attend son prince charmant qui viendra la délivrer et se marier avec elle.* Mia n'avait peut-être pas tort, après tout : peut-être que la princesse, lassée d'attendre, s'était lancée à la recherche de son âme sœur elle-même.

— Qui sait, peut-être se sentait-elle à l'étroit ? Comme... étouffée ? proposa Whisper.

— Ses latrines sont plus spacieuses que ma maison entière, répliqua Eden, amère.

Olena revint à ce moment-là et coupa court à la discussion.

— Une tournée supplémentaire, mon chou ?

— Non, merci.

Ma bourse était vide et ma gorge n'aurait pu supporter une goutte de plus de cet affreux breuvage.

— Te fais pas de bile, mon chou. Cadeau de la part d'un ami.

Elle déposa les chopes pleines sur la table, accompagnées d'une feuille de papier soigneusement pliée. Lorsque Olena fut hors de portée, je m'empressai de déplier le message.

— « Je vous souhaite une excellente soirée », signé « A. A. », lus-je à voix haute.

L'arrogance d'Alistair Atkinson suintait jusque dans son écriture nette et appliquée.

— En voilà un qui n'a pas l'habitude qu'on lui refuse quoi que ce soit, remarqua Eden en haussant un sourcil.

Elle dégaina sa lame et caressa le manche avec autant de douceur et de respect que s'il s'agissait d'une relique inestimable.

— Vous pensez qu'il va s'en prendre à nous ? s'inquiéta Whisper, soudainement plus lucide.

— Qu'il essaie ! ricana Eden, une lueur de défi brillant dans ses prunelles.

Elle semblait sur le point de bondir à la recherche de l'énergumène.

— Du calme, tempérai-je. Nous sommes trois, il est seul. S'il doit y avoir de la casse, ça ne sera pas de notre côté.

— Un homme aussi imbu de lui-même doit forcément avoir un large réseau de connaissances... Il va revenir avec des sbires.

Cette perspective n'avait pas l'air de la chiffonner outre mesure. Pire, elle semblait impatiente d'en découdre. Où diable avait-elle développé ce penchant pour les conflits ?

— Dans ce cas, nous devrions partir sans traîner, suggérai-je.

Whisper sauta sur ses pieds abîmés comme si le banc s'était embrasé et Eden fit tournoyer la lame dans sa paume, une lueur espiègle dans le regard. Alors que je me redressais à mon tour, une immense main s'abattit sur mon épaule et me maintint cloué à la chaise.

28

L'invité surprise

Jadis Lucinosa
Auberge de l'ours farceur, Flamencia, terres de l'Est.

– Vous partez déjà ? s'enquit une voix nasillarde que je reconnus immédiatement. Vous n'avez même pas touché à vos verres !

Ce maudit Alistair s'était matérialisé devant nous, le haut-de-forme enfoncé dans ses cheveux ébène, encadré par trois truands à la mine patibulaire.

– Je vous ai fait une offre, poursuivit Alistair, goguenard. Je vais réitérer ma demande, en apportant cependant quelques modifications : indiquez-moi l'emplacement exact de votre embarcation, quelle qu'elle soit, et je vous laisse la vie sauve.

Je crispai les poings. Le sbire qui me maintenait raffermit sa prise. Son visage fermé ne laissait transparaître aucune émotion : aussi insensible qu'un fantôme.

Alistair soupira d'un air théâtral. Décidément, il aimait faire traîner les choses.

– J'aime à croire que je suis un homme magnanime, roucoula-t-il en s'appuyant sur sa canne. Mais ma patience a ses limites, et vous venez de les franchir.

Whisper blêmit sous la menace à peine voilée. Comme toujours, Eden demeurait imperturbable.

– Vous n'oseriez tout de même pas nous éliminer ici ? Devant tous ces témoins ? rappelai-je.

Alistair Atkinson prit un air choqué.

— Quelqu'un a parlé de meurtre ? Tu es décidément plus stupide que je ne le pensais. Je suis une personne civilisée. Non, ce n'est pas à moi qu'une telle tâche incombe. Mais j'en connais un qui serait ravi de s'en charger…

Il fit un signe de tête vers l'entrée de la taverne, où, éclairées par les candélabres, se trouvaient les silhouettes de deux hommes. Je reconnus l'inventeur fou avec sa petite taille et ses cheveux grisonnants. Il était en pleine discussion avec un des gardiens de Flamencia.

— J'ai fait la rencontre de ce vieux bonhomme dans la soirée, lança Alistair. Il avait besoin de finances pour ses stupides machines et je lui ai laissé quelques pièces dans la poche… en échange d'un témoignage.

Ma mâchoire se crispa.

— Il est en ce moment même en train de décrire vos agissements pour le moins douteux… lui, et d'autres à qui j'ai également versé une généreuse compensation.

— Mais… nous n'avons rien fait ! rugit Whisper avec hargne.

Alistair Atkinson chassa la remarque d'un geste de la main.

— Et pourtant, nombreux sont ceux qui pensent que votre présence ici est indésirable… des émissaires du démon, voilà ce qu'on chuchote dans votre dos.

— C'est ridicule ! cracha Eden avec dégoût.

— Personne ne va croire ces absurdités, renchéris-je.

Le visage pâle d'Alistair se fendit d'un large sourire.

— Vous croyez ? Pourtant, les preuves sont irréfutables. Il suffit d'observer tes marques pour en être convaincu. Quant à toi, ma chère…

Il désigna Eden du menton.

— Tu as pratiqué la sorcellerie en présence de nombreux témoins.

— Nous sommes à Flamencia, siffla Eden avec rage. La cité des inventeurs et des illuminés. Ils sont tous des sorciers.

– Je partage votre avis, renchérit Alistair, pragmatique. Les gardiens de Flamencia se montreront peut-être aussi tolérants... ou pas. Mais seriez-vous prêts à tenter le diable ? Je peux aussi rappeler le vieil homme et lui dire qu'il s'est trompé, le convaincre que tout cela n'est qu'un simple malentendu...

J'observai Eden. Elle seule pouvait mettre fin à cette mascarade. Était-il bien utile de risquer notre vie pour si peu ? Nous n'avions qu'à retourner à Hortensia, trouver du travail et acheter notre propre voilier. Mais même dans l'hypothèse où nous parvenions à traverser le littoral des Songes en sens inverse sans encombre, collecter suffisamment d'argent prendrait des mois entiers... La reine tiendrait-elle si longtemps ? Rien n'était moins sûr.

Je ne pouvais pas prendre ce risque. Cependant, Eden et Whisper n'avaient pas les mêmes motivations que moi. Si j'avais bien compris, Eden cherchait un travail au Palais royal et Whisper devait rentrer chez elle. Rien de bien pressant, somme toute.

– Tic tac, fit Alistair en dodelinant de la tête. Le temps presse. Vous savez, la dernière exécution à Flamencia date de si longtemps qu'aucune potence n'y est entreposée. Combien de temps pensez-vous que les gardiens mettront pour en installer une flambant neuve ? Une heure ? Toute la nuit ? Pas plus d'une journée, c'est certain.

Whisper se mordit la lèvre. Elle était terrifiée et je sentais qu'elle était sur le point de craquer.

Au moment où je crus que la lutte était vaine, Eden haussa les sourcils d'un air suffisant et provocateur.

– Jamais ! gronda-t-elle en détachant soigneusement chaque syllabe.

– Mais... contesta Whisper.

Un regard de la part d'Eden suffit pour la réduire au silence.

– Têtue comme une mule ! grinça Alistair d'un air enjoué.

Toute cette comédie semblait l'amuser au plus haut point.

— Vous avez entendu la jeune fille ? grondai-je à mon tour. Vous avez perdu.

Je ne cachai pas ma satisfaction lorsque le visage blafard d'Alistair Atkinson vira au rouge pivoine.

— Je vous aurai prévenus... menaça-t-il en claquant des doigts.

Comme par magie, le vieil inventeur qui n'avait cessé d'accaparer le gardien de Flamencia se tourna vers nous, puis pointa son index dans notre direction. Le garde fit un signe de tête à deux de ses compatriotes et ils pénétrèrent dans l'Auberge de l'ours farceur.

Olena s'empressa de saluer les soldats qui venaient de franchir le pas de la porte.

— Alors, Dayan, tu payes ta tournée ? l'apostropha-t-elle en frottant vigoureusement le comptoir avec un chiffon humide.

Celui-ci secoua la tête à regret.

— Pas ce soir, ma belle. Je suis en mission.

Olena éclata d'un rire franc et d'autres clients se joignirent à elle.

— Du travail ? Ne me fais pas rire ! Les gardiens de Flamencia ne s'occupent que d'expulser les ivrognes colériques, railla-t-elle. Viens donc t'asseoir près de moi que je t'offre un verre de *moskitos*, cadeau de la maison.

Olena avait-elle perçu la menace que représentaient Alistair Atkinson et ses sbires ? Essayait-elle de nous sauver la mise ? Le gardien hésita. Les deux autres fixaient le comptoir avec avidité, s'imaginant sans doute déjà les lèvres immergées dans l'alcool.

Dayan fit un clin d'œil à la gérante.

— Je reviens dans une minute. Garde-moi une place !

Lorsque Dayan, qui incarnait probablement l'autorité suprême dans Flamencia au vu des innombrables épingles dorées qui décoraient son veston, arriva jusqu'à nous, je me détendis légèrement.

Il n'inspirait pas la crainte, contrairement aux gardes qu'il m'arrivait de croiser dans mon village. Tous l'appelaient par son prénom et plaisantaient avec lui comme s'il ne s'agissait que d'un camarade de beuverie et non d'un représentant de la loi.

Alistair Atkinson sentit ce revirement de situation : lui aussi étranger à Flamencia, il ne s'attendait pas à tant d'indifférence de la part des gardiens.

– Quel est le problème ? s'enquit Dayan avec autant de vivacité qu'un ours en hibernation.

Alistair dut déployer des trésors d'ingéniosité et de persuasion pour présenter l'affaire comme une catastrophe sans précédent. Lorsqu'il eut fini d'étaler son tissu de mensonges, avec, je dois l'avouer, un talent de comédien effarant, Dayan grogna quelques mots.

– Oui… En effet, plusieurs personnes m'ont rapporté avoir vu une sorcière ténébreuse scandant des incantations interdites, accompagnée par le fils unique de Satan et la démone aux cheveux noirs, récita platement le gardien avec une voix teintée d'ironie.

Alistair Atkinson se tourna vers le vieil inventeur, qui haussa piteusement les épaules.

– Vous m'avez dit de ne pas lésiner sur les détails… *outch !*

Alistair enfonça sa canne sur le pied de l'homme qui se plia en deux.

– Quoi qu'il en soit, ils sont dangereux, reprit-il, peinant de plus en plus à convaincre. J'exige la sentence que le roi Salomon appliquerait dans ce cas précis, comme il est stipulé dans le Grand Grimoire des lois ancestrales…

– Tout doux, mon garçon. Flamencia n'est sous la tutelle d'aucun représentant d'Ergon. Elle a acquis le titre de cité libre il y a des millénaires. Autrement dit, les lois d'Ergon ne s'appliquent pas ici.

Dayan se détournait déjà quand Alistair le retint par le bras.

– Attendez ! Et si je vous disais que cette jeune femme est une voleuse ?

Il désigna Eden avec une moue conspiratrice. Celle-ci se figea, et l'air se chargea d'électricité.

– Je vous demanderais une preuve de ce que vous avancez, renchérit le gardien, un brin plus impliqué.

– Fouillez son sac ! ordonna Alistair sans autre forme de procès.

Dayan hésita un instant, puis rappela ses deux compagnons en sifflant et montra le sac d'Eden qui gisait sur le sol crasseux.

– Faites ce qu'il dit, intima Dayan en fronçant les sourcils.

– Vous n'avez pas le droit ! éclata Whisper, sa voix dérapant dans les aigus.

– Nous sommes innocents ! Ce type est un bandit, un voleur ! m'époumonai-je tandis que les deux hommes se saisissaient de la besace d'Eden et en vidaient le contenu sur la table.

Une gourde vide, l'appel du roi froissé et partiellement déchiré, un carnet en daim à la reliure délicate ainsi qu'une plume et un encrier, une bourse totalement à sec, une jupe bleue plissée très conventionnelle comme celle que portent les fillettes dans les couvents ou les écoles. Et puis, un objet singulier s'écrasa dans un bruit sourd : une machine de métal aux pattes rétractables reconnaissable entre mille.

– C'est à moi ! rugit le vieil inventeur.

Alistair Atkinson afficha un rictus narquois et je me retins de me jeter sur lui. Dans mon esprit, surprise et incompréhension se confondaient. Pourquoi diable Eden avait-elle subtilisé la machine de ce vieil ingrat ? Par vengeance ? Cette réaction semblait bien trop puérile pour quelqu'un comme Eden.

– Je l'ai cherchée partout ! s'égosilla le vieux fou en brandissant l'araignée comme une relique sacrée au-dessus de sa tête. Quelle infamie !

Il y avait fort à parier qu'il ne s'était même pas aperçu de la disparition d'une de ses machines. Alistair venait de tirer sa dernière carte, voilà tout.

Eden esquissa un pas en arrière. Les mains sur sa ceinture, elle était prête à dégainer son arme. Dayan croisa les bras contre sa poitrine, avec un rictus mauvais.

– On ne plaisante pas avec le vol, asséna-t-il avec force. Flamencia est une cité pacifique où la paix règne depuis plus d'un millénaire.

Plusieurs têtes pivotèrent dans notre direction.

– C'est ce vieux fou de Maurice ! grinça une vieille femme en désignant l'inventeur qui serrait jalousement l'araignée contre son torse.

Les yeux d'Eden sondaient la pièce à la recherche d'une issue de secours. Whisper semblait pétrifiée sur place tandis que je réfléchissais au meilleur moyen d'échapper à l'emprise de cette brute sans déclencher un cataclysme.

– Veuillez me suivre, siffla Dayan en se massant la nuque, comme si ce contretemps l'irritait au plus haut point.

Nous étions piégés. Mais hors de question d'attendre notre sort menottés dans une cellule ! Il fallait agir maintenant, ou faire profil bas et implorer la pitié du gardien.

Mais faire profil bas n'était définitivement pas à la portée d'Eden. Un simple mouvement de sa part me fit comprendre qu'elle s'apprêtait à passer à l'action.

29

Sauve qui peut !

Jadis Lucinosa
Auberge de l'ours farceur, Flamencia, terres de l'Est.

Eden dégaina sa lame et la projeta, avec une force inouïe, droit sur le visage d'Alistair Atkinson.

Celui-ci se baissa juste à temps pour éviter le projectile, qui frôla la racine de ses cheveux. À la place de son visage, ce fut son haut-de-forme qui se retrouva fiché dans le poignard et alla se planter dans le tronc d'arbre, quelques mètres plus loin.

Des applaudissements saluèrent ce lancer exceptionnel. Ce fut la diversion tant espérée : le gros bonhomme me tenait en regardant le spectacle la bouche ouverte, et j'en profitai pour lui planter un uppercut dans le ventre, bondir sur la table, mon sac à dos sur les épaules. Pendant ce temps, Eden avait déjà récupéré son carnet et empoigné Whisper.

Je tentai un vol plané par-dessus le colosse qui ne savait plus où donner de la tête et retombai en roulé-boulé de l'autre côté, tandis que Dayan et ses deux acolytes palpaient leur ceinture à la recherche d'une arme, hésitant visiblement sur la cible à appréhender. Le colosse, lui, reprit très vite ses esprits et dégaina son épée dans un chuintement métallique, puis l'éleva au-dessus de sa tête.

– Je les veux vivants ! hurla Alistair au moment où la lame du colosse s'abattait vers mon visage.

J'attrapai la première chose qui me tomba sous la main. L'épée vint s'écraser contre la chaise que je brandissais en bouclier et qui se brisa en deux sous la force de l'impact.

– Doucement avec le mobilier ! rugit Olena depuis son comptoir.

Un des pieds traversa la pièce en décrivant une courbe parfaite et déferla sur la table voisine. Voyant sa chope balayée par terre, le client attablé là se figea. Puis il se redressa et poussa un hurlement déchirant avant de renverser la table sur le flanc, hors de lui. Tous les plats et les verres dégringolèrent dans une épouvantable cacophonie. Furieux d'avoir été importuné pendant sa collation, il se joignit alors à la bataille et colla son énorme poing sur la mâchoire du colosse qui tomba à la renverse.

Alistair en profita pour glisser discrètement sa canne devant les chevilles du bonhomme qui, emporté par son élan, rejoignit aussitôt le colosse sur le sol. Là, ce ne fut plus que chaos, grognements gutturaux et jets d'ustensiles divers, la moitié des badauds présents se joignant à la bataille.

Dayan et son équipe, dépassés par la tournure des événements, s'affairaient à rétablir un semblant d'ordre. Ils aboyaient des directives, aussitôt noyées dans un flot d'injures et de coups.

Alors qu'Eden était engagée dans une joute contre l'un des sbires d'Alistair qui mesurait deux têtes de plus qu'elle, Whisper s'éclipsa discrètement. Les bras croisés sur la tête pour se protéger des éventuels éclats de verre tout en esquivant habilement les bagarreurs, elle courut en direction de la sortie.

C'était sans compter sur Alistair Atkinson qui se planta devant elle, son éternel sourire arrogant et sa longue canne noire lovée entre ses paumes gantées.

– Où crois-tu aller comme ça, petit oiseau ? siffla Alistair.

Elle se tétanisa. Je m'apprêtais à me jeter sur Alistair pour lui venir en aide, quand Whisper se pencha sur le côté, empoigna une chope pleine et déversa son contenu sur le visage de son adversaire. Alistair se mit à geindre en se frottant les yeux avec frénésie. Whisper profita de cet instant de répit pour disparaître derrière le comptoir.

Eden acheva sa joute d'un coup de genou dans les parties intimes de son détracteur, qui se plia en deux en grognant. Ce coup fut suivi par un crochet du droit sur l'arcade sourcilière, qui explosa dans une giclée de sang rouge vif.

Sans perdre une seconde, Eden bondit entre les combattants éméchés et asséna une violente tape sur la main d'Alistair qui, momentanément privé de sa vision, se tordait dans tous les sens et hurlait à la mort. Il lâcha sa canne sous la force de l'impact. Pour faire bonne mesure autant que pour l'empêcher de nous suivre, Eden faucha Alistair avec l'objet et il s'écroula sur le sol.

— Dépêche-toi ! m'avertit Eden en me faisant signe.

Ni une ni deux, j'esquivai le poing d'un balourd qui fusait vers mon épaule, contournai le corps convulsé d'Alistair et empoignai une chope pleine. Cette technique de défense avait fait ses preuves et je l'utilisai avec succès sur l'un des gardes de Dayan.

— Qu'est-ce qu'ils mettent, dans ces boissons ? demandai-je alors que j'arrivais enfin près d'Eden.

— Attention !

Eden me tira par le bras juste à temps pour éviter une fourchette qui effectuait son baptême de l'air. Lorsque je jetai un coup d'œil derrière mon épaule, je vis que la taverne entière était sens dessus dessous.

— Par ici ! appela une voix rauque qui ne pouvait appartenir à personne d'autre qu'Olena.

La tenancière nous fit passer derrière le bar où Whisper nous attendait déjà, recroquevillée entre deux barils de bière.

Olena tira sur une poignée dissimulée sous le comptoir. Là, une infime partie du casier à bouteilles s'ouvrit sur une trappe constituée de bouteilles factices et celle-ci céda sans opposer de résistance. De l'autre côté, il n'y avait que l'obscurité.

— Longez le tunnel jusqu'au bout et vous tomberez sur une échelle. Elle vous mènera au Vieux-Port. Là, vous pourrez disparaître.

— Pourquoi ? demandai-je en plongeant mes yeux dans les siens.

Eden poussait déjà une Whisper récalcitrante à l'intérieur des ténèbres sans un geste de remerciement. Des cris de rage et de douleur retentissaient autour de nous, accompagnés par le quatuor interprétant une ballade guillerette comme si tout cela n'était qu'un spectacle improvisé. Olena soupira et les profondes rides autour de ses yeux et de sa bouche trahirent son épuisement.

— Je connais bien les types comme cet Alistair, lâcha Olena en haussant les épaules. C'est de la mauvaise graine qui n'apporte que des malheurs.

J'ouvris la bouche pour ajouter quelque chose : un remerciement, une nouvelle interrogation, une excuse…

— Tais-toi, ordonna Olena d'une voix autoritaire. Rentre là-dedans, avant que je ne change d'avis.

J'acquiesçai en silence et m'engouffrai dans l'ouverture secrète.

30

La malédiction

Jadis Lucinosa
Flamencia, terres de l'Est.

À peine eus-je franchi la brèche que celle-ci se referma aussitôt, non sans un dernier encouragement de la part d'Olena. Nous étions désormais dans la noirceur la plus totale. L'humidité ambiante nous enveloppa comme un cocon frais et j'accueillis cette dernière avec gratitude après la moiteur étouffante de la taverne.

— Il fait froid ! glapit Whisper en sautillant d'un pied sur l'autre.

Nos souliers demeuraient à l'entrée de l'Ours farceur.

Je refrénai l'envie de vérifier si l'élixir était toujours à sa place. Après cette cohue monumentale, rien n'était moins sûr. L'obscurité était si dense qu'il était vain d'espérer apercevoir quelque chose au fond de mon sac et l'ouvrir me demandait de m'arrêter, aussi je m'abstins de retarder inutilement le groupe.

Eden avançait en tâtant la façade et ses doigts finirent par heurter une surface douce et lisse.

— Un caisson à vin, se hasarda-t-elle en effleurant les étagères.

Je devinais sans mal son expression intriguée malgré l'obscurité. Elle finit par tirer une bouteille de son emplacement avant de la brandir devant elle.

— Petits veinards que nous sommes, je crois que nous avons trouvé la réserve personnelle d'Olena, railla Eden.

Je crus pendant une seconde qu'elle allait ouvrir la bouteille pour avaler une rasade de liqueur, mais elle n'en fit rien.

— Continuons, nous ne devons pas traîner ici, suggérai-je.

L'ombre de Whisper hocha vigoureusement la tête en signe d'approbation. Nous nous remîmes en marche doucement, afin de ménager nos pieds blessés.

— Vous croyez que cette vieille femme est sincère, lorsqu'elle dit vouloir nous aider ? m'enquis-je avec un scepticisme qui me fit horreur.

— Probablement pas, répliqua Eden du tac au tac.

— Comment ? s'insurgea Whisper.

Eden émit un son entre le rire et le reniflement, avant d'enchaîner :

— Personne ne donne sans recevoir quelque chose en échange. Il en va de même pour la cité des Merveilles.

Elle parlait d'une voix résignée, sans l'once d'une hésitation.

— Elle a parlé du Vieux-Port...

Je laissai ma phrase en suspens.

— Nous sommes sur un pic montagneux ! s'exclama Whisper, démasquant la supercherie.

— Mais elle n'a pas menti à propos du port, démentit Eden avec flegme. Avant les éruptions solaires qui ont ravagé le continent et carbonisé la grande majorité de la végétation, Flamencia était une des zones portuaires les plus importantes des terres de l'Est. Son principal port était réputé autant pour sa grande superficie que pour ses divertissements.

— Le port de la Lune, murmura Whisper dans un souffle.

— C'est exact, reprit Eden, un brin surprise.

— Ce n'est donc pas un piège, fis-je, sans pour autant me départir de ma défiance.

— Ce n'est pas ce que j'ai dit.

Je jetai un coup d'œil en arrière. Le bout du tunnel demeurait plongé dans les ténèbres, signe que la trappe n'avait pas été rouverte. Nous étions seuls et, même si tante Nelly m'avait appris à me méfier des inconnus, je désirais croire que l'aide apportée par cette femme était dénuée de toute arrière-pensée.

– Joli lancer de couteau, au passage. Je doute que le haut-de-forme d'Alistair Atkinson ne se relève de son perforage.

Je ne m'attendais pas à une réponse, ni même à un rire – j'avais compris qu'Eden ne riait jamais –, mais le silence qui s'ensuivit laissa deviner un sourire complice.

– J'ai l'impression d'être maudite, lâcha Whisper, déconfite. Je sème le désordre dans chaque ville où je mets les pieds ; Hortensia, et maintenant Flamencia. J'espère avoir plus de chance lorsque nous débarquerons à Sienne.

– Tu n'es pas responsable de cette agitation, la rassurai-je. Je dirais même que la faute revient à Eden, pour Flamencia du moins. Quelle idée de dérober une invention défectueuse à cet aliéné ?

– Il m'avait énervée, grogna Eden.

– C'est tout ? insistai-je.

Elle s'immobilisa et se tourna vers moi.

– Tu sais très bien pourquoi.

– Je...

– Tu louchais sur cette stupide araignée comme un gosse le jour du Remerciement, coupa-t-elle avec raideur. Tu as payé notre entrée à Flamencia et j'avais une dette envers toi.

Elle se remit en marche, talonnée par Whisper qui se gardait bien d'intervenir.

– Et je me serais acquittée de cette dette, si seulement cet insupportable charlatan ne l'avait pas récupérée, conclut-elle avec exaspération.

J'étais contrarié qu'elle se sente redevable à mon égard. J'aurais préféré qu'elle eût dérobé cette invention uniquement pour me faire plaisir, même si je n'oserais jamais l'admettre à voix haute.

— En parlant de malédiction… Tu ne m'as jamais expliqué les raisons de la prime mise sur ta tête à Hortensia, Whisper, enchaîna Eden, visiblement désireuse de changer de sujet.

Celle-ci émit un petit gloussement satisfait.

— Je me suis enfuie de la prison de Richelieu.

Je poussai un soupir d'admiration. Comment avait-elle réussi un tel exploit ? Plus important encore, qu'avait-elle fait pour être condamnée au bagne, dans une prison si réputée ? Eden semblait lire dans mes pensées, car elle demanda :

— Qu'est-ce qu'une fillette dans ton genre a bien pu faire pour être expédiée à Richelieu ?

— Pas grand-chose, si vous voulez mon avis. J'ai involontairement embarqué sur le *Goéland sacré*, un navire marchand, et je me suis fait prendre.

— Involontairement ? releva Eden, intriguée.

— C'est une longue histoire, soupira Whisper. Mais je ne suis pas une criminelle, c'est tout ce que vous devez savoir !

— Nous n'en doutions pas, la rassurai-je avec douceur.

Le chemin se poursuivit pendant un long moment. Les caissons à vin disposés sur le côté gauche du tunnel disparurent progressivement, tandis que le passage semblait se rétrécir. Bientôt, nous dûmes nous aligner en file indienne pour nous glisser entre les deux parois.

— Olena a-t-elle oublié de mentionner la durée du périple ou désire-t-elle simplement nous enterrer vivants ? souffla Eden.

— J'ai le mauvais pressentiment qu'un sphinx des montagnes va surgir pour tous nous dévorer, lança Whisper.

Ses paroles se répercutèrent longtemps dans les galeries inhabitées.

— Il n'y a que nous, affirmai-je avec certitude.

— Vous disposez également d'une vision scotopique en plus de votre don de télépathie avec les êtres vivants ?

Décontenancé par les mots qu'elle avait choisis pour décrire mon don, je pris quelques instants avant de répondre.

– Je le sens, c'est tout.

– Et c'est moi qu'on traite de sorcière, grogna Eden en se cambrant pour s'infiltrer dans un renfoncement particulièrement étroit.

Des stalagmites avaient fait leur apparition au-dessus de nos têtes et j'avais la conviction qu'un simple geste brusque suffirait pour que tout s'effondre.

– Je préfère le terme de « magicien », taquinai-je.

– Les fanatiques ne font pas la différence, répliqua Eden avec le plus grand sérieux.

Je ne pus m'empêcher de demander :

– Ton père était inventeur, n'est-ce pas ?

– C'est exact.

– Que créait-il ?

– Un peu de tout.

Réponse concise, dénuée d'informations essentielles ou d'explications. Je continuai sur ma lancée.

– Pourrais-je connaître son nom ?

– Julian Grismo.

– Cela ne me dit rien.

– Il était pourtant l'inventeur le plus talentueux de son siècle, lâcha Eden avec un brin de fierté.

– J'ai déjà entendu parler de lui, intervint Whisper. On dit même qu'il a travaillé pour le roi sur une affaire de la plus haute importance.

Long silence.

– C'est la vérité ? insistai-je.

– Une affaire qui a fini par lui coûter la vie.

Son ton se fit si tranchant que je décidai de ne pas la relancer, malgré ma curiosité. Ce ne fut pas le cas de Whisper, qui reprit avec enthousiasme :

— Le roi l'avait pris sous son aile ! On dit qu'une amitié sincère s'est développée entre eux. Julian a résidé au palais pendant des mois entiers.

Eden ricana amèrement.

— Une « amitié sincère » ? Où diable es-tu allée chercher de telles sottises ?

— Les bruits qui courent, ici et là. Chaque geste esquissé par le roi fait l'objet de nombreuses extrapolations.

— Tu sembles toutefois bien renseignée, fit Eden.

— J'habite à deux pas du Palais royal ! se justifia-t-elle.

— Je croyais que tu n'avais jamais mis le nez dehors, siffla Eden avec ironie. Ou désires-tu changer ta version des faits ?

— Pas du tout, se défendit-elle.

— Pourquoi ne pas s'en tenir uniquement à la vérité, pour une fois ?

Le ton acerbe d'Eden laissa Whisper sans voix.

— Nous avons tous nos secrets, fis-je remarquer pour détendre l'atmosphère.

Whisper demeura obstinément muette.

— Certains plus que d'autres, murmura Eden à voix basse.

Alors que je songeais au sens de cette phrase, une faible lumière attira mon attention. Les filles la perçurent également, et nous nous mîmes à accélérer le pas sans s'être concertés.

Contre toute attente, Olena n'avait pas menti. Une petite échelle rouillée nous attendait au bout de cet interminable tunnel. En haut, seul un mince filet de clarté laissait deviner l'issue. Eden posa la main sur le premier barreau, appuya légèrement pour tester la résistance du métal. Cette expérience n'eut pas le résultat escompté : le barreau grinça douloureusement et vacilla. Visiblement, ce n'était pas un problème pour Eden, qui haussa les épaules et commença son ascension.

— Vous pensez que l'échelle supportera notre poids ? interrogea Whisper, dont les sourcils s'étaient froncés d'inquiétude.

– Il n'y a qu'un seul moyen de le savoir ! dis-je en mimant le ton farouche d'Eden.

– Elle commence à avoir mauvaise influence sur nous, observa Whisper avec un petit rire.

Espérons que l'inverse soit également vrai, songeai-je avant d'empoigner le premier barreau grinçant.

L'échelle supporta bien notre poids et, après une longue ascension, nous émergeâmes enfin à l'air libre. L'ambiance à Flamencia était toujours à la fête, malgré quelques corps endormis sur les bancs. Les bambins n'étaient plus aussi nombreux qu'avant, mais tout aussi excités.

– Ne traînons pas ici, exhorta Eden en m'aidant à sortir de l'orifice, qui n'était en réalité qu'une fausse plaque d'égout. Alistair désire plus que tout s'enfuir, et je ne serais pas étonnée d'apprendre qu'il a lancé la ville entière à nos trousses à coups de pots-de-vin.

Elle aida également Whisper, épuisée par ces longues minutes d'effort.

– Une chance pour nous que *L'Aventurière des vents* ne soit plus très loin.

Alors que je m'apprêtais à la questionner sur le sens de cette affirmation, Eden poussa un juron. Je fis volte-face, le cœur au bord de l'implosion. Un costume pourpre à paillettes, repérable entre mille, se découpa distinctement à l'angle de la rue. Deux gardiens essoufflés et légèrement débraillés, armes à la main, arboraient une expression nettement moins complaisante qu'à l'accoutumée. Leurs regards avaient la détermination de prédateurs à la recherche d'une proie.

Un des deux gardes nous localisa, et un éclair de lucidité traversa son visage. Il secoua vivement son compère. C'était Dayan.

– Courez ! hurlai-je.

Nos assaillants démarrèrent au quart de tour, bien décidés à nous mettre hors d'état de nuire. Je m'élançai sans réfléchir, tentant de me noyer dans la foule indistincte des danseurs. Cependant, je pris très rapidement conscience que je n'avais aucune idée de la route à suivre.

— Pas par là ! dit Eden en me tirant par l'épaule. Suis-moi !

Elle tenait fermement le bras de Whisper dont la respiration hachée et sifflante ne présageait rien de bon. Je fendis la foule en jouant des coudes, sans me préoccuper de ménager les fêtards. Des petits cris indignés s'élevaient à mesure que nous progressions. Derrière nous, les bottes des gardiens claquaient sur le bitume.

— Tourne à gauche ! souffla Eden.

Je m'élançai dans la direction indiquée à toutes jambes. Derrière moi, Eden traînait Whisper plus qu'elle ne la soutenait. Celle-ci peinait de plus en plus à garder le rythme.

— S'il te plaît, supplia Eden en poussant Whisper en avant. Ils sont juste derrière nous !

— Je... Je peux le faire, haleta Whisper.

— Arrêtez-vous immédiatement ! intima Dayan en voltigeant à travers les danseurs.

Les passants ne tardèrent pas à se séparer en deux masses bien distinctes pour venir en aide aux représentants de la loi.

— On ne va pas y arriver, maugréa Eden en redoublant d'efforts.

Le visage de Whisper était blême, ses yeux mi-clos, son souffle saccadé et ses jambes tremblantes. Un instant, je fus persuadé qu'Eden allait lâcher Whisper et continuer sans elle. Mais le moment d'hésitation s'évapora aussi vite qu'il était arrivé, et fit place à une farouche détermination. Pourtant, toute l'obstination et la bravoure du monde ne pouvaient vaincre à elles seules nos poursuivants.

— Partez devant, dis-je sans préambule.

– Quoi ? bégaya Eden, confuse. Tu ne peux pas…

– Je vais faire diversion. Partez !

– Une diversion ? répéta-t-elle, hagarde. C'est de la folie ! Tu ne sais même pas où se trouve le hangar !

– Je vous retrouverai ! assurai-je, sans pour autant savoir comment je m'y prendrais pour accomplir cet exploit.

Je m'arrêtai brusquement afin de couper court à la discussion. Cette fois-ci, Eden ne tergiversa pas et poursuivit sans se retourner, me laissant seul face à deux gardes enragés qui se ruèrent sur moi.

31

La diversion

Jadis Lucinosa
Flamencia, terres de l'Est

Si les gardiens furent surpris par cet arrêt impromptu, ils le furent davantage en me voyant faire demi-tour et foncer sur eux à toute vitesse.

– Faire diversion, faire diversion... murmurai-je en réfléchissant au moyen de me dépêtrer de cette épineuse situation.

Juste avant que mon corps lancé à toute vitesse ne percute celui des gardiens, je changeai de direction. Je virai à gauche et bondis sur une longue tablée où gisaient les restes d'un banquet. Quelques gourmands à l'estomac insatiable siégeaient encore autour de la table. Je pris soin d'écraser les assiettes, renverser les pichets d'alcool et frapper les gamelles avec un enthousiasme exacerbé. Le cataclysme se répercuta autour de moi comme un virus et le tapage était tel que les gardiens se jetèrent sur moi, se désintéressant des deux autres fugitives.

Dayan s'élança derrière moi à vive allure sans se préoccuper des éclats de verre dispersés sur la table. Je continuai mon manège, sautant de table en table et détruisant le maximum de verrerie sur mon passage. Les protestations résonnaient comme une musique entraînante autour de moi.

– Sale gosse ! explosa Dayan, qui, ralenti par son embonpoint, peinait à suivre le rythme. Descends de là immédiatement !

Tandis que je bondissais une nouvelle fois en direction d'une table épargnée par le saccage, mes pieds furent retenus par une force invisible qui me stoppa net dans mon élan. La chute fut rude : je plongeai vers le sol, paumes en avant pour prévenir le choc qui fut malgré tout violent. Je dérapai sur quelques mètres avant d'être arrêté par l'angle d'une banquette.

Je tentai de me redresser : en vain. Mes pieds demeuraient collés ensemble par une étrange liane qui entravait mes chevilles et mes mollets. Celle-ci semblait animée par une force surnaturelle et progressait vers mes genoux, compressant mes jambes de plus en plus fort et de plus en plus vite.

Je pris appui sur un banc et me relevai tant bien que mal. Mais la prise ne fit qu'augmenter. Dayan et son confrère, comprenant que la situation tournait à leur avantage, se rapprochaient, déterminés. Un rire gras éclata près de moi. C'était un inventeur, et il semblait très satisfait de sa création qui fonctionnait à merveille.

Je vis alors un minuscule fil argenté qui dépassait de l'extrémité de la liane, pas plus gros qu'une tête d'épingle. Eden avait raison : les inventions n'étaient pas de la magie, seulement de la science. Tout avait une explication. Malgré tout, je n'étais pas un spécialiste des circuits électriques et, en réalité, le fonctionnement de ces choses-là m'échappait totalement. Même si je n'en avais jamais eu pour éclairer ma demeure, je savais une chose : l'électricité ne supportait pas l'eau.

Je n'avais pas d'eau à ma disposition, alors les chopes d'alcool feraient l'affaire.

J'arrachai le verre des mains d'une demoiselle épouvantée et versai le contenu sur mes jambes. Le liquide eut l'effet escompté, et plus encore : la machine grilla de l'intérieur et des étincelles jaillirent comme des étoiles filantes. L'inventeur fixait sa précieuse création avec effroi ; le lasso semblait avoir été conçu pour résister à toute pression extérieure, mais pas à une potentielle rasade.

La bête émit un sifflement suraigu qui contraignit tous les fêtards à se compresser les oreilles pour épargner leurs tympans. L'agonie cessa enfin lorsque la machine se détacha de moi pour s'écraser sur le sol, prise de convulsions.

— Bandit ! hurla l'inventeur.

Il se précipita sur le tas de ferraille agonisant comme s'il s'agissait de son propre enfant et non d'une invention de fils et de métaux.

Je ne pris pas la peine de répondre : la course avait repris. Et celle fois, plus de casse au programme. Il fallait que je m'isole le plus rapidement possible et que je retrouve Eden et Whisper. Mais où dénicher un endroit désert dans une cité réputée pour ne jamais dormir ?

La réponse m'apparut tandis que je levais la tête : il fallait passer par les toits. Ainsi, j'aurais une vue d'ensemble sur la ville et il me serait plus facile de semer mes poursuivants. Je localisai un escalier de secours qui menait probablement aux toits. Faute de mieux, je l'empruntai. Les marches semblaient avoir été emboîtées par des ouvriers saouls : de longueur et d'épaisseur différentes, l'espace entre chaque planche ne répondait à aucune logique.

Ma progression s'acheva à quelques mètres du toit. L'escalier avait été sérieusement endommagé et les marches s'arrêtaient brusquement. Les pas des gardiens résonnaient derrière moi : ils n'étaient plus qu'à quelques mètres. Par chance, une fenêtre était grande ouverte et je m'infiltrai dans la pièce sans un bruit.

Je me retrouvai dans une salle de bains à l'allure modeste. Un jet d'eau ainsi qu'un sifflotement m'indiquèrent que quelqu'un était en train de se doucher derrière le rideau. Je traversai l'appartement en trombe, sans me retourner. Alors que j'atteignais la porte d'entrée, un hurlement strident retentit : les gardiens n'avaient pas été aussi discrets que moi.

J'empruntai l'escalier de service, et parvins enfin à gagner le toit. Une fois perché sur le bâtiment à une dizaine de mètres du sol, je fus pris de panique devant l'état de délabrement des tuiles. Et si la toiture s'effondrait sous mon poids ? Alors que je doutais de la marche à suivre, Dayan passa la tête hors de la trappe et se hissa. Le visage rouge et gonflé, son élégant veston pourpre taché de sueur, il écumait.

– Maintenant, ça suffit ! cracha-t-il d'une voix tranchante comme une lame. J'ai été conciliant, mais c'est terminé !

Je fis un pas en arrière. Les tuiles grincèrent.

– Ne t'aventure pas plus loin, petit. Ça ne vaut pas le coup d'y laisser la vie.

– Je préfère la laisser ici que l'offrir sur un plateau à Alistair !

– Tu es jeune, fit Dayan en avançant, bras tendus en signe d'apaisement. Nous n'allons pas t'exécuter. Ne fais pas de bêtise, gamin.

Bien qu'il donnât l'impression d'être sincère, j'étais trop méfiant pour l'écouter davantage. Je fis volte-face et fonçai sur l'enchevêtrement de câbles et de tuyaux qui formait une étroite passerelle rattachant l'édifice à son voisin. En bas, les festivités persistaient, imperturbables, malgré l'apparition régulière de gardiens essoufflés qui tentaient d'exercer leur profession pour la toute première fois. *Une chute serait longue et l'atterrissage fatal*, songeai-je.

Un pas, deux pas. Les câbles ployaient et rendaient chaque pas plus périlleux que le précédent. Si Tante Nelly avait vent du pétrin dans lequel j'étais fourré… Elle ferait la route jusqu'ici pour me filer une bonne correction.

J'inspirai profondément. Nouveau grincement menaçant sous mes pieds. Enfin, je parvins au bout de la passerelle et passai sur le toit de l'immeuble voisin. Je m'écroulai sur le dos, haletant, le cœur au bord des lèvres. Je jetai un coup d'œil de l'autre côté. Dayan était accroupi sur le garde-fou qui encerclait la trappe.

Je devinai à sa posture tranquille qu'il ne comptait pas me suivre. Peut-être n'en avait-il jamais eu l'intention. Je me levai d'un bond et repris ma course. J'avais peut-être semé un assaillant, mais il y en avait des dizaines d'autres qui patrouillaient en contrebas. Le couronnement d'une cheminée se découpait dans l'obscurité et je décidai de m'arrêter un instant pour reprendre mon souffle.

Adossé contre le muret de pierre, je ne pus refréner le besoin de vérifier si l'antidote était toujours à sa place. La faible luminosité ne m'empêchait pas de deviner les contours des objets. Et aucun ne ressemblait à un coffret. Je fouillai mon sac de fond en comble. Deux fois. Pris de panique, je renversai le maigre contenu de ma besace sur les tuiles et me mis à tâtonner avec frénésie.

Le coffret avait disparu. Envolé.

— C'est impossible... murmurai-je.

Je me remémorai la soirée dans les moindres détails. Même si le sac avait été violemment secoué, les sangles étaient fermement attachées. Le coffret ne pouvait pas être tombé par mégarde.

— C'est impossible ! explosai-je.

Je n'avais pas quitté mon sac une seule fois. Il était toujours resté à portée de vue, même dans cette affreuse auberge où Alistair avait fait irruption. Il était juste à côté de moi...

— On a perdu quelque chose ? s'enquit une voix nasillarde.

Je sursautai. La voix qui avait surgi n'était qu'à quelques mètres. Je plissai les yeux pour tenter de discerner l'intrus tapi dans l'ombre.

— Oh, je t'ai effrayé ? J'en suis profondément navré. Ce n'était pas mon intention...

La silhouette émergea de l'obscurité pour dévoiler Alistair Atkinson.

– Comment êtes-vous arrivé jusqu'ici ?

– C'est tout ce que tu trouves à dire ? fit Alistair en haussant les épaules. Tu me déçois un peu. Après tout, j'ai essayé de vous éliminer, toi et tes deux acolytes.

– Que voulez-vous ? tranchai-je en modérant ma voix au maximum.

S'il avait pris la peine de venir jusqu'ici au lieu d'envoyer ses sbires, ce n'était certainement pas pour m'éliminer. Alistair décroisa ses bras et laissa apercevoir un coffret en bois vernis orné d'arabesques reconnaissables entre mille.

– Un coffret d'une telle beauté n'a rien à faire dans les mains d'un vaurien comme toi, fit Alistair en effleurant l'objet. Un si bel ornement renferme forcément un bien d'une grande valeur…

Je fronçai les sourcils.

– Et s'il s'agit de ce que je pense, d'autres n'hésiteraient pas à trancher des gorges pour se l'approprier. Mais je suis un être civilisé et la miséricorde est l'une de mes plus grandes qualités.

Il fit un pas en avant, si près que je voyais la convoitise briller dans ses yeux.

– À présent, tu vas faire exactement tout ce que je te dis…

32

L'Aventurière des vents

Whisper Organa
Flamencia, terres de l'Est.

Affalée sur le bitume froid, les jambes flageolantes et douloureuses, je tentai d'inspirer des bouffées d'air par intervalles réguliers.

– Quel imbécile, quel imbécile ! grinça Eden entre ses dents.

Elle répétait ces mots en boucle depuis de longues minutes, comme si cela pouvait l'apaiser.

Je ne répondis pas. À vrai dire, j'en aurais été incapable. Cette course folle à travers la cité m'avait tout simplement vidée. Eden m'avait traînée comme un boulet jusqu'à une zone industrielle délabrée. Il y régnait une atmosphère lugubre qui me terrorisait.

Le port de la Lune. Mondialement réputé pour sa prospérité d'antan, tristement célèbre pour avoir été ravagé par les éruptions solaires de l'Ancien Monde. Aucun des ouvrages étudiés avec Hermance au palais n'aurait pu me préparer à un tel spectacle.

– L'imbécile, l'imbécile, scandait Eden à voix basse tandis qu'elle tapait une série de chiffres complexe sur un minuscule écran rectangulaire placé à gauche de la porte du hangar, portant le numéro 283.

L'écran, jusqu'alors inanimé, émit un léger *bip* et la porte du hangar se souleva, comme réveillée par une force mystique. Quand j'entendis Eden pousser un soupir de soulagement, je me fis la réflexion que tout n'était peut-être pas perdu.

Eden s'agenouilla à mes côtés et me prit par les épaules pour me relever.

— Quand on sera en sécurité, il faudra vraiment que tu m'expliques ce qu'il t'arrive, grogna-t-elle en passant son bras sous mes aisselles.

Si seulement je le savais !

Eden me conduisit à l'intérieur de l'immense resserre. Le plafond, constitué uniquement d'un voile sombre qui se confondait avec la noirceur du ciel, se dressait à une hauteur considérable. La pièce était vide, à l'exception d'un gigantesque ballon qui trônait en son centre, immobile et majestueux.

Je battis des cils, persuadée que mes sens me jouaient un mauvais tour. Mais Eden posa les poings sur ses hanches et admira l'étrange ballon avec fierté.

— Qu'est-ce… ? soufflai-je d'une voix éraillée.

— Un ballon dirigeable, un zeppelin, un miracle, notre seule chance de survie… Appelle-la comme tu veux, mais *L'Aventurière des vents* est notre sauveuse.

Eden se dirigea à grands pas vers l'entrée de l'engin. Une cabine exiguë se dissimulait à l'avant du ballon.

— C'est… c'est cela, notre moyen de transport ? jetai-je, mon mince espoir définitivement relayé aux oubliettes.

— Ne fais pas cette tête. C'est la plus grande création de père. Une merveille jamais conçue auparavant. Et ce n'est même pas la version finale !

Je me gardai de poser les questions qui me brûlaient les lèvres. Remettre en cause les talents incontestés de son père n'apporterait que la discorde.

— Ne devrions-nous pas refermer la porte ? Les gardiens risquent de nous repérer, fis-je remarquer.

— C'est aussi la seule indication de notre emplacement pour Jadis, renchérit Eden. Comment espères-tu qu'il retrouve notre trace dans cette multitude de hangars parfaitement identiques ?

C'est à ce moment-là que des bruits de pas pressés se firent entendre dans la ruelle adjacente.

– Cache-toi ! m'intima Eden en se glissant juste devant l'entrée, son inséparable poignard à la main.

Les pas se rapprochèrent à une vitesse fulgurante, puis ralentirent soudainement. L'individu était seul, et bien que je nourrisse le désir fou de voir Jadis apparaître, il pouvait tout aussi bien s'agir d'un gardien isolé. Eden compressait son poignard, le dos collé contre la paroi, le souffle court. Mais moi seule pouvais apercevoir la menace surgir, tapie derrière la cabine.

Alors que la tension atteignait son paroxysme, je vis surgir une tête blonde vissée sur un cou aux marques sombres si particulières.

– Attendez ! hurlai-je à l'intention d'Eden qui se jeta sur l'étranger, toutes griffes dehors.

Elle suspendit son geste à quelques centimètres du visage de Jadis qui affichait une expression apeurée, les mains devant lui en signe de paix.

– C'est toi, fit Eden avec une telle profusion de colère, d'angoisse et de soulagement que je ne sus déterminer quel sentiment dominait. Ne refais plus jamais ça ! persifla-t-elle. Tu nous as tous mis en danger en te séparant du groupe. Tu imagines, si les gardiens nous avaient trouvés avant toi ?

À vrai dire, Jadis s'était surtout mis en danger lui-même, mais je me retins d'exprimer le fond de ma pensée.

– Tu… Je pensais… balbutia-t-il, complètement déboussolé.

Des gouttes de transpiration perlaient sur son front et il était presque aussi haletant que moi.

– Dépêchons-nous ! rugit Eden en attrapant Jadis et en le conduisant jusqu'à la cabine. J'émergeai alors de ma cachette et adressai à Jadis une moue mi-grimaçante mi-souriante.

– C'est sa façon à elle d'exprimer son soulagement, lui glissai-je discrètement.

– Ou d'extérioriser sa haine, soupira Jadis comme s'il portait le poids du monde sur ses épaules.

– Sans doute un peu des deux, avouai-je.

Je lui souris, plus franchement cette fois.

– Je suis contente que tu nous aies retrouvées.

– Assez bavassé, gronda Eden. Montez dans la cabine !

Jadis leva enfin les yeux sur le monstre de fer et de toile. Ses yeux s'agrandirent sous la stupeur. Nous nous exécutâmes sans plus attendre, pendant qu'Eden faisait le tour du hangar en tirant sur des petites cordelettes qui firent progressivement tomber l'immense drap du plafond. Le tissu fit place à un océan d'étoiles et je ne pus m'empêcher de m'extasier malgré la gravité de la situation.

Tandis que je me recroquevillais sur la banquette face au tableau de bord, des bruits retentirent dans la rue à proximité.

– Ils arrivent ! glapis-je, bien qu'Eden fût trop loin pour m'entendre.

Je me retournai avec difficulté pour sonder le reste de la cabine, qui était beaucoup plus spacieuse que je ne l'avais imaginé. Des fauteuils, des lits, une table basse, et même une porte menant à autre pièce qui devait sans doute être un cabinet de toilette. Aucune trace de Jadis. Il s'était tout simplement évaporé.

Je me mis à trembler. Eden pénétra en trombe dans le compartiment.

– Ils sont là ! fit-elle avec une angoisse mal dissimulée.

Les vitres de la cabine en verre nous permettaient d'anticiper l'arrivée des gardiens, mais nous rendaient également vulnérables : il était impossible de se cacher.

– Jadis a dispa...

Je laissai ma phrase en suspens : Jadis venait de bondir dans la nacelle, en prenant soin de verrouiller la baie vitrée derrière lui.

– Où étais-tu ? Nous devons partir, le pressai-je en comprimant les accoudoirs du vieux fauteuil dans lequel j'étais prostrée.

– Tu peux le faire décoller ? interrogea Jadis.

Je parcourus des yeux les commandes de bord, composées d'une multitude d'écrans, de leviers et manettes aux lumières multicolores. *L'Aventurière des vents* semblait être dotée de vie, furieuse que des étrangers viennent écourter son repos.

– Ce dirigeable a été achevé l'été avant la tragédie qui a frappé ma famille, dit Eden avec vivacité. Mon père ne m'a jamais expliqué de façon précise comment le faire décoller, mais j'ai acquis quelques connaissances en l'observant travailler.

– Tu veux dire qu'il n'a jamais été testé ? lançai-je, horrifiée.

– Et que tes seuls souvenirs le concernant remontent à deux années ? renchérit Jadis, tout aussi paniqué.

– Oui, grogna Eden en appuyant sur les touches colorées.

Ses yeux virevoltaient entre les écrans qui affichaient des indications incompréhensibles. Je n'avais jamais rien vu de tel dans les nombreux ouvrages qu'Hermance me faisait étudier.

Soudain, la nacelle s'ébranla dans un grondement. Les deux énormes hélices latérales qui venaient de se mettre en marche émirent un long sifflement. Si la porte grande ouverte du hangar ne nous avait pas trahis, le bourdonnement du moteur s'en chargea.

Eden tira un levier situé à sa gauche et les écrans se mirent à afficher un message d'erreur bordé de rouge, suivi de bips suraigus qui ne pouvaient qu'annoncer une catastrophe imminente.

– Que se passe-t-il ? s'inquiéta Jadis, qui ne reçut pour réponse que la symphonie fracassante des commandes.

Les gardiens avaient fini par localiser le hangar et couraient à toutes jambes dans notre direction.

– Eden... avertis-je.

Mais celle-ci restait concentrée sur le décollage du ballon.

À l'instant où les gardiens atteignaient la nacelle, un nouveau grondement aussi puissant que le tonnerre se fit entendre, et le dirigeable se souleva dans les airs. Je fixai, bouche bée, les visages tout aussi stupéfaits des gardiens. Le zeppelin fut rapidement hors de portée de leurs lames. La rotation des hélices s'accéléra, envoyant valser les chapeaux des gardiens qui reculèrent, effrayés par le titanesque engin, tandis que d'autres tombaient au sol, repoussés par la force inouïe des moteurs.

Eden manœuvra avec difficulté pour élever *L'Aventurière des vents* dans le ciel et nous extirper de ce hangar sans dégât.

Bientôt, les gardiens ne furent plus que des taches pourpres à l'horizon, jusqu'à disparaître complètement. Les douces lumières des tavernes et des salons de Flamencia s'éloignèrent à leur tour, pour devenir de petites taches insignifiantes, plus lointaines encore que les étoiles elles-mêmes.

– Tu as réussi ! dit Jadis en riant aux éclats.

Je laissai exploser ma joie, un mélange de sidération et de bonheur pur. Même Eden laissa échapper un sourire. Elle se tourna vers nous, les joues rouges et les yeux brillants d'excitation.

– Mon père a réussi ! s'exclama-t-elle en caressant le cockpit.

– C'est toi qui as réussi, affirma Jadis en posant une main réconfortante sur l'épaule d'Eden.

Elle sursauta au contact de sa main, mais ne se déroba pas.

– Vous avez vu la frayeur des gardiens ? gloussai-je. Je regrette que l'affreux Alistair Atkinson n'ait pas été là ! J'aurais payé très cher pour voir sa réaction !

– Mais il suffit de le demander, répondit une voix glaciale qui fit bondir mon cœur. Je peux même vous faire un prix, bien que cela soit toujours au-dessus de vos maigres moyens.

33

Le passager clandestin

Whisper Organa
L'Aventurière des vents, terres de l'Est.

Je fis volte-face avec une lenteur extrême, les mains tremblantes, suppliant le ciel que la voix ne soit qu'une pure invention de mon esprit sous le coup de l'adrénaline.

– Vous ! rugit Eden d'un ton menaçant.

– Moi ! répéta Alistair en ouvrant les bras comme s'il venait d'être nommé pour recevoir un trophée.

C'était bien Alistair Atkinson en chair et en os, son chapeau haut de forme sur le crâne, ses gants en cuir encerclant le pommeau de sa canne d'argent. Ses cheveux noirs légèrement décoiffés constituaient le seul indice qu'il ne s'était pas matérialisé devant nous comme par magie, mais qu'il avait dû courir et se cacher pour arriver jusqu'ici.

– Comment vous êtes-vous introduit dans la nacelle ? questionnai-je avec hargne. Comment nous avez-vous retrouvés ?

Il retira son chapeau qu'il posa négligemment sur le bord de la table basse, avec une désinvolture telle que cet endroit semblait lui appartenir.

– C'est un interrogatoire ? fit Alistair en dévoilant ses dents d'un blanc immaculé.

Eden, qui venait de perdre définitivement le contrôle, se jeta sur lui comme une furie et le propulsa contre la vitre de la cabine, un couteau pressé sur sa jugulaire.

— Donnez-moi une seule raison de ne pas vous éliminer sur-le-champ.

La lame était si menaçante que pendant un instant, je crus qu'il n'aurait même pas le temps de répondre. Contre toute attente, il articula avec difficulté :

— Je suis incroyablement riche... Je pourrais vous donner votre poids en or.

— Tout l'or du monde n'est rien en comparaison du plaisir que j'aurais à vous étriper, siffla Eden.

— Arrête.

Nous nous tournâmes comme un seul homme vers Jadis. Les bras croisés, le visage grave, toute trace de joie avait déserté ses traits.

— Pourquoi le défends-tu ? questionna Eden, qui semblait sincèrement intriguée.

— Tu n'es pas une meurtrière, dit-il simplement.

Eden tourna la tête vers Alistair. Elle le jaugea de longues secondes. Puis, sans un mot, elle le relâcha.

— Pas encore, renchérit Eden, avec un accent de sincérité si fort que j'en fus à mon tour totalement convaincue.

— Il voulait nous faire pendre, protestai-je faiblement.

— N'y voyez rien de personnel, dit Alistair en lissant les plis de sa chemise froissée par la poigne d'Eden. Mon besoin de me rendre dans les terres du Sud était vital : vous ne m'avez pas laissé le choix. Voyez cela comme une petite plaisanterie entre amis.

— Je devrais vous jeter par-dessus bord ! pesta Eden, les poings serrés.

— Tant de colère chez une si jeune personne... Calmez-vous, ma chère, ou le voyage risque de vous paraître d'une longueur abominable.

Ces quelques paroles eurent pour effet de plonger Eden dans une colère noire ; elle envoya un violent coup de pied dans la table basse. Jadis se plaça entre Eden et Alistair, dans le but de protéger ce dernier. Sa mâchoire était tendue, son corps tout aussi crispé. Les yeux d'Eden alternèrent entre les deux garçons en lançant des éclairs meurtriers. Puis, impuissante, elle alla s'enfermer dans le cabinet attenant, sans oublier de claquer la porte pour exprimer son mécontentement.

– Une petite enfant capricieuse, voilà ce qu'elle est, souffla Alistair avec dédain.

– Tenez votre langue ! rugit Jadis, hors de lui.

Quant à moi, je restai résolument muette. J'avais croisé bon nombre de mauvaises personnes depuis mon départ – le capitaine Hook, les deux hommes tentant de m'entraîner de force pour empocher la récompense –, mais Alistair Atkinson était de loin le pire. En poussant la réflexion, on pourrait admettre que Hook n'avait fait que son devoir en me livrant aux autorités, et que les deux acolytes n'étaient que de pauvres gens en manque d'argent. Mais Alistair Atkinson n'était ni miséreux ni tributaire des autorités. Ce n'était qu'un opportuniste, riche et arrogant, un beau parleur d'apparence distinguée ; une belle pomme rouge empoisonnée. Jamais je ne pourrais oublier avec quels détachement et cruauté cet homme s'était mis Flamencia dans la poche pour s'approprier quelque chose qui ne lui appartenait pas.

Mes pensées s'éloignèrent rapidement d'Alistair Atkinson tandis que je scrutais le lever du soleil qui s'étendait sur les plaines arides. La colère m'avait désertée : il ne me restait qu'une profonde tristesse. Je songeais à ma mère. Voilà des jours que je l'avais quittée. Lorsque je vivais encore au palais, même si je ne la voyais presque jamais, je savais qu'elle n'était pas loin, et cette idée suffisait à me réconforter. À présent, je me sentais coupable de l'avoir abandonnée à son sort...

– À quoi rêves-tu ? demanda Jadis en s'asseyant face à moi.

Je le dévisageai. Il avait meilleure mine, depuis son naufrage. Les rougeurs causées par le soleil durant notre traversée du littoral des Songes s'étaient grandement atténuées.

– Rien d'important, éludai-je, le cœur lourd de devoir mentir une fois de plus.

J'avais une confiance totale et quasi aveugle en Jadis et Eden. Je n'étais qu'une novice en matière d'amitié, mais il me semblait que la sincérité était la base de toute relation saine. Aussi, la culpabilité me rongeait à petit feu depuis les premiers instants où j'avais rencontré Eden, dans cette ruelle délabrée. J'étais une piètre menteuse : Eden avait décelé dès les premières secondes que je n'étais pas qui je prétendais être. Mais me croiraient-ils seulement si je leur avouais la vérité, après tout ce temps ?

– Ne pensez-vous pas que nous devrions remettre Alistair aux autorités une fois à terre ? murmurai-je.

Avachi sur le divan, les yeux mi-clos, Alistair était à portée de voix. Je demeurais donc sur mes gardes.

– Tu es recherchée dans deux villes différentes, fit-il remarquer.

– Dans les terres de l'Est, répliquai-je.

– Et si l'avis de recherche s'étendait au-delà ? Nous devons rester très prudents. Atkinson jouit d'une certaine notoriété, du moins c'est ce qu'il laisse entendre. Nous ne devons pas nous mettre à dos une personne si puissante.

Pas plus puissante que moi, pensai-je en mon for intérieur. Mais Jadis avait raison. Un paysan, une orpheline et une petite fille égarée ne faisaient pas le poids face à un richissime et influent commerçant.

– Vous avez bien fait d'empêcher Eden de commettre l'irréparable, lâchai-je.

Jadis jeta un coup d'œil vers l'intéressé, qui avait désormais les paupières closes. J'aurais mis ma main à couper qu'il n'en allait pas de même pour ses oreilles.

— Je dois t'avouer quelque chose... chuchota-t-il, la gorge serrée.

Je tendis l'oreille et m'approchai un peu plus.

— Alistair possède un objet qui m'appartient.

Je plaquai une main contre mes lèvres. Jadis avait disparu pendant un court moment juste avant le décollage. Était-il possible que...

— Avez-vous fait monter Alistair à bord ? m'exclamai-je.

Jadis pressa son index contre ses lèvres.

— Je n'avais pas le choix, je t'assure. Cette chose compte énormément pour moi, et elle peut changer le destin de bien plus d'une personne, assura-t-il.

Il m'observa avec une telle intensité que j'eus du mal à lui rendre la pareille et je baissai la tête.

— Vos yeux me semblent étrangement familiers, marmonnai-je, troublée par la palette de bleu profond de son regard.

— C'est tout ce que tu trouves à dire ? protesta-t-il, un brin agacé.

Je secouai la tête.

— Non, je suis désolée. Est-ce que vous parlez de cet étrange coffre qu'Eden vous avait dérobé sur la plage ?

Il soupira longuement et ses épaules s'affaissèrent. Je reconnus aisément ce sentiment, pour l'avoir ressenti quelques minutes auparavant : le remords.

— C'est exact. Il contient quelque chose... d'une importance capitale.

— Vous pouvez me dire ce qu'il en est ? insistai-je, ma curiosité piquée à vif.

— Pas maintenant. Mais... je dois le récupérer. C'est en partie pour cela que j'ai empêché Eden de lui sauter à la gorge, et que nous ne devons pas le livrer aux autorités.

– Et c'est pour cette... mystérieuse boîte que vous devez vous rendre à la capitale ? Est-ce que vous comptez la vendre pour gagner de l'argent ?

Quand nous l'avions rencontré sur le littoral des Songes, Jadis nous avait affirmé que ce coffre constituait un héritage de son grand-père décédé, destiné à sa tante.

– En quelque sorte, fit-il, et cette réponse vague me laissa dans la frustration la plus totale.

Eden décida de sortir du cabinet de toilette à ce moment-là, et s'installa sur le fauteuil devant le cockpit sans nous adresser un regard. Jadis ne désirait sans doute pas m'en dire plus, car il changea brusquement de sujet.

– Comment te sens-tu ? s'informa-t-il en me dévisageant avec intérêt.

Je vis Eden pivoter légèrement pour écouter notre conversation.

– Mieux. J'ai hérité cette faible constitution de ma mère, j'en ai peur.

Mais je savais qu'il n'en était rien, car aux dires de tous ma mère avait toujours eu une santé de fer avant son accouchement. Autrement dit, je portais le mal en moi et l'avais transmis à ma mère lors de ma naissance. C'est du moins la théorie que mon père me jetait à la figure lorsqu'il était en colère contre moi, bien que les médecins n'aient jamais pu déceler la cause de ces maux.

Jadis posa une main réconfortante sur mon épaule.

– Nous serons très bientôt à Sienne, promit-il. Là-bas, tu pourras te reposer chez tes parents.

– En espérant qu'ils cessent enfin de te séquestrer et de vouloir te marier au premier venu, railla Eden en griffonnant quelques notes sur un papier.

Je souris faiblement. J'avais promis à Eden de l'accompagner au palais afin de trouver du travail, et c'est bien ce que je comptais faire même si je n'étais pas encore prête à affronter mes responsabilités.

— Vous avez la parole rebelle pour une future fonctionnaire du royaume, plaisantai-je, dans le but de dérider mon amie.

Ma boutade ne lui arracha qu'un froncement de sourcils désapprobateur et elle plongea son nez dans les écrans. Décidément, l'humour n'était pas ma spécialité.

La journée passa à une vitesse fulgurante, ponctuée de périodes somnolentes où j'oscillais entre rêve et réalité. Le bourdonnement monotone de *L'Aventurière des vents* me berçait, mais la présence d'Alistair Atkinson et la certitude de nous savoir à plusieurs centaines de mètres au-dessus du sol me maintenaient malgré tout en état d'alerte. Jadis restait collé contre la vitre en admirant le paysage avec un enthousiasme touchant. Je rêvais de me joindre à lui, cependant mon fragile estomac associé au vertige me dissuada d'essayer.

À la place, je pris le temps de faire ma toilette dans la cabine exiguë. Lorsque je redressai la tête pour essuyer les gouttes d'eau qui perlaient sur mon visage, je croisai mon regard dans le reflet de la vitre. Mes joues creusées et mes cheveux noir corbeau me donnaient une allure morbide et mon teint désormais hâlé ne suffisait pas à me rendre un semblant de fraîcheur. La différence majeure qui me frappa immédiatement, toutefois, ce fut mon regard. Mes yeux avaient certes toujours la même teinte verdâtre que ceux de père, mais une lueur nouvelle et étrangère y brillait. C'était la flamme ardente de l'aventure qui m'animait depuis que j'avais mis un pied hors de mon quotidien doré.

Dans la nacelle, il n'y avait presque rien. Les placards contenaient un peu de nourriture, dont la majorité était périmée depuis deux ans, date à laquelle les parents d'Eden avaient quitté ce monde et laissé *L'Aventurière des vents* hiverner dans son immense hangar. Le confort était sommaire, néanmoins je m'y sentais à l'aise pour une raison que je ne pouvais expliquer.

Pour m'occuper pendant le voyage, j'empruntai à Eden du papier blanc et un crayon et me mis à esquisser quelques croquis basiques. D'abord celui du ballon dirigeable, puis les bâtisses improbables de Flamencia et leurs mille couleurs. Je retraçai ainsi en sens inverse le chemin parcouru depuis le début. C'était gratifiant de dessiner autre chose que les portraits soporifiques et figés des nobles que je rencontrais au palais ou les dos voûtés des employés qui s'affairaient jour et nuit aux jardins. Bientôt, j'oubliai la peur, le besoin dévorant de dormir, les avis de recherche placardés dans les ruelles d'Ergon, et me laissai guider par mon seul crayon.

— Qu'avons-nous ici ? Une artiste ? railla une voix suave qui me crispa instantanément.

Je ne répondis pas, seulement je pris soin de poser le coude sur les feuilles afin de cacher mes productions. Mais Alistair le poussa d'une simple pichenette puis s'empara de mes précieux dessins. Il les étudia longuement, sous tous les angles. Pour certains, il laissa échapper un rire narquois, mais pour d'autres il sembla vraiment intrigué, comme son haussement de sourcils en témoignait.

— Qu'est-ce ? fit-il en désignant le dessin où Jadis faisait émerger des poissons hors de l'eau pour en faire notre repas.

— C'est Jadis, dis-je platement.

Discuter avec lui était bien la dernière de mes envies.

— Mais encore ? dit-il en tapotant les poissons qui semblaient sautiller dans les bras de Jadis. Comme je ne répondais pas, il éclata d'un rire sonore qui me rappela les gloussements des aristocrates. Plus fort que nécessaire pour attirer l'attention, trop long pour être sincère.

— Vous avez de l'imagination, j'en conviens.

— Que voulez-vous, Alistair ? soupirai-je avec lassitude.

Il fit mine de s'offusquer et posa une main sur sa poitrine.

— Abréger les souffrances causées par cet infernal trajet jusqu'aux terres du Sud, quelle question ! s'indigna-t-il. Vos silences comme les regards assassins de vos amis m'ennuient au-delà de tout. De plus, vous êtes la seule ici qui ne me hait pas.

— Je vous hais, dis-je d'une voix fluette qui sonnait complètement faux.

Alistair ricana et je rougis de colère.

— Une petite chose innocente telle que vous ne peut éprouver de la haine pour autrui.

Devant mon manque de réaction, il poussa un interminable soupir théâtral.

— Pitié, comment est-il humainement possible de rester aussi impassible ? questionna-t-il pour lui-même. Je pensais qu'il y aurait de l'action à bord de cet engin. Une ou deux bagarres, quelques coups de poing... Rien ! Même votre guerrière assoiffée de sang semble s'être calmée.

Il désigna du menton Eden, toujours accoudée au cockpit.

— Vous avez sans doute des questions à mon propos... susurra-t-il avec un ton lourd de sous-entendus.

Je soupirai. Il avait visé juste.

— Très bien, soupirai-je. J'aimerais effectivement savoir une chose. Que vendez-vous, exactement ?

Son sourire se figea.

— Vous voulez parler affaires ? Je ne m'attendais pas à ça, dit-il, son exaltation retombant comme un soufflé.

Je fis un léger signe de tête afin de l'inviter à poursuivre.

— Je vends un peu de tout... Vous savez, mon commerce est très diversifié et mes nombreux partenaires dispersés aux quatre coins du monde. Je m'adapte aux besoins et à la demande des clients. Le *spryne* est très en vogue en ce moment, et je possède de nombreuses cultures à l'ouest du pays, là où il reste encore quelque chose à faire pousser.

– Cette substance terrible que consomment les inventeurs et qui provoque des hallucinations ?

– Je dirais plutôt qu'il s'agit d'une plante naturelle qui permet de demeurer éveillé quelques heures supplémentaires, parfaitement adaptée aux grands travailleurs en manque de temps.

Je fis une mine dégoûtée. Je me doutais bien qu'Alistair Atkinson trempait dans les trafics illégaux.

– Vous êtes un charlatan et un tricheur.

– Mes clients sont toujours satisfaits de mes services, se défendit-il, les yeux rieurs. À tel point qu'ils reviennent quémander davantage...

– Quoi d'autre ? insistai-je.

– La médecine est à son apogée, surtout depuis l'appel lancé par le roi au sujet de l'antidote tant convoité... presque tous mes hommes sont sur le coup.

– Vous pensez réellement que le roi acceptera un élixir des mains d'un criminel et d'un trafiquant ?

– Vous êtes bien naïve, petite fille, gloussa Alistair en laissant traîner ses yeux sur un de mes dessins. Le roi est prêt à faire n'importe quoi pour sa femme mourante, même accepter un remède proposé par un mendiant. La reine est adorée presque autant que le roi est abhorré à travers le pays : il sait que sa légitimité au trône sera contestée aussitôt son épouse enterrée. Il cherche juste un moyen d'empêcher que cela ne se produise.

Intérieurement, je bouillais de rage. Au diable Alistair Atkinson et toutes ses théories farfelues sur le couple royal ! Il était comme tous ceux qui diffusaient des rumeurs stupides au sujet de mes parents : ignorants. Car même si je n'avais jamais réussi à décrypter père comme je décryptais le reste du monde, il y avait une vérité irréfutable que je connaissais depuis toujours : il aimait mère d'un amour passionnel. Et s'il cherchait désespérément un antidote depuis presque dix-huit ans, c'était parce qu'il était fou amoureux d'elle, et pour aucune autre raison fantasque.

— Quand je l'apporterai au roi, je serai blanchi de tous mes péchés d'antan, continua-t-il, les yeux brillants comme si la scène se déroulait sous ses yeux. Je serai si riche que je pourrai nager dans des caissons remplis d'or. Je pourrai même négocier une place en tant que gouvernant. Le roi n'aura qu'à destituer le prince des Orphelins, la dame des Mirages ou la veuve Étoilée et m'octroyer une des quatre terres à gouverner.

— C'est donc cela, votre but ultime ? Le pouvoir et l'argent ? Je suis déçue : vous êtes décidément sans surprise... aussi fade et vain que les petits bandits.

Je désirais le faire sortir de ses gonds, mais ma pique eut l'effet inverse : il éclata de rire.

— Il n'y a rien de tel que le pouvoir, murmura-t-il lorsqu'il eut recouvré son calme. Il suffit d'y goûter une fois pour que votre estomac gargouille aussitôt. Vous le sauriez, si vous vous y étiez essayée.

Je laissai échapper un sourire. Si seulement il savait !

— Mais une simple fille des fermes comme vous ne peut sans doute pas comprendre ce que je ressens, conclut-il avec un clin d'œil amusé.

Il avait le don insupportable de vous insulter tout en faisant passer cette injure pour une vaste plaisanterie.

— Vous avez probablement raison, concédai-je.

— Je vois que ma présence ne vous laisse pas indifférente, s'amusa-t-il en brandissant le papier où figurait un portrait de lui. Mais je suis un peu déçu : cet air ténébreux et machiavélique ne me correspond guère. J'attache une grande importance à demeurer aimable et courtois en toutes circonstances.

Les yeux d'un froid polaire, la bouche tordue dans un rictus mauvais, les traits raides et calculateurs... J'avais craché sur le papier la rage qu'il m'inspirait, celle-là même que je me refusais à laisser éclater.

— On dit que j'ai un certain talent pour percer les gens à jour, m'expliquai-je.

Il ne parut guère impressionné.

— Vous n'avez pas réussi à transcrire mon indicible beauté, j'en ai peur.

— Il est étrange de voir un homme de votre influence voyager seul dans des contrées aussi désertiques, coupai-je avec défiance. Où sont donc vos protecteurs, vos associés, votre escorte ?

Le visage dur d'Alistair se fendit d'un large sourire, et je crus déceler chez lui pour la première fois une certaine... admiration.

— Vous n'êtes pas aussi stupide que vous en avez l'air...

Je grimaçai. Encore une fois, une injure imbriquée dans un compliment.

— ... Mais je n'ai rien à cacher. Voyez-vous, je suis un homme solitaire, et j'apprécie la compagnie des étrangers. On dit d'ailleurs que je suis très doué pour me faire des amis, compléta-t-il en imitant ma voix. Admirez : en une nuit, j'ai réussi à dégoter trois jeunes compagnons parfaitement coopératifs et sains d'esprit dans une ville truffée de dingues et d'ivrognes. Un véritable exploit !

— Vous ne devez pas avoir beaucoup d'amis dans les terres du Sud, supputai-je. Sienne accueille peut-être les gens fortunés à bras ouverts, mais il n'en est pas de même pour toute la région. Je vous conseille de faire très attention à vous, une fois arrivé à destination. Les crapules se bousculeront pour s'emparer de votre richesse et ni votre suffisance ni vos partenaires ne pourront rien y faire.

Il claqua sa langue et s'allongea avec désinvolture sur le divan trop étroit pour ses longues jambes.

— Il se cache peut-être un cœur de pierre derrière la douceur qui vous caractérise, dit-il en croisant les bras contre sa poitrine. J'ai entendu votre conversation avec le garçon marqué, et votre désir de m'expédier croupir dans les donjons du Palais royal.

— Je...

— Inutile de perdre votre précieuse salive à confectionner un joli tissu de mensonges qui, de toute manière, ne convaincra personne. Sachez que je n'apprécie guère les menaces, et que je suis le seul maître à bord.

Visiblement, j'avais réussi à le faire sortir de ses gonds : son sourire de façade était altéré par la crispation.

— Je ne sais pas ce que vous avez dérobé à Jadis, mais vous finirez par le lui restituer. Et cessez donc de l'appeler ainsi : adressez-vous à lui par son prénom, tranchai-je.

Alistair me fixa avec insistance.

— Alors, votre fidèle compagnon ne vous a pas révélé de quoi il s'agissait. Peut-être me suis-je trompé, après tout. Vous ne formez pas le parfait petit trio que je m'étais imaginé, soupira-t-il avec une déception feinte.

— Je suis sûre qu'il me le dira en temps et en heure, assurai-je sans grande conviction.

En réalité, Jadis avait clairement exprimé sa réticence à se confier, et je doutais de parvenir à le faire changer d'avis.

— Vous devriez en profiter pour questionner la mercenaire, fit-il d'une voix basse.

Il tapota la poche arrière de son costume, d'où dépassait la couverture en cuir marron d'un petit carnet. Il me semblait l'avoir déjà aperçue dans la besace d'Eden.

— Espèce de scélérat ! explosai-je.

Je bondis sur la table, envoyant valdinguer mes dessins, et tentai de lui arracher le carnet. Les yeux mi-clos, sans même se lever du canapé, il exerça une forte pression sur un point stratégique de mon poignet avec une expertise de maître, et une douleur fulgurante me vrilla l'avant-bras. Je me laissai tomber à genoux et retirai mon bras.

— Aïe ! me plaignis-je.

— Cela, c'est pour la chope d'alcool dans les yeux à l'Ours farceur. Je me devais de vous rendre la monnaie de votre pièce : ma vision est encore trouble !

— Comment avez-vous fait pour le lui dérober ? m'enquis-je avec une colère décuplée.

Eden était vive comme l'éclair et attentive au moindre détail. Il me paraissait tout à fait improbable qu'Alistair ait pu lui substituer un bien sans qu'elle s'en aperçoive.

Il m'offrit son plus beau sourire puis attrapa son couvre-chef qui traînait sur la table basse et le posa sur son visage, feignant d'être endormi.

— Vaurien ! pestai-je à l'adresse du chapeau qui m'ignora complètement.

Je récupérai mes dessins éparpillés sur le sol et pris soin de les laisser hors de portée d'Alistair. Jamais encore on ne m'avait mise dans une telle fureur, et je ressentis le besoin impérieux de rétablir la justice en récupérant le coffret de Jadis. Peu importe s'il ne désirait pas me révéler son contenu : il avait assurément une excellente raison de garder le silence.

Je me mis à sonder les environs. Je n'avais vu ce fameux coffre qu'une seule fois, mais son apparence atypique et son éclat doré ne s'oubliaient pas. De petite taille, l'objet aurait pu se dissimuler dans un sac ou une mallette. Or, Alistair ne possédait aucun des deux. Il voyageait équipé de ses seuls canne et chapeau, sans même une bourse, ce qui, en y réfléchissant, était aussi improbable que suspect. En d'autres termes, cela signifiait qu'il avait caché le coffret à l'intérieur même de *L'Aventurière des vents*. Il ne me restait plus qu'à le dénicher et le remettre à Jadis.

Ainsi, le pacte entre Jadis et Alistair n'aurait plus aucune raison d'être et nous pourrions livrer Alistair aux autorités une fois à terre.

34

Les bribes du passé

Whisper Organa
L'Aventurière des vents.

C'est dans cette optique que je me mis à fouiller de fond en comble le dirigeable, retournant chaque table, examinant le moindre recoin, passant au peigne fin toute possible cachette. Malgré l'énergie déployée, mes recherches furent vaines.

Je décidai alors de questionner Eden : après tout, elle connaissait l'invention de son père mieux que personne, et saurait m'aiguiller.

– Où est Eden ? m'enquis-je auprès de Jadis, car je ne la voyais nulle part.

Elle ne pouvait tout de même pas s'être volatilisée. Jadis fit un signe de tête en direction de la vitre arrière. Intriguée, je m'approchai et pris mon courage à deux mains pour jeter un coup d'œil à l'extérieur. Eden était bien là, assise sur un petit balcon juste assez grand pour deux personnes, perdue dans la contemplation de l'horizon, l'air songeur. Ses cheveux blonds étaient balayés par la brise et quelques mèches dorées s'étaient échappées de sa natte.

Je déglutis en faisant glisser la baie vitrée. Un souffle puissant s'engouffra dans la cabine, et je vacillai. Je me cramponnai à l'embrasure. Une fois la bourrasque passée, je fis un pas en avant et refermai la baie derrière moi. Eden n'avait pas tourné la tête, bien qu'il fût évident qu'elle m'ait entendue sortir. La grille métallique qui constituait le sol du balcon grinça sous mon poids. Eden était juste devant moi, les jambes pendant dans le vide, le front collé contre les barreaux du garde-fou.

Je m'assis à côté d'elle, en laissant une distance respectable entre nous, et imitai sa position en plaçant mes jambes entre deux barreaux. Je les agrippai également avec les mains, plus par angoisse que pour assurer ma sécurité. L'espacement entre chaque barre de métal était trop étroit pour que je risque de basculer dans le vide.

Je retins mon souffle en découvrant le paysage qui s'offrait à mes yeux. Sous nos pieds, à une distance inconcevable, s'étendait à perte de vue la mer des Andes. Aucune trace de terre, aucun endroit où se poser en cas de nécessité. Notre vulnérabilité était totale, et notre survie reposait entièrement sur *L'Aventurière des vents*. Des volatiles planaient autour du ballon, tantôt posés sur le garde-fou, tantôt voltigeant dans les airs. Je ne doutais pas que Jadis y fût pour quelque chose : même perché à des centaines de mètres de hauteur, il continuait d'attirer les créatures vivantes comme un aimant.

– Je croyais que tu avais le vertige, déclara Eden d'une voix égale.

– C'est... c'est vrai, balbutiai-je avec difficulté. Mais je devais vous parler.

Eden soupira longuement, les yeux rivés sur une mouette exécutant un formidable vol plané.

– Combien de fois devrais-je te dire d'oublier les formalités quand tu t'adresses à moi ? souffla-t-elle, mi-épuisée, mi-agacée.

– Je suis désolée, fis-je d'une voix fluette. Je devais... *te* parler.

L'étiquette et les convenances ne me quittaient jamais vraiment, et je doutais d'y arriver un jour.

– Je t'écoute.

– Je voulais te remercier.

Elle leva enfin les yeux vers moi. Ses traits laissaient transparaître une véritable surprise, avec un soupçon de gratitude.

— Tu n'as pas à le faire, assura-t-elle après un temps de réflexion.

— Bien sûr que si. Tu m'as sauvée de ces brigands. Sans toi, je serais sans doute de retour à la prison de Richelieu, enfermée dans une cellule crasseuse.

Elle ne répondit rien, mais je devinais que mon attention la touchait.

— Ton père était un génie. Il mérite amplement son titre de meilleur inventeur de sa génération. Je ne pense pas avoir jamais vu pareille merveille, dis-je en frôlant la grille avec délicatesse.

Eden afficha la mine lointaine et énigmatique qu'elle prenait toujours lorsque le sujet de sa famille était abordé.

— C'est vrai. C'était quelqu'un d'exceptionnel. Mais il a fini par devenir la victime de son succès. Si sa réputation n'était pas parvenue jusqu'aux oreilles du roi, il serait toujours à mes côtés.

— Comment ça ? Travailler pour le roi est un honneur dont tous les inventeurs rêveraient de profiter.

Eden poussa un sifflement désapprobateur.

— C'est exactement ce qu'on croyait lorsque les miliciens ont frappé à notre porte. Mère était surexcitée et fière comme un paon. Père était flatté et tous nos voisins nous ont félicités.

Elle marqua une courte pause.

— L'inconvénient, lorsqu'on travaille pour un personnage important de la royauté, c'est que l'on doit se montrer à la hauteur. Céder à tous ses caprices, ne le contrarier sous aucun prétexte. Répondre à tous ses ordres, même lorsqu'ils se révèlent immoraux ou dangereux…

Son visage s'était fermé et elle serrait ses lames, toujours attachées à sa ceinture.

— Le roi a-t-il fait du mal à votre père ?

J'appréhendais la réponse avec une terreur monumentale. J'aurais aimé croire que père était un homme bon et compréhensif. Mais au fond de moi, je connaissais la vérité, et celle-ci était loin d'être réjouissante.

— C'est le moins qu'on puisse dire, répliqua Eden, dont la voix n'était plus qu'un mince filet inaudible. Il l'a fait exécuter.

J'aurais voulu hurler, pleurer, pester contre père, présenter mes excuses les plus sincères à Eden, la consoler, lui promettre que tout irait bien, mais j'en étais incapable. Il m'était impossible de la réconforter tout en sachant que j'étais liée, bien qu'indirectement, à la disparition de son père. Comment réagirait-elle si elle connaissait la vérité à mon sujet ? Est-ce qu'elle me rejetterait, essayerait de me blesser ?

Je demeurai silencieuse. Comment une telle chose avait-elle pu se produire ? Comment avais-je pu être aveugle à ce point à propos des décisions politiques et judiciaires de père ? Une petite voix me soufflait que j'aurais pu empêcher ce drame. Si j'avais eu conscience des faits, je n'aurais reculé devant rien pour éviter cette injustice. J'aurais supplié père de l'épargner. J'aurais sauvé un innocent de la peine capitale.

Une fois de plus, la réalité me sauta aux yeux et me fit l'effet d'une gifle. Père ne m'aurait jamais écoutée, quand bien même j'aurais tout fait pour épargner Julian Grismo. Pas une fois il n'avait pris la peine de m'entendre, d'essayer de me comprendre, de m'aimer. Il était trop occupé à dissimuler mon existence au reste du monde, officiellement pour ma sécurité. Je comprenais maintenant qu'il tenait tout autant à me cacher ses décisions et ses actes qu'à m'isoler du peuple.

Un soupir reconnaissant accompagna mon absence de réaction. Je compris alors qu'Eden n'avait nul besoin de réconfort, seulement d'une oreille attentive.

— Père travaillait sur ce projet depuis des années, m'informa-t-elle en faisant un geste du bras qui englobait l'espace autour de nous. Puis, lorsqu'il a compris qu'il ne pourrait pas répondre aux attentes du roi, ou plutôt qu'il s'y refusait, il a accéléré la construction de *L'Aventurière des vents*. Il œuvrait sur cette invention les courts moments où il rentrait à la maison, exténué par ses obligations au palais. Il essayait de gagner du temps en laissant croire au roi que des séjours plus réguliers à Tourelle, entouré de sa famille, lui permettaient d'éveiller son inventivité.

— Sais-tu de quoi il s'agissait ? Cette invention à laquelle tenait tant le roi ? questionnai-je.

Eden secoua la tête, dépitée.

— Mère n'a jamais voulu m'en parler. Mais j'ai réussi à capter quelques informations en écoutant aux portes. Il semble que ce soit une arme de destruction… capable de vaincre les ennemis du royaume. Une invention trop puissante pour que père se permette de la remettre aux mains du roi.

— Mais le roi n'a pas d'ennemis, répliquai-je. Les Quatre Terres d'Ergon vivent en paix et en harmonie depuis des millénaires !

— Je crois savoir que le roi veut étendre son pouvoir au-delà des Quatre Terres, marmonna Eden avec une haine palpable.

Je demeurai bouche bée devant ces révélations. Apprendre les intentions de père de la bouche d'Eden me donnait l'impression de n'être qu'une gamine écervelée. Combien de projets dont j'ignorais l'existence père avait-il orchestrés ?

— Nous ne sommes montés à bord de *L'Aventurière* qu'une seule fois, lors de son voyage inaugural, un simple aller de Tourelle à Flamencia. Ce dirigeable devait permettre à ma famille de fuir la tyrannie du roi et de se réfugier dans un endroit désert où nous aurions pu construire une nouvelle vie, loin des tourments de la cour. Mais la veille de notre départ, des soldats ont enfoncé notre porte et ont emmené père. Il a été exécuté le lendemain, sans aucun jugement. Mère ne l'a pas supporté. Elle a préféré le rejoindre, bien que cela signifiât devoir abandonner sa fille unique.

Je laissai échapper un sanglot horrifié. Eden haussa les épaules d'un mouvement qui, loin d'être désinvolte, exprimait la fatalité de cet enchaînement d'événements tragiques.

— C'est tout ce qu'il reste de lui, murmura-t-elle en effleurant les barreaux métalliques.

Le silence nous enveloppa. Une barrière était tombée entre nous et nous étions désormais liées par ce lourd secret dont personne, ni même Jadis, n'était au courant. Jusqu'au moment où cette bulle d'harmonie et de paix fut brisée. Jadis ouvrit la baie vitrée et plaça ses mains en porte-voix, les yeux paniqués.

— Eden ! Tu devrais venir voir ça ! hurla-t-il pour couvrir le vacarme des hélices et du vent. Le cockpit débloque complètement !

Eden bondit sur ses pieds et toute trace de douceur déserta ses yeux bruns.

À l'intérieur, je croisai Alistair Atkinson qui avait daigné soulever son haut-de-forme pour prêter un œil attentif, quoique ennuyé, au tableau de bord.

La machine émettait des avertissements suraigus semblables à ceux affichés lors du décollage. Des messages d'erreur en rouge fusaient sur les écrans, suivis d'indications obscures.

— C'est grave ? m'enquis-je avec le même intérêt que si je demandais le résultat de l'examen d'un patient souffrant.

Eden tapota sur quelques boutons pour faire taire le monstre de fer, sans succès. Soudain, un plan du dirigeable s'afficha. Dans le centre du ballon clignotait un pourcentage, suivi d'un message en lettres majuscules : 2 %. RÉSERVE D'HÉLIUM INSUFFISANTE. AMARRAGE NÉCESSAIRE DE TOUTE URGENCE.

Eden se figea, le visage de Jadis blêmit.

– Quelqu'un aurait-il l'extrême amabilité de faire taire ce vacarme ? gronda Alistair, toujours avachi sur le divan.

Il s'était redressé sur les coudes, ses yeux bleus plus menaçants que jamais.

– Que se passe-t-il ? répétai-je, bien que les indications soient explicites.

Eden se laissa glisser sur le fauteuil, puis toucha l'écran qui réagit à son contact.

– Nous sommes à sec, déclara-t-elle, confirmant la funeste nouvelle qui s'affichait en lettres de feu.

35

Descente aux enfers

Whisper Organa
L'Aventurière des vents.

Eden tapota sur quelques commandes, sans grande conviction, plus pour se donner une contenance que pour tenter de trouver une solution.

— Vous n'avez qu'à insuffler un peu d'hélium dans le ballon pour rendre à nos oreilles la sérénité qu'elles méritent, railla Alistair.

— Il n'y a aucune bonbonne en réserve, trancha Eden.

Jadis s'élança à l'arrière de la cabine, sans doute pour vérifier par lui-même la véracité des propos d'Eden. Quant à moi, je n'avais aucun espoir.

— Comment ça, « aucune bonbonne en réserve » ? répéta Alistair, abasourdi.

Sa posture menaçante se métamorphosa presque instantanément. Il s'affaissa sur le sofa, scrutant Eden comme si elle était à la fois la cause et la solution de tous ses problèmes.

— Êtes-vous en train de me dire que vous vous êtes envolés à bord de cette… chose, sans même prendre la peine de vérifier s'il y avait assez d'hélium pour effectuer la traversée ?

Eden lui fit face, luttant pour ne pas se jeter sur lui.

— Peut-être que si vous n'aviez pas lancé la moitié de la ville à nos trousses, nous aurions eu le temps de faire quelques vérifications ! accusa-t-elle, les joues rougies par la fureur.

Je déglutis et pivotai vers la baie vitrée où s'étendait l'horizon bleu.

Pas un seul morceau de terre en vue. Pas de continent ni d'île, ni même de gros rochers où atterrir. Nous étions définitivement perdus.

– C'est impossible ! pesta Alistair en envoyant son pied valser contre la table basse.

Il se précipita à mes côtés et colla le nez contre la vitre, à la recherche d'une issue, d'une échappatoire. Très vite, il parvint à la même conclusion que moi. Jadis revint de la réserve, les traits déformés par l'inquiétude.

Soudain, un soubresaut nous fit tressaillir, et je dus me retenir à l'épaule d'Alistair pour ne pas tomber.

– Qu'est-ce que c'était ? souffla Jadis.

Une détonation rapide se fit entendre, semblable à celle d'un ballon qui éclate. Le grondement continu des hélices cessa et fut remplacé par un crissement métallique. Lentement, le dirigeable s'inclina vers l'avant. Je dévisageai les autres : tous retenaient leur respiration, figés comme les personnages d'une toile. Puis, tout s'accéléra : Eden secoua la tête, libérée de son état d'hébétude, et bondit de son siège.

– Il faut retarder notre chute le plus longtemps possible. Balancer tout ce que vous trouverez par-dessus bord.

– Mais... protestai-je faiblement.

Elle ne pouvait pas faire ça. *L'Aventurière des vents* représentait tellement pour elle.

Je vis très clairement la peine dans ses prunelles sombres, quoique dissimulée sous une farouche détermination qui la caractérisait si bien.

– L'important, c'est qu'on s'en sorte sains et saufs. Ensemble.

Jamais je n'avais autant admiré Eden qu'à ce moment précis. Elle incarnait tout ce que je n'étais pas. Elle savait prendre sur elle et lutter dans les moments difficiles quand je n'avais qu'une envie : m'écrouler et abandonner. Elle sourit timidement, avant de se précipiter pour aider les garçons qui vidaient le compartiment avec une efficacité exemplaire. Tout fut englouti dans les abysses de l'océan : des étagères rouillées aux crayons de couleur, rien ne fut épargné.

Alors que je m'apprêtais à laisser s'envoler mes dessins pour soutenir symboliquement Eden dans cette épreuve, Alistair m'arrêta en faisant barrière avec son bras.

— Je pense que je vais garder celui-ci, fit-il en me dérobant son portrait. Pas très ressemblant, mais je tiens à conserver un souvenir de cette épopée si nous nous en sortons vivants.

Je n'eus pas le temps de lui répondre, les hélices stoppèrent brutalement tandis que les hurlements suppliants du cockpit accompagnaient notre inévitable chute. Je m'accrochai au cockpit tandis que Jadis hurlait quelque chose – un adieu, une dernière recommandation ?

Eden hocha la tête puis agrippa son bras. Ce fut la dernière chose que je vis avant de presser les paupières de toutes mes forces, les mains plaquées contre mes oreilles pour étouffer le vrombissement infernal de la machine de fer qui dégringolait vers l'océan. Lorsque les secousses furent telles que je manquai de lâcher ma prise, je sentis des bras puissants entourer mes épaules, et je me recroquevillai un peu plus sur moi-même. Il y eut un choc phénoménal. Le plancher se déchira sous mes pieds, je fus projetée en arrière tandis qu'un hurlement restait bloqué dans ma gorge.

36

Flammes et sang

Eden Grismo
Lieu inconnu.

Ce fut la morsure d'une terrible douleur qui m'extirpa lentement des ténèbres. La gorge sèche, la tête lourde comme du plomb, j'étais tétanisée.

Je sentis l'odeur âcre de la fumée avant même de la voir. Lorsque je pus enfin ouvrir les yeux, je ne vis que des flammes danser autour de moi. Le crépitement du brasier s'accompagnait de petites explosions qui engendraient encore plus de fumée. Une main brûlante se posa sur mon front, et bientôt un visage entouré de cheveux noirs me fit face.

Whisper serra légèrement ma main gauche. Ses lèvres bougeaient et je pouvais lire la terreur dans ses yeux verts au fur et à mesure que ma vue s'accommodait à l'environnement et devenait plus nette.

— Eden ! supplia-t-elle en agrippant mes épaules.

Son hurlement m'arracha à mon état d'hébétude, et je repris conscience du monde qui m'entourait. Je me redressai et découvris l'étendue du carnage.

L'Aventurière des vents n'était plus que cendres et flammes. Une majeure partie du zeppelin s'était déjà dissoute dans la chaleur incandescente, l'autre résistait péniblement aux attaques du feu.

L'héritage de père.

Le dernier souvenir qu'il me restait de lui. Annihilé, démoli, anéanti. Disparu à jamais.

Mes yeux devinrent humides, et ce pour une raison qui n'avait rien à voir avec l'atmosphère suffocante.

– Ma jambe... articulai-je, la gorge meurtrie.

– Oh... bien sûr !

Whisper retira la barre de fer qui écrasait mes cuisses, laissant échapper un râle sous l'effort.

Où avions-nous atterri ? Jadis m'avait bien prévenue qu'il avait aperçu une petite île avant que le dirigeable ne s'écrase, mais jamais je n'aurais pensé que nous toucherions terre. Je m'étais préparée à sombrer dans l'océan aux côtés de *L'Aventurière des vents*, à disparaître en même temps que l'ultime vestige légué par mes parents. Mais contre toute attente, j'étais toujours là. Bien vivante, quoique touchée à la jambe et déboussolée. Comme si le destin me maintenait en vie pour continuer à jouer avec ma détresse.

Whisper sanglotait, ses grands yeux toujours trop écarquillés rivés sur moi. Cette expression m'était devenue familière, bien que je ne parvienne toujours pas à comprendre pourquoi Whisper me considérait comme meilleure que ce que j'étais réellement.

– Où est Jadis ? lâchai-je d'une voix rauque.

Whisper secoua la tête, les larmes dégringolant de ses joues à une vitesse folle. La suie et la poussière recouvraient l'intégralité de son front.

– Je ne l'ai pas vu, dit-elle avant de partir dans une quinte de toux inquiétante.

– Nous devons partir d'ici, l'exhortai-je en posant une main sur son épaule. Aide-moi à me lever.

Whisper s'exécuta en tremblant de tout son corps. Ses jambes flageolantes vacillaient dangereusement et ses sanglots convulsaient sa poitrine par à-coups. Impossible de savoir si cette réaction était due au choc de l'atterrissage ou à une de ces étranges crises dont elle était victime.

– Il faut que tu t'éloignes de la fumée, ordonnai-je en désignant la direction opposée au zeppelin enflammé.

Je parcourus rapidement des yeux les environs. La chute m'avait projetée à plusieurs mètres de *L'Aventurière des vents*, ce qui m'avait probablement sauvée de l'incinération. Mon cœur bondit dans ma poitrine quand je compris qu'il n'en allait sans doute pas de même pour Jadis.

– Je veux t'aider, insista Whisper, dont la peau cireuse virait au vert.

– Tu ne me seras d'aucune utilité si tu t'évanouis, contestai-je, chaque mot m'incendiant la bouche.

Elle se mordit la lèvre inférieure tandis que les larmes poursuivaient leur descente, intarissables. Il fallait faire vite. Je fis rapidement le compte dans ma tête : le dirigeable était composé de quatre moteurs de six cylindres dans les nacelles motrices disposées à bâbord et à tribord. L'explosion d'un des quatre réacteurs entraînerait à coup sûr une réaction en chaîne, qui ferait sauter le dirigeable dans une titanesque déflagration. Cependant, bien que *L'Aventurière des vents* brûlât vite, elle n'avait pas encore explosé, ce qui me rassura presque autant que cela me tétanisa. Ce n'était plus qu'une question de temps avant que toute la structure ne parte en fumée !

Je me levai d'un bond ; titubai puis repris mes esprits. Ma jambe gauche m'élançait affreusement, et ma vision demeurait brouillée. Sans vérifier si Whisper me suivait ou non, je m'élançai à l'avant du dirigeable. Nous étions côte à côte lors du crash, malgré tout Jadis aurait pu être projeté dans n'importe quelle direction. J'esquivai les débris en fusion tout en couvrant mes voies respiratoires avec le bas de mon chandail déchiré. Je sondais les débris quand, soudain, j'aperçus un bras inanimé qui dépassait d'un tas de ferraille. Le cœur au bord de l'implosion, ma respiration s'accéléra. Je me précipitai sur l'amoncellement de détritus sous lequel le corps de Jadis était piégé.

Alors que je balançais au loin les dernières immondices, le temps se suspendit. Ce n'était pas Jadis qui était enseveli sous les décombres, mais Alistair Atkinson.

Je poussai un juron et frappai du poing contre un débris métallique. Si j'avais su que cet homme détestable se dissimulait sous ce tas de ferraille, je ne l'en aurais jamais extirpé. Les yeux clos, le visage couvert de poussière, il était méconnaissable. Seul son costume permettait de l'identifier.

Je m'accroupis devant lui. C'est alors que je vis, quelques mètres en amont, un de ses indispensables accessoires qu'il ne quittait jamais : son haut-de-forme pompeux. Et, à l'intérieur du couvre-chef, un éclat doré attira mon attention. En m'approchant, je découvris qu'il s'agissait du coffret de Jadis. Alistair le lui avait sûrement dérobé afin de le faire chanter et obtenir une place à bord du zeppelin. Et dire qu'il dissimulait l'objet dans son chapeau depuis tout ce temps !

Je m'emparai de la relique avec délicatesse : si cet objet avait une quelconque valeur pour Jadis, je me devais d'en prendre soin. Je fis demi-tour et découvris que Whisper m'avait suivie. Accroupie devant Alistair, elle le fixait avec des yeux ronds, sans pour autant oser le toucher.

Je m'approchai en boitant et l'élancement lancinant reprit avec une intensité décuplée. En observant le corps recroquevillé d'Alistair Atkinson, recouvert de suie et de sang provenant d'une plaie non identifiable, j'eus un moment d'hésitation. Devais-je le sauver ? Et le temps sacrifié à hisser sa carcasse hors de danger ne serait-il pas dilapidé aux dépens de Jadis, qui attendait peut-être lui aussi d'être secouru ?

Tout en pesant le pour et le contre, mes yeux s'arrêtèrent sur une couverture en daim marron qui dépassait légèrement de la poche d'Alistair et aurait pu passer inaperçue. Mais je ne connaissais que trop bien ce carnet qui m'avait servi de refuge dans les moments difficiles et où j'avais craché toute ma haine, ma rage et ma frustration contre la famille royale. Comment diable ce gredin était-il parvenu à me le dérober sans que je m'en aperçoive ? Je tenais à ce journal comme à la prunelle de mes yeux. Et surtout, à qui avait-il révélé mes plans ? Sûrement pas à Whisper : elle n'oserait plus jamais m'adresser la parole si elle savait que je prévoyais d'assassiner les membres de la famille royale. Cette même famille qu'elle semblait chérir avec un amour démesuré et dont elle portait le prénom de la fille unique !

En me penchant pour ramasser le carnet, ma décision fut prise. Au diable Alistair Atkinson et toutes ses magouilles déloyales : je ne perdrais pas une seconde à l'aider alors que Jadis gisait quelque part dans les décombres ! D'autant plus que je savais pertinemment que lui n'aurait pas daigné bouger le petit doigt si les rôles avaient été inversés.

J'allais rebrousser chemin quand une voix fluette prononça mon nom. Je pivotai lentement. Whisper s'était décidée à poser une main sur la nuque d'Alistair, sûrement à la recherche d'un pouls.

– On ne peut pas le laisser ici ! déclara-t-elle avec une résignation surprenante.

– Bien sûr que si, renchéris-je, froide comme la glace. C'est justement ce que je m'apprête à faire.

Mais Whisper prit le bras d'Alistair et se mit à tirer afin de l'extraire du fossé dans lequel il était logé. Celui-ci reprit conscience à ce moment-là et poussa un hurlement de douleur à vous déchirer les tympans.

– Je suis désolée, je suis désolée, scandait Whisper comme si elle était l'unique responsable de la souffrance d'Alistair. Je vais vous tirer de là.

Elle s'empara d'un grand morceau de débris qui ressemblait vaguement à une porte. Malgré les tremblements qui parcouraient son corps, elle parvint à le hisser sur cette civière de fortune puis entreprit de la faire glisser pour le déplacer en douceur. Alistair grommela quelques mots incompréhensibles entre deux gémissements de douleur. Il fut pris d'une quinte de toux phénoménale et tourna le visage pour vider son estomac.

— Qu'avez-vous dit ? s'inquiéta Whisper, qui n'osait même plus le toucher de peur de lui faire mal.

— Ma... ma canne, souffla-t-il.

Je levai les yeux au ciel. Je ne parvenais pas à croire qu'il se préoccupait encore de ses accessoires dans un moment tel que celui-ci. Sa vanité et son arrogance dépassaient les limites du concevable. Cependant, la réaction de Whisper fut tout autre.

— Bien sûr ! Votre canne, répéta Whisper avec entrain comme si sa requête coulait de source. Je vais la trouver, ne vous en faites pas. Elle ne peut pas être bien loin !

Elle se mit à farfouiller les décombres avec une frénésie presque inquiétante, comme possédée. Elle finit par mettre la main sur le bâton, et je me mis à regretter amèrement que celui-ci ne soit pas brisé en mille morceaux.

Au prix d'un grand effort, Whisper traîna Alistair hors du pétrin dans lequel il était embourbé. Elle maniait la planche de fortune avec aisance et la fit glisser loin des flammes.

Je tournai les talons et repris mes recherches. La fumée était si dense que je ne vis même pas Jadis avant de le percuter de plein fouet. Désorientée, je fis quelques pas en arrière. Répondant à un instinct primitif qui occultait toute raison, je fis jaillir mes poignards aussi vite que des éclairs.

— Eden ! s'exclama Jadis.

— C'est toi ! soufflai-je en même temps.

Le soulagement ne dura qu'un instant, balayé par la conscience du danger imminent.

À ma grande surprise, Jadis n'avait pas l'air mal en point : c'est à peine s'il avait une égratignure. La panique se lisait sur son visage, et il s'empara de mon poignet avant de se mettre à courir.

— Nous devons partir d'ici ! siffla-t-il comme s'il pressentait la menace, bien qu'il fût impossible qu'il connaisse assez bien les machines pour en deviner l'explosion.

— Whisper… murmurai-je, une douleur entêtante martelant l'intérieur de mon crâne.

Il était hors de question que je laisse Whisper sacrifier sa vie pour Alistair. Bien que cela me fît mal de l'admettre, Whisper demeurait la seule amie que je n'avais jamais eue. J'entraînai Jadis à l'endroit où j'avais laissé les deux blessés.

Contre toute attente, Whisper avait bien avancé. Mais l'épuisement et la fumée avaient eu raison d'elle et elle s'était effondrée. À les voir à genoux, les épaules voûtées, on se demandait lequel des deux secourait l'autre.

Quand elle me vit, les lèvres de Whisper s'étirèrent dans un immense sourire.

— Je savais que tu reviendrais, lâcha-t-elle en battant des cils, au bord de l'évanouissement.

Je grommelai une suite de mots inintelligibles ressemblant vaguement à une réponse. Comment aurait-elle pu en être certaine alors que je n'avais moi-même aucune idée de la marche à suivre ?

— Je te connais, murmura Whisper, faisant écho à mes pensées, tandis que sa tête partait en arrière.

Mon cœur se serra. Comme j'aurais aimé qu'il en soit ainsi…

Je rattrapai Whisper avant qu'elle ne heurte le sol. Sa tête posée dans mes paumes, je questionnai Jadis du regard.

Devions-nous laisser Alistair ? Nul besoin de formuler cette interrogation à voix haute, car je connaissais déjà la réponse. Jadis n'avait pas la naïveté affligeante de Whisper, mais s'ils avaient quelque chose en commun, c'était bien leur incroyable générosité.

Jadis hissa Alistair sur ses épaules sans aucune délicatesse, comme s'il n'était qu'un vulgaire sac à patates, et pour ma part je pris délicatement Whisper dans mes bras. Elle ne pesait pas plus qu'une fillette sous-alimentée.

Alors Jadis et moi nous éloignâmes de ce qu'il restait de *L'Aventurière des vents*, écrasés par un fardeau tout autre que le poids de deux corps : l'effroyable impression d'avoir échoué après n'avoir fait qu'effleurer du doigt notre objectif.

37

Le désert des Larmes

Eden Grismo
Lieu inconnu.

Lorsque notre fatigue fut telle que nous ne fûmes plus capables de mettre un pied devant l'autre, nous nous écroulâmes sur le sol desséché.

Le soleil amorçait déjà sa descente sur l'horizon, mais la chaleur était si étouffante que la sensation d'être toujours piégés dans l'immense brasier du dirigeable persistait. Rien, ni les arbres décharnés privés de leur verdure ni les troncs couchés sur le sol depuis des décennies, n'offrait assez d'ombre pour espérer échapper aux rayons destructeurs du soleil.

Où étions-nous donc tombés ? De tous côtés, le sable ocreux s'étendait à perte de vue. Je crus percevoir, très loin en périphérie, le bleu de l'océan qui se confondait avec le ciel dégagé. C'était le seul indice qui me permettait d'affirmer que tout cela n'était pas un songe, même si nous étions perdus au milieu de nulle part.

Un râle me tira de mes réflexions et je me penchai sur le corps endormi de Whisper. Un léger souffle s'échappait de ses lèvres, et sa poitrine se soulevait à peine. À côté, Alistair émergeait péniblement.

Un léger poids logé dans ma poche me rappela l'étrange écrin que j'avais subtilisé à Alistair pendant son inconscience. Il n'était pas question qu'il découvre que cet objet circulait encore parmi nous : il fallait qu'il le pense perdu dans les flammes en même temps que le dirigeable. Je profitai de l'hébétude d'Alistair pour glisser le coffret dans les mains de Jadis. Il le scruta pendant un long moment, éberlué. J'aurais juré avoir vu ses épaules se relâcher, comme si un immense poids venait de lui être retiré. Il ne pipa mot, sans doute pour ne pas éveiller les soupçons d'Alistair qui reprenait peu à peu conscience, mais son euphorie à la vue de la relique était palpable. J'aurais aimé enfermer ce moment dans une boîte et le garder auprès de moi pour toujours. Ce moment où, plongée au cœur des ténèbres, j'étais tout de même parvenue à rendre le sourire à autrui et même une étincelle de bonheur.

Alistair battit des paupières, déboussolé, brisant malgré lui un moment unique dont il n'eut pas conscience. Il toussota avec difficulté. Je n'avais pas d'eau à lui tendre et même si ça avait été le cas, je l'aurais conservée pour Whisper.

– Où sommes-nous ? croassa-t-il en se redressant sur les coudes, geste qui lui arracha une grimace.

Du coin de l'œil, je vis Jadis dissimuler le coffret dans un pan de son veston.

– Ne bougez pas, l'intimai-je en le fusillant du regard. Whisper s'est donné un mal fou pour sauver votre peau de malfrat : vous devrez honorer son altruisme en restant en vie.

S'il y avait bien une émotion que je n'avais encore jamais vue passer sur le visage blême d'Alistair Atkinson, c'était bien la surprise. Lui qui semblait toujours avoir un coup d'avance sur tout le monde avait l'air dépassé.

Il posa un regard sur Whisper.

– Est-ce qu'elle est… ? s'enquit-il néanmoins.

Mes connaissances en médecine avoisinant le néant, j'aurais été incapable de répondre à cette question. Elle respirait, voilà tout ce que je pouvais constater.

– Le désert des Larmes, murmura Alistair qui effleura le sol du bout des doigts.

Jadis posa un œil intrigué sur le blessé.

– Vous savez où nous sommes ? interrogea Jadis, qui avait repris des couleurs.

Alistair ne daigna pas répondre, ses yeux bleus énigmatiques sondant les environs comme un vautour épiant sa proie.

– Répondez ! explosai-je en agrippant le col de sa chemise. Où est Sienne ? Dans quelle direction se situe le Palais royal ?

– Nous sommes au milieu d'un désert, souffla Alistair après un long silence. Il n'y a rien à des kilomètres à la ronde, si ce n'est l'étau de la mort prêt à se resserrer sur quiconque aurait l'imprudence de fouler cette terre.

– Et là-bas ? dis-je en désignant les montagnes qui se dressaient. Oseriez-vous me faire croire qu'il n'existe pas âme qui vive ?

– Oh, il se cache bien des choses dans ces montagnes, rit Alistair en passant une main dans ses cheveux gras et emmêlés. Mais croyez-moi, petite fille : vous n'avez pas envie de le savoir.

Je ne sais pas ce qui, du surnom mielleux ou du ton condescendant qu'il emprunta me fit définitivement perdre tout sang-froid, mais je me ruai sur lui. Jadis m'observa avec inquiétude, les bras tendus comme s'il hésitait à intervenir, ne sachant qui constituait le plus une menace pour l'autre.

– Maintenant, vous allez parler ! crachai-je en le secouant comme un prunier. Qui se trouve derrière ces montagnes ? Un de vos petits amis trafiquants ? Une poignée de brutes épaisses ? Une bande de malfrats ?

Rien ne semblait assez terrifiant pour que je ne m'y aventure pas. Aucune mort n'était plus désolante que celle qui nous attendait dans ce désert. Je n'avais que trop de souvenirs de notre traversée du littoral des Songes jusqu'à Flamencia.

– Un peu de tout ça à la fois, siffla Alistair, qui serrait les dents pour ne pas céder à la douleur.

Mes secousses avaient sans doute rouvert une plaie, car voilà que la tache de sang sur sa chemise s'agrandit.

C'est alors qu'un vrombissement s'éleva dans les airs, et la terre se mit à trembler sous nos pieds. Une troupe de cavaliers armés jusqu'aux dents se rua sur nous, les sabots des montures lancées au triple galop frappant la terre avec acharnement. Whisper ouvrit les yeux, puis agrippa mon bras avec un tel désespoir que je ne pus refréner les tremblements de mon corps.

Les cavaliers formèrent un cercle autour de nous, pulvérisant nos minces chances de fuite. Ils tendirent leurs lances devant eux dans un ballet parfaitement synchronisé. Chaque visage était masqué par un épais foulard qui nourrissait le surréalisme de la scène, nous donnant l'impression d'être confrontés non pas à des hommes, mais à des monstres sans visage.

Le plus colossal d'entre eux, celui qui se démarquait par son étalon d'un blanc immaculé, descendit de sa monture. Il retira son foulard, découvrant un visage anguleux qui semblait avoir été taillé dans la pierre. Son large front était barré d'une cicatrice brunâtre qui zigzaguait jusqu'à l'arête de son imposant nez. Le bas de son visage, au rictus sévère, dévoilait une puissante mâchoire.

Je pivotai légèrement pour épier la réaction d'Alistair. Ce fut toutefois Jadis qui retint toute mon attention. Ses yeux s'étaient agrandis, ses lèvres entrouvertes, et il fixait l'homme comme s'il avait vu un fantôme surgir des ténèbres.

38

Le fantôme des ténèbres

Jadis Lucinosa
Désert des Larmes, terres du Sud.

Je reconnus le bougre qui nous faisait face avant même qu'il ne retire son bandeau. Je ne connaissais qu'un seul individu qui arborait sa cicatrice comme s'il s'agissait d'un accessoire de mode tout à fait enviable. Roan Prank m'avait envoyé à la mort en m'assignant la mauvaise embarcation, celle qui avait pour unique dessein de dépouiller ses occupants et de les balancer au milieu de l'océan. Néanmoins, lorsque ses yeux gris m'identifièrent, aucune trace de culpabilité ne transparut.

– Bon sang ! s'écria Roan en frappant ses cuisses. Ne serait-ce pas la demi-portion revenue d'outre-tombe ?

Nul besoin de me retourner pour sentir les regards converger dans ma direction. Roan éclata d'un rire gras et communicatif, qui aurait pu paraître bienveillant s'il n'avait pas pointé son glaive en s'adressant à moi.

– Oh, ne fais pas cette tête, petit : je t'avais fait une proposition alléchante, ce jour-là, railla-t-il. Les affaires étant ce qu'elles sont, elles nous poussent parfois à prendre des mesures… excessives.

– Il faut croire que les dieux des océans étaient déjà rassasiés, fis-je en haussant les épaules.

Roan gloussa, et je vis du coin de l'œil la colère irradier d'Eden. C'était elle, accompagnée de Whisper, qui m'avait recueilli ce jour-là : elles rencontraient maintenant l'orchestrateur de cette folie.

— Je me demande bien comment tu as pu en sortir vivant ! s'exclama Roan en se tournant vers ses acolytes qui, le visage masqué par leur foulard, restaient imperturbables. Quoique, tu n'es pas le seul à en avoir réchappé. La petite bohémienne désespérée a été repêchée par un vaisseau royal. Et elle n'avait pas passé une semaine à Richelieu qu'elle monnayait déjà sa libération en divulguant à qui voulait bien l'entendre des informations concernant nos repaires !

Je serrai les poings. Whisper m'avait confirmé la présence de Kaya dans la célèbre prison de Richelieu, mais celle-ci n'avait jamais évoqué un tel désir d'évasion. Se pouvait-il qu'une seule semaine dans une geôle aussi infâme lui eût redonné goût à la vie ?

— Cette traînée est parvenue à éviter la peine capitale grâce à sa délation. Des soldats de la garde impériale ont débarqué sur les côtes des terres de l'Ouest et ont ratissé la moindre parcelle de sable jusqu'à tomber sur mes bases. Tout est parti en fumée. J'ai perdu une somme considérable, cette nuit-là, grommela-t-il en observant la lame étincelante de son glaive.

Se remémorer cette histoire lui ôta toute gaieté. Il se reprit vite, puis soupira.

— J'ai pu prendre ma revanche comme il se doit, fort heureusement, grinça-t-il en faisant mine de m'éventrer avec son glaive.

— Que lui avez-vous fait ? s'offusqua Whisper, posant à voix haute la question qui me brûlait les lèvres.

Roan la détailla rapidement de la tête aux pieds, et l'expression avide qui couvrit son visage me hérissa les poils.

— Tu le découvriras bien assez tôt, petite fille.

Un petit raclement de gorge poli se fit entendre. Je me tournai vers Alistair, qui, assis à même le sol, arborait un sourire enjôleur.

— Atkinson ? lâcha Roan, la mine sombre.

Un long silence plana sur le groupe, pendant lequel Alistair et Roan se fixaient en chiens de faïence. Ce n'est qu'au moment où Roan explosa de rire que je relâchai ma respiration.

– Par les Ancêtres, c'est bien toi ! Le légendaire Alistair Atkinson étendu à même le sol, crasseux et dégoulinant de poussière. J'ai bien failli ne pas te reconnaître. Que diable t'est-il arrivé ?

Même le sourire désinvolte d'Alistair ne parvenait pas à masquer sa souffrance.

– Ce qui arrive quand on tente de faire connaissance avec la populace, grinça Alistair en soupirant.

– C'est cette même populace qui vous a sauvé la vie, ne l'oubliez pas ! vociféra Eden, rouge de colère.

Roan adressa un regard interrogateur à Eden, surpris par la véhémence de ses propos, mais braqua à nouveau toute son attention sur Alistair.

– Tout de même, faire équipe avec cette bande de gamins... Tu es tombé bien bas, Alistair. Je crois même que tu me fais pitié, cracha-t-il avec dédain.

Comment ces deux-là s'étaient-ils rencontrés ? Étaient-ils seulement des alliés d'escroquerie ou bien leur relation était-elle plus complexe, plus profonde ?

– J'avoue que lorsque mes hommes m'ont informé qu'un ballon géant allait s'écraser, je n'y ai pas cru.

Roan désignait l'immense colonne de fumée noire qui se dressait dans le ciel.

– Mais force est de constater qu'il existe des fous capables de bâtir de telles choses... et d'autres, encore plus insensés, pour oser monter à bord, acheva-t-il avec un regard appuyé à chacun d'entre nous.

Tout à coup, Eden bondit comme une furie en direction de Roan, les dents découvertes, proférant une horde de jurons. Mais désarmée, seule contre tous, elle n'avait aucune chance. Je n'eus même pas le temps de la retenir que Roan la frappa à la tête avec une force phénoménale. Elle bascula en arrière, puis se releva aussitôt, prête pour un nouvel assaut. Roan n'eut qu'à claquer des doigts et deux hommes fondirent sur elle pour la maintenir au sol. Une vilaine plaie s'était ouverte à l'endroit où Roan avait percuté sa tempe et un long filet de sang glissait sur sa joue.

Whisper poussa un hurlement strident, mais je lui intimai de rester immobile.

— Ça alors ! fit Roan en secouant ses phalanges, meurtries par le choc. Je ne savais pas qu'il y avait un chien de garde dans la bande.

Plus amusé qu'offensé, Roan cracha en direction d'Eden et fit un tour sur lui-même.

— Que les dieux me gardent d'avoir frappé une femme ! récita-t-il en passant une main dans ses cheveux.

Il désigna la canne d'Alistair, abandonnée à ses pieds et recouverte de poussière.

— Jamark ne t'a toujours pas pardonné de lui avoir dérobé sa canne préférée. La dernière fois que je l'ai vu, il était même sacrément remonté contre toi.

— Jamark a une dent contre moi depuis ma naissance, rétorqua Alistair, qui peinait de plus en plus à garder une expression neutre.

— Foutaise ! Ton grand frère sait se montrer charmant, quand on lui en laisse l'occasion... Mais tu le sais mieux que quiconque.

— J'adorerais papoter plus amplement sur nos souvenirs communs, Prank, mais il fait une chaleur insoutenable et le sol n'est pas ce qu'on pourrait qualifier de confortable, aussi...

Alistair acheva sa phrase avec une grimace de douleur.

Roan nous dévisagea les uns après les autres avec sévérité, comme si nous n'étions que de vulgaires contretemps dans le train-train de ses affaires quotidiennes.

– Bon, embarquez-moi tout ça, lâcha Roan en claquant des doigts. Je veux qu'ils soient fermement attachés et que la louve enragée soit bâillonnée.

Les hommes s'exécutèrent avec une rapidité et une efficacité redoutables. Je me retrouvai face contre terre, la joue écrasée contre le sable brûlant tandis qu'on liait mes poignets avec une corde rêche.

– Et aidez mon ami Alistair à se relever, conclut-il en désignant le blessé.

Je jurerais avoir vu Alistair pousser un soupir de soulagement. Lui-même n'avait aucune idée du sort qui lui était réservé. Mais Roan semblait avoir décidé de prendre en compte la popularité et les contacts de celui-ci et de ne pas lui faire de mal. C'est avec une certaine rancœur que je me fis cette réflexion quand on nous balança sur les chevaux avec une brusquerie telle que j'eus le souffle coupé, pendant qu'Alistair prenait place à l'arrière de la monture de Roan et recevait les premiers soins.

39

La mine de Kirvar

Jadis Lucinosa
Désert des Larmes, terres du Sud.

La chevauchée fut longue et éprouvante. Je n'avais jamais vu de montures aussi vigoureuses. La poigne ferme et brusque de l'homme derrière moi était la seule chose qui m'empêchait de basculer en avant.

Lorsque nous arrivâmes au cœur des montagnes, la nuit était tombée. Dissimulée derrière deux immenses pics escarpés, une plaine isolée fit son apparition. Au centre de celle-ci, il n'y avait qu'un gigantesque cratère, occupant quasiment tout l'espace. En observant attentivement, je compris que cet enfoncement n'avait rien de naturel : le cercle était trop parfait pour être l'œuvre de dame Nature. La caravane ralentit encore, les montures peinant à trottiner sur les graviers. Je fus saisi d'horreur lorsque je réalisai ce qu'il se tramait dans cet endroit.

Le fossé sans fond était en fait une gigantesque mine souterraine, où s'activaient des travailleurs malgré l'heure avancée. L'abîme comptait de nombreux niveaux, et s'enfonçait si bas que les ouvriers se noyaient dans l'obscurité. Chaque étage était relié par des petites nacelles de fortune qui effectuaient des allers-retours en grinçant. Les hommes et les femmes qui travaillaient là étaient couverts de terre de la tête aux pieds.

Et, dans chaque cavité, chaque brouette et chaque charrette, des pierres précieuses couleur améthyste brillaient de mille feux, illuminant les travailleurs épuisés d'un halo violet aussi étrange qu'hypnotisant.

– Bienvenue à Kirvar, la plus grande mine souterraine jamais érigée par la main de l'homme. J'espère que vous apprécierez les lieux.

Les cavaliers descendirent de leur monture avec souplesse et grâce, comme si la longue traversée n'avait été qu'un exercice enfantin. L'homme derrière moi relâcha sa prise et aussitôt je m'effondrai à terre, les muscles ankylosés. Whisper s'écroula également, de même qu'Alistair qui vida son estomac à peine eut-il effleuré le sol. Eden était la seule capable de tenir sur ses jambes.

– Tu n'as pas l'air dans ton assiette, mon ami, grinça Roan en haussant un sourcil vers le corps recroquevillé d'Alistair.

Il semblait se délecter de la situation. Contre toute attente, il fit un signe de tête à deux de ses sbires qui le redressèrent et l'emmenèrent dans une tente dressée non loin du cratère. Les travailleurs – ou devrais-je dire… les esclaves ? – ne disposaient pas du luxe d'un toit et ceux qui ne retournaient pas la terre somnolaient, serrés les uns contre les autres.

– Vous ne pouvez pas nous laisser là ! hurla Whisper à Alistair qui s'était affaissé dans les bras de ses ravisseurs. Nous vous avons sauvé la vie !

Une sentinelle postée non loin lui jeta un regard désapprobateur, mais elle ne s'en aperçut même pas.

– Il ne peut pas… il ne peut pas, répéta-t-elle, hagarde.

Eden se rapprocha et la prit dans ses bras, un geste d'une douceur dont elle n'avait jamais fait preuve auparavant.

Roan retira enfin le bâillon de la bouche d'Eden, qui s'empressa de pousser un juron.

– Vous ne pouvez pas nous garder ici sous votre joug, riposta-t-elle.

Si ses mains n'avaient pas été liées, elle l'aurait frappé de nouveau.

— Le désert des Larmes m'appartient depuis que nous avons conclu un pacte de non-agression avec les Amazones, renchérit-il. J'offre un tiers de mes recettes à ces gueuses et en échange, elles ne nous agressent pas avec leurs bâtons. Tout être qui s'aventure ici me revient de droit, trancha Roan, comme si sa légitimité sur ces terres était acquise.

— L'esclavage a été aboli il y a des millénaires, siffla Whisper. Nous sommes sur les terres du roi Salomon : quand il apprendra ce que vous faites, il vous fera pendre, vous et tous les démons qui ont participé de près ou de loin à cette entreprise !

— J'attends avec impatience ses représailles, ricana Roan en caressant la crinière de sa jument avec délicatesse.

Il claqua des doigts une nouvelle fois, et tous les soldats s'animèrent. Un homme au visage masqué me palpa avec application et tomba inévitablement sur le coffret, que je gardais précieusement dans la poche intérieure de mon veston.

— Non ! criai-je en me débattant inutilement, car les hommes étaient forts, et j'étais épuisé.

Mais mes lamentations résonnèrent comme des murmures lorsque Eden laissa éclater sa fureur. Roan lui avait dérobé une photo et malgré la faible luminosité, la petite fille blonde accompagnée de deux adultes souriants était clairement identifiable.

— Maintenant, déguerpissez ! Je ne veux plus vous voir.

Il fit un geste de la main dédaigneux comme si nous n'étions que de vulgaires parasites, puis ses soldats nous traînèrent jusqu'à la fosse.

— C'est un petit jeu que Roan a instauré, expliqua un des gardes, la voix étouffée par l'épaisse écharpe. Les nouveaux arrivants sont affectés au premier niveau. Quand il ne reste plus d'esclave au dernier étage, tout le monde est rétrogradé.

J'observai le puits sans fond. Ceux qui étaient là-dessous n'apercevaient probablement jamais la lumière du jour.

– Comment ça, « lorsqu'il ne reste plus d'esclave » ? questionna naïvement Whisper.

Les deux gardes s'esclaffèrent.

– Ceux qui croupissent tout en dessous ne résistent pas longtemps, informa le garde. Ça vous laisse quelques semaines avant de vous retrouver à leur place, acheva-t-il en partant d'un rire rauque.

Le premier niveau n'était qu'à un mètre ou deux de la surface, et pourtant, je ressentis une pression écrasante sur mes épaules.

40

Destin et sorcellerie

Jadis Lucinosa
Désert des Larmes, terres du Sud.

Les malheureux emprisonnés au fond du gouffre se détournèrent à peine de leur tâche pour nous observer. La mine fatiguée, les épaules voûtées, ils semblaient trop exténués pour prêter attention à nous. Une jeune femme dormait blottie contre une vieille dame dans un recoin. La lumière émanant des gemmes était si vive à l'intérieur qu'elle en était agressive, dérangeante. Probablement arrivés depuis peu, les hommes et les femmes du premier niveau étaient à peu près indemnes. Peut-être n'étaient-ils pas là depuis assez longtemps pour comprendre ce qui les attendait en bas. Ou peut-être tentaient-ils de garder espoir et de s'accrocher à la vie, coûte que coûte.

Je m'aperçus que je tremblais quand Eden posa une main sur mon épaule. J'étais frigorifié, pourtant la chaleur des excavations faisait transpirer à grosses gouttes tous les captifs.

J'avais échoué. Là fut ma seule pensée quand je me laissai tomber comme une ancre dans une des alcôves. L'antidote m'avait été dérobé une nouvelle fois, j'étais piégé et réduit à l'esclavage dans une mine souterraine, au beau milieu d'un désert où personne ne viendrait jamais me récupérer. Tante Nelly aurait eu honte si elle savait ce que j'étais devenu. Ne pas attirer l'attention, emprunter les chemins les moins fréquentés, rester sagement dans l'ombre et apporter l'élixir à la reine mourante. Je n'avais respecté aucune de ses indications : pire encore, j'avais fait tout le contraire. Je m'étais égaré dans une cité où j'avais ligué la population entière contre moi.

Tandis que je broyais du noir en listant toutes les erreurs que j'avais commises, Eden s'accroupit et commença à gratter la terre avec ses ongles. Whisper était assise à côté de moi, la mine abattue. Ses yeux étaient rouges et enflés.

— Que fais-tu ? murmurai-je à Eden, de peur de réveiller les hommes assoupis.

Je craignais qu'elle n'ait définitivement sombré dans la folie. Sa blessure au front avait cessé de saigner, pour laisser place à une vilaine entaille boursouflée.

— Je n'ai pas l'intention de rester moisir ici, répondit Eden en retournant la terre.

— Tu as un plan ? s'enquit Whisper, une étincelle d'espoir brillant dans ses prunelles.

— Bien sûr que j'en ai un, répliqua sèchement Eden. Je vais ramasser le caillou le plus gros et le plus affilé et trancher la gorge de cet infâme meurtrier.

Whisper s'affaissa. Elle entoura ses genoux de ses bras.

— Ce n'est pas un plan, constata-t-elle avec amertume.

Il me sembla que c'était la première fois qu'Eden décevait Whisper.

— C'est une vengeance, poursuivit-elle d'une petite voix.

— Tu veux bien la fermer, Whisper ? explosa Eden. Le plus grand service que tu pourrais m'offrir, c'est de te taire une bonne fois pour toutes.

Whisper vacilla, comme si elle avait reçu un coup.

— Eden... l'avertis-je.

— Ne t'en mêle pas, rugit-elle en fronçant les sourcils. J'ai failli mourir pour récupérer ton stupide coffret, et tu n'as même pas été capable de le conserver plus d'une demi-seconde.

— Les hommes de Roan nous cernaient...

– Alistair était le complice de Roan ! s'écria-t-elle, si fort que les galeries tremblèrent. Tu aurais dû lui glisser une lame sous la gorge pendant qu'on me maintenait au sol. Tu aurais dû monnayer notre liberté au lieu de rester passif !

Ses accusations me firent l'effet d'une gifle.

– Si le dirigeable ne s'était pas écrasé, nous n'en serions pas là, répliquai-je sur le même ton.

Je savais qu'il ne fallait pas que je m'aventure sur ce terrain, mais je ne pus m'empêcher de mordre à l'hameçon.

– Sans *L'Aventurière des vents*, nos corps reposeraient dans une fosse commune au pied de Flamencia, à l'heure qu'il est. Toute la ville était à nos trousses !

– À cause d'un vol que *tu* as commis !

Je regrettai mes paroles aussitôt qu'elles eurent franchi mes lèvres. Je savais pertinemment qu'Eden avait dérobé cette araignée dans l'unique but de me faire plaisir... Pourtant, même si cela me fait honte de l'admettre, j'étais soulagé de pouvoir extérioriser toute la frustration et la peur qui bouillonnaient en moi depuis mon départ de Silver.

Elle pinça les lèvres, et une mèche de cheveux blonds tomba sur son visage peiné. Je m'approchai lentement, les bras tendus en signe d'apaisement.

– Écoute... commençai-je.

– Tais-toi. Je ne veux rien entendre.

Elle s'était renfermée et avait dressé autour d'elle des murs infranchissables. Incapable d'en supporter davantage, je me levai pour m'éloigner.

– Ne pars pas, souffla Whisper, telle une supplication.

Alors que tout mon être me hurlait de me rasseoir, de supplier Eden de me pardonner et d'offrir à Whisper les mots rassurants qu'elle avait besoin d'entendre, je tournai les talons.

J'errai longtemps dans les galeries teintées d'éclats violets en me laissant guider uniquement par mes pieds. Tous mes muscles étaient sous tension et mon épaule gauche m'élançait à intervalles réguliers. J'avais vaguement conscience d'une douleur aiguë à la cuisse, que j'ignorai pour continuer mon vagabondage dans les tunnels.

Les multiples galeries étaient encombrées par des masses de corps ensommeillés. Certains grommelèrent lorsque je passai à proximité – aucun ne dormait réellement, le grincement des nacelles empêchant tout repos –, mais ils ne firent aucune réflexion. Tous les tunnels et croisements menaient vers le centre de la mine souterraine. Je m'appuyai sur le garde-fou et me penchai légèrement pour tenter d'en apercevoir le fond. Mais il n'y avait rien, si ce n'est une infinité d'étages qui se succédaient.

— Fais attention, interpella une voix éraillée. La rambarde n'est pas très solide, mon garçon.

Je sursautai malgré moi. Tapie dans une cavité, une vieille femme s'approcha à pas feutrés.

— À moins que tu ne désires sauter et mettre fin à un long et inévitable supplice, poursuivit-elle.

— Qui êtes-vous ? dis-je en plissant les paupières.

La femme émergea de l'ombre, et une lueur mauve illumina son visage et ses dents noires. Son sourire était énigmatique. Elle portait une longue robe en haillons et ses pieds nus semblaient n'avoir jamais connu de souliers.

— Tu devrais dire à ton amie d'arrêter de se salir ainsi, dit-elle en désignant Eden qui s'acharnait sur le sol.

À force de vagabonder dans les galeries, j'étais revenu au point de départ. La femme me fixa sans cesser de sourire. Le visage enduit de poussière, je n'aurais pu affirmer son âge avec certitude, mais elle me semblait plutôt âgée. La courbure de son dos et sa démarche laborieuse en étaient la preuve.

— Pourquoi ? fis-je en haussant les épaules.

Après tout, nous avions déjà une apparence piteuse. La terre n'était qu'un détail de plus, et nous allions être forcés sous peu de déterrer les gemmes à coups de pioche.

— Chaque lune de Sang, ils font remonter les esclaves à la surface, m'informa-t-elle en levant la tête vers le ciel. Du moins, ceux des premiers niveaux, afin de nous présenter à de potentiels acheteurs.

— Nous allons être… vendus ? répétai-je, abasourdi.

— Seulement les plus forts et les plus intéressants d'entre nous, répondit-elle de sa voix rocailleuse. D'où l'importance de rester présentable pour les acquéreurs.

— C'est répugnant, déclarai-je en serrant ma paume contre le garde-fou.

— C'est le seul moyen de s'échapper de Kirvar, et ça, ça n'a pas de prix.

Je la détaillai en silence.

— Vous ne semblez pas suivre vos propres conseils, fis-je remarquer.

Elle ricana et passa une main dans ses cheveux qui n'étaient plus qu'un enchevêtrement complexe de nœuds.

— Plus personne ne voudrait d'une vieille femme qui tient à peine debout, fit-elle d'un ton égal.

Je fronçai les sourcils. Elle semblait croupir ici depuis des années, mais elle demeurait au premier niveau, soit celui des nouveaux arrivants.

— Pourquoi m'aidez-vous ?

Elle s'approcha encore un peu et son odeur corporelle, un mélange de transpiration et de rance, me parvint. Je ne pus refréner une moue de dégoût.

— Les femmes telles que moi veillent à ce que l'équilibre de la nature ne soit pas perturbé, déclara-t-elle sur un ton si détaché que je la pris immédiatement pour une folle. Tu as encore de nombreuses choses à accomplir à l'extérieur.

— Qu'entendez-vous par « les femmes telles que moi » ? interrogeai-je, de plus en plus suspicieux.

Elle me fit un clin d'œil et posa sa main difforme près de la mienne.

— Les sorcières ne sont pas totalement éteintes, souffla-t-elle, comme le racontent les ballades et les contes.

Je fis un pas en arrière.

— Tu ne devrais pas juger ainsi les êtres qui te sont étrangers, grogna-t-elle en désignant ma tache. Surtout un jeune homme tel que toi, qui as subi la méfiance des humains plus que quiconque.

— C'est pour cela que vous avez été envoyée ici ? Pour sorcellerie ?

— J'ai commis bien des crimes durant mon existence, mais je n'ai jamais été punie pour être qui je suis, susurra-t-elle.

Je hochai la tête, comme si je comprenais quelque chose de son jargon, alors qu'en réalité, j'étais perdu.

— C'est une bonne nouvelle, repris-je. Cette histoire de vente aux enchères. Eden et Whisper trouveront un moyen de se faire acheter, et elles partiront loin d'ici. Elles n'auront pas de mal à filer entre les doigts de leurs nouveaux propriétaires.

Et je le pensai réellement. Le ciel couvert de nuages semblait s'éclaircir. Il y avait une échappatoire : tout n'était pas perdu.

— Tu peux aussi espérer cette rédemption.

Je haussai les épaules.

— Comme vous l'avez dit, les garçons marqués ne sont généralement que peu appréciés par leurs pairs. Personne ne voudrait de moi.

La vieille femme claqua sa langue contre son palais en secouant la tête.

— Tu te trompes, mon petit. Il suffit que tu laisses éclater au grand jour tes qualités… et tes dons.

Mon cœur loupa un battement.

– Qui êtes-vous ? répétai-je, et ma méfiance envers cette inconnue s'accrut soudainement.

– Ne t'es-tu jamais demandé pourquoi tu avais ces dons si particuliers ? éluda-t-elle, ses yeux noirs plongés dans les miens comme si elle sondait mon âme.

– Je suppose que c'est une façon pour les dieux de s'excuser d'avoir échoué avec l'apparence physique, raillai-je, bien que je n'en pense pas un mot.

– Foutaises ! s'écria la vieille femme, et je sursautai à nouveau. Seuls les êtres choisis ont des dons. Il s'agit là de l'expression de la pureté de ton cœur, de la bonté de ton esprit et de l'innocence de ton âme.

Sa voix avait pris des inflexions puissantes, et je déglutis. Plus je reculais, plus la vieille femme s'avançait.

– La pureté de mon cœur ? répétai-je, et ces inepties sonnèrent encore plus faux.

Je secouai la tête.

– Je n'ai jamais rien accompli. Je suis juste un garçon comme les autres… un garçon ordinaire, insistai-je tandis que la vieille femme posait ses mains osseuses sur mes épaules.

– Mais tu accompliras des choses, car tel est ton destin, assura-t-elle.

Elle était si proche que je pouvais sentir son haleine sur ma peau.

– Je n'ai jamais cru au destin.

– Il faut prendre garde à ceux qui veulent se mettre en travers de ta route. Méfie-toi des faux-semblants et des secrets.

– Des secrets ? répétai-je comme un perroquet, incapable de penser à autre chose qu'à la pression de ses ongles sur mes épaules. Ses yeux étaient comme deux trous noirs insondables et ensorcelants.

– Lâchez-le ! s'écria une voix rude et familière, qui me sortit aussitôt de ma torpeur.

La sorcière baissa les yeux et se confondit en excuses.

— Ayez pitié, je ne suis qu'une vieille âme en peine… murmura-t-elle en se recroquevillant comme si elle s'apprêtait à recevoir un coup.

— Tout va bien ? s'inquiéta Eden en me parcourant des yeux rapidement.

Ses mains pleines de terre avaient remplacé celles de la sorcière, et j'avais terriblement conscience de la proximité de nos deux corps.

— Jadis ? appela-t-elle en passant une main devant mon visage.

Je clignai des yeux et me raclai la gorge, décontenancé.

— Qu'est-ce qu'elle te voulait ? demanda-t-elle, au moment où la vieille disparaissait en boitillant dans le tunnel.

Je secouai la tête.

— Rien d'important. Nous devrions dormir, suggérai-je en pensant à la vente aux enchères du lendemain.

Eden fronça les sourcils, et je me mis à compter chacune de ses taches de rousseur. Elle se détourna rapidement, puis alla rejoindre Whisper qui avait fini par s'assoupir au fond de l'alcôve. Je poussai un long soupir et jetai un dernier coup d'œil au fond du cratère avant de les rejoindre.

Bien plus tard, alors que les nacelles avaient fini par cesser leurs allers-retours et que plus aucun bruit ne se faisait entendre dans les galeries, les mots de la vieille envoûteuse résonnaient encore à mes oreilles.

41

Une invitée spéciale

Whisper Organa
Mine de Kirvar, désert des Larmes, terres du Sud.

Mon esprit fut tourmenté toute la nuit. Au petit matin, je ne fus délivrée de mes cauchemars que pour sombrer dans une nouvelle panique : la plus effrayante de toutes, puisque celle-ci était réelle.

Cela ne faisait pas vingt-quatre heures que nous croupissions dans cet enfer, mes amis et moi, que je suffoquais déjà. Comment une telle entreprise avait-elle pu naître et prospérer au sein même des territoires sous l'égide du roi ? Comment un homme pouvait-il affirmer détenir le droit de vie ou de mort sur des individus et les réduire au rang de simple main-d'œuvre, d'outil de travail qu'on s'empresserait de jeter après usage ? Je brûlais d'envie de hurler, de supplier, de pleurer toutes les larmes de mon corps. Ce ne fut qu'en m'appuyant sur le calme à toute épreuve de Jadis et la ruse et l'habileté d'Eden que je pus me contenir.

Quand je me lamentais de n'avoir aucun ami et de m'ennuyer dans les interminables corridors trop bien entretenus, Hermance me bordait dans mon immense lit baldaquin qui aurait pu sans peine abriter une douzaine de bambins tels que moi, et répétait que la nuit apaise les maux et porte conseil.

Après une nuit au cœur de l'enfer, mes tourments étaient loin d'être apaisés et aucune solution rationnelle ne m'était venue à l'esprit. J'avais sérieusement songé à dévoiler ma dernière carte : révéler mon identité au grand jour, exiger qu'on me conduise au Palais royal… Mais les mots de père dansaient sous mes yeux gonflés après une nuit tout sauf reposante : si un malfaiteur avait vent du sang royal qui coulait dans mes veines, il aurait tout pouvoir sur le roi. Pire, je pourrais être assassinée dans le seul but d'envoyer un message à père. Encore faudrait-il que je sois crédible : Roan risquerait de me traiter d'affabulatrice. Et pour avoir eu l'impudence d'oser lui mentir, il pourrait me jeter dans les profondeurs du cratère, ou je dépérirais loin d'Eden et Jadis, loin de ma famille, seule et misérable.

Cependant, une lueur d'espoir subsistait : Jadis m'avait fait part de la vente aux enchères qui se tenait à l'aube de la troisième lune de Sang, environ tous les deux mois.

– Tu es prête ? demanda Eden en me frôlant l'avant-bras.

Jamais Eden n'avait été si tactile avec moi : elle s'efforçait d'adopter une attitude réconfortante, répétant des mots rassurants. J'avais cru l'avoir perdue lorsqu'elle s'était mise à gratter la terre avec ses ongles, mais j'avais réussi à la convaincre de cesser à force de persévérance. Elle m'avait rejointe peu après dans mon petit renfoncement boueux.

Je devais avoir l'air vraiment pitoyable, car Jadis crut utile de m'offrir un sourire encourageant.

– Vous avez l'air de deux jeunes filles parfaitement honorables, nous félicita-t-il, bien que nous n'ayons pas meilleure allure que des gueuses.

Mes jambes étaient recouvertes de terre jusqu'aux genoux et diverses croûtes s'étaient formées sur mes blessures dues à l'atterrissage forcé. Mes cheveux noirs n'étaient plus qu'un amas de nœuds désordonnés et même si je n'avais pas de miroir à disposition, je savais que mon visage n'avait rien d'avenant.

Autour de nous, les prisonniers réveillés depuis un bon moment s'activaient : tous tentaient de retrouver figure humaine. On s'essuyait le visage avec des flaques d'eau formées dans les cavités humides. La rosée déposée sur les gemmes déjà déterrées fut quant à elle entièrement dédiée à notre hydratation. Tous caressaient l'espoir de quitter ce cratère de la mort.

– C'est répugnant, maugréa Eden en plissant le nez de dégoût. On dirait que tout le monde s'est résigné à lécher les bottes de ce truand.

Dont moi, pensai-je en mon for intérieur en prenant conscience que je plaçais des espoirs démesurés dans cette vente aux enchères. Eden était peut-être trop fière pour s'en accommoder, mais j'y voyais notre seule chance de sortir d'ici.

Les soldats évacuaient les forçats niveau par niveau, de façon calme et méthodique, avec la tranquillité déconcertante de ceux qui ne faisaient qu'obéir aux ordres. À peine eus-je foulé le sol de la surface qu'on attacha mes chevilles et mes poignets avec une lourde chaîne. Instinctivement, j'observai l'entrée de l'abri de fortune où les brigands avaient emmené Alistair la veille.

Je me rembrunis à la pensée d'Alistair. Comment avait-il osé nous laisser dans ce pétrin sans réagir ? Il bénéficiait visiblement d'une certaine influence auprès de Roan et sa troupe. Il aurait pu, à force de négociations, marchander notre libération. Mais peut-être était-il toujours inconscient. Une part de moi espérait qu'il en soit ainsi, car alors il ne nous aurait pas abandonnés lâchement. Ou bien s'était-il démené corps et âme pour nous sauver, mais Roan n'avait pas voulu céder.

Je secouai la tête. J'étais pourtant persuadée qu'Alistair avait tenté de m'aider dans *L'Aventurière des vents*, lorsque celle-ci s'apprêtait à sombrer dans l'océan. Il avait enroulé ses bras autour de moi au moment où mes mains ankylosées allaient lâcher la rambarde.

Mais à présent, en observant les pans abaissés de l'entrée de la tente, des doutes m'assaillaient. Je l'avais tout simplement imaginé. Peut-être ne m'avait-il attrapée que pour s'assurer que ma chute ne l'emporterait pas avec lui. Eden avait raison, après tout : les scélérats restaient des scélérats, peu importent les efforts déployés pour mettre un terme à leurs agissements criminels.

– On a une invitée spéciale, à ce que je vois, railla un des malfrats postés non loin de là.

Son acolyte, occupé à passer les menottes aux prisonniers, se fendit d'un large sourire.

– C'est encore la môman du chef qui vient faire son spectacle, pouffa-t-il, et d'autres gardes s'esclaffèrent à l'unisson.

Je me dévissai le cou pour tenter d'apercevoir quelque chose. En effet, surgissant d'entre les deux montagnes qui encerclaient Kirvar, une immense caravane s'avançait dans notre direction. Composée de nombreux cavaliers et d'une calèche aux parures éclatantes, « l'invitée spéciale », pour reprendre les termes du garde, ne pouvait qu'être un individu de prestige. Incroyablement riche, car personne ne pourrait s'offrir les services d'un tel convoi dans une région si aride sans en payer le prix fort.

La calèche se rapprochant et les cavaliers hissant leur étendard comme s'ils s'apprêtaient à livrer bataille, je pus enfin discerner les symboles qui ornaient drapeaux et plastrons. Un petit ange accroupi, tenant au creux de ses mains une étoile à six branches.

Je le reconnaissais pour l'avoir vu à plusieurs reprises au Palais royal. Mon pouls s'emballa et je sentis mes jambes fléchir. Par pur réflexe, je me glissai derrière Eden qui, surprise par mon comportement, fronça les sourcils.

– Qu'est-ce que tu fabriques ? dit-elle en se tordant le cou pour m'apercevoir.

Je me recroquevillai derrière elle. *Inutile de paniquer*, m'exhortai-je. Mes soupçons se confirmèrent lorsque la veuve Étoilée descendit de son carrosse, aidée par deux valets de pied, et foula la terre sèche de ses talons.

En tant que gouverneur d'une des Quatre Terres, elle entretenait une relation privilégiée avec père. La réunion qui rassemblait les trois régisseurs se tenait une fois par an au palais, dans la plus grande discrétion. Mais il m'arrivait fréquemment d'épier leurs entrevues. Cloîtrée dans ma chambre, j'avais observé depuis ma fenêtre leurs balades apparemment anodine dans les jardins.

Avec son embonpoint et ses cheveux roux impeccablement lisses, la veuve Étoilée était facilement reconnaissable. Derrière son apparence grassouillette se cachait une monstrueuse vipère qui n'hésitait pas à frapper ses domestiques à la moindre contrariété. Je n'étais presque pas surprise de la voir mêlée à tout ce trafic inhumain. Père ne la portait pas dans son cœur, et chaque visite était précédée d'une humeur encore plus exécrable que d'ordinaire. Lorsque j'avais suggéré de remplacer la veuve Étoilée par quelqu'un d'autre, père m'avait ri au nez. Il m'avait alors sermonnée et ridiculisée pour mes prétentions de conseillère. La veuve Étoilée était en réalité une alliée non négligeable, puisqu'elle possédait à elle seule le tiers du stock d'or des Quatre Terres. Elle avait menacé de destituer mère bien avant ma naissance, et avait commencé à constituer sa propre armée en enrôlant des miséreux en échange d'un gagne-pain et d'un toit. La menace était telle que le royaume s'était retrouvé au bord d'un nouvel affrontement. Mais mère, à cette époque en pleine possession de ses moyens, du sens de la diplomatie et des affaires, avait préféré un arrangement au conflit. Elle lui avait cédé la place de régisseur des terres de l'Ouest en échange d'un serment d'allégeance à la Couronne. La veuve Étoilée, qui devait choisir un nom d'emprunt comme l'exigeait la tradition, se nomma ainsi en hommage à son époux disparu.

Que dirait le roi s'il savait ce que la veuve Étoilée orchestrait dans son dos ?

– Qu'est-ce qu'elle fait ici, celle-là ? grogna Eden qui avait elle aussi identifié le blason.

En effet, il était rare de voir un régisseur autre part que dans les terres qu'il administrait.

Jadis ne cacha pas sa stupeur, et sa bouche s'ouvrit davantage lorsque Roan daigna sortir de sa tente pour saluer la veuve Étoilée. Les gardes aux alentours cessèrent l'évacuation des prisonniers pour effectuer une révérence, et la plupart des enchaînés imitèrent leur geste. Je tirai Eden par l'épaule pour la forcer à s'incliner. Roan se contenta d'un simple hochement de tête.

– C'est tout ? renifla la veuve Étoilée en haussant un sourcil dédaigneux. Cela fait plus de deux ans que je n'ai pas vu mon fils, et voilà comment il me traite ?

Je ne sus, qui de Jadis ou de moi, eut le plus de mal à digérer l'information. Roan était… son fils ?

Le regard de Roan demeura indéchiffrable. Il grogna :

– Quel bon vent vous amène, mère ? éluda-t-il en s'approchant. Sûrement pas une visite de courtoisie, si j'en crois votre escorte.

La veuve Étoilée fit un signe de tête à ses hommes, qui reculèrent de quelques pas.

– J'espérais un peu de reconnaissance, à vrai dire. Ta petite entreprise a tout de même frôlé la ruine quand cette traîtresse t'a vendu aux autorités. J'ai dû faire jouer mes relations pour réduire les dégâts.

– L'intégralité de mes repaires sur la côte Ouest ont été ravagés, gronda-t-il, tout sauf reconnaissant.

– Des directives émises par le prince des Orphelins, non par moi, siffla-t-elle avec sévérité. Je n'arrive toujours pas à croire que ce gamin se soit permis une telle liberté sans me consulter au préalable. Les terres de l'Ouest sont sous ma responsabilité. J'en toucherai deux mots à Sa Majesté lorsque je la verrai. Je ne tolérerai pas un nouvel affront.

Je peinais à croire qu'elle tienne ces propos devant tant de témoins. Elle devait considérer les prisonniers comme des moins-que-rien, et les soldats également, pour oser tenir un tel discours sans langue de bois.

La veuve Étoilée couvrait les agissements criminels de Roan, et pire encore : elle en prenait une part active. Un doute terrible m'assaillit : et si père était au courant de toutes ces manigances et qu'il s'en arrangeait, ou pire, en tirait profit ?

Les partisans de la veuve Étoilée se mirent en position de repos, et les soldats de Roan se redressèrent enfin. Il était temps : mes genoux tremblaient à force de rester prosternée. Les gardes reprirent l'évacuation des prisonniers, toujours très zélés, n'hésitant pas à asséner un ou deux coups pour accélérer la cadence.

– Ils ont bien mauvaise allure, se plaignit la veuve Étoilée en détaillant les rangées de bagnards debout devant le cratère.

D'autres acheteurs, éclipsés par l'arrivée de la veuve Étoilée, se regroupaient près de Roan. Mais la priorité revenait à celle-ci, qui nous scrutait avec un dégoût palpable.

– Prenez les hommes les plus vifs et les plus vigoureux, aboya-t-elle sans prendre la peine de sélectionner les prisonniers elle-même.

Une femme de petite taille vint s'agenouiller près d'elle, pour lui tendre un coffret en bronze. La veuve Étoilée récolta une ou deux topazes, qu'elle jeta sur son fils. Roan récupéra les pierres précieuses à terre sans faire le moindre commentaire. Les serviteurs de la régisseuse désignèrent, comme demandé, les hommes les plus vigoureux, et se gardèrent bien d'approcher Jadis, épouvantés par les marques sur son corps.

La transaction fut très rapide : les malheureux furent détachés, séparés de leurs proches. Quelques larmes jaillirent des familles ou amis restés sur place, malgré tout, le soulagement de les voir libérés des tourments de la mine prenait l'ascendant.

– J'espère que tes mineurs travaillent vite et bien, maugréa la veuve Étoilée en grimpant avec difficulté dans sa calèche.

Les nombreuses brouettes remplies de pierres précieuses disposées autour du gouffre témoignaient assez du travail des captifs, mais Roan s'empressa de la rassurer.

– Je t'enverrai un dédommagement pour les risques que tu as pris, fit-il, visiblement à contrecœur.

– J'y compte bien.

Le valet de pied claqua la porte de la calèche. Les prisonniers furent entassés dans une charrette vide et le cortège repartit aussi vite qu'il était arrivé.

42

La vente aux enchères

Whisper Organa
Mine de Kirvar, terres du Sud.

La veuve Étoilée n'avait même pas posé les yeux sur moi. Le contraire aurait été surprenant : père avait veillé à me cacher aux yeux de tous et même si ma fugue avait révélé mon existence, le portrait divulgué était tellement soigné qu'il me paraissait maintenant presque irréel.

Roan avait parlé d'un risque... La veuve Étoilée se serait-elle mise en danger en protégeant les affaires de son fils ? Si c'était vrai, cela signifiait que père n'avait rien à voir avec ces monstruosités.

Dès que les étendards de la veuve Étoilée eurent disparu derrière les montagnes, l'atmosphère se détendit. Roan accueillit les acheteurs le sourire aux lèvres. Ceux-ci n'hésitaient pas à palper les bras d'un prisonnier ou poser des questions pour s'assurer de la bonne qualité de la marchandise. Comme si nous n'avions pas plus de valeur qu'une simple pièce de viande. Je ressentis une immense humiliation lorsque les yeux d'un vieil homme se posèrent sur moi et m'étudièrent avec moins de considération qu'une plante verte. Un sentiment semblable au jour où père m'avait annoncé que je devais épouser le fils du roi du Nord, et j'eus aussitôt envie de me terrer dans un trou pour ne jamais en ressortir.

Le vieil homme, qui avançait dos courbé et épaules voûtées, lâcha par inadvertance le mouchoir qu'il utilisait pour débarbouiller la figure des prisonniers un peu trop encrassés, sans doute pour mieux juger leur potentiel. Par réflexe, je me penchai pour le ramasser et le lui rendre. Eden m'adressa une moue si offusquée que je fus presque tentée de le lâcher. Jadis, lui, me couvrit d'un regard bienveillant.

— Qui es-tu ? demanda le vieil homme en récupérant le tissu.

Je me figeai. Il devait penser que je l'avais aidé uniquement pour être achetée, ce qui, en y réfléchissant, était une bonne stratégie.

— Whisper Bracken, dis-je d'une voix chevrotante.

— Tu es bien pâle, dit l'acheteur en remontant ses lunettes rondes qui avaient glissé le long de son nez aquilin. Et bien maigre.

Il palpa mon bras, et je me tétanisai encore plus. Tous mes muscles étaient figés, et je serrai la mâchoire à m'en briser les dents.

— Sais-tu lire ? questionna-t-il avec intérêt.

Je hochai la tête, même si je ne savais pas où il voulait en venir.

— J'ai besoin d'un anagnoste, m'informa le vieil homme. Ma femme est souffrante et je ne peux plus m'occuper d'elle. Je cherche quelqu'un qui puisse entretenir la maison et divertir un peu ma pauvre bien-aimée. La vieillesse est une affection bien cruelle.

— Faire la lecture à table… commençai-je prudemment.

— Elle sait parfaitement lire et écrire, assura Eden dans un souffle. Elle est très douée.

Je fis volte-face, ou du moins essayai-je, puisque les entraves me liaient chevilles et poignets.

— Qu'est-ce que…

— Elle est très intelligente et connaît toutes les règles de bienséance par cœur, renchérit Jadis en hochant la tête.

Je commençais à comprendre ce qu'ils manigançaient. Pas question de partir sans eux, même si de toute évidence ce vieillard représentait une aubaine.

– Elle est volontaire et enthousiaste, poursuivit Eden. Nul doute qu'elle saura redonner le sourire à votre épouse.

– Tais-toi ! glissai-je en la fusillant du regard. Je ne veux pas partir sans toi !

Je me tournai vers le vieil homme.

– Eden et Jadis pourront vous être d'une grande utilité. Jadis a travaillé dans les champs pendant de longues années et Eden est aussi très cultivée.

– Je crains de ne pas avoir l'argent pour un tel investissement, dit le vieillard, l'air sincèrement désolé.

L'homme m'étudia encore quelques minutes sans un mot, puis fit signe à l'un des gardes qui me détacha aussitôt.

Au moment où mes chaînes tombaient dans un cliquetis métallique, une voix s'éleva :

– Attendez !

La voix, de toute évidence féminine, provenait d'une silhouette encapuchonnée à proximité. La femme s'approcha à pas feutrés, le visage dissimulé sous un voile sombre.

– Je désire acheter cette jeune femme, trancha-t-elle.

Ce ton sévère et rude me parut familier.

– Mais… s'offusqua le vieillard.

– J'insiste, coupa la femme. Je payerai le double.

Le vieil homme scruta sa bourse, trop peu bombée pour renchérir, et finalement se détourna de nous. C'est alors que la femme retira son voile.

Je faillis tomber à la renverse en découvrant ma gouvernante.

– Hermance ! m'écriai-je, oubliant toute retenue.

Le visage austère de ma gouvernante s'égaya d'un sourire timide.

– Comment avez-vous…

– Pas le temps pour les questions, m'interrompit-elle sèchement.

Elle eut un moment d'hésitation, comme si elle avait failli laisser échapper un « princesse ».

– Je suis venue vous secourir, chuchota-t-elle tandis que le gardien s'éloignait pour conclure une autre vente.

Eden et Jadis échangèrent un regard lourd d'interrogations. Comment Hermance m'avait-elle retrouvée ?

– Il ne s'est pas passé un jour sans que la culpabilité m'assaille, murmura-t-elle. Je me suis lancée à votre recherche dès le lendemain, quand mon fils m'a indiqué ne pas vous avoir vue.

Son fils ! Je me remémorai l'instant où elle m'avait glissé dans la main un papier froissé avec l'adresse de son fils pour trouver refuge. Qu'était-il devenu ? Dans la panique du départ, je l'avais complètement oublié. Tout aurait pu être si différent...

– Hermance... soufflai-je dans un sanglot.

– Je viens vous sauver, répéta-t-elle, en pressant ma main contre la sienne. Ma sœur a une petite demeure dans un village reculé, loin de la capitale. Vous y serez en sécurité. À moins que vous ne souhaitiez retourner là-bas...

La gratitude me fit monter les larmes aux yeux. Hermance ne m'avait pas abandonnée... Elle m'avait aidée à m'échapper et, à présent, elle me sauvait d'une vie de servitude.

– Il faut payer la libération d'Eden et Jadis, dis-je avec douceur.

Hermance dévisagea les deux intéressés, de plus en plus ébahis. Puis elle secoua son réticule.

– Je... j'ai rassemblé toutes mes économies. Nous pourrons revenir chercher vos amis dès que j'aurai emprunté les fonds nécessaires à ma sœur, assura-t-elle.

Ce n'était pas ce que j'espérais, mais c'était mieux que rien. Jadis et Eden sortiraient de là, ce n'était qu'une question de temps.

— Whisper… tu peux me dire ce qui se passe ? demanda Jadis.

Je lui fis mon plus beau sourire.

— Hermance est une amie. Elle va nous aider à sortir d'ici, je te le promets.

Il hocha la tête après un court silence. Eden s'était détendue et posa une main sur mon épaule.

— Je reviendrai vous chercher, promis-je en me tournant vers eux. C'est une affaire de quelques jours, j'en fais le serment.

Jadis sourit faiblement et Eden acquiesça avec lenteur. Ils semblaient encore sur leurs gardes, décontenancés par ce revirement de situation.

— Allons-nous-en, me pressa Hermance en vidant sa bourse dans les mains du garde.

Je me retournai vers mes amis, les larmes dégringolant sur mes joues.

— Je ne veux pas vous quitter… soupirai-je.

Eden s'approcha et chassa une larme avec sa paume.

— Je te fais confiance, dit-elle. Nous nous reverrons.

Je hochai la tête, la gorge nouée. Puis je la pris dans mes bras et pleurai comme une Madeleine sur son épaule. Elle eut un moment d'hésitation avant de me rendre mon étreinte. Elle me serra très fort contre elle, et ce geste m'emplit d'une joie immense. Mon amie m'avait sauvée à de nombreuses reprises. Maintenant, c'était à mon tour de lui rendre la pareille. Jadis se joignit à nos embrassades et me souleva de terre, ce qui m'arracha un rire étranglé.

Protégée par deux paires de bras bienveillants, j'aurais donné n'importe quoi pour suspendre le temps. Mais Eden s'écarta la première, imitée de Jadis, et je me sentis aussitôt dépouillée d'une partie de moi-même.

— Ne t'en fais pas pour nous. Tout ira bien, assura Jadis.

Je repassai ses paroles en boucle dans ma tête tout en tentant d'y croire. Hermance prit mon bras avec douceur pour me guider jusqu'à sa monture, un simple chameau.

Le cauchemar prenait fin. Mais contrairement à ce que j'avais imaginé, les terribles angoisses qui me comprimaient la poitrine ne se dissipèrent pas. Mon départ n'avait pas le goût de la victoire. J'étais incapable de ressentir le moindre soulagement, mes amis étant en mauvaise posture.

– Arrêtez !

Je sursautai et fis volte-face. Ce n'était autre qu'Alistair Atkinson qui émergeait du barnum, ses cheveux noirs collés au front par la transpiration. Il semblait très mal en point et, pour une fois, la canne sur laquelle il s'appuyait lui était d'une réelle utilité. Il boitait et un épais bandage recouvrait son torse, visible à travers sa chemise ouverte et froissée. Ainsi Roan s'était-il décidé à le soigner. Mais le voir en si mauvais état confirmait mon hypothèse, à mon plus grand soulagement : il ne nous avait pas totalement oubliés. Il avait lutté toute la nuit contre ses blessures, à en juger par les cernes violacés qui auréolaient ses yeux bleus.

– Attendez, répéta Alistair, essoufflé par ses quelques pas.

Il fusilla ma gouvernante du regard.

– Vous ne partez pas avec elle. Elle est à moi ! déclara-t-il à l'intention de Roan, qui s'était approché pour observer la scène.

– Ce n'est pas la peine, dis-je à Alistair lorsqu'il parvint jusqu'à nous. Hermance est une amie : vous n'avez pas besoin de me sauver.

Bien que son attention me touchât plus que je n'osais l'avouer, elle était inutile.

– Je donne le triple ! s'époumona Alistair d'une voix grave.

Le temps sembla s'arrêter. J'ouvris la bouche, mais aucun son n'en sortit. Mon menton se mit à trembler.

– Comment ? demandai-je, en priant d'avoir mal entendu.

Alistair avait les yeux rivés sur ses pieds. Enfin, il leva la tête et osa croiser mon regard. Les secondes s'étirèrent, sans qu'un mot ne soit prononcé. Puis, très lentement, il sortit d'une main tremblante un diamant de sa poche. Je fixai la pierre précieuse sans la voir.

C'était impossible. Je devais rêver.

– Non ! hurlèrent Eden et Jadis.

Les gardes réagirent en un rien de temps et fondirent sur Eden pour la maintenir au sol tandis qu'elle proférait les pires jurons que j'avais jamais entendus. Quant à Jadis, il n'eut même pas le temps d'ouvrir la bouche que Roan en personne se chargea de le remettre à sa place en lui envoyant un horion en plein visage. Un craquement épouvantable se fit entendre et Jadis s'écroula. Mais Roan ne s'arrêta pas là, et le frappa encore et encore, jusqu'à ce qu'il soit totalement immobile.

Eden vociféra contre les gardes qui peinaient grandement à la contenir. Ni mes hurlements ni mes supplications n'arrêtèrent Roan, qui infligea à Eden le même traitement qu'à Jadis. Je me dégageai de la poigne d'Hermance pour rejoindre mes amis. Alistair rassembla ses maigres forces pour me barrer la route.

– Écartez-vous ! hurlai-je en frappant du poing contre son torse.

Il grimaça sous le coup et je ne cachai pas ma satisfaction lorsqu'une tache rouge apparut sous son bandage.

Il agrippa mon poignet avec une force phénoménale pour un blessé, et plongea ses yeux bleus dans les miens. Jamais il ne m'avait paru aussi menaçant.

– Ne m'obligez pas à vous faire du mal, murmura-t-il.

Je tirai sur mon bras pour me dégager de sa poigne, mais il tint bon.

– Vous ne pouvez pas les aider.

Haletante, j'éclatai en sanglots. Ma vision se troubla, mais je trouvai tout de même la force de demander :

– Pourquoi ?

Il ne répondit pas. Je rassemblai tout mon désespoir, toute ma détresse et mon désarroi pour articuler ces quelques mots :

– S'il vous plaît... ne les laissez pas ici. Je partirai avec vous si vous leur rendez la liberté. C'est ma seule requête. Je ne résisterai pas.

Alistair jeta un coup d'œil vers mes amis, étendus par terre, à demi inconscients. Il semblait hésiter, partagé par un dilemme intérieur.

– Je ne peux pas, lâcha-t-il au bout de ce qui sembla une éternité.

Roan, qui jusque-là avait pris soin de ne pas se mêler de la conversation, éclata d'un rire rauque.

– Je ne te savais pas aussi pervers, Atkinson. Garder la petite pour toi tout seul...

Alistair fronça les sourcils, mais se garda bien de répondre. Je me tournai vers Hermance, qui semblait bouleversée par ce à quoi elle venait d'assister.

– Libérez-les, Hermance, soufflai-je, et ma demande sonna comme une supplication.

– Elle ne fera rien de tel, me contredit Alistair.

Il fit alors un signe de tête entendu à Roan qui, visiblement ravi de se défouler, empoigna ma gouvernante par les épaules et lui attacha les mains avec une épaisse corde.

– Que faites-vous ? hurlai-je. Vous n'avez pas le droit !

Alistair tenta de m'immobiliser, aussi j'utilisai mes dernières forces pour le gifler.

– Ne me touchez pas ! criai-je.

Roan s'approcha et lia mes poignets et mes chevilles avec l'affreuse chaîne que je pensais avoir définitivement laissée derrière moi quelques instants plus tôt. Le poids des liens se fit écrasant pour mon corps ébranlé et déshydraté et je vacillai.

Je vécus la suite des événements plongée dans un flou cotonneux, comme prisonnière d'une vision. Alistair s'entretint avec Roan pendant de longues minutes afin de négocier une calèche et un convoi.

Pourquoi agissait-il ainsi ? J'avais beau chercher, je ne parvenais pas à trouver une réponse cohérente. Finalement, Alistair réussit je ne sais comment à soutirer trois montures à Roan avec une dizaine de soldats.

Dans d'autres circonstances, j'aurais été ébahie de voir que nos montures étaient trois immenses éléphants, mais j'étais bien trop confuse pour m'en préoccuper. Alistair tenta de me faire monter sur la plus grande des bêtes, je refusai obstinément d'obéir. Malheureusement, ma petite rébellion s'acheva lorsque Roan m'asséna un coup sur la tête en ignorant les protestations d'Alistair. À moitié inconsciente, j'eus à peine le temps de voir Hermance grimper sur l'une des bêtes qu'on me hissa sur le dos de l'animal comme un poids mort.

43

Le vrai visage d'Alistair Atkinson ?

Whisper Organa
Mine de Kirvar, terres du Sud.

Alistair, qui semblait avoir repris un peu de vigueur, se plaça derrière moi et saisit les immenses sangles qui servaient à diriger l'éléphant.

Alors que nous nous éloignions de Kirvar et de la mine souterraine, je trouvai la force de demander :

– Pourquoi ?

Cette fois-ci, Alistair ne se déroba pas.

– Je reçois des ordres, dit-il en haussant les épaules.

Sa voix avait des inflexions de regret, mais aussi de colère contenue.

– À qui obéissez-vous, Alistair ?

Il déglutit avant de répondre.

– J'obéis au roi Salomon. Il m'a payé grassement pour vous traquer et vous ramener chez vous, avoua-t-il en fixant un point à l'horizon.

Je m'affaissai sur le dos rêche et dur de l'éléphant. Ça ne pouvait pas être réel. Je refusais d'y croire. Cette révélation sonnait comme un glas.

– Alors toute cette course-poursuite à Flamencia, c'était de la comédie ?

– Je savais que vous vous seriez enfuie si je vous avais exposé la raison de ma présence. Je n'ai jamais eu l'intention de vous faire du mal. Je voulais juste vous appréhender et vous raccompagner au palais afin de toucher la récompense promise par votre père. Je ne pensais pas que la traque prendrait une tournure aussi… dramatique.

Les mots refusaient de passer la barrière de mes lèvres. La haine bouillonnait en moi et prenait le dessus sur la tristesse. Je ne pleurerais pas. Pas cette fois.

– Vous n'êtes qu'un menteur. Êtes-vous réellement un commerçant ou n'était-ce qu'un subterfuge ? Non, bien sûr, vous devez faire partie des immondes courtisans du roi, un exécutant à sa botte ?

Allongée sur l'éléphant, je ne pouvais observer la réaction d'Alistair sur son visage. Je ne voyais que ses mains serrant les sangles, si fort que ses jointures blanchissaient.

– Les exportations et importations sont bien un de mes nombreux talents… ça, et d'autres choses.

– J'espère que la récompense en vaut la peine, crachai-je avec dédain.

– Elle en vaut la peine, répliqua Alistair sans une once d'hésitation.

Pas la moindre trace de remords dans cette affirmation. Je restai muette pendant de longues minutes avant d'oser poser la question qui me taraudait.

– Pourquoi ne pas avoir libéré Eden et Jadis ? D'accord, vous avez des obligations envers le roi et vous avez l'ordre de me raccompagner au palais. Mais rien ne vous empêchait de les libérer. Ou êtes-vous réellement un monstre sans cœur ?

Alistair prit soin de choisir ses mots.

– Croyez-le ou non, j'essaie de vous protéger.

– En me blessant, en me séparant de mes amis ?

Retenus par la lourde chaîne, je levai les bras avec difficulté : mon poignet gauche portait encore la marque de chacun de ses doigts.

– Eden est dangereuse, s'obstina-t-il.

J'eus un reniflement dédaigneux.

– Elle n'est violente qu'avec ceux qui tentent de nous faire du mal.

– Si vous aviez lu son fameux journal, votre opinion serait différente.

– Qu'est-ce que vous voulez dire par là ?

Alistair poussa un long soupir.

– Elle projette de venger la mort de ses parents en assassinant le roi, la reine et l'héritière du trône... *vous.* J'ai tenté de vous prévenir, dans *L'Aventurière des vents*, se défendit-il, mais vous n'avez rien voulu savoir.

Je me mordis les lèvres de toutes mes forces pour m'empêcher de pleurer. Au fond, cela ne m'étonnait même pas. Je savais déjà qu'Eden haïssait la famille royale tout entière, elle me l'avait fait comprendre explicitement à plusieurs reprises. Pire que tout : sa haine était justifiée. Père avait détruit sa vie. Elle aurait fini par apprendre ma véritable identité tôt ou tard, malgré tout j'avais espéré naïvement que le moment venu, elle me pardonnerait. Elle me pardonnerait d'être qui j'étais parce que je n'avais rien à voir avec la tyrannie de père et ses projets malsains. J'avais espéré qu'elle m'accepterait. Elle était ma toute première amie. Celle qui m'avait sauvée des griffes des bandits à Hortensia.

– Eden n'est pas quelqu'un de bien, insista Alistair d'une voix qui s'était adoucie.

Je compris avec un pincement au cœur qu'Alistair se trompait. Eden était quelqu'un de bien, j'en étais convaincue. Mais je pris conscience d'une vérité tout autre et nettement plus douloureuse : l'amitié ne pourrait rien au regard de la peine liée à la perte de ses parents. Elle achèverait la mission qu'elle s'était fixée. Finalement, ce n'était pas grave, je serais prête. J'étais responsable des actes de père par ma naissance : s'il fallait que quelqu'un paye pour ses crimes, alors j'endosserais ce rôle.

44

Le dernier niveau

Eden Grismo
Mine de Kirvar, terres du Sud.

Si seulement la douleur avait pu me plonger dans l'inconscience ! J'appelais de toute mon énergie restante ce flou cotonneux libérateur. Au contraire, chaque parcelle de mon corps brûlait comme un brasier. J'étais totalement lucide, les sens en alerte, ce qui rendait la trahison encore plus déchirante.

Le visage plaqué au sol par la botte boueuse d'un des sbires de Roan, je vis le cortège d'éléphants s'éloigner inexorablement, puis disparaître derrière les pics escarpés. Après le coup sur la tête infligé par Roan, Whisper avait cessé de se débattre. Allongée au travers de la monture, les bras et les jambes pendouillant mollement dans le vide, la ressemblance avec une poupée de chiffon désarticulée était frappante. Derrière elle, Alistair Atkinson tenait fermement les sangles de la bête, ses yeux bleus dépourvus de la moindre chaleur. Il s'était détourné sans un regard pour Jadis et moi, embourbés dans la terre.

La colère qui s'était emparée de moi à cet instant n'avait aucune commune mesure. Je bouillonnais de l'intérieur, irradiée d'une rage puissante, dévastatrice et intarissable. Si la famille royale était en tête sur ma liste d'individus à éradiquer dès que possible, Alistair Atkinson venait d'écoper de la deuxième place.

Plongée dans un flot de haine et d'injures, une interrogation subsistait néanmoins. Pourquoi ? Pourquoi capturer Whisper ?

Quelle valeur une jeune fille un peu trop maladroite pouvait-elle avoir pour un malfrat tel qu'Alistair ? Tandis que mon esprit imaginait les pires tortures qu'il pourrait lui administrer, je ne songeais qu'à une chose : retrouver Alistair et lui faire payer.

Une obsession qui s'empara aussitôt de chacune de mes pensées, semblable à celle qui m'animait depuis la mort de mes parents. Jamais je n'aurais imaginé éprouver à nouveau ce sentiment, et ce pour quelqu'un d'autre que la famille royale. Je m'étais persuadé que le monde ne recelait pas pire espèce, mais je me trompais.

Au fond, peu importait le *pourquoi*. Alistair avait sans doute un mobile, car aussi cruel soit-il, il n'était pas guidé par la folie. Mais je n'en avais cure : rien ne pourrait jamais justifier une telle forfaiture. Après tout ce que Whisper avait fait pour lui... J'aurais pu poursuivre la fomentation de ma vengeance encore longtemps si Roan ne m'avait pas empoignée par le col pour me remettre sur pied.

— Debout, la louve enragée ! siffla-t-il en me tirant brusquement. Que vais-je bien pouvoir faire de vous... grogna-t-il en nous tournant autour comme un lion devant des biches effrayées.

Son rictus me poussa à l'inscrire à la troisième place de ma liste funeste.

Autour de nous, certains acheteurs continuaient de palper les prisonniers, indifférents à l'animosité ambiante. Finalement, Roan massa ses phalanges endolories et claqua des doigts.

— Balancez-les aussi bas que vous pourrez !

Les soldats interloqués prirent quelques secondes de trop à exécuter l'ordre, ce qui fit définitivement sortir Roan de ses gongs.

— Hors de ma vue ! Je ne veux plus revoir ces fauteurs de troubles ! Exécution !

Des mains poisseuses me saisirent et me balancèrent dans un des monte-charges qui transportaient tantôt des améthystes, tantôt des cadavres, sans que ni Jadis ni moi ne puissions riposter. Le monte-charge descendit en émettant des grincements lugubres, à une profondeur qui dépassait l'entendement. Les prisonniers qui n'avaient pas eu la chance de participer à la vente aux enchères observaient l'élévateur avec curiosité, sans pour autant arrêter leur besogne.

Les minutes passaient et la température augmentait. Le ciel et la lumière du jour n'étaient plus qu'un souvenir tandis que nous poursuivions notre inexorable descente vers le centre de la Terre. L'atmosphère se fit épaisse, emplie de fumée et de poussière. Respirer devenait une épreuve, et il me semblait qu'un voile gris était tombé devant mes yeux. Les couleurs avaient perdu de leur éclat, et même la clarté des pierres précieuses s'était atténuée.

Une fois arrivés tout au fond du cratère, le soldat qui nous accompagnait nous poussa hors de la plate-forme sans ménagement, et tira sur la manivelle pour amorcer son retour.

Je n'attendis pas qu'il soit hors de ma portée pour lui balancer une volée de jurons plus inventifs les uns que les autres, mais il demeura parfaitement stoïque. Les insultes se répercutèrent sur les parois rocheuses pendant quelques instants, jusqu'à se volatiliser totalement.

Je fis un gros effort sur moi-même pour contenir la rage qui manquait de me submerger. Jadis avait besoin de moi : ce n'était pas le moment de craquer. En effet, Jadis ne s'était pas relevé depuis que le soldat nous avait jetés comme des malpropres. Il gisait à même le sol, ses boucles blondes imprégnées de terre.

Je m'accroupis près de lui et posai sa tête sur mes genoux.

— Jadis ? appelai-je. Est-ce que tu m'entends ?

Je passai une main devant ses yeux. Il cligna des paupières et fronça les sourcils.

– Je ne te vois pas, murmura-t-il avec difficulté.

– C'est parce qu'il fait très sombre, expliquai-je en empruntant ma voix la plus apaisante.

Les faibles lampes à huile disposées de-ci de-là n'étaient certes pas suffisantes pour y voir aussi clair qu'en plein jour, mais assez lumineuses pour discerner les traits d'une personne à proximité. Je me dévissai le cou pour tenter d'apercevoir une présence humaine. Les innombrables galeries et alcôves s'étendaient dans toutes les directions. Près du monte-charge, des brouettes remplies partiellement de joyaux étaient laissées à l'abandon.

– Je vais trouver de quoi te soigner, promis-je. Il me faut juste un peu d'eau.

Cela faisait à peine quelques minutes que nous étions ici, et je transpirais déjà à grosses gouttes. Je palpai méticuleusement le visage de Jadis à la recherche des plaies dissimulées par la boue. Je fis de même pour ses épaules, son torse et ses jambes : son torse était gonflé sur le côté gauche, plusieurs balafres purulentes lui barraient le ventre. Comment Roan avait-il pu faire autant de dégâts en si peu de temps ?

Je me maudis de mon inexpérience. Si Whisper avait été là, elle aurait trouvé une solution. C'était elle qui avait réussi à le réveiller lorsque nous l'avions trouvé échoué sur la plage à moitié mort. Elle avait su quoi faire. Elle avait persévéré pour le sauver, tandis que je baissais déjà les bras en prétendant qu'il était une cause perdue.

Je secouai la tête. Whisper n'était pas là, alors inutile de se perdre dans des lamentations.

– Je reviens tout de suite, dis-je en me redressant.

Jadis resserra sa main sur mon poignet.

– Ne me laisse pas, je t'en prie… chuchota-t-il, si faiblement que sa demande sonna comme une supplication.

Je suspendis mon geste, l'empoignai par les épaules et décidai de le traîner jusqu'au renfoncement le plus proche pour le redresser contre le mur.

– Si j'étais vous, j'éviterais de le déplacer ainsi, avertis une voix rauque derrière moi.

45

Une famille de substitution

Eden Grismo
Mine de Kirvar, terres du Sud.

Je fis volte-face. Une silhouette noire se dressait à la jonction de deux galeries.

– Qui es-tu ? aboyai-je, sur la défensive.

– Vous risquez d'aggraver ses blessures, continua l'ombre en ignorant ma question. Le gonflement de sa poitrine indique qu'une ou plusieurs côtes ont été cassées. Vous pourriez perforer un poumon ou un autre organe vital en le brusquant ainsi.

Elle s'approcha à pas feutrés : l'étrangère portait une longue robe noire en haillons. Ses yeux sombres étaient à l'image de sa peau basanée. Plutôt jeune, elle n'avait rien d'une potentielle ennemie.

– Qui es-tu ? répétai-je.

– Je m'appelle Kaya Curskori.

– Es-tu une guérisseuse ?

– Je connais l'homme et son corps, soupira Kaya en haussant les épaules. Je fais de mon mieux. Je m'occupe des blessés et des malades ici, au dernier niveau.

Elle paraissait très fatiguée, mais veillait à se tenir bien droite, les épaules en arrière. Pendant une seconde, j'eus l'impression de voir mon reflet dans un miroir : ces yeux cernés, où brillait une lueur de farouche détermination, me semblaient étrangement familiers. Elle avait les traits de ceux à qui la vie n'avait fait aucun cadeau, ceux qui avaient traversé bien trop d'épreuves pour en sortir indemnes. Je décidai alors de lui faire confiance, ou du moins de la laisser examiner Jadis.

— D'accord. Que dois-je faire ? m'enquis-je sans m'éloigner du corps endolori de Jadis.

— Vous ? Rien du tout. Nous allons le porter jusqu'à la salle commune, où il recevra les soins nécessaires.

— Comment ça, « nous » ?

— Je vais l'aider, me coupa une voix rocailleuse que j'identifiai immédiatement.

La sorcière du premier niveau émergea à son tour de l'obscurité, comme par magie. L'étrange rictus qu'elle arborait déjà la veille était plus marqué. Elle semblait… inquiète. Pire que ça, même : bouleversée.

— Je vous reconnais ! m'exclamai-je avec fougue. C'est vous qui avez harcelé Jadis !

— Peu m'importe si la vérité vous effraie, se défendit-elle en haussant un sourcil.

Ses yeux roulaient dans leurs orbites pendant qu'elle m'étudiait de la tête aux pieds avec une intensité qui me fit frissonner.

— Comment avez-vous fait pour descendre jusqu'ici ? questionnai-je pour cesser cette inspection gênante.

La sorcière ricana.

— Descendre n'est pas un problème, c'est quand il s'agit de remonter que les choses se corsent.

— Mais…

— Tu parles trop ! m'interrompit la vieille femme. Ton ami souffre. Tu auras les réponses à tes questions plus tard, si tu t'en montres digne.

J'ouvris la bouche pour répliquer. Comment ça, si je m'en montrais digne ? Cette vieille harpie avait définitivement perdu l'esprit.

Contre toute attente, je lui obéis. Je m'écartai et suivis de près les deux femmes qui saisirent délicatement Jadis avant de le poser sur une planche qui faisait office de brancard. Le blessé poussa une longue plainte.

Nous longeâmes des artères souterraines jusqu'à une grande cavité, où l'air se faisait un peu plus respirable. La « salle commune », comme l'appelait Kaya, n'était en réalité qu'un caveau où se rejoignaient plusieurs galeries. Une table avait été confectionnée à partir d'une planche de bois et de deux gros rochers qui servaient de pieds. À l'intérieur, quelques misérables papotaient à voix basse. Je repérai immédiatement la rangée de gourdes bien ordonnées sur une longue pierre polie. Plusieurs piocheurs cessèrent leur activité pour venir à notre rencontre.

Je me sentis aussitôt à l'étroit, comme prise au piège parmi ces visages inconnus. Tous avaient une piètre apparence, rongés par la faim et l'épuisement, mais ils s'adressaient les uns aux autres avec bienveillance.

Nous étions aux antipodes du comportement méfiant et de la rivalité du premier niveau.

– Ici, nous formons une famille, expliqua Kaya, qui avait surpris mon étonnement. C'est le seul moyen de survivre.

Deux hommes au dos voûté allongèrent Jadis sur la table principale. Aussitôt, Kaya ôta la chemise en haillons de Jadis et déversa avec parcimonie le contenu d'une gourde sur ses plaies. J'en profitai pour me désaltérer et soutins la tête de Jadis tandis que Kaya faisait couler un peu d'eau tiède entre ses lèvres craquelées.

– Comment réussissez-vous à vous procurer assez d'eau et de vivres ?

La sorcière me dévisageait toujours, mais je décidai de l'ignorer.

— Nous creusons, fit Kaya comme si cela tombait sous le sens. Pour chaque brouette d'améthystes que nous ramenons à la surface, ils nous accordent quelques gourdes et victuailles, parfois même du linge propre et des plantes médicinales.

Cela semblait logique. Au fin fond du cratère, sans gardien pour les surveiller, les prisonniers n'avaient aucune raison de travailler, sauf si cela leur permettait d'assurer leur survie.

— Vous êtes celle qui a aidé Whisper à s'enfuir de la prison de Richelieu, déclarai-je du tac au tac.

Kaya me répondit tout en débarbouillant les épaules de Jadis.

— Pas exactement. Elle doit son évasion à un petit chenapan très agile et surtout très joueur.

Voyant que Kaya contrôlait la situation, les travailleurs se dispersèrent à nouveau, chacun retournant à sa tâche. Même la sorcière se tenait légèrement en retrait. Kaya semblait savoir ce qu'elle faisait. Chaque geste était calme, assuré et précis. Je m'apaisai un peu.

— Quand Jadis a su que tu étais enfermée à Richelieu, il a voulu partir à ta recherche.

Il me semblait important de le préciser.

— Je me réjouis qu'il ne soit pas allé au bout de son idée, dit Kaya en appliquant sur la cage thoracique un baume à la texture gélatineuse. Cela aurait été une perte de temps.

— Pourquoi ne pas avoir tenté de vous évader avec Whisper ? demandai-je, assaillie par la curiosité.

Kaya poussa un long soupir.

— La vie ne valait plus la peine d'être vécue. Sans Lysandre à mes côtés…

Elle marqua une courte pause. S'agissait-il de son frère, d'un ami, d'un proche parent ? Impossible de le savoir, mais je compris rapidement qu'il n'était plus de ce monde.

– Une seule semaine dans cette geôle infâme a pourtant suffi à me faire changer d'avis. Même si j'avais haï mes parents de tout mon cœur, ma place était auprès d'eux, et non dans une cellule lugubre. J'ai alors demandé une audience au prince des Orphelins pour marchander ma libération.

– Comment êtes-vous parvenue à obtenir une entrevue en si peu de temps ? m'étonnai-je.

– J'avais des arguments très intéressants à faire valoir...

– Comme l'emplacement stratégique de plusieurs bases secrètes de la compagnie de Roan, devinai-je en me remémorant les paroles du brigand.

– Malgré l'importance de ces révélations, ce n'était guère suffisant pour le prince des Orphelins. J'ai dû vendre mon âme au diable... et dénoncer des innocents. Je regretterai cette décision jusqu'à la fin de mes jours.

Elle semblait si maussade que je ne lui demandai pas plus de précisions.

– Mais cela s'est révélé efficace, puisque j'ai été libérée sur-le-champ, avec l'argent et le laissez-passer nécessaires pour emprunter un navire et retourner sur mes terres natales. Malheureusement, Roan était furieux, et il m'a traquée sans relâche. Il ne lui a pas fallu longtemps pour mettre la main sur moi.

– Et il t'a envoyée ici pour te punir, complétai-je doucement.

Kaya hocha la tête, les yeux brillant de larmes qui refusaient de couler.

– S'il avait pu s'en contenter... Il a brûlé la maison de mes parents, après s'être assuré qu'ils étaient bloqués à l'intérieur.

Elle mordit ses lèvres pour contenir ses émotions puis ses yeux redevinrent secs. Toute trace de tristesse s'était envolée : il ne restait plus que la résignation et une douleur sourde.

Comme moi, Kaya s'était vue arrachée à sa famille. Elle n'avait rien pu faire. Mais, tandis que je brûlais d'assouvir ma soif de vengeance, elle semblait presque... accepter la situation. Résignée à ce que le monde ne soit qu'un condensé de barbaries et d'ignominies.

— Il s'en remettra, déclara-t-elle en tapotant l'épaule de Jadis.

Les yeux clos, il semblait endormi. Un immense soulagement s'empara de moi, et toute la pression accumulée se relâcha d'un coup.

— Merci... merci beaucoup, dis-je d'une voix tremblante.

J'avais peut-être perdu mes parents à tout jamais, mais j'avais de nouveau quelqu'un sur qui compter. Sans réfléchir, je me saisis d'une de ses boucles, que je fis courir entre mes doigts. Plus aucune trace de poussière sur son visage, à présent. Mes yeux s'arrêtèrent sur les marques sombres recouvrant son épaule. Autrefois, j'avais été horrifiée par ces marques : à présent, elles ne m'inspiraient qu'une grande affection.

— C'est ton tour, m'informa Kaya en s'approchant.

Elle me débarbouilla avec la même minutie que Jadis, puis déclara que mes blessures étaient superficielles et que je m'en remettrais vite.

— Ton œil va encore un peu gonfler. Nous n'avons pas de glace par ici, tu t'en doutes.

Je haussai les épaules. Je n'avais presque plus mal.

C'est alors que la sorcière se pencha au-dessus du corps immobile de Jadis. À peine eut-elle effleuré son épaule qu'il se réveilla en sursaut.

— Akasha... gronda Kaya sur le ton de la réprimande.

Pour toute réponse, la sorcière éclata d'un rire à mi-chemin entre le grincement d'une craie contre un tableau et d'une souris qu'on égorge.

Jadis battit des cils, désorienté. Il s'agita et sa respiration s'accéléra, puis se calma lorsque je posai une main rassurante sur son épaule.

– Eden ! s'exclama-t-il avec soulagement.

Je lui souris. C'était là un vrai sourire, comme ceux que j'offrais à mon père quand il m'autorisait à lui servir d'assistante pendant la confection d'une de ses inventions ou lorsque ma mère posait un baiser sur mon nez.

– Je suis contente que tu sois enfin réveillé, dis-je simplement.

Kaya aida Jadis à se redresser et lui fourra une gourde dans les mains.

– Kaya ? s'étonna Jadis en se massant la tempe. Vous... continua-t-il en fixant la sorcière.

– Doucement, conseilla Kaya. Le baume va permettre de reconstituer l'os, mais les côtes cassées restent très douloureuses.

Comme pour confirmer ses dires, Jadis grimaça.

– Comment as-tu... ? commença Jadis, qui peinait visiblement à émerger du brouillard.

Kaya lui conta mot à mot son histoire et ses périples comme elle l'avait fait pour moi.

– C'est terrible, murmura-t-il, sincèrement peiné. Tu ne peux pas rester ici.

Son regard croisa le mien.

– Nous devons trouver un moyen de sortir, déclara-t-il avec un regain de vigueur.

– J'attendais ces paroles ! brailla la sorcière Akasha en dévoilant ses dents noires.

Kaya poussa un long soupir.

– Il y a quelques heures à peine, je t'aurais répondu que quitter Kirvar était impossible... à présent... il semble que vous ayez un ange gardien.

Elle plongea la main dans sa poche de robe déchirée et en sortit un papier froissé qu'elle tendit à Jadis. Intriguée, j'observai mon ami qui le dépliait.

— Un des soldats m'a confié ceci alors que j'étais à la surface pour récupérer des vivres, expliqua Kaya.

Il n'y avait sur le minuscule papier qu'une série de chiffres improbables.

— 5793, lut Jadis.

— Qu'est-on censé comprendre ? m'agaçai-je.

Kaya haussa les épaules.

— J'avais espéré que vous sauriez résoudre cette énigme. Le garde qui me l'a confié a affirmé qu'il s'agissait d'un cadeau, « de la part d'un certain Alistair Atkinson ».

— Alistair !? m'écriai-je avec un dégoût non dissimulé.

— C'est exact, répliqua Kaya, surprise par tant de véhémence. Il a dit que ce numéro vous servirait à « retrouver des choses perdues ».

— Étrange... marmonna Jadis en fixant le bout de papier avec insistance.

— Il se fiche de nous, grondai-je en me redressant pour faire les cent pas. Atkinson n'est qu'un malfrat. Il nous a délibérément trahis, et ce sans aucun scrupule. Au mieux, ces chiffres ne sont qu'un amusement de plus, au pire, ils ne nous apporteront que des ennuis.

Un long silence s'ensuivit. Chacun essayait de décoder la signification de ces mystérieux chiffres.

— Eden a raison, lâcha Jadis, morose. Et puis, même si Alistair dit la vérité, ces numéros ne servent qu'à « retrouver des choses perdues », et non à nous échapper d'ici. Ils ne nous sont d'aucune utilité.

Kaya s'affaissa. Même la sorcière semblait déçue. À quoi s'attendaient-elles, exactement ?

— Heureusement, Akasha est susceptible de nous aider... Pas vrai ? s'enquit Kaya.

Je haussai un sourcil, dubitative. Je ne voyais vraiment pas comment une vieille femme qui tenait à peine sur ses jambes pourrait nous aider à nous extirper de ce cratère.

– Akasha est une sorcière très puissante, précisa Kaya devant nos mines suspicieuses. Elle est vieille et malade, mais elle peut amplifier les pouvoirs d'autrui...

J'éclatai d'un rire sonore, quoiqu'un peu nerveux.

– Ce qui serait sans doute incroyablement utile, si quelqu'un ici présentait des pouvoirs. Malheureusement, ce n'est pas le cas.

Je m'interrompis. Faisait-elle allusion à Jadis ? Tous les regards convergèrent vers l'intéressé, qui se ratatina sur lui-même.

– Je n'ai aucun pouvoir, se défendit-il, comme si on l'accusait d'être la source de la peste et du choléra.

– Tu es capable de te faire obéir des animaux, déclarai-je, moi-même étonnée par mes propos.

– Tu as un lien particulier avec les êtres vivants et la nature, rectifia la sorcière de sa voix éraillée. Tu portes cette magie en toi, et ce depuis l'enfance. Je peux t'aider à t'ouvrir à ce don.

Le visage de Jadis se décomposa. Toute cette histoire était loin de l'enchanter.

– Rien n'est jamais dû au hasard. Si tu entretiens un lien si particulier avec les animaux, c'est parce que dame Nature l'a voulu. Elle n'offre un éclat de sa magie qu'à ceux qui le méritent et qui œuvreront pour garder l'équilibre.

Je ris de nouveau. C'était ça, leur plan génial pour nous tirer de là ? Cette vieille femme avait décidément passé trop de temps sous la terre pour avoir les idées claires.

– C'est trop pour moi, fis-je en croisant les bras contre ma poitrine. Je ne crois pas à vos histoires. La magie, ça n'existe pas. Jadis possède peut-être une faculté particulière, mais cela n'a rien à voir avec une quelconque déesse de la nature.

— Comment pourrais-tu le savoir ? cracha la sorcière, visiblement offensée.

— Parce que nous sommes dans la vraie vie, et pas dans un conte destiné à endormir des bambins ! explosai-je.

Jadis demeura silencieux, de même que Kaya, je vis bien toutefois que cette dernière approuvait les paroles de la sorcière.

Akasha poussa un grognement dédaigneux.

— Il est peut-être temps de te révéler la vérité à propos de ta naissance, souffla-t-elle avec gravité.

— Je sais déjà tout de ma naissance ! renchérit Jadis. Ma mère est morte en couche et mon père est décédé quelque temps après, assassiné pour des dettes de jeu qu'il n'a jamais pu rembourser.

Sa voix se brisa en fin de phrase. Il semblait douter de ses propres paroles.

— Je vais vous raconter une histoire, commença la sorcière en attrapant une mèche de cheveux gras entre ses doigts.

— Qu'est-ce que je disais ! Des histoires, encore des histoires, pestai-je dans ma barbe.

— Silence ! exigea la vieille femme en me fusillant du regard. Les histoires véhiculent des vérités et des leçons de vie profondes, pour qui sait écouter... Vous devriez vous asseoir, poursuivit-elle, car ce que je m'apprête à vous révéler pourrait vous secouer.

46

Une ancestrale histoire de magie

Eden Grismo
Mine de Kirvar, terres du Sud.

Incrédule, je m'exécutai. Un lourd silence plana. Autour de nous, les prisonniers quittaient la cavité, comme s'ils avaient compris qu'ils n'avaient plus rien à faire ici. Je me demandai si c'était la sorcière qui les poussait à partir. *Imbécile !* fulminai-je en mon for intérieur. Ces histoires de magie et de dons commençaient à m'embrouiller l'esprit.

– Il était une fois, commença l'ensorceleuse de sa voix rauque, un roi et une reine profondément amoureux. Un jour funeste, un dissident décida de s'en prendre à l'épouse du roi. Ce fut un échec : l'assaillant fut exécuté, et la reine s'en sortit avec une bonne frayeur. Mais cet événement changea le roi à tout jamais. Il devint irritable, agressif, distant, obsessionnel. Il craignit sans cesse pour l'amour de sa vie et décida d'engager un inventeur pour mettre au point une arme capable de pulvériser ses ennemis ou de les plier à sa volonté. Débutèrent des expériences inhumaines dans le secret du palais, où des enfants innocents étaient utilisés comme cobayes.

Le souffle coupé, j'étais suspendue aux lèvres de la sorcière. Cette histoire ressemblait beaucoup trop à la réalité. Mon cœur tambourinait dans ma cage thoracique.

– La reine était enceinte à cette époque, et portait en elle deux bébés. Les expérimentations que le couple royal menait en cachette les mirent en danger et leur apportèrent la malédiction. On ne manipule pas la vie sans conséquence !

Lorsque la reine accoucha de son premier enfant, l'héritier du trône et du royaume, ce fut un choc. Un bébé informe, rongé par une immense brûlure qui couvrait la majorité de son corps. Une ignominie. Un monstre. Une abomination. Voilà quels furent les mots proférés par le couple royal pour décrire sa descendance.

La sorcière marqua un temps d'arrêt. Je me tournai vers Jadis. Ses yeux étaient rivés sur la conteuse. Il était figé comme une statue de marbre. Si des larmes n'avaient pas dévalé ses joues, on aurait pu le croire pétrifié.

— Le deuxième enfant, une petite fille, naquit quelques minutes plus tard. Elle était d'une maigreur alarmante, les joues émaciées, la peau diaphane et les os frêles comme du papier de verre. Le roi, horrifié par l'apparence du garçon, refusa de le considérer comme son héritier et nia jusqu'à sa naissance.

Je serrai les poings pour retenir le tremblement de mes bras. Ce n'était pas possible…

— Pour s'en débarrasser au plus vite ou peut-être le sauver d'une mort certaine, la reine offrit son enfant au courant de la rivière. C'est ainsi que très loin du palais, une vieille femme qui lavait son linge trouva l'enfant. Elle le sauva et le recueillit dans sa demeure. Dame Nature elle-même eut pitié du nouveau-né rejeté, car elle lui accorda le don de communiquer avec les animaux.

La sorcière avait achevé son histoire. Soucieuse, je reportai mon attention sur Jadis. Les sourcils froncés, il encaissait le choc. Impossible de savoir s'il y croyait, mais son écoute l'avait profondément bouleversé. Était-ce possible ? Jadis serait-il un prince ?

Kaya conserva un air grave. J'avais la certitude que ce n'était pas la première fois qu'elle entendait cette légende.

— L'inventeur engagé pour confectionner l'arme…

Je ne pus finir ma phrase.

– Un certain Julian Grismo, lâcha la sorcière en plongeant ses yeux dans les miens.

Bien sûr, je le savais déjà, et l'entendre de sa bouche était encore plus perturbant.

– Et cette arme à laquelle vous faisiez allusion… qu'est-ce ?

– Nul ne le sait, répliqua Akasha d'un air sombre. Le secret est bien gardé.

Dépitée, j'enfouis ma tête entre mes paumes. C'était impossible ! Il fallait que ce soit impossible. Jadis ne pouvait pas être un prince… Cela compromettait tous mes plans. À présent, je ne devais plus mettre fin aux jours de la famille royale, mais à la véritable famille de Jadis ! Comment pourrais-je faire une telle chose ?

Mon esprit filait à toute allure, orchestrant déjà un nouveau plan pour me sortir de ce pétrin. Après tout, les parents de Jadis avaient essayé de le tuer… Ils étaient encore plus monstrueux que ce que je pensais. Assassiner un inventeur qui refusait de leur obéir est une chose, se débarrasser de leur premier-né dans la rivière en est une autre ! En ôtant la vie à la famille royale, je vengerais aussi bien mes parents que Jadis.

Je posai une main sur son épaule. Il sursauta.

– Ce n'est… qu'une légende, lâcha faiblement Jadis dont les larmes s'étaient taries. Rien à voir avec moi. Mes parents… ils n'auraient jamais pu faire ça.

La sorcière hocha gravement la tête.

– Il s'agit de *ton* histoire, Jadis Lucinosa.

Jadis eut un reniflement dédaigneux.

– Lucinosa… répéta-t-il, la colère montant inexorablement.

Organa. Voilà quel était son vrai nom, mais il lui était impossible de le formuler à voix haute. C'était trop tôt.

– Tu comprends, à présent ? Pourquoi il est si important que tu te rendes au Palais royal ?

Jadis prit un temps fou avant d'acquiescer. Il ne semblait plus sûr de rien. Comme un enfant abandonné, il avait perdu ses repères, ses fondements, tout ce qu'il croyait savoir sur lui-même.

– On ne choisit pas ses parents, dit Kaya dans un murmure. Nous ne sommes pas prédestinés à devenir comme eux. Il suffit de s'entourer des bonnes personnes. Et de faire des choix différents.

Je secouai la tête pour m'éclaircir les idées. Étais-je en train de croire sur parole une vieille mégère sortie de nulle part ? Mais quelles raisons aurait-elle de mentir ? Et comment aurait-elle fait pour inventer un aussi gros tissu de mensonges ?

Je me mordis la lèvre inférieure. Elle connaissait le nom de mon père : elle disait la vérité.

– Ne te laisse pas abattre, l'exhortai-je en plongeant mes yeux dans les siens. Si tes parents n'ont pas su voir à quel point tu es précieux et unique, c'est qu'ils ne méritent pas de te connaître.

Jadis sourit faiblement, et le simple fait d'avoir réussi à lui décrocher cet infime signe de joie sonna comme une victoire.

La sorcière tapa dans ses mains, ce qui nous fit tous sursauter. À présent, je la voyais d'un œil nouveau : de vieille femme folle à lier, elle apparaissait désormais comme une bonne fée un peu terrifiante... Elle dut sentir ce revirement de considération, car elle m'adressa un clin d'œil avant de déclarer :

– Maintenant, il est l'heure de sortir de ce trou !

47

Fuite nocturne

Eden Grismo
Mine de Kirvar, terres du Sud.

Je rongeai l'ongle de mon pouce avec rage, ou plutôt ce qu'il en restait. Jamais je n'avais été aussi nerveuse, et pour cause : si le plan échouait, nous y perdrions tous la vie. Roan ne tolérait sûrement pas les tentatives de fuite ni ne laissait les fugitifs impunis.

Tandis que le monte-charge s'élevait en grinçant, je sentis mes jambes vaciller. Je me raccrochai à la rambarde tout en maudissant ma faiblesse. Ce n'était pas le moment de craquer !

Élaborer un plan solide nous avait pris une journée entière, mais nous avions fini par y arriver. Même si j'avais conscience que le risque d'échec était prodigieusement élevé, je me surpris à y croire. Je ne pourrais pas supporter de passer un jour de plus dans ces mines souterraines. En vingt-quatre heures, Jadis avait repris, grâce aux soins administrés par Kaya, force et vigueur, mais il était loin d'avoir récupéré toutes ses capacités. D'autant plus que son rôle n'était pas sans danger, à en croire la sorcière.

Je fixai les trois brouettes pleines à craquer de pierres précieuses scintillantes. Autour de moi, tandis que je remontais progressivement à la surface, les prisonniers m'observaient à la dérobée. Tous étaient au courant de notre projet d'évasion : Kaya s'était chargée de dévoiler l'heure à laquelle nous frapperions et l'information s'était répandue niveau par niveau. Le but n'était pas de nous évader tous les quatre seulement : il fallait que la mine soit entièrement libérée.

Je fis passer mon poids d'une jambe à l'autre. Les joyaux dans les brouettes brillaient d'une clarté éblouissante. À présent que j'avais quitté le dernier niveau, l'air était à nouveau respirable, et ma vue redevint nette.

Lorsque le monte-charge s'arrêta à l'entresol, je pris une grande inspiration. Je ne pouvais pas échouer. Je n'échouerai pas. Comme prévu, deux gardes fondirent sur moi pour vérifier le contenu de la cargaison.

— Trois brouettes remplies à ras bord, nota le premier, un grand baraqué à la mine sévère.

Le second, un peu plus frêle, opina du chef. Dans le ciel, les étoiles brillaient de mille feux. Comme il était bon de se sentir à l'air libre ! Je serrai les poings, concentrée sur ma mission.

— Bon, alors, qu'est-ce que tu veux ? gronda le premier, visiblement agacé par mon mutisme.

— Nous avons besoin d'eau, de quelques serviettes, d'une paire de chaussures et de pain, récitai-je doucement.

Ma voix était frêle, légèrement tremblante. Parfaitement adaptée au rôle que j'étais censée jouer : une petite fille terrorisée.

Le garde poussa un grognement qui devait être une réponse positive. Je fixai avec méfiance les longues machettes qui étaient attachées à leur ceinture. Soudain, une pierre précieuse tomba d'une des brouettes et s'écrasa sur la plate-forme métallique, émettant un *ding* cristallin.

Un filet de sueur dévala ma nuque tandis que le second plissait son nez en trompette.

— Qu'est-ce que...

Il s'approcha de la brouette pendant que le grand avait le dos tourné et griffonnait sur son calepin. C'était le moment : je me jetai sur la machette du petit et m'en emparai avec une facilité presque insultante.

— Hé ! gronda ce dernier.

Je tentai de le faire taire d'un bon crochet du droit, mais il esquiva avec une rapidité hors du commun. Le grand s'élança à la rescousse de son camarade.

– Qu'est-ce que tu croyais faire, espèce de petite…

Il n'eut pas le temps de finir sa phrase : Jadis émergea de la première brouette, faisant dégringoler une nuée de joyaux sur le sol. Avec une pioche il frappa à la tempe le soldat, qui s'écroula.

Kaya et la sorcière sortirent à leur tour des deux autres brouettes, en prenant soin de faire le moins de bruit possible, contrairement à Jadis. Toute cette cacophonie avait alerté les soldats postés à l'extérieur de la mine, qui patrouillaient tout autour du cratère.

– Hé ! Ça va, là-dessous ? appela un gardien au-dessus de nos têtes.

L'entresol n'était qu'à quelques marches de la surface, mais avec l'obscurité de cette nuit sans lune, il lui était difficile de nous localiser.

Sans réfléchir, je glissai la machette sur la gorge du gringalet, l'intimant de se taire. Il déglutit. Je plaquai mon index sur ses lèvres. Le garde semblait prêt à coopérer.

– Graady ! Rustique ! appela le garde à nouveau. Je répète : est-ce que tout va bien ?

À côté de moi, Jadis fronça les sourcils. Cet imbécile allait faire échouer notre plan s'il continuait à beugler ainsi ! Je collai ma bouche contre l'oreille de ma proie :

– Rassure-le. Dis-lui que tout va bien, murmurai-je.

Je compressai la lame si fort qu'une goutte de sang dévala de sa gorge. Quelques secondes infiniment longues passèrent avant qu'il ne se décide à déclarer :

– Rien à signaler. Tout va bien, Nox !

– Très bien, répondit le garde au-dessus de nous.

Puis nous entendîmes le bruit de ses bottes dans la terre qui s'éloignaient.

– On a réussi ! s'exclama Kaya en sautillant sur place.

La sorcière, elle, était loin d'être aussi enjouée.

– Est-ce que tu connais un gardien qui porte le nom de Nox ? demanda-t-elle brusquement.

Kaya blêmit.

– Il ne me semble pas…

– C'est bien ce que je pensais. On est repérés ! hurla la sorcière, abandonnant toute discrétion.

Aussitôt, des dizaines de soldats bondirent dans la fosse, armes à la main. Paniquée, je poussai le gringalet dans le vide, où il s'écrasa à l'étage inférieur. Alertés par le hurlement de la vieille femme, de nombreux miséreux se joignirent à nous, armés de pioches et parfois de simples pierres.

– Cette histoire va tourner en bain de sang, souffla Jadis, alors que nous reculions pour faire face à nos ennemis.

La sorcière s'immisça entre nous et posa ses mains crasseuses sur les tempes de Jadis.

– J'ai besoin d'un peu de temps, déclara-t-elle. Occupez-les !

La ressemblance entre Kaya et une biche apeurée était plus que frappante quand elle demanda :

– Les occuper ! Mais comment ?

Je lui confiai la machette.

– Elle te sera utile.

– Mais, et toi ?

Je n'eus pas le temps de répondre : un des gardes s'élançait dans notre direction, les dents découvertes. Sa machette fendit les airs. Je me baissai au dernier moment, évitai de justesse la décapitation. Je fis un roulé-boulé sur le côté tout en cherchant des yeux une arme, mais je ne vis que de la terre et des gemmes violettes. Faute de mieux, j'attrapai une poignée de terre que je jetai au visage de mon ravisseur suivi d'un seau rempli de gemmes tranchantes. Surpris, il relâcha un instant son attention et j'en profitai pour le désarmer. Autour de moi, les cris des gardes se mêlaient à ceux des prisonniers survoltés : après des semaines, voire des années pour certains, piégés dans cette mine, leur courroux était la plus puissante des motivations. Les monte-charges descendaient et remontaient à une allure vertigineuse, transportant toujours plus de détenus enragés.

Pourtant, éreintés par le manque de nourriture et les mauvaises conditions de vie, leurs forces s'épuisaient rapidement. Je vis des bouches déformées par la fureur, entendis des hurlements et vis le sang jaillir de toute part. Jadis et la sorcière s'étaient réfugiés au plus loin des combats, mais ce n'était qu'une question de minutes avant que les soldats n'arrivent jusqu'à eux.

Occupée à vérifier comment Kaya s'en sortait avec sa machette, je ne vis que trop tard un soldat se jeter sur moi. Je me cambrai pour éviter le coup, mais pas assez vite : le tranchant m'entailla la cuisse. Je retins un hurlement de douleur et fis volte-face. L'adrénaline m'avait transformée en tueuse, et je me découvris une haine nouvelle. Je ne connaissais pas l'homme qui me faisait face, et il n'avait rien fait à ma famille, contrairement au couple royal, mais je brûlais de le terrasser. Un court instant, je frémis de ma propre soif de sang. Mais je me ressaisis vite : c'était lui ou moi. Armée de la machette arrachée au geôlier, je lui infligeai un lourd coup à la mâchoire. Un craquement se fit entendre, et le soldat roula à terre en crachant du sang. À côté de moi, Kaya se trouvait en très mauvaise posture : encerclée par trois gardes qui se jouaient d'elle, elle cherchait désespérément une issue.

Pour faire diversion, je renversai une brouette de joyaux. L'un des gardes glissa sur les pierres et s'étala de tout son long. Mais cela était insuffisant pour stopper les deux autres, qui s'approchaient inexorablement de Kaya, prêts à frapper… C'est à ce moment-là qu'un grondement sourd se fit entendre : la terre se mit à bouger, doucement d'abord, puis de plus en plus rapidement. Les vibrations étaient telles que tout mon être se mit à trembler. Surpris, soldats et prisonniers se figèrent. Un instant le combat fut comme suspendu, chacun se demandant si la fuite n'était pas préférable. Je me raccrochai à la rambarde du monte-charge rempli de nouveaux assaillants.

La terre était comme une masse vivante. Je pensai d'abord à un tremblement de terre. Croyant que ma vision me jouait des tours, je ne compris pas tout de suite. Puis je les vis : des milliers et des milliers de petites bêtes qui émergeaient de la terre. Scarabées, scorpions, serpents, cloportes, termites, araignées… Les bestioles couraient, affolées, comme si quelque chose leur avait donné l'ordre de sortir de leur cachette. Ou plutôt… quelqu'un.

48

Le magicien

Eden Grismo
Mine de Kirvar, terres du Sud.

Je pivotai vers Jadis. À genoux, le front barré d'une ride de concentration, le bras tendu au-dessus de la terre, il semblait puiser dans son énergie pour intimer aux insectes de se joindre à nous.

Les bestioles se mirent à escalader nos ennemis et à s'infiltrer partout. Elles piquaient, crachaient du venin, pinçaient, tiraient la peau. Elles s'enfonçaient par centaines dans tous les orifices qu'elles trouvaient : nez, oreilles, bouches… Le spectacle était si horrible que je dus détourner les yeux. Cependant, les insectes ne s'attaquaient qu'aux soldats qui, pris de panique, hurlaient et couraient en tous sens. Chaque parcelle du sol en était recouverte, et tous grouillaient et s'agitaient en cherchant leur proie. Mes pieds étaient complètement ensevelis.

Je n'avais jamais eu peur des petites bestioles : pendant mon année d'errance à dormir sous les ponts, j'en avais côtoyé un certain nombre. Mais je dus tout de même me faire violence pour éviter de rendre mon maigre repas.

Bientôt, les gardes furent tous neutralisés et les prisonniers commencèrent à gravir les échelles qui menaient à la surface. Je pris Kaya par le bras et l'amenai près de Jadis. Toujours accroupi, celui-ci observait les insectes s'affairer, ébranlé par la portée de son don.

— Il faut monter, dis-je en attrapant Jadis par les épaules.

Je désignai l'échelle la plus proche, où les prisonniers s'amassaient pour rejoindre la sortie.

Une fois à l'extérieur, ce fut le chaos total : oiseaux et animaux en tout genre se mêlaient au combat. Les soldats étaient terrassés.

– Prenons un cheval et allons-nous-en ! criai-je pour couvrir le vacarme de toute cette ménagerie improvisée.

– Non ! gronda Jadis alors que je courais en direction des chevaux encore attelés devant la tente de Roan. Ils se cabraient et hennissaient, comme enragés, décidés à briser leurs liens.

Je l'interrogeai du regard. Sa respiration était saccadée et il peinait à tenir sur ses jambes. Je n'arrivais pas à croire qu'il était la cause de toute cette cacophonie.

– Les numéros… articula-t-il. Je sais ce qu'ils signifient. Je dois récupérer le coffret.

Je pris un moment avant de comprendre à quoi il faisait allusion.

– Écoute, commençai-je, je sais que tu tiens vraiment à cet écrin ; je tiens également beaucoup à mes couteaux et pourtant, je ne suis pas assez folle pour rester ici une seconde de plus !

Jadis secoua la tête. Kaya et la sorcière suivaient l'échange sans intervenir.

– Tu ne comprends pas… Il s'agit de l'antidote de la reine.

– Quoi ? m'exclamai-je, interloquée.

– Je dois y aller, répéta-t-il, obstiné.

Non, je ne comprenais pas. Depuis tout ce temps, il conservait un élixir dans ce coffret ? Et comment s'était-il procuré une telle chose ?

– Je te suis, affirmai-je en glissant un bras sous son épaule pour le soutenir.

J'aurais tout le temps de lui crier dessus quand nous serions sortis d'affaire. D'abord, récupérer nos biens, et réfléchir ensuite. Mais alors que nous nous élancions vers le barnum de Roan, la sorcière s'écroula.

— Akasha ! hurla Kaya en l'attrapant *in extremis.*

La sorcière convulsait, les yeux blancs et les bras tendus le long du corps. Voyant que nous hésitions, Kaya nous fit signe de repartir.

— Je m'occupe d'elle ! assura-t-elle.

Je n'avais aucune idée de la façon dont elle réussirait à la soigner dans ce chaos, mais je décidai de lui faire confiance, une fois de plus. Lorsque nous entrâmes dans la tente de Roan, elle était déserte. Je m'attendais à devoir l'affronter, mais il avait dû prendre ses jambes à son cou. Un lit, une commode, une grande table où trônaient des livres de comptes, des cartes du royaume… Rien de bien intéressant.

Un immense coffre-fort disposé un peu à l'écart attira mon attention. C'était sûrement là que Roan déposait ses biens les plus précieux ! Avec un peu de chance, il avait déguerpi sans son contenu.

Jadis s'affaissa sur la couchette, trop exténué pour faire un pas de plus. Il me tendit le papier froissé, et je m'empressai de tourner le cadran en respectant la combinaison.

Cinq à droite, sept à gauche, neuf à droite, trois à gauche.

Le coffre-fort émit un petit *clic* et la porte s'ouvrit. À l'intérieur, des dizaines de lingots d'or entassés les uns sur les autres, de magnifiques bijoux cernés de diamants et d'émeraudes miroitants. Et puis, au fond… un coffret en bois, gravé d'étranges symboles.

Je l'ouvris précipitamment pour en vérifier le contenu. La fiole était bien là, remplie d'un liquide violet translucide… Roan avait décidé de le conserver. Savait-il ce que ce coffret recelait réellement ? Et si Alistair était au courant, pourquoi avoir aidé Jadis à le récupérer au lieu de le dérober ? Ce sérum valait tout l'or du monde et pour un bandit comme Alistair, sans doute représentait-il la consécration d'une vie de malfaiteur.

Je trouvai également mes quatre lames. La photo que je conservais toujours sur moi avait disparu : sans doute déchirée et jetée aux quatre vents.

Je fis volte-face, les bras chargés de bijoux.

– Que fais-tu ? demanda Jadis, éberlué.

– On aura besoin d'argent pour se rendre à la capitale, plaidai-je.

Je versai le tout dans une besace qui traînait là et passai la sangle autour de mes épaules.

– C'est le moment de filer, dis-je en tendant ma main à Jadis.

Il enlaça ses doigts aux miens, et nous quittâmes la tente précipitamment. Mais je heurtai une masse dure et bondis en arrière, tous les sens en alerte.

Roan n'avait pas fui, finalement...

– Vous... grogna-t-il en brandissant une longue épée aiguisée. J'aurais dû me douter que vous étiez derrière tout ça.

Je portai la main à ma ceinture pour atteindre mon poignard, mais Roan fut le plus rapide : il frappa mon poignet, si fort que je basculai en arrière.

– C'est donc toi, le petit génie qui contrôle les bêtes sauvages ? Roan désignait Jadis, pantelant.

Jadis tentait de conserver bonne figure, mais il était sur le point de défaillir.

– Je vois qu'il est fatigant de jouer au sorcier. Vous m'avez vraiment énervé, vous savez. Cette mine représente un très gros investissement. C'était ma grande fierté. Et maintenant, la voilà infestée de scorpions et de serpents. Je devrais vous exécuter sur-le-champ, mais je vais peut-être vous trouver une utilité, après tout, déclara-t-il, songeur, en fixant mon ami.

Jadis s'écroula par terre sans crier gare, tordu de douleur. Était-ce dû aux coups de Roan ou à l'utilisation de la magie ? Roan, ne le jugeant pas en état de combattre, se détourna de lui et planta ses yeux calculateurs dans les miens.

Je savais que je ne faisais pas le poids. C'était un tueur expérimenté, et moi, je savais à peine manier les lames, même si j'excellais au lancer. Une idée me vint soudain : oui, j'excellais au lancer. Il me suffisait donc de me tenir hors de sa portée et de le viser avec mes poignards.

Je bondis sur la couchette et dégainai mes couteaux plus vite que l'éclair. Ma prestation arracha un rire dégoûté à Roan.

— C'est tout ce que tu sais faire ? me provoqua-t-il.

Pour toute réponse, je lançai un couteau en direction de sa tête. Le coup était vif et précis, mais il bondit comme un chat avec une agilité impressionnante pour sa carrure et évita le projectile. La deuxième tentative se solda par un échec. Je n'avais plus droit à l'erreur : je me concentrai et envoyai le troisième poignard en direction de son ventre. Il se tordit en deux, mais je parvins tout de même à effleurer son flanc. Roan poussa un hurlement de douleur.

— Assez joué ! pesta-t-il.

Sans prévenir, il effectua une pirouette et rejoignit Jadis en deux enjambées. J'eus juste le temps de crier « non » que Roan saisissait Jadis par les cheveux et glissait son épée sous sa gorge.

Un seul geste de ma part signerait son arrêt de mort.

— Allons, nous savons tous les deux que tu peux m'atteindre, même avec ton petit copain comme bouclier. Qu'est-ce qui te fait hésiter ?

J'aurais tellement aimé lui faire ravaler son sourire condescendant ! Mais il avait raison. J'étais trop faible pour tenter le coup, trop attachée à Jadis pour risquer sa vie. Alors c'était ça, aimer quelqu'un ? J'avais complètement oublié cette sensation. La peur me retournait l'estomac, mes bras tremblaient et toute ma confiance s'envola. Moi qui pensais être la reine de l'indépendance et me vantais de n'avoir besoin de personne !

— Lâche-le immédiatement, ordonnai-je dans un grondement qui ne me ressemblait pas.

— Voilà le retour de la louve enragée ! Elle m'avait manqué, je dois dire.

— Réglons ça au corps à corps, proposai-je. Un vrai duel. Il n'y a que les lâches qui se cachent derrière des otages.

Roan sembla étudier la proposition.

— Il est tentant d'écraser ta fierté dans un duel, mais j'ai l'avantage. Pourquoi se fatiguer à combattre alors qu'il me suffit de faire ceci ?

Il entailla la joue de Jadis de la pommette jusqu'au menton. Jadis serra les dents et retint un hurlement.

— Non ! Arrêtez ! hurlai-je en laissant tomber la dernière lame sur la couchette.

— Ne l'écoute pas... protesta faiblement Jadis.

C'est à ce moment que Kaya pénétra dans la tente, et frappa Roan dans le dos avec sa machette. Celle-ci vint se ficher dans sa colonne. Roan tomba à terre dans un hurlement déchirant et relâcha aussitôt sa prise sur Jadis.

Je courus vers lui et l'aidai à se redresser. Rapidement, je récupérai mes lames tandis que Roan se tordait de douleur.

Nous sortîmes tous les trois de la tente en trombe, sans avoir le temps de remercier Kaya pour son intervention. Dehors, les insectes n'étaient plus aussi nombreux et refluaient sous terre. Le campement était totalement ravagé et les corps inanimés des soldats de Roan gisaient, la bouche grande ouverte, les yeux écarquillés. La plupart avaient succombé à l'effet du venin combiné aux coups des prisonniers.

— Par ici ! criai-je en orientant mes amis vers l'écurie.

La plupart des chevaux avaient rompu leurs cordes et s'étaient échappés, mais il restait quelques bêtes enchaînées.

— Akasha, murmura Kaya, les yeux emplis de larmes. Elle est...

Honteuse, je m'aperçus que j'avais totalement oublié la présence de la vieille sorcière. Je repérai aisément son corps décharné étendu sur le dos, près du cratère.

J'aidai Jadis à monter sur un étalon blanc.

— Je ne peux pas la laisser ici... souffla Kaya.

J'ignorais que la vieille sorcière et Kaya entretenaient une relation aussi fusionnelle. Visiblement, je m'étais trompée sur toute la ligne. Les relations entre les individus n'étaient réellement pas mon fort.

— D'accord. Reste ici, je vais la chercher.

Kaya hocha la tête, puis s'immobilisa. Ses yeux étaient grands ouverts.

— Kaya ? appelai-je, inquiète.

Elle toussa et une giclée de sang rougit ses lèvres. Elle tomba, raide comme un piquet. Je la retins juste avant qu'elle ne heurte le sol. Derrière elle, sur le seuil de la tente, se tenait Roan.

Je baissai les yeux sur Kaya, qui ne respirait déjà plus.

— Non... murmurai-je.

C'est alors qu'un couteau se ficha juste à côté de moi et s'enfonça dans la terre meuble. Roan nous bombardait avec des poignards.

— Eden ! me supplia Jadis. Monte !

Il me tendit son bras et je saisis sa main à contrecœur. Il me hissa sur le cheval et donna un coup de talons dans les flancs de la monture qui partit au triple galop en direction des montagnes, laissant derrière nous le cadavre de la vieille sorcière et de Kaya, ainsi que Roan hurlant à pleins poumons des promesses de vengeance.

49

Retour aux sources

Whisper Organa
Sienne, terres du Sud.

– Comment vous sentez-vous ? s'enquit Alistair en penchant la tête sur le côté pour m'étudier.

Je levai le menton et me tins aussi droite que possible sur le dos rêche et courbé de l'immense éléphant.

Ces interminables journées de chevauchée avaient épuisé mes dernières forces. Je ne savais pas si mon état était dû au mauvais traitement subi dans la mine de Kirvar, à la longue et périlleuse traversée du désert des Larmes sous un soleil de plomb ou à un profond chagrin, mais ma santé était des plus préoccupantes. Depuis notre départ, je n'avais fait que vider mon estomac pourtant peu rempli et sombrer dans des périodes de néant, quand le vertige et la nausée ne me maintenaient pas éveillée.

À présent que nous arrivions enfin à Sienne, la capitale des Quatre Terres, je devais m'efforcer d'avoir une attitude exemplaire. J'allais être confrontée à père, ramenée enchaînée dans ma propre demeure et essuyer un sermon monumental comme une petite fille gâtée, capricieuse et fugueuse. S'il y avait bien une chose que je ne souhaitais pas, c'était paraître fragile et vulnérable aux yeux de père. J'espérais lui prouver qu'il avait tort, que j'étais capable de survivre au monde extérieur, contrairement à ce qu'il voulait me faire croire.

Je posai mes yeux fatigués sur le visage d'Alistair. La longue traversée du désert n'avait pas été de tout repos pour lui aussi :

bien que sa blessure à la poitrine cicatrisât progressivement, son apparence physique laissait à désirer. Il aurait pu passer pour un mendiant, s'il n'était pas posté sur un éléphant couvert de parures scintillantes.

– Princesse ? insista-t-il.

Alistair avait commencé à me nommer de cette manière peu de temps après avoir quitté Kirvar. Bien qu'il ne fasse que respecter l'étiquette, je détestais qu'il s'adresse à moi par ce titre. Cela me rappelait que je n'étais déjà plus Whisper Bracken, cette jeune fille libre et anonyme. J'étais redevenue Whisper Organa, la princesse des Quatre Terres et l'héritière du trône. J'exécrais celle fille-là : je n'avais d'ailleurs jamais réussi à me considérer comme telle.

J'ignorai avec superbe la question d'Alistair. En réalité, je n'avais pas daigné lui adresser la parole depuis les révélations qu'il avait partagées après avoir quitté la mine. C'était ma façon à moi de lui faire payer ses actes, surtout d'avoir abandonné mes amis à qui je pensais en permanence. Le remords que je lisais dans ses yeux n'y changerait rien.

Depuis notre arrivée à Sienne, il semblait de plus en plus nerveux. Cette fébrilité était-elle due à l'excitation de recevoir sa récompense tant désirée ? Ou à la confrontation imminente avec le roi ? Plus nous progressions, plus les petites maisonnées en pierre se transformaient en splendides manoirs. Les rues se firent plus spacieuses et plus bondées. C'était un comble, je découvrais pour la première fois la capitale que j'avais toujours habitée. Au temps où j'écrasais mes oreilles contre l'immense mur qui encerclait le Palais royal, j'aurais tout donné pour pouvoir admirer la cité en effervescence. À présent que je circulais entre les colporteurs et les brocanteurs, mon enthousiasme s'était fait la malle et je peinais à apprécier le spectacle offert par la ville.

Alistair avait consenti à m'ôter les chaînes qui comprimaient mes poignets et mes chevilles lorsqu'il comprit que j'étais trop faible pour mettre un pied devant l'autre.

– Ne faites pas cette tête, persifla Alistair. Vous aviez meilleure mine lors de la vente aux enchères de Kirvar. Après tout, vous devriez vous réjouir : les souffrances s'achèvent et vous retrouverez vite le confort du palais.

Je sentis mes joues s'échauffer. Comment lui faire comprendre que le Palais royal ne représentait qu'une prison de plus à mes yeux ?

– Je me suis enfuie, répliquai-je dans un souffle, rompant ainsi mon long silence.

Alistair ouvrit la bouche, puis la referma. Il fronça les sourcils. Voilà : il devait maintenant me considérer comme une petite fille gâtée, ingrate et capricieuse. Je songeai qu'il n'avait pas totalement tort. Après tout ce que j'avais vu et vécu, la pauvreté d'Hortensia, les courses-poursuites dans Flamencia et la cruauté de Kirvar, je devrais être reconnaissante d'avoir la possibilité de rejoindre un nid douillet, loin des tourments du monde extérieur.

Mais j'avais goûté aux délices de la liberté et il m'était impossible de m'en défaire. Mon aventure ne s'était pas limitée à la découverte du monde et de ses écueils. J'avais contemplé les danseurs endiablés festoyer dans les ruelles de la cité des Merveilles et été subjuguée par la force sauvage et indomptable de l'océan... Et plus important que tout, j'avais fait la rencontre d'êtres exceptionnels, qui étaient devenus des amis. Pas une fois la terrible solitude qui m'étouffait au palais ne m'avait assaillie. Père avait raison ; les hommes sans foi ni loi existaient bien, avides de richesses et de pouvoir. Mais il y avait tellement plus !

Je songeai à Eden et Jadis, en train de croupir dans les souterrains sombres et asphyxiants de Kirvar. Roan avait dû leur infliger une terrible punition après notre départ ! Je réfléchissais déjà au moyen de les extirper de cet enfer. Il fallait absolument que je convainque père de mettre un terme à toute cette entreprise.

— Vous vous êtes enfuie ? Ne me faites pas rire, souffla Alistair qui, pourtant, était loin d'afficher une mine enjouée. J'ai entendu votre conversation avec Eden : vous aviez l'intention de la guider jusqu'au Palais royal afin de l'aider... à trouver du travail ?

Dite à voix haute, cette excuse semblait encore plus improbable... Comment avais-je pu croire un seul instant qu'Eden voulait rallier la capitale pour devenir une simple employée ?

— Je n'avais pas le dessein de me faire prendre, répliquai-je avec amertume.

— Vous espériez peut-être passer inaperçue, malgré ceci ?

Il désigna du doigt l'avis de recherche placardé sur chaque devanture de chaque commerce.

— Je dois avouer que cela ne vous ressemble guère. Mais tout de même...

Je le fusillai du regard. Que voulait-il entendre ? Qu'il était mon sauveur, que je cherchais depuis le début et par tous les moyens à rentrer chez moi ?

— Je n'allégerai pas votre culpabilité, lâchai-je. Je n'avais aucune intention de rentrer, du moins autrement que par mes propres moyens, et vous m'avez volé cette liberté en me séparant de mes amis.

Alistair déglutit. Je me tournai vers ma réelle sauveuse, celle qui avait tout sacrifié pour partir à ma recherche. Hermance somnolait sur sa monture, les yeux mi-clos. Elle avait déserté le Palais royal quelques jours après ma disparition. Père allait forcément faire le rapprochement. Qui sait quel châtiment il lui réserverait...

– Je n'ai aucun remords, affirma Alistair en cambrant les épaules. Je suis un homme d'affaires : je regrette juste de ne pas pouvoir m'acquitter de ma dette.

Je croisai les bras contre ma poitrine.

– De quelle dette parlez-vous exactement ? maugréai-je. Du moment où je vous ai tiré des flammes ou lorsque j'ai répondu à votre caprice en récupérant cette précieuse canne dont vous n'aviez nul besoin ?

– Cela compte comme une seule et même redevance, renchérit-il en haussant les épaules. Et, oui, c'est bien de cela dont je parle.

– Alistair, murmurai-je, et il leva les yeux vers moi en entendant son prénom. Je ne serai jamais disposée à vous pardonner entièrement quant à ce que vous avez fait. Mais je sais que vous avez une grande influence sur Roan. Après tout, vous avez réussi à lui subtiliser trois éléphants et une escorte ! Tout ce que je demande, c'est que vous lui fassiez parvenir un message pour libérer Eden et Jadis. C'est mon seul souhait...

Alistair semblait interloqué.

– Après tout ce que je vous ai révélé sur Eden, vous tentez encore de la protéger ? s'offusqua-t-il.

– Bien sûr ! Sa fureur est légitime. Elle est ma première amie, et je ne cesserai jamais de la protéger.

Du moins, j'espérais qu'il en soit ainsi. Une amitié pouvait-elle fonctionner à sens unique ? Je n'avais aucune connaissance dans ce domaine, j'osais croire pourtant que les fautes commises par mes parents pouvaient être réparées. Je trouverais un moyen de me faire pardonner... il le fallait. Je me refusais à perdre son amitié.

Alistair semblait estomaqué, avec un soupçon... d'admiration ?

— Je vois, grogna-t-il en tirant sur les brides de l'éléphant pour ralentir alors qu'une horde d'acrobates voltigeurs nous coupait la route. Si tel est votre désir...

J'aurais pu fondre en larme de soulagement.

— ... je libérerai Jadis, acheva-t-il.

— Mais... contestai-je immédiatement.

— Je sais que vous vous refusez à l'admettre, que ce soit par bonté d'âme ou par stupidité, mais Eden est dangereuse. Si je la libère et qu'elle s'en prend à vous...

Mon cœur s'emballa. Alistair dut remarquer ma gêne car il s'empressa d'ajouter :

— Le roi me fera décapiter pour avoir mis votre vie en danger, et il aura raison.

Ma reconnaissance tomba comme un soufflé. Pourquoi fallait-il que je garde espoir à son sujet ? Un vaurien reste un vaurien.

— Personne ne saura que vous êtes mêlé à cette histoire, argumentai-je. Je garderai le silence, quoi qu'il m'arrive. J'en fais le serment. Et puis, nul ne peut franchir ces murailles...

Semblant confirmer mes dires, la silhouette du Palais royal se découpa à l'horizon, dominant la ville de toute sa hauteur et sa magnificence. Comme si les fortifications ne suffisaient pas, un fleuve séparait le côté est de Sienne et le Palais royal, limitant son accès à un immense pont-levis flanqué de gardes surentraînés. L'entrée des marchandises, celle que j'avais empruntée pour m'évader et qui était réservée aux petites gens, était située de l'autre côté du palais.

Le pont-levis était abaissé, et une foule patientait pour passer de l'autre côté, tandis que les gardes procédaient à des fouilles. C'était la première fois que je voyais une telle chose. Le Palais royal, ouvert au peuple ? Le message de père concernant la recherche d'un antidote avait donc été fructueux. Je ne pris pas la peine de questionner Alistair quant à l'état de santé de mère. Lui aussi avait été isolé de tout ces derniers jours et était par conséquent aussi mal informé que moi. Je caressais l'espoir fou qu'un sérum se révélerait concluant.

Je devais avoir l'air si malheureuse que les dernières résistances d'Alistair cédèrent.

– Je vais prendre le temps d'y réfléchir, lâcha-t-il après un long silence.

Ce n'était pas la réponse que j'attendais, mais je devrais m'en contenter. Il restait un espoir quant à la libération de mes amis, et je comptais bien m'accrocher à cette infime chance de tout mon cœur.

Parcourue d'une anxiété grandissante à l'idée de devoir retourner dans cette prison dorée et affronter mon père, je me mis à sonder les environs. La chute depuis l'éléphant serait probablement très douloureuse, en me mêlant aux passants toutefois, je pourrais…

– N'y pensez pas, trancha Alistair qui avait deviné mes projets. Ne m'obligez pas à vous remettre vos chaînes.

Je décidai de rester tranquille. Il était dans mon intérêt qu'Alistair demeure en bons termes avec le roi maintenant que nous avions l'esquisse d'un accord.

Lorsque nous arrivâmes devant le pont-levis bondé, Alistair descendit de l'éléphant et fendit la foule ébahie pour discuter avec les sentinelles. Les curieux se pressaient autour des montures, palpaient leurs flancs rêches. Si certains avaient l'allure de riches commerçants parés de somptueuses étoffes, d'autres n'avaient pas meilleure allure que moi. Des femmes aux robes usées brandissaient des fioles emplies d'un liquide visqueux en quémandant une audience au roi.

– Je possède l'élixir de la reine ! scandait un homme, visiblement agacé de devoir patienter comme tout le monde. Le temps presse. Laissez-moi passer !

Tous chantaient le même refrain, persuadés d'être le détenteur du remède tant convoité. Les sentinelles, loin d'être submergées par l'animosité qui s'échappait de la foule, laissaient passer les apprentis guérisseurs au compte-gouttes, et majoritairement ceux dont l'apparence physique laissait supposer un rang social élevé. Les moins fortunés et les plus malchanceux restaient sur la touche, s'époumonant dans le vide.

Alistair parvint rapidement à convaincre les gardes malgré notre aspect repoussant. Il me désigna du doigt, se perdit dans une tirade ponctuée de menaces et les pauvres soldats s'effacèrent avec précipitation pour nous permettre de franchir l'entrée.

Lorsque je dépassai les fortifications, si hautes qu'elles laissaient à peine entrevoir le palais, je me raidis et dus puiser dans mes réserves de courage et de sang-froid pour ne pas détaler malgré mes promesses.

J'étais de retour.

50

Retrouvailles familiales

Whisper Organa
Sienne, terres du Sud.

Je plissai les yeux pour discerner les traits de père, éblouie par la forte luminosité qui régnait dans la pièce. Il était assis sur son immense trône, taillé dans le bois d'un arbre millénaire.

J'étais méconnaissable, quant à lui il n'avait pas changé d'un pouce. Même costume qui épousait parfaitement ses larges épaules, mêmes cheveux grisonnants et surtout même regard insondable et menaçant. Père se gratta le menton, songeur. Un silence de plomb régnait dans l'immense salle des doléances depuis que j'étais entrée. Alistair se tenait à ma gauche et affichait cet air à la fois désinvolte et revêche dont lui seul avait le secret. Hermance était à ma droite et conservait la tête baissée.

Pour une raison absurde, une dizaine de gardes se tenaient autour de nous en cercle, l'œil alerte, comme si j'allais fuir d'une seconde à l'autre. J'avais l'impression d'être au tribunal. J'étais l'accusée, et père le juge, mais je n'avais pas d'avocat pour me défendre.

Le silence s'éternisa, encore et encore, ponctué par le *tac, tac, tac* de l'ongle que père tapotait contre l'accoudoir du trône.

Au bout d'un long moment, il se leva. Il était grand et imposant.

Il descendit les marches et vint se poster devant moi. Il me dévisagea…

… Et me prit dans ses bras.

C'était un geste dénué de douceur. Son corps était raide et ma tête atteignait à peine son torse. Je me figeai comme une statue tandis qu'Alistair et Hermance nous observaient, médusés.

— Vous m'avez beaucoup manqué, déclara père en relâchant son étreinte.

Il recula de quelques pas. Son visage solennel ne laissait entrevoir aucune émotion. J'ouvris la bouche pour répliquer, et je n'eus pas le temps d'émettre un son : sa main s'abattit sur ma joue avec force.

Clac !

L'écho de la gifle résonna deux fois dans la salle. Je vacillai en arrière, secouée par le choc.

— Je ne pensais pas que vous étiez si lâche, mais je me trompais, asséna-t-il d'une voix calme, comme s'il me demandait des nouvelles de mon voyage.

Il plongea ses yeux dans les miens, et je me sentis frémir de la tête aux pieds.

— Comment avez-vous osé vous enfuir alors que votre mère dépérit de jour en jour ? Votre dernière visite l'a laissée plus ébranlée que jamais. J'avais espéré que vous répareriez vos torts en consentant à honorer l'alliance avec le prince du Nord. J'avais décidément mis trop d'espoir en vous.

Je serrai les poings.

— Qu'espériez-vous au juste ? Que j'attendrais sagement dans ma tour d'ivoire pendant que vous planifieriez ma vie du début à la fin ? Comment pouviez-vous croire une seconde que je serais en mesure de gouverner un monde dont je n'ai jamais rien vu ? Une princesse qui ne connaît pas ses sujets... Une princesse qui n'a jamais quitté ses appartements, qui ne sait même pas à quoi ressemble sa capitale.

La ride entre les deux sourcils de père se creusa un peu plus. Il ne semblait pas en colère, mais restait insondable.

— Je l'ai fait pour vous protéger, grogna-t-il en reculant de quelques pas. Vous ne pouvez pas le comprendre, vous qui ne songez qu'à partir à l'aventure sans même réfléchir aux responsabilités qui vous incombent.

J'aurais aimé répliquer que je n'avais que faire de ces responsabilités, mais c'était faux. Je désirais mettre un terme à toutes les horreurs que j'avais vues, apporter justice et paix. Réussir là où père avait échoué.

– Vous n'aviez pas le droit de me forcer à l'épouser, répliquai-je.

Car c'était bien là la source du problème, l'élément déclencheur qui avait précipité mon départ.

– Je suis le roi ! rugit père en haussant la voix, ce qui fit sursauter Hermance. J'ai absolument tous les droits. J'avais pris soin de sélectionner un prétendant jeune, dont vous n'avez pu vous contenter, ingrate comme vous êtes.

J'ouvris la bouche pour répondre, mais père se détourna de moi comme si je n'existais plus, pour s'intéresser à Alistair.

– Voici donc le valeureux chasseur de têtes qui est parvenu à récupérer ma fille, marmonna-t-il avec dédain.

Alistair s'inclina légèrement, et j'eus un haut-le-cœur.

– Je dois dire que je suis très surpris. J'ai confié la même mission au prince des Orphelins et il n'a pas été capable de s'acquitter de sa tâche.

Alistair sembla troublé par la révélation, mais se reprit très vite et adressa au roi un rictus assuré.

– Mon frère a toujours été trop imbu de lui-même, renchérit Alistair. Ses excès de confiance le desservent.

Mon cœur rata un battement. Le prince des Orphelins, gouverneur des terres de l'Est, était le frère d'Alistair ? Je fouillai dans mes souvenirs à la recherche du gouverneur. Des images floues surgirent : un homme avoisinant la trentaine, des cheveux longs et blonds, un sourire hautain et méprisant… Je ne m'étais jamais intéressée à lui dans les détails, mais il me revenait que malgré son jeune âge, il s'appuyait sur une canne.

Exactement comme Alistair.

51

Complots et manigances

Whisper Organa
Sienne, terres du Sud.

— Je suis las de vos querelles familiales, siffla le roi entre ses dents. Je suis conscient que vos obligations réciproques envers la Couronne sont la seule et unique raison qui vous empêche de vous entre-tuer. Mais vos différends n'ont rien à faire à ma cour.

Je tendis l'oreille, intriguée par le tournant que prenait la conversation.

— Savez-vous ce que Jamark m'a répondu lorsque je lui ai promis d'exaucer son souhait le plus cher en échange du retour de ma fille à la maison ? questionna le roi, goguenard.

À côté de moi, Alistair se tendit, et le sourire de père s'élargit.

— Il m'a demandé la permission, littéralement, de « détacher la tête des épaules de mon petit frère une bonne fois pour toutes ». Ce qui, en y réfléchissant, résonne parfaitement avec votre propre demande, qui n'est autre que de destituer le prince des Orphelins et de prendre sa place en tant que gouverneur des terres de l'Est.

Alors c'était ça, la fameuse récompense ? Le consentement de Sa Majesté quant à l'assassinat de son propre frère, pour subtiliser sa place et son titre ? Mon sang se glaça. Décidément, je ne savais rien d'Alistair Atkinson.

— Aurai-je ma récompense ? questionna Alistair du tac au tac.

Père explosa d'un rire grave et tonitruant.

— Ambitieux, téméraire et impulsif, railla le roi. Je dois avouer que j'aurais préféré que Jamark soit le vainqueur de cette chasse à la princesse. Il a habituellement le don d'accomplir mes ordres avec une rapidité et une rigueur exemplaires.

Il marqua une courte pause avant de reprendre :

— Certaines de vos actions m'ont fortement déplu. Comme lorsque, à Flamencia, vous vous êtes séparé de votre escadron pour sauter à bord de cet engin volant...

— Je n'avais pas le choix, se justifia Alistair. J'ai dû user de ruse pour rejoindre la princesse. Si je n'avais pas agi ainsi, j'aurais perdu sa trace.

— Et lorsque vous avez laissé croupir ma fille une nuit entière dans la mine souterraine de Kirvar ? Une autre de vos brillantes tactiques, je présume ?

Le visage déjà pâle d'Alistair blêmit.

— Je... j'étais blessé, balbutia Alistair en tentant de garder contenance. Je l'ai sortie du cratère dès que j'ai repris connaissance, le matin même.

— En vous abaissant à marchander avec un certain Roan Prank, un flibustier à la tête du plus grand trafic d'esclaves du pays.

— Vous êtes au courant pour la mine de Kirvar ? explosai-je tout à coup. Vous laissez faire !

— Pensez-vous un seul instant qu'une telle entreprise puisse exister sans mon consentement ? Je suis au courant de tout ce qui se trame sur mes terres.

— Dans ce cas, pourquoi tolérer de telles barbaries ? Roan est l'escroc le plus célèbre des Quatre Terres. Des centaines de passagers clandestins embarquent sur ses voiliers de fortune chaque jour pour traverser les mers, parfois au péril de leur vie ! Vous avez le pouvoir de mettre un terme à cette folie et pourtant, vous ne faites rien...

Père m'étudia avec un intérêt nouveau, un brin surpris par ma tirade.

– Roan Prank est une crapule de bas étage, mais il s'agit aussi du fils unique d'une de mes plus chères associées, la veuve Étoilée. Je ne peux décidément pas exécuter son héritier de sang-froid en m'attendant à ce qu'elle reste bien sagement sous mes ordres.

– Vous êtes le roi ! insistai-je. Vous avez tous les droits. N'est-ce pas ce que vous venez d'affirmer ? Roan Prank est un criminel et il doit être traité ainsi. Si la veuve Étoilée ne supporte pas l'idée qu'on applique la justice, elle ne mérite pas de gouverner. Destituez-la pour quelqu'un de plus honnête.

Le seul souvenir de l'attitude froide et méprisable de la veuve Étoilée lors de son escale à Kirvar me terrifiait. Elle jouait avec le feu depuis des années, participant activement aux affaires illicites de son fils. À mes yeux, c'était un acte de trahison.

– La veuve Étoilée a toujours nié être impliquée dans les affaires de son fils, contesta père. De surcroît, Roan Prank n'était pas mon ennemi. Du moins jusqu'à aujourd'hui.

– Comment ça ?

– J'ai un grand respect pour ces ambitieux contrebandiers qui parviennent à s'élever par leur force de caractère et leur témérité, expliqua père. Ils sont adorablement manipulables. Ne vous êtes-vous jamais demandé comment un fripon tel qu'Atkinson, pour qui les notions d'allégeance, de dévotion et de rigueur sont inconnues, s'est retrouvé à travailler pour le roi ?

Je secouai la tête. En réalité, il ne se passait pas une seconde sans que je me pose cette question. *Qui es-tu donc, Alistair ?*

– Lorsqu'un mercenaire parvient à faire suffisamment prospérer son organisation pour que ses actions parviennent jusqu'à mon oreille, je lui pose le dilemme suivant : prêter allégeance à la Couronne, obéir à mes ordres – auquel cas je suis magnanime – ou… mourir.

— Des assassins, des mercenaires, des escrocs… Est-ce là des sujets dignes d'une cour ? Comment pouvez-vous croire que des fripons sans principes ni loyauté vont se contenter de suivre vos directives ?

Le visage de père se fendit d'un large sourire.

— L'argent, Whisper… Tout mercenaire ne jure que par l'or.

Je déglutis. Les yeux émeraude de père luisaient, avides et insatiables.

— Ils ne sont pas dignes de confiance, insistai-je. Lorsque l'argent viendra à manquer, ils se retourneront contre vous.

— C'est pour cela que la mine de Kirvar est un mal nécessaire. Afin que le royaume croule sous l'opulence, pour garantir l'assujettissement de tous mes hommes et, par conséquent, la paix.

Je poussai un gémissement pitoyable.

— Vous autorisez l'esclavage !

— J'agis comme il se doit pour assurer la sécurité du royaume et de ma famille ! rugit-il avec fierté. J'ai besoin de m'entourer d'hommes forts et expérimentés si je veux garantir votre bien-être…

Je serrai les poings. Alors c'était ça, le réel objectif ? Encore cette obsession de m'isoler, m'enfermer, me protéger à tout prix… Mais de quoi ? De quoi père avait-il si peur ? Qu'est-ce qui pouvait bien l'effrayer au point de s'allier avec des brigands ?

— Cela ne change rien aux faits, m'obstinai-je : Prank vous a trahi. Il n'a jamais cessé d'embarquer des passagers clandestins, malgré l'interdiction formelle d'effectuer une traversée sans décret royal.

— C'est pourquoi j'ai brûlé toutes les bases secrètes que Prank dissimulait sur les terres de sa mère, protesta père.

C'est d'ailleurs une prisonnière de Richelieu qui m'a fourni les informations indispensables.

— Kaya, murmurai-je.

— C'est exact, affirma père en croisant les mains derrière son dos. Une inconsciente, sans aucun doute. Si personne n'avait encore jamais osé trahir Roan, c'est qu'il y avait une excellente raison à cela. Il se trouve aussi que le prince des Orphelins a réussi à lui soutirer des informations sur vous...

Kaya avait donc divulgué ma localisation contre sa liberté. J'aurais dû me sentir trahie, mais ce n'était pas le cas.

— Jamark a retourné brique par brique la cité d'Hortensia, toutefois c'est ce brave Atkinson qui a eu l'idée d'étendre les recherches jusqu'à Flamencia... Je dois avouer que je n'y croyais pas. Ma petite fille fragile, réussir à traverser le littoral des Songes sans y perdre la vie ? C'était peu probable. Je dois dire que vous m'avez impressionné...

Il semblait certes surpris, mais pas vraiment dans le bon sens. Comme si, à présent, en plus d'être stupide et manipulable, je pouvais être moins contrôlable que prévu.

— Je suis soulagé de vous retrouver en un seul morceau, et sans dégât notable. Je vous ai visiblement sous-estimée : vous êtes capable de survivre au monde extérieur.

Enfin, les mots que je désirais entendre de sa bouche devenaient réalité. Rien, pourtant, n'aurait pu me préparer à ce qui allait suivre.

— J'appliquerai la justice comme je l'ai toujours fait. Je veux que la tête de Roan soit suspendue à une pique. Il ne pourra pas m'échapper et devra payer pour avoir osé traiter la princesse comme il l'a fait.

Je fus tentée de préciser qu'il n'avait pas conscience de mon rang, mais je m'abstins. Après tout, Prank était un criminel et même si la sentence capitale me remplissait d'effroi, je savais que l'heure n'était plus aux négociations.

Père se tourna vers Alistair et poursuivit :

– Quant à vous, Alistair, bien que vous ayez accompli votre mission avec brio, vous êtes lié à ce misérable et par conséquent êtes complice de ses méfaits. Je me dois d'appliquer une sentence, car nul homme qui s'en prend à la chair de ma chair ne demeure impuni. Vous êtes donc en état d'arrestation et croupirez au donjon rouge en attendant la date de votre procès qui, j'en suis certain, ne tardera pas.

À peine eut-il achevé sa phrase qu'une horde de soldats fondit sur Alistair. Celui-ci ne se débattit même pas lorsque ses assaillants le plaquèrent au sol avec violence.

Les mots jaillirent sans que j'aie le temps de les ravaler :

– C'est injuste ! Alistair a garanti notre survie en s'alliant temporairement avec Roan !

En réalité, je n'en savais rien. J'ignorais tout du passif entre Alistair et Roan et, au fond, je m'en moquais. En prison, Alistair ne pourrait m'être d'aucune aide pour sauver mes amis et c'était la seule chose qui m'importait.

Mes supplications glissèrent sur l'indifférence quasi insultante de père qui enchaîna, sans se départir de son calme olympien :

– Quant à vous, madame Bracken, dit-il en se tournant vers Hermance qui était restée silencieuse, je suis à présent certain de votre implication dans l'évasion de ma fille. Vous avez mis sa vie en danger en pleine connaissance de cause, et c'est une faute impardonnable. Pour avoir attenté à la vie de votre future souveraine, vous serez jugée puis exécutée sur la place publique et…

Une nouvelle cohue de gardes bondit sur Hermance pour l'immobiliser. Elle qui avait toujours su conserver un masque de sang-froid, fondit en larmes, et ses sanglots désespérés me donnèrent l'impression de sombrer dans un puits sans fond.

— Père, je vous en supplie ! m'exclamai-je, tout orgueil envolé. Vous ne pouvez pas ! Hermance n'y est pour rien. Je me suis échappée seule, et elle a fui par peur d'être suspectée. Je vous en prie...

Ma voix grimpa dans les aigus et se brisa lamentablement. J'avais conscience de ma vulnérabilité, mais je ne pouvais consentir sans lutter.

— Je ferai tout ce que vous voulez... J'accepterai l'alliance avec le royaume du Nord. Je vous en fais le serment.

Père leva la main, et les soldats desserrèrent leur prise sur Hermance. Il sembla considérer l'offre quelques instants.

— C'est trop tard, siffla-t-il. Le roi du Nord s'en est retourné depuis longtemps, scandalisé par votre petite fugue. À présent, nous avons de nouveaux ennemis, grâce à vous.

Je fus tentée de répliquer que s'il n'avait pas conclu d'arrangement dans la précipitation et sans mon consentement, les choses auraient pu être différentes.

— ... mais je sais ce qu'Hermance représente pour vous. Aussi, parce qu'il me tient à cœur de garantir votre bien-être, je vais l'autoriser à demeurer auprès de vous.

Chaque mot semblait lui coûter un effort surhumain.

— À partir de maintenant, des patrouilles seront postées à votre porte nuit et jour. Les sorties dans le jardin sont suspendues jusqu'à nouvel ordre, quand vous ferez preuve d'un minimum de lucidité et de discernement. En attendant, je veillerai à ce que vous restiez confinée dans vos appartements, pour vous laisser le temps de réfléchir à l'imprudence de vos actes.

Père fronça les sourcils et fit un signe de tête vers Alistair entouré de trois gardes.

— Que fait-il encore ici ? ragea père.

Aussitôt, les soldats entraînèrent le prisonnier hors de la salle des doléances. On relâcha Hermance, qui, incapable de tenir sur ses jambes flageolantes, se laissa glisser sur le sol.

Père se dirigea à nouveau vers son trône et s'assit avec une grâce féline. Puis il déclara avec nonchalance :

– Vous pouvez disposer.

Comme si cette conversation n'avait été qu'une parenthèse dans son emploi du temps surchargé, une entrevue mineure qui ne l'affectait guère. Comme s'il ne venait pas de me briser le cœur, de malmener ma gouvernante et de laisser filer mon seul espoir de libérer mes amis.

Je serais probablement restée prostrée encore longtemps, les bras ballants, complètement abasourdie, si un des gardes n'avait pas eu la présence d'esprit de m'aider à sortir de la pièce.

Tel un automate, je mis un pied devant l'autre, puis, lorsque j'arrivai dans mes appartements, je m'effondrai sur la couchette. J'eus vaguement conscience de sentir deux bras frêles qui entouraient mes épaules avec douceur avant de vider toutes les larmes de mon corps.

52

Confidences sous les étoiles

Jadis Lucinosa
Désert des Larmes, terres du Sud.

Nous chevauchâmes pendant d'interminables heures sous un soleil ardent. À maintes reprises, je sentis que notre monture s'épuisait. Agrippé à la crinière de l'étalon comme si ma vie en dépendait, j'étais si proche de lui que je pouvais presque sentir sa douleur : ses muscles tendus par l'effort, la morsure du soleil sur sa robe laiteuse, le frottement des sabots sur le sable.

Je n'avais aucune idée de ce que cette sorcière m'avait fait cette nuit-là, mais je n'étais plus le même.

D'abord, il y avait eu la douleur : bouillonnante, amplifiée par la concentration accrue qu'il m'avait fallu pour invoquer tous les animaux simultanément. Ensuite, lorsque Akasha s'était écroulée, la souffrance s'était encore exacerbée, et avait atteint un paroxysme que j'aurais préféré ne jamais connaître.

Et puis il y avait Kaya : rencontrée sur une embarcation de fortune, rescapée inespérée d'une tempête. Enfermée dans la plus célèbre prison des Quatre Terres, puis jetée dans une mine. Tout ça pour mourir après nous avoir sauvés.

Plus la distance qui nous séparait de Kirvar grandissait, plus la douleur s'atténuait. Je m'efforçais de serrer la crinière de mon cheval, et me concentrais sur sa respiration saccadée.

Avance, avance, avance, l'exhortai-je, comme une prière. Tout plutôt que de revivre les événements en boucle, encore et encore. J'avais l'impression que mon esprit était piégé dans un labyrinthe sans issue : les milliers d'insectes grouillants, l'hécatombe de soldats hurlants... J'étais le responsable de cette terreur. J'avais tué plus d'hommes que je ne pourrais en compter. Un camp entier. Tous les soldats de Roan, sans exception. J'étais aussi responsable de l'agonie de la sorcière, qui m'avait transféré l'intégralité de sa force – ou devrais-je dire, de sa magie –, jusqu'à en mourir.

Savait-elle qu'elle ne survivrait pas au processus ? Elle était bien trop maligne pour l'ignorer. Cela expliquerait, entre autres, pourquoi elle en connaissait tant à mon sujet, sur mon passé, mes parents...

Tu as des parents, me répétais-je pour la millième fois.

Et bien vivants. Ta mère n'est pas morte en couche, ton père n'a pas été victime d'un assassinat pour dettes de jeu. Cette vérité, que je refusais d'accepter, s'était pourtant frayé un chemin jusqu'au plus profond de mon être et y était à présent solidement enracinée. Pourquoi tante Nelly m'avait-elle menti durant toutes ces années ? J'avais confiance en elle. Ses paroles me revinrent en mémoire, la veille de mon départ : « Ne veux-tu pas connaître le secret de ces taches ? »

Elle savait, c'était évident. Mais dans ce cas, pourquoi me laisser dans l'ignorance ?

— Jadis, murmura une voix éreintée dans mon dos.

Je revins à la réalité. Eden était là, derrière moi. Elle avait affronté Roan : elle m'avait sauvé – encore une fois – tandis que j'étais resté impassible, figé par la douleur.

Je tirai d'un coup sec sur la crinière et l'étalon ralentit sa foulée avec gratitude. Je pouvais sentir ses battements de cœur affolés, avec autant de précision que s'il s'agissait du mien. Qu'est-ce que cette sorcière m'avait fait ? Aucun abri à l'horizon pour nous isoler de la chaleur écrasante du désert. Je n'eus d'autre choix que de m'arrêter devant deux cactus à peine assez grands pour nous offrir leur ombre.

À l'instant où notre cheval fut immobilisé, Eden me lâcha et s'écroula sur le sable sans plus de cérémonie. Je m'en voulus de ne pas m'être arrêté avant. Eden ne dévoilait jamais ses faiblesses et ne m'avait pas interpellé avant d'avoir atteint un seuil critique d'épuisement.

Je la rejoignis en me laissant dégringoler à mon tour comme un poids mort.

Nous restâmes là sans dire un mot, bercés par nos respirations coordonnées. J'aurais certainement éclaté en sanglots si l'aridité de l'air n'avait pas desséché chaque pore de ma peau. Eden tendit le bras pour atteindre notre unique gourde attachée à la selle de la monture. Une fois désaltérée, elle me tendit la flasque tout en évitant mon regard.

— Je suis désolée.

Je secouai la tête. Elle s'était battue au corps à corps contre une horde de gardes sans faiblir. Elle m'avait sauvé la vie. Pourquoi s'excusait-elle ?

— La mine… les bêtes, balbutiai-je, incapable de faire disparaître les images qui me hantaient.

— Tu as été incroyable, souffla-t-elle.

Ce n'était certainement pas ce à quoi je m'attendais.

— Ce que tu as fait… Je n'y croyais pas. Je pensais que cette sorcière… je veux dire, qu'Akasha était folle à lier. Mais ce que tu as fait… Je n'aurais jamais cru voir ça un jour. Pêcher quelques poissons pour nous nourrir est une chose, invoquer des bestioles par milliers…

Elle laissa sa phrase en suspens. Puis je la sentis se raidir.

— J'aurais dû l'achever, reprit-elle avec lenteur.

Je l'étudiai en détail. Ses yeux demeuraient secs, mais l'émotion se lisait sur son visage. Pour la première fois, je vis Eden démunie.

— Tu n'y es pour rien, assurai-je.

Mes mots paraissaient bien futiles à côté des émotions contradictoires qui déferlaient en elle, j'étais sincère pourtant. Elle garda les yeux fixés sur ses mains, où le sang avait séché dans les petites crevasses autour de ses cuticules. À qui appartenait ce sang ? Elle dut se poser la même question, car elle détourna vivement les yeux et enfouit ses paumes dans le sable pour les faire disparaître.

– J'aurais dû lui planter ma dague dans le cœur au lieu de fuir comme une lâche, persista-t-elle. Il était blessé, désarmé. J'aurais pu le neutraliser et rien de tout cela ne serait arrivé.

J'aurais aimé trouver les mots pour la consoler, la réconforter, lui dire qu'elle n'avait absolument rien à se reprocher. Malheureusement, je n'avais jamais été très doué pour communiquer avec les autres, et les mots qui jaillirent me parurent bien fades au regard de l'admiration que je portais à Eden, et ce depuis le premier instant où j'avais posé les yeux sur elle.

– Tu es bien des choses, Eden, mais tu n'es pas quelqu'un de lâche. Tu es… la personne la plus brave qu'il m'ait été donné de voir.

Eden poussa un soupir entre le rire et le reniflement et chassa les grains de sable collés sur sa pommette. Puis elle se pencha vers moi et dans l'espoir d'alléger l'atmosphère, déclara :

– Alors… prince ?

Elle haussa un sourcil dubitatif, et je lâchai un rire sans joie.

– Il faut croire.

Un long silence plana entre nous, lourd de sous-entendus et de reproches non formulés.

– Je sais que tu détestes la famille royale… commençai-je prudemment.

– Ça ne change absolument rien pour moi, déclara-t-elle en même temps.

Nous échangeâmes un long regard éloquent pendant lequel aucun de nous n'osa prendre la parole, puis je hochai la tête pour l'inviter à continuer.

– Bon, d'accord, ça change quelque chose. Je ne vais pas faire semblant d'aimer la famille royale parce qu'il s'avère que, par le plus grand des hasards, leur sang coule dans tes veines.

Elle se racla la gorge, puis, doucement, presque comme si la honte la dissuadait d'avouer, elle lâcha :

– Je *hais* la famille royale. Le roi, la reine, la princesse...

– La princesse ? relevai-je.

J'avais presque oublié la princesse disparue. Confinée au palais ou décédée quelques semaines après sa naissance, la mystérieuse héritière faisait l'objet d'innombrables rumeurs. Elle s'était échappée il y a peu, confirmant ainsi son existence, et le roi avait lancé un avis de recherche désespéré.

J'ai une sœur. J'avais beau me répéter cette vérité encore et encore, tout me paraissait irréel.

– Oui, la princesse aussi. Ce qu'ils ont fait à mes parents... Jamais je ne pourrais leur pardonner. Mais toi, c'est différent. Tu n'as pas choisi tes parents : tu n'étais même pas au courant que tu étais leur fils avant-hier !

Devant mon mutisme, elle enchaîna :

– Ils t'ont jeté comme un déchet, Jadis. Ils voulaient que tu te noies, tout ça pour quelques taches de naissance.

« Taches de naissance ». L'euphémisme du siècle.

– Même la princesse s'est enfuie du palais ! s'exclama Eden, comme si c'était la preuve irréfutable de la monstruosité de mes parents.

Je soupirai. Elle avait raison, bien entendu. Mais j'avais si souvent rêvé d'avoir des parents en chair et en os, tendres et attentionnés.

— Tout ce que je veux dire, reprit Eden avec vigueur, c'est qu'ils ne te méritent pas. S'ils voyaient ce que tu es devenu, ils se mordraient les doigts de t'avoir abandonné.

Je gardai les yeux fixés sur les flancs du cheval qui s'était allongé à côté de nous. Si le roi et la reine voyaient ce que j'étais devenu… Un monstre, une anomalie. Un homme capable de contrôler les animaux. Pas sûr qu'ils soient enchantés à l'idée d'avoir engendré un sorcier. Finalement, mon apparence physique hors du commun s'alliait parfaitement avec mes étranges facultés. Au contraire, ils se féliciteraient de m'avoir abandonné en découvrant qui j'étais…

Eden claqua des doigts devant mes yeux, ce qui me fit émerger de mes idées noires.

— Que vas-tu faire, maintenant ? demanda-t-elle.

Une question d'apparence anodine, mais nous savions tous les deux à quoi elle faisait allusion.

Je sortis le coffret de la poche intérieure de mon gilet. L'antidote de la reine était là, entre mes mains. Ma mère. Celle qui m'avait abandonné. Elle représentait tant de choses à la fois et je n'avais aucune idée du rôle qui prévalait sur les autres. Devais-je faire mon devoir et la sauver en tant que loyal sujet ? Ou au contraire, détruire la fiole afin de me venger ? Même si je connaissais la vérité, je ne nourrissais aucun désir de vengeance.

— Je veux lui apporter l'antidote, déclarai-je soudain, prenant conscience que j'en avais vraiment envie, et que ce n'était pas là qu'une question de devoir ou d'obligation. Je veux pouvoir m'expliquer avec elle. Connaître les raisons qui l'ont poussée à agir ainsi…

— Tu as entendu la sorcière : la reine avait peur de toi. Il n'y a rien d'autre à savoir.

— Je veux l'entendre de sa bouche. Je veux lui parler, ne serait-ce qu'une fois…

Des rougeurs s'étendirent sur le nez et les pommettes d'Eden comme à chaque fois qu'elle était énervée.

— Elle t'a abandonné ! répéta-t-elle, presque en criant. Et toi, tu veux gentiment lui apporter un antidote ! On devrait plutôt la laisser mourir, oui. Qu'elle paye pour tout le mal qu'elle a fait ; pas seulement à toi ou à mes parents, mais aussi à tous les innocents qui subissent la tyrannie du couple royal depuis tant d'années.

Je serrai le coffret dans mes mains. Je savais pertinemment que je ne pourrais pas faire changer Eden d'opinion, ses blessures étaient trop profondes. Je préférai donc changer de sujet pour éviter de nous engouffrer dans une impasse.

— Et Whisper ? dis-je en grattant le sable de mes ongles pour masquer ma gêne. Elle doit être loin à l'heure qu'il est.

Le visage d'Eden rougit davantage, ce qui fit ressortir la blondeur éblouissante de ses cheveux. Je détaillais l'harmonie de son visage, de ses pupilles brunes aux cils dorés, quand elle répondit :

— Ce maudit Alistair Atkinson...

Ses yeux lançaient des éclairs dans le vide, sa fureur était presque palpable. Moi qui essayais de l'apaiser en évitant d'évoquer mes parents...

— Il est venu pour affaires, n'est-ce pas ? Il a traversé les océans en dirigeable pour se rendre à sa fameuse entrevue. Les plus grandes fripouilles déguisées en honnêtes commerçants se retrouvent toutes au moment endroit...

— Sienne ? proposai-je, devinant ses pensées.

— Exact. Blessé, sans un sou en poche, le gredin a dû fuir en ville pour quémander de l'aide auprès de ses alliés. La capitale est vaste et peuplée, mais les Siennois ont la langue bien pendue et raffolent des commérages. En nous adressant aux bonnes personnes et en usant de ruse et de charme, nous dénicherons cette crapule en un rien de temps.

Son opiniâtreté me rendit un peu de mon optimisme. Avec la détermination sans faille d'Eden, nous ne pouvions que réussir.

– Il faut que nous nous dépêchions, ou il sera encore plus dur de la retrouver.

– Ne nous suffit-il pas de mettre la main sur Alistair pour retrouver Whisper ?

Les lèvres d'Eden s'étirèrent dans un de ses sourires farouches et énigmatiques.

– Si tu crois que Whisper va rester sagement auprès d'Alistair, tu te fourres le doigt dans l'œil ! Elle lui aura glissé entre les doigts le temps que nous arrivions à Sienne, si ce n'est pas déjà fait. Et alors, débarrassée de l'emprise d'Alistair, qui sait dans quel pétrin elle ira se fourrer !

Je lui rendis son sourire. Whisper avait fait preuve de courage, d'optimisme et de persévérance dans les situations les plus désespérées. Eden avait confiance en elle et en ses capacités de survie face à l'adversité, et je devais faire de même. Soulagé d'un poids immense, je rejetai le visage en arrière et poussai un long soupir libérateur.

– Nous approchons du but, murmura-t-elle. Sienne est à portée de main. Lorsque nous aurons retrouvé Whisper et fait payer Alistair pour ses méfaits, nous pourrons penser à l'avenir.

– Le faire payer ? relevai-je. Est-il vraiment notre ennemi ? Après tout, il nous a confié le code : sans lui, nous n'aurions jamais récupéré le coffret.

Eden fit une grimace de dégoût qui en disait long sur son opinion à propos du brigand.

– Il t'a fait chanter en volant l'antidote, rappela-t-elle. Je ne sais pas pourquoi il a agi ainsi ; à vrai dire, le sens de ses actions m'échappe complètement. La seule chose que je sais, c'est qu'il ne l'a pas fait par bonté d'âme.

– C'est vrai, reconnus-je. Mais j'ai l'impression de passer à côté de quelque chose d'essentiel. Comme s'il nous manquait une partie du puzzle... Peut-être qu'Alistair n'est pas ce qu'il prétend être.

– Bien sûr ! Alistair a probablement mille raisons de se comporter ainsi. Il en va de même pour tout le monde : nous sommes tous habités par nos propres secrets.

Je haussai un sourcil, dubitatif.

– Comme ton histoire de travail à la capitale, par exemple ?

Eden laissa échapper un sourire furtif, vaincue. Sa couverture n'était pas très convaincante, de toute manière.

– Je t'ai raconté le mystère du coffret. Tu connais déjà tout sur moi. C'est à ton tour, maintenant.

– Pour être sincère, je ne sais plus où j'en suis. Mes certitudes sont ébranlées, et ce que je croyais acquis est brutalement remis en question.

Elle semblait peser chacun de ses mots, ne laissant filtrer qu'une infime partie de ses véritables intentions.

– À la mort de mes parents, commença-t-elle prudemment, j'ai essayé de me raccrocher à quelque chose. Un moteur, pour ne pas me laisser dépérir. Et ça a marché. Jusqu'à ce que je me retrouve enfermée dans ce maudit orphelinat avec ses vieilles harpies et ses insupportables gamines écervelées qui...

– Attends, attends, l'interrompis-je. Tu vivais dans un orphelinat ?

– Bien sûr. Je n'avais plus aucune famille. C'était ça, ou errer seule dans la nature et survivre au jour le jour. C'est d'ailleurs ce que j'ai fait, ou du moins tenté.

Elle ne dit mot sur sa vie précédant la perte de ses parents, cependant me relata dans les moindres détails son année d'aventure vagabonde dans les villages puis sa vie à l'orphelinat. J'avais conscience que cette époque avait dû être tout sauf amusante, mais Eden avait une façon de raconter ses mésaventures avec un voile d'humour cynique qui transformait chaque incident dramatique en odyssée fantastique.

Elle parla jusqu'au coucher du soleil, et la douceur de sa voix me fit oublier les récents drames, la chaleur suffocante, la faim et la douleur. J'oubliai l'élixir, la rencontre imminente avec le roi et la reine, les manigances d'Alistair Atkinson et la magie qui bouillonnait en moi. Il ne restait plus qu'Eden, sa voix envoûtante et sa montagne de souvenirs.

Nous aurions pu reprendre la route ; et il aurait sans doute été plus responsable de le faire. Néanmoins, Eden poursuivait son récit et je n'avais pas la moindre envie de l'interrompre. Elle parla jusqu'à ce que les derniers rayons de soleil disparaissent derrière les dunes et que les astres envahissent le ciel. Et même lorsqu'elle se tut pour s'allonger à côté de moi et s'assoupir, j'avais l'impression que l'écho de sa voix se répercutait encore dans l'immensité du désert.

53

Sienne, la capitale

Jadis Lucinosa
Désert des Larmes, terres du Sud.

Nous reprîmes la route dès l'aube en direction de la capitale. Apaisée par une nuit de sommeil réparateur, la douleur de la veille n'était plus qu'un vague souvenir. Une plénitude libératrice avait remplacé la souffrance, et il me sembla que chacun de mes sens était exacerbé. La connexion avec la monture que nous chevauchions était plus intense, plus limpide ; j'avais l'impression de capter la moindre de ses émotions, et l'animal semblait ressentir les miennes. Nous arrivâmes aux portes de la ville en début d'après-midi, et fûmes très vite contraints de marcher au pas tant la circulation se faisait difficile dans les ruelles commerçantes en effervescence.

– Que se passe-t-il ? s'exclama Eden, impressionnée par toute cette agitation.

Je fus soulagé de voir que la scène n'avait rien d'anodin, même pour une citadine aguerrie.

– C'est toujours comme ça ? m'enquis-je en tirant sur la crinière du cheval pour esquiver une maraudeuse qui filait à toute allure.

– Père m'avait avertie qu'il s'agissait d'une ville très animée… mais je n'aurais jamais pu imaginer une telle chose.

Les passants se pressaient dans les boutiques, tandis que les portes des vieilles bicoques ne cessaient de s'ouvrir et de se refermer prestement. Un piéton, immobilisé près de nous, surprit notre conversation et déclara d'un air outré :

– Comment ? Vous n'êtes pas au courant ? Sienne est en ébullition : un grand bal a été organisé par Sa Majesté pour fêter les dix-huit ans de la princesse. L'héritière va enfin être présentée au peuple !

Eden plongea ses yeux dans les miens en fronçant les sourcils. Elle avait l'air inquiète, alors que je ne voyais là qu'une occasion supplémentaire de faire connaissance avec ma sœur.

– Le bal est-il ouvert à l'ensemble des sujets ?

Le badaud s'esclaffa bruyamment.

– Vous rêvez, ma p'tite dame. L'entrée se fait sur invitation personnelle de Sa Majesté : des invités de la grande noblesse, triés sur le volet. Non, personne ne pourra pénétrer dans l'enceinte du palais, à moins d'avoir une bourse pleine à craquer !

– Dans ce cas, pourquoi tant d'effervescence ? interrogeai-je.

– Il paraît que la princesse va venir saluer ses loyaux sujets. Et puis, on ne rate jamais une occasion de faire la fête, compléta-t-il dans un gloussement.

Sur ce la foule l'avala, nous laissant sur place.

– Nous devrions laisser ici notre cheval, lança Eden en descendant de la monture.

– L'abandonner ? m'offusquai-je, tandis que l'étalon tapait du pied, comme s'il pressentait ce qui allait se passer.

Eden me lança un long regard circonspect, l'air de dire « et alors ? », puis elle céda devant mon obstination et entreprit de le faire avancer coûte que coûte, n'hésitant pas à donner des coups de coude pour se frayer un passage.

– Je pense à Atkinson, lança Eden de but en blanc. Ce vaurien ne perdrait pas une telle occasion de faire la courbette devant le roi. Il est sûrement parvenu à se procurer une invitation.

Il va nous être compliqué de lui mettre la main dessus s'il se réfugie derrière ces murailles.

Elle désigna du menton les immenses murs encadrant le Palais royal, situé au sommet d'une butte surplombant le reste de la cité. Je déglutis, de plus en plus mal à l'aise. J'avais devant moi une forteresse et, à l'intérieur, certainement pas un foyer rempli d'amour et de bienveillance.

– Toujours aussi impatient à l'idée de retrouver tes parents ? railla Eden qui avait capté mon angoisse grandissante.

– Et Whisper ? éludai-je. Tu penses toujours qu'elle a pu s'enfuir dans cette cohue ?

Eden répliqua gravement :

– Je ne suis plus sûre de rien.

Bien que les rires des badauds se répercutent encore sur les dalles bondées et que les gloussements des enfants indisciplinés résonnent autour de nous, l'atmosphère sembla soudain s'obscurcir.

Après plusieurs heures à batailler contre la foule, nous parvînmes à dénicher un lieu isolé entre deux rigoles nauséabondes. Nous étions en nage et le soleil amorçait déjà sa lente descente à l'horizon, marquant le début imminent des festivités. Plus les minutes s'égrenaient, plus mon anxiété grandissait. Et si le roi décidait de me jeter au cachot ? Ou pire, s'il décidait de finir ce qu'il avait commencé il y a de cela dix-huit années, et de m'occire une bonne fois pour toutes ? Le doute m'assaillit avec tant de force que je fus tenté de rebrousser chemin. Des inconnus partageant le même sang que moi vivaient derrière ces murs. Pourtant, toute mon enfance baignée d'amour et d'affection s'était déroulée dans une petite masure de l'autre côté de l'océan, dans un minuscule village près de l'une des dernières forêts existantes. Ma place n'était-elle pas auprès de tante Nelly ? Mon devoir n'était-il pas de veiller sur celle qui m'avait élevé comme son propre fils ?

Toutefois, c'était elle qui avait insisté pour que je me lance dans ce voyage. Elle aurait pu se faire passer pour ma mère, au lieu de conserver le titre de tante. Elle n'en avait rien fait et souhaitait que je me rende au Palais royal, que je rencontre les miens. L'élixir m'avait été confié pour que je puisse guérir la reine et réintégrer la famille. J'étais prêt à ouvrir le dialogue avec ceux qui m'avaient abandonné presque deux décennies plus tôt. La véritable question était : Qu'est-ce qui me permettait de croire qu'ils seraient disposés à m'aimer ? N'allais-je pas foncer droit dans la gueule du loup ?

– Jadis, murmura Eden, me faisant émerger de mes pensées défaitistes.

Je me tournai vers elle : la bâtisse adjacente plongeait la ruelle dans l'obscurité, et je peinais à discerner les traits de son visage. Mais le ton de sa voix ne trompait pas : elle était soucieuse, presque tremblante de peur.

– J'aimerais te présenter mes excuses.

Son ton solennel me prit au dépourvu, et je demeurai bouche bée. Elle s'approcha, les mains derrière le dos, son regard planté droit dans le mien.

– Pourquoi ? répliquai-je sur le même ton, la voix légèrement enrouée.

Elle fit un pas supplémentaire. Nous étions si proches que je pouvais discerner chacune des taches qui ornaient ses pommettes. Sans que je puisse l'expliquer, je me sentis soudain très faible : mon cœur battait la chamade comme après la course effrénée dans Flamencia et mes jambes flageolaient. J'attendis – ou devrais-je dire « espérai » ? – la suite. Mais Eden restait imperturbable, ses yeux sombres sondant les miens comme si elle cherchait à lire en moi.

Elle effleura ma joue de sa main avec une délicatesse infinie, semblable au battement d'ailes d'un papillon. Et, alors que nos souffles s'entremêlaient, elle ouvrit de nouveau la bouche :

– Je suis vraiment désolée.

Elle esquissa un geste vif comme l'éclair, et j'eus juste le temps de sentir une douleur cuisante à l'arrière de la tête, avant de m'écrouler par terre, inerte.

54

L'invitation

Eden Grismo
Sienne, terres du Sud.

Je glissai un bras sous ses aisselles pour amortir la chute. Je déposai Jadis au sol avec délicatesse, en espérant que ces précautions atténueraient la brutalité avec laquelle je l'avais assommé. Quand mes yeux glissèrent sur le manche de mon poignard, je le découvris taché de sang. J'examinai alors l'arrière de son crâne, où mon arme s'était abattue quelques secondes auparavant. L'entaille était superficielle même si elle saignait abondamment, maculant ses cheveux blonds.

Je demeurai agenouillée près de lui, immobile. Je luttai contre l'envie absurde et dévorante de panser sa blessure et de le ramener à lui. J'avais sans doute mis trop d'ardeur à la tâche, mais je craignais de ne pas avoir le courage de m'y reprendre à plusieurs fois. En mon for intérieur, je savais que j'aurais été incapable de continuer s'il s'était défendu. Juste avant qu'il ne s'écroule, c'est la stupeur que j'avais vue dans ses pupilles, aucune trace de peine ou de colère. Jadis me pensait incapable de le trahir, il avait tort. Je n'étais pas la fille impétueuse, brave et farouche qu'il croyait. J'en tremblais de honte.

La veille, j'avais été bien égoïste de me confier à lui à cœur ouvert tout en sachant que j'allais lui dérober ce qui comptait le plus à ses yeux. Mais j'avais besoin de cet instant privilégié. Profiter une dernière fois de son regard attentif et de son sourire si doux et rassurant avant qu'ils ne disparaissent.

J'écartai les pans de son veston élimé et m'emparai du précieux coffret. Je l'ouvris précipitamment et découvris pour la première fois le remède tant convoité : emprisonné dans une minuscule fiole, l'épais liquide pourpre ne ressemblait à aucune concoction que j'avais eu l'occasion de voir auparavant.

Le cheval, baptisé Citron par Jadis, se mit à hennir et à tourner autour de son maître en le reniflant comme un chien malheureux.

— Il va bien, le rabrouai-je en l'éloignant légèrement.

Citron se dégagea de ma poigne et me fixa avec une telle insistance qu'un frisson vint me chatouiller la colonne vertébrale. Comme s'il comprenait la scène qui s'était déroulée devant ses yeux… et qu'il m'en tenait pour responsable.

— Je n'avais pas le choix, dis-je en plongeant mes yeux dans ceux de l'étalon. Je…

Je m'interrompis. Qu'étais-je en train de faire ? Justifier mes actes auprès d'un cheval ? Je secouai la tête pour reprendre mes esprits.

J'observai une dernière fois Jadis, dévorée par la culpabilité, avant de me détourner pour de bon. Le cœur lourd, je me mis à courir pour mettre le plus de distance possible entre lui et moi.

Les jambes flageolantes, j'abandonnai le seul ami qu'il me restait et pris la direction du Palais royal. Je ne pouvais décidément pas laisser Jadis guérir la reine. Elle n'avait pas le droit de vivre, pas le droit à une seconde chance. Tout aurait été tellement plus simple s'il n'avait pas fait partie de cette clique. L'idée d'ôter la vie à une famille entière ne m'avait jamais fait sourciller, jusqu'au moment où Jadis s'était retrouvé impliqué malgré lui. Il était trop tard pour faire demi-tour, trop tard pour changer d'avis. Je vengerai mes parents coûte que coûte, comme je l'avais prévu, quitte à en perdre mon âme.

Tout en progressant dans les rues bondées, je réfléchissais à un plan d'action. Si je voulais infiltrer la soirée d'anniversaire de la princesse, il me fallait une invitation. En dérober une n'était que la première étape : je devais me fondre parmi les nobles. Nul besoin d'un miroir pour deviner que mon allure et les haillons que je traînais étaient aux antipodes du style en vogue chez les aristocrates.

Un effluve pestilentiel me parvint pour me rappeler également que je n'avais pas côtoyé de salle de bains depuis longtemps.

Je me postai devant l'entrée d'une élégante mercerie qui semblait attirer les passants fortunés. Après quelques instants d'attente, je tombai sur la proie idéale : une femme rondelette d'âge mûr, fermement accrochée au bras d'un gaillard joufflu qui ne pouvait être que son mari. Les deux tourtereaux détonnaient au milieu de la foule : la toilette de la femme occupait une telle place que les gens devaient s'écarter sur son passage. Sa coiffure volumineuse déviait les lois de la gravité et il y avait tant de fanfreluches et de dentelles sur sa robe que je me demandai comment elle parvenait à supporter le poids de ses jupons. Son mari n'était pas en reste, avec son costume coloré aux délicates coutures et ses binocles aux broches dorées. Une escorte de valets et de caméristes les accompagnait sans les lâcher d'une semelle.

Aussitôt, je me frayai un chemin en jouant des coudes jusqu'au couple. Une fois près d'eux, j'écrasai avec violence le pied de la damoiselle, qui partit aussitôt dans un hurlement strident. Puis, pour faire bonne mesure, je fis semblant d'être bousculée par la cohue et m'étalai de tout mon long sur sa toilette, qui amortit ma chute avec une efficacité surprenante.

Là, je composai un visage de petite fille apeurée tout en me confondant en excuses.

– Pardonnez-moi, ma bonne dame ! Je suis confuse. Laissez-moi vous aider…

Je saisis son coude pour l'aider à se redresser, mais elle se dégagea avec ardeur comme si j'avais été pestiférée.

– Quelle souillon ! s'indigna la rombière en se dépoussiérant de la tête aux pieds.

Son amant s'interposa et me donna une tape sur la tête comme on le ferait avec un enfant un peu trop espiègle.

– Déguerpissez ! ordonna le bonhomme, en soutenant sa femme au bord de la syncope.

Je me faufilai sans demander mon reste dans la foule hilare tandis que la femme rougissait de colère et de honte. Après m'être réfugiée dans une ruelle un peu moins fréquentée, je dénouai mes mains et dévoilai le fruit de mon escroquerie : un sac à main flambant neuf. Je m'empressai de l'ouvrir, tout en espérant tomber sur une invitation. J'avais vu juste ! Deux enveloppes reposaient à l'intérieur, calées entre un fard à joues et un petit ouvrage. Les noms et qualités du couple étaient rédigés en lettres majuscules au dos de l'enveloppe.

– J'en connais deux qui ne pourront pas entrer au palais, ce soir, marmonnai-je dans un sourire. Désolée, ma petite Annabeth.

Je tirai l'invitation et lus à voix haute :

– « Le roi Salomon et la reine Aubrey des Quatre Terres ont l'immense plaisir de vous convier à un bal masqué afin de fêter le dix-huitième anniversaire de la princesse Whisper, le soir du quarante-troisième jour de la lune d'Argent... »

« La reine Aubrey » ? relevai-je. Décidément, elle avait la peau dure. N'était-elle pas au bord du gouffre depuis plusieurs mois ? À moins que l'appel désespéré du roi ait porté ses fruits... J'effleurai des doigts le coffret, soigneusement dissimulé sous mes vêtements. J'étais en possession de l'antidote : le roi mentait, c'était évident. L'état de sa femme ne pouvait pas s'être amélioré.

Je poursuivis mon exploration du réticule et ce que je trouvai dépassa toutes mes espérances : une bourse pleine à craquer, remplie de plus de yents que je n'en avais vus de toute mon existence. Il y avait de quoi m'acheter une toilette de rêve, avec quelques domestiques en prime. La chance me souriait, et j'allais pouvoir me transformer en véritable aristocrate.

55

Une véritable aristocrate

Eden Grismo

Sienne, terres du Sud.

— Relevés ou lâchés ? Vous avez une préférence ?

Je secouai la tête avec agacement. Si j'avais su que s'apprêter pour un bal était aussi fastidieux, j'aurais opté pour une autre stratégie.

— Faites comme vous souhaitez, répondis-je, mais faites-le vite.

La jeune couturière passa ses doigts entre mes boucles, le front plissé par la concentration.

— Bien sûr ! Je comprends que vous soyez impatiente de vous rendre à la cérémonie.

— Vous n'avez pas idée, marmonnai-je en tirant sur les plis de ma robe.

Il m'avait suffi de foncer dans la première mercerie venue et de secouer ma bourse pleine à craquer pour que tous les employés se plient en quatre devant moi. J'avais laissé la couturière choisir ma toilette, en précisant néanmoins que les dentelles et fanfreluches à outrance étaient exclues. Je devais me fondre dans la masse, être totalement invisible et garder une certaine autonomie dans mes gestes.

— Vous êtes si chanceuse ! s'égosilla-t-elle en tirant sur une mèche, l'air songeur. Des milliers de jeunes femmes rêveraient d'être à votre place.

— J'en doute, dis-je entre mes dents.

Mais je pouvais aussi bien parler une autre langue : la couturière ne m'écoutait pas, emportée dans ses rêves de paillettes.

– Comment vous êtes-vous procuré une invitation ? s'enquit-elle, les yeux brillant d'excitation.

– L'ami d'un ami, marmonnai-je.

– Oh ! Je vois. C'est ainsi que fonctionne le monde des aristocrates : les connaissances. Ils forment une immense famille, soupira-t-elle.

Comme je ne répondais pas, elle enchaîna avec une autre série d'interrogations.

– Pourquoi n'avez-vous pas commandé votre tenue plus tôt ? Un événement pareil, tout de même ! Et comment se fait-il que vous veniez ici toute seule ? Où est votre chaperon ?

– Vous posez beaucoup de questions, mademoiselle...

– Fray. Je me suis présentée une bonne dizaine de fois, fit-elle remarquer sans se départir de son insupportable sourire niais.

– C'est cela. (Je me raclai la gorge.) Que diriez-vous de réduire la cadence de vos interventions pendant les vingt prochaines minutes ?

Je lui fourrai un billet dans la main, et elle ouvrit la bouche à s'en décrocher la mâchoire.

– Bien sûr... à votre service ! minauda-t-elle en grimaçant.

Elle cessa alors de torturer mes pauvres oreilles et se concentra sur ma coiffure. Après ce qui me sembla une éternité, elle me jugea enfin prête, et je m'enfuis de la boutique pratiquement en courant, sans oublier de laisser un généreux pourboire : tout cet argent ne me serait plus d'aucune utilité après cette soirée. Il n'y a que deux issues possibles lorsque vous envisagez d'attenter à la vie de la famille royale : être exécuté avant ou après le forfait. J'avais une petite préférence pour la deuxième option : tout ce que j'espérais, c'était ne pas rater mon coup.

Une fois à l'extérieur, ce fut un chaos indescriptible : les passants se pressaient les uns contre les autres, surexcités à l'idée d'apercevoir la princesse ce soir. Certains apportaient des victuailles sur la Grande Place pour le banquet, d'autres accrochaient des ornements aux corniches des masures et décoraient les devantures avec soin. Malgré l'anarchie, chaque visage rayonnait de joie et d'impatience et les rires se mêlaient aux conversations animées.

Entrer dans le palais fut un jeu d'enfant : tant de nobles se pressaient devant le pont-levis que mon arrivée sans escorte ni calèche passa inaperçue. Je brandis mon invitation et les gardes me laissèrent passer en inclinant la tête avec respect. On me tint la main tandis que je traversais le pont, et on me débarrassa de mes effets dans le petit salon qui, comme son nom ne l'indique pas, était immense.

Les valets s'adressaient à moi comme à une souveraine, s'inquiétant tour à tour pour ma sécurité, mon confort, mon divertissement. Je répondais à leurs sollicitations d'un air absent, dans un état second. Je ne pensais à rien d'autre qu'à la reine, et je brûlais d'impatience que le bal commence pour pouvoir m'éclipser. J'avais soigneusement calé le coffret entre les pans de ma jupe et je pouvais sentir son poids même à travers les diverses couches de tissu.

Le moment fatidique était si proche : je me voyais commettre le crime, encore et encore. Comment allais-je m'y prendre ? Le poignard coincé dans ma jarretière allait-il suffire à éliminer les trois individus les plus protégés des Quatre Terres ? Allais-je exiger des excuses, une explication, m'étendre dans un long laïus moralisateur ou allais-je simplement leur ôter la vie d'un seul coup vif et assuré ?

Bientôt, les valets nous conduisirent dans la salle de bal, où un fabuleux festin nous attendait : il y avait là plus de nourriture que je ne pourrais jamais en dévorer. J'aurais peut-être pu me laisser tenter par un de ces plats, si mes entrailles ne s'étaient pas rétractées à cause du stress. Mes yeux glissèrent sur le déferlement de fleurs multicolores, les musiciens enjoués, les servants qui s'empressaient de remplir les coupes des invités.

Je remarquai aussi les lustres lumineux au-dessus de nos têtes, astres miniatures piégés dans des petites boîtes transparentes. Je me demandais comment un tel tour de passe-passe était possible, et je me fis la réflexion que père aurait eu une réponse à m'offrir. Il était fasciné par l'électricité, et avait étudié la complexité de cette énergie dans le détail. Il parlait d'éclairs, de particules et d'autres mots dont le sens m'échappait.

À droite, trois trônes inoccupés attendaient leurs propriétaires et rappelaient l'importance de cette cérémonie : la présentation de la future reine, sujet de tant de rumeurs.

Quelques gentilshommes m'invitèrent à danser : j'acceptai, de peur d'attirer l'attention sur moi en broyant du noir dans un coin. Je me trouvais au bal le plus prestigieux donné depuis des décennies : je devais donner l'impression de me réjouir, de passer un moment d'exception.

Puis, les portes s'ouvrirent et le roi Salomon pénétra enfin dans la salle. Aussitôt, les nobles cessèrent leurs danses et leurs conversations pour s'incliner solennellement. Je suivis le mouvement, la mort dans l'âme.

Il était là, celui que je n'avais jamais vu mais que j'avais tant imaginé. Il était très grand – je me plaisais à le supposer petit et maigrichon – et taillé comme un guerrier. Sa prestance et sa mine sévère imposaient le respect. Ses yeux brillaient pourtant d'une lueur sauvage et sa bouche était plissée dans une sorte de sourire satisfait.

— Je vous remercie, loyaux sujets, d'avoir fait le déplacement jusqu'ici pour fêter avec moi la majorité de ma fille unique, l'héritière de ce royaume, et de célébrer enfin son entrée dans la bonne société.

Il se tenait droit devant son trône, encadré par quatre soldats armés. Je me pétrifiai sur place.

— Vous comprendrez aisément qu'en tant que princesse, sa vie est menacée depuis sa naissance. J'ai fait le choix de la maintenir dans l'ombre pour la protéger. À présent, les choses ont changé. Ma fille a grandi, elle est prête à assumer son rôle afin de vous garantir sécurité et prospérité.

Il marqua une petite pause avant de déclarer :

— Vous pouvez à présent revêtir vos masques. La princesse se dissimule parmi vous, et vous aurez peut-être la chance de danser avec elle ! Nous procéderons à la présentation officielle dans quelques heures, quand l'aube se lèvera. En attendant, profitez de la fête. Le divertissement ne devrait pas tarder à arriver.

Je me dévissai le cou pour détailler les visages des nobles, qui s'empressaient de revêtir leur masque conformément à la directive du roi. Qui était donc la princesse ? Cette petite femme maigrelette ? Ou bien la demoiselle à la robe rouge et au décolleté ravageur ? Je considérai tous les hôtes comme de potentiels ennemis. Cette chasse à l'homme sur fond de danse endiablée semblait sortir d'un mauvais roman.

Je plaçai sur mes yeux le masque doré que j'avais acquis chez la couturière et me fondis parmi les invités. Le roi était là, si proche et à la fois si inaccessible. Je devais trouver un moyen de me débarrasser de sa horde de protecteurs.

Les danses s'enchaînaient et le temps passait. Il devait être aux alentours de minuit lorsque les grandes portes s'ouvrirent à nouveau et qu'une cage portée par quatre gardes fit son apparition dans la salle. Les soldats la déposèrent au centre de la pièce, sous les regards interloqués des aristocrates. À l'intérieur, un homme recroquevillé aux cheveux emmêlés et aux vêtements tachés de sang. Intriguée, je m'approchai furtivement et retins ma respiration.

La cicatrice sur son visage confirma tous mes soupçons : c'était bien Roan Prank, exposé à la vue de tous comme un phénomène de foire.

56

La vengeance est un plat qui se mange froid

Eden Grismo
Palais royal, terres du Sud.

— Je vous présente Roan Prank, un criminel à la réputation sulfureuse qui a beaucoup fait parler de lui ces dernières années, déclara le roi avec jubilation.

Aussitôt les murmures inquiets se turent.

— Heureusement, nous avons fini par mettre la main sur ce dangereux malfaiteur. Il sera décapité après le dessert. Poursuivons les festivités !

Les hôtes reprirent leurs danses autour de la cage avec désinvolture, comme si l'homme n'était qu'un bibelot parmi d'autres.

Je m'approchai de la cage et effleurai les barreaux du bout du doigt.

Je me délectais de la situation tout en observant son visage meurtri. Je me souvins avec quel plaisir il avait laissé courir sa lame sur la joue de Jadis, et son exécution imminente me réjouissait. Poussée par un élan de colère, je retirai mon masque et plantai mes yeux dans les siens. Il m'observa, immobile, et je vis qu'il me reconnut.

— Toi… murmura-t-il, son corps pris de tremblements.

Mes lèvres se fendirent d'un sourire sans joie, et je rabattis prestement le masque sur mon visage.

— Il n'a pas fallu longtemps à Sa Majesté pour vous retrouver, me moquai-je en tournant autour de lui avec cruauté. Et moi qui pensais que vous étiez passé maître dans l'art de la fuite.

Il serra les dents et les poings.

— Tout ça, c'est la faute de ce maudit Alistair Atkinson. Si seulement il ne s'était pas échappé avec la fille…

Sa voix n'était plus qu'un grondement sourd. Je haussai les épaules. Je ne voyais pas quel était le rapport avec Whisper, et je m'en moquais. J'étais bien trop résolue à me jouer de lui pour lui poser des questions.

— N'ayez crainte, Alistair sera le prochain. Lorsque je l'aurai retrouvé, il devra payer, tout comme vous. Je me réjouis de voir que le roi s'est enfin décidé à mettre fin à vos exactions.

— Le roi, répéta Roan en lâchant un soupir dégoûté. Je travaillais pour lui. Il s'est servi de moi.

Je haussai un sourcil, étonnée. Je me repris vite : après tout, le roi était semblable en tout point au brigand que j'avais sous les yeux, et l'alliance entre ces deux odieux personnages n'avait rien de surprenant.

— Quel dommage que votre mère ne soit pas là pour assister à votre décapitation, soufflai-je, amère. Elle devrait être présente en tant que gouverneur des terres de l'Ouest, je ne la vois nulle part. Peut-être est-elle en train de fuir ?

Roan poussa un grondement menaçant, découvrant ses dents.

— Détrompe-toi. Ma mère sait tirer parti de toutes les situations. Elle trouvera un moyen de conserver sa place, son titre et son pouvoir.

— Voilà une affirmation intéressante.

— Que fais-tu ici ? Dans quel but ? La dernière fois que je t'ai vue, tu t'enfuyais au triple galop sur *ma* monture aux côtés du gamin.

— Cessez donc de vous tourmenter à propos de mes projets, conseillai-je. Vous devriez plutôt prier, vous recueillir et profiter de vos derniers instants.

Roan sortit de ses gonds et tenta de passer les bras à travers les barreaux, mais ses lourdes chaînes en fer suspendirent son geste. Je ne reculai pas d'un millimètre, et me rapprochai même pour murmurer :

— Vous avez perdu. Vous allez enfin récolter ce que vous méritez...

— Diablesse ! hurla-t-il à pleins poumons. Sorcière ! Petite catin !

Les gardes échangèrent un regard las puis ouvrirent la cage pour bâillonner le fauteur de troubles, qui luttait de toutes ses forces.

Je tournai les talons et disparus dans la foule, sans pouvoir faire abstraction des insultes de Roan, qui résonnèrent dans mon esprit.

57

La vérité finit toujours par éclater

Eden Grismo
Palais royal, terres du Sud.

Cette altercation me fit reprendre mes esprits : il était temps d'agir. Je m'isolai dans un couloir adjacent à la salle de bal. Je me mis en quête des appartements privés de la reine ou ceux de la princesse : même si ma priorité allait au roi, il était placé sous bonne garde pour le moment.

Des gloussements étouffés me parvinrent de derrière une porte close ; lorsque je l'ouvris, je tombai sur deux amants enlacés sur une somptueuse couchette. Je grommelai des excuses, puis poursuivis mes recherches. Les valets que je croisais étaient trop occupés pour faire attention à moi. J'en déduisis que j'étais loin d'être au bon endroit, car il n'y avait aucune sécurité. Lasse d'attendre, j'empoignai la première servante que je croisai et la plaquai contre le mur d'une allée déserte. Je tirai mon poignard et le pressai contre sa gorge. Je l'entendis pousser un cri de surprise, et je collai mes lèvres contre son oreille.

— Si tu cries, je te tranche la gorge. C'est compris ?

La jeune femme hocha la tête, les traits tirés par la peur.

— Quel est ton nom ?

— Orah Enbrook, répondit la fille sans parvenir à masquer les tremblements de sa voix.

— Conduis-moi aux appartements de la reine immédiatement, ordonnai-je.

— Je ne peux pas… articula-t-elle.

Je pressai la lame contre sa gorge.

— Je préfère mourir plutôt que de trahir ma reine, renchérit-elle, même si des larmes de terreur jaillissaient de ses yeux.

Je poussai un long soupir. Qu'avaient-ils tous à aduler la reine à ce point ?

— Tu commences sérieusement à m'agacer. Conduis-moi aux appartements de la reine sur-le-champ ou je tue toutes les servantes de ce palais les unes après les autres, jusqu'à ce que j'en trouve une qui soit prête à obéir.

Ma menace sembla la faire hésiter.

— Réfléchis bien, insistai-je.

Orah secoua la tête, visiblement effondrée.

— Je vais vous y emmener. La reine est déjà en train de rendre l'âme, lâcha-t-elle, les lèvres pincées.

Je hochai la tête et retirai la lame de son cou.

— Voilà tout ce que je voulais entendre.

Je suivis Orah dans un dédale de couloirs tout en maintenant une pression dans son dos de la pointe de ma lame pour la dissuader de commettre une imprudence. Nous parvînmes dans une aile reculée. Contre toute attente, il n'y avait point de gardes, mais je sus que nous approchions car l'ambiance changea radicalement. L'atmosphère devint comme aseptisée, puis le silence me saisit malgré la présence de nombreux savants ou guérisseurs en blouse penchés sur leur travail, calepin en main.

— Que fait-elle ici ? questionna une jeune femme blonde qui vint à notre rencontre. Cette aile est réservée au personnel médical, et les invités n'y ont pas accès.

— Elle est avec moi, Janna, répondit Orah, à mon plus grand soulagement. Une amie proche qui vient de loin pour parler à la reine.

La dénommée Janna me sonda du regard et hésita un long moment avant de hocher la tête.

– Je vous accorde cinq minutes si la princesse l'autorise ; elle est à l'intérieur avec la reine.

Orah se raidit imperceptiblement lorsque la princesse fut évoquée.

– Merci infiniment, madame, soufflai-je.

Janna tourna les talons en soupirant. Sentant que mon otage était sur le point de se rétracter, je pressai la pointe de ma lame sur ses reins.

– Vous d'abord, l'exhortai-je.

Sa main trembla lorsqu'elle ouvrit la porte, pénétra dans la pièce et s'inclina avec déférence. Je la suivis et refermai derrière moi.

À l'intérieur, il n'y avait ni gardes ni médecins : seulement un très grand lit blanc, entouré d'étranges machines. La reine était là, allongée sur le dos, les yeux ouverts, mais le regard absent, les bras le long du corps. À côté, une jeune fille vêtue d'une magnifique toilette émeraude aux reflets argentés. Celle-ci leva la tête. Lorsque mes yeux rencontrèrent les siens, je perdis toute contenance.

– Whi... Whisper ? balbutiai-je. Que fais-tu ici ?

Mon attention se porta sur son visage poudré et maquillé, sur sa main qui serrait celle de la reine, sur sa robe fastueuse puis sur le diadème qui reposait sur sa chevelure sombre.

Je battis des cils. Whisper semblait tout aussi surprise, et son expression était figée par la stupeur. Sa mine passa de l'étonnement à la joie. Puis elle remarqua enfin l'arme que je serrais dans mon poing tremblant. Et alors seulement, la peur déforma ses traits.

Je me mis à suffoquer. Un diadème. Ses doigts enlacés à ceux de la reine. Je revis tous les moments partagés depuis notre rencontre, et tout s'imbriqua comme les pièces d'un puzzle. C'était si limpide, si évident, si éclatant. Je sentis que mes joues étaient humides et que j'avais ouvert la bouche, mais mes lèvres refusaient de prononcer les mots.

Elle, la petite fille perdue que j'avais sauvée des mains des brigands. Elle, qui ne supportait pas les chaussures et dont la peau était si sensible aux rayons du soleil. Son ignorance, sa bonté sans borne et sa naïveté affligeante. Tout s'expliquait. Je me demandais comment j'avais pu passer à côté de tant d'indices, tant de signes évidents. Elle n'avait même pas réussi à se présenter sous un faux nom... Et moi, je n'avais rien vu. J'avais espéré que la vie m'offrait enfin l'amie dont j'avais tant besoin ; elle était l'éclat de lumière dans la noirceur qui m'habitait. Je m'étais fait piéger : la vie avait un sens de l'humour vraiment douteux. Elle m'avait accordé deux amis, et c'était plus que ce que je n'avais jamais eu. Seulement, l'un était le prince Déchu et l'autre la princesse Oubliée. Tous les deux les enfants de mes ennemis jurés, ceux qui avaient détruit ma vie et ma famille.

Whisper dit quelque chose que je ne compris pas. Mon crâne tambourinait et le sang affluait dans mes veines à une vitesse folle. Ça ne pouvait pas être vrai. Et pourtant, elle était là. Tout ce que j'avais cru avoir partagé avec elle n'était que factice, une illusion, un tissu de mensonges. Elle m'avait écouté parler de mes parents, de la tragédie. Elle m'avait écouté parler de la haine que j'éprouvais pour la famille royale, alors qu'elle en faisait partie. Comment avait-elle pu se jouer ainsi de moi ?

Orah profita de mon hésitation pour me sauter dessus. Mais j'étais bien trop forte, et beaucoup plus déterminée. Je repoussai la servante avec vigueur. Elle chuta lourdement et sa tempe vint frapper l'angle du lit. Whisper poussa un hurlement qui déchira l'air, et des bruits me parvinrent aussitôt de l'extérieur. Sans doute les gardes qui s'empressaient de venir à la rescousse de la princesse.

Les yeux brouillés par les larmes, j'étais incapable de raisonner. Une douleur sourde, écrasante au-delà de toute mesure, s'abattit sur moi et me coupa le souffle, me laissant meurtrie et désespérée. Je voulais hurler, supplier et tuer. Je me sentais trahie, humiliée, et cela faisait plus de mal que n'importe quelle blessure. Je fus incapable de prendre une décision. À présent que j'avais découvert l'insupportable vérité, ma lutte avait-elle encore un sens ?

Alors mon corps prit le relais et, instinctivement, se mit en action. J'avais si souvent rêvé de ce moment que mes muscles, d'eux-mêmes, réagirent.

Et sans plus réfléchir, je me jetai sur Whisper dans un hurlement de rage pure.

58

Tentative désespérée

Jadis Lucinosa
Sienne, terres du Sud.

Un liquide chaud et visqueux se répandait sur mon front et je me réveillai dans un sursaut.

Citron était là, penché sur mon visage, et ses yeux intelligents brillaient dans l'obscurité. Il fallut un coup de langue supplémentaire pour que j'émerge du brouillard et un autre pour me rappeler où j'étais.

– Citron ! m'exclamai-je en repoussant ses gros naseaux, mi-dégoûté, mi-soulagé. Que s'est-il passé ?

Le cheval ne broncha pas. Il se contentait de me fixer avec ce que j'aurais juré être une lueur moqueuse. Puis, tout me revint en mémoire, avec la violence d'un coup de massue : Eden m'avait trahi. Elle m'avait assommé et abandonné dans cette ruelle sombre. Je retins mon souffle en palpant les poches de mon veston, tout en sachant pertinemment que ni le coffret ni le flacon ne s'y trouveraient.

Mes soupçons confirmés, une vague de douleur déferla dans tout mon être. C'était donc ça, le goût de la trahison ? Je me sentais hébété, seul et humilié. Comme si tout ce que nous avions vécu ensemble n'était qu'une vaste supercherie, un tour de magie dont j'avais été le pantin. Eden avait ce sombre dessein en tête depuis le début, et j'avais préféré demeurer aveugle à sa colère. J'aurais aimé pouvoir dire que ce revirement de situation était une surprise, il n'en était rien. C'était ce qui rendait la tromperie encore plus douloureuse :

je doutais fortement de ses intentions, mais je n'avais pas eu le courage d'aborder le sujet. Je me savais incapable de lutter contre elle, et mes arguments auraient été bien faibles face à sa colère légitime.

– Eden… soupirai-je, et mon murmure s'évanouit dans le ciel étoilé.

Les étoiles… C'était la nuit ! Je me redressai si vite que je perdis l'équilibre. Citron passa aussitôt la tête sous mon bras pour me stabiliser.

Combien de temps s'était-il écoulé depuis la fuite d'Eden ? Trois heures, peut-être quatre ? Était-il trop tard pour sauver la reine ? Eden était-elle parvenue à ses fins ?

– Il faut s'infiltrer au Palais royal, déclarai-je en bombant le torse.

Citron s'immobilisa tout à coup et me détailla de la tête aux pieds.

– Je sais, je ressemble à un pauvre mendiant, mais…

Je m'interrompis en percevant le regard conspirateur de l'animal.

– À quoi penses-tu ? Voler !? m'exclamai-je. Non, c'est le talent d'Eden, pas le mien. C'est une très mauvaise idée !

Je fronçai les sourcils. Je n'avais encore jamais parlé aussi ouvertement à un compagnon à quatre pattes, et je fus surpris par l'étincelle de compréhension dans ses prunelles.

– Je vais à nouveau avoir besoin de toi, mon ami…

Citron sautilla sur place en poussant des petits hennissements suraigus qui m'arrachèrent une grimace de douleur. D'un seul geste, je le réduisis au silence et nous prîmes la route du Palais royal.

L'immense pont-levis était désert, et quelques gardes patrouillaient à proximité. Un petit attroupement s'était formé non loin du pont : les plus curieux s'étaient rassemblés, nourrissant l'espoir d'apercevoir la princesse au cas où elle daignerait rendre visite à la populace. Les soldats scrutaient le groupe l'œil vif, dénué d'animosité. Après tout, l'ambiance était à la fête et personne n'était assez fou pour tenter de traverser.

Personne... à une exception près.

Mon plan était grotesque, à tel point qu'on ne pouvait pas parler de stratégie, plutôt d'une tentative désespérée, mais avais-je le choix ? Je devais pénétrer dans l'enceinte du château par n'importe quel moyen.

Je hochai la tête et donnai une légère tape sur le flanc de Citron pour lui impulser la motivation nécessaire. Aussitôt, l'étalon se cabra en hennissant, comme possédé. Il se rua dans la foule au triple galop, dispersant les badauds qui s'étaient agglutinés. La panique offrit la diversion attendue : les gardes ne surent plus où donner de la tête. Certains se jetèrent sur Citron pour tenter de le discipliner, mais trop tard : il filait déjà dans l'autre direction, renversant passants et carrioles. Il semait une telle zizanie que les derniers soldats durent quitter leur poste pour rétablir le calme.

J'en profitai pour me faufiler sur le pont-levis. J'entendis derrière moi un homme qui, sans doute animé par la jalousie, s'écria :

— Un homme ! Là, sur le pont-levis ! Il le franchit !

D'autres profitèrent de la cacophonie et tentèrent à leur tour de se frayer un passage, ils furent interceptés avant même d'avoir posé le pied sur la passerelle. Sans le savoir, ils m'offraient une occasion unique : les gardes étaient trop occupés à contenir la foule pour me poursuivre.

— Reculez, bande de vauriens ! explosa un garde.

Je détournai les yeux et détalai à toutes jambes. Je ne me faisais aucun souci pour Citron : futé comme il était, il parviendrait aisément à échapper aux patrouilleurs.

La traversée fut rapide et bientôt les immenses murs grisâtres furent derrière moi. Lorsque j'arrivai non loin de l'entrée principale, mes jambes tremblaient et tous mes muscles étaient tendus. J'étais en territoire ennemi, et je n'avais aucune idée de la marche à suivre. Mon plan n'impliquait que de passer le pont-levis et rien d'autre. Bien sûr, je ne pouvais pas espérer entrer par la porte principale : c'était celle des invités de marque et je ne manquerais pas de me faire remarquer. Il devait bien exister une entrée moins fréquentée : les cuisines, les écuries...

Je filai à toute vitesse loin de la somptueuse arche et me dirigeai vers les jardins royaux, seule échappatoire visible. Fort heureusement, ils étaient déserts : en temps normal, la beauté des lieux aurait attiré les visiteurs, mais l'anniversaire de la princesse Oubliée avait confiné la totalité des invités à l'intérieur, à mon plus grand soulagement. De plus, la faible lumière qui émanait de l'eau des fontaines n'était pas suffisante pour me trahir. Les rosiers et buissons taillés constituaient par ailleurs de formidables cachettes.

Les jardins étaient calmes, si calmes que je me pris à espérer que cette soirée ait un heureux dénouement, lorsqu'un reniflement étouffé me parvint. Je me figeai, les yeux rivés sur la source de ces sanglots.

C'était un blondinet aux cheveux ébouriffés, prostré sur un banc en pierre blanche. Ses joues rondes étaient humides de larmes et son visage enfantin tourné vers moi. Lorsqu'il m'aperçut, il cessa de pleurer.

– Bonsoir, lançai-je en adoptant une posture plus conventionnelle.

Le petit n'était pas dupe, et il fronça les sourcils.

– Pourquoi vous cachez-vous ? questionna-t-il.

Je me raclai la gorge. Même en me comportant convenablement, mon apparence me trahissait.

– Je ne me cache pas, démentis-je. Je profite de la beauté de ce somptueux jardin.

– Vous mentez ! cria le petit, bien trop fort.

Je tendis les bras pour tenter de l'apaiser.

— D'accord, d'accord... Tu es très doué, petit garçon : je ne suis pas un invité, mais un jardinier.

Il pencha la tête sur le côté, la curiosité ayant cédé le pas sur la tristesse. Il m'étudia avec attention.

— Moi c'est Jadis, enchaînai-je rapidement avant qu'il puisse me questionner davantage. Et toi ?

Le petit haussa les épaules, comme si la conversation l'ennuyait déjà.

— Tommy.

— Et pourquoi es-tu tout seul dehors, Tommy ? Tu devrais être à l'intérieur avec tes parents, en train de t'amuser.

À la simple évocation de « l'intérieur », Tommy reprit ses gémissements.

— Je n'ai pas de parents, répondit-il vivement. Je suis moussaillon sur le *Goéland sacré*, et c'est le capitaine Hook en personne qui m'a amené à ce bal !

— Je vois, dis-je doucement. C'est pour ça que tu pleures ? Parce que tu n'as pas de parents ?

Le petit leva les yeux, l'air sincèrement étonné par ma question.

— Quoi ? Non, je pleure parce que ce stupide nœud papillon est bien trop serré et que je n'arrive pas à respirer. Ah, et aussi parce que j'ai bousculé une servante et son plateau s'est déversé sur le capitaine Hook et il m'a grondé très très fort. Mais c'est surtout pour le nœud papillon. Je le déteste.

Je me rapprochai doucement pour desserrer le nœud. Tommy soupira longuement et me dévisagea avec un mélange de gratitude et de soupçon.

— Merci, monsieur.

Je sautillai d'un pied à l'autre, pressé d'en finir. Maintenant que j'avais apaisé une partie de sa peine, j'espérais qu'il me laisse filer sans cérémonie.

– Tu devrais retourner à l'intérieur, à présent, lui conseillai-je. Ce capitaine... Hook va être très fâché si tu t'absentes trop longtemps. Quant à moi, je vais poursuivre ma balade...

J'étais déjà en train de décamper quand Tommy bondit sur ses deux pieds.

– Non ! Tu n'as pas le droit d'être ici ! rugit-il.

Je levai les yeux au ciel. Parmi tous les enfants, il avait fallu que je tombe sur un avorton présomptueux obsédé par le règlement. J'optai pour la solution la plus directe : le chantage. Ce petit diable était loin d'être stupide, aussi j'espérai le berner en lui faisant miroiter une quelconque récompense.

– Je t'offre 10 yents pour que tu oublies mon existence... marché conclu ?

Ses grands yeux bleus se plissèrent. Soupçon ? Dégoût ?

– Quand ?

– Je ne les ai pas sur moi, mais...

– Non ! s'exclama-t-il vivement. Je ne te crois pas.

Je plaquai l'index sur mes lèvres pour lui intimer le calme.

– Je ne te crois pas, répéta-t-il. Une jolie fille aux cheveux bruns m'a promis 30 yents et un couvre-chef tout neuf. Je l'ai attendue longtemps, elle n'est jamais venue. Jamais ! Les adultes sont tous des menteurs !

Il semblait vraiment furieux, à présent. J'hésitai entre détaler à toute vitesse ou tenter de le raisonner.

– Écoute, Tommy, je...

– Non ! coupa le petit avec hargne. Si j'arrête un méchant, le capitaine Hook me pardonnera. Et il m'aimera comme avant !

– Ne fais pas ça... l'implorai-je.

Le gamin n'en fit qu'à sa tête. Il plaça ses mains en porte-voix et se mit à hurler de toutes ses forces :

– Garde, au secours ! Un méchant ! Un intrus !

Je maudis l'avorton et piquai un sprint dans les jardins. Je n'eus le temps de parcourir qu'une dizaine de mètres lorsqu'une masse s'écrasa contre moi et me plaqua au sol. Je me débattis comme un enragé, n'hésitant pas à frapper, pincer, mordre la moindre parcelle de chair accessible. Le garde grogna, mais tint bon. D'autres vinrent en renfort et je récoltai une avalanche de coups dans les côtes, jusqu'à ne plus pouvoir bouger du tout.

Alors seulement, on me tira par les cheveux pour me redresser. Deux gardes me saisirent les bras et me traînèrent en direction du château. Je jetai un ultime coup d'œil derrière mon épaule et vis Tommy, debout près du petit banc en pierre...

... en train de me tirer la langue.

59

Un compagnon de cellule opportun

Alistair Atkinson
Donjon rouge, Palais royal de Sienne, terres du Sud.

— Va-t'en, petite crapule ! Oust !

Je frappai des mains pour faire déguerpir le rongeur qui ne cessait de tourner autour de mon repas. Il courut se réfugier hors de ma portée de l'autre côté des barreaux, sans pour autant s'enfuir.

— Saleté de rats, pestai-je en m'affaissant contre la paroi dure et humide de la cellule dans laquelle j'étais confiné.

Je me redressai, effectuai deux pas avant d'atteindre le fond de la geôle, et recommençai, ainsi de suite, encore et encore. Cela faisait à peine une journée qu'on m'avait jeté ici comme un vulgaire criminel et j'étais déjà au bord de la crise de nerfs.

— Sois maudit, Salomon ! m'exclamai-je en tapant contre les barreaux qui ne bougèrent pas d'un millimètre.

L'écho de ma lamentation se répercuta plusieurs fois avant de s'éteindre, m'abandonnant à mes profondes solitude et rancœur. Si seulement je pouvais convaincre l'empoté qui m'apportait mes maigres repas de me laisser sortir... Je lui avais promis richesse et gloire, pouvoir et fortune, femmes et merveilles, mais il était resté de marbre. J'en étais venu à croire que ce balourd était complètement sourd... Ou bien les pots-de-vin n'étaient-ils plus en vogue ?

Je poursuivis ma litanie, maudissant tour à tour le roi, Roan Prank et mon insupportable grand frère. Condamné à travailler pour le compte d'un tyran, contraint de cohabiter avec l'être que je haïssais le plus au monde. J'avais ravalé mon orgueil, étouffé mes ambitions, laissé ma vengeance en suspens... et voilà où tout cela m'avait mené. J'aurais dû faire la sourde oreille aux souhaits du roi et me débarrasser de Jamark depuis longtemps, fonctionnaire du royaume ou non. À présent, il se ferait un plaisir de prolonger mes souffrances et se délecterait de chacune des heures où je croupirai ici.

Il avait fait le déplacement pour l'anniversaire de la princesse, cela ne faisait aucun doute. Il ne perdait jamais une occasion de lécher les bottes du roi et de me diffamer un peu plus... Il était tout près, entre les murs de ce château. Je le sentais, avec autant de limpidité que je sentais les relents nauséabonds des cachots. Il devait penser que la lutte était terminée... Qu'il avait gagné, une bonne fois pour toutes.

Je tapotai le mur avec la pointe de ma canne. Pour une raison obscure, les gardes royaux m'avaient autorisé à la conserver près de moi, de même que mon couvre-chef favori. Grave erreur... Une canne pouvait constituer une arme mortelle.

Des pas précipités résonnèrent dans le couloir désert des geôles. On m'avait placé dans une aile particulièrement lugubre, avec pour seuls voisins des rongeurs affamés et surexcités. Le vieux gardien des clefs marchait d'un pas pressé, aujourd'hui. Il devait sans doute être impatient de finir sa tournée pour retourner ronfler dans un coin.

– Laissez-moi deviner le menu du jour : du pain rassis et l'eau des égouts, n'est-ce pas ?

Les pas se rapprochaient, mais aucune parole ne se fit entendre. Il ne répondait jamais à mes railleries.

– Un de mes partenaires possède les plus grands thermes de toute la cité. Il serait ravi de vous offrir un poste à votre convenance, si j'en faisais la demande. N'est-ce pas une ravissante promesse d'avenir ? Plus de cachot, plus de vermine et de rats. Votre salaire passerait du simple au triple, sans aucun doute, et...

La cellule près de la mienne s'ouvrit dans un grincement. Un juron étouffé me parvint quand le nouveau prisonnier fut jeté dans sa cage. Le gardien referma la grille à double tour et décampa sans m'accorder une miette de son attention.

– Toujours aussi charmant, grognai-je en fixant mes pieds.

D'abord les rongeurs et maintenant un camarade de cellule ? La situation ne pouvait pas être pire...

– Alistair ? m'interpella une voix.

Je fronçai les sourcils. Faible, soucieuse, ce n'est clairement pas le gardien des clefs qui s'adressait à moi. C'était le prisonnier qui m'apostrophait.

– C'est bien moi.

Une ombre se dessina devant les barreaux, et je découvris l'identité de mon voisin. De répugnantes taches brunes sur la nuque et les épaules, des cheveux sales et bouclés, un regard naïf et inexpressif... il ne pouvait s'agir que de Jadis Lucinosa.

Partagé entre la stupeur et l'incompréhension, j'éclatai de rire. Son air éberlué redoubla mon hilarité, et je fus bientôt plié en deux sur le sol de ma cellule.

– Que faites-vous ici ? interrogea Jadis, après que je me fusse calmé.

– Je visite les locaux. J'avais besoin de changement, et mes appartements m'ennuient à mourir.

Il me dévisagea, interloqué.

– Et toi ? enchaînai-je. Ta petite vie morose d'aventurier chevronné te barbe tellement qu'il a fallu que tu te fasses remarquer ?

Jadis prit un air contrarié. Il arborait constamment cette expression lorsqu'il était confronté à moi, et je me délectais de l'agacement que je provoquais chez lui.

— Je cherchais les appartements de la reine, marmonna-t-il tandis que ses yeux détaillaient mes vêtements froissés et mon visage couvert de crasse.

Je haussai un sourcil, comme si cette révélation était le dernier de mes soucis. Au fond, je bouillonnais d'en savoir plus : s'était-il enfin décidé à remettre l'élixir à la reine ?

— Et tes recherches se sont révélées infructueuses, raillai-je. Quelle surprise !

— Épargnez-moi vos plaisanteries infantiles, soupira-t-il.

Il semblait vraiment épuisé, vidé de toutes ses forces.

— Je vois que tu n'es plus accompagné par la louve enragée, remarquai-je, pince-sans-rire. Elle s'est enfin lassée de toi, je présume ?

Le pli entre ses sourcils se creusa un peu plus. Il demeurait muet, et j'en conclus que j'avais visé juste.

— Ne te blâme pas. Ça n'aurait jamais fonctionné entre vous. Son cœur est déjà pris : elle est éprise de vengeance et toi... tu es toi.

Je tirai sur le col de ma chemise froissée.

— Quel silence assourdissant. Je m'attendais à des effusions de joie. Après tout, nous avons traversé beaucoup d'épreuves ensemble. Des remerciements n'auraient pas été de trop, ajoutai-je avec véhémence. Après tout, c'est grâce à moi si tu as retrouvé l'antidote. Sans mon aide, il serait toujours entre les mains de Roan Prank. Je t'ai donné la combinaison par simple bonté d'âme, alors que j'aurais très bien pu te laisser dans l'ignorance.

— Vous vouliez simplement que je me salisse les mains à votre place, comme toujours, accusa-t-il. Vous étiez trop lâche pour affronter Prank et vous avez préféré prendre la fuite.

Je posai une main sur mon cœur et mimai une profonde douleur à la poitrine.

— Ces accusations me font atrocement mal, mentis-je. Je voulais juste aider un ami dans un geste sincère dépourvu de tout calcul.

Il soupira longuement.

— Cela n'a plus aucune importance. Je l'ai égaré, lâcha Jadis.

— Pardon ?

— Eden me l'a dérobé, m'apprit-il, de plus en plus pâle. Elle l'a sûrement détruit à l'heure qu'il est. Je dois retrouver la reine Aubrey avant Eden, pour l'empêcher de commettre l'irréparable.

Je gloussai sans retenue, partagé entre l'envie de pleurer de désespoir et de frapper quelque chose.

— Alors, tu as enfin compris que ta petite copine ne rêvait que d'occire le couple royal ? Cela t'a pris un temps phénoménal. Bon, d'accord, je l'ai découvert en fouinant dans son carnet, mais tout de même... Sa haine viscérale se lisait sur son visage. Il faut être stupide ou complètement naïf pour être passé à côté. Et comme tu combines ces deux qualités, ça n'a rien de surprenant, tout compte fait.

Jadis secoua la tête, comme pour chasser mes reproches.

— J'ai fait une erreur, déclara-t-il.

— Et pas des moindres ! répliquai-je en croisant les bras derrière ma nuque.

Jadis se balançait d'une jambe sur l'autre. Il portait les mêmes haillons que lorsque je l'avais quitté dans la mine de Kirvar.

— Tu pensais réellement pénétrer dans le palais dans cet accoutrement ?

— Croyez-le ou non, je suis parvenu jusqu'aux jardins impériaux avant de me faire intercepter ! lança-t-il, légèrement vexé.

Je marquai un temps d'arrêt.

— Si ce que tu dis est vrai, je te félicite.

Devant son air sceptique, je complétai :

– Je suis sérieux. Il faut être très doué pour passer entre les griffes des gardes, encore plus lorsqu'on ressemble à un mendiant contaminé.

– Qu'avez-vous fait de Whisper ? coupa-t-il, soudain préoccupé.

Son indéfectible loyauté envers ses amis avait le don de me taper sur les nerfs.

– Je l'ai abandonnée au beau milieu du désert, avec pour seule compagnie les coyotes et les vautours.

Son visage se décomposa. J'aurais bien lâché un gloussement, si son attitude n'avait pas été aussi pitoyable.

– Bon sang, ta crédulité n'a-t-elle aucune limite ? La petite n'a rien. Elle est de retour chez elle, entourée d'un père tyran, d'une mère agonisante et s'apprête à fêter sa majorité en grande pompe, accompagnée d'un tas de petits riches qui profitent de la situation. Ça ne te rappelle rien ?

Jadis ouvrit la bouche, puis la referma. Il blêmit et se mit à trembler de tous ses membres.

– Calme-toi, gamin. D'accord, tu as côtoyé une princesse pendant plusieurs jours sans t'en rendre compte, mais ce n'est pas la fin du monde. Au moins, elle a réussi à échapper aux lames de ton amie enragée. Le tableau n'est pas si désastreux.

Il ne réagit toujours pas. Je claquai des doigts, et il revint enfin à lui. Ses sourcils se froncèrent à nouveau, et il retrouva sa mine contrite.

– Pourquoi êtes-vous ici ?

Je compris qu'il ne me laisserait pas en paix avant d'avoir eu des réponses, aussi optai-je pour la vérité.

– Je travaille pour Sa Majesté depuis huit ans. J'ai été chargé de retrouver la princesse, mission que j'ai menée à bien et qui m'aurait valu d'exaucer mon vœu le plus cher si ce scélérat de Roan Prank n'avait pas laissé croupir la fille du roi une nuit entière dans une mine souterraine. À présent, je suis accusé de complicité par ce très cher Salomon, premier prétexte qu'il a trouvé pour se débarrasser de moi et m'enfermer ici.

Le garçon parut réfléchir, puis lâcha à brûle-pourpoint :

– Que diriez-vous si je vous disais que je n'ai aucune intention de rester enfermé ici une seconde de plus ?

– Je dirais que tu es aussi bête que tu en as l'air, et qu'il est totalement impossible de s'échapper de ce donjon.

Jadis s'agita dans sa cellule, animé par un souffle nouveau. Un léger sourire naquit sur ses lèvres. Je reconnus cette expression entre mille : les traits énigmatiques d'un conspirateur en action. Aussi insensé que cela puisse paraître, cette insupportable tête de mule avait peut-être trouvé un moyen de se faire la belle.

Prudemment, je modifiai mon discours.

– Supposons une minute que je croie en tes divagations… Comment comptes-tu t'y prendre ?

Jadis me détailla de la tête aux pieds, le visage fermé.

– Pourquoi me donnerais-je la peine de partager ma liberté avec un individu qui me hait et que ma seule présence dégoûte ?

Je détendis aussitôt les muscles de mon visage. Étais-je vraiment en train de grimacer depuis tout ce temps ?

– « Haïr », le terme est un peu fort ! Disons que je ne te porte guère dans mon cœur… Mais nous n'avons nul besoin de nous adorer pour former une alliance.

Jadis sembla soudain plus attentif.

– La confiance n'est-elle pas le fondement d'une alliance réussie ?

Je secouai la tête pour démentir ses propos.

– Ceux qui pensent ainsi se fourvoient lourdement. D'après moi, une alliance solide se fonde avant tout sur les bénéfices mutuels que les partenaires gagnent à collaborer.

– C'est un point de vue… concéda-t-il.

Je me raclai la gorge pour m'éclaircir la voix et adoptai le ton professionnel que j'empruntais toujours pour les affaires de haute importance.

– Prenons un exemple. Dans notre cas, cela donne quelque chose comme ça : tu me fais profiter de ton plan d'évasion et je te conduis directement aux appartements de la reine où tu pourras jouer les héros à ta guise et tenter de raisonner une furie enragée tout en sauvant une femme en fin de vie. Pas mal, non ?

J'achevai ma tirade avec un immense sourire enjôleur.

– Alors, prêt à coopérer avec le célèbre Alistair Atkinson ?

– Non.

– Non ?

– Vous allez m'indiquer avec précision où se situent les appartements de la reine et ensuite, j'aviserai, déclara-t-il avec fermeté. Vous êtes prisonnier de cette geôle, Alistair. Vous pouvez prendre cet air arrogant aussi longtemps que vous le souhaitez, mais vous n'avez plus aucun pouvoir. La potence vous attend, et ce n'est pas votre sens de la repartie qui vous sauvera. Alors, êtes-vous prêt à coopérer ?

Je pinçai les lèvres. Cet imbécile n'était peut-être pas aussi sot que ça. Je me fendis d'un large sourire, et passai la main à travers les barreaux de ma cellule avant de déclamer :

– Prêt à faire affaire, mon très cher Lucinosa !

60

Pacte avec le diable

Jadis Lucinosa
Donjon rouge, Palais royal de Sienne, terres du Sud.

J'observai Alistair Atkinson en essayant de me convaincre que je venais de prendre une bonne décision. Il avait bien tenté de m'expliquer comment m'orienter dans ce labyrinthe de couloirs et d'étages, je n'avais pas retenu la moitié des informations. Même s'il me coûtait de l'admettre, ce scélérat avait raison : j'avais besoin de lui pour atteindre les appartements de la reine.

Je fermai les yeux et ouvris mon esprit aux créatures qui grouillaient dans le château. Je sentis des insectes vibrer sous mes pieds, des oiseaux planer au-dessus des tours. Bien que leur aide ait été précieuse la dernière fois, ils ne me seraient d'aucune utilité ici. J'adressai alors des prières silencieuses aux petits rongeurs qui erraient dans les eaux sales des donjons. Je sentis avec acuité l'énergie subtile qui me reliait à chacun d'entre eux. L'entreprise me parut encore plus aisée que d'ordinaire, et je remerciai Akasha d'avoir accentué la profondeur de cette connexion. Les rats répondirent à mon appel avec fougue et sortirent des cavités dans lesquelles ils étaient terrés pour se presser autour du cachot.

Alistair recula brusquement à la vue des rongeurs et se recroquevilla au fond de sa geôle.

— Par les grands esprits… souffla-t-il, ébahi.

Je fus surpris de déceler de la peur sur son visage.

— Le célèbre Alistair Atkinson aurait-il peur de quelques souris ?

Il déglutit, et les muscles de son cou se tendirent à mesure que le nombre de rongeurs croissait.

— Pas... pas du tout. Je veille à ma sécurité, voilà tout. Ces sales bêtes transportent tout un tas de maladies contagieuses.

Je l'ignorai pour me concentrer sur mon objectif. Déjà, les rongeurs mordillaient de leurs petites dents jaunes les barreaux de fer à toute allure et griffaient le sol avec frénésie. Un vacarme sans précédent se mit à gronder quand l'écho de milliers de coups de dents résonna dans le donjon.

Alistair plaqua les mains contre ses oreilles tandis que je jetais un coup d'œil inquiet au fond du couloir.

— Tu ne peux pas dire à tes petites marionnettes de se dépêcher un peu ? Nous allons être repérés ! s'impatienta-t-il.

Sous son air nonchalant, je perçus une véritable appréhension. Mais celle-ci n'était pas due à la peur de voir débarquer un garde royal, non : il avait les yeux rivés sur les rats et son dégoût suintait par chacun de ses pores. Je ne pus m'empêcher de sourire. Au moins, je saurais quoi faire pour intimider Alistair à l'avenir.

Les secondes s'égrenaient. La cacophonie persistait. Mon air assuré n'était qu'une façade : l'inquiétude m'envahissait peu à peu. C'est alors que tout s'arrêta brusquement. Les rongeurs reculèrent et je pus admirer le résultat : la partie inférieure des barreaux était littéralement broyée et le sol légèrement affaissé.

Alistair déglutit devant les dégâts, puis lâcha :

— Bon, je dois admettre que le résultat n'est pas si médiocre...

— Dépêchons-nous ! le rabrouai-je.

Il s'empara de son haut-de-forme crasseux et de sa canne puis rampa jusqu'à l'extérieur. Je me contorsionnai à mon tour pour sortir de l'étroit passage, et nous nous retrouvâmes tous deux dehors.

— Le chapeau est-il vraiment nécessaire ? soupirai-je en observant Alistair dépoussiérer son précieux haut-de-forme avant de le replacer sur son crâne, bien que je connaisse déjà la réponse.

— Tu ne devrais pas sous-estimer l'importance d'un couvre-chef, répliqua-t-il, acide.

Il se redressa en s'appuyant sur sa canne et grimaça.

— Vous allez bien ? questionnai-je.

Pour une fois, j'espérais que ce soit le cas. Pas question de perdre le seul espoir de trouver ma mère et Whisper.

— Qu'est-ce que tu crois ? grogna Alistair, droit comme la justice. Je ne suis pas en sucre.

Il s'immobilisa brusquement, fixant un point derrière mes épaules. Je pivotai lentement et découvris à quelques mètres seulement un vieillard voûté en train de nous considérer, les yeux sortis de leurs orbites et la bouche grande ouverte.

— Tout va bien, tenta Alistair en levant les bras en signe d'apaisement. Laissez-nous partir et nous ne vous ferons aucun mal.

— G... gardes ! hurla le gardien des clefs, qui faisait volte-face. Au secours ! À l'aide ! Les prisonniers s'échappent !

Je fusillai Alistair du regard.

— Quel impressionnant talent de diplomate... ironisai-je.

Les pas précipités du gardien résonnaient. Il courait remarquablement vite pour son âge.

— Nous devons partir ! fis-je en tirant Alistair par le bras, du côté opposé.

Il secoua la tête.

— C'est un cul-de-sac. La seule issue se trouve par là.

Il pointa du doigt le bout du couloir, où une horde de soldats en furie accourait déjà.

— Ils arrivent ! m'exclamai-je, en proie à un sentiment de panique extrême.

— Tu n'as qu'à leur envoyer ton armée de bébêtes pour les ralentir, railla-t-il.

L'idée n'était pas si absurde que ça, mais ma concentration s'était relâchée devant l'urgence de la situation et les rats regagnaient leurs cachettes sans demander leur reste.

Dépité, je le saisis par les épaules avec force.

— Ce n'est pas le moment de plaisanter, Alistair !

Il se dégagea avec dédain.

— Du calme, gamin. Inutile de paniquer : ce ne sont que quelques petits soldats inoffensifs.

— Ils foncent droit sur nous ! explosai-je. Et ils sont armés !

Sans trahir la moindre émotion, Alistair prit son chapeau et plongea sa main à l'intérieur. Il en tira une petite sphère grisâtre de la taille d'une baie et la fit courir entre ses doigts avec arrogance. Il ne comptait tout de même pas nous débarrasser de tous ces gardes avec cette petite chose ?

— On trouve des objets tout à fait fascinants à Flamencia, dit Alistair en observant la sphère avec fascination.

Les gardes n'étaient plus qu'à quelques mètres quand il lança la bille dans leur direction avec un cri rageur.

D'abord, rien ne se produisit : elle roula sur le sol, puis s'immobilisa. Lorsque les soldats arrivèrent enfin à sa hauteur, la sphère éclata, produisant un *pouf !* accompagné d'une épaisse fumée rouge qui envahit le corridor.

Alistair me poussa contre la paroi et couvrit mon nez et ma bouche de sa manche. En apnée, j'observai avec stupeur les soldats tomber à terre les uns après les autres, le corps parcouru de violents spasmes. Puis ils s'immobilisèrent, la bouche ouverte et les yeux tournés dans leurs orbites.

La fumée se dissipa rapidement et je repris ma respiration.

— Ils sont… morts ?

— J'espère bien. J'ai payé une fortune pour cette invention !

— Vous venez de tuer une dizaine de gardes ! m'exclamai-je, envahi par une terreur glaciale.

Alistair marqua une légère pause avant de renchérir, hilare :

— Mais non... se moqua-t-il. Ils s'en remettront !

Je me figeai. Alistair m'avait empêché d'inhaler la fumée toxique...

— Tu m'as épargné, soufflai-je, ébahi.

J'étais tellement abasourdi que je laissai tomber les formules de politesse. Et puis, après tout, le tutoiement est de rigueur entre associés...

— Heureux que tu l'aies remarqué.

— Tu étais libre, insistai-je. Tu n'avais plus besoin de moi, tu aurais pu t'échapper seul. Pourquoi ?

Alistair haussa les épaules comme si cette conversation l'ennuyait au plus haut point.

— Nous sommes pressés, tu te souviens ? Nous avons une princesse à secourir, une reine à guérir et une fugitive à éliminer.

— Je ne veux pas l'éli...

— Je sais. Dépêche-toi de déshabiller un garde et d'enfiler son uniforme.

Je m'exécutai et dévêtis un des soldats à terre avec délicatesse.

— Nous devrions parler au roi, suggérai-je en retirant mes haillons. C'est ce que j'aurais dû faire dès le début : demander une audience et lui présenter l'élixir.

— Très bonne idée, si tu cherches un moyen rapide et indolore de mettre fin à tes jours.

Je l'observai, surpris par la véhémence de ses propos. Il me retourna mon regard.

— Quoi, tu es sérieux ? Tu penses véritablement qu'il suffit de « demander une audience » au roi pour que tous tes problèmes s'évanouissent comme par magie ? Sa Majesté n'accepte que de tester les antidotes des nobles et des guérisseurs. Tu n'es ni l'un ni l'autre, et avec ta malformation, le roi te ferait exécuter.

Il est très superstitieux et pourrait voir tes marques comme un signe annonciateur d'une mauvaise nouvelle.

Je repensai à ce qu'Akasha avait dit sur mes parents, la façon dont ils s'étaient débarrassés de moi après avoir découvert mon anomalie. En fin de compte, Alistair et Eden avaient au moins un point en commun : une piètre opinion du roi.

— Crois-moi, tu es un sacré petit veinard. Personne d'autre que moi ne peut t'aider.

J'enfilai les grosses bottes en cuir du garde ; jamais je n'en avais chaussé de si confortables.

— Heureusement pour nous, le chemin que nous allons emprunter n'est pas très fréquenté. Si nous croisons quelqu'un, baisse la tête et laisse-moi parler.

L'idée de rester dans l'ombre d'Alistair ne me plaisait guère, mais il fallait avouer que mon aspect physique ne manquerait pas d'éveiller les soupçons. De plus, Alistair m'avait sauvé la vie et ainsi prouvé qu'il était digne de confiance, du moins pour le moment. Je n'étais pas dupe : je savais qu'il ne m'avait pas épargné par bonté d'âme, et qu'il avait besoin de moi pour récupérer l'antidote.

— « Pas très fréquenté » ? relevai-je. Le Palais royal grouille de gardes.

— Je connais un passage secret, précisa-t-il tandis que nous marchions dans le donjon désert. Des passages souterrains ont été bâtis dans la roche, il y a des millénaires. Ils servaient de raccourcis entre les différentes ailes. Les passages ont été condamnés pour des raisons de sécurité et peu à peu oubliés. Si bien qu'à présent, l'existence même de ces tunnels reste un mystère.

— Excepté pour toi, complétai-je.

Le fait qu'il ait connaissance de passages secrets vieux de plusieurs millénaires ne m'étonna même pas. Bien sûr, je ne cherchai pas à savoir comment il avait eu vent de ce secret : il n'en dirait rien. Alistair ne cacha pas sa fierté.

— Exact. Je ne connais pas l'emplacement de chacune des trappes, j'ai toutefois connaissance de celle qui nous intéresse. Le passage secret débouche sur les thermes personnels de Sa Majesté, juste à côté de la chambre à coucher principale, maintenant aménagée en salle d'examen.

Cette fois-ci, je demeurai sans voix. Alistair n'avait pas tort, finalement : il était le mieux placé pour m'aider dans ma quête.

— Tu commences enfin à comprendre à quel point je suis extraordinaire, se glorifia-t-il en roulant des épaules. Il était temps !

— Ne te jette pas des fleurs, tempérai-je. Une fois toute cette histoire terminée, je déciderai de ce que tu vaux.

Il y avait tellement de possibilités que notre plan tourne au désastre ! Je préférais ne pas y penser.

— Où est cette fameuse trappe, Alistair ? interrogeai-je au bout de quelques minutes.

Il se racla la gorge.

— Dans la salle de bal.

— Comment !? paniquai-je.

— Silence ! gronda Alistair. Il n'y a rien de surprenant à ce que des gardes royaux assistent au bal pour assurer la protection des invités et du roi.

— Tu penses vraiment que le souverain ne te reconnaîtra pas ?

— Il nous suffit de raser les murs et de faire vite. Les nobles seront bien trop occupés à tenter d'obtenir les faveurs de Sa Majesté pour remarquer deux gardes qui s'approchent un peu trop près du buffet. De même que le roi sera accaparé par ses sujets. Fais-moi un peu confiance, Lucinosa. Mon plan est parfait.

61

Un plan imparfait

Jadis Lucinosa
Palais royal, terres du Sud.

Je fus tenté de contester et de prouver à quel point le plan d'Alistair était tout sauf « parfait », mais je me tus. Nous n'avions pas d'autre option. Les minutes s'égrenaient, et je craignais plus que jamais d'arriver trop tard. Pourtant je gardais espoir : Eden devait, elle aussi, avoir eu bien du mal à se faufiler dans les appartements de la reine. Quand nous nous étions quittés, elle était plutôt mal en point et ses vêtements n'avaient rien à envier aux miens. Il était possible qu'elle n'ait même pas réussi à passer le pont-levis.

Je devinai que nous approchions de la salle de bal avant même de la voir : le rythme effréné de la musique, les rires gras et les conversations animées me parvinrent bien avant d'apercevoir les toilettes somptueuses et les perruques grotesques. Nous croisâmes quelques nobles dans les couloirs adjacents à la salle de bal, venus s'isoler pour discuter.

— Reste derrière moi, grinça Alistair entre ses dents alors que nous nous apprêtions à franchir les immenses portes ouvertes.

Comme prévu, le coin grouillait de soldats, mais ceux-ci prenaient soin de rester en dehors des festivités et de conserver une distance raisonnable entre eux et les invités.

Alistair fit le premier pas, le dos droit et le menton levé. Nous traversâmes la salle ainsi, l'air concentré et la démarche professionnelle. Personne ne s'offusqua de notre présence.

Lorsque je devinai le trône et le roi à ma gauche, je fis un effort surhumain pour ne pas lever la tête. Je mourais d'envie d'observer mon père pour la première fois.

Alistair s'arrêta à mi-chemin pour me désigner l'emplacement de la trappe.

– Juste derrière la quatrième colonne, au fond de la salle, murmura-t-il en faisant mine d'examiner un immense vase décoratif.

Parfait : un peu isolé du buffet et à l'écart des musiciens et du trône, l'endroit était occupé par trois jeunes filles qui dévoraient des yeux un noble posté non loin de là.

– C'est parfait, souffla Alistair, qui venait lui aussi d'analyser nos chances de réussite.

Nous étions tout près du but quand un bruit sourd nous alerta. Je fis volte-face dans un sursaut et fus horrifié par ce que je découvris. Le tapage provenait d'un homme agité, enchaîné et bâillonné dans une cage, exhibé à la vue de tous comme une bête de foire. Son regard glacial se posa sur Alistair, puis sur moi, et une étincelle de compréhension brilla dans ses yeux : c'est avec terreur que je reconnus Roan Prank.

Les gardes se demandèrent pourquoi le captif gesticulait ainsi en nous fusillant du regard. Roan Prank, tout en cognant dans les barreaux pour attirer l'attention, avait une telle lueur de rage dans les yeux que tous s'interrogèrent sur notre présence. Notre air surpris et coupable joua certainement en notre défaveur.

Avec une vitesse inouïe, le roi bondit de son trône. La vigilance des gardes alternait entre leur souverain, le prisonnier qui se débattait et nous, ignorant encore ce qu'ils devaient faire. Cette seconde d'hésitation fut notre chance : Alistair me tira par le bras, me libérant de mon inertie, et se rua au fond de la salle.

Il s'arrêta soudainement et se mit à palper le mur avec urgence. Derrière nous, les gardes avaient enfin reçu leurs ordres et se ruaient dans notre direction.

— Vite, Alistair ! l'exhortai-je.

Il parvint à activer le mécanisme, et la trappe s'ouvrit en grinçant. Nous nous jetâmes à l'intérieur et le passage se referma aussitôt derrière nous. Les voix des gardes nous parvinrent, étouffées par la cloison qui nous séparait. Mon cœur était au bord de l'implosion.

— La combinaison qui déverrouille la porte est très complexe, assura Alistair, même pour quelqu'un qui connaît l'emplacement exact du passage. Mais ne traînons pas pour autant !

Nous nous mîmes en marche, plongés dans une obscurité oppressante. L'atmosphère était lourde et humide et nos pas résonnaient dans les souterrains lugubres. Certaines des galeries que nous croisions se révélaient être des impasses, ce qui compliqua notre progression. Ce n'était pas seulement un passage secret : c'était un véritable labyrinthe de pierres et de roches, taillé dans les profondeurs obscures du château. Par endroits, des pans de mur entiers s'étaient effondrés, scellant toute possibilité de poursuivre.

— Pour quelle raison ces souterrains ont-ils été condamnés, déjà ?

— Des éboulements à répétition ont entraîné la mort de nombreux domestiques qui empruntaient ces tranchées, expliqua-t-il. Selon la légende, le souverain refusa d'investir dans les réparations, préférant dilapider l'argent du royaume dans les jeux et les femmes.

— Qui t'a renseigné, pour les tunnels ? demandai-je. Tu te déplaces avec aisance malgré l'obscurité.

— Personne ne m'a renseigné, avoua-t-il, un peu sèchement. J'ai découvert une des trappes par hasard, puis j'ai fait quelques recherches pour connaître les origines de ce lieu.

Il semblait si peu enclin à se confier que je décidai de changer de sujet. Converser m'aidait à supporter cette atmosphère tendue.

– Tu penses que le roi connaît l'existence de ces tunnels ?

Alistair secoua la tête sans cesser sa progression.

– S'il connaissait le souterrain, il aurait déjà envoyé une armée de soldats nous lapider. Il est à craindre qu'il aille désormais faire ses propres recherches.

– J'ai quand même du mal à comprendre que tu préfères risquer ta vie pour retourner servir un homme que tu méprises plutôt que t'enfuir et gagner ta liberté.

Alistair émit un petit grondement, et je devinai son sourire dans l'obscurité.

– La vie n'est qu'un enchaînement de folies, gamin. J'ai fait mon choix en pleine connaissance de cause, en disposant du libre arbitre le plus total : c'est ce que j'appelle être libre.

– Mais, vivre à la botte du roi...

– Il me permettra d'exercer ma vengeance sur Jamark. C'est tout ce qui m'importe. Si je quitte la cour, je perds la protection de la Couronne et c'est lui qui aura donc gagné.

Jamark... Ce prénom ne m'était pas inconnu.

– Mon frère, précisa Alistair. La première fois que je l'ai affronté en duel, ma lame s'est fichée dans sa jambe et non dans son cœur comme je l'aurais souhaité. Je l'ai tout de même mutilé assez sévèrement pour le rendre infirme. Désormais, il est incapable de se déplacer sans s'appuyer sur sa canne comme un vieillard. La deuxième fois, notre altercation a été interrompue, je suis malgré tout parvenu à lui dérober son précieux bâton. Comble de l'humiliation, il a dû ramper jusqu'à ce que l'un de ses sbires le relève. Voilà pourquoi je conserve cette canne, afin de lui rappeler ce qu'il a perdu en décidant de faire de moi son ennemi. La troisième fois sera la dernière, je ne raterai pas mon coup.

Abasourdi par tant de haine et de cruauté, je restai coi, avant de confesser :

— Et moi qui aurais tant aimé avoir un frère.

Alistair se détendit alors et se mit à rire.

— J'en ai quatre et je t'en aurais volontiers prêté un. Tu devrais plutôt de réjouir d'être seul, crois-moi.

Seul... Je pensais que je l'étais. J'avais grandi loin de tout, entouré par une tante qui n'avait peut-être aucun lien de sang avec moi. Et maintenant, je découvrais que Whisper était ma sœur. Lorsque Alistair me l'avait révélé à son insu, j'avais bien cru que j'allais m'effondrer. À cet instant, j'avais tellement hâte de la retrouver !

— Nous sommes bientôt arrivés ? demandai-je, plus impatient que jamais.

Sans dire un mot, Alistair s'arrêta et tapota le mur. Il poussa la paroi humide avec son épaule jusqu'à ce que le mur cède sous son poids et s'entrouvre.

Il glissa discrètement la tête à l'extérieur, puis me fit signe de le rejoindre.

— Je ne vois aucun soldat... Restons sur nos gardes.

Nous émergeâmes comme prévu dans les thermes de la reine. Plusieurs bassins d'eau s'offraient à nous, et chacun était éclairé de l'intérieur d'une couleur différente, baignant la pièce dans un doux camaïeu.

Soudain, nous entendîmes un bruit sourd, comme si quelque chose venait de se fracasser sur le sol, puis un hurlement strident, immédiatement étouffé.

— Je crois que ta petite copine a été plus rapide que nous... railla Alistair, qui semblait d'humeur trop joyeuse à mon goût.

Si Eden était ici, nous n'étions peut-être pas arrivés trop tard !

Sans réfléchir davantage, je me ruai en direction de la pièce attenante.

62

Amis d'un jour, ennemis de toujours

Jadis Lucinosa
Palais royal, terres du Sud.

Animé par la rage du désespoir, je poussai avec précipitation la grande porte en marbre. Je me figeai en découvrant le spectacle.

Whisper était couchée sur le sol, les joues trempées de larmes. Eden, affublée d'une toilette volumineuse, l'immobilisait et la menaçait avec une lame à hauteur de son cou découvert. Une servante inconsciente était étendue près de la coiffeuse. Et puis à gauche, allongée sur un imposant lit à baldaquin bien trop grand, la reine !

Elle semblait si pâle, si frêle et si menue que j'eus peur qu'elle ne se brise en un millier de morceaux. Elle avait le bras tendu en direction de Whisper, tremblant de tous ses membres, comme si ce simple geste épuisait toutes ses forces.

– Jadis... ?

Eden leva ses yeux bruns sur moi, et un flot d'émotions passa sur son visage : Stupéfaction, honte, doute, regret, détermination... Elle s'apprêtait à commettre l'irréparable.

– Que fais-tu, Eden ? demandai-je, bien que je connaisse déjà la réponse.

Je m'efforçai de masquer ma terreur. Comment pouvait-elle envisager une telle chose ? D'autant plus qu'elle savait ce que Whisper représentait à mes yeux.

— Whisper est ton amie ! m'exclamai-je en me rapprochant doucement, comme un chasseur qui tenterait d'amadouer une biche.

Mais je n'avais aucune arme, aucun moyen de défense ou de pression : ma vulnérabilité était totale, et elle le savait. Elle pressa la lame contre la gorge de Whisper, qui poussa un sanglot déchirant.

— C'est ce que je croyais ! hurla-t-elle, et je sursautai devant tant de haine. Les amis se disent la vérité… n'est-ce pas ? Pourtant, elle m'a caché sa véritable identité pendant tout ce temps. Elle m'a écoutée sans rien dire pendant que je me confiais… Elle m'a menti !

Elle tressaillit sans pour autant lâcher sa prise. Eden déversait son flot de haine sur Whisper sans s'adresser directement à elle. Elle avait trop peur des reproches et de la terreur qu'elle pourrait lire dans ses yeux et qui seraient susceptibles de la faire fléchir.

— Cela aurait-il changé quelque chose ? demandai-je. Les aveux de Whisper t'auraient-ils apporté un quelconque soulagement ? L'aurais-tu moins détestée si elle t'avait avoué dès les premiers jours qui elle était ?

J'observai du coin de l'œil Whisper, qui pleurait à chaudes larmes. Elle n'essayait même pas de se défendre, de plaider sa cause : peut-être se pensait-elle coupable.

— Probablement pas, achevai-je. Nous ne sommes pas responsables des actes de nos géniteurs, Eden. Nous sommes responsables de nos propres choix. Et la vengeance… elle ne t'apportera rien de bon. Elle ne soulagera pas le fardeau que tu portes depuis ce jour, elle ne guérira aucun de tes maux, elle ne te délivrera pas de ta souffrance.

Eden émit un sifflement dédaigneux, empli de dégoût.

— Et qu'est-ce que tu y connais à la perte, toi ? Tu es né sans rien. Tu connais peut-être le vide et le manque, tu n'as pourtant aucune idée de ce qu'on ressent quand on nous arrache ceux qu'on aime.

Je fis un pas en avant, ce qui amena Eden à resserrer son étreinte sur Whisper. Elle se tenait maintenant derrière la silhouette menue de sa victime.

– Tu as raison, avouai-je. Je ne le sais pas. Mais si tu poursuis ce que tu t'apprêtes à faire, si tu vas jusqu'au bout... Alors je saurai. Je serai envahi par les mêmes démons que toi. Tu voulais que le roi souffre en le dépouillant des êtres qui lui sont chers... Tu vas également blesser tes amis. Ceux qui comptent pour toi.

Eden secoua la tête, et ses yeux s'emplirent de larmes.

– Vous n'êtes rien pour moi...

– N'essaie pas de refouler tes sentiments. Notre amitié, notre affection réciproque sont sincères. Tu ne peux le nier.

Whisper ouvrit la bouche et, malgré le poignard qui l'étranglait, réussit à articuler quelques mots.

– Jadis dit la vérité... Je suis... désolée.

– Tais-toi ! hurla Eden.

– Tu as été ma toute première... véritable amie. Je t'aime tellement.

– Tais-toi ou je te jure que je te tue ! gronda Eden, et je vis dans ses yeux qu'elle disait vrai.

– Tu n'en feras rien, déclara une voix sombre dans mon dos.

Je n'eus pas besoin de me retourner pour deviner la présence d'Alistair juste derrière moi.

– Toi... grogna Eden, et une grimace d'aversion déforma ses traits.

– Alistair ! s'exclama en même temps Whisper, comme si un miracle venait de se produire.

– Je vois que la méthode douce et les paroles compréhensives ne fonctionnent guère... Il est peut-être temps que je prenne le relais, marmonna-t-il en levant son chapeau en direction de la reine, comme pour faire une révérence.

Celle-ci était toujours prostrée dans son lit, mais son bras était retombé contre son flanc et sa mine se détériorait. Elle n'était qu'une spectatrice involontaire, les yeux exorbités et le corps flasque.

Eden empoigna Whisper par le col de sa robe et la plaqua de nouveau au sol. L'intervention d'Alistair n'avait fait qu'empirer la situation. Whisper ferma les paupières et se pétrifia sur place. Eden plaça la pointe de la lame contre son cœur. Cette fois, son bras tremblait. Elle serrait les dents, luttant entre le désir irrépressible d'en finir une bonne fois pour toutes et son attachement pour son amie. Ses sourcils se froncèrent sous la concentration, ses muscles se tendirent comme la corde d'un arc avant que la flèche ne soit libérée…

Elle leva le bras. Au-dessus de sa tête. Puis, dans un hurlement de rage pure, le visage déformé par la peur et l'abattement, elle abaissa son arme avec toute la puissance de son corps et de son cœur.

— Non ! hurlai-je.

Eden se figea. Le monde entier se figea, le temps se suspendit et l'air se chargea de cristaux de glace. La lame était enfoncée dans la moquette, à quelques millimètres du crâne de Whisper.

— Je ne peux pas… murmura-t-elle dans un souffle.

Son corps ne tremblait plus. Mais les larmes, elles, se déversaient sur son visage telles les eaux tumultueuses d'une rivière indomptée. Elle se mit à pleurer intensément, sans retenue aucune, comme une petite fille. Comme l'enfant qu'elle était avant de perdre ses parents. Comme si cet échec l'avait projetée deux ans plus tôt sur les lieux du drame.

Whisper ouvrit ses grands yeux verts et sa bouche entrouverte laissa planer une question silencieuse, une demande impossible à formuler.

Alistair choisit ce moment précis pour entrer en action, et se jeta sur Eden à corps perdu. Ils roulèrent ensemble et s'écrasèrent contre le mur, qui trembla sous le choc.

— Alistair, non ! l'implorai-je.

Je bondis sur Whisper et glissai un bras autour de ses épaules pour l'aider à se relever. Elle observait le combat sans chercher à dissimuler sa terreur.

Alistair était plus grand et plus robuste, mais la rage d'Eden la transcendait. Elle rampa jusqu'au poignard, qu'elle délogea de la moquette avec difficulté. Alistair fondit une nouvelle fois sur elle et se mit à palper les plis de sa robe.

— L'antidote ! cracha-t-il. Où est-il ?

— Ôte tes sales pattes, misérable cancrelat !

Elle fit glisser le couteau sur le dos de la main de son ravisseur, ouvrant une longue et profonde estafilade. Le sang gicla sur les visages des deux combattants.

— Lâche-la ! grognai-je en repoussant Alistair de toutes mes forces.

Son crâne heurta violemment le mur et il s'effondra comme une masse sur le côté, sonné. Eden bondit sur ses pieds et profita de l'étourdissement momentané d'Alistair pour s'approcher.

— La reine et sa fille n'ont pas besoin de payer pour le roi, murmura Eden en me considérant.

En un mouvement vif et précis, elle tira une petite fiole de son décolleté et me la tendit.

— Fais ce que tu dois faire, Jadis Lucinosa. Notre rencontre a été l'une des plus belles choses qui me soient arrivées. Elle a apaisé mon âme et suturé mes plaies. J'aurais aimé que ce soit suffisant.

Alistair gémit et roula lentement sur le dos, prêt à reprendre l'assaut.

Je recueillis la petite fiole avec délicatesse.

— Eden… murmurai-je.

J'étais incapable de mettre en mots les émotions qui m'assaillaient. De lui dire enfin ce que je ressentais. Eden m'offrit un éblouissant sourire, un sourire rare, qui n'était ni teinté d'ironie ni empreint de colère.

Puis elle se détourna, brisant la magie de cet instant. Elle empoigna ses jupons à deux mains, se rua vers la fenêtre ouverte...

Et sauta.

— Non ! criai-je en me précipitant.

La clarté de la lune et des étoiles me permit de distinguer la mince silhouette qui courait sur les toits du château, à une vitesse telle qu'elle semblait prête à s'envoler à chaque instant.

— Les toits... grogna Alistair, qui s'était matérialisé à mes côtés.

Il enjamba à son tour l'ouverture, mais je lui barrai la route.

— Je t'interdis de la suivre ! tonnai-je.

— Je n'ai que faire de tes ordres ! rugit-il en réponse. Cette vipère s'est enfuie avec l'antidote et elle est en route pour assassiner notre roi !

Je ne cillai pas, loin d'être convaincu par ses paroles chevaleresques. Il fallait à tout prix le retenir, faire gagner à Eden quelques précieuses secondes.

— Laisse-le partir, murmura un filet de voix frêle.

Je baissai le bras et dévisageai Whisper. Elle s'était assise près de la reine et avait entrelacé ses doigts aux siens.

— Mais je vous en prie, Alistair : ne lui faites aucun mal.

La requête de Whisper s'apparentait à un ordre. Contre toute attente, Alistair ne broncha pas.

Il se contenta d'un hochement de tête respectueux avant de disparaître dans l'obscurité, laissant derrière lui une famille déchirée dont il n'avait nullement conscience.

63

Retour d'entre les morts

Whisper Organa
Tour est, Palais royal, Sienne.

– Mon fils…

Je frôlai l'épaule de mère en murmurant de douces paroles.

– N'ayez crainte, mère. Tout est fini : vous pouvez vous reposer.

Elle ne m'entendait déjà plus. Le regard fixé sur Jadis, elle semblait délirer.

Je m'apprêtais à remonter la couverture sur elle quand la porte s'ouvrit avec tant de force que les gonds s'arrachèrent. Deux soldats alarmés pénétrèrent dans les appartements royaux, armes à la main.

– Nous avons entendu des hurlements, princesse. Deux imposteurs ont été aperçus dans la salle de bal. Nous avons cru à une attaque et nous avons immédiatement sonné l'alarme générale. Je…

Celui qui avait ouvert la bouche en premier se ratatina sur lui-même, surpris et gêné par le calme qui régnait dans la chambre bien qu'une servante gisât inconsciente sur le sol. Son collègue avait déjà mis en joue Jadis et attendait les ordres.

– Cet homme mal intentionné s'est introduit dans les appartements de Sa Majesté ? questionna le soldat, dont la compréhension vis-à-vis de la situation s'amenuisait de plus en plus.

— C'est un ami, répondis-je simplement. Veuillez transférer cette domestique à l'infirmerie et donnez-lui les soins dont elle a besoin.

— Mais... l'alarme générale, poursuivit le garde, totalement désarçonné.

Un troisième surgit, le front en sueur et la respiration saccadée.

— Un homme... sur le toit ! Il poursuit une jeune femme... sans doute une noble, si l'on se fie à sa toilette.

— Un individu traquant une jeune fille ? répéta le soldat, éberlué. Sur les toits ?

— C'est... exact. Quels sont les ordres, commandant ?

L'officier se tourna vers moi, interrogateur. Il découvrit mon cou taché de sang et ses yeux s'agrandirent.

— Princesse... Vous êtes blessée ! s'exclama-t-il.

Que faire ? Qui d'Alistair ou d'Eden devais-je faire arrêter ? Toutes mes certitudes avaient volé en éclats, et j'étais bien incapable de discerner le gentil du méchant, le bien du mal.

— Appréhendez-les, sans leur faire aucun mal. Quand ce sera chose faite, amenez-les-moi immédiatement. Le roi ne doit en aucun cas être informé que deux intrus se pourchassent en ce moment même au-dessus de nous.

— Mais...

— Exécution ! criai-je d'une voix autoritaire.

Le garde obtempéra, non sans jeter un dernier regard meurtrier sur Jadis.

Ils soulevèrent avec prudence la blessée et durent se résoudre à laisser la porte hors d'usage ouverte.

Je soupirai profondément. La crise était loin d'être terminée. Quand père saurait que j'avais manigancé dans son dos et donné des directives sans son accord, il entrerait dans une fureur noire. Pourvu qu'Alistair soit appréhendé avant qu'il ne puisse déverser sa haine sur Eden, et que celle-ci soit arrêtée à temps, bien que je ne sache plus si je devais la laisser faire ou tenter de la stopper par tous les moyens...

– Très bien, soupirai-je alors que rien ne tournait rond. Il faut que nous réglions cette histoire une bonne fois pour toutes. Voilà ce que nous allons faire...

Je me retournai pour exposer mon plan à Jadis, et m'arrêtai net en découvrant qu'il ne m'écoutait pas.

Jadis était installé près de mère, à distance respectable. Son menton tremblait comme s'il résistait à l'envie de fondre en larmes.

– Jadis ? appelai-je, légèrement inquiète.

J'observai avec fascination la main de mère se poser doucement sur sa joue.

– Mais que... ?

– Mon fils, répéta mère avec un peu plus de vigueur.

Elle se mit à pleurer silencieusement, et je décidai qu'il était temps pour elle de se reposer.

– Mère, je vous en prie. Vous devez rester tranquille.

– Non ! s'écria-t-elle avec une vigueur dont je ne la pensais plus capable.

Je reculai, abasourdie. Jadis avait une mine contrite et m'observait avec un air désolé. J'attendais le moment où il finirait par reprendre ses esprits, s'éloignerait de la reine et afficherait le même air gêné qu'arborent toutes les personnes témoins de la folie de mère. Ce moment ne vint pas.

– Son... fils ? croassai-je.

Jadis hocha simplement la tête avec gravité. À travers le voile de ses larmes, je percevais ses iris et remarquai une nouvelle fois combien ils me paraissaient familiers. Et puis, ce simple détail ouvrit une digue dans mon esprit et ma vue se brouilla. Jadis avait les mêmes yeux que mère. Leur forme, leur taille, leur couleur, leurs reflets : ils étaient semblables en tout point.

— Ce n'est pas possible... murmurai-je, quand bien même tout mon être me criait que c'était la vérité.

J'eus envie de pleurer, de crier, submergée par une effusion de joie comme je n'en avais jamais connue. Des centaines de questions venaient bousculer ce moment d'euphorie. J'ouvris la bouche pour formuler l'une d'entre elles, mais je m'abstins devant la scène que Jadis et mère offraient.

Ils se détaillaient, cherchant à tester la fiabilité de l'autre, ne sachant visiblement pas par quoi commencer. Je sentis alors que cet instant était primordial, et que j'obtiendrais vite des réponses sans avoir à prononcer un mot.

64

Amour maternel

Whisper Organa
Tour est, Palais royal, Sienne.

Mère effleura du bout des doigts les marques qui ornaient la mâchoire de Jadis et la naissance de son cou.

Sa pomme d'Adam se souleva lorsque Jadis déglutit pour demander :

– C'est à cause de ces marques que vous vous êtes débarrassée de moi… n'est-ce pas ?

Il avait posé la question sans animosité aucune, avec la fébrilité d'un petit garçon qui aurait désespérément besoin d'affection.

Mère rompit le contact et posa la main contre son cœur.

– Il ne faut pas lui en vouloir, intervins-je. Elle ne parle plus depuis de longues semaines et ne saisit presque pas le sens de…

– Elles ne m'ont jamais répugné.

Elle avait parlé d'une voix rauque et grave, parfaitement audible. J'ouvris la bouche à m'en décrocher la mâchoire tandis qu'elle continuait :

– Mon petit… mon tout petit…

Jadis baissa la tête pour contenir ses émotions et mère posa ses mains sur ses épaules.

– Quel… Quel nom t'ont-ils donné ? questionna-t-elle.

Sa chevelure sombre rebiquait en mèches folles, mais ses yeux étaient redevenus vifs et scrutateurs : elle n'avait plus du tout l'air d'une démente ou d'une malade.

– Jadis. Mon nom est Jadis.

– C'est un très joli nom, approuva mère après un instant de réflexion.

Le silence qui suivit s'étira trop longtemps pour que je n'intervienne pas.

– Mère, est-ce vrai ? Jadis est-il votre fils ? L'avez-vous abandonné à cause de ses marques ?

J'avais prononcé la phrase à voix basse, sans pour autant réussir à masquer mon tremblement. Elle plongea ses yeux clairs dans les miens, et je pus y lire la peine qu'elle éprouvait.

– Si tu savais comme cela me blesse que tu poses cette question... Que tu puisses me croire capable d'une telle atrocité, répliqua-t-elle, les lèvres plissées dans un rictus.

Elle baissa les yeux et deux larmes s'échappèrent.

– Il est tout à fait légitime que tu t'interroges, pourtant, je l'ai mérité. Et je te dois des explications, mon fils.

Jadis tendit l'oreille, buvant chacune des paroles de mère. La reine soupira longuement et chassa les larmes de ses joues avant de poursuivre.

– Sache que si je t'ai éloigné de moi, c'était dans l'unique but de te protéger. Ma grossesse... Ma grossesse a été très difficile. Au départ, nous ne comprenions pas pourquoi, jusqu'au jour où un guérisseur a affirmé que je portais en moi non pas un, mais deux descendants et que les complications, dans ce genre de cas, étaient fréquentes. Ton père et moi étions ravis d'accueillir deux nouveau-nés. Cependant, les mois passaient et mon état s'aggravait.

Je jetai un coup d'œil vers Jadis. Il m'observait également, et je ne pus résister à la tentation de saisir son poignet. Jadis dut sentir mon trouble car il m'attira près de lui, autant pour me soutenir que pour se donner du courage.

– Lorsque que tu es née, Whisper, tu n'étais qu'un nourrisson frêle et pâle. Tu n'as pas émis le moindre son les premières minutes qui ont suivi ta naissance, et ta faible constitution témoignait d'une mauvaise santé, à tel point que les guérisseurs ne te donnaient que quelques minutes à vivre. L'accouchement a été une épreuve harassante, et j'ai bien cru rejoindre les étoiles, cette nuit-là. Contre toute attente, je suis parvenue à puiser la force nécessaire pour vous mettre au monde. Le guérisseur a hurlé en te découvrant, Jadis. Des marques sombres dévoraient une grande partie de ton corps. Il n'avait jamais rien vu de tel, et aucune de ses connaissances ne pouvait expliquer ce phénomène. Mon état empirait de minute en minute et la souffrance était abominable. Ton père… Il aurait donné n'importe quoi pour que je reste près de lui. Il m'aimait profondément, j'étais la seule personne qui comptait au monde pour lui.

Devant mon regard scandalisé, elle enchaîna :

– Je n'essaie en rien de justifier ses actes, ma chérie. Je raconte simplement les événements tels qu'ils se sont produits. Ton père a tout de suite vu en toi, Jadis, un symbole de mort et de malheur. Whisper était née la première, c'était donc elle l'enfant légitime. Dans son esprit, tu étais de trop, et tu n'aurais jamais dû exister. Les marques ténébreuses sur ton corps en étaient la preuve ! Il pensait que tu étais porteur de mauvais sorts, que j'en serais la victime… ainsi que ta sœur. Il était fou de rage, incapable de réfléchir et restait sourd à mes tentatives désespérées de le tempérer. Il était persuadé que le seul moyen de nous guérir était de t'occire. L'idée m'horrifiait, mais je compris que je ne pourrais pas l'en empêcher. Quelque chose s'est brisé en moi en cet instant, et j'ai su que je ne pourrais jamais lui pardonner.

Mère serrait les poings si fort que ses jointures virèrent au blanc. Elle poursuivit, imperturbable.

– Mon mari n'était plus. Il avait été remplacé par quelque chose d'autre, un monstre incapable de compassion, un cœur de pierre à l'âme corrompue. Cette histoire d'invention avec ce pauvre Julian ne fit que confirmer les soupçons que j'avais déjà...

— Julian ? Julian Grismo ? coupa Jadis.

Mère hocha la tête.

— C'est exact. Ce n'était pas la première fois que votre père me faisait peur, mais son attitude marqua la fin de notre histoire. Je savais qu'il avait prévu de t'éliminer. Je ne faisais confiance à personne au château. Tous avaient été corrompus par le roi. Alors, rassemblant mes dernières forces, je me suis enfuie du palais avec toi, lové dans un petit panier. Je t'ai dit adieu et je t'ai laissé entre les mains de la déesse des Eaux. Cette décision a été la plus difficile de toute ma vie, et il ne se passa pas un jour sans que je regrette mon acte. Mais j'étais bien trop affaiblie et isolée.

— Et vous avez préféré m'abandonner dans un panier... qui dérivait sur une rivière ! lâcha Jadis, partagé entre stupeur et indignation.

— Je savais que tu ne risquais rien. La menace venait du palais, de ton père, et non des eaux tumultueuses. J'avais la certitude que la magie te guiderait vers quelqu'un qui prendrait soin de toi.

Cette déclaration me laissa sans voix. Comment mère pouvait-elle être au courant de l'existence de ses dons, elle qui l'avait quitté juste après sa naissance ?

Mère renifla bruyamment et pressa la main de Jadis avec toute l'énergie du désespoir.

— Pardonne-moi, je t'en prie. Pardonne-moi d'avoir été une si mauvaise mère pour toi...

Jadis ne répondit pas, trop choqué pour formuler une phrase cohérente.

— Que s'est-il passé ensuite ? Père...

— Il était dans une fureur noire, fit mère, confirmant mes craintes. Il a interrogé chaque serviteur, chaque garde et chaque sujet de Sienne sans exception pour tenter de retrouver ta trace. Il a même lancé des patrouilles au-delà de la capitale, les recherches furent vaines. Il savait que j'avais trouvé un moyen de te sauver, et il m'en voulait. D'autant plus que je ne me rétablissais pas, et que l'état de Whisper était des plus critiques. Au fil des années, mon état s'est dégradé et il ne cessait de me supplier : il voulait que je lui indique l'endroit où tu te dissimulais pour envoyer un mercenaire t'égorger.

— Père est très amoureux de toi, murmurai-je. C'est la seule chose dont je n'ai jamais douté.

— Et cet amour est un poison mortel, Whisper. C'est un amour de possession, de pouvoir, un amour égoïste sans partage. Il est fou. Regarde comment il t'a exprimé son affection : en t'enfermant pendant dix-huit années et en faisant bâtir un mur infranchissable pour nous isoler du monde extérieur, de notre peuple !

— Il disait que c'était pour ma sécurité… soufflai-je. Mais je n'y ai jamais cru.

— Le pire, c'est qu'il est persuadé que ses décisions sont les bonnes et qu'en agissant ainsi, il nous protège de toutes les menaces imaginaires qu'il s'invente.

— Sais-tu qu'il achète des criminels pour en faire des sujets à son service ? Peu importe si leurs intentions sont mauvaises, peu importe s'ils réduisent des hommes à l'esclavage dans une mine…

— Cela ne m'étonne guère, soupira-t-elle.

Elle reporta son attention sur Jadis.

— Je savais que tu étais vivant au plus profond de ma chair, avoua mère en caressant la paume de Jadis. Ton père s'en doutait également, puisque mon état empirait et que ma santé et ton existence étaient liées, selon lui. J'ai attendu ton retour… Mon grand garçon. Tu es un homme, à présent.

Un immense sourire illumina son visage et la pièce tout entière. Je ne me souvenais pas de la dernière fois où mère avait tenu une discussion cohérente, où elle s'était tenue droite et souriante... J'étais aux anges, et je ne pouvais m'empêcher de penser que le lien qui les unissait y était pour quelque chose.

Jadis souriait aussi, un sourire enfantin qui reflétait son soulagement et son euphorie à l'idée d'avoir sa place parmi nous.

— Et vous avez laissé ceci... dans mon berceau.

Il tira un coffret de son uniforme de gardien, et passa les doigts sur les lettres dorées qui brillaient de mille feux.

— « Avec tout mon amour, afin que justice soit rendue », récita-t-il, la voix chevrotante.

Mère sourit à nouveau, quoique plus tristement et avec une détermination nouvelle.

— Et ce jour est venu, mon chéri.

— Le jour où je pourrais te donner l'antidote et te libérer de ta souffrance, murmura-t-il.

Je bondis sur mes pieds, le cœur gonflé d'un nouvel espoir.

— Un antidote ?

— Je l'avais avec moi depuis le commencement...

Mère secoua la tête.

— La seule chose qui puisse me guérir, c'est de t'avoir près de moi.

Jadis semblait stupéfait et posa un nouveau regard sur le coffret qu'il tenait entre ses mains.

— Alors... Ce n'est pas un élixir ? Tante Nelly m'a pourtant affirmé qu'il pourrait te guérir. C'était ma mission, et...

Mère l'arrêta en posant une main sur son visage.

— Je ne sais pas qui est cette tante Nelly, mais sache qu'elle avait raison. Ta quête est accomplie, à présent : nous sommes enfin réunis.

Avec précaution, je saisis le coffret et pris la petite fiole remplie d'un liquide violet.

– Et tu pensais que cette... concoction pouvait guérir la reine ? C'est pour cela que tu as quitté ton village natal et pris autant de risques ? interrogeai-je, interloquée.

Jadis hocha la tête, penaud.

– C'était une idée insensée, je sais... Je voulais également découvrir qui j'étais à travers ce périple. Je voulais connaître la vérité, et tante Nelly m'a assuré que je la trouverais ici.

– Cette femme a une grande sagesse, approuva mère. Et ce voyage était tout sauf insensé, Jadis.

J'enlaçai mon frère et ce geste me parut étrangement familier, comme si je l'avais déjà fait des milliers de fois auparavant. Je me mis à l'étudier de la tête aux pieds. Nous avions autant de points communs qu'un bœuf en avait avec un papillon : néanmoins, je ne doutais pas une seconde de notre lien de parenté. Je pouvais sentir dans chaque cellule de mon corps que ce garçon était lié à moi. Comment avais-je pu l'ignorer ? J'avais ressenti cette proximité dès l'instant où je l'avais aperçu, échoué sur la plage, et avais décidé de le sauver en m'opposant pour la première fois à Eden.

– Si ce n'est pas un antidote... reprit Jadis.

Mère nous observait tous les deux avec une telle tendresse que je ne pus m'empêcher de sourire ; c'était donc ça, le bonheur ! Mais son visage s'assombrit et c'est avec gravité et froideur qu'elle déclara :

– *Afin que justice soit rendue*... ce n'est pas un antidote. C'est un poison, et il est destiné à votre père.

65

Une alliance inattendue

Eden Grismo
Palais royal, Sienne.

Je profitai d'un instant de répit, juchée sur une corniche, pour me débarrasser de mon encombrante toilette. Je saisis mon poignard et sectionnai la robe au niveau du genou, avant de balancer les restes de tissu dans le vide.

J'étais bien plus rapide que ce moins-que-rien d'Alistair Atkinson et maintenant libérée de mon accoutrement, mes chances ne faisaient que croître. J'entendis les tuiles claquer derrière moi et je vis Alistair glisser comme un ivrogne au petit matin, puis se redresser avant de reprendre sa course en clopinant.

– Aucun équilibre… aucune finesse, pestai-je.

Le spectacle était si pitoyable que j'en aurais presque ri, si la situation n'avait pas été aussi critique. Ce voyou était peut-être doué au corps à corps, il était cependant incapable de courser quelqu'un sur plus de deux cents mètres.

– Abandonnez ! criai-je avec les mains en porte-voix. Ne vous fatiguez pas vainement, mon brave.

Il ne répondit pas et glissa à nouveau avant de s'écrouler sur le toit. Je songeai que le coup qu'il avait reçu à la tête y était pour quelque chose, et remerciai Jadis en silence.

Jadis… J'avais fui comme une voleuse. C'était devenu une habitude chez moi : fuir la difficulté pour échapper à l'affrontement. J'avais été incapable d'achever la tâche que je m'étais fixée… Je ne valais pas mieux qu'Alistair Atkinson, après tout. Nous étions aussi couards l'un que l'autre.

– Je… n'abandonnerai pas, siffla Alistair en progressant comme un funambule, les bras en l'air pour se maintenir en équilibre. Pas avant que tu ne te sois rendue.

J'ignorais si c'était à cause de sa démarche ou de sa respiration sifflante, mais le célèbre Alistair Atkinson ne me faisait plus du tout peur.

– Je n'ai pas l'antidote, lâchai-je. J'ai bien peur que votre traque ne s'achève ici.

– Comment ? s'exclama Alistair en se redressant.

Il n'était plus très loin à présent, et je m'en moquais.

– Je l'ai donné à Jadis pendant que vous repreniez vos esprits. À l'heure qu'il est, la reine doit être remise sur pied et les retrouvailles familiales achevées.

– Les retrouvailles… Mais de quoi parles-tu ?

– Jadis, Whisper, la reine Aubrey. La parfaite petite famille enfin réunie.

Alistair Atkinson éclata de rire, si fort que je craignis qu'il ne soit devenu fou.

– Jadis n'est qu'un pauvre paysan égaré, souffla Alistair. Il n'a pas une goutte de sang royal dans les veines.

– Et moi je vous dis qu'il s'agit du prince héritier et que Whisper est sa sœur jumelle !

Son sens de la repartie en prit un coup lorsqu'il comprit que je ne plaisantais pas. Il observa les étoiles, comme si la réponse à ses questions était inscrite là-haut, puis secoua la tête. Il lâcha un autre rire, un peu plus forcé cette fois.

– Il nous a bien eus, le petit ! Moi qui ne voyais en lui qu'une aberration de la nature.

Je fronçai les sourcils. Je n'aimais pas qu'on parle de lui en ces termes.

— Du calme, la tigresse ! tempéra Alistair qui avait perçu mon changement d'humeur. Tu ne vas pas me sauter dessus, n'est-ce pas ?

Je posai les poings sur les hanches. Alistair était-il en train de plaisanter avec moi ? Après m'avoir rouée de coups ?

Il semblait lire dans mes pensées, car il répliqua :

— Ne fais pas cette tête. Ce n'était qu'une petite dispute de rien du tout. Je cherche juste à reprendre ma place au sein de la cour, voilà tout. Tu ne peux pas m'en vouloir.

— Bonne chance alors, dis-je en m'éloignant dans l'obscurité.

— Attends !

Je me figeai.

— Je ne peux pas rester ici. Les gardes vont intervenir d'une seconde à l'autre...

— Les gardes sont aussi réactifs que des pigeons attardés, railla Alistair. Je veux te faire une proposition...

Je fis volte-face, et la moutarde me monta au nez.

— Des paroles, encore des paroles ! Vos manigances ne s'arrêteront donc jamais ?

— Écoute mon offre avant de sortir les griffes, petite panthère. Tu me laisses te kidnapper, je te livre au roi qui me félicite d'avoir appréhendé la fille responsable de l'agression de la princesse... Je retrouve mon rôle de chasseur de prime.

Je pouffai. C'était ça, son offre alléchante ?

— En échange, je te sauve la vie. J'empêche ton exécution et organise ton évasion.

Alistair devait sentir que mon agacement augmentait, car contre toute attente il se tut.

— Vous omettez un léger détail, monsieur le chasseur de prime. Je vais assassiner le roi. Cette nuit.

Il soupira et se rapprocha de quelques mètres.

– Tu es décidément têtue… ou totalement inconsciente. Tu signes ton arrêt de mort.

– Vous croyez que je ne le sais pas ? Ça m'est égal, renchéris-je.

Il poussa un grognement de rage.

– Dommage… je pensais que nous pourrions conclure un pacte, toi et moi. Notre alliance aurait pu être prometteuse. Or tu n'en fais qu'à ta tête, comme d'habitude.

Je levai un doigt accusateur vers lui.

– C'est vous qui persistez à lécher les bottes du roi comme un vulgaire toutou obéissant ! Je vous croyais indépendant, libre et ambitieux… Mais vous ne voyez pas plus loin que les miettes de pain que vous accorde Sa Majesté.

L'homme plongea ses yeux de glace dans les miens.

– Que proposes-tu ?

– Réfléchissez. Si le roi n'est plus… Whisper prend les commandes. Elle vous pardonnera vos méfaits à coup sûr, et vous aurez une marge de manœuvre bien supérieure à celle que vous laisse son paternel. Pourquoi pas Grand Conseiller de la reine, le poste le plus élevé et le plus prestigieux…

– Vous envisagez sérieusement que je puisse manipuler une pauvre petite princesse pour m'emparer du pouvoir ?

– Qui a parlé de manipuler ? Malgré vos innombrables défauts et tous vos vices, je sais que Whisper ne vous laisse pas indifférent.

– Ridicule ! trancha Alistair aussitôt.

Sa vive réaction m'encouragea.

– Je pense que vous feriez du bon travail à ses côtés… Non pas que je trouve vos conseils très pertinents, ni très utiles, mais vous veilleriez sur elle, c'est indéniable. N'est-ce pas tout ce dont vous avez toujours rêvé ? demandai-je.

Alistair resta immobile un instant, perdu dans ses pensées. Il pesait le pour et le contre, mesurait le risque, évaluait les chances de réussite. Quant à moi, je rougis de honte. Étais-je en train d'utiliser les sentiments naissants d'un homme pour orchestrer l'assassinat d'un roi ?

Alistair n'était pas naïf, et il connaissait les ruses et le pouvoir de manipulation mieux que quiconque. Il avait deviné mon stratagème. Pourtant, il ne s'en formalisa pas, et je crus même déceler une pointe d'admiration lorsqu'il répondit :

— Tu es très douée, Eden. Félicitations, tu as gagné. Je suis ton homme, et je ferai tout ce qui est en mon pouvoir pour t'aider à liquider ce vieux bougre qui nous sert de souverain.

Le sourire que nous échangeâmes était le même, carnassier et vengeur.

— Voilà ce que nous allons faire...

66

Libérer les vieux démons

Jadis Lucinosa
Tour est, Palais royal.

— Tu es parfait, souffla la reine, émue.

Je tirai sur les manches de ma veste, brodée de fils d'or. Le vêtement était ajusté à la perfection, on aurait pu le croire taillé sur mesure. Malgré tout, il pesait lourd et me donnait la sensation d'étouffer. J'étais apprêté comme un prince, mais je n'arrivais pas à m'adapter à ces nouveaux vêtements, pas plus qu'au statut qu'ils impliqueraient.

— Et la touche finale…

Mère posa sur mon visage un masque, semblable à un heaume dans sa forme, qui dissimulait presque l'intégralité de ma tête, y compris mes marques. Avec le col de la veste remonté et les boutons fermés, j'étais entièrement recouvert et je ne risquais pas de me faire reconnaître par le roi.

— Tu es prêt ? demanda-t-elle en lissant un pli invisible sur mon pantalon.

Avant que je ne puisse répondre, Whisper s'interposa.

— C'est tellement injuste ! Comment pouvez-vous réclamer à Jadis de commettre une telle abomination, alors que vous en êtes vous-même incapable ? Jadis ne connaît même pas le roi, notre père ! Il doit décider par lui-même s'il est prêt à…

— Je le suis, affirmai-je avec force.

Mère, toujours assise sur le lit à baldaquin, posa un regard empreint de douceur sur sa fille.

— De toute évidence, Jadis est prêt. Et toi, ma chérie ?

Whisper tourna deux fois sur elle-même avant de se prendre la tête entre les mains. De toute cette famille, c'était bien elle qui avait le plus de cœur. Elle savait discerner le bien du mal et le juste du faux de façon presque instinctive.

— C'est un crime...

— Oui. Est-ce tout ce qui te trouble ? insista mère. De transgresser la loi ?

Elle hésita un bref instant.

— Père a commis des atrocités, mais qui sommes-nous pour décider de son sort ? Et pourquoi diable son propre fils doit-il s'en charger ?

— Nous sommes des rois et des reines, lança mère, désarçonnée par les propos de sa fille. Si nous ne sommes pas légitimes pour définir et exécuter une sentence, qui d'autre le peut ?

— Je ne sais pas... avoua Whisper. J'estime seulement que ce n'est pas bon d'agir ainsi... Malgré tout ce qu'il a fait, ne reste-t-il pas un mari, un père pour nous ? N'avez-vous pas le pouvoir de le raisonner ?

Les incertitudes de Whisper me touchèrent en plein cœur. Elle savait ce que le roi était capable de faire : projeter d'assassiner son propre fils, confiner sa fille dix-huit années dans le Palais royal, manigancer avec des crapules et des meurtriers... Malgré tout, elle se refusait à envisager l'irréparable.

— Ne pouvons-nous pas l'isoler... l'empêcher de nuire ? tenta-t-elle.

Mère s'offusqua.

— Ton père trouverait un moyen de corrompre son entourage et de se venger... Sa fureur se porterait sur ton frère, puis sur moi pour l'avoir trahi ! Par sa propre volonté, la cour est pleine à craquer de truands et de comploteurs : il va falloir nous débarrasser d'eux au plus vite si nous voulons éviter un coup d'État. Épargner ton père n'est pas une solution envisageable. Cela fait dix-huit ans que j'y songe et je savais que ce moment viendrait. Je n'ai pas la force de m'en charger moi-même et le temps presse.

Sa voix se brisa en fin de phrase et les dernières résistances de Whisper s'effondrèrent.

– Je sais, mère… Vous avez raison.

– Et pourtant, ton cœur hurle le contraire. Et c'est tout à ton honneur. Je mesure l'horreur de ce que je vous impose et la force qu'il vous faudra pour le surmonter. Mais l'enjeu est l'avenir des Quatre Terres. Tu cherches le bien en chacun de nous, négligeant les lacunes et valorisant les qualités d'autrui. Tu accordes ta confiance et tu ne juges pas, tu pardonnes et tu aimes sans détour et sans calcul. En temps de paix, cette bonté ferait de toi une grande souveraine, aimée et respectée de tous. Cependant, tu t'es lancée à la poursuite d'une chimère, ma chérie : il n'existe pas l'ombre d'un reste d'humanité chez ton père. Tu peux me croire : je le connais mieux que quiconque.

Whisper baissa la tête, un peu honteuse.

J'avais assisté à l'échange sans intervenir, et chacune des protestations de Whisper résonnait en moi. Pourtant, les derniers mots de la reine me glacèrent et je repensai à la mine de Kirvar, aux atrocités que j'y avais vues. Le roi était certes un père et un mari exécrable, mais c'était avant tout un mauvais souverain et un criminel. Ce sacrifice pourrait améliorer la vie de milliers de personnes à travers les Quatre Terres.

Whisper parut lire dans mes pensées et le doute céda la place à la détermination.

– Allons-y, murmura-t-elle en positionnant son masque de lièvre sur le visage.

Mère nous contempla quelques instants avant de prendre la parole.

– Je suis tellement fière de vous deux. Soyez prudents, je vous en conjure.

Elle planta un baiser sur chacun de nos fronts avant de se rallonger sur son lit, épuisée. Ces dernières minutes l'avaient vidée de toute son énergie.

De retour de sa course-poursuite, le front couvert de sueur, l'officier qui nous avait surpris quelques instants plus tôt fit irruption dans la chambre.

– Votre Majesté… princesse, gentilhomme, fit-il en se penchant respectueusement.

Je ne pus m'empêcher de sourire ; il ne m'avait pas reconnu.

– Nous avons perdu la trace des individus sur le toit. Ils se sont comme… volatilisés. Nous continuons les recherches dans la plus grande discrétion, comme vous nous l'avez demandé, poursuivit-il.

– Je vous remercie, répondit Whisper en inclinant la tête pour témoigner sa gratitude.

– Devons-nous cesser les festivités ? Les deux imposteurs qui se sont fait passer pour des gardes n'ont toujours pas été localisés…

Whisper s'approcha de l'officier en conservant le menton levé, sa toilette émeraude illuminant chacun de ses pas.

– Je n'annulerai pas les festivités de mes dix-huit ans pour quelques fauteurs de troubles, affirma-t-elle avec sécheresse. Le bal ne fait que commencer, et je compte bien le prolonger jusqu'au lever du soleil. Maintenant, si vous voulez bien…

Le garde s'effaça pour laisser passer la princesse et je la suivis, non sans un dernier regard vers mère, qui semblait déjà emportée dans un autre monde, les yeux clos et un léger sourire plaqué sur les lèvres.

*

– Il faut que tu parviennes à glisser le poison pendant que je distrais notre père, murmura Whisper, un sourire factice collé sur les lèvres.

Je déglutis. Verser un poison dans la coupe du roi, devant plusieurs centaines de témoins et une horde de gardes armés jusqu'aux dents ? Cela ressemblait plus à une tentative désespérée qu'à un véritable plan… Je palpai la poche de mon veston où la fiole était nichée. Je n'aurais droit qu'à une seule tentative : ce poison était unique. D'après mère, une merveille : indolore, invisible, et conçu sur mesure. Il avait été confectionné à partir d'un cheveu de père : de ce fait, il ne pouvait s'activer que dans l'organisme de la victime désignée. Autrement dit, les goûteurs du roi ne pourraient pas détecter la mixture mortelle.

Je n'avais pas eu le temps d'interroger mère sur la provenance d'un tel poison, mais je présumais qu'elle avait encore beaucoup de secrets à me révéler.

– Ne restons pas plantés là comme des piquets, encouragea Whisper. Voudrais-tu danser avec moi, cher frère ?

Je savais qu'elle me le proposait pour se fondre dans la foule et observer père à la dérobée, et j'acceptai avec plaisir. L'entendre m'appeler ainsi suffisait à réchauffer mon cœur. Elle avait prononcé le mot « frère » avec une telle aisance, un tel naturel ! Elle avait digéré l'information en quelques instants, alors que j'avais mis plusieurs jours à me faire à l'idée d'avoir un quelconque lien de parenté avec une princesse.

– Ce n'est pas si mal, la vie de prince, ironisai-je alors que nous voltigions au milieu des convives.

Rectification : Whisper dansait, et moi je tentais de suivre le mouvement. Elle qui était d'ordinaire très maladroite, se déplaçait avec grâce et fluidité tandis que je piétinais sa robe à plusieurs reprises.

— Ce n'est pas ainsi tous les jours, renchérit Whisper. En réalité, je n'ai assisté qu'à très peu de bals, toujours dissimulée derrière un masque et surveillée de près. Père était si déterminé à me cacher au monde entier !

Elle s'interrompit. Malgré le loup qui couvrait une partie de son visage, je devinai sans mal ses pensées.

— C'est normal que tu sois triste, la rassurai-je.

— Je ne sais même pas pourquoi je réagis ainsi ! Ce n'est certainement pas un souvenir heureux. Je n'ai d'ailleurs aucun souvenir heureux en compagnie de père, aucun. C'est simplement le fait de parler de lui en sachant qu'il ne sera bientôt plus de ce monde…

D'une pression sur le bras, je lui fis signe de se taire.

— Tu devrais baisser d'un ton, les nobles ont des oreilles partout.

Whisper acquiesça, rouge de honte.

La musique était enjouée, le vin coulait à flots et les rires ravis des invités se mêlaient à l'ambiance festive. Je me dévissai le cou pour tenter d'apercevoir une chevelure blonde parmi les convives, des yeux bruns ou une silhouette élancée… En vain. Eden s'était bel et bien volatilisée.

— Elle n'est pas loin, lança Whisper qui décidément lisait en moi avec une facilité presque insultante. Et Alistair aussi. Ils ont disparu tous les deux en même temps et cela ne me dit rien qui vaille.

Nous laissâmes la musique nous envahir un instant. Puis, résolu à me débarrasser d'un fardeau trop lourd, je lâchai :

— Je savais qu'elle était incapable d'aller jusqu'au bout. Eden n'est pas mauvaise.

Whisper baissa la tête, confuse.

— Ah oui ? Pourtant, je ne l'ai pas vue hésiter une seconde avant de se jeter sur moi. Elle avait un tel regard, Jadis… Elle me hait. J'ai tout gâché, avec mes mensonges et mes secrets.

C'était ma toute première amie. Je pensais que notre affection était réciproque. Alistair Atkinson a raison sur un point : je suis bien trop naïve.

Je stoppai brusquement notre danse pour l'empoigner par les épaules.

– Ne dis jamais ça ! Tu n'es pas naïve, et tu n'as pas tout gâché. Tu comptais énormément pour Eden, je le sais. Et tu comptes encore, même si tu as l'impression que votre amitié est brisée à jamais. On forme un trio, tu n'as pas oublié ? Une équipe. Nous sommes indissociables.

– Après tout ce qui s'est passé ? demanda Whisper, qui s'autorisait timidement à espérer.

J'acquiesçai gravement.

– J'en suis persuadé.

Whisper pressa ma main avec gratitude.

– Je voulais te dire… je suis fière et honorée d'être ta sœur. Depuis que je t'ai rencontré, l'écrasante solitude qui m'accaparait au palais a totalement disparu ! Grâce à toi, je me sens plus forte. Jadis, tu pourras toujours compter sur moi. Je serai à tes côtés, quoi qu'il arrive…

Je m'apprêtais à répondre, quand un couple un peu trop éméché nous bouscula. Ils s'excusèrent poliment et mon attention se porta sur eux. Puis sur la cage de fer qui trônait toujours au centre de la pièce.

Je plissai les yeux et mon sang se glaça dans mes veines.

C'était impossible. Impossible… Et pourtant bien réel !

Roan Prank n'était plus dans sa cage. Ses chaînes gisaient à l'intérieur de la cellule, vide. Les invités, qui avaient fini par détourner leur attention du prisonnier, lassés de ce spectacle affligeant, ne s'étaient aperçus de rien et les gardes affectés à sa surveillance avaient mystérieusement disparu.

Roan Prank s'était échappé !

J'ouvris la bouche pour prévenir Whisper lorsqu'un silence de plomb s'abattit sur l'assemblée. Les musiciens cessèrent leur ballade enjouée et tous les visages convergèrent comme un seul homme vers l'estrade. Debout, droit, sûr de lui, imposant, le roi scrutait ses invités d'un regard d'acier.

— Merci à tous pour cette superbe soirée que vous nous offrez là… Je n'aurais pu rêver meilleur anniversaire pour ma fille bien-aimée. Je vais maintenant l'inviter à me rejoindre pour faire une annonce de la plus haute importance !

Whisper se tétanisa sous mes mains. Elle croisa mon regard un court instant avant de se détourner, et j'effleurai son bras discrètement tandis qu'elle se dirigeait vers le trône, d'une démarche raide. Tous les invités la scrutèrent et des murmures s'élevèrent. C'était donc elle, la princesse disparue ? Celle qui nourrissait contes et légendes ?

Whisper se plaça à droite de son père et retira son masque. Elle était blême et ses yeux criaient à l'aide. Elle semblait si frêle et si fragile à côté du bloc dur et stoïque qu'était son père. Le jour et la nuit. La lumière et les ténèbres.

— Je sais que vous attendiez ce moment avec impatience… Et moi aussi ! Je suis ivre de joie à l'idée que ma chère progéniture soit enfin assez responsable et mature pour prendre mari et protecteur !

Whisper chercha des yeux mon soutien dans l'assistance. Avais-je bien entendu ? Un mari et un protecteur ?

— Je suis fier de vous annoncer l'union prochaine de la princesse Whisper avec Jamark Torwi, fidèle sujet de la Couronne et noble dignitaire des terres de l'Est !

67

L'antidote mortel

Jadis Lucinosa
Tour est, Palais royal.

Whisper n'eut pas le temps d'exprimer sa surprise qu'un vacarme assourdissant retentit. Les invités applaudissaient la nouvelle, criaient et sifflaient pour manifester leur joie.

Et puis, jaillissant de l'ombre comme un serpent vicieux, Jamark fit son entrée sous un tonnerre d'acclamations.

La ressemblance avec Alistair était frappante et témoignait de leur lien de parenté : mêmes yeux bleus froids comme la glace, même sourire carnassier... à l'exception des cheveux : Jamark les avait blonds, d'une teinte si claire qu'ils paraissaient presque blancs. Le gouverneur, qui se faisait surnommer le « prince des Orphelins », s'appuyait sur une longue canne aux reflets dorés malgré son jeune âge. Il lui était impossible de dissimuler son infirmité... Infligée par son propre frère.

Jamark se plaça près de Whisper, raide et de marbre, conservant une posture solennelle. Si l'annonce avait bouleversé la princesse, ce n'était pas le cas pour le gouvernant qui affichait un calme et un flegme impressionnants, comme s'il avait répété une dizaine de fois son entrée. Il fit une moue charmeuse à laquelle la foule en délire répondit par des acclamations ravies. Tout le contraire de Whisper, qui semblait sur le point de se liquéfier sur place.

Je serrai les poings. Ce revirement de situation ne faisait certainement pas partie du plan. Mon sang ne fit qu'un tour. Whisper avait fui le château, abandonnant son confort et son rang pour échapper à un mariage qu'elle ne désirait pas. Et à peine rentrée, voilà que le roi la jetait à nouveau dans le bras du premier venu !

Jamark… Un simple d'esprit aurait aisément pu se laisser berner par ses manières avenantes, sa pondération et l'indéniable charisme qu'il dégageait, mais je ne m'y trompais pas. Sa mine enjôleuse et son sourire suffisant firent naître une grimace de dégoût sur mon visage.

La main faussement affectueuse qu'il glissa ostensiblement sur les épaules de Whisper acheva de me faire sortir de mes gonds, et je cherchai déjà la coupe du roi pour mettre fin à cette mascarade au plus vite.

Elle était là, placée bien en évidence sur l'interminable table de banquet, se démarquant des autres par sa taille imposante et ses somptueux ornements dorés.

– Quoi de plus merveilleux que ces fiançailles pour couronner cette cérémonie ? s'exclama le roi avec enthousiasme, galvanisé par la réaction positive de son peuple.

Il s'approcha du banquet, le torse bombé et la mine fière, avant de déclarer :

– Je voudrais porter un toast à cette nouvelle union ! Levons nos verres, sujets de Sienne, et célébrons ensemble ce réjouissant événement qui contribuera sans aucun doute à renforcer la paix et la puissance de notre royaume bien-aimé !

Aussitôt je me précipitai vers le buffet, profitant de la cohue des convives qui cherchaient leurs verres, abandonnés au cours de la soirée. J'étais si près que j'aurais pu m'emparer de la coupe. Mais c'était sans compter sur les yeux de rapace du roi qui me localisèrent sans mal. Il fronça les sourcils, se demandant sans doute pourquoi un petit aristocrate s'était immiscé si près de la table royale au lieu de rester sagement en périphérie.

Au moment où je cherchais une échappatoire, Whisper tira son père par l'épaule, détournant son attention.

– Comment osez-vous ? grogna Whisper entre ses dents.

Elle me fit un bref signe de tête et j'ouvris la fiole discrètement. Des effluves douceâtres s'échappèrent du flacon.

– Ce n'est pas le moment, trancha le souverain, froid comme la glace, sans me quitter des yeux.

Je serrai la mâchoire. Il me fallait une diversion, et vite. Le roi amorçait déjà un pas dans ma direction, alerté par mon étrange comportement. Il ne semblait nullement enclin à papoter avec sa fille, encore moins à supporter son mécontentement. Whisper allait devoir dénicher mieux qu'une conversation paternelle si elle espérait mettre notre plan à exécution.

Comme si elle avait lu dans mes pensées, elle changea brusquement de tactique : elle délaissa son père pour se jeter dans les bras de Jamark et l'embrasser avec passion.

La foule, déjà déchaînée après l'annonce de cette union, s'enflamma davantage devant ces effusions romanesques. Tous les membres de la salle, gardes et convives confondus, avaient à présent les yeux rivés sur le couple enlacé. La stupéfaction déforma le visage du roi. Il oublia jusqu'à mon existence et demeura pétrifié sur place, ébahi et incrédule.

Je gratifiai en silence l'ingéniosité de Whisper et versai précipitamment le contenu de la fiole dans la coupe. Puis je fis volte-face et me mêlai aux convives tout en applaudissant avec énergie.

Quelqu'un m'avait-il aperçu ? Devais-je m'enfuir ? La peur refermait son emprise sur ma gorge comme un étau, et chaque inspiration était de plus en plus difficile. Contre toute attente, personne ne se jeta sur moi pour m'appréhender. La diversion de Whisper avait eu l'effet escompté : rien ne semblait plus avoir d'importance, sinon les deux jeunes gens qui se tenaient sur l'estrade.

Si Jamark avait été surpris par la hardiesse de la princesse, son talent de comédien avait très vite repris l'ascendant. Il tenait à présent Whisper au creux de ses bras, si étroitement qu'elle n'aurait pas pu bouger même si elle avait voulu se dégager. Elle me lançait des regards à la dérobée. Elle avait forcément deviné, vu mon repli au fond de la salle, la réussite de la manœuvre. Allait-elle flancher et avertir le roi juste avant l'instant fatidique ?

Au moment où je commençais à me perdre dans le doute, le roi s'approcha de la coupe. Il la prit entre ses mains et la leva au-dessus de sa tête à l'intention des invités, qui imitèrent aussitôt son geste.

— Que les esprits accompagnent la princesse et le prince consort ! Longue vie à la princesse Whisper !

L'assistance répéta le mantra d'une seule voix. Le roi approcha la coupe de ses lèvres entrouvertes...

À son côté, Whisper s'était métamorphosée en statue de pierre. Son visage reflétait à lui seul la tornade d'émotions contradictoires qui la malmenait.

Elle ne bougea pas, ne tenta pas d'intervenir.

C'est alors que j'aperçus Eden. Elle s'était matérialisée sur l'estrade derrière le roi, à moitié dissimulée par les immenses tentures qui ornaient les murs. Elle s'approcha de lui à pas de loup, d'une démarche souple et gracieuse. Mortelle.

Je voulus l'avertir que prendre de tels risques n'était plus nécessaire, lui hurler de rester cachée, de s'enfuir... mais il était trop tard. Au moment où la coupe empoisonnée entrait en contact avec les lèvres de sa victime, Eden leva le bras et asséna le coup fatal.

Du moins, il l'aurait été si Alistair Atkinson ne s'était pas jeté sur elle pour dévier la trajectoire de la lame au dernier moment.

À la place du cœur, le poignard vint se ficher entre les omoplates du roi, qui s'écroula en poussant un grognement rageur. La coupe s'échappa de ses doigts entrouverts sous l'effet du choc et se fracassa au sol. Le poison se déversa aux pieds du souverain.

Là, tout ne fut plus que chaos et anarchie : les invités hurlèrent et s'enfuirent à toutes jambes vers les sorties, piétinant compositions florales, verreries et sculptures tandis que les gardes débordés tentaient de maintenir l'ordre et de secourir le roi.

– Traître ! cracha Eden à l'intention d'Alistair.

Ces deux-là étaient donc alliés ? Malgré la confrontation sanglante dans la chambre de la reine ? De toute évidence, Alistair venait de rompre ses promesses, une nouvelle fois. Eden tenta de frapper à nouveau le roi, toujours à terre, et fut interceptée par Roan Prank qui la plaqua au sol de tout son poids. Les soldats, perplexes, semblaient hésiter sur la conduite à tenir : après tout, Roan était enchaîné quelques minutes auparavant.

Je tentai désespérément de me frayer un chemin parmi la foule en panique pour rejoindre le trône. Quand enfin les gardes se précipitèrent sur Eden et Roan, quelle ne fut pas leur surprise d'entendre la princesse déclarer :

– Arrêtez Roan Prank ! C'est lui le criminel !

Et, lorsqu'un des soldats s'approcha du roi pour lui apporter son aide :

– Que personne ne touche au roi ! aboya-t-elle.

La situation était totalement inédite. Les gardes échangèrent un regard interloqué, puis, devant le silence du roi, obéirent. Ils durent se mettre à trois pour écarter Roan qui s'accrochait à sa prise comme un forcené.

– Tu brûleras en enfer, Alistair ! cracha Eden une fois libérée de son agresseur.

– Désolé, mais j'ai d'autres prérogatives, et assassiner notre roi n'en fait pas partie, répliqua Alistair, acerbe.

– Eden ! l'apostrophai-je en jouant des coudes pour parvenir jusqu'à elle.

Elle entendit mon appel désespéré et tourna le visage vers moi.

C'est alors qu'un hurlement strident retentit. Une voix qui m'était familière, et que je reconnaîtrais entre mille : celle de ma sœur. Whisper s'était figée, une lame acérée plaquée contre sa gorge. Jamark était posté derrière elle, la mine sombre et déterminée.

68

Le moment tant attendu

Eden Grismo
Palais royal, terres du Sud.

Le bal avait viré au désastre. Ce fut la seule pensée qui me vint à l'esprit alors que j'observais les convives tentant de fuir. Les gardes avaient décidé de bloquer toutes les sorties en attendant que la situation s'éclaircisse. Les hurlements déchiraient l'air et la panique était palpable, et dans le même temps, certains regards affûtés et calculateurs de nobles encore masqués s'attardaient, comme pour chercher quels profits ils pourraient tirer de la situation.

Je tendis le bras vers Jadis qui se précipitait dans ma direction, n'hésitant pas à pousser les gentilshommes transis de peur.

La scène était surréelle : Le roi gisait par terre, inerte et saignant abondamment. Roan Prank se débattait en faisant pleuvoir un chapelet d'injures à mon adresse. Puis Whisper, prise au piège par ce mystérieux fiancé. Ce visage m'était étrangement familier, de même que cette posture arrogante, mais je n'avais pas le temps d'y réfléchir. Alistair avait déjà bondi devant la princesse, prêt à la défendre. Je mourais d'envie d'étriper celui qui, une nouvelle fois, avait failli à sa parole.

Jadis me rejoignit au moment même où je m'apprêtais à achever ma mission. Je ne voulais pas me battre contre lui, pas encore. Je n'avais plus la force de faire du mal à ceux que j'aimais.

— S'il te plaît, ne m'en empêche pas, murmurai-je, presque en suppliant.

— Pas ici ! Sauve-toi et emporte-le, répliqua Jadis à mon grand étonnement, en se retournant vers le passage secret que j'avais emprunté avec Alistair.

J'étais si bouleversée qu'il ne cherche pas à me dissuader d'agir que je ne trouvais plus les mots. Sans plus attendre, je tirai le roi par les épaules et le traînai comme une vulgaire souche derrière les hautes tentures. Whisper avait ordonné à ses chiens de garde de rester loin de lui : je n'allais certainement pas m'en plaindre, même si le sens de cet ordre m'échappait totalement.

J'ouvris puis refermai le passage secret pour me retrouver seule avec mon ennemi dans la pénombre du labyrinthe.

— Qui que vous soyez… Je vous ferai pendre, grogna alors le roi entre deux plaintes, recouvrant ses esprits.

À l'abri des regards et du brouhaha, je pris le temps de contempler ma proie. Un sang rouge vif tachait ses vêtements luxueux. Son visage était déformé par la douleur. En cet instant, il n'était plus le roi : seulement un homme dévoré par la souffrance.

— Vous ne savez pas qui je suis, n'est-ce pas ? demandai-je en posant un genou contre son torse pour le maintenir au sol, bien qu'il semblât incapable de se relever.

Ce geste lui arracha une longue plainte. J'avais rêvé de ce moment tant de fois que je ne parvenais pas à croire que cela se produisait réellement. Enfin, le roi était à ma merci.

— C'était il y a trois ans… un homme que vous avez sauvagement exécuté, car il refusait de se livrer à vos sataniques expériences. Vous convoitiez son intelligence, ses inventions… Et vous n'avez rien obtenu.

Ma victime demeurait muette, ce qui m'agaçait au plus haut point. J'enfonçai ma lame dans l'ongle de son auriculaire, et ses cris firent trembler les galeries.

— Répondez ! explosai-je. Vous souvenez-vous de lui ?

– Si tu crois que je me rappelle tous les pauvres imbéciles que j'ai envoyés à la mort, tu te trompes, petite fille ! lâcha-t-il, les yeux révulsés.

– Julian Grismo. Le plus célèbre et le plus talentueux inventeur des Quatre Terres.

Il s'immobilisa soudain. Puis son corps se mit à convulser. Je pensai dans un premier temps que la douleur était à l'origine de ses tremblements, mais je compris vite qu'il n'en était rien : le roi riait à pleins poumons.

– Comment osez-vous… m'indignai-je, hors de moi. Je vais vous faire ravaler votre impertinence.

– Julian… Julian ! répéta-t-il comme s'il venait d'avoir une révélation.

– Vous vous souvenez de lui ? crachai-je en plaquant ma lame sur son visage.

– Il a collaboré de longues années à mes côtés, articula-t-il difficilement. Un véritable génie… il aurait pu faire des merveilles… si seulement il n'avait pas été si obstiné.

– C'est certain, approuvai-je. C'était un fantastique inventeur, le plus doué. Et vous l'avez assassiné. Je suis là pour vous rendre la monnaie de votre pièce.

Le roi me fixa en silence, sa cage thoracique se soulevant et s'abaissant de manière compulsive.

– Le rejeton de l'inventeur, n'est-ce pas ? Oui, tu es son portrait craché.

J'ouvris la bouche, mais aucun son n'en sortit. Il était improbable, sinon impossible que le roi se souvienne de mon père depuis toutes ces années, au point de m'identifier comme sa fille !

– Tu te trompes… je ne l'ai pas fait exécuter.

Mon cœur loupa un battement.

– Que voulez-vous dire ?

Il toussa et une giclée de sang s'échappa de sa bouche. Ses paupières semblaient de plus en plus lourdes.

— Jamais... jamais je ne me serais séparé d'un si bon élément. Il est toujours... en vie, enfermé... J'ai besoin de lui... de son génie. Il est le seul qui puisse m'offrir ce que je désire plus que tout.

— Vous mentez, protestai-je faiblement.

Mes membres tremblaient presque autant que ceux du roi, à présent. Je refusais de croire à cette révélation. Tout cela ne pouvait être qu'un mensonge, une ultime supercherie destinée à me tourmenter.

— Où est-il ? interrogeai-je en empoignant sa veste. S'il n'est pas mort, alors où est-il ?

— Je suppose que tu ne le sauras jamais...

Non... ça ne pouvait pas être vrai. Ce n'était pas ainsi que cela devait se produire. Je devais le faire souffrir. Il devait me supplier de l'achever. Voilà comment j'avais maintes fois imaginé la scène. Le roi cracha à nouveau du sang et gesticula comme un insecte en manque d'oxygène. Maintenant, je voulais des réponses, et vite.

— Où est-il ? Où l'avez-vous emmené ? m'époumonai-je.

Je l'empoignai par les épaules et le secouai avec toute la force du désespoir. Sa respiration était sifflante et les veines de son cou devinrent rouges et gonflées, comme prêtes à exploser.

Que lui arrivait-il ? Alistair avait dévié mon assaut à la dernière seconde et le poignard n'avait pas atteint sa cible : la blessure était trop superficielle pour être mortelle. Il avait pourtant des difficultés à respirer, d'étranges convulsions... et maintenant des sillons violacés sur les mains et le cou.

Une seule explication s'imposait : le roi avait été empoisonné ! Je revis Whisper ordonnant aux gardes de ne pas le toucher, puis Jadis me demandant d'éloigner le corps...

Comment avaient-ils pu ? Éliminer leur propre père, à l'aide d'un poison ? Et pourquoi ?

Je tapotai le torse du roi en quête d'une réaction, en vain. Il était mort.

Je laissai échapper un hurlement de rage. La souffrance qui m'habitait depuis des mois, des années, s'amplifia cruellement et j'eus l'impression de mourir moi aussi.

Père était vivant ! Je luttai contre l'espoir fou et démesuré qui montait déjà en moi. Le roi se savait condamné : pourquoi aurait-il menti ? Quel était son dessein ? Mère était-elle morte en croyant rejoindre l'amour de sa vie, victime d'une tromperie ?

Cet assassinat devait me permettre de trouver la paix, malgré tout, je restais seule et égarée. Je posai mes mains sur le corps déjà froid du roi et me mis à pleurer sans m'arrêter.

69

Duel fraternel

Alistair Atkinson
Salle de bal, Palais royal, terres du Sud.

Comment les évènements avaient-ils pu m'échapper aussi rapidement ? Pourtant, tout se déroulait à merveille : j'étais parvenu à berner la rusée Eden une nouvelle fois, en lui faisant croire que j'adhérais à ses pulsions meurtrières. J'avais brillamment réussi à dévier son assaut avant l'instant fatidique, sous les yeux médusés du roi.

Oui, mais voilà : quelqu'un avait libéré ce bougre de Roan Prank qui s'était aussitôt immiscé dans mes petites affaires au lieu de prendre la poudre d'escampette comme tout homme qui se savait condamné à mort aurait fait. Pire encore : mon aîné avait décidé d'intervenir et de contrecarrer mes plans, comme toujours.

Et voilà que je me retrouvais face à Jamark tandis que la tigresse était parvenue à s'éclipser avec le roi dans les galeries souterraines. Ce jeu du chat et de la souris n'avait que trop duré.

— Bonsoir, petit frère, roucoula Jamark en se fendant d'un large sourire.

Malgré la gravité de la situation, il conservait un ton froid, indifférent à l'héritière du trône tétanisée sous sa lame.

— Comment vas-tu, depuis le temps ? poursuivit-il devant mon absence de réaction. Pas très bien, si j'en crois cette mine renfrognée. Tu devrais apprendre à te détendre.

Jamark appuya son arme avec nonchalance contre la gorge de Whisper, qui blêmit davantage.

– Et toi, tu manques décidément de bonnes manières, répliquai-je. Est-ce une façon de se comporter avec sa fiancée ?

Jamark explosa du rire clair et franc que je chérissais tant lorsque nous étions enfants. Ce même rire qui lui attirait la sympathie des inconnus, assurait de futures alliances ou encore séduisait et galvanisait les foules.

Jadis débarqua à ce moment-là et je dus le retenir pour l'empêcher de se jeter corps et âme sur mon frère.

– Lâchez-la immédiatement ! rugit-il en tentant de se libérer de ma poigne.

Je grommelai. Quel manque de finesse ! Ce petit avorton allait encore tout faire capoter si je ne le tempérais pas.

– Je te présente mon frère, lançai-je à voix haute.

Jadis fusilla son adversaire du regard, mais cessa ses gesticulations inefficaces.

– Alors, si tu me disais comment tu as obtenu cette promotion ? m'enquis-je en croisant les bras derrière mon dos. Passer de capitaine des flottes royales et gouverneur des terres de l'Est à prince consort, tout de même ! C'est impressionnant, même venant de toi. Combien de pauvres innocents as-tu liquidés pour te rendre digne de la fille d'un souverain ?

– Plus que tu n'auras jamais le courage de le faire, répliqua-t-il, acerbe. Ou peut-être que le roi a enfin pris conscience de ma valeur et m'a attribué une récompense à la hauteur de ma personne.

Whisper semblait à deux doigts de tourner de l'œil, et le calme apparent de Jamark ne présageait rien de bon. Cette conversation de façade ne faisait que retarder l'inévitable.

– Et c'est ainsi que tu remercies ton souverain ? En menaçant sa tendre fille adorée ? Quel piètre gendre tu ferais !

– C'est une traîtresse ! vociféra-t-il, plus pour convaincre le public que moi. Elle a intimé aux gardes de rester éloignés au lieu de porter secours à leur souverain qui se meurt.

Whisper se tortillait dans tous les sens et la colère sourde de Jamark ne faisait que croître. Je ne pouvais me résoudre à laisser la princesse aux mains de mon assassin de frère.

— Tu as toujours été de nature colérique, mais je ne te pensais pas aussi stupide. Lâche la princesse ou tu le regretteras amèrement !

— C'est une menace ? gronda-t-il.

— Prends-le plutôt comme un avertissement venant de quelqu'un qui s'inquiète pour la suite de ta misérable existence.

Jamark brandit sa lame et la fit glisser sur le visage de Whisper avec lenteur, de la naissance du nez jusqu'à son oreille. Elle poussa un hurlement et Jadis bondit en avant, comme possédé.

— Après toutes ces années, tu n'as toujours pas retenu la leçon, petit frère ? ricana-t-il. Je gagne à tous les coups.

Ses rétines bleues se rétractèrent et une ombre passa sur son visage. Je connaissais bien ce regard pour l'avoir observé chaque fois que mon frère s'apprêtait à prendre une nouvelle vie.

— Assez ! ordonna une voix depuis le seuil des grandes portes.

L'écho de l'ordre retentit plusieurs fois dans l'immense salle. Jamark, pris au dépourvu, suspendit son geste. Son expression changea du tout au tout : son sourire victorieux s'effaça, ne laissant qu'une mine circonspecte.

Il avait reconnu l'auteure de la voix. Et, lorsque tous firent volte-face pour découvrir la reine Aubrey qui s'avançait à pas mesurés, le dos droit et le port de tête altier, il sut que la victoire venait de lui filer entre les doigts. De nombreux murmures et exclamations de joie s'élevèrent et je pus constater combien la reine Aubrey était vénérée par son peuple. Tous s'effaçaient sur son passage avec un regard émerveillé ; certains se signaient comme pour remercier le divin de cette résurrection.

– Votre Majesté ? s'exclama Jadis au même moment où Whisper murmurait :

– Mère ?

Je crispai les poings, maudissant Eden qui allait rafler la récompense pour avoir administré à la reine l'antidote tant désiré. Nul doute qu'elle serait pardonnée pour ses affronts tandis que je finirais mes jours enfermé dans la plus haute tour du château, à expier des crimes orchestrés par le roi.

Jamark dut se faire la même réflexion. Profitant de l'ébahissement des gardes face à leur souveraine qui tenait sur ses deux jambes, il flanqua à Whisper un coup sur la tête et la poussa en avant comme une vulgaire poupée de chiffon. Jadis se précipita pour récupérer sa sœur au moment où je me jetais en avant pour amortir sa chute. Nos jambes s'entrechoquèrent et je poussai un grognement exaspéré.

– Rattrapez-le ! exhorta la reine en désignant du doigt le fuyard qui s'échappait en clopinant.

L'hésitation des gardes quant à leur allégeance prit fin : la reine avait, semblait-il, l'autorité suprême et l'ascendant sur tous. Ils s'élancèrent comme un seul homme à la poursuite du fugitif.

Autrefois, ce spectacle m'aurait amusé : je me serais délecté de la lenteur de mon frère et de sa maladresse due à l'infirmité que je lui avais infligée. Aujourd'hui, elle ne me laissait qu'un âpre goût d'amertume. Handicapé ou non, je savais qu'il n'aurait aucun mal à semer ses poursuivants. Jamark connaissait les passages secrets qui serpentaient au cœur du palais presque aussi bien que moi.

Jadis me poussa sans ménagement sur le côté, m'obligeant à lâcher une Whisper inconsciente.

– Ne t'approche pas d'elle, grinça-t-il entre ses dents.

Je dus me faire violence pour ne pas lui envoyer mon poing dans la figure. N'avait-il pas remarqué que je venais de sauver la vie de sa petite protégée, une fois de plus ? Mon jugement s'adoucit quelque peu lorsque je le vis étreindre Whisper comme s'il s'agissait du trésor le plus inestimable qui puisse exister sur Terre. Je me redressai et tentai de composer une figure neutre lorsque la reine parvint jusqu'à nous.

Elle s'approcha prudemment et posa une main squelettique sur la joue de sa fille, aussi légère que la caresse d'une plume. Ce geste de tendresse était si pur que j'en eus le souffle coupé. Il me fallut plusieurs inspirations pour répondre à sa question non formulée.

— Elle va s'en remettre.

Jadis me fusilla du regard, comme si je venais de proférer la plus odieuse des injures. Et, comme la reine semblait sceptique, j'ajoutai :

— De toute évidence, Jamark ne voulait pas mettre fin à ses jours.

— Ne t'avise pas de défendre ton frère. Il a menacé la princesse et il payera pour ses exactions, siffla la reine.

— Rien ne me ferait plus plaisir, approuvai-je en soutenant ses yeux accusateurs.

La reine se pencha un peu plus et frôla la tempe de sa fille, avant d'acquiescer. Elle se redressa alors et donna l'ordre d'évacuer les invités.

Jadis se mit à la fusiller de questions.

— Comment êtes-vous arrivée jusqu'ici ? Ne devriez-vous pas vous reposer ?

Il peinait vraisemblablement à imbriquer les pièces du puzzle dans son esprit.

— Je suppose que l'élixir y est pour quelque chose, fis-je remarquer, pince-sans-rire.

— Il n'y a pas d'antidote, souffla Jadis. Il n'y en a jamais eu.

— Comment ça, « pas d'antidote » ?

– Si tu m'expliquais quel terme est trop compliqué pour toi, je pourrais t'éclairer, répliqua Jadis, acerbe. C'était un leurre. La fiole contenait en réalité un poison destiné au roi.

Ces paroles n'avaient décidément aucun sens. Ce petit devait avoir pris un coup sur la tête pour proférer de telles inepties.

– Es-tu en train de me dire que tu as fait tout ce chemin pour te rendre au Palais royal avec une fiole donnée par je ne sais qui, sans vérifier au préalable ce qu'elle contenait ?

– C'est exact, soupira Jadis.

J'ouvris la bouche, mais aucun son n'en sortit. C'était bien la première fois que je perdais mon sens de la repartie !

– Où est mon mari ? interrogea la reine, formulant à haute voix la question que nous nous posions tous.

C'est alors qu'un bruit retentit : une respiration saccadée, suivie de bruits de pas et d'un frottement. Puis Eden fit son apparition. Le visage fermé, les joues mouillées de larmes et les vêtements imbibés de sang. Elle traînait derrière elle, avec difficulté, un corps inerte : celui du roi. Mort.

Aussitôt, les gardes sortirent leur épée de leur fourreau dans un chuintement métallique. La reine leva un bras, ferme, les stoppant net. Nous restâmes tous immobiles en regardant Eden tirer de toutes ses forces le corps du roi, qui semblait peser une tonne. Quand elle arriva enfin à notre hauteur, elle lâcha les épaules de sa victime et se redressa avec une infinie lenteur.

– Voilà votre mari, ma reine.

Outre la quantité de sang impressionnante qui imprégnait le veston et les bas du roi, le plus terrifiant était son visage : sa peau gonflée semblait s'être durcie et ses traits étaient si boursouflés qu'on peinait à reconnaître le souverain. Un liquide mousseux s'échappait de ses lèvres tandis que ses yeux, roulés dans leurs orbites, laissaient apparaître des taches mauves. Son cou aussi avait doublé de volume.

Je me détachai de cette vision d'horreur pour observer la réaction de la famille royale. Jadis semblait sur le point de défaillir, clairement horrifié par cette apparition. Whisper était toujours inconsciente dans les bras de son aîné, ce qui lui épargna le traumatisme. Même les gardes, qui pourtant demeuraient à distance respectable, ne parvenaient pas à cacher leur écœurement.

La reine, quant à elle, fixait son défunt époux sans la moindre émotion. Ses yeux, tout comme son visage, étaient impénétrables. Elle ne semblait ni souffrir ni ressentir le moindre dégoût à la vue de ce spectacle. Comme si elle avait joué un rôle dans l'assassinat de son mari.

Jadis voulut se rendre utile et s'adressa aux gardes.

— Amenez la princesse se faire soigner et veillez à ce qu'elle ne manque de rien, apostropha-t-il avec la voix mal assurée de celui qui a l'habitude de recevoir des ordres plutôt que d'en donner.

Un simple hochement de tête de la reine approuva sa demande et deux gardes soulevèrent Whisper avec délicatesse avant de lui faire quitter la pièce. Puis un silence pesant s'installa, si longtemps que je songeai à m'éclipser discrètement. Après tout, mon avenir était aussi incertain que celui de mon insupportable grand frère.

— Où pensez-vous aller comme ça ? grogna Eden, alors que j'avais amorcé un pas en arrière.

— La réunion familiale s'est mal terminée, de toute évidence, lançai-je avec désinvolture. Il est temps pour moi d'aller vaquer à mes occupations…

— Vous n'irez nulle part, coupa-t-elle en me gratifiant de son regard le plus sombre. Il y a encore un criminel qui doit répondre de ses actes dans cette salle.

70

Règlement de compte

Jadis Lucinosa
Palais royal, terres du Sud.

L'atmosphère s'électrisa instantanément et le regard avide d'Eden ne pouvait signifier qu'une chose : un autre duel allait s'engager, et l'issue risquait de faire de nouvelles victimes.

— Tu ne feras rien, affirma Alistair placide, en croisant les bras sur son torse.

Même ainsi, avec les cheveux ébouriffés et la chemise débraillée, il semblait maître de la situation. Un sang-froid à couper le souffle. Tout le contraire d'Eden qui semblait prête à bondir.

— Et pourquoi donc ? railla-t-elle.

Barbouillée de sang, elle ressemblait vraiment à une barbare.

— Ne me dis pas que tu m'en veux pour cette histoire d'alliance… Je n'avais aucun intérêt à t'aider dans ta manœuvre, tu le sais. Tu devrais prendre sur toi, au lieu de jouer à la mauvaise perdante.

— J'avais décidé de me débarrasser de vous bien avant cette odieuse trahison, renchérit-elle, rouge de colère : dès que vous avez acheté Whisper dans cette fosse pestilentielle pour la ramener enchaînée auprès du roi.

À ce souvenir, mon cœur se serra. Nous avions tous deux souffert de cette séparation abrupte qui m'avait laissé un goût amer.

– Ne va pas me faire croire que le sort de la princesse t'intéresse, siffla Alistair. Tu étais prête à l'égorger en début de soirée. Si tu cherches un coupable à punir, un bouc émissaire sur qui passer tes nerfs, ce ne sera pas moi.

À ces mots, la reine leva la tête vers Eden et la considéra sous un jour nouveau.

– Dans la chambre… c'était donc vous ! s'exclama-t-elle, la voix chevrotante.

La reine tourna la tête à droite et à gauche, comme pour ordonner aux gardes d'intervenir.

– Majesté, ce n'est pas ce que vous croyez, tentai-je, en implorant la reine.

– Peux-tu m'affirmer que cette jeune femme n'a pas agressé Whisper ?

Je m'apprêtais à balbutier des arguments décousus mais Eden prit la parole, m'épargnant cette humiliation.

– Inutile d'essayer de me défendre, Jadis. (Elle se tourna vers la reine.) J'ai bien attenté à la vie de votre fille, ma reine.

Ses lèvres formulaient déjà des excuses, des regrets, cependant les mots ne parvinrent pas à sortir, plongeant la salle dans un nouveau silence éloquent. Silence qui aurait pu se poursuivre encore longtemps si trois gardes n'avaient pas fait irruption dans la salle de bal en nage et le souffle court.

– Le fugitif… le fugitif s'est échappé, ma reine. Nous avons perdu sa trace.

– Sans blague, pesta Alistair en levant les yeux au ciel.

– J'ai besoin de calme et de temps pour tirer toute cette histoire au clair, déclara la reine dans un filet de voix épuisée.

– Je n'ai fait que suivre les ordres du roi ! se défendit Alistair, offusqué.

– C'est bien là votre plus grand crime, trancha la reine. Qu'on enferme ces deux-là dans une cellule à double tour en attendant que je décide de leur sort.

Les gardes se ruèrent sur les deux accusés. Aussitôt, je bondis devant Eden pour empêcher quiconque de l'approcher.

– Votre Majesté, Eden est innocente. Vous ne pouvez pas l'enfermer !

– C'est à moi seule d'en juger, contra-t-elle avec force.

Devant ma mine contrite, elle ajouta, adoucie :

– Je désire attendre que Whisper soit réveillée pour entendre sa version des faits.

– Eden n'est pas une…

– Tout va bien, coupa Eden, à mon plus grand étonnement.

Toute trace de haine avait déserté son être. Se remémorer l'agression de Whisper l'avait vidée de toute sa force vitale : ne restait plus qu'une coquille vide, lessivée et terriblement vulnérable.

Même Alistair, conscient qu'il n'échapperait pas au cachot, s'abstint de toute réflexion. Il se contenta de suivre les gardes en conservant son air hautain, même s'il n'était pas difficile de voir qu'il ne digérait pas sa nouvelle défaite face à son frère. Car il s'agissait bien d'une défaite : Jamark était libre comme l'air quand lui était de retour à la case départ, avec un futur pour le moins incertain.

Je compris qu'il était vain de chercher à argumenter en faveur d'Eden. Mère était bien trop faible à présent : cette excursion loin de ses appartements, pour la première fois depuis des années, l'avait éreintée.

Je m'approchai pour murmurer timidement :

– Mère ?

Elle posa alors les yeux sur moi et son sourire empreint de tendresse fit fondre toutes mes barrières.

– Comment êtes-vous parvenue à quitter votre lit ?

Elle secoua la tête plusieurs fois, comme si cette situation était irréelle.

– Je me sens mieux, Jadis. Ton retour à la maison m'a ranimée. Tu m'as insufflé le souffle de vie qui me manquait, mon fils.

La reine s'appuya sur mon bras tandis que je l'accompagnais loin de la salle de bal, abandonnant la dépouille du roi derrière nous.

71

Un souffle de vie

Jadis Lucinosa
Palais royal, terres du Sud.

Mère s'endormit dès qu'elle eut rejoint ses quartiers. Whisper avait été allongée dans l'immense lit de la reine et plusieurs guérisseurs s'activaient autour d'elle. Mère avait pris le temps d'expliquer ma présence à l'équipe médicale avant de sombrer et personne ne me prêta attention.

Bien que la tentation d'attendre le réveil de Whisper fût forte, je me dirigeai déjà vers les geôles. Pas question de laisser moisir Eden une minute de plus dans une cellule.

Dans les couloirs, un étrange silence régnait, ponctué par quelques discussions à voix basse des gardes ou des serviteurs. L'annonce du décès du roi avait laissé tout le monde stupéfait, et, en l'absence de la reine et de la princesse, plus personne ne transmettait de directives. Je sentais à mon passage les interrogations de chacun. La tension était palpable, les chuchotements fébriles ; tous tentaient de reconstituer les derniers événements et d'en tirer des conclusions.

Le royaume était en crise, affaibli par le décès du souverain. Où étaient passés les vassaux du roi ? Les crapules et les truands des Quatre Terres qu'il avait recrutés au fil des années, soi-disant pour garantir la protection de ses proches… Allaient-ils profiter de l'occasion pour fomenter un coup d'État ? Et où s'était donc volatilisé Roan Prank ? Allait-il saisir cette occasion pour prendre le pouvoir ? Et quels étaient les desseins de Jamark ?

Je prenais conscience de tout ce qu'impliquait la mort du roi lorsque j'arrivai aux geôles. Je tentai de me faufiler entre les gardes en empruntant la démarche assurée que j'avais observée à maintes reprises chez Alistair. Malheureusement, ma prestation n'eut pas l'air de convaincre, car l'un d'eux vint se poster en travers de mon chemin.

– Halte ! Que faites-vous ici ?

Son ton était ferme sans être hostile pour autant. Il me dévisagea un long moment, réfléchissant sans doute à la manière de s'adresser à moi. Après tout, j'avais conservé mon costume de bal qui me prêtait une allure noble que je n'avais jamais eue auparavant.

– Je viens discuter avec une prisonnière quelques instants, m'expliquai-je platement.

– « Discuter avec une prisonnière » ? répéta le garde, franchement agacé. Vous n'êtes pas dans un salon de thé, ici ! Ce sont les geôles royales.

– C'est bon, Bold. Laisse-le passer, intervint un second, lassé par cette altercation.

Je ne sus qui du garde ou de moi fut le plus surpris.

– Sa Majesté nous a prévenus que le garçon marqué était un invité d'honneur. Je ne sais pas qui il est exactement, mais elle avait l'air de le tenir en haute estime.

Le premier grogna sans retenue, puis s'effaça devant moi.

– Tu viens voir la fille couverte de sang qu'on vient d'enfermer ? questionna le deuxième, beaucoup plus aimable.

J'acquiesçai silencieusement.

– Elle est dans l'aile nord, m'informa-t-il.

– Cinq minutes, lâcha le récalcitrant avec un regard courroucé, fixé sur mes marques.

Soulagé, je pressai le pas pour mettre le plus de distance possible entre les gardes et moi. J'errai quelque temps dans les couloirs obscurs avant de tomber sur la cellule que je cherchais.

Eden était là, assise contre le mur, les genoux repliés et les bras encerclant ses jambes. Un éclair traversa ses yeux bruns lorsqu'elle m'aperçut et elle s'approcha des barreaux.

— Jadis, c'est bien toi ? Que fais-tu là ?

Elle semblait si surprise que sa réaction me prit au dépourvu. Pensait-elle vraiment que j'allais la laisser croupir ici pendant des jours ?

— Je suis venu te libérer, quelle question !

Un léger sourire flotta sur ses lèvres.

— C'est de la folie... tu vas encore t'attirer des ennuis par ma faute.

— Je ne fais rien de plus que ce qu'ordonnerait Whisper si elle était éveillée. Tu sais bien qu'elle ne supporterait pas de te savoir ici.

Eden poussa un long soupir et posa le front contre les barreaux, dépitée.

— Même après tout ce que j'ai fait ? Elle serait disposée à me pardonner ?

Je m'accroupis et saisis les barreaux afin d'être le plus proche possible d'elle.

— Tu sais bien qu'elle est incapable de t'en vouloir. Après tout, tu es sa première amie.

Eden fuyait mon regard, le visage baissé sur ses pieds.

— Si ce que tu dis est vrai, elle est définitivement folle à lier. Je ne mérite certainement pas son pardon. Ni même l'attention que tu me portes.

Je passai la main entre les barreaux pour lui saisir le menton et redresser son visage.

— Tu n'es pas une mauvaise personne, Eden. Tu as renoncé à tuer Whisper. Tu m'as donné ce que tu croyais être un antidote pour sauver la reine, malgré toute la rancœur que tu nourrissais pour elle, alors que rien ne t'obligeait à le faire. Tu avais même raison à propos du roi... Sa mort est une bénédiction pour le royaume. C'était un monstre. Il me fallait juste être courageux pour admettre cette vérité.

La perpétuelle expression de méfiance si caractéristique d'Eden s'était quelque peu estompée. Cela ressemblait étrangement à... de l'espoir ?

— C'est toi qui as empoisonné le roi, n'est-ce pas ? La fiole que tu traînes sur toi depuis des semaines... Une tromperie ?

Je hochai la tête, la mine contrite. Et dire que je pensais transporter l'élixir de la reine pendant tout ce temps ! Heureusement, son état semblait s'être mystérieusement amélioré.

— Est-ce que la mort du roi t'a apporté la paix, Eden ? osai-je.

La question me brûlait les lèvres depuis le début de la conversation, même si je n'étais pas sûr d'en supporter la réponse.

Eden laissa filer plusieurs secondes avant d'ouvrir la bouche à nouveau.

— Jadis... mon père est vivant.

— Quoi ? m'exclamai-je. Mais... comment ?

Elle secoua la tête, faisant virevolter ses boucles blondes tachées de sang.

— Je sais, ça a l'air dingue. C'est pourtant la vérité. Le roi n'a pas occis mon père il y a trois ans : il l'a enfermé quelque part pour le contraindre à travailler pour lui. Je pense qu'il a manigancé une fausse exécution pour lui faire peur. Voyant que ça ne prenait pas, il a sans doute envoyé des troupes pour nous kidnapper, ma mère et moi... Mais mère avait déjà mis fin à ses jours et je m'étais enfuie de la maison. Il n'avait plus de moyen de pression, alors il l'a tout simplement gardé enfermé à double tour dans un endroit isolé pour continuer à l'exploiter... Du moins, c'est ma théorie.

— Où est-il enfermé ? m'enquis-je aussitôt.

– Le roi a succombé à ses blessures avant de le révéler… Je vais devoir faire mes propres recherches. Je vais le retrouver et le libérer, Jadis, même si ça me prend des années. Je ne peux pas l'abandonner.

Bien qu'elle tentât de conserver un visage neutre, il était facile de deviner son désarroi. Elle semblait presque… fragile, vulnérable, contrairement à ce qu'elle affichait d'habitude. Comme si toute sa confiance en elle s'était évaporée.

– Je vais t'aider, Eden. Lorsque la reine sera réveillée, nous lui exposerons les faits et…

– Tu penses vraiment que la reine est capable de m'apporter la moindre information ? me coupa-t-elle, amère. Je te rappelle qu'elle a passé les dernières années plongée dans un état léthargique, inconsciente du monde qui l'entourait. Quant à Whisper, sa situation n'est pas si différente… Elle a grandi dans l'ignorance la plus complète, délaissée par son père. Je ne pense pas qu'il lui ait livré un seul indice. Quand Whisper m'a raconté ce qu'elle savait sur mon père à Flamencia, elle n'a fait que répéter les rumeurs vagues que l'on entend partout. Non, je ne peux compter sur l'aide de personne. Je le retrouverai coûte que coûte, quels qu'en soient les sacrifices.

– Je sais que tu y parviendras, assurai-je. Tu es tellement intrépide, courageuse… Rien ne te fait peur.

Eden émit un son entre le rire et le reniflement, tiraillée entre le soulagement de ses récentes découvertes et la frustration engendrée par le peu de renseignements dont elle disposait.

– C'est plutôt inquiétant, au contraire. On dit que la peur est un sentiment primitif, caractéristique de l'espèce humaine. J'ai parfois l'impression d'être insensible à tout ce qui m'entoure, comme déconnectée. La mort du roi ne m'a pas apporté la paix, Jadis. Elle m'a simplement fait prendre conscience qu'une mort n'en rachète pas une autre. Même si je ne peux nier ma joie à l'idée d'avoir débarrassé le monde d'un monstre pareil.

Je lâchai le barreau pour saisir sa main. Si elle sembla surprise, elle ne se dégagea pas pour autant.

– Je veux t'aider à trouver la paix, Eden. S'il y a quoi que ce soit que je puisse faire, je le ferai.

Eden battit des paupières pour chasser les larmes qui manquaient de la submerger. Tristesse ? Soulagement ? Douleur ? Je n'en avais aucune idée. Je n'avais jamais été très doué pour comprendre les pensées d'autrui, mais Eden, à mes yeux, était une énigme vivante.

Elle ouvrit la bouche pour répliquer, et fut coupée dans son élan.

– Par les grands esprits, j'ai la nausée, grinça une voix derrière nous. Si vous pouviez arrêter de vous regarder dans le blanc des yeux, ça m'arrangerait.

Je fis volte-face, comme frappé par la foudre.

– Alistair ?

En effet, il était là : avachi contre le mur crasseux de sa geôle, ses longues jambes étalées devant lui avec nonchalance.

– Je suis peut-être prisonnier, mais la reine n'a mentionné aucune torture, du moins pas dans l'immédiat. Aussi je vous serais reconnaissants d'éviter toute effusion d'amour écœurante à moins de deux kilomètres de ma cellule.

– La ferme, Atkinson ! gronda Eden en saisissant les barreaux avec tant d'énergie qu'elle semblait capable de les briser à la seule force de ses poignets.

– Sinon quoi ? Tu vas venir me chercher, peut-être ? la provoqua-t-il dans un rire moqueur.

– Ne me tente pas...

Ça recommence, pensai-je. Ces deux-là s'entendaient comme chien et chat et étaient incapables d'échanger deux mots sans s'injurier. J'optai pour une diversion afin d'orienter la conversation vers un terrain moins glissant.

— Quelle idée d'avoir libéré Roan Prank, déplorai-je. Trahir Eden était déjà un acte périlleux, alors tenter de se rabibocher avec un ancien allié rancunier ? On frise la folie.

Alistair fit claquer sa langue avec dédain.

— Comme si j'allais me fatiguer à libérer ce sauvage ! s'indigna-t-il. J'aurais fêté son exécution à coups de rhum et de danses endiablées.

— Ce n'était pas vous ? m'exclamai-je, plus choqué que surpris.

— Mais si ce n'était pas vous… Qui peut être assez fou pour libérer cette crapule, de plus sous les yeux du roi ? poursuivit Eden, songeuse.

Alistair fit mine d'observer ses ongles.

— Sa propre mère, peut-être, proposa-t-il, pince-sans-rire. Vous pensiez vraiment que la veuve Étoilée allait laisser son fils chéri se faire exécuter sans broncher ?

J'ouvris la bouche pour répondre, puis me ravisai. Sa logique était implacable : en effet, qui aurait pris de tels risques pour sauver un escroc, sinon sa mère ?

— Bon, j'adorerais papoter encore des heures avec vous, cependant j'ai un tas de choses à faire ! s'exclama Alistair en tapant dans ses mains comme s'il venait de balancer une bonne blague. Sois gentil de rapatrier ton armée de rongeurs pour qu'on en finisse une bonne fois pour toutes. Devant le regard interrogateur d'Eden, il ajouta avec un sourire énigmatique :

— Tu n'as qu'à admirer de tes propres yeux !

Je secouai la tête, agacé par ses manières supérieures.

— Pas besoin d'une armée quand il suffit d'un seul pour chiper les clefs, fis-je remarquer.

Des échos de pattes retentirent alors dans le couloir sombre et humide. Puis une petite souris fit son apparition devant nous, une clef en bronze serrée entre ses longues dents.

— Moins spectaculaire, mais tout aussi efficace, approuva Alistair en s'approchant de la porte. Fais vite, je n'ai pas de temps à perdre.

Pour toute réponse, je me baissai pour attraper la clef, non sans un remerciement silencieux à mon ami à quatre pattes, puis déverrouillai la cellule d'Eden.

Un éclair d'admiration mêlé à de la reconnaissance éclaira son regard lorsqu'elle me rejoignit à l'extérieur.

— Je devrais pouvoir distraire les gardes pendant que tu te faufiles dehors, assurai-je. Mais je maintiens que tu devrais rester cachée au palais en attendant le réveil de Whisper. Elle pourrait te donner tout ce dont tu as besoin pour ton voyage, et peut-être même des informations importantes…

Eden secoua la tête. Sa détermination montrait qu'elle ne renoncerait pas à sa décision.

— Je dois partir seule… je ne suis pas prête à affronter Whisper pour le moment. Je pense que j'ai besoin de réfléchir.

— Très bien, bon débarras ! railla Alistair. Maintenant, quelqu'un aurait-il l'amabilité de me libérer pour qu'on puisse papoter tous ensemble à l'extérieur ? On se gèle, dans ces cellules !

Je me tournai vers Alistair. Qu'allait-il faire à présent que son souverain n'était plus ? Toutes ses manigances pour espérer récupérer une miette de pouvoir… Tous ses efforts réduits à néant. Le décès du roi le contrariait bien plus qu'il ne le laissait paraître. Ses sourcils étaient perpétuellement froncés et il semblait à bout : sa légendaire patience avait atteint son point de rupture.

— Désolé, Alistair, lançai-je. Tu vas devoir prolonger ton séjour en cellule.

– Comment ? répliqua-t-il, plus sur le ton de l'avertissement que de l'incompréhension.

– Tu as bien entendu. Ce n'est pas à moi de décider de ton destin. Je laisserai la reine s'occuper de toi et appliquer la juste sentence.

– La reine !? s'exclama le prisonnier. Tu l'as entendue : elle combattra les alliés de son mari, et ce jusqu'au dernier ! Tu ne peux pas me laisser croupir ici. Après tout ce que nous avons traversé !

Je fus tenté de rentrer dans son jeu et de renchérir, mais Eden eut la présence d'esprit de me tirer par la manche pour m'éloigner.

– Ne nous attardons pas ici, Jadis.

J'acquiesçai en silence. Les gardes m'avaient laissé cinq minutes et elles étaient certainement écoulées.

– Tu ne peux pas, Jadis ! hurla Alistair dans mon dos pendant que nous nous éloignions des geôles. Tu m'entends ? Reviens ici tout de suite !

Ses supplications résonnèrent encore longtemps dans mon dos lorsque nous quittâmes les geôles pour nous enfoncer au cœur du palais.

72

Être exceptionnel, destin exceptionnel

Whisper Organa
Palais royal

Je revins à moi avec un mal de crâne insoutenable et les membres endoloris. Mes yeux peinaient à s'ouvrir et picotaient comme si je me réveillais après une très longue nuit de sommeil.

— Jadis ? appelai-je aussitôt, d'une voix inaudible.

Une main douce et chaude répondit presque instantanément à mon appel et pressa mon poignet avec tendresse. Il était là, près de moi : même avec les yeux fermés, je pouvais sentir sa présence. Était-ce cela, avoir un frère jumeau ?

— Je suis là, murmura-t-il d'une voix tranquille et paisible.

Je me redressai en sursaut et l'arrière de mon crâne m'élança brusquement, m'arrachant une grimace de douleur.

— Doucement ! me rabroua-t-il. Tu as pris un sacré coup sur la tête.

Tandis que les détails de la soirée me revenaient, je pris conscience de l'ampleur des conséquences sur nous tous et sur le royaume.

J'observai les alentours avec intérêt. Les machines chargées de surveiller les signes vitaux de mère. Leur bourdonnement était une berceuse enivrante. Tout semblait calme. La tempête qui avait pris d'assaut le château s'était apaisée et n'avait laissé derrière elle qu'un sentiment de vide et d'absence.

— Veux-tu que j'appelle les guérisseuses ? proposa Jadis.

Je le détaillai de la tête aux pieds. Pas de nouvelles blessures apparentes : ses cheveux blonds ébouriffés étaient semblables à ceux d'un enfant. De légers creux se dessinaient sous ses yeux, vestiges du manque de sommeil des derniers jours. Mais il semblait en bonne santé, ce qui me soulagea plus que de raison.

– Non, laisse-moi profiter de ces quelques instants de calme. Comme je suis heureuse que tu n'aies rien ! J'ai eu si peur...

Jadis se rapprocha davantage. À côté, mère dormait profondément.

– Tout va bien, à présent. Jamark s'est enfui lorsque ta mère est apparue : il a compris qu'il n'avait aucune chance face à elle ! plaisanta-t-il.

Je fus surprise de l'emploi du « ta » au lieu du « notre » pour parler de mère.

– C'est aussi ta mère, relevai-je, sur un ton un brin accusateur.

– Je sais. J'ai juste encore un peu de mal à me faire à l'idée. Tout est arrivé si vite...

Je hochai la tête, compréhensive.

– Père ? demandai-je dans un souffle.

Jadis secoua la tête avec gravité. Il ne semblait pas vraiment triste : juste un peu secoué par les derniers événements. Et très las, je suppose.

Je scrutai les taches sombres qui ornaient le bas de son visage et la naissance de son cou. Comment certains individus pouvaient-ils interpréter ces marques comme le signe d'une malédiction ou d'un mauvais présage ? Plus je les observais, plus je les trouvais belles et mystérieuses.

– Et Roan ? m'enquis-je pour orienter mes pensées dans une direction moins funeste.

– Il s'est également échappé... il n'y a aucune trace de lui. Il a sûrement rejoint la veuve Étoilée à l'heure qu'il est.

— En train de fomenter un coup d'État avec d'autres crapules, complétai-je. Et tous les vassaux du roi ? Le Grand Conseiller ? Le commandant des armées ? Le Grand Sage ?

Jadis haussa piteusement les épaules, signe qu'il n'en savait rien.

— Les alliés de père ont dû prendre la poudre d'escampette dès qu'ils ont appris la mort du roi et le retour de la reine, supputai-je. Ils seraient déjà en train de se partager l'or du coffre royal si l'annonce du rétablissement de mère n'avait pas fait le tour de la capitale...

— Est-elle vraiment remise ? questionna Jadis qui avait reporté son attention sur le corps endormi de mère.

Sa maigreur et sa faible respiration n'étaient guère encourageantes.

— Je ne sais pas comment, mais ton retour près de nous l'a transformée. Je crois vraiment que tu as eu un effet bénéfique sur elle, et quand j'y réfléchis, sur moi aussi : j'étais bien plus faible avant de te rencontrer.

— C'est impossible, soupira Jadis.

— Tout comme il est impossible d'invoquer des milliers d'insectes et de les retourner contre des gardes pour s'échapper d'une mine souterraine, fis-je remarquer. C'est pourtant ce que tu as fait. Tu es quelqu'un d'exceptionnel, Jadis, et le mot « impossible » est vide de sens avec toi.

Il sourit faiblement, je sentis pourtant que ce compliment l'avait vraiment touché.

— Eden et Alistair ? demandai-je alors.

— Alistair est toujours enfermé au cachot. Il attend le jugement de la reine qui viendra en temps et en heure.

Je demeurai muette. Mère conservait une telle rancœur envers son mari ! Elle ne pardonnerait pas aisément aux alliés de père. Je doutais même que la clémence soit envisagée pour ceux qui avaient participé de près ou de loin aux exactions du souverain ! Elle voudrait sans doute faire d'Alistair un exemple pour tous les truands qui attendaient devant les portes du château et guettaient le moindre signe de faiblesse de notre part pour attaquer et prendre le pouvoir. Parviendrais-je à le sauver ? En avais-je vraiment envie ? Mon cœur et ma raison me dictaient deux chemins bien différents, et j'allais devoir réfléchir longuement avant de prendre une décision.

– Eden... Je l'ai aidée à s'évader, avoua-t-il, honteux.

Ce fut à mon tour de presser sa main en signe d'encouragement.

– Tu as fait le bon choix. Je regrette seulement qu'elle soit partie sans me dire au revoir.

– Je pense qu'elle n'était pas encore prête à te présenter ses excuses, argua Jadis. Tu la connais : elle est si fière !

C'était bien Jadis : toujours en train de trouver des excuses aux méfaits des autres !

– Il faut que tu saches quelque chose, enchaîna-t-il : le père d'Eden n'a pas été tué. Le roi l'a enfermé quelque part pour le garder sous sa coupe. Eden est partie à sa recherche...

Julian Grismo, vivant ? C'était là une révélation des plus réjouissantes ! Une atrocité de moins commise par père, même si séquestrer un individu loin de sa famille est déjà une torture.

Jadis sembla deviner mes pensées et posa une main sur mon épaule.

– Ce n'est pas Eden qui l'a occis, murmura-t-il, la tête baissée. Au cas où tu te le demanderais... C'était bien le poison.

Je hochai la tête. En effet, tout s'était passé si vite que j'avais à peine vu père goûter le vin empoisonné.

– C'est... une bonne chose, affirmai-je en sentant les larmes picoter mes yeux.

Jadis m'attira contre lui et nous restâmes un long moment enlacés sans rien dire, bercés par la respiration de notre mère et le bourdonnement des machines.

– Tant que nous sommes ensemble, rien de mal ne pourra nous arriver, soufflai-je en regardant les traits de mère apaisés par le sommeil.

– Comment peux-tu en être aussi certaine ? demanda Jadis.

– Je le sens au plus profond de mon être.

Et comme si cette explication lui suffisait et lui apportait toutes les réponses, Jadis se détendit et s'endormit.

Nous étions redevenus comme deux petits enfants invulnérables et inséparables, attendant le retour de leur mère, enlacés pour se tenir chaud.

73

Sombres desseins

Bastion des Étoiles, terres de l'Ouest.

Au cœur d'une forteresse perchée sur une immense colline, quelques adeptes se rassemblaient autour d'une table en chuchotant. L'air était chargé d'électricité et la tension qui habitait les hommes et les femmes présents était palpable.

Une femme d'âge mûr aux cheveux roux se leva et haussa les bras au-dessus de sa tête dans un geste à la fois agacé et précis, marquant le début de sa prise de parole.

— Merci à tous d'avoir fait le déplacement malgré le délai restreint, compte tenu de l'urgence de la situation, commença la femme à la chevelure mordorée.

Tous hochèrent la tête.

— Le roi Salomon est mort, annonça-t-elle d'une voix grave, sans plus de détour.

Un brouhaha s'éleva parmi les membres : tous avaient eu vent de la rumeur, peu pouvaient toutefois témoigner de sa véracité. D'un geste de la main, elle fit taire l'assistance et profita pleinement de toute l'attention qui lui était accordée.

— Le royaume est vulnérable, et le trône est à portée de main. Il faut frapper vite et fort tant que l'instabilité règne sur la Couronne !

Des paroles d'approbation se firent entendre, conjuguées à des hochements de tête satisfaits.

— Veuve Étoilée ! interpella un adepte téméraire entre deux âges. Vous oubliez que la reine Aubrey s'est mystérieusement rétablie et que l'étrange mal qui l'habitait semble dissipé.

Quelques récalcitrants approuvèrent l'argument avec vivacité.

– La reine Aubrey n'est pas un obstacle, répliqua un jeune homme à la carrure imposante et à la cicatrice intimidante. Elle tient peut-être sur ses jambes et est capable de formuler quelques phrases cohérentes, mais elle n'a pas la poigne nécessaire pour gouverner les Quatre Terres.

– Mon fils dit vrai, approuva la veuve Étoilée d'une voix forte. Je peux affirmer que la reine ne sera pas une entrave à notre réussite.

– Vous voulez dire que vous pouvez la surveiller au Palais royal, voire la soumettre ? interrogea un petit homme à la mine sévère.

– C'est possible, affirma la veuve Étoilée, tout en laissant planer un voile de mystère.

Un silence teinté d'admiration salua cette nouvelle. Elle avait décidément préparé son plan avec minutie, sans omettre le moindre détail !

– Et la princesse ? s'enquit une femme aux traits anguleux et aux lèvres pincées.

Quelques visages inquiets se tournèrent vers la veuve Étoilée. Mais ce fut l'homme aux cheveux blancs et aux yeux bleus perçants posté à sa gauche qui prit la parole à sa place.

– Aussi fragile et vulnérable que sa mère, garantit-il en articulant chaque syllabe avec une froideur presque effrayante. Elle ne sera bientôt plus une menace.

– Nous serons sans tarder les maîtres du royaume, mes très chers amis, assura la veuve Étoilée en ouvrant les bras devant elle.

Ses yeux émeraude brillaient intensément et la promesse du pouvoir fit naître un sourire sur ses lèvres.

– Nous reprendrons ce qui nous revient de droit ! hurla-t-elle en levant les yeux vers le ciel.

Un tonnerre d'applaudissements à faire trembler les murs lui répondit.

74

En route vers de nouvelles aventures

Eden Grismo

Chemin des Vagabonds, terres du Sud.

Je marchais le long d'un chemin caillouteux et sinueux. Mes membres endoloris par les luttes de la veille refusaient d'accélérer. Mes yeux picotaient et revendiquaient le droit de se reposer. Je n'avais pas meilleure allure qu'un mendiant, un vagabond des routes. Et pourtant… si mon corps maltraité semblait lourd et épuisé, mon cœur, lui, ne m'avait jamais paru aussi léger.

Enfin, mon ciel s'était débarrassé de ses nuages et de sa grisaille pour faire apparaître un nouvel horizon.

Je n'avais pas le moindre sou, ni même le moindre bien. Mes seules possessions se résumaient à la robe beige que je portais. Jadis et moi l'avions subtilisée dans la garde-robe d'une femme de chambre juste après mon évasion. J'avais également récupéré une petite besace qui contenait quelques morceaux de pain rassis, et bien sûr mes couteaux.

Je n'avais aucune piste, pas le moindre indice quant à l'endroit où se trouvait mon père. Et avec regret j'avais laissé derrière moi ceux qui étaient devenus mes amis. Un pincement au cœur me rappelait ce que j'avais perdu. Mais ma place n'était pas auprès d'eux : je n'étais qu'une paria, une orpheline des rues, une voleuse qui se prenait pour une guerrière. Jadis et Whisper appartenaient à la royauté, et leur destin était tout autre.

Pour la première fois de ma vie, je ne fuyais pas. Je marchais droit devant moi, vers un but qui me permettait de me sentir plus légère, de me lever chaque jour avec l'espoir chevillé au corps. Je trouverais un moyen de me faire pardonner, de me montrer digne de mes amis. En attendant, j'avancerais seule, comme je l'avais toujours fait.

Je sentis la chaleur du soleil sur mon visage et rien ne me parut plus agréable en cet instant. Alors que je levais la tête, des ailes apparurent dans mon champ de vision.

C'était une colombe blanche. L'oiseau traça un long arc dans le ciel au-dessus de moi.

Intriguée, je tendis ma paume en signe d'invitation. La colombe vint se poser sur mon poignet, plongea son regard dans le mien et pencha la tête sur le côté d'un air attendri.

C'est à ce moment que je sus qu'elle avait été envoyée par Jadis. Les larmes aux yeux, je compris que quelque part, il veillait encore sur moi. La colombe reprit son envol vers les cieux.

J'esquissai un léger sourire puis continuai ma route, le cœur enfin délivré de toute pesanteur.

Droit vers de nouvelles aventures.

Table des matières

Remerciements

On dit qu'écrire est une activité solitaire et ce n'est pas moi qui vais dire le contraire. Cependant il y a plusieurs personnes qui, inconsciemment ou non, m'ont aidée dans le processus d'écriture de *L'Antidote mortel.*

Tout d'abord merci à mon oncle Bruno Billot qui s'est toujours intéressé à ce que j'écris depuis toute petite. Tes critiques constructives, remarques et idées m'ont permis (et me permettent toujours) de m'améliorer. Merci beaucoup à Tatie Annie pour ses encouragements bienveillants.

Merci à Karine Frery, qui a été une des rares personnes à lire mon premier manuscrit et à l'apprécier. Ton enthousiasme m'a beaucoup motivée.

Merci à ma marraine Catherine Avon pour sa gentillesse et tous ses encouragements qui m'ont fait chaud au cœur.

Évidemment un grand merci à mes copines qui sont toujours présentes pour moi :

Nina Frery, qui est persuadée depuis le collège que je suis vouée à devenir une super-autrice (tu crois en moi et cette confiance me donnerait des ailes pour accomplir n'importe quoi !). J'ai tant de chance de t'avoir pour amie.

Camilia Ouassel : tu as été une des premières à lire mon livre et à l'aimer. Je suis tellement reconnaissante de t'avoir à mes côtés pour cette nouvelle aventure !

Oriane Aguerra, Jessica Desousa. Vous m'avez toujours encouragée dans tout ce que j'entreprenais, dont l'écriture. Merci !

Merci à Antoine Cirera qui m'a supportée pendant les paniques de la correction, des e-mails et des coups de téléphone (aka pure merveille). Tu parles de mes personnages avec passion, comme s'ils existaient, c'est probablement la plus belle chose à dire à un auteur.

Je tenais à remercier chaleureusement toute l'équipe Didier Jeunesse qui s'est démenée pour que *L'Antidote mortel* trouve son public. Un merci particulier à Louise Brouilhet, Lauriane Isaac, Peggy Jimenez-Trounday. Sans oublier ma team de super-correctrices qui se sont efforcées d'embellir le texte avec des remarques toujours très justes et pertinentes : Gwendoline Lorent, Camille Cortellini et Ingrid Pelletier.

Un merci tout particulier à Mélanie Perry, mon éditrice. Je n'aurais pas pu rêver meilleure première expérience dans le domaine de l'édition, et ce grâce à toi. Je n'oublierai jamais notre premier coup de téléphone, tous tes conseils, ta patience, ta gentillesse. Tu m'as rassurée quand j'en avais besoin et m'a aidée à faire de *L'Antidote mortel* la meilleure version de lui-même. Merci, merci, merci.

Merci à Germain Barthélémy pour avoir habillé mon histoire avec cette super couverture.

Le meilleur pour la fin, ma famille chérie :

Merci infiniment à ma sœur d'amour Olympe qui se charge de me ramener sur terre quand j'oublie qu'il existe une vie en dehors de l'écriture (et qui fait beaucoup d'autres choses au quotidien, mais il faudrait bien plus que quelques lignes de remerciements pour tout lister). Je t'aime fort.

On dit qu'un grand frère est une épaule sur laquelle s'appuyer. J'ai beaucoup de chance puisque je n'en ai pas un, mais deux :

Merci à Victor pour avoir pris le temps de lire mon manuscrit avant tout le monde. Alors même que tu ne lis jamais de livres (les BD Star Wars ne comptent pas).

Merci à Clovis pour son soutien inconditionnel dans tout ce que j'entreprends. (Même si tu lis à voix haute par-dessus mon épaule quand je tape alors que tu sais que je déteste ça). Tu peux enfin lire ce livre en commençant par le DÉBUT.

Merci à mon papa qui ne dit rien mais qui est toujours présent. On ne voit bien qu'avec le cœur et je sais que le tien est toujours à mes côtés.

Et enfin, merci à ma mamounette chérie d'amour (tous les qualificatifs sont nécessaires). Tu as été ma première lectrice. Merci d'avoir traqué pendant des heures toutes les fautes de mes différents manuscrits. Tu as été la première à croire en ce que je faisais, à me pousser à partager mes écrits. La confiance est primordiale pour aller au bout d'un si long projet. Tu m'as donné cette confiance. Si j'ai réussi à réaliser mon rêve de publication, c'est en partie grâce à toi. Ce livre est aussi le tien.

C. L.

© D. R.

Cassandre Lambert est née en 2000 et a grandi en campagne lyonnaise dans une famille nombreuse. Étudiante à la faculté de droit, elle aime relever les défis sportifs et pratique la gymnastique en compétition depuis l'âge de 10 ans. Fan de comédies musicales, d'Audrey Hepburn et des romans de Pierre Bottero, elle est aussi bookstagrameuse sous le pseudo @Cassyneverland. Aussi loin qu'elle s'en souvienne, elle a toujours écrit ! C'est durant de longues nuits blanches à la fin du lycée, qu'est né *L'Antidote mortel*. Un roman écrit « juste pour s'amuser », jusqu'au jour où sa mère lui a dit « Cassandre, tu as beaucoup de talent... Tu ne voudrais pas l'envoyer à un éditeur, t'as peut-être une chance ? ».

Les romans Didier Jeunesse

Mondes imaginaires, chroniques du quotidien, humour, aventure. Une grande variété de genres, portée par de nouvelles plumes acérées et tout en émotions.

Soléane

Muriel Zürcher

Un roman-univers fort, une intrigue palpitante... Une quête initiatique à couper le souffle !

Soléane courut sans même sentir la besace qui martelait sa hanche, contourna la maison et se figea en une immobilité de statue de sel.

Sa mère était debout, les mains entravées, retenue prisonnière au bout d'une corde dont le traqueur tenait l'extrémité. À deux mètres d'eux, Doline, sa sœur de lait, maintenait Saméo dans ses bras malgré les pleurs vigoureux du bébé.

Cobugès fut le premier à remarquer l'arrivée de la jeune fille. Il s'exclama d'un ton narquois :

– Tiens, tiens, qui revoilà ?

– Soléane ! s'écria la mère.

– Désolé, ma jolie, ironisa le traqueur, ta mère, elle va devenir laitière communautaire. Pile le jour que t'es émancipée... Z'avez pas de chance !

La nouvelle s'abattit sur Soléane avec la violence de l'imprévu.

Le Coracle avait quitté la Terre sans mammifère à son bord, pour limiter les risques de contamination. Depuis, les mères étaient les seules capables de produire du lait.

Mais le lait, qui quatre siècles auparavant avait manqué aux garçons et filles de la Terre, ne servait plus seulement à nourrir les bébés. Il constituait l'unique remède pour repousser l'échéance de la mort chez les malades des ossoudés.

Pour le bien de la communauté, certaines mères étaient donc désignées deux mois après la naissance de leur enfant pour donner leur lait. Leur bébé était temporairement confié à leur sœur de lait.

[...] Soléane entoura sa mère de ses bras. Aussitôt, la voix de Lana emplit son oreille. Une voix dure et tranchante qui ordonna très vite, en un discret murmure :

– Prends la pierre dans mon chignon et fuis, Soléane, fuis. Va voir les insoumis et donne-leur la pierre. Les insoumis sauront quoi faire !

Interdite, Soléane s'écarta légèrement. Les yeux de Lana affichaient une urgence proche du désespoir.

La jeune fille la serra à nouveau contre elle, une main dans le dos, une main levée vers le haut de sa tête. Elle arracha quelques cheveux jusqu'à atteindre le centre du chignon bien serré de sa mère et referma la main sur un objet rond et peu épais.

Le traqueur se retourna alors que Soléane avait terminé.

Série ROSLEND

Nathalie Somers

Une aventure historique et fantastique pleine de rebondissements !

Avec inquiétude et intérêt à la fois, il constata que le cadran de la tour s'était détaché de son support. Délicatement, il le saisit entre trois doigts pour le retirer.

– Aïe ! s'écria-t-il en portant son index à la bouche pour lécher une minuscule goutte de sang.

Il s'était piqué le doigt. Certainement une aspérité mal limée, pensa-t-il. Un éclat de lumière provenant du verso l'éblouit. Il retourna aussitôt l'objet et ce qu'il découvrit le stupéfia.

Un autre cadran. Découpé en seize portions au lieu des douze habituelles. Deux aiguilles se mouvant en une synchronie parfaite avec celles du recto et une troisième qui égrenait les secondes. Elles scintillaient de mille feux. Le fond du cadran était granuleux et doré, comme du sable. Le tic-tac résonnait de plus en plus fort à ses oreilles et il ne pouvait quitter du regard le mouvement de la trotteuse. Une fatigue immense l'envahit soudain et il s'assit sur la chaise devant l'établi. Serrant le cadran entre ses doigts, il lui sembla que son corps irradiait de la lumière. Il n'entendit bientôt plus que le son hypnotique du mécanisme.

Tic tac… *sa vue se troublait…* tic TAC… *sa tête était lourde, si lourde…* TIC TAC… *ses paupières se fermèrent.*

Et il bascula.

Roslend
Tome 1

Trisanglad
Tome 2

Spria
Tome 3

La trilogie LES MONDES DE L'ALLIANCE

David Moitet

De l'action, du mystère et des personnages au caractère bien trempé pour cette série de science-fiction surprenante !

Depuis près d'un an, la vingt-sixième heure de la journée était le moment que Nato préférait. L'heure où chaque soir, sa sœur jumelle, Jade, déboulait dans sa chambre…

Nato se remémora avec un sourire ce jour béni où ils avaient reçu le paquet mystérieux, le soir de leur anniversaire. Ils s'étaient longuement demandé qui en était l'expéditeur. Une fois le colis ouvert, ils avaient découvert, perplexes, une drôle de clé. Elle était accompagnée de quelques mots : « Chambre 29. Armoire ». Nato occupait justement cette chambre depuis son arrivée à l'Académie, mais ne s'était jamais intéressé à cette fameuse armoire, d'une banalité qui n'avait rien à envier au reste du mobilier. Mais ce jour-là, cet amas de métal usé par le temps avait pris une autre dimension. Presque religieusement, les jumeaux l'avaient ouverte, puis vidée, sans rien découvrir. Jusqu'à ce qu'ils aient l'idée de regarder derrière…

L'Ombre blanche
Tome 1

Le Secteur C
Tome 2

La Treizième Loi
Tome 3

Les Secrets de Tharanis

David Moitet

Ambre de Volontas voit sa vie basculer lorsque les soldats de l'Empereur envahissent le duché de son père. Contrainte de laisser derrière elle ses privilèges, la jeune fille, sans cesse traquée, change d'identité. Le danger est partout, d'autant qu'une épidémie meurtrière sévit dans le royaume de Tharanis. Ses protecteurs la conduisent vers un lieu aussi mystérieux qu'effrayant : l'île Sans Nom. Ambre doit maintenant prendre en main son destin…

Entrez dans la légende de Tharanis !

L'Île Sans Nom
Tome 1

La Voleuse de Flux
Tome 2

New Earth Project

David Moitet

Un scénario intense et addictif, signé David Moitet !

Je crois que je n'ai jamais couru aussi vite de ma vie. Être en retard, c'est la honte. Plus qu'un virage serré à négocier et je suis arrivée. Je franchis l'angle du bâtiment et amorce mon changement de direction.
Aïe !!! C'est quoi ce truc ?
J'ai toujours été douée en calcul de trajectoires. Mais je n'avais pas prévu qu'il y aurait un obstacle sur ma route. Je suis par terre, en face d'un autre élève, lui aussi tombé sur son postérieur. On s'est percutés assez violemment. Je crois qu'il courait, lui aussi. Pas bien grave, me direz-vous ?
Sauf que l'élève que j'ai mis à terre n'est pas n'importe qui. C'est un Intouchable. Pas sûr qu'il apprécie que son bel uniforme blanc soit taché. Je le dévisage, et je réprime un juron. (Je jure souvent, mais jamais à l'école.) Non seulement il a fallu que mon chemin croise la route d'un Intouchable, mais en plus, ce n'est pas n'importe quel Intouchable. J'ai en face de moi Orion Parker, le fils d'Arthur C. Parker, l'homme le plus riche de la planète, ou peu s'en faut.
Mes yeux glissent d'Orion au panneau qui orne l'entrée de l'école.
Il est rappelé à tous les élèves issus des bas quartiers qu'il est totalement interdit d'avoir un contact physique avec un Intouchable. Je lis les mots gravés en rouge :

Toute violation de cette règle entraînera des sanctions
pouvant aller jusqu'à l'exclusion de l'école.

[...]
— Ça va ? Tu t'es fait mal ?
Mon cerveau décode les paroles d'Orion Parker. Je rêve, où il vient de prendre de mes nouvelles ? Ce doit être à cause du choc...

Les enquêtes de Banerjee, détective des rêves !

Eric Senabre

Suivez les aventures d'un duo de détectives qui enquête... en rêvant ! Aussi doués que Sherlock et Watson, ils sont prêts à résoudre les mystères les plus cauchemardesques d'Angleterre.

Extrait du roman *Le Vallon du sommeil sans fin* :
Je m'appelle Christopher Carandini et, il y a deux ans encore, j'étais un jeune journaliste que l'on disait plein d'avenir. Hélas ! Ma curiosité avait fini par me jouer des tours. En apprenant que j'enquêtais à son sujet, un puissant industriel me fit perdre mon emploi, et tout espoir de pouvoir exercer à nouveau ma profession. Avait suivi une pénible période d'errance, à l'issue de laquelle j'en fus réduit à dormir dehors.
C'est alors que la providence me mit sur la route d'Arjuna Banerjee, grâce à une petite annonce au message sibyllin : « Gentleman cherche secrétaire particulier pour surveiller son sommeil. » Arjuna Banerjee était ce gentleman. Mais j'étais loin de me douter qu'il s'agissait d'un détective privé, et encore plus loin de pouvoir imaginer qu'il avait la faculté de résoudre ses enquêtes... en rêvant. Non, je ne plaisante pas : en rêvant ! Arjuna Banerjee a rapporté de son Inde natale une foule de secrets qui, pour l'Occidental que je suis, s'apparentent quasiment à de la magie. Ainsi, après avoir accumulé suffisamment d'informations, Arjuna Banerjee est capable de se placer dans un état de transe – de « rêve lucide » – durant lequel, tout en restant allongé, il va pouvoir commenter à haute voix le rêve qu'il est en train de faire. Et ce rêve, correctement interprété, contient la solution à l'énigme qui lui a été soumise.

Le Dernier Songe de Lord Scriven
a remporté
de nombreux prix :

Prix Saint-Exupéry
Prix les Mordus du polar
Prix Durance Ados
Prix des collégiens de l'Hérault
Prix du Jury littéraire du Giennois
Prix 12-14 –Foire du livre de Brive
Prix Lire dans le 20e

La Seizième Clé

Eric Senabre

Franchir la seizième porte d'un manoir isolé : quels risques courent Oswald et Zelah, deux adolescents élevés hors du monde ?

Dans l'immense manoir d'Hemyock, la vie d'Oswald est plutôt confortable : tout un personnel lui est dévoué pour qu'il développe ses talents de jeune prodige. Une étrange maladie lui interdirait tout contact avec l'extérieur : aussi ne connaît-il ni ses parents, ni le monde qui entoure la propriété.
À l'approche de ses seize ans, le garçon s'interroge de plus en plus sur les zones d'ombre que compte son existence. Venue de nulle part, une jeune fille le contacte secrètement et l'incite à fuir avec elle. Mais comment sortir de ces murs ? Devant eux, le mystère est bien plus grand qu'ils ne l'imaginent...

Louis Pasteur contre les Loups-garous

Flore Vesco

Scientifique de génie le jour, chasseur de bête furieuse la nuit : Louis Pasteur, un héros renversant !

Constance, en nage, contemplait sa barricade avec satisfaction, quand elle sentit un frisson d'angoisse grimper le long de sa colonne vertébrale. Cela n'avait pas de sens. Elle était à l'abri dans le gymnase. La grande porte était bloquée : nul ne pouvait entrer. Elle se tourna vers les fenêtres, comme si elle s'attendait à ce qu'un monstre surgisse derrière les vitres du troisième étage.

Puis elle se rappela la petite porte du fond, qu'elle n'utilisait jamais. Elle s'avança, prête à pousser le piano devant s'il le fallait. Elle s'immobilisa au milieu de la salle. La porte était ouverte. Cette fois, elle en était sûre, les ombres s'agitaient. Une forme noire remuait dans le noir. Constance fut saisie d'une peur primale complètement incontrôlable. Deux yeux jaunes s'ouvrirent dans les ténèbres, bien au-dessus d'une hauteur d'homme.

[...] L'animal chargea. Constance tomba en arrière. Elle ferma les yeux. Elle entendit les pas souples et rapides de la bête sur le parquet. Quelqu'un cria son nom. Quand elle rouvrit les yeux, le poitrail de l'animal était à quelques centimètres de son visage. Elle pouvait sentir l'odeur chaude de sa fourrure. Une patte énorme, aux griffes jaunies et usées, était posée à côté de sa cuisse. Le loup ne l'avait pas encore dévorée. En fait, il ne la regardait pas. Il avait la tête tournée sur le côté. Près de son arrière-train se trouvait Louis Pasteur, essoufflé.

Louis tenait un microscope à la main. La base en fonte était tachée de sang : il venait d'en frapper de toutes ses forces le flanc de l'animal. Pour autant, la bête n'avait pas reculé. Le jeune homme avait tout juste réussi à détourner son attention.

© Didier Jeunesse, Paris, 2021
60-62, rue Saint-André-des-Arts
75006 Paris
www.didier-jeunesse.com
Illustration de couverture : Germain Barthélémy
Illustration intérieure : Élisa Carré
Composition, mise en pages et photogravure : IGS-CP (16)
ISBN : 978-2-278-10050-7 • Dépôt légal : 0050/01

Loi n° 49-956 du 16 juillet 1949 sur les publications destinées à la jeunesse

Achevé d'imprimer en Italie, en février 2021 sur les presses de Grafica Veneta, Trebaseleghe